Dream Spring Back

梦回春归

鲍 翎　邵频宇 著

人民东方出版传媒
東方出版社

图书在版编目（CIP）数据

梦回春归 / 鲍翎, 邵频宇 著. —北京：东方出版社，2015.6
ISBN 978-7-5060-8267-9

Ⅰ. ①梦… Ⅱ. ①鲍… ②邵… Ⅲ. ①长篇小说–中国–当代 Ⅳ. ①I247.5

中国版本图书馆CIP数据核字（2015）第138703号

梦回春归
（MENG HUI CHUN GUI）

作　　者：鲍　翎　邵频宇
责任编辑：王　艳　孙立英
出　　版：东方出版社
发　　行：人民东方出版传媒有限公司
地　　址：北京市东城区朝阳门内大街166号
邮政编码：100706
印　　刷：北京京都六环印刷厂
版　　次：2015年8月第1版
印　　次：2015年8月第1次印刷
开　　本：710毫米×1000毫米　1/16
印　　张：27.25
字　　数：432千字
书　　号：ISBN 978-7-5060-8267-9
定　　价：42.00元
发行电话：（010）64258117　64258115　64258112

目录

序　言

赵遵生

邵国栋先生的又一部新书《梦回春归》终于面世了，实在值得庆贺！何以庆贺？且还“实在”呢？不仅仅是新书之出，乃在——险险就无从出。我这位书生老朋友曾跟我说：遵生兄，我要封笔了。缘由是年龄大了。70出头，亦是不小。可老兄的身体，仍了得呀！不说练功，已是生活一部分的长跑、登山——甚而一起登过原始状的野山，均不在话下。也不说了得的英语，其思维活跃，何曾无所事事？我的老同学梁晓声曾友善地批评我“书生气太重”，而这位邵“老先生”，可比我重多了！重到“奇”处，偶尔犯迂；每每连夫人都禁不住会“消遣”他一番，他却乐呵呵，笑以置之。

封笔？封得了？

我几度亦戏亦真地撩拨这位老友：如我们之辈，又非什么名人大家，不过区区一介作者而已，就不要封什么笔了；身体好，有想法，就写，不必拼命便了。他煞有介事地思量一番，点点头，书生气拂拂地“嗯”出个很文艺范儿的拖腔。

于是乎，《梦回春归》面世了；于是乎，新的考量，又在继续中。该庆贺吗？该“实在”庆贺吗？该！

《梦回春归》，我是一气看完的。主人公龚示力求学问道的艰辛历程，抓住了我，真有点欲罢不能；如“校园风波”“伸张正义”等章节，不由令我怦然共鸣，泪不能禁。对于弱小者的同情，感同身受；对公平、公正的追求与坚守，不计一己浮沉的大迷茫、大痛苦，念念于百姓民众安危的大得失、大生计，不惧权贵，勇于求索——龚示力这一并没有画上句号，凝聚着几多心血的足迹，正是为实现中国梦而拼搏的一代新民的真实写照！其意义与价值是不言而喻的。

作品主人公龚示力塑造的成功，当然得力于作者凝练、典型化的创造，毋庸讳言，也得力于主人公生活原型的可圈可点，非同寻常。仅就不用真名这一淡然的决断，即可见原型人物的过人之处。我接触过大大小小的创业者不在少数，多半莫不希冀着以自己的真名示众。也可以理解，这关联到自己的声名、品牌与紧连着的社会效应与经济效应。我就见识过不惜以重金著书立作，打造自己的董事长、总裁。应该说，有的是值得一书的，于人、于国、于社会均有助益；而多半就未必了。有钱能使鬼推磨？也未必。

为此序言，我亦曾采访过原型人物，问他何以不用真名？几多人还求之不得呐！他自嘲地一笑道："我是个平常人。只想实实在在做一两件事，做成功，对老百姓的健康有点助益，就知足了。"与这位低调的企业家一席谈，参观了他那偌大的铁皮石斛养殖基地，耳目不由为之一开！就与市场经济接轨而论，工业、农业、服务（包括金融等）、文创诸业，农业是最弱势的——周期长，价值低，靠天吃饭，付出多，收入少。他的养殖业，偏偏就在"弱势群体"之中。偏偏就是这弱势群体，居然规模宏大，气温调节、滴灌养育、水土培植、认养开发种种，已初具现代化农业的规模与举措；有的还借助于国内外的先进技术与模式。足见他已在扎实地探索改变弱势农业、与现代化接轨之途。他的少说、多干，低调、高求，败而不馁、成而不骄，正是他的大业希望之所在！

从原型人物到书中龚示力，从艰难入学，到波澜迭起的大学生活，到毕业的风云变幻，到离别人所向往的"铁饭碗"，可谓一脉相承——是个认定春色不回头的人。

邵国栋写他，是写对了。作为农业大国的中国，我们理应多一些，再多一些如龚示力这般的探索者、实践者。

此书，通过龚示力形象的塑造，剖析了当下的中国，亦揭出了时下的"短板"，尤其是官场与实现中国梦大相径庭的积弊。

作者寄意于斯，祈在变革。

纵观文坛、艺苑，"搞"风盛行，有恶搞、有搞笑，"搞"字当先，无所不有；如《梦回春归》们，未必受欢迎，更不消说青睐了。国栋兄不改初衷，耕耘个中，值得点个赞！

确是文如其人。你打开《梦回春归》，即可嗅觉到习习书卷之气，亦是邵国栋书生之气。他对中国的古文化，颇有钟情，即便于平素，也会冷不丁地冒出几句陆游、苏东坡的诗词来，不管你反应如何，即便你不以为意，甚而发笑，他会自顾自品味个中，亦乐在其中。当然，太乐在其中，就会一不留神于书中蹦出生僻字，让读者走神；也缘于这一不留神，古人史迹的运用稍过；同样缘于此，书中寻常人物会脱口而出国栋兄文绉绉的话来。不过，亦是趣事一桩。

《梦回春归》有情、有节，有故事性，且人物各有脾性，得助于作者系搞戏剧出身，每每于故事的展示中，夹杂风雨雷电，又不时峰回路转。可读，好看，我一气看下去，几多回还欲罢不能呐！呵呵。

愿这位龚示力——认定春色不回头的人，能与我们年轻的创业者所共鸣，能为我们年轻的读者朋友所喜爱。

2015 年 5 月 30 日

CHAPTER 1

第一章

一个苦孩子

1

青龙溪从峻峰秀岭中奔流而来，到了青桐镇拐了一个弯，环抱着青桐镇缓缓而去。狮峰岭层峦叠翠，像一头雄狮，卧伏在镇后。据相术师说，青桐镇抱水环山，是个风水宝地，青龙溪引来气口，狮山坐后，前青龙，后白虎，会出将相之才。然而多少年来，镇上的人都是紧巴巴地过日子，谁也没有想过有朝一日镇上会走出个将相来。

说来也奇怪，镇上有一座庙，庙里供着一个菩萨，身穿官服，却只有一只手臂。相传他原本是王子，因为不愿继承王位，从京城一路逃到青桐镇。京城随后派人赶来。他亲手断臂交给来人，以示舍弃王位的坚定意志。从此就落脚在青桐镇，过着平民生活。人们为了纪念他的高洁，为他建了这座庙。至于他是什么年代的人物，无从考证。

近千户人家的青桐镇，只有一条街面，贯穿镇中。除了一家官办的供销合作社有些规模，日用品、棉布、百货一应俱全；剩下的就是几家餐饮、豆制品、茶室和小杂货铺；唯一的一家照相馆在街的尽头，尽管门面不大，但总有男女青年经常光顾，数得上是个热闹的地方。

照相馆的后面有一条小巷，叫龚家弄，巷子不深，全是白墙黛瓦的古老房子，其中有一幢看似高大的门楼，石库墙门，进门还有天井，但不见后进，被一垛高墙割断了，墙后是另一户人家。不难猜测，这是土改被几户人家分割的房产。

门楼里居住着一户姓龚的三口之家：夫妻俩，一个男孩。男人身材高大，大名祖培，为人耿直、豪爽，加上姓龚，都叫他老龚头。但常年多病，走几步就要气喘。女人长得俏小，端庄，小名叫小娜。

小男孩，取名示力，家里唤他小名羊羊，是他姥姥取的名。说起这个名字还有些来历，那天他娘早上还在生产队里翻番薯藤，到快吃午饭的时候，肚子一阵接一阵地疼，回到家里顾不上做饭，赶紧到房里把准备好的草纸铺在床上。这是她第一次临产，老龚头又远在水库工地上，要到晚上才能回家，身边一个人都没有，肚子痛得像要把她整个人撕裂开，正当她无法忍受眼前的疼痛和恐惧时，突然楼下一声："小娜！"

是妈来了！小娜惊喜得"哇"的一声哭了出来。与此同时，孩子也"呜哇"一声，来到了人间。

姥姥知道女儿的产期，本该早两天就过来，实在是家里的事情多，一时脱不开身。今天她起了个大早，挑着两个小箩筐，里面装着鸡蛋、红糖、干面条，里里外外的几身娃娃衣，连尿布也准备了不少；还特意盖上一张大红纸，纸上压着采来的新鲜柏枝，以示吉利。

从姥姥家到青桐镇有十多里山路，因为赶得急，时逢初夏，已是满头大汗，一步跨进女儿的家门，就一迭声地叫开了。听到楼上的哭声，她撂下箩筐，三步并作两步地登上楼去。

姥姥一到，事情就好办了。经过一阵忙乎，姥姥端着一盆水从楼上下来要往天井里倒。不知是谁家的一只小羊，浑身长着雪白的毛，突然跳进了天井，东张西望的，一见到姥姥，便瞪起两只清亮的眼睛一眨也不眨地朝她看着，小尾巴摇得像个拨浪鼓。姥姥见这小羊可爱，放下手里的水盆。小羊忽然一个转身，走了。

自古以来，人们就认为羊是吉祥之物，羊通"祥"。姥姥看着一蹦一跳而去的小羊，想起刚刚落地、小手小脚乱蹬的小外孙，"这孩子就叫他羊羊吧！"

2

小羊羊生来聪明、懂事，长到七岁的时候，上了镇上的小学。在小学的六年里，他年年都是班里的第一名。接下来要到离镇二十多里的县城去上中学了。就在这一年，老龚头为生产队看田水，一夜未归。那晚的雾特别大，因为疲劳，赤着一双脚，在田塍的草地上睡着了。草地上凝结着露珠，醒来以后，裤子都湿了。他没顾得上这些，又去忙活了，直到天明才回家。是晚上受凉了吧，第二天就病了。总以为是感冒，没当回事，喝点姜汤就会好的。谁知道，从此落下了病根，咳嗽一直不好，一到天气转凉，病情就加重，晚上无法躺下睡觉，只好靠着床，眯上一会儿。限于经济条件，大医院去不了，当地诊所没少看，民间的土方也服用了不少，都未见好。后来变成了哮喘，走几步就气喘，再也干不了重活。

楼上有两间房，夫妻俩住东头的一间；隔着天井，西头的一间便是小羊羊的卧室。每到夜晚，小羊羊就注意倾听他爹的咳嗽声，一阵咳嗽声过后，他就巴望着爹不再咳了，好安稳睡觉。如果连续几次咳个不停，他便蹑手蹑脚地来到他爹妈的房门前，悄悄地推门进去，唯恐惊醒妈妈，然后坐在他爹的身边，轻轻地抚摸他的胸口。老龚头的喘息渐渐地平静下来了，轻轻地挥挥手，让他快去睡。

小娜突然惊醒了，马上伸出一只手来，抚摸老龚头的胸口，但仅几个上下来回，手就像发条松弛的自鸣钟摆，摇动得越来越慢，最后便无力地停了下来。她太劳累了，现在她是家里的唯一正劳力，田地里的活、家里的活，全靠她。

羊羊回到自己的床上，闭上眼睛却仿佛还能看见他爹激烈震颤的胸脯，妈妈那只时而在父亲胸口缓慢移动着的手，泪水止不住地滚落下来。难道就没有药能治好爹的病了吗？等长大了，第一件事就是要寻找最有名的医生，把爹的病治好。

老龚头平时话不多。小羊羊心里很爱他，却又有些畏惧。记得上五年级的时候，暑假里和几个小伙伴到青龙溪里学游泳。几天前刚下过一场暴雨，溪水涨了许多。下水的地方正好在乌牛潭附近，乌牛潭是溪水最深的地方，潭里还有漩涡。据说多少年前，有一次发大水，上游的洪水奔涌而来，人畜、冲毁的房梁在波涛里翻滚、沉浮。突然，一只巨大的乌牛，呼啸而来，临到这深潭，它一头扎进潭里，再也没有出来，从此得名乌牛潭。青桐镇的人都知道这潭深可畏，到这里都特别小心。但孩子们不懂事，几乎年年都有嬉水的小孩，也有年轻人在这里出事。

小羊羊与伙伴们今天玩得痛快，开始大家在浅水处嬉闹、打水仗，不知不觉地滑向了深水区，加上水涨了，流速快，很快就接近了乌牛潭。小羊羊刚学了一点爬泳，像一只刚入水的小鸭子，两片还长着茸毛的小翅膀，奋力地拍打着水面。这时的水面，看上去和原来的大不一样了：宽阔无边，岸上的房子、田野都离自己很远很远了！江水不可阻挡地向他涌来，像他看过的连环画：巨大的鲨鱼，张开它的嘴巴，迎着鱼群游来，成群成群的鱼，都钻进了它的肚子。小羊羊恐惧了，他想站起来，因为刚才大家都是站着在水里玩的。不知为什么，脚踩不到底，耳朵里就像上课时的敲钟，叮当叮当地响起来，水的颜色已不再是绿油油的，变成了褐色，身体不断地往下沉……

小羊羊的伙伴们，见羊羊遇险了，聚集在溪边大声喊叫："救命！"

溪边有两株古老的大樟树，蓬蓬如盖，遮挡着骄阳。浓荫下有一张竹筏，几只黑色的鱼鹰站立在竹筏的两边，锐利的眼睛注视着溪水，不时地摇动脑袋，转换着视角。突然竹筏摇晃了起来，跳上了一位渔翁，他是本地人，四十多岁，姓赵，名水生，因为他好酒，都叫他"酒老鬼"。这时他正准备去溪的上游找活路（捕鱼），猛见一个小男孩溺水了，而且就在乌牛潭的边沿，他二话没说，一个纵身，跃入水中，很快把小羊羊托出了水面。

酒老鬼让小羊羊脸朝下，肚子搁在他的肩上。很快小羊羊便吐出许多水。伙伴们都围了上来了，不停地喊他。开始没有反应，过了一会儿，小羊羊才抬起头来，左看看右看看他的伙伴们。

酒老鬼见小羊羊没有大问题，就让他下地，然后交代围着他的孩子们："快带他回家去。"又伸手摸摸小羊羊的头，"下回当心点！"说罢，跳上他的竹筏，挥篙向岸上一点，驾起竹筏走了。

羊羊觉得有点头晕，四肢乏力，不过还能支持。他不想马上回去，因为身上的短裤还滴滴答答地淌水；更不想让家里知道刚才的险情，害怕受到责骂。幸好小伙伴都在，大家就到樟树荫下玩，再也没有人提议下水了。

大热天的，没多久，短裤就干了，体力也恢复了。在准备回家之前，小羊羊再三告诫他的小伙伴："今天的事千万别让我爹妈知道！"

第二天傍晚，羊羊在帮妈妈收拾晾晒在院子里的柴火。那时老龚头还没生病，他一天砍回来的柴火，够半个来月烧。

老龚头收工回来了，去楼上拿来两条短裤，对小羊羊努了努嘴。

小羊羊明白他爹的意思，要带他去溪里洗澡。这可是从未有过的，今天是头一回。羊羊跟在老龚头的后面，走向青龙溪。心里可着慌了，像草丛里的蚱蜢，一跳老高，一跳老高——他担心昨天的事会不会让爹知道了。

夏天的傍晚，溪里人可多了，近岸大多是嬉戏的小孩和浣洗衣服的女人。远处，有几个水性好的人，只露出几个黑点，缓缓地顺流而下，有的忽然改变泳姿，仰面朝天；有的像青蛙一样，一蹿一蹿的。小羊羊警惕地注视着周围的人，但愿没有人到爹跟前来告他的状。

“来！”老龚头拉着小羊羊，径直往乌牛潭走去。

小羊羊陡然惊起！昨天的恐怖情景立刻在眼前浮现，他迟疑了……

“害怕了？”老龚头还是拉着小羊羊往前走。这是一段陡坡，直下乌牛潭。因为乌牛潭的恐怖，平时走动的人不多，加上大樟树的浓荫，坡道上长满深绿色的苔藓和杂草。小羊羊心惊胆战地跟在老龚头的身后，他不知道今天爹为什么要带他到这个吓人的地方来。

老龚头站在岸边。小羊羊一脸惊惧地站在他的身旁。墨绿色的溪水不停地打着漩儿。不知什么时候大樟树钻到水里去了，伸展开它那巨大的枝丫，蓝色的天空成了水底，这水有多深啊！他仿佛感觉到溪水宽阔无边，又仿佛看见了鲨鱼的巨大嘴巴，头皮不禁一阵阵发麻……

“扑通”一声，老龚头跳进了水里，乌牛潭的可怖情景被老龚头激起的浪涌统统湮灭了。老龚头也像那些远离岸边的游泳健儿，一会儿侧身，一会儿仰面朝天。忽然人不见了，水面上漾开的波澜渐渐地消失了……

小羊羊惊慌起来，乌牛潭把爹淹没了！和自己一样沉下水底去了！他四下里张望，看不见那张竹筏和救他命的渔翁——酒老鬼，急得大声喊爹……

突然，水面上泛起一个大浪涌，浪涌里冒出了老龚头！他抹了一把脸上的水，说：“羊羊，下来！”

小羊羊依然在惊惧中，挪不开脚。

“别怕，下来！”

小羊羊还是站着不动。

老龚头上岸了，一把抱起小羊羊跳进了水里。他把小羊羊托在手里，教他最基本的游泳要领，让他反复做。累了，歇一会儿再练。

因为有爹保驾，小羊羊不再那么恐惧，手脚也放开了。原先要吞没他的溪水，变得舒缓、轻柔起来。

眼看太阳就要下山了。老龚头说：“回家，明天再来。”

换好了干净的裤子，爷俩蹲在溪边洗刚刚游泳时穿过的短裤。

“昨天淹了？”老龚头问。

爹怎么知道了？小羊羊有些紧张。

老龚头洗好了裤子，伸手用力把水泼向远处，水花击落在那些让人害怕的水漩儿上，乌牛潭——原本是一张恐怖的脸，此刻变成了一张笑脸。

老龚头看着小羊羊，说：“你知道吗？今天为什么要带你来这乌牛潭？”

小羊羊依然还有几分畏惧地看了老龚头一眼，没说话。

“你长大了。在哪里都不要忘记自己是个男人。我的爹，你的爷爷说：‘是男人，水里、火里都要去得。’”

小羊羊瞪大眼睛看着老龚头，然后慢慢地把目光移向乌牛潭那深绿色的水面。老龚头刚才击落的水花消失了，却看到一个模糊的身影，在波涛里挥臂斩浪。

回家的路上老龚头交代：“那个救你命的人，我会去谢他的。日后你可不能忘记他。”

小羊羊终于明白，今天爹为什么要带他到乌牛潭来。

3

羊羊去县城上中学。老龚头病倒了。小娜看着病魔缠身的老龚头，当年健壮得简直像头牛，从不让她做一点重活；小两口也从未红过一次脸，真说得上是百般恩爱。如今不仅要照顾他的病，还要下地做生活（劳动），里里外外全靠她一个人。小娜虽然也出生在农村，但家里条件比较好，上有哥哥、姐姐会做活，她只要照看两个弟妹，很少去田地里做生活。她生来个子俏小，体力有限，个中的艰难、困惑，她无处可说。唯一能得到安慰的是，从小聪明懂事的小羊羊，一天天长大了，也许龚家的指望就在这孩子的身上。想到这里，所有的愁楚都化解开了，所有的痛苦都默默地忍受着。

妈妈的艰难，羊羊都看在眼里，一到星期六下午放学，就早早地赶回家，急急忙忙地赶往小娜做生活的地方，顶替她娘，让她早些回家。星期天，基本上都下地做生活。镇上的人说他是半个“鞋袜人”（不参加体力劳动的人）。

羊羊不仅会做农活，家务事也会，只要是妈妈要做的，他都能帮着做。烧饭、做菜、腌菜、制酱、裹粽、拓粿、做面食，样样会。令人难以想象的——还会做针线活。邻里有时来串门，正好撞上羊羊在做针线，那些大婶、大妈就问：“小娜，你将来准备娶媳妇还是嫁女儿啊？”

羊羊在县里读书是住校的。每个星期带上家里的粮食到学校换成饭票。菜也是自家带的，装在一个“北佬筒”（搪瓷杯）里，大都是咸菜、霉干菜之类，要吃一个星期。天冷还好，遇上夏天，到后半个星期，就会变味，没办法，也只能坚持着吃。

羊羊最喜欢吃腌菜炒笋。上初二那年的春天，小娜进山里拔来好些青笋。周二那天，小娜一大早就起来，赶忙把昨晚剥出来的笋煮熟，摊晒在凉榻上，只要几个太阳下来就可制成笋干，这是家里常备的干菜。接着炒好满满一“北佬筒”的腌菜炒笋，装在“警报袋”（抗战时期形成的词语）里，便匆匆上路，往县城中学里赶。下午得赶回来割麦子，这样只耽误半天工夫。

两年前，小娜带着羊羊第一次走进这所县城中学，后来就再也没有来过。她知道羊羊的教室和寝室在哪里，令人意外的是，找到了教室，空无一人。又找他寝室，也不见人。奇怪了！这些孩子都到哪里去了？正当她六神无主时，恰好遇上了一个熟人，同是青桐镇的，在这里当炊事员。经他指点，找到了大操场。

这是上午最后一节课——体育课，一班孩子正在进行队列训练。小娜和她的老乡站在操场边上。羊羊走在队伍中间，根本没有注意到不远处妈妈正在注视着他。

小娜想着下午得赶回去，不能久待。但又不敢贸然出现，怕影响孩子上课。还是她老乡有办法，快步走进操场，悄悄地对老师说了。说完径直就走了，去准备中午开饭。

老师立刻让羊羊来到跟前，手指操场边上的树荫下。

羊羊终于看见了妈妈！立刻像一匹小马驹，撒腿奔跑起来，边跑边喊："妈！"

"慢点，慢点。"小娜满脸堆笑地看着儿子跑来。

羊羊大口喘气，站在妈妈跟前。

小娜伸手抹去羊羊额头上的汗，然后把手里的"警报袋"递给他："给你拿点腌菜炒笋来。"

"哇！"羊羊兴奋得叫起来，迅速打开口袋，从"北佬筒"里抓出一撮来，塞进了嘴里。

小娜轻轻地拍了羊羊一下："现在就吃？同学们都在看你了！"

羊羊鼓动着两边的腮帮，有点不好意思地回过身来看。还好，队列在继续行进，好像没有人在意他。

"我得赶回去！"小娜说着就要走。

"妈，你还没有吃饭呢！"

"你不要管我。自己当心。听老师的话。"

"哦！"羊羊看着妈妈走出操场，消失在通往校外的林荫道上。

羊羊提着"警报袋"，能这样去上课吗？四下里观望，这里是操场的北端，设有不少单杠、双杠、吊环之类的体操器械，他把"警报袋"挂在双杠上，赶快跑回体育课堂。

羊羊心里惦念着妈妈：时近中午，妈妈到哪里去吃饭？进城里去吃？他知道，妈妈身上没有钱。家里有一点钱就攒起来，留着给爹买药。妈妈一定是饿着肚子回家，二十多里路，还要翻过一道很高的岭。想到这里，他很不忍心地看了一眼那只挂着的"警报袋"，尽管那袋子挂在双杠上，却感到它挂在自己的心口上，很沉！很沉！眼眶里忍不住滚动起泪水。

队列训练结束。老师宣布，男女生分开，练习1500米跑。羊羊分在第一组，做完准备运动就开始。羊羊想，能不能借这长距离奔跑去追赶妈妈，把自己的中午饭也带上？担心老师不会同意，呆呆地站在一旁。

"龚示力，你怎么了？还不做准备运动？"

羊羊一惊！缓缓地开始运动。

老师见他情绪不对，是刚才家里来人引起的？发生什么事了？这孩子可是全校有名的优秀学生。“龚示力，你过来。”

羊羊快步来到老师跟前。

“你是不是哪里不舒服？1500米能跑吗？”

“能。老师，我想……”

“你说。”

“我想，我想去公路上跑。”后半句话说得很轻，他不想让别人听见。

“去公路上跑？！”老师有些惊讶。

羊羊走到老师身边，把自己的忧虑全对老师说了。

“原来是这样！”老师用赞许的目光看着这个充满爱心的孩子。也许是老师的职业使然，他感觉到这不是一个普通的孩子，将来一定会有作为。

羊羊得到了老师的许可，他快速取来“警报袋”；又跑到食堂，取出自己的饭盒，一并放在“警报袋”里，捆扎停当，沿着妈妈刚才走过的林荫道，开始追赶妈妈的长距离奔跑。

通往青桐镇的公路是一条老式的沙土路。羊羊手里提着“警报袋”，眼睛注视着前方的行人，奔跑的双脚在沙石上发出“嚓嚓嚓”的响声。那时山区的交通运输还很落后，路上行人稀少；又正是在吃午饭的时候，羊羊跑出校门，只遇见过两个拉手推车的人。

将近跑了三里多路，还没见到妈妈的影子，羊羊有些急了！

公路进入盘山道，迎面都是很大的拐弯，羊羊一跑到弯头上，便想象转过弯道定能遇见妈妈！但几个大弯转过，还是没见到。公路越来越陡，这是有名的金鸡岭，上下十里路，传说这里松林茂密，曾经有一只金鸡飞来林中，要三世修行的好人才能得到它。解放以后修通了公路，依然蜿蜒在茂密的松林中。

妈妈在哪里啊！她没有往回走？到哪里去了？

妈妈在哪里呢？小娜出了校门就感到有点饿了，今天起得早，匆忙做完家里的事就往几十里外的学校赶，俗话说，“五里空肚，十里空肠”，长途跋涉，最容易饥饿。她身上带着两元钱，原本想进城去面店吃碗有俏头的面条。她已经有好多年没有进县城了。记得还是怀上羊羊的那年，他爹带她进城，午饭在一家面店里吃咸菜肉丝面，到现在还没忘记那面条的滋味——香！

羊羊的学校在一座小山坡上，下山以后要通过一座长桥，进城还得再走三四里路。小娜站在山坡上，远远地看见城里像梳齿样连着的房舍，她犹豫了，还要走三四里路，来回七八里，相当于回家的一半路，忍一忍，还是回家好。拿在手心里的钱，已经被捏得有些湿润，重新给捋平整，放回贴胸的口袋里，又在外衣上抚了抚。

老龚家确实缺钱，日常的用度就靠小娜春天去野茶山上采点茶叶、端午前采箬叶、秋来采山苍籽（一种工业原料）换些钱。平时家用的油盐酱醋，就拿两只老母鸡下的蛋去供销社里换。

老龚头有一门手艺，做烟丝。那时候还有农民抽旱烟，烟叶自己种，晒干以后做成烟丝即可。省钱。但做烟丝是要手艺的，就像烹饪一样，色香味大有讲究。老龚头有这门绝活，人家都会找上门来，但现在身体不行了，只能在天气暖和，感觉略为好些的时候做一点，赚几个钱，但都开销在吃药上。

小娜打消了进城吃面条的念头，快步上路。走了一阵后，肚子里开始咕噜咕噜地叫，就像一扇磨盘，不停地在转。双腿里灌满了铅，挪不动了。看着一眼望不到头的公路，回家的路还远着呢！不行，得坚持走，好不容易上了金鸡岭。虽说还是仲春时节，但春日融融，午时的阳光还是有些骄人，加上疲劳，浑身冒汗。这时心里想的就是饭，满满的一碗，大口大口地扒进嘴里。如俗语说的：小孩儿看见了糖——笑也要吃，哭也要吃。

在阳光的暴晒下赶路，咽喉像火灼，渴得冒青烟，吃饭的念头被强抑了，喝水的欲望却越来越强烈。照当地人的话说：饥来喝碗水，抵过个冷饭块。哪里有水呢？

金鸡岭的左下方是一望无际的田园，经过一冬严寒考验的麦苗，在春风的馥郁下已经拔节长高，从岭上往下看，麦浪在风中飘摇，宛如大江波涌。“波涛”深处藏着一条蓝色的帔带，自北而南时隐时现，在阳光的照耀下，闪耀着粼粼碧波。这是青龙溪，从青桐镇奔流而来的青龙溪！看着那碧澄澄的溪水，小娜的眼睛突然放亮了！顺着公路旁的一条小路，直奔青龙溪。

羊羊找不到妈妈，就像迷途的羔羊，还往前走吗？羊羊面对着在风中摇摆的松林，默默地问：“你们能帮我吗？帮我齐声喊妈妈！妈妈……”

小娜喝了来自青桐的清冽的青龙溪水，又洗去了一脸的汗水，人舒服多了。正要返身上路，似乎听到了羊羊的喊声。奇怪？羊羊怎么会到这里来？是羊羊吗？遗憾的是那声音远去了。看了看周围，人影都没见一个，也许是自己听错了？

“妈妈！”喊声又起，这回听得更清楚了，是羊羊啊！她急着朝金鸡岭看，喊声就在金鸡岭上。这孩子一定想到他娘没吃饭，追上来了！小娜赶紧应声：“羊羊……”

“妈妈！”羊羊出现在岭上左侧的小道上。

“羊羊！”小娜不停地向他挥手。

找不到妈妈的“小山羊”，终于远远地看见了妈妈，飞奔而下。

小娜快步迎上。

羊羊因为跑得太急了，快到妈妈跟前时，不慎脚下被一块卵石绊了，在倒地前一刹那，他没有用双手撑地来保护自己，而是任由身体重重地摔在地上，双手仍然牢牢地捧住那只“警报袋”。

小娜抢步上前，扶起了羊羊。

“啊唷！摔痛了吧！”小娜心痛地给羊羊抚摸。

羊羊轻松地提了提腿，说：“妈，不痛。”

小娜不放心，伸手要提羊羊的裤管来看。

羊羊后退着不让看：“妈，没事。”

小娜不让，撩起羊羊的裤管来，膝盖上已鼓起了两个大疙瘩。

羊羊抢着把手里的“警报袋”递给妈妈，说：“妈，你饿了吧！”

小娜接过“警报袋”，看着羊羊满头满脸的汗水，额前发际上的短发，顶着晶莹的汗珠子，在阳光的照耀下，一闪一闪的，就像刚出土的豆芽儿，青翠、稚嫩，霎时泪如泉涌，紧紧地把他抱在怀里。

“妈，饭还热的，你吃吧。”

“你也没吃啊！跑了那么多路，你吃。”

“妈，你路远着呢，还有很多路要走。”

“妈到家就有饭吃。你要熬到晚上，你吃，妈不饿。”

“你不吃我也不吃。”羊羊态度很坚决。

“好，妈吃。妈吃。”

小娜打开饭盒，米饭的香味立刻扑面而来，正是饥肠辘辘时，俗话说的，“九月里的甘蔗已甜到心里”，但她只扒了几口就说：“妈今天早饭吃得晚，真的不饿，吃不下了，你吃吧。”说着把饭盒递给羊羊。

“不，你要再吃……十口！我才吃。现在我开始数……”

小娜没法子，只好胡乱地再吃了几口。“好了，妈妈吃多了，等会儿会难受的。来，你吃。”小娜硬是把饭盒塞给了羊羊。

羊羊接过饭盒，就着香喷喷的腌菜炒笋，两个腮帮子立刻鼓了起来。长大以后，龚示力与朋友们聚会，他总要回想起小时候的这一段经历，他感觉，什么筵席都没有那天的腌菜炒笋吃起来香。

“来，坐到这里吃。”小娜身旁正好有块大石头。她看着羊羊吃得那么津津有味，感觉从舌尖到嘴里不断地溢出从未有过的甘甜，一直滋润到心头。“傻孩子，看你这一头的汗！”小娜心痛地用衣袖抹去羊羊的那一头汗水。

吃完了饭，母子二人都得赶快上路，当他们重新走上金鸡岭时，正好有辆客车过来，朝着青桐镇的方向驶去，车里还有不少空位。小娜居然没有朝车看一眼，赶快避让到一旁。

羊羊一直惦念着这辆客车，如果让妈妈坐进车里，该省下她多少力气啊！再看妈妈，正淹没在客车掀起的风尘里。他深感怨艾，怎么能让妈妈——一个孱弱的女子去撑持一个家？怎么还没长大，还是个要爹妈抚养的孩子？

4

农活中最苦最累的要算砍柴。那个年代，我国南方家庭的燃料，无论农村、城市，使用的都是薪炭。城市居民向农民购买。农民上山采伐，其间的劳苦：赶路、登山、砍伐、捆扎、肩担，用砍柴人的话来说：身负磨盘（负重）；脚踩刀山（砍伐处遍地荆棘）；身披蓑衣（衣服被荆棘撕破）；口含黄连（长途负重，口味变苦）。由于一年四季大量采伐，青桐镇近处的山已经光秃秃了，要砍柴必须去十里甚至二十多里的大山坞。

羊羊见妈妈和隔壁的大婶、阿姨们，天不亮就起来，直到太阳下山了才回到家。歇下柴担，妈妈就坐在柴垛上，好半天起不来。羊羊看在眼里，很想为妈妈分担。

近来地里的生活很忙，小娜已有好些日子没上山砍柴，家里的柴火已快烧光了。这天正好是礼拜天，羊羊头一天就与隔壁的大婶说好，要跟她们去砍柴。小娜不放心，怕羊羊走不动那许多路，更捆不起担子。羊羊坚持要去。小娜还是不答应，说到最后，小娜答应下回带他一起去。羊羊仍然闹着非去不可，还梗起头颈来说："我是男子汉！"

小娜拗不过羊羊，千叮咛万叮咛，要他注意安全；又请隔壁的大婶多加关照。还算不错，羊羊第一次上山砍柴，担回来两个小"枕头"。但手臂、脚腕上划出了许多道口子，尤其是肩上，红肿得像两个染红的喜蛋。小娜心痛极了，拿热毛巾给他敷着；料理他吃好晚饭就上床去睡。

老龚头拄着拐杖到院子里看羊羊砍回来的两个"小枕头"，不由长叹！自言自语地说："都是因为我呀！苦了他娘俩。"

羊羊没睡着，肩上的那两个"喜蛋"在不停地蹦跳，一阵阵的胀痛。眼睛里看去全是漫山遍野的柴火。突然听到了爹的叹息，他想说："爹，我不苦，下个礼拜还要去。"但是没说出声来。

有了第一次的尝试，连续几个礼拜，羊羊都上山砍柴。但他发现，自己砍来的都是茅柴，起火很快，只一会儿就烧完了，妈妈还得锅台、灶下，忙得团团转。他不想再砍茅柴了，打算跟随那些后生去大山里砍硬柴。

小娜担心大山里路远，怕他吃不了那样的苦，不让他去。羊羊早已约好了带他的人，就是那个救过他命的酒老鬼。

周六下午学校里没课，他赶快回家。小娜陪着老龚头到附近的一位草头郎中那里看病去了。羊羊抓紧时间做好明天进大山的准备：把旧草鞋翻个面，穿起来合脚，因为路远，又带了一双新的草鞋；柴刀磨了又磨，磨刀不误砍柴工，这些都是酒老鬼交代的。准备停当了，爹妈回来了。

老龚头来回走了七八里路，累了！一回来就坐下来喘气。羊羊赶忙给他端茶，轻轻地抚摸他的胸口和背脊。

小娜拎回来一大摞草药，忙着到灶头去煎药和准备晚饭。羊羊见妈妈心事沉重，就帮着做下手。

第二天一大早羊羊就起来，只说去砍茅柴，吃罢早饭就匆匆忙忙地走了。

进大山砍柴是很有讲究的，因为路途远，得集群行动，遇事可相互有个照应。一群有七八个人，多的时候有一二十个人。其中必定有个带头人，这个人不是公选的，而是凭他的经验、体力和品格自然形成。他了解砍柴的“摘头”（砍柴的地点），路途远近，行走难易，一年四季分别上哪些山头，他都了如指掌。集队出发以后，他走在头里，不随便说话，所有人都保持沉默。到达目的地后不能休息，立即做砍柴前的准备：各自把柴杠、搭柱像军人搭架枪支那样，互相搭成支架，然后把自带的干粮悬挂在支架上。这时带头人才发话：“到我砍好第三把（一把为一小捆，四小捆即一担柴）的时候，我会招呼你们。”也就是说，他招呼大家的时候，他已经快完工了，大家必须抓紧时间。

今天走了二十多里路，翻过几个山头，才到达一座大山下，漫山遍野都是密密麻麻的灌木林，有砍不完的硬柴。羊羊已经走累了，加上心里紧张，担心赶不上趟，不知怎么的，急出内急来，只好先解决它。这时大家都动手了，噼里啪啦的砍伐声，羊羊听着更着急。匆匆忙忙完了事，穿裤子的时候，右手顺便拉了拉臃着的上衣，不小心碰上了插在刀匣子里磨得飞快的刀头，霎时间中指、食指鲜血直流。

酒老鬼正在找羊羊，人是他带来的，有些不放心。羊羊听到酒老鬼的呼叫，赶忙应声。

酒老鬼见羊羊满手是血，好不吃惊！“你这是……”

羊羊面带沮丧地说了刚才的事。

好在身边就有檵柴，酒老鬼二话没说，捋下了两把檵柴叶子放进嘴里咬，咬烂了，立刻敷在羊羊的两个手指上，又从身上撕下一片布条来给包扎好。

“你就在这里坐着。”说罢，一猫腰钻进林子里去了。

羊羊的手指开始很痛，而且是跳动式的疼痛。过了一阵，觉得好些了。林子里的砍伐声渐渐远去。他拿右手握了握刀，感觉还可以。

羊羊明白酒老鬼的意思，让他在这里等着，到时候大家把砍下来的柴匀一点给他。怎么好占人家的便宜？不能坐在这里等，他要自己砍。

羊羊见所有的人都在山体的同一侧，由于丛林茂密，已看不见一个人影，隐约可以听见一点砍伐的声音。这是一条大山沟，另一侧也是同样的灌木林，浓荫馥郁，而且朝阳，阳光下的树荫显得更绿，氤氲蒸蒸，散发出特有的清香。羊羊很想进入这面的山头，这时太阳已升得老高，近旁就有一条小道，可进入丛林，他紧了紧腰上的刀匣子，一头钻了进去。

阳光透过密林，播撒在灌木林的叶片上、枝干上，丛林像穿上了一身迷彩服，斑驳陆离。羊羊想起了读过的童话故事，想象着林子里有小木屋，走出七个小矮人……

突然，呼啦啦地惊起一只灰褐色的大鸟，扑棱着双翼，穿过密林，飞向了远处。几片黄叶和枯枝扑簌簌地坠落到小灌木的枝头上，不停地上下摇曳。羊羊骤然紧张起来，四下里张望，会钻出大灰狼来吗？马上提起手里的柴刀，注视着周围的动静。过了好一阵子，又恢复了先前的寂静，羊羊才渐渐地放下心来。再看这里的柴，简直都是树，太粗！太高大了！他伐不动啊！就是伐下一棵来，如何扛它下山？这才明白，他们为何不到这边来砍。

羊羊打算返回，但见已进入密林深处，再返回去怕时间来不及了，到现在一把柴都没砍呢！不妨再往上爬，难道都长得一个样？全都是树？让他困惑的是：所见的还是同样的林子，不同的是枝干越来越高大，这太让他失望了！但发现前方越来越明亮，又继续爬了一阵。林子里荆棘丛生，每前进一步，都得用刀来开路，削掉缠在身上的刺蔓，手上、脚上，已划出了许多道血印，裤管也有好几处被撕破了。

眼前豁然开朗，这是什么地方？猛一看，惊呆了！好大的一片林子全砍倒了，所以充满着阳光。那粗大的树干没了，剩下的全是枝丫，伐下来已有些日子，都已干了。这正是羊羊所需要的，可把他乐坏了！现在他不需要砍伐，只要挑选那些直一点的，削去细枝，捆扎起来就行。

领头人连续呼喊："有三把了！"

先后有人回应："有了！""差不多了！"

过不了多久，领头人第一个下山，整整齐齐的棍子柴（不带枝叶，像甘蔗一样），一捆一捆地背出林子，一共四捆，码放在谷底。这是山间峡谷，一遇暴雨，这里便是泄洪道，因而堆垒着许多巨石。领头人撩起敞开的衣襟擦去脸上的汗水，找一块石头坐下，然后点起一筒烟，美美地享受起来。

砍柴人陆陆续续地都下来了，有的歇下来抽烟，有的动手牵担子。砍柴要算牵担子最有讲究：挑在肩上的担子一定要有弹性才省力、舒坦。如果向外或向内倾斜，那途中就够苦了！这时手脚快的担子已经牵好，开始解开干粮袋吃饭了。

领头人要关注一番大家的进展，见手脚慢的，他会帮上一把。酒老鬼正在牵担子，看见领头的向他走来，猛然想起了羊羊，四下里观看，沟里根本没有羊羊的影子。立刻放下手里的活，一脸惊恐地向同伴们打听：有没有看见羊羊？十来个人这时同在一条山沟里，都说进林子以后就没见到过他。

“这样的小孩，你不该带来的呀！”领头人也紧张起来，不无埋怨地说。

“他手弄破了，我让他坐在这里的。”酒老鬼指着身边的一块大石头说。随即双手在嘴上搭起个喇叭，一迭声地朝着林中呼喊：“羊羊……”

领头人让大家停下手里的活，人分两拨，分别上两侧山坡寻找。酒老鬼急得像跳大神的童子，蹦着、跳着往林子里钻。刚才还是一身汗，突然间汗没了，只觉得背脊上寒毛直竖，不停地反问自己：“要是出点什么事，我怎么向老龚头交代？”

羊羊背着一捆柴，钻出了林子，正好碰上了酒老鬼。

酒老鬼睁大眼睛，连退两步，然后伸开双臂，把羊羊连同他的柴火都抱了起来。

“还有一捆，还有一捆。”羊羊挣扎着要下地。

领头人见羊羊找到了，好不喜欢！赶紧呼喊大家返回。

羊羊的那捆柴往沟里一摆，简直是草窝里的凤凰，大家都为之惊讶：干柴呀！一担抵得上两担。不约而同地都把询问的目光投向了领头人——哪里有这样的燥柴？

领头人被大家看得说不出话，只顾自己抽烟。

十几副柴担，清一色地架在山沟里，看上去就像一条长龙，唯独羊羊的柴是黄褐色的，像是龙睛，特别起眼。由于砍得好柴，便自然联系到砍柴人——羊羊，都说这孩子好样的，肯吃苦，知道怜悯他爹妈。

这时酒老鬼带羊羊去背另一捆柴了，大家就放胆说笑：“要是今天羊羊找不到了，你们说这事该怎么办？”

“酒老鬼要挑担子。”

“酒老鬼只有一个女儿，顶不了歪把子。”

“老龚头再生一个。”

“老龚头上气接不了下气，还能使那个劲？”

正在大家七嘴八舌，领头人插话了：“这小鬼在乌牛潭里溺水，是酒老鬼救了他的命。”

“这倒说得过去，有救命之恩在先。”

“我看这小鬼将来会有出息。”

“我们来了！”酒老鬼怕大家等急了，喊在前头，他帮羊羊把另一捆柴也背下来了。

羊羊已累得瘫坐在地上，任凭汗水在脖子、脸上直流。

“你的饭食呢？赶快吃。大家都好了，就等你了。”酒老鬼催促羊羊。

羊羊抬头看原先挂着的那袋饭食不见了！赶快找，结果发现在地上。原先挂着它的那些担柴家什，都用于牵担子了，独木难成林，自然就落到了地上。羊羊也确实饿了，赶快打开蒲包。只听突然一声惊叫，蒲包落到了地上。

大家不知道羊羊在蒲包发现了什么？都围上来看。酒老鬼把蒲包捡起来，猛一看，也惊呆了！饭里全是密密麻麻的山蚂蚁，就像一窝蜂。

“这还能吃吗？”大家都噤住了。

酒老鬼捧起蒲包来闻了闻：“蚂蚁不比苍蝇。”

领头人走到羊羊跟前，在他头上摸了摸，说：“羊羊，今天我们砍的柴算你最好，连我也不知道那边有燥柴，下回领头的该是你了！”

“好！羊羊，你是带头羊了！”几个人一起说。

领头人接着说：“这饭吃了没事的。要不你这担最好的柴怎么挑得回去？二十多里山路啊！”

羊羊看着自己的一袋白米饭变成了黑米饭，那些快速奔爬的蚂蚁，个头有日常见到的两三倍那么大，好像已经爬进了他的嘴里、胃里、肠子里，他浑身哆嗦。

酒老鬼见羊羊吓呆了，便逗着他说：“饭还是蛮香的，酸酸的腌菜味儿，你不吃啊？我都想吃了。要不你闻闻？”说着把蒲包端到羊羊的嘴边。

羊羊连连后退。

领头人抹了抹嘴巴，抹去留在嘴角上的几粒玉米渣，说：“这样的事见多了！哪个上山挣活的人没有吃过蚂蚁？俗话说，‘一千只蚂蚁比不上一只苍蝇脚’。吃吧，吃完了我们赶路。”

羊羊睁大眼睛看着领头人。

酒老鬼低下头去，也没用筷子，咬起了一大口饭，鼓起两个腮帮子，叽嘎叽嘎地大嚼起来。“嗯！好吃。好吃。”其实，酒老鬼心里也腻烦。但到哪里去找吃的？这些人谁有多余的吃食？人是他带来的，不吃，这担柴怎么挑得回去？没办法，他只好硬起头皮来往鼻子里插葱——装象。

羊羊的嘴巴随着酒老鬼咀嚼的节奏，也跟着艰难地痉挛起来。

领头人拿出自己的半个玉米饼，原本打算留在路上当点心的。“呃，羊羊，那就吃这个吧。”

羊羊没有接过那半个玉米饼，而是从酒老鬼手里拿回自己的蒲包，闭上眼睛，大口大口地吃起来。

“好，好样的！”大家齐声赞扬。

5

下山了，在领头人的带领下一个接着一个，连成长长的一队，宛如一列火车，逶迤行进在山道上。回程比砍伐更艰难，每个人都要长距离地肩负重担，体力消耗很大。领头人这时起了指挥员的作用，他走在头里，用他的步速、他的搭柱头（行进中放下搭柱，换肩作短暂休息）来指挥全队的行进速度，合理分配体力。羊羊排在中间，紧跟在酒老鬼的后面。

翻过两个山头，来到一个叫落马坑的地方停下来休息。大家都汗如雨下，坑边有条溪涧，痛饮一番后围坐在一起。领头人摸摸荷包，已没有烟。有人抛过来一支纸烟，这可是稀罕之物，拿起来横看竖看，又放到鼻子底下嗅了嗅，才划火点上，猛吸了一口，为避开眼前的烟雾，半睁半闭着眼睛，说：“今天在山上耽搁的时间久了，太阳已经偏西，看来回家要摸黑。”

有人立刻提议：“走横盘路，可以近五里。”

“我知道。还有个羊羊，他怎么办？”领头人眯着眼睛说。

横盘路横穿一座山头，仅只一尺多宽的路面，里边是岩壁，外边是望不到底的深渊。全程是两个搭柱头（约四里多路），中途不能换肩，必须一肩到底。因为险象环生，这条路平常很少有人走动。

领头人的话不无道理，接着就没人说话了。但有个后生耐不住寂寞，来到羊羊跟前，半开玩笑地说：“呃，你满肚皮的蚂蚁，石塔皮上也爬得上去，横盘路能挡住你？你是带头羊呃！”

一阵哄笑后，大家都看着羊羊，盼他能像刚才吃蚂蚁那样勇敢。

羊羊明白大家的心意。但一想到横盘路的艰险，心里真有点发憷。他的一只脚下正好有一块像碗口般大的卵石，不知是因为情绪紧张还是思想犹豫，那只脚不停地在卵石上摩挲。

“要说带头羊，”领头人指着羊羊说，“他爹——老龚头，才是真正的带头羊，我就是他带出来的。他那力气……”说着，站了起来，双手伸开，做了一个尽可能大的围抱，“他一头的柴，我有一担好挑。”

羊羊曾经听妈妈说起过爹的勇敢和面对险情的故事，爹是他心目中的第一条壮汉。

“好了，不走横盘路。我们赶路吧！”领头人招呼大家准备上路。

轰隆一声！一块卵石抛进了溪涧，溅起了好高的浪花。“走横盘路！”羊羊大声说。

大家惊问：“真的？！”

羊羊昂起头来说：“我是老龚头的儿子！”

“好！”大家一阵欢呼。

“哇！这小鬼头犟上来了，活脱就是个老龚头！”

“废话！老龚头生的，不像他像谁？”领头人来到羊羊跟前，低下身来问，“当真的？”

羊羊用力点头。

“好！那就让我来教你怎么过横盘路。刚才你跟在谁的后面？”

羊羊指了指酒老鬼。

“横盘路里侧是山崖，外侧是深渊。一上横盘路，大家都换右肩，搭柱交左手拖地。眼睛只看前头人的脚步，千万不要看外侧。中间没有歇力的地方，一定要熬到头。记住了吗？”

“记住了。”

领头人交代酒老鬼：“那羊羊还是你带着。”然后大手一挥，“出发！”

穿过了一段林间小道，开始上岭，岭很高，抬头望不到巅。越往上走，灌木、荆棘、草蔓越来越少，山体裸露，尽是青褐色的岩石。岩缝里长着参天的松树，黑沉沉的，宛若挡住青天的巨伞。忽然迎面刮来一阵风，大松树呼啦啦地一起吼叫起来，让人心悸。

忽然间，天空明亮起来，道路外侧的山体没了，只见蒸腾起来的云雾。羊羊正看得出奇，“当”的一声，领头人的搭柱下地了，紧随其后，当当当……一连串的搭柱落地声。

“横盘口到了，大家小心，一个接一个，距离拉开些，慢慢来。”领头人从前面传过话来。

酒老鬼换右肩。

羊羊也跟着换右肩。

酒老鬼回过身来，满脸是汗，身上那件破旧的黑色中山装，早已解开所有的纽扣，又因为撕下了一条布，前襟开了一个大衩，风一吹，活像古装戏里武将盔甲的下摆，一片片地飞起来。他撩起衣襟来擦了把汗，像喝过酒一样，满脸通红。

“不要往外看，只看我的脚步。”酒老鬼轻声交代。

“唉！”羊羊应着。

“不要跟得太紧。”

“唉。”

酒老鬼前面的人起步了。

酒老鬼在挪动脚步之前又叮嘱：“不要急，步子踩稳。”

羊羊跟随着酒老鬼，踏上了横盘路。因地势开阔，风特别大，一阵接一阵的，已是仲秋季节，风已经带刺，刚才还是浑身冒汗，经风一吹，原来湿透的内衣，就像块铁皮，紧贴在身上，透凉！

人都有好奇心，说不让看的，偏想看一看，因为柴担挡住了视线，羊羊只向下看了一眼，但见辽阔裸露的山体，几乎全是暴突、光滑的岩石，深褐色的，一眼望不到底，不知道这山谷到底有多深？生长在石罅里的松树怎么突然都变小了？好像久旱的田地里，长着零星稀疏的禾苗。他不敢再看，赶快收回目光，注视着前面酒老鬼的脚步。但有轰隆哗啦的激流声不断地传来，山下有溪流？他又朝下看了一眼，这次目光远行，越过重重巉岩，就像在天上看人间，看见山脚下有一条激流，深绿色的溪水，汹涌澎湃，如同愤怒的巨兽，不停地撞击山崖。那汹汹的激流，伴有巨大的引力，似乎要把他连人带柴担都吸引过去。羊羊不由自主地摇晃起来，脚有些发颤，心头一阵阵地乱跳。

一阵大风过后，雾气来了，转眼间，裸露的山岩不见了，天地混同，尽是白茫茫的一片，酒老鬼就像一个不停地移动着的影子。唯独那撞击山崖的“猛兽”，它的吼声，越发凶虐，越发尖利，让人心惊胆战。

这是横盘路上少见的、可怕的景象，一不留神，人就会滚下山崖。领头人见此情形，决定打破常规，大家下搭柱休息，等雾散了再走。一条行进中的长龙，戛然静止了。

汗水早就干了，脸上摸去好像有一层细沙，那是汗水的晶体——盐。撩起衣襟来擦，“细沙”更多，因为衣襟上满是白白的盐巴。冷，好冷啊！大家都打起了寒噤，上下牙不停地嗑打。好不容易，雾渐渐地褪去，没等褪尽，领头人就起步了。

羊羊再也不敢往下看，但肩上的担子越来越沉了！压在肩上的柴杠，简直要嵌进他的肩胛里去，一阵阵钻心的疼痛。还有多少路啊！怎么走不完的？看着酒老鬼两条不停迈动的腿，羊羊不敢停留，也无法停留，心里念叨着“第一条好汉的儿子”，强制自己跟随着酒老鬼，一步步地前行。

6

别人穿着夹衣的时候，老龚头就把棉衣穿上了。现在已近深秋，他早已把冬天的衣服都裹在身上。他的病最怕寒冷，有时一口冷风，就会让他咳喘不止，一个晚上别想睡觉。

天已渐渐地暗下来了，娘俩都没回家，尤其是羊羊，他有些不放心，怎么到现在还没回家？晚来风急，他也顾不上了，拄起拐杖，前往经常带羊羊砍柴的邻家去打听。

大出意外——今天羊羊没有跟随那些大婶、阿姨们去砍茅柴，而是随同那些年轻力壮的汉子们进大山了。老龚头开始有些吃惊，随后又有些乐滋滋起来："孩子长大了！男人家么，老是跟着一些婆娘们，哪会有出息？"想到这里，脚步也轻松起来，不管一阵阵的晚风，来到了村口。

远山已隐入暮霭里。顺着青龙溪有一条小道，是进入大山的必经之路，道旁有一行整齐的水杉，高大、挺拔。老龚头目不转睛地注视着小道，他在等待着即将出现的一队砍柴人，个个都是精壮汉子，其中有一个就是他的羊羊。朦胧中，那个走在头里的竟是他老龚头，柴担在肩上有节奏地闪动，发出呼啦呼啦的响声；回家的兴奋，汉子们发出的啸声，汇集成一阵势不可挡的旋风，直向镇上奔来。

看着，看着，咦！怎么都站着不动了？老龚头很有些失望。再看，原来是一行水杉。

天色更暗了，感觉有些冷。身后好像有人走来，老龚头回过身来，正好遇上了小娜。

"你也不想想自己的这身病，怎么能站在这种地方？"小娜赶紧把手里拿着的一件人棉衣披在老龚头的身上。"要说今天的事，都怪你。"小娜不无埋怨地说。

"怪我？"老龚头把眼睛瞪得老大。

"都是你。总是说他跟着大婶、阿姨没出息。你不知道？我们家的孩子多要强？好了，今天他跟着那帮男子汉去了，到现在都没回来！"说着说着，小娜撩起围身布来泅泪水。

"男子汉总不能老是跟在婆娘们的后面！将来……"

"他还小，将来远着呢！我是说现在，人到现在都没回来，真要急死人了！"小娜急得跺脚。

"来了！你看来了……"老龚头手指山道，话没说完便咳嗽起来，一直咳得他哈腰，趴下。

小娜不停地给老龚头揉背，见他咳得实在可怜，后悔自己刚才的话说重了，心里有些过意不去。眼睛却时不时地盯着正浩浩荡荡而来的一队砍柴人。天实在太暗了，这些人又走得快，看不清楚。她想起来了，其中最矮小的应该是她的羊羊。但怎么也找不到一个特别矮小的，似乎都是一样高大、一样的柴担、一样的快速行来。她担心羊羊是不是赶不上趟，落在了后面？天这么黑了，就他一个人在山道上，这怎么得了啊？太可怕了！

“羊羊！”小娜大声喊叫。

“妈妈！”羊羊应道。

蹲在地上喘着的老龚头，猛听见儿子的应声，双手摁住膝盖，噌地站了起来。

“来接了！你家羊羊可是带头羊了！”领头人说着，快步从身前闪过。

酒老鬼接着到来：“领头羊在这里！”

羊羊快速闪身，出了行列。

老龚头在小娜的搀扶下退向路旁的一侧。

“爹，妈——”羊羊“砰”的一声，卸下了担子。

小娜一把将孩子拢进怀里：“你怎么不说，就偷偷地跟他们进大山了？”

“我……”羊羊低下头来笑。

“我收工回来已经很晚了。到隔壁人家去问才知道你进大山。你啊！真把妈急死了！”

“爹，你怎么到这里来了？风多大呀！妈！我们回去吧。”羊羊钻进了柴担，正要启肩。“我来吧，你累了。”小娜拉开羊羊。“不，我来。”羊羊不让。

“噢哟！真有点分量！”小娜还是抢过了柴担。羊羊搀扶着他爹跟随在后。

“他们怎么说你是带头羊？”老龚头一直想问，刚才他没能插上嘴。

“哦……”

CHAPTER 2

第二章

考上了大学

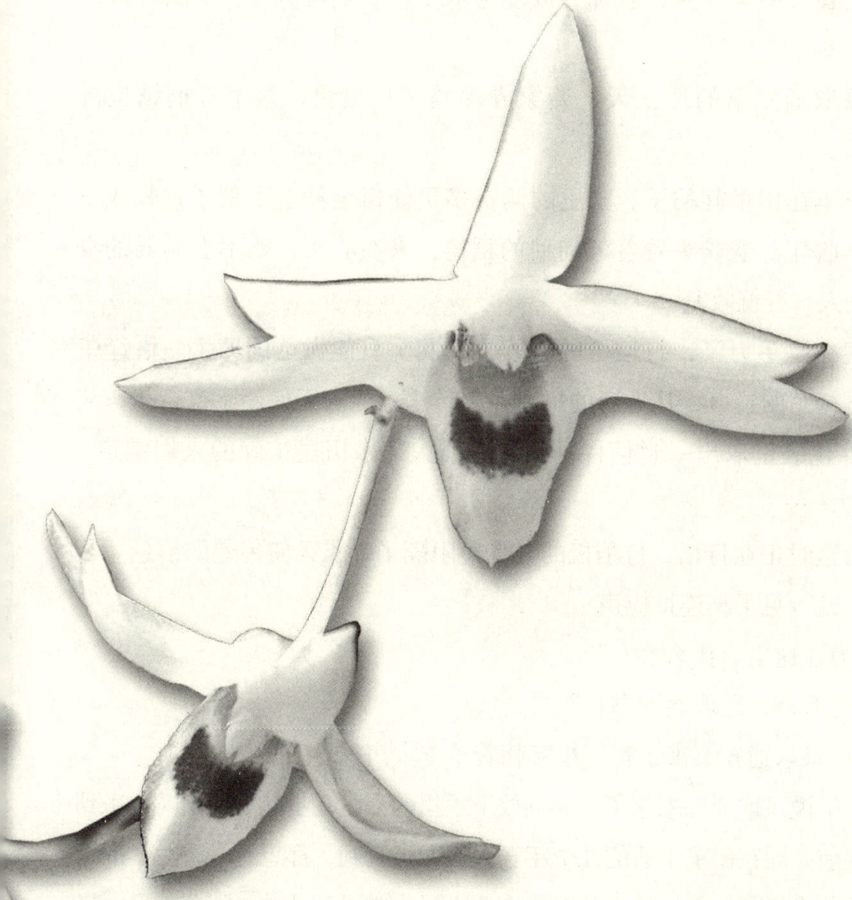

1

羊羊在县立中学毕业，以优异成绩考取了一所名牌大学——滨海理工大学。

接到录取通知书的那一天，龚家弄沸腾了！很快，整个青桐镇也沸腾了！

那天羊羊在田里割稻子。家里的两亩多责任田全种上了稻子，收成不错，是个丰收年。老龚头看着沉甸甸的稻穗，喜在心头，顾不上病弱的身体，一家三人，开镰收割。

羊羊现在是主力了，打稻子的时候，老龚头只能做他的助手。恰逢午间，一阵自行车的铃声，从近旁的机耕路上传来，绿衣天使停下自行车，从他的绿色邮包袋里取出一封信件，朝着正在大片水田里忙碌的人们喊道："谁是龚示力……"

龚示力这时正在打稻，打稻机的轰隆声阻隔了绿衣天使传递的信息。小娜在割稻，她听见了，连忙应声：

"龚示力在这里。什么事？"

"龚示力有信，录取通知书！"

"羊羊，录取通知书来了！"小娜朝着羊羊大声喊。

羊羊一听说录取通知书来了，立刻放下手里的活，几步就跳出田畴，来到绿衣天使跟前，同在田里干活的几个年轻人也闻讯赶到，都想看一看大学的录取通知书是什么样的？青桐镇还从来没有人上过大学呀！此外，那些妇女、老人都停下了手里的活，宛若道场上放映战斗影片，齐刷刷地瞪着眼睛看。

羊羊正要伸手接过绿衣天使手里的录取通知书。

围观的年轻人中突然有人喝道："看你那双手！"

羊羊这才注意到自己手上全是泥水，还沾着不少长短不一的稻衣（稻叶子）。他想往身上擦，身上是光膀子，泥水、汗水流在一起，一条短裤也沾满着泥浆。

"草上，草上。"有人给他出主意。

羊羊的脚下，是机耕路的边沿，长满绿油油的小草，他赶忙蹲下身来，双手在草地上擦抹，立刻抹出了两道"五线谱"。但仅一会儿，弯腰低头的草叶子，纷纷都抬起头来，"五线谱"不见了。

羊羊再次向绿衣天使伸出不见泥水的手。

"你是龚示力吗？"绿衣天使把通知书捏在手里。

羊羊乐呵呵地说："我是龚示力。"

"这还能有假吗？"年轻人齐声回应。

"你们的队长在吗？"绿衣天使一脸严肃。

年轻人一阵哄笑："你是老黄历了，现在是村长。"

"村长不在。我是村委，顶用吗？"酒老鬼在远端的一块田里支起嗓门回应。"我们大家都可作证。他爹妈也在。这个龚示力板上钉钉，假不了！"

"好，好。"绿衣天使朝酒老鬼点头，把通知书交到羊羊的手里，"小伙子，恭喜你了！"

羊羊实在是心里激动，好一阵手忙脚乱才把信件打开，第一行黑体字立刻映入眼帘：滨海理工大学录取通知书。

年轻人一阵欢呼，一次又一次地把羊羊高高地抛起来。

小娜来到老龚头身边，你看我，我看你，都咧开嘴笑了。

小娜用手背撩开散落在脸上的头发，问："读大学要很多钱哦？"

"嗯。"老龚头口里应着，眼睛还在看着年轻人哄闹，时而张大嘴巴笑。

"问你话呢！"小娜提高了嗓门。

"哦，你说什么？"老龚头这才回过神来。

"你的耳朵呢？我说孩子上大学要花大钱吧？"小娜重复着说。

"那是，那是。"

"我们哪来那些钱啊？"小娜一脸焦急地看着老龚头。

老龚头脸上的笑容渐渐褪去，他在思考，既而又把目光移向羊羊和那帮年轻人。"小娜，我们的羊羊会出山（出息）的。"

"有没有出山，我会不知道？"小娜显然感到自尊心受到伤害，似嗔非嗔地说。

老龚头下意识地看了一眼稻桶里黄灿灿的稻谷，说："好，那就砸锅卖铁也让他去读。"

年轻人的激动心情，意犹未尽，有人拿来了当年演"样板戏"的锣鼓，乒乒乓乓地敲打起来，前呼后拥地要把羊羊送回家。小娜一看这场面，赶快让老龚头丢下手里的活，"快，回家！"

"唉。"老龚头应着，随即向身后的田塍走去，准备关掉打稻机的电源。

"我先走了。"小娜心急火燎地快步上了机耕路，边走边解下围身布，拍打身上、裤腿上沾着的稻衣。头发上有一片像手指样长的稻衣，金黄色的，随着她步伐的节奏，不停地飘摇起来，像得胜归来的战士头盔上的翎子。

2

大伏天里为了避暑，早上天刚亮就起来做生活。中午是日照最强烈的时候，吃过午饭，通常都在家"歇力"（休息）。可是今天非比寻常，凡是与老龚头沾亲带故的，平常略有交往的，隔壁邻里就更不用说了，熙熙攘攘一大群人，没有一个空着手，就差一点没把老龚头家的大门挤破。这里的风俗：凡是哪家有喜事，作兴送上鸡蛋和索面条（有咸味的干面条）。孩子考上大学，青桐镇是头一回，当作大喜事来送礼。老龚头家的堂前，以至灶间，都摆满一篮篮的鸡蛋和索面条。

酒老鬼送的鸡蛋很特别，每只都是"喜蛋"，是特意请孵房里的师傅选出来的。这有什么讲究？酒老鬼有个不为人知的秘密，他有个女儿，比羊羊小两岁，取名诗梅，相貌长得很秀气，在青桐镇的姑娘里是最出色的。特别是她的眼睛，含有一汪来自深山里的清泉，顾盼之间，沁人心脾。还有她的手，皮肤白皙光润自不必说，那指头就像兰花的叶片，细嫩而修长。

诗梅正在读高一，成绩也不错，就是数学稍逊。假期里，酒老鬼曾带着女儿到老龚头家，请羊羊给辅导。两个孩子就在堂前的饭桌上又写又画的，酒老鬼根本看不懂，就找老龚头说话。

紧挨着堂前有一间屋，搁着一个大粮柜和一些农具，剩下的一半空间，冬天安上一个泥围的火塘，老龚头的一张竹制躺椅，垫着厚厚的棉絮，外裹一层最廉价的、暗红色的棉毯，即便是夏天，也只拿掉棉絮，这是老龚头的起居间。酒老鬼一来，老龚头就把他让进起居间。老规矩，从大粮柜靠墙的角上，捧出他的一个褐色小陶瓷罐，抓出一把金黄色、香喷喷的自制烟丝，塞进发黑、油亮的烟荷包里，然后点上一筒烟，递给酒老鬼。

酒老鬼最好这一筒烟，立刻猛吸两口，两颊瘪得像吹唢呐的人换气，抽得烟筒头上的火口，吱吱作响。烟雾让老龚头连连咳嗽，好一阵才平缓下来，他已经戒烟多年了。

两人这才开始说话，从天气说到年成，现在的日子与往年的比较，免不了也说些家长里短。老龚头大都是躺着的，有时觉得酒老鬼说的话有点对不上茬口，渐渐地就熄火了。奇怪！抬起头来看，这才发现，酒老鬼正竖起两只耳朵在听堂前的两个人说话。

“喂，老鬼！”

“哦。”酒老鬼一惊。

“你听得懂他们在说什么？”

“听不懂，听不懂。”酒老鬼竟然像做错事的小孩一样，脸上红一阵、青一阵的。

“听不懂，你还听？”

酒老鬼在听什么呢？他很想听到他完全听得懂的，男女青年之间的那种话。他一直以来都认为羊羊这孩子好，就像看天上的星星、月亮，除了神往、赞美，说不出什么不是来。他认准这孩子将来一定有出息。如果日后能与诗梅结成一对，那就再好不过了。也许真有天意，偏偏救过他的命，真是前世姻缘，命中注定？

酒老鬼的这个想头藏在心里已经有些日子了，只同老伴说起过。老伴说她早就有这个念头，只是女儿还小。

老龚头两口子不是蒙在鼓里的人，怎么会看不出酒老鬼的心思？再说，诗梅这姑娘确实让人喜欢，只因家境困难，孩子也还小，权当糊涂，不作理会。

羊羊和诗梅，同在青桐镇长大，可以说是青梅竹马。羊羊长两岁，都在一所县城中学就读，一个初三，一个初一；而后，一个高三，一个高一。逢到周六下午，经常一起回来。周日下午又同去学校，接触的机会不少。羊羊不忘感恩之情——酒老鬼救过他的命，凡是诗梅的事，他都主动帮忙：上学路上，要带一周的粮米、菜和学习书籍，二十多里的路程，也是个不小的负担，每次羊羊都抢着分担；至于学习上的帮助，更是有求必应。

女孩子成熟要比男孩子早。上初中的时候，诗梅还是无拘无束、天真烂漫的。到了高中，就不一样了：上学路上要挑的那些东西，她决不肯在镇头上就让羊羊挑着，一定要走出镇子好远，在羊羊的再三催促下，才勉强同意。在交接的过程中，十分警惕地左看右看，如发现有熟人，马上拿回来自己挑着，并快步行走起来，远离羊羊。数学上的求教，以前自己会找上门来，手里拿着本书，一跳一跳的，扎在脑后的"马尾巴"，跟着左一摇右一摆，未进门就远远地喊着："羊羊哥在家吗？"

现在来得少了，就是来了，也一定要她爸或者是妈陪着，一个人决不肯上门。

为什么要这样呢？俗话说的毛头姑娘十八变，变的不仅仅是姑娘的身材、容貌，还有姑娘的心理变异和情思的生发。至于羊羊，好像还是老样子——屋檐滴水，落在老地方，真心诚意，随时随地都愿意提供帮助。

羊羊考上了滨海的大学，这一惊人的消息，就像雷暴在酒老鬼的头顶上炸响，好一阵才回过神来：这孩子去了滨海的大学，小溪里的鱼游进了大海，去龙宫了！以后……眼里还会有我山沟里的小梅？！但又不忍心把自己的妄想强加到羊羊的头上：羊羊这孩子他看着长大，俗话说，"三岁看老"，天性厚道，不是那种看这山望那山高的人。想着想着，突然猛拍自己的脑袋：胡闹！胡闹！这不是剃头挑子一头热嘛！八字还没有一撇呢！但不管怎么说，酒老鬼心里就像水泥搅拌机，不时加进黄沙、水泥和水，胡搅在一起。

有道是鼓不敲不响，话不说不明，这层窗户纸总得想法子点破它。怎么个点法呢？自己开口？那是鸡给黄鼠狼拜年——死巴结了！请人去说？也不合适，还不知道女儿到底是怎么想的。但总不能老在门背后等天亮。好在不是明天就走人，还有些日子，想办法找机会。

酒老鬼的堂客（妻子）比他聪明，送“喜蛋”的主意是她的点子。真是心有灵犀一点通，酒老鬼心里豁然开朗，考上了大学还不是大喜事嘛！顾不上他饭后的那一筒烟，去孵房里精心挑来一篮子喜蛋；又买来洋红，把鸡蛋染成鲜艳的红色，兴冲冲地赶往老龚头家。路上反复默念他几经思考的“谶语”。

3

老龚头家就像露天戏台下，连院子里也站着人。小娜见来了这么多乡邻，真有点应接不暇，就急着朝里屋喊老龚头。

老龚头连忙应道：“我在猪栏里！”他想到儿子要用大钱，家里值钱的就是一头肉猪，估计毛坯已有一百五十来斤。孩子要一个多月后才走，赶紧把猪圈清理一番，再长上个十来斤，没问题。因为心里高兴，咳喘好像也和缓些了，一回到家里，就操起四齿耙，进了猪圈。

小娜知道猪栏里的事一时放不下手，就只好一个人穷应付了。

就在这时，茅太公——一个须发全白的老人，曾经是清朝末年的补廪，在儿孙的搀扶下，颤颤巍巍地走进了龚家。想当年，逢年过节茅太公可以到县衙门里领取粮食和银两。如今他九十多岁，是镇上最有学问的人，所以尊他为茅太公（姓茅）。

原本是个众声喧哗、气氛热烈的场面，茅太公一到，大家全体肃立。小娜立刻搬出椅子，让他在堂前坐下，又泡上一壶热茶，恭恭敬敬地端到他手上。老人想要说话了。他儿子立刻接过他手里的茶壶。

“老龚家的，恭喜你啊！”茅太公向小娜拱手，颌下的长须覆盖住他的手指。

“托您老的福气！”老人耳背，小娜伏下身来，凑近他耳朵说。

“呵呵！说得好！你家祖培呢？”茅太公前后张望。

“在猪圈里，我去叫他来。”小娜转过身就走。

茅太公侧过身问儿子：“我的东西呢？”

茅太公的儿子马上把手里提着的一个蓝布袋递上。

茅太公接过布袋，九十多岁的人了，双手不停地抖动着，布袋也拿不稳。孙子眼尖，赶快伸手托住，帮着打开布袋。这种样式的蓝布袋，生活中已经很难见到了：那布是手工纺线、木制纺机织成的，厚实如革；说是蓝色，但蓝中带黑；也不是日常所见的，可提着的口袋，它是挂在肩上，前后都有夹袋，专供古代读书人携带书籍用的。

“羊羊这孩子呢？”老人眼花了，面前站着许多人，他找不到羊羊。

羊羊早就站在他身边，立刻上前一步说：“茅太公，我是羊羊。”

“哦！”老人拉过羊羊的手，又摸摸他的头，“好，好，有出息！照往年呐，你是中举了。我们这些乡邻，都得送下程啊！”

“什么是下程？”有人问。

“送钱呐！”

“哦！”大家相互交换眼色。

说到这里，老人笑了，捋了捋长须，“老朽送不起下程，这里有一套《四书章句集注》送给你。”说罢想站起来，但双腿无力，一时起不来。

羊羊连忙上前，伸双手去接，“谢谢太公！”

茅太公摇头叹息！“我的这些子孙，都不中用，不肯读书哇！我看呐，这书对你有用，为人，处世，治国平天下的道理都在这里头。”

大家好奇地看着羊羊手里捧着的那一摞书。

羊羊把这套书带到大学，也研读过一番，他待人仁厚、诚信，处世谨慎、谦逊，孝敬父母、长辈，都得益于此书，这是后话。

茅太公意犹未尽，“我们青桐啊，风水都应在这孩子身上了。”说到这里又想起了祖培，向前探身随后又转身寻找，“祖培呢？”

“来了，来了！”老龚头刚洗过手，边撩起围身布揩手，边应声而来。“老太公，怎么敢惊动你老人家呀！”说着，捧住茅太公的双手，再三表示敬意。

茅太公话说多了，一是接不上力，喉骨在他干瘪的颈脖上，上下移动了几个来回才接着说：“我们青桐的风水如今应了！你好福气！”

“是托你老人家的洪福！”老龚头在茅太公的耳边大声说。

茅太公甚感快慰，笑了。

说话间，酒老鬼到了。见茅太公在，便毕恭毕敬地上前行礼。

刚才大家的注意力都集中在茅太公的身上，也没人敢多插嘴。这酒老鬼一到气氛就变了，因为他好酒，一喝酒就要讲浑话；还有个好脾气，怎么调弄他都不会生气。

“酒老鬼，你这篮子里是什么？”有人问。

“你没长眼？”酒老鬼漫不经心地应道。

“耶！就你这个酒老鬼送红嘎嘎（喜蛋），你家就两只母鸡，一只老母鸡，不下蛋了；还有一只嫩母鸡，没有滴种的公鸡，哪来的‘喜蛋’？”有人故意找茬。

有人乘机起哄。

好一个酒老鬼，慢悠悠地说：“有母鸡就会来公鸡。你们没见过公鸡走路？”

“没见过。你学学，学学么！”有人趁机调笑。

酒老鬼见几个女人靠墙坐着，便伸开双手当作公鸡翅膀，把一条腿提起，斜着身体，像一只大公鸡，冲向那几个女人。

大家一阵哄笑。

女人叫骂起来！酒老鬼立刻止步。回过身来指着众人说：“我说你们这些人啊！当愁不愁，只愁六月没日头。”说罢，硬在那几个女人坐着的地方挤身坐下，还与她们挤眉弄眼一番。

这么一来，气氛推向了高潮。

“酒老鬼，你这是给你家的那只嫩母鸡找公鸡来的吧！”一个尖细的声音高喊着。

立刻引起哄堂大笑。

“他家有一个电影明星！”一个女人说。

“这里有一个中……中什么？”一个小伙子忘词了。

“中举。”立刻有人纠正。

“对，有一个中举的后生，好配吗？”小伙子大声问。

“天生的一对！”大家齐声说。

羊羊起先也跟着大家笑，渐渐地低下头来，脸一直红到脖颈上。

酒老鬼伸手在嘴上摸了一把，眼睛笑得眯成一条缝。“你们这些媒公、媒婆，想喝媒酒了是不？！”

“想喝！”大家齐声哄笑。

老龚头与小娜相视而笑。

茅太公也听明白了，不停地捋着胡须笑。

酒老鬼准备的谶语，现在不用说了，大家代他说了，因而笑得最欢。

4

老龚头把栏里的猪卖了，真的长了十多斤，一共凑起了六百多块钱，但还是不够，尚缺五百多。

三伏已过，处暑来临，天还是热得难受。往年，在这样的季节，老龚头的病情要好得多，但这些天来因为操劳过度，病又犯了。

吃过晚饭，娘俩坐在院子里纳凉，一点风也没有。俗话说天越晴越高，漫天密密麻麻的星星，好像天空也浑身长满了痱子。这一天的痱子，现在统统堆积在这娘俩的心头上。

娘俩没有说话，手里的扇子时不时地拍打着蚊子。老龚头反复地咳喘，他躺着的那张竹椅也随着吱嘎吱嘎地响个不停。

“妈，我想……”羊羊终于开口说话。

“你想什么？”小娜的说话声里明显带着忧伤。

“算了，我不去读了。”这是羊羊经过几天考虑后做出的决定。

小娜很吃惊：“你说什么？不去读大学了？”

“爹病成这样！你一个人，我……”羊羊止住了没说完的话，眼泪却已涌出了眼眶。

“这不误了你！”蚊子越聚越多，小娜拍扇子的频率加快了。

“我在家里先做几年，想办法把爹的病治好，再去考大学。”

“还能考上？不会忘记？”

“能。”

突然几声很响的咳嗽，小娜、羊羊惊愕！这才发现老龚头扶住门框站着。

“爹！”羊羊赶快上前相扶。

老龚头挥挥手，让他娘俩坐着，待喘咳略停后，说：“我说羊羊你糊涂！”

“爹……”羊羊急着要解释。

老龚头打断羊羊的话：“男人做事要有股劲，人家逼你退，你不退；人家想你倒，你不倒。不就还缺几块钱嘛，怎么就打退堂鼓了？”老龚头尽管久病缠身，依然虎威不倒。

“你们在乘凉啊！”酒老鬼光着脊梁，下身穿一条蓝布裤衩，趿拉着一双酱色的塑料凉鞋，走进了老龚头家的院子。

小娜见是酒老鬼，赶忙起身，把座椅让出来。羊羊反应快，已从家里搬来一条长凳。

老龚头见酒老鬼来了，也跨出门槛。羊羊赶快上前搀扶。

老龚头交代羊羊：“去把放在柜上的烟筒拿来。”

“不用，不用。吸烟害你发呛。”酒老鬼连连摇手。

“院子里透风，没事的。”老龚头再次交代羊羊，“去拿来。”

羊羊很快拿来烟筒，连同烟荷包一并奉上：“叔叔，请用。”

酒老鬼接过烟具，抬眼看了一眼羊羊。

羊羊转身到长凳上坐下，与她娘坐在一起。

酒老鬼与老龚头并排坐在竹椅子上，四人相对而坐。

“孩子哪般时候走？”酒老鬼问。

老龚头说：“就快了。”

“都准备好了？”酒老鬼其实是想问钱准备好了没有，但话到嘴边又觉得不便直说，改口了。

“唉。”老龚头应着。

“读大学，要些钱的噢！”酒老鬼说到最后一个字，夸张地把上下嘴唇合成一个圆，并辅以频频点头，加强语气。

“是的。”小娜双手撳着长凳，脚就悬空了，无处着落。

酒老鬼今天听供销社里的人说，老龚头卖猪，连一斤肉都没要回，全部算回钱。他知道老龚头缺钱，回家与堂客商量，打算把刚卖了小猪的钱借给老龚头。他堂客起先一脸惊讶！经酒老鬼讲明利害，最后点头同意。

两口子的说话，被在房里的诗梅听得一清二楚。脸一阵阵地躁热起来了，以至双颊发烫。对于羊羊她很敬佩，印象也好。但总觉得自己还小，儿女的事还早着呢！爹妈不该这么早就操心。但又不想阻止，甚至期待着意外的惊喜。

酒老鬼的口袋里塞着五百块钱，票值都是一元、五角的，摞起来有好大一叠，都是户头上卖小猪的钱。人站着还好，一坐下来，腿窝子里就鼓起一个大包，加上这溽热天气，真有点不好受。他指望老龚头、小娜开口说筹钱的事，就好顺水推舟，表明自己的态度。谁知道两口子就是不提起，几次把话往这上头引，如同受了潮的火柴，划不出火来。难道钱已凑齐了？进门时娘俩的神色不好啊！心事忡忡的。他知道，老龚头是个要强的人，叫他老龚头，除了他姓龚，还因为他做人硬气，不服输。看来还得自己来挑头，千万不要正月十五贴春联——误了时辰。

“读大学要花多少钱啊？”酒老鬼看着老龚头，又看小娜，故作好奇地问。

好在是晚上，要是白天，酒老鬼那鼓鼓囊囊的口袋，早就露馅了。老龚头已揣度出酒老鬼的心意，心里很感激他。可他不想开这个口，因为中间搁着一层儿女的事，他不是不赞成这门亲事，主要是两个人年龄都太小啊！往后的事，谁能料到？早着呢！如果日后生出什么变故，这不是先穿鞋子后穿袜——乱套？钱是缺的，那得有借有还。

小娜也是明白人，怎么会看不出酒老鬼的心思？她已想好，怎么来捅破这层窗户纸。

“酒老鬼，你是我羊羊的救命恩人，想请你帮点忙噢！”小娜双脚着地，站着说。

“要我帮什么忙？你说！”

小娜直奔主题：“借点钱。”

“好啊，要多少？”酒老鬼的眼神在老龚头和小娜之间来回转。

小娜伸出一只手。

“好，有，有。”酒老鬼站起身来摸口袋。

与此同时，老龚头也在羊羊的搀扶下进屋了。只一会儿，羊羊来到门上，说："叔！我爹请你进屋里来。"

"唉，好。"

小娜也示意请酒老鬼进屋里去。

老龚头的起居间里，昏暗的灯光下，老龚头就着竹制躺椅前的那张小方桌，认认真真地写好一张借条，内容包括：借款数量五百元，归还日期一年，利息——参照银行利率，借款人名下，工工整整地写上龚祖培的大名。

老龚头低头咳了好一阵，满脸涨得通红，慢慢地抬起头来，把借条递给站在一旁的酒老鬼。

"你还写这个做啥？"酒老鬼推开老龚头的手。

"亲兄弟，明算账，老古话不会错。"老龚头咳喘着说。

"我说你呀！"酒老鬼拿过老龚头手里的借条往桌子上轻轻一拍，"你这是把膏药贴在好肉上，自找麻烦，我还不相信你？"

"如果你这样子，我只好不借了。"老龚头把酒老鬼从口袋里摸出来、堆得像小山头样的一堆钱，往酒老鬼跟前推去。

酒老鬼看着那"小山头"朝自已直压过来，势如大军压境，连说："好，好，好，依你，依你！"伸手挡住了那堆钱的挺进，那张借据也只好拿在手里。

老龚头露出了笑容，"对了，这才是好朋友。"

"你这个老龚头，就是个犟。"酒老鬼拿着折叠成一条的借据戳向老龚头。

老龚头拱手，说："多谢我的好兄弟了。"

"谢什么谢？"嘴上这么说，酒老鬼心里总觉得还不解渴，话还没有说到点子上，像吃甜包子，没咬到豆沙的那种感觉。他把一只手搭在羊羊的肩上，眼光突然明亮起来，仿佛是云雾里钻出来的太阳。"羊羊，日后你有出息了，千万不可忘了我们这些老乡亲！"

羊羊拉住酒老鬼的手，说："今后不管到哪里，不管做什么，都不会忘记青桐镇。更何况你水生大叔，我的救命恩人！"

酒老鬼兴奋地大声嚷道："说得好！说得好啊！"

5

羊羊今天起程了，赶了一个大早，天气太热，趁早凉快。一个铺盖卷，外面包上一层白色透明的塑料膜，被面上的四方连续图案——青菜、萝卜依然看得清清楚楚。隔壁邻里都说这被面选得好，小羊儿天天都有青菜、萝卜吃。其他零星物品全装在一只蓝色的帆布旅行袋里。因为是夏天，身上衣衫单薄，没有隐蔽的口袋可放钱。小娜几乎一夜没睡，缝制了一条特殊的腰带，围着腰的一周，把所有的钱都塞了进去。

灶间里，羊羊就着大水缸上的砧板吃早饭。

小娜看着正低头喝粥的羊羊，身旁放着一副担子，小扁担的两头分别是铺盖卷和那只旅行袋。她真想挑起这副担子，与羊羊一同前往。她不忍心让孩子独自一人离家千里，到一个完全陌生的地方去。这些天来，心里总是一阵阵地惊跳！

羊羊放下碗，吃好了，该走了。

小娜一声惊叫："羊羊……"眼泪夺眶而出。

楼梯响了，老龚头一步一顿地走下楼来。

小娜抹着眼泪，说："到外面要自己当心。到了学校就写信回来。"

老龚头站在灶间门上，手指着小娜，说："我说你呀！你这是做啥？孩子都二十了，男子汉，有什么事能难住他？"继而问羊羊："吃好了吗？"

"吃好了。"

"趁早，凉快，上路吧！"

"唉！爹，妈，我走了。"羊羊挑起了那副担子。

小娜接过担子："妈送你到村口。"

老龚头倚着大门，看着他母子俩走出院子。他的性格深深地影响着龚示力，日后几次人生道路上的抉择，无不显现这种性格的承继，用现在流行的话来说是基因的传承。

酒老鬼家在镇的最东头，三间泥瓦房，人字形的上下两层，泥墙内外粉刷成白色；还有一个不小的院子，院子的大门正对着进城的公路。每天来往县城的人，都得从他家门前走过。更让人艳羡的是，他家院门口有两棵参天古柏，一抱来粗，葳蕤如盖，枝叶相互攀援，都说是夫妻树。树下有一面废弃的碾盘，人来人往，都在此坐着歇力。

羊羊和小娜来到夫妻树下。羊羊要接过小娜挑着的担子。小娜坚持要再送一程，就在母子俩互不相让时，吱嘎一声，酒老鬼家的院门开了，诗梅她娘——囡囡（小名），提着用花格子围巾包裹、还在冒着热气的一包东西，走了出来。

“哟！这么早就走了！没有什么好东西，几个茶叶蛋，路上好当点心。”囡囡说着就拉开那只旅行袋，要往里面塞。

小娜连忙卸下担子，伸手挡开。“已经送过鸡蛋了，怎么好意思啊……”

囡囡嘴快，抢过话茬儿，“什么意思不意思的？乡里乡亲的。”边说边拉开旅行袋的拉链，把那包东西塞了进去。然后轻轻地在小娜的手臂上拍了一下，“看你说得好听噢！”

“那围巾得拿出来呀！”小娜说着就要拉旅行袋。

囡囡一把拉开小娜：“里面都是衣服，弄脏了再没人给他洗了呀！包着，包着吧。”

其实，囡囡是早有准备的，原来想包粿，但煎粿要用油，携带不方便。是酒老鬼出的主意，还是茶叶蛋好，带着方便，吃起来也方便。开始，把煮好的蛋放在一只小篮子里。囡囡觉得不妥，要有样东西来包裹，用什么好呢？酒老鬼找来一只塑料袋。囡囡把塑料袋扔在一边，瞪起眼睛说：“你的脑袋里尽是酒糟。”

酒老鬼傻愣愣地看着囡囡，还是不明白。

囡囡朝楼上看了一眼，然后扳过酒老鬼的头颈，在他耳边说了一句悄悄话。

酒老鬼笑了，连说：“好，好！”

囡囡伸出一个指头来，戳了一下酒老鬼的脑瓜子，快步上楼。

过了好一阵，囡囡满脸嬉笑地下来了，手里拿着一块方格子围巾，在酒老鬼面前晃了晃。

“这是去年新买的，她肯？你是怎么对她说的？”

囡囡把话音压低，眼睛不停地朝着楼梯看，“姑娘比你聪明。我只说了个意思，她想了想，说：‘要么拿我的围巾去！’你看看，你看看！”囡囡不停地抖动着手里的花格围巾。

囡囡今天一大早就起来，让酒老鬼到院门口去探望。酒老鬼昨天晚上修整他的那套捕鱼工具，弄了大半夜，睡得死死的。囡囡拖他不起来，就趴在他耳边说：“快到门口去看看，羊羊过来了没有？”

“哦！哦！”酒老鬼一骨碌翻身坐起，摸了一把脸，飞奔下楼。站在堂屋门口的台阶上，踮起双脚，就可以看见进城的路，注视着所有过往行人。

“来了，来了！”酒老鬼指着前方路上惊叫。

“唉，好。”囡囡几步就进了灶间，取出包裹，急匆匆就走。

酒老鬼估计着羊羊和小娜的行进步速，“再等一下。”

囡囡立刻止步。

酒老鬼努嘴，“好，去吧。”

囡囡打开院门，及时相遇小娜娘俩。

小娜与囡囡一起送了羊羊一程。羊羊接过小娜肩上的担子，再次与小娜、囡囡作别，踏上他的求学之路。走了一段后又回过身来，看见那废弃磨盘上忽然跳下一个人来，那人赶快转身走进院门，只看见一个背影，一个青春、靓丽的背影：腰姿轻盈扭动，两条齐腰的长辫子摇向了一侧。

CHAPTER 3

第三章

大学生活

1

龚示力出了滨海火车站，四下里看去，全是高楼大厦，分不清东西南北。车站外的大广场比中学的田径场不知道要大多少倍。密密麻麻的人群，带着行李，说着不同的方言。这些行色匆匆的旅客，从车站里出来，一会儿就消失在快速行进的电车、公交车上。到哪里去找自己的学校？通知书上说有校友接站，校友在哪里？找遍了偌大的车站广场也不见踪影。

龚示力实在是不凑巧，打着“滨海理工大学”旗帜的大客车刚接走了一批新同学。现在正是吃午饭的时候，不知道要等到何时校车才会返回？幸好有小贩在卖“滨海市地图”，他买了一张。忽然听到钟声，原来是车站大楼上矗立着一座大钟，时针、分针合二而一，正指向十二点。龚示力这才感到有些饿了。他找了一个角落，拿铺盖卷当凳子，打算取出茶叶蛋来充饥。拉开旅行袋的拉链，那花格子围巾立刻映入眼帘，骤然心跳加快，足足让他发了好一会儿呆。

龚示力根据地图所示，决定自己乘车去学校。在上公共汽车时，因为他挑着担子，怎么也挤不上去，耽误了两趟车。一个在马路边小公园里溜达的老人，看在眼里，走过来对他说：“小伙子，侬棒头要挪忒，两样东西肩胛囊向前后搭牢，否则，侬哪能轧车子？”老人说的是滨海话。

龚示力遵从老人说的话，果然顺利上了车，但心里很不平静。离家之前，沉浸在人们的赞誉声中，自己也觉得非同寻常，怎么出了家门竟然寸步难行！

换了几次车，直到下午四点多，龚示力终于找到了自己的学校——滨海理工大学。一进校门，就有高年级的同学来接待他，帮他提行李，带他到报到处。他忙不迭地观看从未见过的大学校园，一幢幢形式各异的高楼，看不到尽头的纵横通道，仿佛走进了一座规模宏大的城市，相比自己的中学，随便哪个角落都可以安下，大学原来是这样的！

新生报到处在一个大厅里，人头攒动。填写好几张表格以后，接下来是交费，但一时拿不出钱来。因为天热，单衣单裳的，要解下腰里妈妈给特制的那条腰带，当着这么多人，如何使得？起先已想到这件事，怎奈一走进校园，四顾不暇，忘了！现在怎么办？本来已经走得一身汗，现在急得他满头满脸都滚下汗珠子来，活像个从大雨中钻出来的人。

收费的是一个中年女老师，戴着一副深度近视眼镜，见龚示力在身上好一阵摸索，觉得奇怪，面对排着长队的人群，她有些急了，从座位上站了起来，眼镜片后的眼珠子鼓得像金鱼眼。

这时一个年长的男老师走过这里，他已看出了问题，轻轻地拍了拍龚示力："同学，我们到这边来好吗？"

龚示力如释重负，跟着老师走进一个房间，这才把腰带解下，取出钱来。老师笑了。他也笑了。

注册手续办完了。刚才的那位男老师又指点他寻找自己宿舍的路径。龚示力遵照老师的指点一路寻找，走过几幢大楼并联的教学区后，是一个大花园，里面有楼台亭阁。隔着大花园，是一个巨大的运动场，一群人在追逐一个皮球，你争我抢，互不相让。这是什么运动？龚示力从未见过。忽然那球凌空飞起，"嘭"的一声，在离他不远处落地，几经跳跃后，直往他身前滚来。

跟着球跑来的人连声喊："来一脚！来一脚！"

龚示力见球向他滚来，连连后退。

这时迎面走来两位穿着时髦的女生，估计是高年级的同学，向他投来鄙夷的眼光，不屑一顾地侧身而过。身后传来她两人的对话：

"戆大。"

"乡下人。"

"戆大"是什么意思？龚示力不明白，但知道未必是什么好话。

追赶皮球的人满身大汗地赶到了，捡起球，愣怔着眼睛看了龚示力好一会儿才走。

龚示力好不容易找到了自己宿舍所在的A区，可这A区不是一幢楼，通道左右一连几排楼都属于A区。费了好一番周折，终于找到了405楼，3楼，38号寝室。一个房间六张床，东向，正中是他的床位。其余的五张床都空着，他是最早来到的室主。

龚示力把挑了一天的担子卸在床上，终于松了一口气，靠着铺盖卷，双手枕在脑后，眼睛不知疲倦地东看西看。到底是大学，滨海的大学，不是中学里的那种高低铺，上铺的人翻身，下铺的被吵醒。这里一律的单人床，每人床前还有一张桌子。窗户很大，房间更显得明亮、清新。他又到外面看看，走过两间寝室就是一间盥洗室，卫生间离得也不远。整幢大楼的建筑是他从未见过的气派和格调，环境确实不错，比自己想象中的还要好。

时间不早，已到吃晚饭的时候。走廊的不远处看见有个人也挑着像自己一样的担子，正在查对寝室门上的编号。龚示力快步上前，发现原来是自己同寝室的同学，马上帮着他拿过行李，他的床位靠近房门，与自己相邻。

来了个同学，不会孤单了，自然高兴。这位同学是从四川大巴山来的，也是农家子弟，姓仇，单名善。看上去比自己更显得兴奋、激动。

当晚，初来乍到的两个农家子弟，抵掌而谈，讲述各自的家庭、求学的艰难和走进这所大学的感受。仇善的普通话不行，说的基本上是四川话，待到激动时，竟说家乡的土话。

“格老子！这回我真做了回刘姥姥，走进了校门，找不到北，认不得路，像只无头苍蝇，让人笑话了。”

龚示力会心地笑了：“一样！一样！”

“格老子，滨海太大了！真像海一样大！哎，我真想看一看大海，还有那大江上的大轮船。”

“好啊！什么时候去？”龚示力同样很感兴趣。

“明天是星期天，没得事儿。”仇善有点迫不及待。

“好，那就明天。”

第二天吃过早饭，两人按地图所示，换乘了几趟公交车，到了四川北路时，仇善忙不迭地见车就上，结果乘错了方向，再重新折回，两人抓住车上的扶手，相视而笑。

龚示力笑道：“到了四川路你可到家了，怎么还会走错？”

仇善自嘲道："对头。想不到四川在滨海还有条路。乐得忘情了！"

直到十一点，两人才来到了大江边。哇！两个山里的孩子终于见到了如此繁华的大都市，书本上读到的，电影上看到的，怎么也不如身临其境，两人凭栏眺望，仇善指着江上的巨轮，说："这个家伙太大了！我们一个村，它都装得下！"

龚示力问："你们村有多少人家？"

仇善伸手做了个八字，在龚示力面前晃。

"八十户？"

"对头。"仇善接着说，"你再看，这马路上的车子，就像翻起石板的蚂蚁窝，满地爬哟！"

两个山里来的读书人经过一番惊喜、赞叹之后，开始沿着江滨公园散步。好一段时间两人没有说话，各自关注这个陌生的世界。

龚示力在想，自从踏进大学校园，包括今天的所见所闻，感觉在他面前忽然开启了一扇大门，走进了一个完全陌生的世界。"进了大学校园，你有什么感觉？"龚示力问。

"学校大得很，楼宇高级，样样都新鲜，别的还说不上。"仇善应道。

"考上了大学，总以为熬出来了，周围的人无不夸奖、羡慕。自己也认为是什么'天之骄子'！"龚示力不无感慨地说。

"这个不假！"仇善挺起了脖子，像只就要啼叫的公鸡。

"哪家的读书娃儿都叫我摸头，好沾上点文气。还说，以后我们村能不能富，得不得风光，就靠我呢！"

"我现在感觉自己太幼稚了，有点像《庄子·秋水》里的河伯，自以为——'不似尔向之自多于水乎？'"

仇善紧绷着脸看龚示力，想不到眼前这位陌生的同学不仅有思想，还有才情，一矢中的，顿生敬畏之心。"说得好！说得好！我也是这样想的。如此说来，正用得着毛泽东《忆秦娥·娄山关》中的那联诗：'雄关漫道真如铁，而今迈步从头越'……"

龚示力、仇善接着齐声吟道："从头越，苍山如海，残阳如血。"吟罢，两人相视而笑，紧紧相握。

2

龚示力、仇善回到学校已是下午四点多钟。这时寝室里可热闹了，只缺一位，其余全到了。仇善对面铺的同学来自安徽，姓金，单名耀。龚示力对面铺的来自山东，复姓皇甫，大名浩，身材特高，约莫有一米九的高度，皮肤黝黑，看上去是个打篮球的好手。窗下，与龚示力挨着的来自江苏，大名瞿秉宜。

正在大家相互问候时，走进一个中年妇人，打断了大家的对话。妇人担心走错了房间，立刻退回，再次核对门上的编号，确定无误后便提起已放在门口的一只塑料桶，径直走向窗前唯一空着的床位，面向众人问道："这是姬书奇的床位吗？"

没人回答。

妇人自言自语："没错，是这里。"随即开始清洁那张床和床前的桌子，最后把窗户也擦了一遍。

开始大家觉得好奇，宛若看热闹，过了一阵也就没人再理会，继续刚才的谈话。

窗下响起了小车鸣笛。妇人闻声即探头窗外喊道："3 楼，38 号！"

很快，一个男人扛进来一张弹簧床垫，紫红色的，很精致，大小尺寸完全合辙，昂贵的牛皮凉席看起来也是配套定制的。

接着又来人了，在床前摆开一张式样奇特的桌子，从一只纸箱里搬出一台怪里怪气的东西，经过一阵摆弄，插上电源，荧光屏开始闪烁。

仇善看得出奇，挪身坐到龚示力身旁，在他耳边轻声问道："这是个啥子东西？"

龚示力应道："我也没见过。"来自农村的穷家子弟，哪里见识过这新鲜玩意儿？

一阵皮鞋、高跟鞋敲击地面的声音，先前的那个妇人赶快到门口迎候。一位衣着华贵，看上去就像刚剥了壳的鸡蛋，或者说像水磨汤团那样细皮白嫩的年轻人，出现在众人面前。紧随其后的是一位贵妇人，约莫四十岁，但因为保养得好，脸上看不到一点皱纹。

年轻人朝大家扫视了一眼。倒是随后的贵妇人露出了笑容，分别向各位点了点头。年轻人走向自己的床位，几个为他忙碌的人都起身退到窗下站立。

“还满意吗？”贵妇人问道。

年轻人开始调试电脑，没有作声。

“衣服阿姨会来洗的。”贵妇人移身坐到年轻人的身边，很关切地说。

中年妇人赶紧补充说：“我每天下午来。”

“饭菜如果吃不惯……”贵妇人话没说完，年轻人早已不耐烦了，“妈，你烦不烦！”

“好，好，不说了，有事打电话吧。”贵妇人朝窗下站着的人看了看，“那我们走吧。”

年轻人这才站起来，说了声：“再见！”

贵妇人带着一帮人走了，快到门口时，突然回过身来向大家挥了挥手，转身离去。

“这是啥子人家？”仇善暗自问道。

龚示力的数理基础好，基础课学得很轻松，但感觉被引入一个巨大的宝库，里面珍藏着无数珍奇、奥妙的宝藏，他迫不及待地探寻、求索，一头扎进了图书馆。

皇甫浩果然是个篮球高手，被校队教练相中，抽调到校队集训，与班里同学相聚的机会少了。

姬书奇，可真奇了，他总是缺课，辅导员几次到寝室里来查问，也找不到人，唯一能见到的是他床前满地的烟灰、果壳和瓜皮。

瞿秉宜是个很仔细，又有些拘谨的人。他的每一样东西都摆放得很整齐，衣服也洗得干干净净。他的桌子擦得一尘不染，摆放在与床平行的位置上，不能有一点歪斜，离开寝室时，有时已走到了门边，还要回过身来看一看，如果发现略有倾斜，立刻纠正。对于姬书奇的抽烟他十分反感，几次交涉无果，姬书奇根本没当回事。加上他满地抛撒垃圾，简直让人无法忍受。虽然有保洁员每天一次的清扫，但怎么赶得上姬书奇的随时丢弃？瞿秉宜要求调换寝室，至今还未有结果。

金耀戴一副像啤酒底样的深度近视眼镜，人偏瘦，背略有点驼，看什么东西都是先嗅着。

一天周六的下午，姬书奇在蒙头睡觉。仇善在看书。寝室里就他们两个人。已是仲秋时节，午后的斜阳把围着大楼的香樟树蒸烤出特有的芳香，融入了秋风，一阵阵地送入窗棂。仇善沉浸在书香秋色，如同梦幻般的情景里。

大梦醒来的姬书奇，伸了伸懒腰，抬起头来看了看，寝室里只有一个“性本善”（这是仇善新获的外号），他点起了一支烟，一连吐了好几口烟圈，烟雾在窗前弥漫开来，很快又随风逸出窗外。

姬书奇轻咳了一声，喊道：“性本善！”

仇善没听见。

“性本善！”姬书奇重复喊道。

“嘆！叫我？”

“不叫你还叫谁？”姬书奇一觉甫醒，嗓子有些沙哑。

“啥子事儿？”仇善把书本合上。

“你的课堂笔记能给我看看吗？”

“这个，要得。”仇善拿出他的黑皮笔记本。

姬书奇还是躺着，翻看仇善递给他的本子，大为惊叹！“哇！记得这么详细啊！”说罢合上本子，往桌子上一丢，“你能不能让我复印？”

“复印？”

姬书奇靠着床头，说：“我不会让你吃亏的，”从被窝里伸出一只手来，张开五指，“每堂课五块。”

五块钱对仇善来说不是个小数，可以解决他好多天的伙食，他身边已经没有什么钱了。大巴山区是中国最偏远、最落后的穷困地区之一。他母亲是个残疾人，小时候得了小儿麻痹症，一条左腿和右手不怎么听使唤，只能凑合着做点家务。一个哥哥智障，经常几天几夜不回家，在山野里乱跑。家里就单靠他父亲一个人，一年拼死拼活地干，也只能填饱肚皮。仇善上的小学，就是电影《一个都不能少》的原型，到这样的学校上学，每天要走十五里山路。从这样的小学里毕业，他考上县里的中学，最后竟然考取了滨海的名牌大学，真是奇迹！多少年来，他们的村、乡、县就出了他这么一个。

高中毕业了，父亲不打算再让他读书，年纪上来了，太累，很想有个帮手。但仇善就是想试一试，考不上，就死心塌地在家做父亲的帮手。离高考报名截止时间还有一天的那个晚上，父子二人坐在火塘边，仇善低着头，心里想说的话都说完了。父亲明确表态，想再读书只有另外去投胎。说罢就不再吭声，自顾嗞啦嗞啦地抽他的竹竿子烟。这里没有电灯，还是用原始的松明油灯和食用油灯，为了省油，一般晚上都不点灯。父亲烟筒头上的火光一闪一闪的，照亮了黑黝黝的锅台、黑糊糊的泥墙。因年久失修，那泥墙就像老人的脸，烟筒的火光，把“老人脸上”横的、斜的、弯曲的皱襞与嵌得很深的沟渎，一次又一次地重复展现；也像一次又一次地重复父亲刚才的话：“我老了！做不动了！”

“阿爸，就让我去试试吧，就这样窝着，我心不甘耶！”仇善终于打破了沉默，再次向他阿爸请求。

“就试试？”父亲问。

“就试试。”仇善保证。

就凭着这一试，仇善高中了！这可把整个刀背子村轰动了！四乡八邻都轰动了！有人说，有一晚，看见天上有颗闪亮的星星，落到仇善家房上。也有人说，有一晚，看见仇善家着火了，赶过去一看，什么事儿也没有。

随后是乡里，后来县里的干部也上门来祝贺，还送来了助学金。仇善他父亲犯难了，如果再阻止孩子上学，“龟儿子要记恨他老子一辈子！”另外对乡里、县里也不好交代。最后咬咬牙，让他去吧！整整四个年头，熬得过去吗？只有走着瞧咯！就这样，仇善圆了大学梦。

仇善当然知道自己的家境和父亲的艰难，他把政府的助学金，总共三千多元，大半留在家里，带着少部分钱，踏进滨海这所知名大学。因为他的特殊困难，校方正在研究对困难学生的补助办法，辅导员已跟他谈过话，但还未见下文。

姬书奇伸开的五个手指，太具吸引力，仇善答应了。此后姬书奇还算信守诺言，付过几次钱。

滨海理工大学图书馆是个多科性、研究型的大学图书馆，藏书数百万，中外期刊二十多万册，读者座位四千余席，是座九层楼、三万多平方米的巨大建筑。

除了听课，龚示力把全部精力都投放在图书馆里。他真正感觉到古人所说的“学海无涯”，他深深地恋栈这无涯的大海。小时候沉入青龙溪，深陷恐惧，如今不一样了，他恍若渴待润泽的禾苗，幸遇醴泉的沙漠行客，尽情地享受着。

每天，他几乎是最后一个离开第五层的阅览厅，临行前，他要把未曾放回原位的刊物、杂志等都整理好，放回原处。时间久了，引起管理人员的注意。

近些年，由于高校连年扩大招生，学校管理滞后，一时跟不上形势的快速发展。图书馆是新建的，藏书量、信息储存量、阅读方式前所未有。仅有的几个管理人员实在忙不过来。

有一天图书馆的张馆长正在办公室里忙碌，进来一个管理员向他汇报五楼阅览厅里的新发现。

张馆长饶有兴趣：“哦！有这样的事？”

“他每一天都这样做的。我已经注意他好多天了。”管理员说。

“这样，哪一天我们一起去看看好吗？”张馆长说。

正巧，这天晚上，图书馆关门的警铃响了，龚示力正在忙着收拾那些散乱的刊物，忽然有人叫住他。

“你还想得起我来吗？”一位年高的师长已站在龚示力的面前。

龚示力定神细看，这不是报到注册那天，帮他解困的老师吗？“没忘记，老师，那天您帮了我的大忙，要不……”龚示力不好意思再往下说。

张馆长示意龚示力坐下。“我姓张，张纪维，是图书馆的负责人。”

这时进来两男一女，都是这里的管理人员，站在张纪维的身后。

“我几次听他们说，有一位同学如何认真攻读，都是最后一个离开阅览厅，每次离开前都不忘记整理书刊。我很想认识这位同学，想不到，原来是你呀！”

龚示力不知道说什么好，有些局促，低着头，两只手直向自己的股下插入。

“我也是从农村走出来的，深知来自农村学生求学的艰难。我有个提议，不知道你是否愿意？”

龚示力抬起头来，双眼看着张纪维：“请老师明示。”

张纪维看了一眼整个五楼阅览厅，说：“五楼阅览厅的书刊整理和环境卫生，由你负责，每个月我们支付一百元的酬劳。你看……”

龚示力的脚下好像突然安上了一副弹簧，没等张馆长把话讲完，立刻从座椅上弹了起来：“谢谢张馆长，我非常乐意有这份工作。”

张馆长示意他坐下：“那就这么决定了。”

“哪一天开始上班？”龚示力急着问。

“就从今天开始吧，具体怎么做，”张纪维看了看身后站着的人，“他们会告诉你的。”

3

龚示力有了一份工作，一百元的酬劳不仅解决了伙食、零用，还略有结余。压在心头的一块巨石，落到了地上，备感心情舒畅，学习、工作获得了前所未有的动力。

五楼的阅览大厅里有一位常客，女性，外国留学生，几乎天天不落下，每到关门的警铃响过，她还不肯起身，几经催促，才恋恋不舍地离开。由于多次接触，她已认识龚示力。她来自美国，中文名叫刘怀玉。她的爷爷曾经在中国做过多年的传教士，由于家庭的中国情结，她选择了学习中文。她的口语还不错，来中国以后见人就主动招呼，不过说的是美国式中文，听起来总是别扭。古汉语是她必须跨越的一道门槛，对一个外国人来说，这胜过读天书，其难度可想而知。西方人很直爽，没有中国人那么爱面子，她一次次地求教龚示力。龚示力也尽其所知，诲人不倦。

刘怀玉非常钦佩龚示力的学识，更喜欢他的诚恳和坦率——具有西方人眼里的绅士风度，这就更增添了龚示力在她心里的分量。本来她对中文这门课能不能学下去已产生疑虑，甚至有放弃的念头。现在好了，用她自己的话说——终于找到了一个理想的“Tutor”，从此，不仅有坚持学下去的信心，更让她憧憬着未来，依稀看到了自己的白马王子。她很自觉地当起了龚示力的助手，帮他整理书刊，打扫卫生。

刘怀玉住在留学生宿舍，同寝室的除了另一位美国学生，还有一位法国学生和一位西班牙学生。这四个人中刘怀玉的情商最高，最具影响力。她们是同专业的，古汉语的难题，并不只难倒了刘怀玉，其余三个人困难更大。刘怀玉曾提议过是否考虑转专业？三个人一致赞同，公推刘怀玉为代表，向校方提出请求。

出乎意外的是，最近刘怀玉从大家的视线里消失了！到哪里去了？猜测与校方在交涉，抑或找到什么好玩的地方，发现了新大陆？另一位美国同学，黑妞（来中国后取的名），印第安裔，这姑娘活泼、大胆，她另有看法：从刘怀玉的洗换衣服，使用香水来推断，很可能有男朋友了。

大家一阵哄笑。

真是无巧不成书，就在这时，刘怀玉哼着流行歌曲，踏歌而来。一进门，只见三个同学齐刷刷地把目光对准了她，好像突然遇上了外星人！奇怪，今天是怎么了？

“喂！这些天你都去哪里了？”黑妞问。

晚风把院子里桂花的幽香，一阵阵地从窗外送进来，让人兴奋、激昂，三个姑娘把刘怀玉团团围住。

“你去哪里了？这些天？”法国姑娘，中文名佳佳提问。

西班牙姑娘，中文名小芽儿，立马跟进，“你为什么撇开我们？”

刘怀玉无声地坐在床上。

三个姑娘互使眼色。

刘怀玉感到情况不妙，低声说：“我累了！我要睡了。”说着就要往被子里钻。

“她赖着，怎么办？”佳佳、小芽儿看着黑妞说。

“掀她的被子！”黑妞下令。

三个姑娘一起动手。刘怀玉哪里还有反抗之力。

“好，好，你们听我说，听我说好吗？”

三个姑娘这才罢手，一起坐在刘怀玉的床上，听她坦白，如果觉得有假，隐瞒真情，立刻再动手。

刘怀玉伸手理了理零乱的头发，她有一头天生的金色卷发、蓝色的眼睛，看上去特别传神，加上身材高挑，颇具西洋美女的风范。为了防范随时面临的攻击，她赶快坐起来，正想把脚伸到床外，穿上鞋子。黑妞反应敏捷，迅速把她摁倒在床上。“想溜吗？”立刻向两个帮手示意，三个人六只手一起抓挠。

刘怀玉身陷绝境，连连求饶：“我说，我说，我全说！”

黑妞不让刘怀玉起来，要她躺着说。

刘怀玉已没有任何逃躲的机会，但眼神依然兴奋，饱含着一汪清澈的秋水。

“我找到一个 tutor。”

“哪里的？”佳佳问。

“什么身份？”黑妞问。

刘怀玉扫视了三个人一眼，说：“和我们一样。”

“男的？女的？”小芽儿问。

刘怀玉不作声。

“那一定是男的！”佳佳说。

刘怀玉把脸转向了床里。

“你好啊！”黑妞拧了刘怀玉一把，“有没有上床？”

“哇！”刘怀玉惊叫，“你胡说！”

“都听见了！你们说她该受到什么样的惩罚？”黑妞看着佳佳、小芽儿问。

“如果她不说明真相就应该不属于我们一伙。”佳佳说。

“我同意。”黑妞说。

“我也同意。”小芽儿说。

刘怀玉急了！赶快求饶：“他叫龚示力，是图书馆的兼职管理员。”

“那好！”黑妞问另外两个姑娘，“明晚我们就去见识见识那个中国男孩，怎么样？”

“Wonderful!”两个姑娘同时应声。

刘怀玉急了！“不，没有征得他的同意，这是不允许的。”

“我们只是看一眼，你们说是吗？”黑妞完全是个淘气胚。

“对，我们就看一眼。”三个姑娘齐声说。

刘怀玉恳请姑娘们：“过几天，再过几天好吗？”

“中国人有句话，叫……目以，目以……先，先，先睹……”佳佳话未说完，两个姑娘紧接，“目以先睹为快！”

第二天晚饭后，三个姑娘经过好一番打扮，宛若一群快乐的鸟儿，飞向图书馆的五楼大厅。

刘怀玉原本打算白天找机会告诉龚示力，让他晚上别去阅览室。但这不可能，他是兼职管理员，有任务的。又想把情况跟他说明，让他有思想准备。遗憾的是，只知道他是化工学院工程装备与自动控制专业，不知道他寝室的电话号码，怎么去找他？她苦恼了老半天，毫无良策。最让她揪心的是黑妞，这姑娘大胆，无所顾忌，这一去，不知道会闹成什么样。

刘怀玉实在放心不下，待三只鸟儿飞走后，她这只孤雁也紧随其后，悄悄前往。

今晚整个五楼阅览大厅，座无虚席，尽管有数百人聚集在一起，依然鸦雀无声，唯有电脑键盘的敲击声和偶尔的轻声咳嗽。

黑妞三人进了阅览厅，仿佛是巡天的猎鹰，目光锐利地搜寻她们所要猎取的目标。巨大的阅览大厅间隔为 A、B、C、D 四大区块，排放着整齐的六座位书桌，一行行像大阅兵时的方阵。黑妞三人，走过了四大区块，满眼望去，尽是黑头发、模样几乎相同的黄皮肤的脸，间或可以看到欧洲人和黑人。到哪里去找龚示力这个人？黑妞有些后悔，应该把刘怀玉押到这里来。

刘怀玉在哪里？她戴了一顶帽子，把一头金发藏起来，躲在 C 区的一个角落里，那里有一排大窗户，因为是晚上，落地窗帘都拉开了，正好借助悬挂在墙角的窗帘，挡住她半个身体，不仔细观察，很难被人发现。这个角落还另有优势，可总览全局，别人看不见她，黑妞三人的一举一动全在她的眼皮底下，一目了然。见她们茫然四顾，一无所获，她偷偷地乐了！

龚示力恰好也在 C 区，不知道今天他在看什么资料，或是研究什么课题，从开始到现在，就像一尊雕塑，一动不动地坐着。黑妞几次向他走去，急得刘怀玉连连在胸口划十字，心跳得简直要从嗓子眼里蹿出来。万幸的是，黑妞完全是个傻妞，人就在她的面前，竟然毫无觉察。但很快又担心起来，如果她们坚持不走，等到阅览室关门的警铃一响，龚示力就彻底暴露了。黑妞的胆量她是领教过的，恐怕自己精心编织的美好愿景，还未真正进入角色，就被风吹走了。怎么办？

佳佳悄悄地在黑妞耳边说话。

黑妞连连点头。

三个姑娘走向资料管理台，一个中年女士正在操作电脑，回复有关的各种资料查询。

“Lady，请问，龚示力先生在吗？”

“龚示力？”中年女士的眼睛没有离开电脑屏，过了一会儿才探出头来问，“小姐要找龚示力先生？”

黑妞点头。

中年女士这才注意到是三个外国女留学生，都用企盼的眼神看着她。可是现在正忙着，没有办法帮她们去找，便站起身来，四下里好一阵巡视，然后重新坐下，看着三个姑娘，说：“你们找他……有要紧的事吗？”

三个姑娘相互看了一眼，没说话。

这一切刘怀玉都看得清清楚楚，让她最担心的事情眼看就要发生。她慢慢地闭上眼睛，准备着忍受即将到来的最尴尬的局面。

等了好一会儿，她睁开眼睛。想不到的是，那中年女士并没有起身去找龚示力，尽管她听不到她们说些什么，但从表情上完全可以推断，中年女士让黑妞她们等着，等到阅览室关门，就能见到龚示力。

一颗忐忑不安的心又高高地悬了起来：“黑妞她们会一直等下去吗？上帝保佑，让三个姑娘失去耐心，回去吧！”

黑妞向中年女士表示谢意，回过身来与同伴商量：“还有一个小时，等不等？”

小芽儿的兴趣有些消退，不想再等下去，不经意地看了佳佳一眼，问：“你说呢？”

佳佳依然兴致勃勃：“你们说等，我就等。”

“等！”黑妞宛若指挥员下令，“我们找个地方坐下来，别再晃悠了好吗？”

三个人还停留在C区，在离刘怀玉不远的地方，找到了座位。

刘怀玉眼睁睁地看着她们三个人的一举一动。显然是躲不过去了，看来摊牌已不可避免。

龚示力直到这时才不停地在桌子屉阁里摸索，偶尔还发出搪瓷碗的碰撞声，慢慢地摸出一只馒头来，一口接一口地啃着，眼睛还是没有离开他阅读的书籍。这是他晚餐时备好的宵夜，那两只搪瓷碗从早上离开寝室时就带在身边，因为上课地点经常变换，不得不随身带着。

时间一分一秒地过去，突然，警铃与刘怀玉的心跳同时骤响！

黑妞三人像惊鸿一样，突然从座位上站了起来。黑妞锐利的鹰眼，开始搜寻。

阅览大厅里的人像潮水般退去，还有些人不想立刻就走，其中就有龚示力同寝室的瞿秉宜。

黑妞感到有些失望，怎么还没有出现那个龚示力？怎么不来整理、收拾了？今天他不上班了？

刘怀玉已随着散去的人流，走出大厅外静候，她时而窥探，时而窃听，以观其变。她已经想好，事已至此，没有退路，抱定宗旨，保护龚示力，决不能让他难堪。

突然，黑妞的身边站起一个人来，收拾好自己的书籍，然后走向那些还在用功的人，劝说他们离开，关门的时间到了。

"就是他！"黑妞用力打了一个响指，指着远在A区正在与人说话的龚示力。

"还不快上去！"佳佳推了推黑妞。

真是太巧了，龚示力正朝着她们走来。随着距离越来越近，黑妞忍不住惊呼："帅哥啊！"

小芽儿站在黑妞的身后，捅了她一下，"轻一点，别让他听见。"

"我很激动！"黑妞回过头来做了一个鬼脸。

龚示力来到三个姑娘面前。

三个姑娘满脸惊异地看着龚示力。

龚示力觉得好奇怪，这几个外国姑娘怎么这样看着他？

"你是龚先生吗？"黑妞问。

"是啊。"龚示力心想，"她们怎么会认识我？"

佳佳忙解释说："我们是刘怀玉的学友。"

龚示力由惊疑而释怀，"原来如此，刘怀玉我认识。"随后向周围看了看，"今天她没有来？"

"今天她不来了。认识你很高兴。"黑妞朝龚示力伸出手来，"我是美国人，中文名叫黑妞。"

"认识你们我也很高兴，我叫龚示力。"

“我的中文名叫佳佳，法国人。”

“我的中文名叫小芽儿，西班牙人。”

龚示力分别礼貌地与三个姑娘握手。

瞿秉宜已走到出口处，见三个洋妞围着龚示力，甚是好奇，就驻足倾听。

“我们想……”黑妞看着她的两个同伴，然后转过脸来朝龚示力莞尔一笑，“我们想拜你为师。”说罢行中国古人的拱手礼。

龚示力赶快回礼，连说：“岂敢？岂敢？”心里可犯嘀咕了，“一定是刘怀玉对她们说了什么？自己觉得不好意思，所以没来。哪来那么多时间对付她们这一班人？”但断然推托，又难说出口。龚示力有些犯难了。

“我们交学费。”黑妞觉得用词不妥，马上又改口说，“付报酬。”

“我们帮你收拾这里。”佳佳拿手划了一圈。

“我们每天都来。”小芽儿紧跟着说。

龚示力脸有难色，说：“我也是学生，课业负担很重，忙不过来。再说，我还担心，误人子弟。”

“误人子弟？什么意思？”黑妞莫名其妙，转身问佳佳、小芽儿，“你，你们说什么意思？”

小芽儿摇头。

“就是说，就是说那个……不要生小孩……”佳佳说罢满脸通红。

“噢！”黑妞惊叫。

瞿秉宜差点笑出声来，拔腿就往寝室里跑。

“不，不，不！不是那个意思。”龚示力急得连连摇头，“我是说，我level。”

“level！”黑妞点头，又转过脸对佳佳、小芽儿说，“level。”

龚示力接着又做了个往下压的手势，“我的水平很低，会耽误你们的。”

黑妞激动了。“不！”做了一个相反的手势，“你的水平很高！”继而神情沮丧，“你不愿意，是吗？”

“你不爱我们？”佳佳说。

正当龚示力进退维谷时，刘怀玉出现了。

“你们还在这里？我以为你们去酒吧了，特意过来看看。”

“你来得正好。我们想请你的老师也教教我们。”黑妞把刘怀玉推到龚示力的跟前。

刘怀玉不敢看龚示力，回过身来对姑娘们说：“我看这样吧，每周一到周四，我们轮流来一个人，其余时间不能侵犯他。好吗？”

容不得龚示力再说什么，四个人齐声高呼：“We will just being happiness!”

4

刘怀玉救了眼前之急，但心头却蒙上了阴影。她猜测龚示力一定会产生误解，甚至以为是她设下圈套，强人所难，缺乏教养。怎么能给人留下这样的印象？她决定当面找他谈谈。但龚示力是个学习狂，无所嗜好，更没有夜生活，怎么与他约谈？想起来了，他每天晚上从阅览室回到宿舍，必须经过一条林荫道，途中有一个池塘，那里很幽静，到那里去等候，一定能遇上他。

第二天晚上，首轮是佳佳，她的中文基础太差。龚示力费了很大精力给她补习中文的基本知识。佳佳问这问那，问个没完，一直到夜深了才离去。

刘怀玉在池塘边的亭子里，从月上东山，一直等到月落乌啼，也不见龚示力的影子。她备感凄凉，披着一身寒露，回到宿舍，一头钻进了被窝，但怎么也睡不着，各种猜测、疑虑，像好莱坞的魔幻影片，纷至沓来：是龚示力有意回避她了？佳佳约他出去了？胆大的黑妞采取行动了？不一而足，翻来覆去，直到凌晨，才迷迷糊糊地睡去。

第二天起来，佳佳就在床上发布新闻，大夸特夸龚示力有才，有耐性，完全是个绅士。说得黑妞、小芽儿，捶床捣枕，恨不得马上天就黑下来，今天就轮到她们。

刘怀玉从佳佳的嘴里知道，昨晚完全是她的原因，挨到那么深夜。今晚轮到小芽儿，一定也早不起来，还要去等他吗？明天是黑妞，这是个最不放心的对手，要等到后天才能轮到自己。不，中国人说的“机不可失，时不再来”，要抓紧时间；英国人的谚语也说“幸运至少敲每个人的门一次”，不能失去这一次敲门的机会，今晚还要去等。

果然不出所料，小芽儿的基础还要差。龚示力能有什么办法？还得帮她补习，直到深夜。

龚示力走出图书馆大楼，与小芽儿道别，一阵晚风吹来，他打了一个寒噤，深秋的夜晚，寒气凛凛。林荫道上静悄悄，满天星斗，看上去好像是瞌睡人的眼睛，已无力闪烁。每当深秋，道旁两侧的梧桐树叶凋零，落了一地。比之梧桐，广玉兰依然精神抖擞，月光如流水，静静地倾泻在一片片绿叶上，明亮而朦胧，笼着一层轻轻的薄雾，阵阵秋风，绿叶飘拂，宛若出浴美人的秀发临风。龚示力踩着沙沙作响的黄叶路，步步行来，恍若走进了梦幻世界。满脑子的工程计算、数理概念，渐渐地随风飘散，诗梅从磨盘上下来的背影，突然跳了出来，好久没有她的音信了。每次写信回家，都想到她，又觉得不好意思提及。那块花格子围巾，洗得干干净净的放在枕头底下，唤起他记忆中的特有芳香，伴随着他入梦。

龚示力手里提着的塑料袋，无意中碰到了腿上，里面的两只搪瓷碗，发出了清脆的撞击声。

刘怀玉久候在亭子里，开始，学生宿舍楼里的灯光给这林荫里的亭子带来了隐隐约约的明亮。渐渐地，学生楼里的灯光熄灭了，亭子完全陷入黑暗。黑暗就像大海，无边无际。围着八角亭的垂杨，绿叶已凋零，仅剩下一条条的细丝儿，如同乱蓬蓬的长发，随风飘拂，刘怀玉感到亭子也在摇晃，她仿佛驾着一帆小舟，航行在无边的大海里。一阵阵的秋风袭来，禁不住上下牙紧打。周围的树荫，变得影影绰绰，很像是恐怖影视里的怪物，张牙舞爪，眼看着就要向她袭来，她害怕极了！正要大声惊叫——

突然搪瓷碗的碰撞声，这清脆的、熟悉的响声，就像狂风暴雨后远天显现的一缕阳光，也像迷航的孤舟看见了灯塔！她激动得站了起来，走出了亭子，走向她苦苦等待中的、提着搪瓷碗的人。

龚示力站住了。什么人？如此深夜正举步朝他走来？！

“是我。龚。”刘怀玉的声音还带着恐惧。

“是你！？你怎么……”龚示力大为惊异。

“我……在等你。”

“等我？”

“已经是第二个晚上了。”

刘怀玉好不容易等到了龚示力，感情再也无法压抑，骤然释放，向着龚示力张开双臂，龚示力连连后退。

刘怀玉站定，慢慢地垂下双臂，宛如一株缺水的禾苗，蔫了。

“你等我，有事吗？”龚示力问。

“你能再坐一会儿吗？”刘怀玉显然很委屈。

“好。”龚示力满怀疑虑地随着刘怀玉走进亭子。

“我想告诉你……那天晚上我的同伴来找你，其实，我，我也在场。”刘怀玉慢慢地低下头来。

“你也在？”龚示力很意外，怀疑这四个外国姑娘在谋划着什么。

刘怀玉低下头来，说明事情原委。

“噢！”龚示力表示理解。

“在这里等你，是想对你说明一切。”刘怀玉抬起头来，拢了拢自己的长发。

八角亭外，寒蝉已经噤声。不知是什么昆虫，扬起“吱吱”的叫声，更显得这里的静谧和安宁。刘怀玉很诚恳，说得也实在。龚示力过于紧张的心终于缓缓松弛，随即道：“我也是个半吊子。”

“‘半吊子’——是什么？”刘怀玉好奇地问。

龚示力笑了，“这是一句中国俚语，意思是懂得不多，学得不怎么好。”

“不，你太谦虚了，我们都认为你非常优秀。”

“过奖了。只要你们觉得有帮助，我乐于从命。不过我还得感谢你，你的建议很好，四个人轮起来。要不，我怎么对付得了！”

刘怀玉静默了，不停地玩起手指来。

龚示力不明其意，以为这是西方人的一种习惯，谈话结束了，应由男人先做表示，也算是绅士风度吧！想到这里，他赶快站起来，说：“Miss 刘，祝你晚……”

龚示力“安”字还没有说出来，刘怀玉就急了：“不，我，你，你再等一会儿好吗？”

“唉，好。”龚示力重新坐下。无意中两只碗又碰了一下。

“真好听。你发现了吗？这两只碗的碰撞声，就像 C 大调的 6（啦），你喜欢器乐吗？”

龚示力摇头，“我只会奏手琴。”说着双手捏在一起，做一个吹奏的姿势。

“嘍！”刘怀玉惊喜，“能表演一个吗？”

龚示力看了看亭子后面的宿舍楼，示意不可。

刘怀玉连忙用手闭嘴，缩紧脖子，俨然是一个天真活泼的少女心态。“我还能再问你一个问题吗？”

“请问。”

“你有……”好一会儿停顿后才接着说，“女朋友吗？”后面这几个字就像是火里的豆荚，一颗颗爆出来的。显然，刘怀玉下决心了。

龚示力再次僵蔫了。“怎么又回到这个问题上来了？”

东山的月亮已渐渐西去，黑暗的亭子里已然朗朗清光。刘怀玉背靠着亭柱，双脚搁在亭椅上，很快又收缩到胸前。朦胧的月色，把人藏进了烟霞里，云雾里，轻纱里。贵妃出浴时，华清池水的氤氲，让她更具神韵，因而醉倒了唐皇李隆基。曹植《洛神赋》中的洛灵（洛神），也是在“神光离合，乍阴乍阳”中，显现出千古绝伦的美貌。刘怀玉的金发，西洋姑娘高高昂起的鼻尖，良好教育赋予她的优雅气质，自然让人联想起“维纳斯”“蒙娜丽莎”。这时她正双手抱腿，侧身看着龚示力。

龚示力坐在刘怀玉的不远处，宛若一尊塑像。但人似静，心不宁。被同学们打趣的时候他问过自己，“真的对几个洋妞有意思了吗？只能说比较喜欢刘怀玉。”但每当情欲袭来，诗梅立刻跳出来，磨盘上下来的背影清晰地展现在眼前。诗梅已占据了他的心灵，诗梅的心里也有他，两人只是心照不宣。

眼前的这位外国姑娘确实长得楚楚动人，两个晚上守候在这里，真可谓情意绵绵。龚示力偷偷地看了她一眼，刚才满脸还如同明朗的秋月，怎么一会儿竟成了无枝可依的小鸟，双眉紧锁了？怎么情绪变化得这么快？是急于等待他的回答？难道她真的有那个意思？

怎么回答她？怎么能说出还在心照不宣中的隐私？龚示力难以启齿，以致无言以对。

刘怀玉已感觉到自己的唐突，不该涉及别人的隐私，但又不想到此为止，无所表示，忽然来了灵感：“你愿意听故事吗？”

“当然愿意。在这样的秋夜朗月下，听人讲故事，简直是享受。”龚示力说。

刘怀玉把双脚放回到地上。“有一个英国姑娘，做了一个梦，梦见了自己的情人。醒来后她赶紧把梦中所见画下来，不能说是个帅哥，但很有气度，最大的特征是连鬓卷髭。让人称奇的是，一年后，姑娘结婚了，挽着她的手，走进教堂的就是她梦中所见的人。”

“真有此事？”龚示力笑了。

“你不信？”

“你信？”

“我也有过一个梦。”刘怀玉站起来说。

“像英国姑娘那样的梦？”龚示力问。

刘怀玉不停地眨眼睛，“是，也不全是。”

忽然，手电光一闪一闪地照射过来。刘怀玉有些紧张，下意识地靠向龚示力。

两个保安走进了亭子，很有礼貌地说：“你们好！夜深了，该休息了，是吗？”

“哦！好。”龚示力显得有些局促。

“晚安！”保安说。

龚示力、刘怀玉同时回答：“晚安！”

保安走了。

“还接着讲故事吗？”其实龚示力很想说晚安，再见。

“你还愿意听吗？”刘怀玉站在龚示力的面前，靠得很近，俩人四目相对。她借助眼神问：“故事里的意思你明白了吗？还要我再讲故事吗？”但说出口的却并不是这样的意思：“太晚了……”说得轻而缓慢，看了一眼亭子的出口处，以致神色黯然地说：“晚安，再见。”

龚示力赶忙应道：“晚安，再见。”

CHAPTER 4

第四章

酒老鬼富起来

1

改革开放的大潮席卷中华大地，青桐镇一如春风吹绿江南岸，一派勃勃生机。就说那酒老鬼，镇后有一个山湾，叫清塘坞，坞底有一个水塘，那地方没有耕地，也没有什么别的出产，日常很少有人去那里。唯有这酒老鬼，经常拿张渔网到那水塘里去捞鱼，有时还真的让他半桶半桶地提回鲜鱼来。但也有打更（空手而回）的时候。抓不到鱼，就点上一支烟，坐在塘边琢磨，几次三番，终于想出门道来。他向镇里提出申请，要承包这口塘。在旁人看来，酒老鬼总是要同鱼打交道，其他人也没有他这般能耐，因而顺利承包。

谁知酒老鬼的算盘不是打在鱼身上，他在塘边搭起一个芦席棚，养鸭。也真是他的运气，第一年养了两百只，光是鸭蛋就让他赚了上千，这是他掘到的第一桶金。第二年扩大经营，又赚了。嘿！这酒老鬼还真是个有经营头脑的人，他并不吊在一棵树上，除了养鸭，又养猪了！在塘边修起了一排猪圈，请来县里农科所的专家建了沼气池，这样照明的问题也解决了，清塘坞如今变成了酒老鬼的饲养场。

经营规模大了，就要投入更多的劳动力，光凭夫妻俩起早摸黑，怎么也忙不过来。要请人。请什么样的人？夫妻俩各有想法。

事也凑巧，一天下午，酒老鬼正在给鸭子饲食，他老婆在棚里配猪饲料。现在席棚又加大了，隔出了房间、厨房，平时一家人就在这里过，家里已难得回去。诗梅放学回家也来帮着干活，三个人几乎没有闲着的时候。

小娜第一次走进酒老鬼的饲养场，她想来这里捆只小猪。家里的一头大猪中秋的时候已经出栏，现在栏里空着。到县城里去捉，不方便，听说酒老鬼这里也养母猪，今天特意过来看看有没有合适的。

小娜东看西看，不见人影。因为池塘在坡下，周围有树荫，酒老鬼正在树荫底下。小娜是为小猪而来的，猪圈里猪群“哟哟”的叫声已吸引了她，就先进了猪圈。

通向猪圈要走过一段泥路，昨天刚下过雨，泥浆沾脚，小娜东一摇西一晃地，沾了两脚的泥。进了猪圈想找点稻草，先把脚上的泥给抹掉。稻草没有找到，这猪群可把她看呆了！一排四个猪圈，总共有几十头上百斤的猪。小娜是个养猪能手，她养的猪出栏快，肥膘不厚，收猪的商贩最喜欢。她见这么多的猪挤在一起，不好，长不快，还多毛病。再往里走，两头大母猪，分别圈在两个栏里，一只大的母猪喂十二只小猪，都还小，估计生下不过个把月的时间；另一头小一点，喂着十只小猪，都有三四斤重了，但买去家养还太小，起码要等一个月以后。她发现两只母猪栏里太湿，粪便没及时清理，这样小猪容易得病，母猪的奶水也要受影响。这时她才看见搁在母猪圈上有稻草，于是抽了几捆稻草下来，撒在母猪圈里，乐得小猪在草堆里乱窜。随手抓几根稻草捏成团，抹脚上的泥浆。

囡囡正挑着一担猪饲料进来，远远地看见有个人，仔细一看，原来是小娜，立刻歇下担子喊：

“小娜！你怎么来了！”

“我都来了好一会儿了，想到你这里捉只小猪。”

“哦，还小，要过一个月，等不住了？”

“那倒也不是。”

“来来来，到屋里坐，你是难得到我这里来的。”囡囡拉着小娜来到她的席棚新居，进门就面对着窗户，窗下放着一张小方桌、几把小方凳；边上摆着一张长条桌，桌子上放着一只单眼煤气灶，煤气罐就摆在条桌底下。这一间是客堂、厨房两合一。紧挨着的是他们的卧室。

囡囡赶紧打开煤气灶烧茶水。

小娜四下里看了看，就着靠窗的小方凳坐下，不无感叹地说：“你们两个人真有本事。”

“有啥本事？弄到这么个鸟不生蛋的地方来，闻猪屎、鸭屎。”囡囡嘴上这么说，却无法抑制心头的喜悦，像一棵大白菜，就外面两张黄叶，里面可是鲜活的。

小娜一手扶着小方桌，另一只手指着囡囡，“有本事的人才会生这样的主意，让臭变香，换成一沓沓的票子。”

囡囡哈哈大笑。

“你看我们，一个长年生病，靠我一个女人家，打水也不浑啊！”

“你快别这么说。你家出了个大学生，将来当大干部、做大老板，谁能及得上？”囡囡泡上一杯热茶，端到小娜面前。

“看你说的。”小娜看了囡囡一眼，接过茶杯，“不过也正像你说的，我也就这么一点指望，要不我还苦撑着做啥？”

“你们家羊羊，同人家的孩子不一样。我家老鬼从小就看中这孩子。”说到这里，囡囡脸上的笑容，就像池塘里抛进一块石头漾开的浪花儿，“老鬼挂在嘴边的一句话，‘羊羊这孩子日后一定有出息’。”

小娜看着门外，好像羊羊就站在门外，“大家也都这么说。囡囡，我不想他当什么大官，赚什么大钱，能够有一个好行当，让我们过上安稳日子就好了。”

“小娜呃，你的好日子长着呢！俗话说，不要看人家买田造屋有家产，要看自家儿女有没有出山。”

“好好好，托你的金口。”小娜拉着囡囡坐下，“刚才我看了你的猪栏，太小了！两只母猪栏里太湿，栏粪早就该出了呀！”

“是呀！就是两双手，忙不过来呀！”囡囡一脸的焦急。

“眼前不是有一双好手来了嘛！”酒老鬼赤着一双脚，裤腿卷得老高，胸前还沾着一些褐黄色的鸭饲料，迈步走了进来。

小娜看着酒老鬼这副模样，觉得好笑，“你这个酒老鬼，同鸭子争食了？”

酒老鬼拿过一张凳子，背脊靠在门框上，两脚一伸，一副疲惫的样子。“真不瞒你说，早上一睁开眼，这班活口就嗷嗷叫，两个人就开始手忙脚乱。一坐下来就想打瞌睡。咳！”一声长叹，“酒老鬼现在连喝酒的时候都没有了！”

囡囡可怜巴巴地朝酒老鬼看了一眼。

酒老鬼朝囡囡眨巴眼睛，很快又闭上了眼睛。

囡囡心领神会，挪过凳子，坐到小娜身边来，“小娜，这句话我老早就放在心里，一直不敢说。今天老鬼说了，我也就掏出来了。”

“啥事啊？看你们俩一搭一档的。”小娜颇感意外。

囡囡拉过小娜的一只手，放到自己身上，说：“你是有名的养猪能手，能不能来帮我一把？你不是想要搦只小猪吗？这样好了。”别过脸，快速朝酒老鬼眄了一眼。

酒老鬼纹丝不动。

囡囡心里有底了，接着说，“你小猪也不要搦了，到过年的时候，我栏里的猪，你抬一只去就是了。”

“重的活决不让你做，有我呢！你只要帮我照看照看，最要紧的是，给我出出主意。”酒老鬼突然睁开眼睛说。

这事突如其来，小娜毫无思想准备。但事情倒是件好事，自己搦只小猪，从小养到大，吃食不说，光心血就要花多少？在这里帮他们照看，到过年就有一头猪，她已看过栏里的猪，到年脚边，少说也有两百来斤。羊羊放寒假回来，家里啥都有了！如果明年再帮他们做下去，欠他们的账也好还掉了。为难的是他爹怎么办？她一走，谁来照顾他？

“我知道你有难处，老龚头怎么办？”酒老鬼点上了一支烟，猛吸两口后从嘴上挪开，闭着眼睛说，“你这样，早上把他料理好，午时回家，吃好饭再来，到午后四点来钟就回家，你辛苦一点，多走两趟。”

“这样好吗？”囡囡不停地摇着小娜的手。

小娜站起来要走，“这样，回去同他商量商量再说吧。”

“好，等着你回音！”酒老鬼看小娜走远了，又大声喊着说。

2

深秋日子短，太阳很快就落山。老龚头的病还是原来的那副样子，好也好不起来，坏也没坏到哪里去。起居间里早就生起了火盆，老龚头躺了一个下午，觉得浑身酸痛。想起小娜去酒老鬼那里看小猪，老半天了，怎么还不回来？摁着竹躺椅的扶手，好一阵吱吱嘎嘎的响动才站了起来，他要到弄堂口去看看。

正好，一辆绿色的自行车，进了老龚头家的院子，车上的邮递员一脚踩地，返身从大邮包里取出一封信，对着大门喊：

“龚祖培，龚祖培有信！”

老龚头赶忙在屋里应声：“来了，来了！”

邮递员听到了应声，保持着原来的姿势等着。但过了好一会儿，还不见人出来，他有点急了，摆腿下车，“啪”的一声踩下停车架，拿着信就要往屋里走。

老龚头这才出现在大门口。

邮递员见是一个颤颤巍巍的老人，心里的不快立时全消，双手递上信件：“您有信。”

“哦，好，谢谢。”老龚头接下信，看着邮递员骑车出院门。

老龚头手里拿着羊羊写来的信，就像看见儿子回家了！急着回到起居间，打开电灯看信。

羊羊知道爹妈识字不多，尽量把字写得工整、大个。信上说，他在学校很好，学校将发给他奖学金，另外又在图书馆得到了一份兼职，这样，再也不用为学习费用担心。他最放心不下的是爹的身体，妈的过于劳累；爹的药不能断，妈要注意休息，二老一定要多保重。离放寒假不远了，他将尽快回家。老龚头看完了信，发现另外还有一页，是写给诗梅的。这是从未有过的，几次来信都没提起过诗梅，今番专门给她来信了！成天都在痛苦中的老龚头，心里突然涌起一丝甜滋滋的味儿，他笑了，笑得拿着信笺的手有点发抖，就把信笺贴在胸口上，体味到信上的每一个字都是甜的。

小娜，小娜怎么还不回来？快来看儿子的信啊！老龚头又努力从躺椅上站起来，正当走到门上，小娜一步跨进了门。

“嗄！才回来呀！”

小娜一脸喜气，“让我先把晚饭烧下去，有事要与你商量。”说着快步进了灶间。

老龚头见小娜满心欢喜的样子，寻思：怎么了？她也知道了？难道酒老鬼那里也有儿子的信？不可能，给诗梅的信在这里呀！老龚头等不及了，也进了厨房。

因为心里高兴，小娜想起老龚头喜欢吃荞麦面条，听说这东西还能祛风湿，便忙着在灶旁的水缸盖板上揉荞麦面。心里还在想着去酒老鬼那里帮忙的事。

“小娜！”

“噢哟！你吓了我一跳！”小娜吃惊不小。

“你这个人，自己家里还会吓着？呃，刚才看你眉开眼笑的，有啥好事碰上了？”

小娜双手沾着面，用手背理了理披到眼前的头发，端起了水缸盖，说：“你去躺着，我去那里揉面。”

两人一起来到起居间。

老龚头心里急，不躺下，坐着。

小娜把水缸盖板放在老龚头身旁的小桌子上。老龚头这才看清楚小娜揉的是荞麦面。“哟，怎么？好事都凑到一起来了！”

“你知道啥好事了？”小娜很意外，这个脚不出门的人怎么也知道了？

“你说有事商量，看样子是遇上什么好事了！”老龚头说。

小娜一边揉着面粉，一边把酒老鬼两夫妻要她过去帮忙的事，原原本本地说了一遍。

“你答应了？”老龚头欠身问。

小娜停下手里的活，说：“先回来同你商量，我放心不下的是……”

老龚头抢着说：“放心不下我？”

小娜看着老龚头，“你说，家里还有啥事让我放心不下？”

老龚头拍着躺椅扶手，说：“好事。好事。”

“你答应了？”

“你尽管放心去做。”

“好。好。”小娜朝门上看了看，担心突然有人闯进来，“哎！你说，酒老鬼为啥安下这份好心？”

“嗨！”老龚头把头别向了一边，“还不是中意我们家的羊羊？”

“哎！我真担心，不知道羊羊心里是怎么想的？不要弄成剃头挑子一头热，那就……”小娜两只手一起摁住那团面，两眼惊恐地看着老龚头。

老龚头笑了，“不用担这份心。我也有好事要告诉你。”

小娜睁大了眼睛，“哦！你有啥好事？”

老龚头把羊羊的来信递给小娜，“你看这信。”

“谁的信？”

老龚头提高了嗓门，“儿子的。”

小娜惊喜！羊羊来信了？立刻丢下手里的活，拿过信来看。小娜尽管只有四十岁多点，但眼睛已开始老花，眯起一双眼睛，又用手背在眼睛上揉了揉。一张脸，渐渐地像朝雾褪去的朝阳，光辉、明亮，就连眼角上的皱纹也绽开了喜气。

“下面还有一张。”老龚头急着提示。

“还有一张？哦！写给诗梅的！”小娜急着看。“我的儿啊！”小娜把信笺放在胸口，轻轻地拍着，这时羊羊又在她的怀里了！好一阵激动，小娜才回过神来。“好事！真是好事！”说罢把给诗梅的那张信笺折叠好，放进内衣口袋里。“哎，那我明天就去帮忙了？”

老龚头挥挥手，“你只管去。”

小娜高兴得凑到老龚头的耳边，说：“午时我赶回来。傍晚就回家。”

“没事，没事的，还死不了。”

“看你说的。”小娜瞋了老龚头一眼，端起水缸盖板就走。“哎，明天礼拜几？”老龚头问。

小娜回过身来悄声说：“明天礼拜六！”

“好！”

3

小娜早早地就来到酒老鬼的饲养场。酒老鬼与囡囡双双把她迎到屋里，像待贵客一样地接待，弄得小娜很不好意思。

酒老鬼说：“我俩商量了，按你说的，今天就动手扩建猪栏。等新猪栏建好立刻分栏，出栏肥。”

小娜夸赞道："好好！你这个酒老鬼，做事情真有决心。"

囡囡拉住小娜的手，说："今天请了四五个人，我们两个做对手，给他们弄吃的，好吗？"

"好，那就动手吧！"小娜嘴里这么说，眼睛却关注这个小厨房，怎么弄出恁多人吃的饭菜来呀！

"小娜，你来了，我财神请进门了！"酒老鬼朝着小娜做了一个鬼脸，立刻转身出门。

小娜面朝囡囡，手指着门外，"看你家老鬼说的。"

"说得是嘛！"囡囡跟着帮腔。

"你也这样说？真是一床被不盖两样人。好，空话不说了，怎么弄？"

"你看，菜昨天都买了。"囡囡从地上掀开一块塑料布，一大堆蔬菜，还有鱼、肉等。

"我先去把菜洗起来。"小娜手脚利索地拿过一只篮子来。

清塘坞后有一眼山泉，常年泉流不息，大旱之年，这里照样汩汩淙淙。酒老鬼在那里建了个水池，作为饮用水源。小娜就在这里洗菜。

诗梅昨天傍晚放学回家，正好他爹扛着一大袋菜回来。从爹那里知道，要请羊羊他妈帮着照料饲养场。诗梅心里可高兴了！她想问爹一些话，谁知爹忙得喝口水的工夫也没有，拿了几包烟，又扛起那袋菜，匆匆忙忙地走了。

姑娘的心思像包心菜，菜心被重重叠叠的菜帮子包裹着，外人是很难猜透的。龚家弄口有一家照相馆，羊羊考取了大学，轰动了全镇。照相馆的王老板颇有经营头脑，一天羊羊从他门前走过，王老板笑脸迎上，一定要给羊羊拍张照，再三说明分文不取。羊羊觉得不好意思。王老板言辞恳切，一定要给本镇的第一位大学生留个纪念。羊羊也只好答应了。第二天，橱窗里一张十二寸的羊羊半身照，摆放在最显要处，下书一行文字：本镇首位大学生龚示力留影。王老板的这一招，果然灵验，不仅引来大批围观的人，凡是家有孩子读书的，都带着小孩来照张相，希望成为继羊羊之后的第二、第三、第四……个大学生。

最希望成为"第二"的莫过于诗梅，羊羊不仅是她的偶像，还是一颗种子，已种在她的心田里，在她的精心呵护下，已发芽、成长，占据了她整个儿心灵。往日放学回家，她都从田间小路走，直线距离，近。现在她改道了，舍近求远，穿过镇上走。谁知姑娘心啊！为的是能途经照相馆，看一眼羊羊的那张照片。每次走到这里，都要仔细观察周围行人，有没有她熟悉的人，尤其是同学，特别是女同学，如果遇上了，就远远地瞄一眼，快步离开。倘若没有人，抑或没有让她烦心的人，就慢慢地靠近橱窗，先看无关的那些照片，然后把目光移向喜笑颜开的羊羊。由于高考的临近，近来她有了新的感觉：在羊羊照片的边上，隐隐约约地摆着另一张照片，一张也笑得很甜的照片——那就是她。

照相馆的后面是龚家弄，那里是羊羊的家。每次走到这里，心跳就加快，很想突然遇上“羊妈妈”（她一直都是这样称呼），看见她，似乎就像看见了羊羊。但又有些害怕，有一次听见羊妈妈在弄堂里与人讲话，眼看就要走出弄堂，她立刻紧张起来，加快脚步走开了。

高三的学生有看不完的书、做不完的作业。夜深人静的时候，特别是遇到数学难题的时候，诗梅多么希望这时羊羊就在身边。她曾经想到过给羊羊写信，求教他一些问题，包括如何面对高考，但是一拿起笔来便犹豫了，继而自责：大姑娘家的，怎么可以主动给男人写信？别人会怎么看你？

真要感谢爹妈，他们怎么会想到请羊妈妈来帮忙？这太好了，一下子拉近了与滨海的距离，再也不会感觉羊羊远在天边，有很多理由可以和羊妈妈在一起，还会感觉窘迫和不自在吗？

诗梅今天起得特别早，换了一身衣服，又经过好一阵打扮，迈着轻快的脚步，前往饲养场。

小娜正在水池旁洗菜，菜可多了，得一样样拣挑过，然后清洗。忽然听到有人喊羊妈妈！循声望去，原来是诗梅，穿着一件深红色紧身羽绒服，一头披肩的长发，远远看去，宛如在草丛中飞舞的彩蝶。

诗梅笑吟吟地站在小娜面前，“羊妈妈，我来帮你。”

“哟，不忙的，很快就洗好的。”小娜朝着诗梅说话，手里依然不停地忙着。

诗梅挽起衣袖，说干就干。“还有那么多菜没洗。我陪你说说话么！”

“水有点冷呢！”小娜让出点位置来给诗梅，小水池边沿的空间不大。

“这点冷怕什么？”诗梅嘴里这么说，脸却开始红了，还是有点不自在。

“明年你也要考大学了？”小娜紧挨着诗梅问。

“羊妈妈，一想到要高考，我的心就怦怦跳。”

“等羊羊放寒假回来，叫他帮帮你。”

诗梅突然压低了说话声，“羊羊哥放寒假回来？”

“回来，昨天来信说了。”小娜连忙撩起围身布擦干手，在口袋里摸，“还有你的信。”

“我的信？！”诗梅有点不相信自己的耳朵，但又不好意思再问，突然涨红着脸，加上一身的红衣服，就像她手里拿着的红萝卜。

“你看。”小娜把信递给诗梅，并注意看她的表情。

诗梅接过信笺，很快转过身去看信。看得真快啊！只一会儿就把信看完了，折叠好放进羽绒服的里层口袋。

小娜有点纳闷：怎么看得这么快？满满的一页啊！瞄一眼就好了？

诗梅觉得身上热，要羊妈妈把她脖子下的拉链松开。“羊妈妈，这里风大，你回去歇着吧，这里让我来，一会儿就好了。”说着，双手搅得池水哗哗响，利索、欢快地干起来。

“这哪成啊！你来帮我就过意不去了，怎么好让你一个人做？”小娜当然不肯走。

小娜无法看透姑娘的心思。这时的诗梅，就像《红楼梦》里的林黛玉，对于贾宝玉的诗，在众姐妹面前，表情平淡。待到夜静更深时，独自一人在灯下，才细细品味。羊羊第一次给她写信，真正是喜出望外！信中的每一句话、每一个字、每一个标点，都要深入研究一番。小娜怎能看懂诗梅的这层心思？

中午一大帮人坐下来吃饭，小方桌上摆满了菜。小娜还在灶上忙着，还有两个炒菜。大家都称赞小娜的手艺，加上酒下了肚，话就多了。

有人说：“老龚头的堂客出手，酒老鬼就等着丰收。到时候银子搬进缸，钞票好糊墙。”

酒老鬼咧开嘴笑，“看你说的，那钱是涨大水呀！江里汆来的？”

囡囡趁着给客人倒酒，连连抱怨：“你们真不知道，我家这个老鬼啊！弄到这么个山沟沟里来寻活路，身上沾的是猪屎、鸭屎，有家也回不去，住进这草棚子里，我都恨死他了！”

马上有人反驳："酒老鬼堂客，你是怕请财神啊！在这里装穷叫苦的，要不要请保镖？算我一个？"

"还有菜呢！"小娜上菜来了。

诗梅见小娜双手都端着，连忙过来，把碗接过去。

大家看着一身红妆的诗梅，趁机调侃："你们两家呀！一家出才子，一家出美女，两家合一家吧！"

"哈哈哈……"满堂哄笑。

诗梅涨红着脸，赶快逃开。

吃完了饭，请来帮忙的人都忙着干活去了。

小娜也急匆匆地往家里赶。

酒老鬼喝多了，他坐在门边的一张小凳上，往门框上一靠，就打起呼噜来。

囡囡把一大堆碗筷放进锅里煮，太油腻了。忽然想起，诗梅好像没吃饭，四下里张望，人不见了！甩去手上沾着的水，探头探脑地到房里看，没有。奇怪！饭也不吃，到哪里去了？

4

酒老鬼的草棚外，西边有一排柏树，两人来高，树下有一块青草地，午后的阳光暖融融的，树荫下好像有一朵红云飘落，格外醒目。

"这不是小梅么！"囡囡想不到诗梅在这里。饭也不吃，一个人在这里干啥？走近了才看清楚，手里好像拿着一张纸，上面写得密密麻麻的。是谁给她写信了？大姑娘与人通信，在囡囡心目中是件非同寻常的事：通信就是求爱，是什么人爱上她姑娘了？悄悄地来到诗梅的背后，而此时此刻的诗梅，正在字里行间细细寻找爱情天使蕴含的甜蜜，对于身后的响动，她毫无觉察。

囡囡上过小学，算得略通文墨。信笺抬头"诗梅小妹"四个字，赫然映入眼帘。哇！这是谁？这么肉麻，称起兄妹来了！由于心里激动，囡囡呼出的热气刺激了诗梅的颈脖，诗梅突然回过身来，一声惊叫——

“哇！你怎么躲在我身后，吓了我一跳！”

囡囡一双眼睛瞪得老大，一时说不出话来。

“妈，你干啥呀！”诗梅赌气地站起来，要往回走。

“你怎么饭也不吃，躲在这里看信？”说着沉下脸来，“是谁给你写信了？”

诗梅扭动着身体，还是要走。

囡囡扳过诗梅的手臂，神态和缓些了，“告诉妈，谁给你写信了？”

诗梅眼睛朝上抬了抬，说：“你猜。”

“让我猜？”看诗梅的神色，囡囡心里已经有点数了。

诗梅赶快转身走了。

“莫不是羊羊给她来信了！”囡囡喜形于色地追上诗梅，拉住她的手，附在她耳朵边说：“是羊羊！”

诗梅快步往家里跑。

囡囡笑了，笑得撩起围身布湮眼泪，笑得就像早上刚开的、还带着露水的菊花。

酒老鬼歪着一张嘴，口水从嘴角里流出来，像一条面筋挂在胸前。囡囡踢了他一脚。

酒老鬼一跃而起，连声说：“哦！来了！来了！”说着就要往工地上跑。

“你去哪里啊？”囡囡拉住酒老鬼。

“你，你？”酒老鬼一脸惶恐。

“坐下来。”囡囡把酒老鬼又摁在凳子上。自己随手拖了一张凳子，坐在酒老鬼身边，悄悄地说：“喂！羊羊给小梅写信了！”

“嘍！啥时候？”酒老鬼伸着脖子四下里观看，终于看见女儿端着碗站在门外不远处吃饭。

“看来是今天小娜带来的。”囡囡担心被诗梅听见，说得很轻。诗梅知道爸妈正在说她，便远远地躲开。

酒老鬼“啪”的一掌，拍在自己的腿上，说：“有戏了！”伸手拿过挂在门口“节节高”上的草帽，大声唱起了现代京剧《沙家浜》里郭建光的唱段：“朝阳映在阳澄湖上……”跨起大步走了。

诗梅一直都是睡在家里的。今天晚上吃过晚饭，她早早地就离开清塘坞，一回到家里便坐在灯下，她要完成一件要紧事——给羊羊写回信。信的腹稿已经在肚子里转悠了大半天，但提起笔来，却又无从下手。如今的山村，电视已经普及，开始还可以听见周围邻里播放电视和说话的声音，后来如同罩上笼罩的小鸟——不叫了，统统归于沉静。唯有林中的夜莺，时不时传来几声清寂的啼叫。

回信很难写吗？说难，一封普通的书信，有什么难的？说不难，还真是有点难。这是一封首发给恋人的信，感情的表达、分寸的把握、语言的运用、文采的展示等等，都得用心思。比如称呼对方，到底该用“您”还是“你”？对方已经用上“您”了，那就礼尚往来，用“您”不就得了？可诗梅却颇费踌躇：就这么轻易地跟进用“您”，是不是有失自尊？姑娘总该有所矜持吧！那就干脆用“你”吧，但马上又犹豫起来，担心会不会给人留下自视清高的印象？大学里有才有貌的姑娘多得是，千万不能因为一点傲气而失去梦寐以求的爱人，那将会遗恨终生。就这么一个称谓，诗梅反复斟酌、推敲，这样的信会不难写吗？

直到黎明时，信终于写好，当天就寄出。不久羊羊就给回信了，是单独写给诗梅的，不用二传手了。

CHAPTER 5

第五章

校园风波

1

学期就要结束，寒假即将来临。一年级第一学期的新生，对于第一个假期特别期待，甚至激动得彻夜无眠。因为从小到大，他们都生活在父母身边，没有长时间地离开过父母，如今离家长达半年，思念家乡、亲人之情特别深沉。另外，一年级的大学生，从年龄、心理上来说，还带有几分孩子气，正如俗话说的“乳臭未干”，因而想家是必然的。一到期末，就开始打听交通信息，各显神通，联系购票。

这几天 38 号寝室也不例外，“回家”成了中心议题。姬书奇是个特殊人物，家就在本市，不属此例。金耀、皇甫浩和瞿秉宜三个人家都在城镇，火车、汽车直达。龚示力乘火车、汽车都可以，但不能直达，还得步行二十公里。最困难的是仇善，两天一夜的火车，再加一天的摇摆车（手扶拖拉机），还要走几十公里的山道。他连续几天考虑，拿不定主意，要不要回家。

仇善也是打算回家的，但路费就成问题了。前几天接到家里的来信，母亲身体不好，智障的哥哥又走失了，连续找了三天都没找到。他很想回家去看看，帮着家里做点事。

仇善为姬书奇提供课堂笔记已一个学期，除了开始的几次给了钱，以后就没有动静了。曾经问过他几次，都说：“你怕什么？这几个钱还会少你？”仇善看在同学的分上，又住在同一个寝室，拉不下脸来，还是继续给他提供课堂笔记。

仇善还是想要回家，急需要钱，把希望寄托在姬书奇的身上，如果他不食言，如数付给，一共有一百五十五元，买火车票的钱够了，摇摆车不乘，走回家。谁知道又碰了个钉子，姬书奇一脸苦相，说：“目前陷入经济危机，以后再说。”

仇善陡生一团怒火，这不是明摆着欺负人嘛！这样的人也会有经济危机？宁可这点钱不要了，也要与他干上一场，“人穷志不穷”，一定要争回这口气。但是，姬书奇这个人很难找，经常不来上课，晚上基本不到寝室睡觉。随着时间的推移，心头的那股怒火，也日渐消退了。仔细想想，姬书奇是本地人，父亲高官，有权有势。强龙还斗不过地头蛇，他一个外地的穷小子，与他争斗会是什么结果？

今年滨海的天气奇冷，一尺多长的冰凌挂在房檐口，几天不化，这在滨海是很少见的。仇善唯一的御寒衣是一件当年志愿军的棉衣，是父亲的一个表哥，从朝鲜复员回来时送的。父亲舍不得穿，这次他上大学了，才拿出来给他。几十年的东西了，保暖性能当然差了。每当冷到难以忍受的时候，仇善总是用这样一句话来激励自己：志愿军能扛住朝鲜的严寒，我为什么不能顶住滨海的这点寒冷？

回家彻底无望了。仇善刚考上大学的时候，兴奋之余，由衷地感到社会是公允的，寒门子弟只要肯努力，同样能上大学，将来同样能有所作为。然而进了大学以后，这层感觉淡化了，以致渐渐失去。他总是想到滨海有条四川路，那是与四川人无关的，无非是个标签。

仇善的情绪十分低落，瞒不过龚示力的眼睛，两人同是来自山村寒门，平时最合得来。龚示力了解仇善的苦衷，发誓要为他讨回公道。

2

中国的学生在盼寒假，回家过年。西方的学生则另有一番风情，他们正在翘首等待圣诞节的到来，这是西方人一年中最隆重、最神圣的节日。

第一次在中国过圣诞节，怎么过？刘怀玉、黑妞、小芽儿、佳佳，四个人商量了好几次，还没有形成统一的意见。最近一次商议，刘怀玉提议：在自己的寝室里过。黑妞反对，嫌地方太小。刘怀玉自有主张：把三张床移到过道上，留下一张床放到窗下，铺上台布，摆放各种食物，活动空间就有了。至于环境布置，采办食物，四个人分工协作，不就跟家里过圣诞节一样有味了！

佳佳觉得这样有情调、有趣，表示赞同。

小芽儿提出，就四个人太单调了，mistletoe（槲寄生树下之吻）还要吗？

黑妞大声说："要，一定要！"

"那谁来吻我们？"小芽儿问。

黑妞兴趣上来了，"请我们的老师、同学，小伙们多着呢！"

这可是刘怀玉思考的主题，想不到让黑妞给说出来了，真可谓正中下怀。"你是说龚？"刘怀玉明知故问。

"完全正确。"三个姑娘齐声回答。

事情就这么决定了。然后是分工，大家都自告奋勇，很快，所有任务都分派妥当。自然，主持人的重任落到了刘怀玉的身上。

事情也真凑巧，今晚正好轮到刘怀玉的课，她满心欢喜地讲述筹备圣诞晚会的情况，并郑重其事地邀请龚示力和他寝室的男同学参加她们的圣诞晚会。

龚示力从来都没有过圣诞节的观念，认为那是洋人的节日，与自己无关。现在要跟洋人一起过他们的洋节日，规矩、礼数一点都不懂，那才真叫出洋相！实在答应不出来。

刘怀玉见龚示力十分为难的样子，心里暗自好笑。"龚，古汉语那么难，在你的指导下，我们现在都跟上了。难道和我们在一起过一个洋节日，会把你难倒？"说着，从她的手提包里取出六张红、绿、白三色相间的圣诞晚会邀请卡，交给龚示力，"我们热忱地期待着你们的光临！"

"这……"龚示力看着洋式的邀请卡，好像第一次吃螃蟹的人，吃，还是不吃？实在答应不下来。

刘怀玉出了个主意："这样吧，我教你们做什么你们再做什么？好吗？"

这样，龚示力就不好再推托了，"我，那，好，好吧。"

"好极了！"按照西方人的习惯，此时此刻，刘怀玉很想龚示力与她拥抱。她转过身来，猛吸了一口气，然后闭上了眼睛……

龚示力只朝她看了一眼，马上把目光转向周围的人群，观察有没有引起旁人的注意。

刘怀玉很感失落，心情就像春暖花开时的桃李，骤临一夜风雨；也像在阳光照耀下的“雪人”，哪里还有好模样！不过这不是她第一次遇上的尴尬，在与龚示力的接触中，她已经有过同样的感受，已从中领悟到东西方文化的差异，心情渐渐地又平静下来。

“放寒假你回家吗？”刘怀玉转换了话题。

龚示力肯定地说：“要回家的。”

“我很想知道中国的春节是什么样的？”

“春节是中国传统文化的展现，丰富多彩！”

“那一定令人神往！”

龚示力生怕刘怀玉提出来要跟随他回家过春节，想法子绕开去说：“你也回家？”

“想过回家。嫌时间太短，放暑假再回家。中国太大了，想到处走走，看看。”刘怀玉说。

龚示力大加赞赏：“哦！那一定是非常快乐的旅行。对你的学业也将有很大的帮助。”

“如果有可能……”刘怀玉顺手捋了一下两鬓的长发，欲言又止。

龚示力揣度刘怀玉的下文，心里就像蹿上江岸的鲫鱼，活蹦乱跳。

“欢迎我到你的家乡看看吗？”刘怀玉看着龚示力问。

龚示力设法绕开的话题又来了！刘怀玉的态度很明确，就等着他表态，如果表示欢迎，她肯定会随同前往。这一来还了得啊！跳进千岛湖也洗不清了！小小的青桐镇还不闹翻了天！他如何面对父母？如何面对诗梅？岂不毁了她？然而拒绝刘怀玉，这于情、于理都说不过去，利用假期，到同学的家乡拜访、游玩乃人之常情，无可厚非，尤其是对外国来的同学，更应尽东道之谊，怎可拒人于千里？歌德说得好，“一个人的礼貌，就是一面照出他的肖像的镜子。”一时间龚示力就像一台高速运转的计算机，寻求最佳答案。

刘怀玉接着说：“我们四个人有约，要到中国的大江南北一游。能告诉我你们家的电话号码吗？”

这可让龚示力为难了，他们家哪来的电话？突然想起，照相馆安上电话了，只能借王老板的电话一用了。

刘怀玉接过龚示力书写的电话号码，“这是你家的电话？”

龚示力说：“不。我们家还没有电话，这是一家照相馆的电话。”

刘怀玉颇为忧虑，“离你家远吗？”

龚示力说：“很近。”

刘怀玉笑逐颜开，模仿文言语体道：“但愿相期有日。”

龚示力勉为其难地应道：“吾将翘首以待。”

38号寝室里的小伙子们简直都要疯了！平常个个都是英雄好汉，一旦遇上真刀真枪，原来都是银样镴枪头，面对今晚清一色的外国女同学邀请的圣诞宴会，全着慌了，一时手足无措，不知该如何应对。

“我不接受这个邀请，我最怕闻到那个洋臊气！”仇善第一个做出反应，把手里的邀请卡扔到床上。

金耀走到窗前的光亮处，把邀请卡放到鼻子底下（深度近视）“闻”了一阵后，什么也没说，坐回到床上。

瞿秉宜把那张邀请卡放进他摆放得十分整齐的首卷书页里，露出卡面的三分之一，而后慢吞吞地说：“这种洋晚会，你们有谁见过？”

没有人回答，只有好一阵的哼儿哈儿。

“没见过这种洋世面，那不是去出洋相！”瞿秉宜靠在被卷上，眼睛看着天花板，不紧不慢地说。

皇甫浩在忙着换装，从床下拿出他那双臭气熏天的篮球鞋，边穿边说：“我服从‘组织安排’，”然后舞动他那像长臂猿一样的巨臂，朝着众人划了一个圈，“你们去，我也去。”说罢，急着去参加训练了。

“我看，人家如此盛情，出于礼貌，我们不能拒绝。她们的主持人刘怀玉说，让我们听她指挥，她让我们干啥，我们才干啥。既然是这样，我们就去凑个热闹吧，又不是赴鸿门宴。”龚示力说。

“说得也是。”瞿秉宜点头。

金耀摊开双手，说：“按照我们中国人的规矩，总得带点什么礼物，就这样空着双手去？”

这可把大家都问倒了，众人面面相觑。

这个姬书奇，今天不知道是什么风把他给刮回来了，手里提着个塑料袋，里面装的是一些常人叫不出名字的零食，晃悠晃悠地走进寝室。塑料袋往床上一丢，忽然发现枕头上有一张卡片，拿起来看，原来是一张写着中英文的圣诞晚会邀请卡。

“这……是……”姬书奇不明就里。朝对面的瞿秉宜看了一眼，两人争吵过，不说话。立刻转向龚示力，“你们都有这个吗？”像扇风一样地摇动着手里的邀请卡。

“有。”龚示力应道。

姬书奇又问：“这是哪里的邀请？”

金耀指着卡上的文字，“上面不是写着么？”

姬书奇的英语水平有限，四个洋妞的签名很潦草，他根本看不懂。

龚示力把事情的原委说了说。

“这四个人都是女的？”姬书奇突然把眼睛睁得老大，“时间就在今天晚上？”

姬书奇突然出现，又见他那副猴急的样子，龚示力担心这个放纵不羁的人，真的闹出什么洋相来，心里着实有些不安。仇善一见姬书奇进门，便别过脸去，不屑一顾。龚示力早就郁结在心的愤愤不平，油然而生：也好，今晚倒是个机会。

姬书奇飘飘然地来回走动起来。见大家都拉长着脸，觉得奇怪！“呃，你们不去？”

没人应他。

“你们真是傻瘪了，洋妞啊！”姬书奇拿出花花公子的派头，连打两个响指，“洋妞与我们中国姑娘大不一样，那才叫热情奔放！”最后“热情奔放”四个字，一字一顿，留着无穷后味。

3

经过四个姑娘的精心筹备，她们的寝室焕然一新，变成了圣诞情趣十足的宴会客厅。大门口的圣诞树有一人多高，上面挂着五颜六色的彩灯，灯下有各式各样的小礼物，层层叠叠的看似点燃的圣诞烛。树顶上站着个小天使，正张开双翼，从天而降，晚风吹拂，栩栩如生。靠近圣诞树的前方有一驾雪橇，上面凝结着雪花。结雪的地面上，可见雪橇的轮辙，是圣诞老人驾车留下的。

龚示力一行六人如约而至。“圣诞老人”立刻迎了上来，他头戴红色圣诞帽，大大的白胡子，一身红色的棉袍，可惜长了一点，把脚上的红靴子基本都遮盖住了。“圣诞老人”从他的背囊里拿出礼物，分送给大家。

仇善接过礼物，摸上去软绵绵的，啥子东西？一看，是一个布的圣诞老人头像，令人注目的是，在圣诞老人的大白胡子上，用红色绒线制作了一行文字：“I love you”，文字下面是一颗红心。

龚示力悄悄地对仇善说：“这是精心制作的，很珍贵。”

“哦！”仇善应道。

在“圣诞老人”的引导下，走进了客厅。真是豁然开朗：客厅的四壁上全是用圣诞三色——红、绿、白制作的花环。顶灯裹上了彩色的玻璃纸，产生了特有的效果，让人感觉进入了大雪之夜。

更让人意外的是，室内见不到人，刚才出门相迎的“圣诞老人”也突然不见了，这是怎么回事？正当大家疑惑不解时，突然芭蕾舞《天鹅舞》里的《四小天鹅舞》乐曲响起，四个身着红衣裙、头戴圣诞帽的姑娘翩翩起舞，而后摆开了一个致礼相邀的动作。

龚示力一行这才举步入内。

四个姑娘一样的打扮，一时很难分辨出张三李四。只见其中一个姑娘先用英语，接着翻译成中文，谨致美好的圣诞祝福。

龚示力这才看清，说话的是刘怀玉，也不失时机地代表同学们表示谢意和祝福，并献上了备下的小礼物。

送的是什么礼物么？在寝室里有一番争论，各说各的，毫无结果，最后还是金耀出了个金点子，去一家文物商店里买了一件小玩意儿——文房四宝的组合件，陶瓷的，只有巴掌那么大，工艺不怎么精巧，但具有中国特色，别具匠心，对四个学习中文的外国姑娘更有价值。当龚示力分送这件礼物时，姑娘们激动得不停地欢呼跳跃！

欢笑声中，刘怀玉选择播放了悠扬、动情的圣诞歌曲 Angels We Have Heard On High，在优美的歌声中请大家来到窗下。刘怀玉的床已成了一张白色的餐桌，桌子上摆满各色糖果、饮料、糕点和水果，其中大多是西式的，也有少部分是中式的。

刘怀玉和姑娘们邀请贵客与她们一起歌唱，一起品尝。遗憾的是，这首歌客人们都不会唱，歌声里只有轻脆的女声，缺少浑厚的男声。唯一撑场面的倒是姬书奇，居然能跟着哼几句。

窗外弦月高挂，是个月明星稀的夜空，月笼轻纱，让世人都投入月光的怀抱，聆听天籁的美妙。当歌曲唱到：在寂静的圣诞夜里，没有什么比靠近你更让我觉得温暖，因为我爱你。刘怀玉久久地看着龚示力，情不自禁地向他伸出了手臂。

舞会就这样开始了。姬书奇早就按捺不住，主动邀请了黑妞。金耀不怎么会跳，面对小芽儿的邀请，难以拒绝，就跟着跳起来。皇甫浩大大方方地邀请了佳佳，舞姿还算过得去。瞿秉宜不谙此道，大多时间留心窗外的月亮，偶尔吃块糖果。

仇善既不会舞，人也开心不起来，他是听龚示力的劝说才来的，今晚是找姬书奇理论的最佳时刻。心里一直在盘算如何让姬书奇理屈词穷，乖乖地把欠他的钱拿出来。他对这里的一切都兴奋不起来，只巴望早一点结束。

龚示力根本不会跳舞。刘怀玉轻轻地在他耳边说："就像你教我学古汉语一样，一步一步来吧。"龚示力在刘怀玉的指点下，跟着节奏，一步一步地学着跳。

一曲奏完，休息一会儿，吃些东西，然后交换舞伴，接着又跳。唯有龚示力，因为是初学，一直与刘怀玉结伴。真所谓一回生二回熟，龚示力跟着节拍，勉强能跳起来了。刘怀玉不断地赞扬他，鼓励他，让他放松，向她靠近。龚示力还是放不开，更不敢越过雷池。

室内有空调，又加上跳舞，额头上都冒汗了，都脱去了外衣。龚示力脱下棉衣时，忘记了脖子上围着那块方巾，他是怕晚上冷才用上的，反正围在里面，没人看得见。真所谓百密一疏，这外衣一脱，立刻露馅。皇甫浩眼明手快，一把扯了下来，要龚示力交代，哪来的女人之物？这下龚示力傻眼了！只好做表情示意，快把东西还给他，并再三提醒，此时此刻，不可胡来。皇甫浩不让，其他几个同学都看着好笑。皇甫浩挥动方巾，不慎，碰上了烛火，方巾突然冒出了火焰。龚示力急了！猛扑上去，抓过方巾，情急之下把燃烧着的那一角塞进了嘴里。大家都惊叫起来！还好，火焰灭了，方巾只烧焦了几丝，龚示力的嘴里燎起了两个水泡。

时间已近午夜，乐曲停了下来。刘怀玉让黑妞、佳佳把放在角落里的槲寄生抬到中间来。看上去并不是什么奇特的一棵小树，一米来高，常绿小灌木，茎干呈圆柱形，绿色、柔韧，枝叶倒披如针，上面结着许多半透明的黄绿色的如鹌鹑蛋大小的果实，栽在淡绿色的陶瓷盆里。这么一棵不起眼的小树抬出来做什么？有什么讲究？

刘怀玉看出客人心中的疑惑，指着槲寄生说：这棵小树的学名是——HERBARISCI，在西方，尤其是英国，视为圣物，有其特殊的寓意。相传奥丁与爱神菲丽佳的儿子——和平之神伯德，被邪恶之神洛基用槲寄生制成的飞镖射死。菲丽佳悲痛的眼泪最终化解了槲寄生的邪恶，救活了儿子。菲丽佳立下誓言：无论谁站在槲寄生下，都赐给一吻。

神话演变成西方圣诞节的传统：凡是女子经过或站在槲寄生树旁，旁边的男子可上前亲吻，每亲吻一次，男子就得从树上摘下一颗浆果，直到摘完为止，象征多子多孙的预兆。英国有句名言："没有槲寄生就没有幸福。"也说是"生命中的金枝"。槲寄生在西方传统文化中有着特殊地位。

刘怀玉解说完了，紧接着说了一句响亮的英语：kissing under the mistletoe（在槲寄生树下接吻）。

刘怀玉的话音刚落，四个姑娘宛如一群彩蝶，拥向了槲寄生。围绕着槲寄生燃起了一团情与爱的火焰，向寒冷的冬夜里扩散。

靠墙站着的中国小伙们，已感觉到从未遇到过的暖意，心头就像急雨打芭蕉，连自己都听到啪啪啪的响声。看着热情洋溢的姑娘们，尤其是她们那期待、友善、妩媚的眼神，何尝不想拥抱她们？然而他们的脚下好像被拴着，就是迈不开步。

正当槲寄生燃起的火焰，渐渐冷落，行将熄灭的时候，尤其是刘怀玉，几次暗送秋波，遇上的是龚示力低垂的眼帘，宛若火流星落进了冰山。她懊丧极了，眼看几天来的精心设计、满怀的喜悦，即将化为乌有。

姬书奇不失时机地冒出来了，先朝自己的同伴逐个看了看，好像在问："怎么？你们不上？那我上了！"他可是谙于此道的高手，快步来到姑娘们跟前，一个接一个地与她们相拥接吻，吻一个，熟练地摘下一颗浆果。

姑娘们很快地离开了槲寄生，一团火焰终于熄灭。看得出来，姑娘们不喜欢姬书奇过于轻率以至贪婪的表现。然而姬书奇意犹未尽，来到刘怀玉跟前，说："感谢外国同学今晚的盛情。为了表示谢意，我特邀大家前往希尔顿大酒店，今晚我们玩个痛快！"

姬书奇的过分热情没有得到响应，感到有点不是滋味。刘怀玉拉着姑娘们对姬书奇说："姬先生，今天已经很晚了，明天还有课程，我们一起谢谢您的邀请。"说罢，姑娘们一齐行了个半蹲礼。然后取出事先准备好的礼物——圣诞帽，姑娘们给六个中国小伙戴上了洋味十足的红色圣诞帽。

戴着红艳艳的圣诞帽，龚示力一行向主人告别。

刘怀玉苦心策划的圣诞 party 就这样结束了。

4

一来到室外，便是寒风刺骨。要走过很长一段路，才进入本国学生生活区。通道很宽，可供小车交会，道旁是高大的梧桐和低矮整齐的冬青树。被梧桐遮挡的路灯，也许是因为寒风的吹拂，昏惨惨的，吐露着寒意。冬青树上已结起了浓霜，白茫茫的。路面踩上去有些滑，好像走在雪地上，冷得好像心头也结满了霜，寒彻肌肤。幸好有顶圣诞帽，真派上了用场。

姬书奇快步抢到前面，他想躲避寒冷，早一点回到寝室。

龚示力追上了姬书奇，"请你等一下。"

姬书奇回过头来，紧缩着脖子，一脸狐疑地看着龚示力，"这么冷的天，有什么事到寝室里说吧！"

龚示力坚持，"夜很深了，为了不影响别人，还是在这里说吧。"

姬书奇很不耐烦，"什么事？你说。"

仇善走上前来，"是我有话对你说。"

姬书奇身材高大，一双眼睛瞪起向下，看着只够到他胸前的仇善，"哎呀！你不就是为那几块钱嘛！我现在确实没有，过几天再说吧。"说完就打算走了。

龚示力身后的几个同学，这时都围了上来，这是事先商量好的。

皇甫浩的个头要比姬书奇高出一头，挡住了姬书奇的去路："你这位大公子说没钱，有谁相信？"

姬书奇一见这架势，好像被困垓下，看来今晚是集体行动！权衡之下，立刻放低了身段，做出无奈之状："真的，最近是手头紧了点。"

"去希尔顿大酒店狂欢得花多少钱？"瞿秉宜插上来说。

姬书奇一脸苦相："我说也无用。"双手往袖子里紧拢，想了想，说："不瞒你们说，我平时是花钱多了，老爹最近对我实行'经济制裁'。去希尔顿嘛……"朝众人瞟了一眼，"这种钱还要我自己出吗？"

龚示力指责道："我说，你是饱汉不知饿人饥，说得难听点你是讨饭人袋里偷米。仇善没钱买票回家，你欠他的钱，也只够大半行程的车费，他还得走整整两天的山道。你就忍心眼看着自己的同学无法回家过年吗？"

"我烦着呢！回不了家就别回家！"姬书奇忍不住了。这位名门贵公子，从小视周围的人都是为他服务的，什么都得听他的，忤逆于他的人都是大逆不道。最近手头紧了点，受到他老爹的"经济制裁"也许是实话，心里正窝着火呢！欠仇善的那点钱，对他来说连一碟小菜也算不上，现在他不仅不想还，更把他作为发泄、迁怒的对象。

"你还是人吗？"龚示力忍无可忍。

姬书奇指着龚示力的鼻子，"什么？你说什么？"

"你不是人！"金耀也忍不住了。

姬书奇环顾四周，"你，你们想围攻我？！"

仇善身上冷，加上心里激动，嘴唇不停地颤抖，"为了给你做好课堂笔记，我上课特别用心记。怕你看不清楚，字迹决不敢潦草。每次的复印费都是我出的，同学总有份情义吧！大家听听，他说的是人话吗？"

龚示力指着姬书奇的鼻子，"你凭什么役使同学？凭什么欺凌同学？是因为他来自山村，家里穷，因而低人一等？我问你，你的'高贵'是哪里来的？你不事稻粱，凭什么富贵？都是纳税人给的。就你来说，屁都不是！"

"别跟他啰唆！欠账还钱，天经地义。限你明天一定要把欠账还给仇善。"皇甫浩跨上一步，挡在姬书奇的面前。

姬书奇大怒，"就凭你们，想威胁我？蚍蜉撼树，门都没有！"

皇甫浩怒不可遏，挥拳相向。

龚示力奋身挡住，“好了，好了，此事到此为止。”

姬书奇拔腿就走，不回寝室。

众人憋着一股气，眼看着姬书奇扬长而去。

是气的？还是冷的？仇善的个子显得更矮小了。他强忍心头的伤痛，向大家拱手道：“我对不起大家，谢谢各位了。外头天冷，大家回吧。”

一阵刺骨的寒风迎面而来，梧桐树上的黄叶在风中摇落。凝结在瓦上、树上、草地上的浓霜，也披在这几个年轻人的须发上、衣衫上。

五个人就这么在寒风中站着，没有一个人挪动脚步。

5

放寒假的日子临近了，自从那天晚上的一场交锋后，再也没看到姬书奇的踪影。龚示力提议，给仇善凑钱回家。大家一致赞同。

仇善一个晚上不睡觉，在火车站排队购票。

这大下午，大家都在整理回家的行装。有条不紊、一丝不苟的瞿秉宜拿起那顶红色圣诞帽，觉得这件洋味十足的东西，带回去送人倒也不错。拿起来横看竖看，又翻出里子来看，嘿！里面还有件东西：一只红色小布囊，用胶带粘在帽顶上，取了下来，里面是一张粉红色的卡片，用中英文写着：“Happy Christmas！ I love you！圣诞快乐！我爱你！”

瞿秉宜把那张粉色的红卡攥在手里，圣诞晚会的情景立刻浮现在眼前：是那个叫小芽儿的西班牙姑娘把这顶圣诞帽戴到他头上的，当时两人的身体靠得很近，感到有股温暖袭来，继而生发开闻所未闻的幽香；小芽儿笑盈盈地看着他，感到有种说不出的愉悦。小芽儿的微笑，是那么纯真，脸上还有两个小酒靥儿，看上去更显得清纯、秀丽，真是个可爱的姑娘。不知是哪来的勇气，很想问她一句话。可恨的姬书奇叫着要去什么希尔顿，让他失去了良机。

想不到在这帽子里还藏着她的情意！是不是每顶帽子里都留有这样的贺

卡？如果仅仅是他有此专利……心口突然一阵怦怦乱跳。

瞿秉宜挥动手里的圣诞帽。“喂，喂，喂，各位仁兄，把你们的圣诞帽翻过来看看。”

“怎么？你发现什么了？”皇甫浩只顾自己整理东西，不经意地问道。

“里面还有什么宝贝藏着？”金耀不以为然。

“叫你们看，就看。”瞿秉宜开始逐个查看。

让瞿秉宜扫兴，大家都一样。终于醒悟，这是西方人在圣诞节的习惯用语，很平常的表达方式。分明是自己自作多情，想入非非，因而觉得很无聊。忽然发现龚示力的那顶帽子一动不动地摆着，好奇心驱使他来到龚示力的身边，希望有点什么意外发现。

龚示力在整理从图书馆下载的许多资料，满床铺开。圣诞帽无声无息地躲在一个角落里。

“就剩下你的了。”瞿秉宜捅了捅龚示力。

龚示力的注意力还在他的那些资料上，随手把帽子提起来扔给他，“你去看。”

瞿秉宜熟练地翻开帽子，还是一样的东西。再看那文字，全是中文，抄录一首元代马致远写的《天净沙·秋思》：枯藤老树昏鸦，小桥流水人家，古道西风瘦马。夕阳西下，断肠人在天涯。落款：思念你的人。

这可是惊奇的发现！瞿秉宜如获至宝。“快，快，大家快来看，这可是大不一样啊！”

瞿秉宜的惊叫，把大家都吸引了过来，争相观看他手里的红卡。

“‘思念你的人’——未署名，此人是谁？”金耀首先提问。

“我们的卡上都有姓有名的，唯独她隐姓埋名，此为何意？”皇甫浩也生疑虑。

“你们都没有抓住要害。为什么要抄录马致远的《天净沙》？这只有当事人才明白。”瞿秉宜一语中的。

这一来可就不依不饶了，大家一定要龚示力“老实交代”。

“你们奇怪，我也纳闷，‘思念你的人’究竟是谁？”龚示力强作镇静，看似一脸无所谓。

瞿秉宜摇头晃脑地眯起一双眼睛，说：“俗话说，瞎子吃抄手，自己心里清楚。你会不知道‘思念你的人’？”指着皇甫浩，又指金耀，“你相信？你相信？”

“信也罢，不信也罢，我看随他去吧！用不着打破砂锅。”金耀想给龚示力解围。

“那天晚上，我仔细看那几个洋妞都还不错。龚示力，你先开个头，到时候拉兄弟们一把！”皇甫浩半真半假地说。

瞿秉宜拉着金耀，“那，我们俩也不能落下。”

金耀推开了瞿秉宜，“别忘了还有‘性本善’。”

“我可不要闻那股洋臊气！”大家一起模仿仇善的话。

龚示力当天晚上翻来覆去地想，一曲马致远的《天净沙·秋思》，绝对是刘怀玉所赠。别人不知道，他心里清楚。刘怀玉将游览历史悠久的中华大地，远在天涯，心里却想着自己的心上人，与《天净沙·秋思》的意境完全合拍。按西方人的习俗，收到礼物——圣诞帽，要放在枕头旁，晚上会睡得香，第二天帽子里会有心爱人送的礼物。三个姑娘按照她们的习俗寄予圣诞祝福，唯有刘怀玉，借此机会表达了她的灼热恋情。

龚示力感到，刘怀玉真的是爱上他了。费尽心机筹办的圣诞晚会，原是心有所系。刘怀玉尽管是外国人，但留给他的印象是美好的，有教养，有追求，待人诚恳，想起这段时间的接触，人非草木，能不生情？就像茶壶煮水，有不灭的火焰在燃烧，能不升温？古人柳下惠对异性没有感觉，没有联想，此人很可能是虚构的，不真实的。

因而龚示力也曾有过情心意沉沉时，但面前立刻会跳出个人来，像是爹，像是茅太公，像是青桐镇上的人，指着他的鼻子骂："你这个混小子，三心二意了？是条没扎的扁担两头滑，你还有脸见人？”他立刻像梦游人，突然惊醒，惊出一身汗，刚冒出来的那点念头，如同黑夜里走路的人，连影子都没有了。

6

仇善直到天黑才买到了票。兴冲冲地往回赶，走到宿舍楼下，发现窗下的地面上，扔着许多饮料瓶、旧报纸、纸盒子等废弃物，不仅自己住的这幢楼，整个楼群都一样。今天大家都忙着整理行装，把不要的东西都往外扔。清洁工也不来清扫，放手让大家扔一天，明天一次清扫干净。

仇善在排队购票时，看见有人肩上披着各式各样的皮裘，穿行在购票行间叫卖，当那人走过他身边时，特意撩开看了看，其中有件黑马甲，开价一百三十五元。那人见他喜欢，便说，如真想买还可便宜点。仇善很疼他爹，一年到头做苦力，没好吃，没好穿，冬天山里奇冷，身上衣衫单薄，就靠火塘取暖。一着凉便咳嗽，几个月不断根。如果能让他穿上这样的马甲，就不会着凉了。遗憾的是，哪来这一百三十五元？

买好票，身上还有二十三块，眼前这么多废弃物，都可以卖钱，没准还能凑够买马甲。火车票是后天早上的，明天尽可以把这件事办成。途中的用餐开销，就不花钱了，到学校食堂多买一些馒头就行。至于下了火车还得住一晚，先不去管它了，到了那里再说，要不就连夜往家里赶。

仇善说干就干。不一会儿就捡了一大堆。天暗了，他也顾不上，反正在暗处待久了，还是能看清楚那些东西的。他提醒自己，今晚一定得捡完，要不明天就成了清洁工的意外之财。

姬书奇自从参加那晚的圣诞 party 后，对黑妞留下深刻印象，几次相约，都因为时间上有冲突，没有成功。今天如愿了，先带她到一家滨海有名的希尔顿西餐厅用餐，因为高兴，加上要显示自己的豪爽，喝了很多酒。借着酒兴，又提议去希尔顿舞厅。黑妞见他酒喝多了，不想在外面待得太久，想早些回校。

姬书奇酒量并不大，加上要硬充好汉，脚下已经步履蹒跚，在黑妞的搀扶下才上了车。黑妞不让姬书奇开车，怕不安全，让她来开车。姬书奇决不同意，说这点酒对他来说是“大海里倒酱油——搁弗着”。

黑妞听不明白，问：“大海里倒酱油与开车有什么关系？”

姬书奇哈哈哈大笑，拍了拍方向盘，“告诉你，我的车不会出事的。教你一句滨海话，——‘搁弗着’。”

“搁弗着？什么意思？”黑妞耸耸肩。

姬书奇着迷似的看了黑妞一眼，挨着她说：“什么意思？以后你就知道了。”说罢猛踩油门，车立刻飞奔了起来。

黑妞惊叫，“慢，慢一点，这样不安全！”

“哈哈，这才叫痛快！”姬书奇的车飞飙。黑妞一直吓得在胸前划十字。

仇善不断地扩大捡拾范围，一点也不觉得累，看看身后垒起的一堆堆“战果”，他笑了，到了明天，它们将会变成一件黑色的皮马甲。回家的第一件事，就是让爹穿上它。马上又想到了妈妈，身体残疾，长年多病，走起路来就像摇小船，东一摇，西一晃的，最近又不知道病得怎么样了？可怜的妈妈，从来没有像模像样地看过医生啊！等明年吧，想办法给妈妈也买一件。他立刻加快了手脚，很快又是一大堆。

姬书奇的车是“飞”进校园的。守卫大门的协警一见他的车来，早早地就把阻拦杆竖起，只一溜烟，车子就钻进了夜幕。

黑妞见姬书奇如此开车，终于明白了那句滨海话。“哦！我懂了。”

“你懂什么？”姬书奇问。

“‘搁弗着！’”

“哇！真聪明。”姬书奇今天借着酒兴，要在这个洋妞面前好好地表现一番，用自己的车技来征服她，让她五体投地，倾倒在自己的怀里。

校园里有各种建筑，围绕着它们的是宽窄不一的通道，因而弯道很多。姬书奇倒是有些车技，几次 90 度的急转弯，都飞驰而过。

“哇！我像在坐过山车。Be careful！”黑妞吓得吐舌头。

姬书奇喜形于色，以致得意忘形。“刺激吗？再来一个。”又是一个 90 度飞飙。

“Safe driving!”黑妞惊呼。

突然，姬书奇驾驶的车猛烈震颤，车头偏向路边的冬青树，压毁了好长一段整齐的冬青树林。

“哇！”黑妞惊叫。

姬书奇两眼直愣愣地看着前方。

“不好，出事了！”第一个发现的是门卫章云星，二十多岁，苏北农村来的，去年高考离一本线只差了五分。此人心高气傲，家里生活也困难，但二本、三本都不在他眼里。正好这里的保卫处招聘门卫，他决定应聘。除了做好日常的本职工作，便选定课程旁听。由于年龄相仿，同学们根本没把他当作门卫看待，老师也当他是学生。他决心走出一条自学成才之路。

当时他正当班，拿着手电在校园里巡行。忽然看见一辆小车在飞奔。怎么能这样开车？他想上前劝阻，无奈车速太快，无法接近。突然车子撞了，他第一个赶到现场。

在车后约六米处，一个人倒在血泊里。手里还拿着一只塑料瓶，再看周围，一堆堆大小不一，尽是些易拉罐瓶、塑料瓶、旧报纸、旧书刊。

“是个捡破烂的？”章云星怀疑。

“你们保卫是怎么搞的？”姬书奇一脚跨出车门，探出半个身子来喝问：“捡破烂的捡到校园里来了？！”

章云星赶快报了110。

仇善一天一夜不见人了。买车票怎么要那么长时间？几个人都在叨念他。龚示力、金耀买好了明天早上的车票。皇甫浩、瞿秉宜是明天下午的车。今晚是本学期的最后一夜。

忽然走廊上传来急促的脚步声和喧哗声。皇甫浩正站在窗前，见许多人朝着网球场方向跑去。

“出什么事了？你们看，那么多人跑过去？”皇甫浩指着窗外说。

龚示力、金耀、瞿秉宜都挤到窗前来看。

龚示力的第一反应是想到仇善，“去看看。”

皇甫浩也说走！四个人急匆匆下楼。

交警赶到了。120随后也赶到了。学校保卫处，还有个副校长同时到达。首先是处理伤者，120的医生认为伤势太重，生还已没有可能，是否需要急救，由校方决定。

伤者满脸是血，难以辨别面貌。像是个捡破烂的，副校长一时难以表态。

120拿出一张表格，请警方、校方签字，作为无名尸，由他们拉走。

龚示力等四人快步奔走。途中遇到返回的同学，急着问：

“出什么事了？”

“小车轧了一个人。”

“情况怎么样？”

“没用了。拉走了。”

“是什么人？”

“说是捡破烂的，脸上全是血，看不清。”

“个子高吗？”

“矮个子。”

“理平头的？”

“好像是吧……”又问身旁的同学，然后肯定地说“是的”。

“不好！快！”龚示力惊叫。

四个同学飞奔而来。

120已出了校门。姬书奇、黑妞已被警方带走。围观的同学也渐渐散去。

龚示力等四人大叫：“人呢？受伤的人呢？可能是我们班的同学！”

保卫处长一听说是同学，立刻让门卫急追120。幸好出门便是交通干线，120没有加速，在等待上道。见门卫赶来，立即返回。车未停稳，龚示力等立刻跳上。保卫处长也急了，在车外一迭声地问：“是同学吗？”

龚示力惊呼，“是我们班的同学！”

“看清楚了吗？”保卫处长追问。但愿他们看错了，依然是捡破烂的。

听说轧的是同学，走散的同学们又聚集起来。

龚示力跳下急救车，满脸惊恐，浑身哆嗦，“我们班的仇善！抢救！抢救啊！”

保卫处长拉着龚示力上了急救车。120疾驰而去。

围观的同学重新返回，并越聚越多，大家议论纷纷：“怎么说是捡破烂的？胡说八道。”

“捡破烂的也是人，能不管吗？他是哪个系的？”

“自动系的。”

“开车肇事的是谁？”

“同班的，有名的花花太岁——‘外星人’。”

“是个有名的混虫。”

“劣迹斑斑！”

“仗着父亲是滨海市的高官，无法无天！”

“这事会怎么了？”

有人叹息，有人忧虑。

“伤者是四川农村的，家里很穷，但功课很好。”

“寒毛比大腿。功课好顶个屁用，看来还是赔钱了事。”

“不！要是醉驾，属于酒后‘危险驾驶罪’，要判刑的。”

“背后有手眼通天的人，会判刑？”

“法律面前人人平等！”

“我们组织声援！”

紧随120之后，大批同学赶往急救医院。

CHAPTER 6

第六章

伸张正义

1

仇善送到医院，心跳已经时断时续，经医院尽全力抢救后，一度曾睁开眼睛，看着龚示力，嘴唇翕动，想要说话。龚示力趴在他耳边："仇善！仇善！有什么话你说，我听着。"龚示力只听见咝咝咝如同泄气皮球的声音。"你说得重一点，我听不见。"

"是，是，谁轧，轧……"

"是谁轧了你？"

"他问是谁轧了他？"龚示力回身问身边的同学。这时在他身后除了同寝室几个同学外，还有同班的同学、本系的同学。在医院的走廊和门厅里，聚集了其他系的许多同学。

"告诉他，是姬书奇。"同学们齐声说。

"是姬书奇！"龚示力趴下，在仇善的耳边大声说。

仇善的眼睛突然睁大，然后慢慢地闭上了，一会儿又睁大了，嘴唇不停地抽动，吐出一声："ma……"

"他说'ma'？什么意思？"龚示力不理解。

"ma？"大家面面相觑。

停顿了好一段时间，仇善又吐出一个字："jia……"声音已经很微弱了。

"他说'majia'。"龚示力重复着仇善的话。

"majia？"所有的人都在思考这两个音节的意思。

"噢！我明白了！"龚示力说。

“什么意思？”大家问。

“是想给你阿爸买一件马甲是吗？”龚示力大声问仇善。

仇善微微点了点头。

龚示力满含泪水诉说：“平时仇善总是念叨他爹苦，寒冬身上冷，离开火塘就发抖。他想捡这些垃圾来卖钱，买一件马甲给他爹！”

同学们再也忍不住了，放声痛哭起来。

到了晚上十一点零五分，仇善终因脑颅破裂，肺严重挤压损伤，肝脏破裂，右腿骨粉碎性骨折，不治身亡。

龚示力推开了重症监护室的大门。走廊上黑压压地挤满了同学。一见龚示力等人出来，大家立刻围了上来，每一张脸上都布满着惊惧和忧伤，多么希望能从他们的脸上看到希望，看到生机。

金耀“呜哇”一声痛彻肺腑的哭泣，引发了所有人心头的伤痛，哭声、骂声、叹息声如同嘈嘈急雨，谁也无法控制自己的情绪。

突然有人问：“他留下什么话了吗？”

龚示力抹着眼泪，把仇善最后留下的两句话告诉大家，特别说到“捡垃圾是为了给他爸买件马甲”，所有的人都失声痛哭起来。

金耀、瞿秉宜和皇甫浩把仇善如何苦学，生活的困苦，给姬书奇复制课堂笔记、姬书奇赖账等一一告诉大家。

同学们对于上述情况，只有一些零星耳闻，当得知如此详情后，一时群情激愤，高喊：

“让那花花公子去坐牢！”

“让他抵命！”

2

贵妇人——姬玫苑，姬书奇的妈，很快就知道儿子出事了。经过一番考虑，她一连挂出了三个电话，各相关渠道立刻开始运行，就像一张编织好的蜘蛛网，路路相连相通，等待着各路消息返回，确保儿子没事。

最近老两口为儿子的教育问题争吵了几次，罗裕民——姬书奇的父亲，滨海市分管教育的市委领导，他很不满意姬玫苑对儿子溺爱、纵容。姬玫苑感到委屈，奇奇中学的成绩一般，能考进滨海的名牌大学，是很不容易的，已做出很大的努力，有了明显的进步。现在是大学生了，总不能像管小学生那样去管他，要花点钱，有自己的社交圈子，也是很正常的。可老罗不是这样认为，上了大学应该比中学阶段更努力，中学是打基础，大学是成才。花天酒地是不能造就人才的，他要对儿子实行“经济制裁”。尽管姬玫苑不赞成老罗的做法，但管一管也有好处，让他有些收敛。

想不到管一管反而管出事情来了！问题还是出在老罗的“经济制裁”上。奇奇大手大脚惯了，突然捆住他的手脚，在朋友面前丢了面子，心情一定不好，喝酒了？啊！一定是喝酒了！是酒后驾驶还是醉驾？现在人死了，那是危险驾驶呀！姬玫苑一屁股跌坐在沙发里，因为身体胖，就像一个大土豆滚落在儿童玩具的小床上。她是滨海工行下属一个区行的副行长，分管信贷。凡是客户找上门来，都得看她的脸色行事。她的眼睛不大，但很有神，笑起来眯成一条缝，猛一睁开，就像两把利剑。熟知她的人都知道，眼睛眯缝了，贷款有望；利剑射出来，赶快走人。

姬玫苑的眼睛里射出了两把利剑，好一会儿没有动静，像个冻僵了的人。突然站了起来，迅速拿起电话，因为急，膝盖碰上了茶几，痛得她五官聚成一个疙瘩。膝盖上的痛、心头的痛，她统统归咎于老罗。

姬书奇和黑妞被带到交警支队。姬书奇这种场面见得多了，人家一看他的车号，便客客气气地了事。黑妞是美国人，只懂美国人的规矩，对警察的问话必须老实回答，不然就要上法庭。她不想在国外留下不良行为记录，因而有问必答。

两个警察是新手，警校刚毕业，初出茅庐，按规矩办事。讯问室里只有一张办公桌，旁边放着几把椅子。姬书奇一进门就一屁股坐在椅子上，跷起二郎腿，拍拍身边的另一把椅子，让黑妞也坐下。

“站起来！”警察一声断喝。

黑妞的屁股还没挨上椅子，立刻像弹簧一样跳了起来。

警察做了一般询问后给姬书奇做了酒精测试，取得了口腔呵气和血检两项数据后，继续讯问：

“姬书奇，你喝酒了吗？”

姬书奇暗中踩了踩黑妞的脚。黑妞似乎没有什么反应，只朝他看了一眼，然后实话实说：

“我们喝酒了。”

“什么时间？”警察问。

“晚上五点到……六点吧？”黑妞看着姬书奇，“姬，是吗？”

姬书奇暗暗叫苦，想不到这个美国妞是个傻 ×。

“在哪里喝酒？”警察问。

“滨海路希尔顿西餐厅。先喝了一瓶葡萄酒，后来又喝了大半瓶 whisky。”黑妞用手比画着说。

警察指着姬书奇：“你的车速是飙车！”

“是开得太快了，我提醒过他，他说，他说……”黑妞有些紧张，说得有点结巴。

“他说什么？”警察追问。

“他教我一句滨海话，叫，叫什么……”黑妞撅起嘴来学滨海话，“搁弗着！”

姬书奇暗中骂了一句：“要死快了，迪只傻 ×（滨海话）。”

讯问完了，警察让两人在笔录上签字。黑妞可以走。姬书奇羁押。

黑妞临走前问姬书奇需要什么帮助？

姬书奇把眼珠往上翻，露出了大片眼白。

黑妞瞠目，连说：“Scare!”又不忘与警察道别，“Thank you，officer。”

姬书奇大怒：“你们凭什么拘押我！”

警察拍着笔录，呵斥：“你醉驾伤人，这是犯罪行为！”

“捡破烂的进了学校，这也是我的责任吗？”姬书奇反问。

“这不是你管的事。走！”警察押着姬书奇走出讯问室。

姬书奇扭动着不走，大声吼叫：“你们草率行事，要后悔的！”

“被你撞倒的人，生死未卜，你等着坐牢吧！”“咣”的一声，警察关上了讯问室的大门。姬书奇被强行带走。

深夜，有个黑影来到刚才的讯问室门口，环顾左右，迅速打开讯问室大门，进入室内。关上门，打开手电，寻找刚才的讯问笔录，发现笔录已被带走。立刻打开冷藏柜，寻找采血样本。忽然门外有人讲话，并推门。黑影潜行至门边，窃听，见无动静，迅速返回，找到了采血样本，将血倒在洗手盆的排水管里，并未倒尽，留下一部分，然后取出备带的血样，与之勾兑，放回原处。黑影再次来到门边窃听，认定外面无人，悄然而出，关好门，快速离去。

3

第二天，姬书奇安然回家了。消息很快传到学校，有如干枯的草原上落下了火星，霎时间，火焰升腾，许多正准备离校回家的同学，纷纷退票，要为仇善讨回公道。

龚示力得悉姬书奇已无事回家，怒不可遏，立刻手书一联，张贴在东一餐厅入口处。上联：寒门学子，负笈申江，邃密群科，取仁取义，含冤命殇；下联：富贵公子，混迹庠序，满怀红灯，霸道横行，法外逍遥。其他班级的同学不了解情况，问“满怀红灯”指什么？本班同学释义：其一，多门功课开红灯；其二，夜不归宿，泡红灯。

紧随其后，仇善的遗像挂在餐厅小舞台的正中，花圈摆满了整个小平台，而后整个餐厅的过道全是花圈，东一餐厅成了仇善的灵堂。

一旦群情激愤，情绪就难以控制。大家聚集到东一餐厅，全校共有十二个餐厅，东一最大。餐厅里人头攒动，人声鼎沸：

向校方提出抗议！

要警方做出解释！

让黑妞出来作证……一时间莫衷一是。皇甫浩跳上餐桌，大声说：“请同学们安静，本班同学龚示力正与黑妞在交谈，很快将向大家公开实情。”这句话掷地有声，如同开了锅的沸水里加进了一瓢冷水，骤然安静了下来。

佳佳和小芽儿出外购物了。刘怀玉和黑妞已准备好出游的行装。龚示力与金耀突然出现在她们的寝室门口。

刘怀玉以为龚示力赶来送她，呆呆地看着他。“你们……”目光短暂投向金耀，迅速回落到龚示力的身上，“你们……？”

“仇善死了，你们知道吗？”龚示力劈头就问。

刘怀玉看了黑妞一眼，说：“知道了。”

“我们想请黑妞回忆，昨晚事发前后的情况。”

黑妞很坦然，“我在（公安局）里都说了。”

“请你再说一遍好吗？”

“当然可以。”黑妞重复了在交警队里说的那些话。

“是这样吗？”龚示力把记录出示给黑妞。

黑妞看着点头。

“请签上你的大名好吗？”龚示力把手里的笔递给黑妞。

“也要签名？”黑妞看着刘怀玉问。

刘怀玉眼睛看着那页记录，说：“既然是真实的，那就签吧。”

“好，签！”黑妞签上中文和英文名字。

“谢谢！”龚示力放好记录文本，“你们打算走了？佳佳和小芽儿呢？”

刘怀玉提起行李，深情地看着龚示力，说：“她们去购物了，我们约好在车站相聚。”她多么希望龚示力能送她。

“祝你们玩得痛快！”龚示力说。

“再见！”黑妞挥手致意。

“再见！”龚示力、金耀告别。

龚示力与金耀疾步赶到东一餐厅，立刻被众人推上了餐桌。龚示力拿出黑妞的证词，说：“同学们，这是刚才我们俩与黑妞的谈话实录，有黑妞的签名……”

“快，快，读，读啊！”同学们已迫不及待。

龚示力大声读完谈话实录。

骤然间，势如雷霆炸响，江河咆哮，怒吼声、谩骂声，不绝于耳。有人提议向警方交涉：公示姬书奇的气检、血检报告；有人提议向校方抗议：屈服于权贵，无视学生的生命。

龚示力提议，现在必须赶快取得另一个重要证据：希尔顿西餐厅侍者的证言，是他（她）为姬书奇提供饮酒服务的。

法律系的同学积极赞同龚示力的高见，现在仅凭黑妞的证词，在法律上属孤证无效。

“请大家少安毋躁，待我们取回证言，”龚示力挥动拳头，“有铁证在手，立即与警方、校方交涉。”

“好！”大家齐声响应。

龚示力正要跳下餐桌，突然有一位同学举手，说：“龚示力，我有车，送你们去。”

龚示力、金耀立马上车，直奔希尔顿。这位有车的同学是法律系的，姓蒋，单名一个伟字，已是大三了。父亲是滨海工商管理局的中层干部，母亲是中学老师，家境比较好。

三人来到了希尔顿西餐厅，有侍者立刻迎上：“三位先生，请随我来。”

龚示力站住，“我们不用餐。”

侍者用警惕的目光看着三个人，“那……你们是……”

餐厅里人来人往，生意火爆。三个人站在过道上有碍交通。龚示力请侍者来到大厅的一角，然后问道：“我们想打听一件事。”

“什么事？”

“昨天下午六点到八点也是你当班吗？”

“不是我。”侍者正色反问，“你们是哪里的？”

“昨天晚上，五点至六点，我们有两个同学，一男一女在你们这里喝酒，现在人很不舒服，他们喝的是什么酒？我们只想弄清楚当时的情况，别无他意。”龚示力撒了个谎，找到询问的理由。

“对不起，我们有规矩，我的任务就是为客人服务。其他事情，请你们去找领班。”

“请问你们领班……”金耀话未说完，侍者快步离去，回过身来，连连摇手，“对不起，我正忙着呢！”

碰了壁！三个人悄悄商量：

“那……只有找领班了？”龚示力环顾大厅。

“领班会在大厅里吗？”金耀说。

“我们来晚了！”蒋伟摇头叹息。

龚示力、金耀不明白蒋伟的意思，瞪起眼睛看着他。

蒋伟不无遗憾地说：“很可能有人抢在我们前面了！”

“啊！”龚示力与金耀一脸惊骇。两个未出茅庐的毛头小子，怎么知道世事的复杂、吊诡。

“我看这样，”蒋伟压低嗓门，说，“这里的大厅经理我爹认识，我也认识。其实，你们看，”指着大厅四周的摄像头，“只要打开昨晚的摄像就一目了然了！”

“他们会同意吗？”龚示力碰了一次鼻子后警惕性提高了。

“碰碰运气。你们到外面客厅等我。”蒋伟径直向管理层所在的二楼走去。

龚示力与金耀来到客厅，这里金碧辉煌，一派欧式风情。两人无心观赏，找一处地方坐了下来。

金耀突然想起：“呃，我想到一个人，可算是目击者，也是有力的证据。”

龚示力看着金耀，等着他往下说。

“有个保安叫章云星，是他看着姬书奇肇事的，也是他报的案。他说当时姬书奇的车就像草原上扑食的猎豹，一腾一跃的！说话时喷出来的酒气也会把人醉倒。”

“你听谁说的？”龚示力吃惊地问。

“还听谁说的？”金耀别过头去，“事发后他在现场当着大家说的。”

“等这里完了，就去找他。”龚示力说。

蒋伟出来了，眉头皱成了八字，双手一摊，不停地摇头，“有人封过口了。”

龚示力急着问：“他怎么说？”

蒋伟挨着龚示力坐下，凑近他耳边说：“昨晚接待姬书奇的侍者，就是刚才我们见到的那个人。但是他不能说，也不敢说。”

龚示力满脸怒容。蒋伟靠近龚示力，说：“录像更不能碰，要办多种手续，要么有警方出面，你我能吗？”

金耀把刚才对龚示力说过的想法告诉蒋伟，征求他的意见。

蒋伟兴奋得睁大眼睛。“好啊！现场的第一目击者，有力的人证。”一把拉起龚示力，“我们舍近求远了，快走！”

三个人急匆匆返回学校。车子来到五角场，多条马路在这里交会，是事故的多发地段。红灯！蒋伟紧急停车。向右的绿灯亮了，蒋伟刚拐入右道，正要把方向打回，突然迎面驶来一辆皮卡，蒋伟一时无法避让，“咣当”一声，两车相撞。皮卡迅速倒车，加大油门，保险杠歪落了也浑然不顾，一溜烟，飞驶而去。

蒋伟的头撞在左侧的小窗上，血流不止，幸好有安全带，要不可就闯大祸了！龚示力与金耀坐在后排说话，突如其来的撞击，猝不及防，龚示力的左手、金耀的颜面都受了伤。

这俨然是蓄谋肇事。交警立刻到来，问明情况后，120 也来了，三人被送到就近医院。蒋伟伤得最重，需住院治疗。龚示力的左手尺骨骨折，金耀上颌骨受伤，经治疗后可以不住院。

消息传到学校，同学们无比愤慨，当即闹到校部，向校方提出：如果学校不出面解决，同学们准备上街游行请愿。校领导再三安抚同学们，表示尊重同学们的意见，一定要为仇善讨回公道。同时劝说大家，年关已近，家人都在盼望，赶快回家过年。请相信学校，一定能给同学们一个满意的答复。

龚示力、金耀两人像伤兵，一个缠头，一个吊着胳膊，刚进校门，正好遇上章云星，金耀马上叫住他。

龚示力全神贯注地看着章云星。终于想起来了，一次在大教室上数学课曾见到过这个人。

“叫我？”章云星口里应着，脚依然不停地走着，似乎要去忙别的事。

金耀手指门卫值班室。章云星无奈，只好跟随走进值班室。

值班室里有两张不知是从哪个办公室里淘汰下来的棕色三人沙发，上面放着不少行李，都是即将离校的同学的。章云星把那些行李挪到一边，腾出空位来，请两人坐。“哟，两位是怎么了？受伤了！”

金耀说：“请坐下来吧！”

章云星眼神游移，“找我什么事？”

“昨天晚上是你第一个看见姬书奇飞车进校的，是吗？”金耀问。

章云星拿过一把靠墙的折叠椅坐下，说：“是啊！”

“你说姬书奇的车开得像草原上扑食的猎豹，对吧？”金耀问。

“你们听谁说的？”章云星一脸认真的样子。

金耀毫不含糊地应道：“是你自己说的呀，多少人都听见的。”

章云星连连摇手，“没，没，没，我根本没说过这样的话。”

“那真是奇了怪了！你还说，‘姬书奇嘴里喷出来的酒气也能把人醉倒！’说过吗？”金耀顶真起来了。

章云星站了起来，“你们一定是以讹传讹，弄错人了。对不起，我要去巡查了，再见。”说着就走了。

“唉，唉，你等等……”金耀一手抚着脸面，起身追上去。

龚示力拉住金耀，让他坐下。“你还没看出来，跟希尔顿一样的？”

坐在窗下，注视着进出校门人员的值班老人，人称“郝大爷”，一直没吭声。这位郝大爷是学校的老员工，连校长也这样称呼他。已经在校工作三十余年，今年已经六十有二，学校还没让他退休。他一生勤勤恳恳，办事牢靠，深受师生的好评。有人戏谑：“郝大爷是铁打的江山，校长都换了十几任了，他还稳坐‘金銮殿’。”

两个女学生进来了，看上去也是新生，手里提着塑料袋，里面装着不少吃的东西。“郝大爷，我们走了。”

郝大爷带着满脸慈祥的微笑，“东西都买好了？”

“买好了。”

“你们的东西都在这儿。”郝大爷帮她们拿出行李。

“郝大爷，明年再见！”两个女生挥挥手，走了。

“明年再见！路上小心。”郝大爷关照着。

龚示力对金耀说：“走吧！”

“要走了？”郝大爷看着龚示力、金耀，“伤得不轻啊！”好心地示意两人再坐一会儿。他的办公桌边放着一只小煤炉，茶壶里正冒着热气。“你们要喝水吗？”

龚示力摇头。

金耀从郝大爷手里接过一纸杯热气腾腾的茶水。

“你们见过老鹰是怎么抓小鸡的吗？”郝大爷问。

金耀看龚示力，笑着摇头。

“城市里是看不见的。老鹰这东西啊，眼睛特别厉害，十里八里的它都能看清楚。一见地上有小鸡，它就飞扑下来。你们说，它先抓住的是什么样的小鸡？”

龚示力、金耀又摇头。

“它先抓住的是叫得最响的。那些不叫的，早早地躲到老母鸡的身子底下去了。”

龚示力与金耀相视而笑。

“我对你们说这个是想告诉你们——”郝大爷没接着往下说，脸上的笑容像炉子上茶壶口里冒出的热气，很快让风吹走了，“下面的话不知道你们爱不爱听？”

“郝大爷，你说。”龚示力说。

“你们是大学生。我是一个肚子里没墨水的老头，说错了你们别见怪。”郝大爷长长地叹了口气，连连摆手，“我说啊，你们不要再去管那事了，你们管不了。你们问小章的那些话，他都说过，我也听见，可现在他不认了，为啥？”

龚示力、金耀肃然。

“你们受这点伤总算还好，要是……你们的爹妈、家里人，怎么活啊！”接下来的话，老人家像是在自言自语，“仇善是个好孩子，是个孝子。你们也是好孩子。我看着不忍心呐！”郝大爷的眼睛湿润了，他穿着一件包着棉衣的藏青涤卡中山装，伸手在眼睛上按了按，袖口上留下一大一小两块湿洇，然后站起来朝两人招手。

龚示力、金耀跟着郝大爷走。外面刮着西北风，龚示力打了个寒噤。金耀缩着脖子，两手拢紧在袖口里。

绕过值班室，远远地看见校园围墙的墙根下，放着一大堆东西，盖着白的、蓝的、黑色的塑料布，包裹得严严实实，上面压着大大小小的砖头、石块。

郝大爷指着这一大堆东西问：“你们知道这里面是什么？”

龚示力横看竖看。金耀想掀开塑料布。

郝大爷急忙制止：“不要动它！里面都是仇善捡的东西。”

“啊！”龚示力、金耀好不惊讶。

“我问他捡这些做啥？他有些不好意思，后来悄悄地对我说，想给他爹买件马甲带回去。你们说，天底下有几个像他这样的好孩子？”郝大爷又落泪了。

龚示力把牙咬得紧紧的，双目紧闭，眼窝里冒出两颗晶莹的泪珠。

“今天一大早，清洁工来了，我让他们把仇善捡的东西都集中到这里。等他家里来人，把它给卖了，再凑点钱，给他爹买件马甲。”郝大爷忍不住竟哭出声来，“你们也听我说，回家吧，回家过年，爹妈在盼着你们呐！”

寒风吹得那些塑料布忽闪忽闪的，梧桐树叶被风吹得满地奔跑，一直跑到墙根，有些飞到塑料布上，站不稳，又飘落下来；有些就堆积在那一大堆东西下，它们再也无法奔跑前进了。郝大爷的话又在耳边响起：“你们不要再去管那事了，你们管不了。回家过年吧，爹妈在盼着你们呐！”龚示力最近接到家里的来信，说今年比往年都好，酒老鬼说到做到，给家里抬来一头大猪，等着他回去杀。信是诗梅写的。诗梅几次来信，问他什么时候回家？为了准备高考，等着求教。那信他不知道看过几遍了，每看一次，都给他带来遐想……

“郝大爷！”有同学在叫。

“唉，来了！”郝大爷急匆匆走了。

“郝大爷，再见！”一大批提着行李的同学来给郝大爷道别。

“唉，好，再见，明年见！”郝大爷送一批批同学走出校门。

一阵风刮来，一块蓝色的塑料布被掀开了，压在上面的半块红色断砖滚落下来，露出了一只白色的蛇皮袋，隐隐约约可以看见里面的可乐瓶、易拉罐……不知何时，出现了一张笑脸，笑容可掬。

仇善！龚示力迎了上去。

仇善还是那副样子，操着一口四川口音，说：“滨海有条四川路，那不是四川人的，是个标签。”说完，人不见了。龚示力想追上去，但眼前什么都没有，只是一阵比一阵紧刮的风。

龚示力赶快上去把塑料布重新盖好。金耀捧来一块大的鹅卵石，压在上面。

天很冷，早上还见过一点阳光，现在阳光隐去了，灰蒙蒙的云层压得很低。在墙根下止步的梧桐叶，已经堆垒起很多，有几片被风刮起来，飘忽一阵，又落到了地下。校园的围墙它们无法逾越。

“你说，仇善为什么就这样止步了？”龚示力突然看着金耀问。

突如其来的提问让金耀愣住了。好一阵才想起来说：“车祸是偶然的。但出生在农村的寒门子弟，求学之路更艰难，成功的希望更加渺茫。”

“这公平吗？”

“不公平。”

“命没了。都说人命关天！为什么讨回公道这么难？！”

“你的意思是……作罢？”

龚示力大喊一声：“不！找学校，找校长，仇善是这里的学子，含冤死去，学校能不管吗？”用力一脚踢向墙根的那些梧桐叶，霎时间，黄叶、尘土纷纷扬扬。

突然有人喊话：“你们在这里啊！”

龚示力、金耀循声张望，原来是政治辅导员径直向他俩走来。

“都把你们找遍了！”辅导员看上去很着急。

“找我们什么事？”龚示力问。

“学校在开校务会议，请你们去参加会议。”辅导员拉起两人就走。

4

在同学们的强烈要求下，校领导决定立刻召开校务会议，请学生派代表参加。这是学校行政最高级别的会议，校长、四个副校长、教务长、各系主任、保卫处长以及有校务委员身份的著名教授，全部到会，五十多人，济济一堂。

龚示力、金耀跟随辅导员，走进了会议室。会议大厅里已坐满了人，会议正在进行中。龚示力、金耀看见有几个同学坐在一起，便猫着腰，挤了进去。

曾校长是个学者，中科院院士，著名的光学专家，在师生中有很高的威望。

“自动系的龚示力同学来了吗？”曾校长问。

龚示力应声起立，“我是龚示力。”

“请你介绍仇善、姬书奇的情况，以及这起车祸你所了解的有关情况。”

“好。”龚示力先从仇善的家境困苦说起，再说他如何苦学上进。姬书奇无视校规，放弃学业，长期向仇善索要听课笔记，讲好该付的钱不付。同学们愤愤不平，与之论理，竟蛮横无理，羞辱仇善。临放假前，仇善接到家里来信，娘病了，智障的哥哥走失了。他心急如焚，没钱买票回家。同学们凑钱给他买票。说到这里，龚示力泪水不止。“仇善为什么成了捡破烂的？他买了票，身边还有二十三块钱，回家还有二百多里山路，他买了许多馒头，途中不住店，走路回家。他要省下这二十三块钱，连夜去捡那些垃圾，想给他老爹买一件马甲。那些垃圾已被好心的郝大爷收集起来，保存在大门口的墙根下。”

会场上鸦雀无声。

龚示力拿出黑妞的证词：“校领导、各位师长，这是坐在姬书奇的车上，同在希尔顿喝酒，目睹姬书奇飙车肇事的目击人的证词。不可思议的是，有人在幕后操纵，其他所有相关的证人、证言都被封堵了。我们在取证途中，突然再遭车祸，肇事车逃逸，蒋伟同学身负重伤，我与金耀也伤得不轻，这是一起有预谋的威胁！恐吓！我们是滨海理工大学的学生，应该得到学校的关心、保护。我们寄希望于学校，为仇善同学讨回公道，以平民愤。”

“说得好！仇善同学，还有你龚示力，你们俩是我们自动系的双子星，门门课都是优秀；你们追求上进，品学皆优。我为失去仇善，痛心疾首。我表明态度：赞同龚示力同学的提议，一定要为仇善同学讨回公道。”自动系的老主任江健振振有词，第一个站出来声援。

法律系主任、教授、全国著名的大律师高兆祥向龚示力招手，“请把你手里的证词让我看看。”

“唉，好。”龚示力快步来到高教授跟前，送上黑妞签名的“谈话实录”。

高教授看罢，“啪”的一声！拍案而起。“岂有此理！封建王朝都提倡‘治国制刑，不隐于亲’，今天，我们是法制社会，难道能容忍高干子弟如此胡作非为吗？”说罢，他将“谈话实录”递给坐在不远处的校长。一张椭圆形的大会议桌，围着桌子而坐的除了学校领导，还有各方面的负责人和教授。其余与会者，坐在靠着四周墙壁的沙发上。

曾校长看完了“谈话实录”，递给身边的傅副校长，“大家都看看。”

高教授再次慷慨陈词：“本人请求学校授权，我要接受此案，并立刻查阅交警的现场报告、肇事者的交代笔录及其血液酒精含量的检测报告。”

大家议论纷纷，几乎是众口一词，赞同龚示力的建言，支持高教授依法为仇善讨回公道。

经过讨论研究，最后决定成立两个专门小组：其一，“案件调查组”，负责查清案情，代表学校，向检察机关提请公诉。其二，“善后组”，负责死者家属接待等一应相关事务，尤其是要劝说滞留在校的同学赶快回家过年，避免再生事端。

同学们对学校的决定表示满意，都陆续回家了。唯有龚示力、金耀、瞿秉宜和皇甫浩，联名向学校提出请求，留下来照顾仇善的父亲，不忍心让仇善的老爹孤零零地千里跋涉来到学校，见到的是儿子冰冷的尸体。他们是仇善的同学，仇善的好友，要用自己的友情，给仇善的老爹一份温暖。

学校同意了他们的要求。

傅副校长是主管学校行政的，顺理成章，负责“善后组”的工作。考虑到仇善家庭的困难，又处在大巴山中，交通很不方便，决定派自动系的政治辅导员和保卫处的章云星前往仇善家。他专门召集两人商议，要他们尽量做好仇善家人的思想工作，如何赔偿，赔偿多少，最好在那头说定，动员他老爹不必来校，这样可以减轻学校的压力。傅副校长最后郑重嘱咐：“你们俩这次肩负重任，如能把此事办妥，功德无量。”傅副校长已五十挂零，胖胖的身材，因为保养得好，白净的脸上还看不到皱纹；发际线虽然已经上移，那宽广的额头却是油光发亮；说话时上眼皮总是耷拉下来，不紧不慢。但今天说到“功德无量”这句话时，上眼皮突然抬了起来，眼珠子朝着跟前的两个人来回转。

政治辅导员姓项，名天成，四十出头。复旦中文系毕业（工农兵大学生），开始是团委的专职干部，工作表现不错，拟提升副书记。不知道是什么原因，最后被卡住了。这对他打击很大。组织上决定给他换个工作环境，调入了自动系任政治辅导员。从级别上看属于平级调动，科级干部。但政治辅导员是独当一面的，也是个鸡头，加上有团委的工作经验，各方面反映都不错。但他心里有结：四十好几的人了，还是个科级，岁月不饶人，很快就会到碰天花板的年龄，难道就这样混到退休？有追求就有动力，工作表现比以往更加主动，凡是领导交办的任务，决不打回票，千方百计地把工作做好。这次要去四川，明知是个苦差，也应诺了。看得出来，傅副校长话里有话，他自然心知肚明，可以说这是一次机遇，一定要想办法说通仇善他爹，不来学校。

章云星对于傅副校长的召见，真有受宠若惊的感觉，暗暗下决心，一定要协助项辅导员把事情办好。他也觉察到其中的玄妙——这是一次机遇。

CHAPTER 7

第七章

真情的呼唤

1

当天晚上，项天成就带着章云星乘火车出发了。当年的火车，所谓的特快也不过时速八十公里，从滨海到重庆，整整一个晚上和第二天一整天，到达终点站万源，已经是第二天的傍晚。这是一个小镇，人口不多，两三条街道，穷乡僻壤，满眼看去全是泥墙房，在最热闹的十字街口，才有几幢平顶的外墙贴着马赛克的三层楼房。两人找了一家小旅馆住下，问旅馆的老板去紫溪乡怎么走？老板是个四十来岁的汉子，看着这两个外地人，打出一个“七”的手势。“八十公里路，没得汽车。”老板说的是川北话。

项天成张着嘴巴看章云星，老半天说不出话。

“吓倒了啵！要车也有。”老板显得很有办法。

“有车？”项天成、章云星齐声问。

老板又伸出一只手。

项天成这回有经验了，看着老板的手，问：“你这是指车钱吧？”

“对头，三十元一个人，把你们送到。”

“好啊！是公交车吗？”项天成问。

老板笑了，“你看看我们这里的山、这里的路，能有公交车吗？”

“那是什么车？”项天成问。

老板双手摇摆着，“手扶拖拉机。”

“拖拉机？！”项天成吃惊了。

说到这里老板的烟瘾发了，随手拿过柜台上的朝烟筒，这种烟筒在外地农村也很少见了。老板边往烟锅里装烟丝边说：“走路也可以，不过这个路不好走，山高路险，说是八十公里，满满的不止噢！”

“怎么样？那就乘拖拉机吧？”项天成问章云星。

“好的，总比走路强。”章云星说。

“要得！我可以帮你们叫人。明天啥时走？”

项天成说：“我们吃了早饭就走。”

“要得！”老板丢下烟筒，“我现在就去招呼。”

第二天一早，项天成、章云星还在老板的厨房里吃早饭，大门外嗵，嗵，嗵，拖拉机响了。两人赶快三下五除二地吃完早饭，提起随带的行李就走。到门外一看，傻愣了！车上坐满了人，男女老少都有，有十来个人。驾驶座边上还空着，有人想坐上去，驾驶员马上制止：“要不得，这是头等座，不是你的位子。”这时车上的人才注意到旅馆门口站着两个外地人。

“两个大客人，好走了啵？”驾驶员问。

项天成点头，两人上了拖拉机的“头等座”。驾驶员皮肤黑黝，小个子，看上去有五十多岁。一问，才四十多一点，项天成不好意思说出自己的猜测。

没开出多少路，便进入大山，蜀道难行，难于上青天。这里是川北的大巴山区，蜀道的难中之难。大巴山位于江汉支流以东，四川、陕西、湖北的边境，主峰是大神龙架，这里是剑门山区，号称七十二峰。因为这里海拔高，一进入深山，便在云雾之中。天有多大？只不过像一顶草帽在头上。转过几个弯，眼前的山突然像刀削过一样，峭壁中断，两崖相嵌，看上去真的像剑门。拖拉机走的路哪里是什么公路？是贴着山崖的羊肠小道。往下看，云雾茫茫，不知危崖深几许？拖拉机一个转弯，项天成、章云星便惊出一身冷汗，拼命抓住身后的铁栏杆。再看坐在车帮子上的那些人，依然谈笑风生。不过他们都不是长途的，时有上下，一下车就往山上爬，很快就看不见他们的踪影。上车的人也都是从山上下来的，守在路边等着。

项天成问驾驶员，从紫溪乡到刀背子村远不远？

驾驶员沉着脸，说：“这里路险，不说话。”

车帮子上的人刚才还说说笑笑的，突然都闭嘴不说话了。项天成、章云星觉察到突如其来的紧张气氛，又开始冒冷汗，已经出了不知几身冷汗，身上的内衣冰凉冰凉的。果不其然，一个急转弯后，立即是一个“飞流直下”

的斜坡，眼看着向云雾弥漫的万丈深渊坠落。项天成死死抓住铁栏杆的同时，紧闭双眼，再也不敢往下看。紧挨着他的章云星，好像浑身都在颤抖。

总算幸运，车子走过了这段险道，车帮子上的人又开始说话了。

“你说要去刀背子？”驾驶员这才开口问项天成。

“是啊。”项天成应。

“去那里做啥子？路不好走。”

“比这里还难走吗？”

驾驶员摇摇头，“你想想，为什么叫它刀背子？那真是上刀山。”

项天成、章云星面面相觑。

“去了你们就知道了。”

时近中午，车子来到一个小山村，驶进一个农家小院。驾驶员告诉项天成、章云星：“这里不是什么饭店，吃点农家饭，随便给点钱。车帮子上的人他们都带着干粮。吃好饭我们就赶路。”

“好。好。”项天成、章云星走进一户人家。女主人看一眼便知道来客的意思，很快端上两碗饭、一碗腌菜，两双筷子在女主人蓝黑色的围身布上擦了又擦，才交给两个客人。

项天成、章云星面对面地坐下来吃饭。哪里是饭啊！大量的地瓜干丝，真是月明星稀，只有星星点点的几颗饭粒。实在难以下咽，两个人就像长脖子鸭，抬起头来吞食。

项天成给了女主人五元钱。女主人喜笑颜开，再三说“谢谢！”就在说话间，女主人的两个孩子，男小孩五六岁的样子，女小孩大一点，有七八岁了，两人把项天成、章云星剩下的饭菜，一扫而光。

吃过午饭，又开始上车颠簸，直到太阳下西山，才到达紫溪乡。两人先找乡政府，想象中乡一级政府，总该是座楼房，长三角一带的村委会都是新建的楼房。但找来找去都没找到楼房，经人指点，总算找到了，一幢与周围民房一模一样的泥墙房，就是开间大一点，一连有五间，几次走过都没注意到，乡政府的招牌也不挂在外面，而是竖着放在里面。后来才知道，因泥墙年头多了，表面剥落得厉害，钉子已钉不牢。反正老百姓都认得，不挂出来，也无大碍。

接待他们的是个副乡长，姓姚，年近六十，快要退休了。项天成一说起仇善，也许是表情抑或神态的流露，姚副乡长的脸唰啦一下子，马上变青了！

“仇善，仇善他怎么了？”

项天成料不到乡里的干部会急成这样！停顿了好一会才接着说：“车祸。”

姚副乡长一脚踢开身后的座椅，猛站起来，“怎么个车祸？”

项天成大体述说了事情的经过，未提及姬书奇酒后驾车，恶行肇事。

姚副乡长敲打着桌子，连连摇头，“这怎么办？这怎么办？老天爷，怎么把恁多的灾难都落到他一家人的头上？这太不公平，太不公平了！”

项天成见姚副乡长情绪激动，不便马上插话。

“你们两位是滨海来的大学老师啊？”姚副乡长的情绪稍微平静下来，“仇善他爹，村里人都叫他‘犁头’。”

“犁头？”项天成、章云星不明白。

“耕田的犁总见过吧，那犁头不是总往土里钻的吗？他这个人，成天钻在土里，就这么叫上的外号。从小爹娘死得早，是舅舅把他带大的。因为穷，三十好几啰，才配了个残疾的女人。头胎生了个傻儿，二胎才生了仇善。这个娃儿从小就聪明，是个孝子，孝敬爹妈，还照顾他哥。冬天，我们这里透冷！晚上睡觉给他爹焐脚，长大了，抱着他爹睡觉。这么孝顺的一个娃儿啊！”姚乡长说不下去了，连着吞口水。

项天成马上想起仇善为了给他爹买马甲，黑夜里捡垃圾；大巴山、剑门峰他领教过了，为了省下钱来，仇善竟途中不住店，全凭两条腿走。他感到头皮在一阵阵发麻，整个人好像在收缩，是心灵震颤？还是汗颜？

章云星不知道在想什么，对姚副乡长的话他听得出神。

姚副乡长接着说：“好个聪明的娃儿，他考取滨海的大学，我们乡里他是头一个，县里也是他头一个。县里、乡里凑齐三千元的奖学金，是我送到他家去的。我们这个穷乡僻壤，总算也出了个状元。现在……”焦急、惶遽的眼神，在项天成、章云星身上来回扫过，“你们打算怎么办？怎么向犁头交代？”

“我们很想听听你们的意见。”项天成诚恳地求教姚副乡长。

“你们真不晓得！”姚副乡长为加强语气，头直往下点，“就是这几天，仇善他娘本来就是个残疾人，走路像摇船，不知道啥子缘故，在家门口跌了一跤，把条好腿跌坏了！他那个智障的哥，跑了好多天了，大家帮着找，满山遍野地找，晚上点起火把找，这回恐怕再也找不回来了！你们说，在这个节骨眼上，能对犁头说什么？”

项天成连连摇头。

章云星别过头，朝门外看着，他在流泪。

“这个时候告诉犁头，他的善儿也没了，这不是把他从刀背子上往山崖下推嘛！”

项天成坐不住了，就像秤砣落水，从心里一下子凉到了脚跟。

“你们看，这样要得啵？”姚副乡长出了个点子。

“唉，请讲。”项天成已急得没了主意。

“明天我陪你们去刀背子，只能告诉犁头他善儿病了。你们是来接他去看望善儿的。到了滨海，你们嘴多，好好地劝劝他。在这里，只有你们两张嘴，好比在房檐上捉鸡，不好捉摸。”

项天成不置可否，直愣愣地看着姚副乡长，心里宛若猫爪子在不停地抓挠：赞同姚副乡长的主张，怎么向傅副校长交代？岂不是背着蓑衣救火，引火烧身？拒绝姚副乡长的意见又没有其他更好的办法。

“仇善他爹会相信吗？”章云星突然问。

“犁头这个人老实，没有见过世面，不会转弯抹角使脑壳，我看，他会信的。”

“如果仇善他爹随我们走了，他娘怎么办？”项天成问。

“这又是个问题。”姚副乡长挠头，“这样，明天看情况再说，总之，现在不能告诉他实情。”

“好，看情况再定。”项天成又征求章云星的意见，“小章，你说呢？”

“好。”

2

临近年关了，天气越来越冷，又是雨又是雪的，四个同窗早早地钻进被窝里。时间还早，谁也没有睡意。龚示力在想：过年临近了，那些卖皮货的人还在吗？收垃圾的人还在经营吗？应该赶快把那些垃圾卖了，看能值多少钱？再加上那二十三块，一定要想办法把那件马甲买来，让仇善他爹也得到一份暖意。

“哎，我提议，明天我们去找郝大爷，把仇善捡的那些东西卖了，看能有多少钱？”

“想办法把马甲买来？”金耀问。

“卖垃圾不成问题，过年了，家家大扫除，收垃圾的生意红火着。那卖皮货的人还在不在就难保了。”皇甫浩说。

瞿秉宜轻轻地咳了一声，说：“我在担心着呢！你们有没有听到这样的消息？”

大家都屏住气，等着听瞿秉宜说。

“仇善他爹不一定会来。”瞿秉宜说。

龚示力一骨碌翻身坐起，“你是哪里听来的消息？”

“吃晚饭的时候，你们都吃好走了。我带着一张《参考消息》，边吃边看。这时来了几个学校接待处的服务员，她们也来吃晚饭，坐得离我不远。说起过年放假的事，她们都急着要回家，因为仇善家里要来人，她们还不能走。其中有个人消息灵通，据她说，仇善家不会来人了。”

“嘎！她怎么说？”众人齐惊！

“她们几个人低下头来悄悄说，我根本听不见。只一会儿，她们拿起饭菜嘻嘻哈哈地走了。”

“如果真是这样，那……”皇甫浩在思考接下来的话。

金耀抢上来说：“弄不好仇善还是冤沉海底！”

“黑手能伸进希尔顿，同样也能伸进我们学校。”金耀说。

龚示力说：“先堵住人的嘴，抹杀了证言。现在又想法子挡住亲人来校，这样当事人的亲属不存在了，更方便他们做手脚，最后赔钱了事。我们这几个眼中钉，也就没有理由再留在学校了啊！”说罢，连连捶床。

“难道就这样善罢甘休？”皇甫浩也坐了起来。

“不！决不！我看这样，我们分工，我与金耀明天去找法律系的高教授，请教他法律上的一些问题，如刚才说的，仇善的父亲真的被挡住了，我们作为他的同学、知情者，能不能向法院起诉？”

“好，可行。我与瞿秉宜找郝大爷，把垃圾卖了，再想办法把马甲买来。”皇甫浩说。

“问题是年关临近，弄不好回不了家过年。”瞿秉宜不无忧虑地说。

“已经到这个份上了，‘将革命进行到底！’”皇甫浩举起他长长的手臂。

3

第二天一早就出发，前往刀背子村。项天成、章云星两人已做好思想准备，今天是真正的上刀山。姚副乡长也把有关上山的注意事项与两人交代清楚。天空阴沉沉的，西北风刮得很紧，担心会下雪，项天成见快要退休的老乡长，亲自陪同他们前往，他还能迟疑吗？

出了乡政府的大门，没走多远，就开始上山。这里山林茂密，漫山遍野的杂木林，树冠很高，一般都有五六米，树干足有大碗口那么粗。林间还有藤蔓牵挂，像蜘蛛网一样布满在林中。一进入森林，那就是另外一个世界，这里见不到阳光，满目苍翠，长年堆积的腐烂枝叶，散发出一股霉腐气息，会让人咳嗽。一条林间山道，蜿蜒直上，说是一条路，其实是一道沟，每逢大雨，山洪就顺着这道沟奔腾而下，在雨水的冲刷下，形成了像鱼鳞一样相连的一个个洞穴，大小不一，大的有一米多深，小的也有几十公分。走路只能沿着洞穴的边沿走，但路边荆棘丛生，弄不好衣裤就被挂上，缠住。章云星这小伙子，他宁可进洞穴，像障碍赛运动员一样，一上一下地跑跳，但也只跳了一阵，体力消耗太大了。姚副乡长看了好笑。“你这样山猫一样地跳上跳下，能跳上刀背子？路远着呢！到时候叫我抬，我可抬不了！”

“老实点，别再跳了，跟着姚副乡长走。”项天成把章云星从洞穴里拉上来，继续上路。山势很陡，一个山湾接着一个山湾，直往上爬，没有个平坦的地方可以歇脚。三个人中姚副乡长的年龄最大，但两个来客渐渐地跟不上他的脚步了。

章云星走在后面，突然屁股上被拍了一下。他猛然回头，见一只猴子往后窜去，随即回身站定，一双眼睛滴溜溜地看着他。章云星想扑上去赶它。

“别惹它！”姚副乡长站在高处，朝着章云星喊。接着往回走了几步，来到两人跟前。那只猴子还站在原地，并不时左顾右盼。“千万不好惹它，它是侦察兵，如果你伤害了它，只一声叫，四周几十、几百的猴子就会像一窝蜂拥来，那就糟了！”姚副乡长俯身弯腰，指着林子深处，“你们看看那林子里。”

果然，林中有许多猴子，翘着尾巴，警惕地缓步行走，注视着他们。

章云星再也不敢妄动，紧跟在姚副乡长后面。

林子里风倒不大，但风声很紧，林涛如吼，不时有枯枝断裂坠地，野兽突然蹿出，飞禽扑棱棱地在林间飞跃。项天成、章云星从未到过如此深山老林，时不时惊出一身冷汗，内衣已经湿透，贴在身上冰冷冰冷的。

姚副乡长见两人很累了，指着路边的一处地方，说：“来，坐下歇歇。”那里有几株倒地的树，已经是枯木，有几处树皮已磨去，露出光滑的树干。显然这里是上下行人歇脚的地方。

三个人刚刚落座，突然跳出三只猴子来，屁股坐地，眼睛对鼻子地看着三个人。

项天成轻轻地问姚副乡长：“现在该怎么对付它们？”

“不去管它，我们说话。它们在等我们拿出东西来吃。早上我特别提醒你们，要多吃一点，进山是不能吃东西的。你一拿出吃的东西，它们个个都是‘孙大圣’，那个手脚快呀！还不止这三个，林子里的一起都蹿出来，叫皇天都没得用。嘿嘿，它们还有帮派呢！”

项天成、章云星好不惊奇。

“你给这一派吃东西，不给那一派，它们就围攻你。你侵犯了它，它们就各派联合，进攻你。”

“它们也有政策的？”章云星说。

“你们是大城市里来的老师，水平高。我是个就要退休的山里干部，我要请教你们。”姚副乡长谦和诚恳地说。

“嘍！不敢。不敢。怎么好说请教？！”项天成急得要站起来。

“坐倒。坐倒。”姚乡长拉着项天成重新坐下。

这时有背着背篓的女人，背着背架子的男人，上上下下。下山背的都是山货，有的还叫不出名称来。上山的都是年货，吃的、用的都有。凡是上下山的人，见到姚副乡长都热情招呼，但没有一个人叫他乡长，都称呼他“葛根”。

项天成感到好奇，“他们都称呼你什么？”

姚副乡长笑了，笑得很天真，快六十的人，做出一个像小孩一样摇头晃脑的动作。“绰号，没什么好说的。”立刻转过话题，“唉，你们说到底是猴变人还是人变猴啊？”

项天成笑着不答。“现在大小报纸天天都在交代‘实践是检验真理的标准；共产党员要发挥先锋模范作用’。话总对头的，可是不少人都变成猴了，见到果子就往自己的嘴里塞，真理标准还检得出来吗？”

项天成看了看章云星，笑着说：“这个问题，呃，不太好说。”

“真是聪明人。是不好说。我就是管不住自己这张乌鸦嘴，俗话说，‘生定的心，钉定的秤’，到头来，额角顶住天花板，还是个副乡长。可是我心里憋不住，昨晚就一夜睡不好，我还要请问你们两位老师。”

“哦！姚副乡长，你太客气了！有什么话尽管说。”项天成嘴上这么说，心里已经在犯难，这位看上去像农民一样的副乡长并不简单，不知道会问出什么样的话来？

这时，姚副乡长与项天成并排坐在那棵枯树下，遽然挪了挪身体，斜过脸来问道：“仇善在什么情况下被轧的？轧他的是什么人？应承担什么责任？你们打算怎么处理？这些事你们还没说清楚啊！”

项天成终于感到了压力。开始接触姚副乡长，尽管自己显得很谦虚，但内心不免还存优越感：来自大城市的高等学府，有文化，比之穷乡僻壤的乡村干部，不在一个数量级。但一经接触，尤其是他的思想作风、观念，就像看剑门的险峰，令人敬畏。刚才提出的问题，就很难对付，只好含糊其词地说：“姚副乡长问得对，这些事我们正在查处。”

“怎么查处？总该听听家长的意见吧？”

“当然。当然。我们就是来听意见的。”

姚副乡长双手抱腿，眼睛看着路面，沉思了一会儿，接着又问：“这里是大山区，过去叫大三线，虽然消息不灵通，但报纸还是有得看的。也是你们滨海的一所什么大学？也在学校里，有人开车把同学轧死了，这个肇事的人昂起头来说：‘我爹是公安局长！’你们说，这是咋回事？这还了得！”

“是有这么回事。”项天成应道。

“仇善的事真叫我心里难受，你们到他家去看一看，会良心发现的！”

项天成除了点头，什么也说不出。

“老百姓叫我‘葛根’，是说我在土里钻得深。犁头是个老实人，不会说话。你们不反对我陪他去滨海吧？”

项天成心里咯噔一下，难题又回来了。感觉就像风暴中的航船，已远远离开了既定航向，他根本无力挽回狂澜，只能应着洋流、风向：“哪会反对？”

“好，我们上路。”

山体开始改变了，树木越来越稀少，裸露的山体如壁立，罅隙里长着一些小灌木。上山的路是世世代代的人走出来的，弯弯曲曲地嵌在峭壁上。项天成、章云星，望而却步，果然名不虚传，上刀山了！

姚副乡长指着上山道说：“你们要跟着我的脚印走，千万不要往下看，注意路边上的扶手，抓一把就省力多了。”

项天成、章云星注意观看山道，哪里有什么扶手啊？

姚副乡长跨步上山。项天成紧跟，章云星随后。坡度很陡，有时前面人的脚，正好落在后面人的头顶上。山道上有许多细碎石，因反复踩踏，已经磨得圆滑，踩在脚下有点像穿上溜冰鞋。正当章云星站立不稳的时候，姚副乡长手指路边：“抓扶手！抓扶手！”章云星这才看见，路边有柴根，因长年被人触摸，弯曲的柴根，已光滑得像门上的把手。章云星慌忙伸手抓住，果然控制了身体的摇晃，得以喘一口气。原来扶手是这样的！他顺势往上看，是不是路边都有？

姚副乡长上山与平地走路差不多，大气不喘。踩着他的脚印走，就像京剧演员出场，都踩在锣鼓点上，恰到好处。但时间一长就跟不上趟了。姚副乡长见后面没有动静了，回过身来看，两位老师正在慢慢地往上爬。“慢慢来。抓住扶手歇歇。”

扶手真管用。这时项天成抓住的扶手，不是柴根，而是一块石尖，那尖端已被抓得像一朵蘑菇，正好捏在手心里。章云星的扶手是从崖间一棵不知名的树上挂下来的青藤，抓在手里有弹性。顺着青藤往上看，云雾缭绕，手里的青藤好像是从天上挂下来的。

“快到了吗？”项天成满头汗水，抬头问姚副乡长。

姚副乡长居高临下，看着两个长吁短叹的人。“快了，快了，不要急，慢慢来！”

4

仇善家里来了许多人，有亲戚，也有邻里，他们是来安慰犁头和他堂客的。坐久了，客人起身告辞，犁头把他们送到门外。

仇善他娘躺在床上。床上没有褥垫，是一张暗褐色的竹席，席子下垫了许多稻草。一床被子是两块最廉价的暗红色的棉毯缝合起来的。山上天冷，床下有一个火塘。犁头坐在火塘边抽竹竿子烟。

“有啥子办法？都找遍了，再到哪里去找？”仇善他娘眼睛看着屋顶，少气无力地说。

犁头不声不响地抽着烟。

仇善娘转过脸来问：“善善快回来了么？”

犁头吐出一口烟，说：“去村里看过信，就这两天要到家。”

“我善儿聪明，说不定他会想出啥子办法，找到他哥。”

“都快十天了，到哪里去找？”犁头长叹了一口气。

“我是个没用的人。真不想再拖着你。”仇善娘用手拭泪。

“你又说这些话！”犁头不抽烟了，把烟杆插进了腰带。

“善善会孝顺你的，往后会有好日子。”

“好日子是我们两个人的。”

仇善娘摇了摇头，“昨晚我做了个梦，梦见了善善。”

“嘍！”

“我看见善善站在坝子下。我叫他回来，他站着不走，好像很伤心。过了一下子，打雷下雨，坝子倒了，善善不见了。我叫啊！跑啊！就醒了。”

“哦！难怪！是听见你咿咿呜呜。”

“醒来心里不好受。唉！你说，我还能走吗？”

“郎中说，你用的是最好的草药，能走，一定能走。”

“善善要回来了，他最喜欢烤薯干、烤毛芋，你把屋后山上的地窖挖开，拿些出来洗干净啰！”

“哦。”

“还有，那床被子，明天有日晒吗？”

“晓得。你说好几遍啰！”

“啊唷！”

“还痛？给你摸摸。”

“给我翻过里面去。”

“哦，要得。”

5

太阳走西山了，姚乡长带着项天成、章云星终于爬上了刀背子。项天成几乎要虚脱。章云星尽管是小伙了，但也双腿发软，摔了个跟斗，膝盖也磨破了。

刀背子村，坐落在山巅，看上去地势倒还平坦，几十户人家隐没在丛林之中。房屋低矮，都是褐色的泥墙，大多是茅舍。炊烟升起来了，暮霭笼罩着山村，偶尔有几声狗吠。

姚副乡长指着远处的一间茅屋，说：“你们看，那间茅屋就是仇善家。”

项天成很想坐下，两条腿已不听使唤，硬撑着说：“那就走吧！”

“照商量好的话说。”姚副乡长提醒。

“唉，好！”项天成应着。

犁头提着一篮子洗干净的番薯、毛芋，正要进屋，看见有几个人正朝着他走来，快要走到跟前了，才看清楚是葛根。

“犁头，萧耶勒离（烧晚饭）？”姚副乡长上前打招呼。

“嘭，是葛根！进屋，进屋。”

项天成怎么也不敢相信这就是仇善他爹！看上去足足有六十多岁，满脸皱纹，背已驼起，尤其是那双手，黑黝、干瘪，如同X光拍摄的手掌在胶片上的影像。说他是犁头，看来是使用得太久、太多，已经是一把歪曲的犁头了。

外面还有点暮色，一进屋，黑黢黢的，什么也看不见了。

犁头赶快搬凳子，说：“坐倒，坐倒。”接着“刮，刮”几声响，用打火石，点着了松明枝，插在房柱上用铁皮敲打起来的尖口子里，火光连同黑烟一齐冒了出来，散发出一股呛人的松脂味。自从仇善去上大学，为了省钱，偶尔使用的油灯也不再用了，因长年用松脂点灯，在松烟的熏染下，家里只有一个色调——深黑油亮。三间房：灶间、堂屋、一间卧室，卧室里铺了两张床，另一张床显然是他兄弟俩的。家里空空如也，除了一张方桌、几张凳子，再也没有什么家当。忽然灶间里发出猪的叫声，这才让人闻到猪栏的气息。

犁头看见葛根带了两个陌生人来，不知道为了啥事，呆呆地站着，没了主意。

姚副乡长走到犁头身边，说：“犁头，这两个人是滨海来的，善善的老师。”

一听说是善善的老师，犁头惶遽，看着项天成、章云星。

项天成立刻迎上，伸出双手，“您好，我姓项。”

“您好，我姓章。”章云星也伸出手来。

犁头不懂握手的规矩，还是呆呆地看着两个陌生人。

“善善！善善！”仇善娘扶着门框喊。

“哟！你怎么起来了？！”姚副乡长快步上前相扶，回过头来喊，“犁头，快扶她去躺倒。”

“善善来了？！”仇善娘满脸惊喜，探头张望，“我善善呢？”

“来的是老师。”犁头扶着仇善他娘。

“怎么来老师？我善善怎么了？”仇善娘站着不肯走。

“善善没事儿。你脚不好，去躺倒。”姚副乡长安慰仇善他娘。

犁头扶着仇善他娘进卧室。

“犁头！”姚副乡长轻声叫唤。

“唉。”犁头来到姚副乡长跟前。

“来来来，”姚副乡长把身子挪了挪，让出半张凳子，“你坐倒。”两条长凳子，四个人面对面地坐着。

“犁头，善善有病，住在医院里。”姚副乡长低下头，压低声音说。

“病了？啥子病？”犁头急得站了起来。

姚副乡长拉着犁头坐下，又朝卧室里努嘴。

项天成看着姚副乡长，感觉自己是一个积雪堆起来的胖雪人，遇上了钻在土里很深的葛根副乡长，他手里拿着的是焊枪，冒着蓝色的火焰，直透他的心尖。“良心”人人都有，就是被各种利害关系侵蚀甚至吞噬了。他羞于面对仇善他爹娘，离开滨海时在傅副校长面前的表现、夹带的暗自追求，此刻都成了风中的败絮，一片一片地从脑子里飞了出来。姚副乡长说得好啊！“你们到他家去看一看，会良心发现的。”

章云星一踏上巴山旅途，心里就渐生后悔，待到上了刀背子，心情已十分沉重；现在目睹仇善家的困厄，心头一阵阵刺痛。仇善倒在血泊里的惨象，依然清晰可见，可怜的仇善，他完全可以继续他的学业，完全可以造就成才，完全可以有美好的未来。就像刀背子岩壁罅隙里成长的大树，那里没有充分的土壤和水分，在严寒、烈风、酷暑的摧折下长成，已经到枝繁叶茂的时候了，却被无情地扼杀了！他感到自己简直成了帮凶，连一句真话都不敢说，自己讲过的话也不敢承认。他不敢看仇善他爹苍老、孱弱，却是思儿心切的面容；更不敢见，在病痛折磨中误以为儿子已经回来的仇善妈妈，只好低着头，像蜗牛一样，把头缩进蜗壳里。

“仇善他爹，你儿子在学校里是这个！”项天成举起了大拇指，“门门功课都是优秀。现在他病了，想请你去看看他。”

“啥子病嘞？前几日去村里看信，说是放假了，就要回来了。怎么又病了？！”犁头见他说的话，老师听不太懂，就转向葛根说。

葛根把身体靠紧犁头。“你听我说，现在的人啊，吃的、用的东西多，花样多，毛病也多。科学发达了，啥子毛病都能查出来。我看，你得去看看。”

犁头满脸愁容：“去滨海，恁远的路，恁多的盘缠，我哪里出得？”

“他说什么……”刀背子村的话难懂，项天成听不清楚，急着问姚副乡长。

好一个葛根，他不做二传了，凑到犁头的耳边说："他们是来接你去的，不要你出钱。"然后问项天成，"我这样说，对啵？"

项天成、章云星齐声说："对。对。"

"那啥时走？"

这回项天成听懂了，对犁头说："明天，明天就走。"

犁头忧心忡忡，拉着葛根的手，"我的话他们都听不懂，到滨海那个地方去……"

"我陪你去！"葛根说。

"要得！要得！"犁头露出一丝笑容。

葛根朝卧室努嘴，"她，咋个办？"

"只好叫我表哥堂客来照顾。"

"好！好！"葛根连连点头。

犁头看着两位老师，又犯难了，悄悄问葛根："你们都没吃晚饭，我来做。这晚上睡觉……"

姚副乡长站起来，双手在身上一拍："这个不要你管，我去找村里想法子。你……"朝房里看了一眼，"要对她说清楚，不要急。你表哥堂客，晚上就去说好，误不得事儿。"

"哦。"

"那我们走。"姚副乡长朝项天成、章云星挥手，又转身交代犁头，"明天一早，我们来这里碰头。"

"明天见。"项天成又伸出双手，立刻想起先前的尴尬，正要缩回手。

姚副乡长握住犁头的双手，示范，"要这个样子，表示对客人的亲热、多谢。"

"哦！"犁头慢慢地伸出双手，一脸惊惶地看着项天成。

项天成紧紧地握住犁头的双手，一双尽是筋骨、粗糙的手已冻得冰凉，他心头一阵痉挛。想起仇善临终都不忘给他爹买一件马甲，泪水禁不住地涌了上来。他咬紧牙关，硬是挤出一句话来，"明天见。"

"哦。"犁头又露出一丝笑容。

章云星也赶紧上前握手。"明天见。"

"哦。"犁头这次握手就自然些了。

“那我们走！”姚副乡长抬步出门。

“哦。”犁头把三位客人送出门外，看着他们消失在夜幕里。

村子里的大人、小孩，姚副乡长都熟悉。他带着项天成、章云星，找到了村长，解决了三个人的食宿问题，晚上就住在村长家里。一间房里两张床，当然是姚副乡长单独睡，项天成、章云星合铺。姚副乡长有点不好意思，说：“大城市来的老师，这里就是这个条件。唉！让你们两个挤着，我‘多吃多占’，不好意思！”

项天成说：“十分感谢你了！要说不好意思是我们，尽给你添麻烦。”

村长的堂客提着一只洗干净的尿桶进来。

“哟，拿饭篜来了？”姚副乡长戏谑。

“对头。叫你这个葛根吃个饱！”村长堂客笑着回答，把尿桶放在葛根床边的角落里，走了。

姚副乡长等女人走后问项天成、章云星：“刚才说的话你们懂不？”

项天成看了一眼章云星，摇头。

“我说‘饭篜’，是因为这尿桶跟蒸饭的饭篜很像，是说笑。村长堂客拿这东西来，是给我们方便的，也是为了积肥，三个大男人一夜的尿，不少！是浇菜的好料！”

“原来是这样！”项天成笑了。

“我们睡吧，明天一早赶路。”姚副乡长倒头便睡。项天成、章云星也脱衣就寝。

不一会儿姚副乡长便鼾声大起。项天成则无法入睡，风声起来了，瓦上好像有泥土滴落下来，脸上首先感觉到。风声过后，从瓦缝里看见了星星，罅隙里见到的星星，看上去特别明亮、耀眼，好像有人在向他眨巴眼睛，诡异而神秘。他预感到，带着仇善他爹和姚副乡长回校，必然会掀起一场风波。傅副校长一定会责怪他，迫于形势的压力，也许表面上相安无事，但内心必存芥蒂，不愉快的事在后头。值得欣慰的是，一定会得到同学们的拥护，自己也不再负疚，良心上过得去。想起苏东坡的词句——“一点浩然气，千里快哉风”，因心底坦荡，忧虑也就抛开了。

月亮升起来了，星星渐渐暗去。有明月相伴，项天成不一会儿也进入了梦乡。

CHAPTER 8

第八章

云障雾暗

1

高教授是个大忙人，很难找到他，即便事先约好，也不一定就能见到。一到假期，找他的人更多，全国各地的都有，更是难上加难了。龚示力、金耀问来高教授家的地址，在新浦区，并不是很远。但几次打电话都是忙音，两人商量，不妨去碰碰运气。为了省钱，两人乘了两站公交后便下车走路。滨海风大，西北风像刀割一样，好在快走一阵后，身上微微发热，也就不觉得冷了。

进了里弄，经人指点，找到了一幢老式的石库门，门上挂着一块蓝色珐琅方牌，上书："高闻堰宅——二楼。"两人立刻进门登楼。刚登上楼梯，恰逢高教授送两个客人下楼。高教授让两人稍等。两人就站在楼梯口，尽管手已冻得发僵，不停地跺着脚，依然庆幸——真运气！

不一会儿，高教授便回来了，拉住两人的手，"哟！你们的手好冷啊！快，上楼去。"

高教授把两人引进客厅，当知道他们是走路过来的，俨如长辈心疼地看着两个手、脸都冻得红彤彤的孩子。师母也来了，赶快给两人泡了热水袋。

"仇善家里来人了吗？"高教授问。

龚示力说："我们正为这件事来找老师。"

"怎么了？"高教授有些意外。

金耀把听到的消息和担忧说了。

高教授想了想，说："不可能吧！校务会议上决定的事情，谁能轻易改变？”

师母端来两杯热气腾腾的牛奶，“来，二位趁热喝。”

两人连忙起身谢师母。

“喝，不用客气。”高教授身后的书架上放着许多书籍和资料，转身翻了翻资料夹，重新坐回原处，“你们不用担心。说起来，还是同学们的正义呼声，尤其是你龚示力在校务会议上的一席话，震惊了我！现在已经查清楚姬书奇的犯罪事实。正如你们说的，有人在幕后操纵，他们把血样都换了！”

龚示力、金耀相视而惊。

“你们的那次车祸，正在追查。你们要相信，正义终归要战胜邪恶。接下来，你们打算做些什么？”

龚示力与金耀相互推让，最后还是龚示力说：“仇善临终都不忘给他爹买一件马甲。我们想把仇善捡的那些垃圾卖了，加上他仅有的二十三元，想办法把马甲给买来。另外，趁天气好，把仇善的被子拆洗了，他爹来了，让他和我们睡一起，代替仇善尽一点孝道。”

“好！好！你们做得对！”高教授离开他的座椅，来到两人跟前，“学校就是应该培养具有道德情操的人才。”说着，跻身到龚示力和金耀中间，“我有一言相赠，不，我们共勉。《左传·襄公二十四年》中有句名言：‘太上有立德，其次有立功，其次有立言。’记牢，人这一生，立德是第一位的，是做人的根本。”

龚示力、金耀睁大眼睛，聆听老师的教诲。

“这样，仇善的爹一到，你们立刻打电话通知我。”高教授叮嘱。

“好。刚才我们也打电话了，这里一直是忙音。”龚示力说。

“是吗？”高教授起身查看电话，“噢！话机没有搁好。”

“老师，我们告辞了。”龚示力、金耀起身站立。

“好。我等你们的电话。”

皇甫浩与瞿秉宜找到郝大爷，诉说他们的打算。郝大爷连说，好事！好事！让两人稍待，一会儿就会有收垃圾的人在外头喊。果然，没过多久，收垃圾的人来了。两人赶快上去招呼。收垃圾的人打开墙根的那几个大包，经过好一阵子分类、捆扎，装了满满一辆黄鱼车，总共卖了七十七元。

郝大爷一定要拿出十元凑数。皇甫浩、瞿秉宜不肯收。

最后，郝大爷生气了，两个人只好收下，并请教郝大爷，该到哪里去买这种便宜马甲？郝大爷是老滨海，告诉他们，车站、码头有这种卖皮货的人。

皇甫浩、瞿秉宜立即出发，先到几处码头，转了一圈，找不到。问码头上的管理人员，说前几天来过，已几日不见了。两人又匆匆赶往火车北站，也不见踪影。跑累了！找地方坐下来歇会儿。

“找不到怎么办？”瞿秉宜问。

“别急，再找找。”皇甫浩一边说，眼睛却一直注视着北站偌大的候车大厅，正是春运最忙的时候，简直就像打开了蜂巢。突然他一拍大腿，“想起来了，我家倒是有件马甲，黑羊皮的，没人穿。要不我赶回去拿？”

“你家里的东西，这不太好吧？”

“有什么关系？只要我讲清原委，我爹妈举双手赞成。”

不知什么时候，候车大厅的一个角落里，有许多人围着，好像有人在争吵。

瞿秉宜看见有清洁工在拖地，便上去打听。清洁工回头朝那伙人指了指，“卖皮货的人在吵架。”

瞿秉宜一听说是卖皮货的人，立刻招呼皇甫浩，两人飞奔过去。到了近前一看，真是“得来全不费工夫”，一个身背皮货的人，正与一个中年人在争吵。中年人说卖皮货的人应找他十元。卖皮货的人说中年人把十元当成二十元了。两人争执不下。到了这种时候，旁人是插不上嘴的，只有拿出让对方信服的证据；或者凶狠过人，还有人助阵，让对方畏惧，方能获胜。中年人仗着有一把力气，还有两个同伙从旁吆喝，撸起袖子准备动手。

皇甫浩眼看卖皮货的人要吃亏，立刻上前挡住中年人。突然间，一个像铁塔一样的年轻人挡在面前，中年人的威势顿时消退；又经皇甫浩、瞿秉宜好一番劝说，中年人才悻然作罢。

卖皮货的人再三向皇甫浩、瞿秉宜表示感谢。

“你有马甲卖吗？”皇甫浩问。

“马甲？有。”卖皮货的人刚才吵累了，索性把他背着的皮货摊开在座椅上。“你们要几件？白的、黑的、灰色的都有。”

“买什么颜色的好？”皇甫浩拿不定主意。

“白的不行，父亲不能给儿子戴孝。还是黑的好，毛厚，暖和。”

“好，那就买黑的。要多少钱？”皇甫浩嘴里在问价钱，手在口袋里捏住那几张票子不停地拨弄，担心卖皮货的人狮子开大口，说出个高价钱来。

卖皮货的人拿起那件黑马甲，抖搂着，“好东西，黑羊皮，最适合老人穿。感谢你们刚才帮了我的大忙，这样吧，给一百二十五块钱。”

皇甫浩把口袋里的钱全摸了出来，总共一百二十元。卖皮货的人说：“五块钱就算了，你们拿去吧！”

皇甫浩、瞿秉宜谢过卖皮货的人。皇甫浩捧着黑马甲，就像球赛获得冠军，站在领奖台上接过奖杯一样，心里说不出有多快活。

2

傅副校长是滨海理工的元老，主管学校行政。因为他姓傅，又是副职，傅与副同音，称呼起来倒也方便，不用在姓氏后再加职务。这个“副职”，就像他的姓氏，似乎永不可变，校长已换过几任，他一直巍然不动。因多年管理行政，颇有经验，各方面的关系也处理得不错，就是一直不能“转正”。他没有去跑官要官，也没有走路子通关系，始终对“前程”持淡出姿态，尤其在上级领导面前，特别在决定他命运的分管领导面前，更显得自若，无欲无求，让人感觉是净土里长出来的兰花，或是一泓清泉，一眼可以看到底。他深信孔夫子说的，“不患人之不己知，患其不能也”。他要凭自己的才智、业绩，像夏夜里的流星，突发一道闪光，给人留下深刻的印象。

但多年的经营，未见成效，随着年龄的增长，热情已渐次消退，如再改弦更张，为时已晚。是年迈而生暮气了？近来竟冒出这样的念头：平平安安地等退休吧！但人就是怪，没得到的东西，就是想要它，城里的人渴望着出去，城外的人急着想进来，人们常有的心理现象：遗憾、忧伤、郁闷、痛苦，大都是因为愿望未能实现。秦始皇最大的遗憾是没有找到“不死药”，含恨而终。有个贪官死刑犯，临刑前最大的遗憾是没有喝到“路易十三”。

学校扩大招生以后，无论教学设施、生活设施都跟不上，问题多多。原本想利用假期办几件事，但这起校园车祸——“1·21”事件一出，牵涉精力不少。最让他放心不下的是学生这一头，一旦闹起事来，大有燎原之势，那就不可收拾了！好在夹着一个春节，总算把事情平息下来。剩下少数几个人，尽管其中有个龚示力，在学生中很有号召力，但仅凭少数几个人是闹不起来的。教师这一头，让他担心的是法律系的高教授，这位全国著名的大律师，一旦有他介入，每案必操胜券。校务会议上他拍案而起，是一时之怒还是真下手了？未见有什么动静，但愿事情别再闹大。项天成如能做好家长的工作，赔些钱，把事情了结掉，那就上上大吉。

罗裕民是主管教育的市委领导，筹建新校区时，从征用土地、筹集资金，直到引进人才，都是在他的关心支持下，与各个方面统筹协商，才得以解决。往后学校还有许多问题都要市里出面协调。现在他儿子出事了，能不闻不问吗？傅校长一接到姬玫苑的电话，当即一口应承：“请夫人放心，我会想办法解决的。”

突然，办公桌上的电话响了。傅校长拿起电话来，听着，听着，脸色很快由晴转阴，以至没有了声息。对方误以为电话挂断了，连连喊叫，过了好一会儿，傅校长才说：“知道了。人到了以后就带到我这里来。”放下了电话，傅校长倒在高靠背转椅上，感觉就像一片乌云突然落到身上，不祥之兆的感觉一下子占据了整个心灵。项天成为什么无功而返？不仅把家长带来，还来了一位什么副乡长，这不是更麻烦了嘛！电话里说的那些情况，似乎也有道理，但学校里的情况他应该知道。如果高教授与家长一接触，他那牛劲一上来，那就绝无回旋余地了！现在还能做什么？力挽狂澜？不管怎么样，总不能眼看着市委领导的儿子去坐牢吧！

此时此刻的傅校长，就像那些漂流勇士，面对着滚滚急流，下临深渊，到了这种地步，还能有什么选择？……

3

龚示力得到消息，仇善父亲下午三点半到。四个同学手臂上戴黑纱，上面别着一朵小白花，早早地赶到火车站等候。

“马上去请高教授来？”金耀问。

龚示力摇头，“我在想，除了学校的接待、安排之外，我们该做些什么？”

“先看看学校的态度，如果学校能履行校务会议上的诺言，我们就不必再横插一杠了。”瞿秉宜说。

“我也这样想过。但是我担心，主管行政的傅校长，在校务会议上的态度是不明朗的。事情又落到他的手上，我怕再生变故。你们说，这样好吗？我们坚持仇善父亲睡在我们寝室里，不住学校的接待处。高教授，也请他到我们这里来。”龚示力说。

“这个主意好。”大家都表示赞同。

就在这时，学校的一辆车来了，里面就一个驾驶员，显然是来接人的。驾驶员打开车门，靠着车子抽烟，与同学们并不认识，大家各不相干。

火车到站了。一群群旅客提着、扛着行李，熙熙攘攘地走出来。四个人脑子里都有一个仇善父亲的模样，一见乡下人打扮、个子较矮、农民模样的中年人，立刻引起注意。但一次次的认定，结果都是误判。人流渐渐稀少，最后只剩下三三两两的了，怎么没来？正在大家焦愁失望时，终于看见了辅导员和章云星，另外还有两个老人。

四个人一拥而上。项天成赶忙给大家介绍：“来来来，认识一下，这位就是仇善的父亲。”又告诉犁头，“这几个是仇善的好同学，他们住一起的。”

四个人一起伸出手来，逐一紧握犁头的手。眼泪止不住地夺眶而出。

犁头看着这四个大孩子，嘴角露出了一丝笑容，现在他已学会了握手。但他不明白，这些孩子怎都哭了！难道是善善的病很重？心里立刻又不安起来。

项天成见同学们都戴着黑纱，心里一惊！好在犁头没有感觉，才放下心来。接着又介绍：“这位是仇善家乡——紫溪乡的姚副乡长。”

“姚副乡长，您好！”四个同学又一一上前握手。

说话间，学校派来接客的驾驶员按响了车喇叭。

“哦，车来了！”项天成招呼犁头、姚副乡长，“那我们上车。”回过身来对同学们说：“我们先走了。”

小车飞速而去。

“难道仇善父亲还不知道真情？”龚示力疑问。

“是啊，脸上还带着笑容呢！”金耀也觉得意外。

“我们都戴着这个，他也看不出来？”皇甫浩提起手臂来说。

“不，这是洋规矩，他可能还不了解。”瞿秉宜解释。

龚示力一声招呼，“走，快回学校。”

4

傅校长办公室旁的会客室里，已摆好茶水、水果。傅校长坐在靠窗的单人沙发上，抬手看看手表，又看窗外，接客人的车正缓缓驶来，不多久，杂沓的脚步声响起，项天成第一个出现在门口。

傅校长从座位上站了起来。

项天成迎上前说：“傅校长，他们来了。”

傅校长示意项天成坐下。

犁头一脸惊惶地出现在门口，双手下垂，只朝里面看了一眼，便低下了头。

项天成上前搀扶犁头，给傅校长介绍：“这是仇善的父亲。”又对犁头说：“这位是学校的傅校长。”

傅校长与犁头握手。“路上辛苦了，请坐。”

犁头这一生，紫溪乡也没到过几次，现在到了滨海的大学，一路上都很震惊，这时校长让他坐，他迟疑了好一会儿，当他屈腿坐下时，人突然往下坠，双手赶快抓住两边的扶手。心想：“这凳子怎么没有底的？”惊出他一身冷汗。

姚副乡长已进门站着。项天成紧接着给傅校长介绍。

傅校长紧握着姚副乡长的手，说：“姚乡长……”

姚副乡长立即更正：“副的。副的。”

傅校长淡淡一笑，“请坐。你们一路辛苦了！”

项天成诉苦：“那个地方啊！火车下来还有一百多公里，有名的大巴山，有七十二峰，交通工具是手扶拖拉机。”说到这里，伸手指了指犁头，“他家叫刀背子村，要从石壁上爬行几十里呀！”

姚副乡长笑着说：“川东北，大巴山，都是这个样。”

傅校长附和：“是啊！所以李白有诗：‘蜀道之难，难于上青天。’”

犁头与坐在身边的葛根悄悄说：“善善在哪里？看他要紧。”

“唉，好。”

傅校长发现，仇善的父亲是个老实巴交、没见过世面的人，看来工作不会难做。这个姚副乡长，看上去大大咧咧，快到退休年龄了，但很有些顶真，如果能把此人说通，一切都好办，仇善爹必然听他的。见二人在说悄悄话，便欠身问道：“姚副乡长，仇善他爹有什么要求？”

姚副乡长看了一眼在场的人，最后把目光落到傅校长身上。为了瞒住犁头，他用不甚标准的普通话说：“他还不知道仇善的事。”

“啊！”傅校长看着项天成、章云星，“你们，你们还没说？！”

姚副乡长马上挡在前面：“这事请傅校长不要怪他们，是我不让说的。”

傅校长立刻改变态度，笑呵呵地看着姚副乡长：“哦，哦，原来是这样。”

姚副乡长挪了挪坐姿，更靠近傅校长。“事情是这样的，仇善的大哥是个智障的残疾人，失踪了。全村人帮着找，五天五夜，不见踪影。‘刀背子’上到处是崖壁，人肯定是没有了。仇善他娘也是个残疾人，一条腿不灵使。大儿子没了，她惊得跌倒，把那条好腿又跌断了。你说，在这个时候再告诉他善善也没了，他两老还能活吗？”

“噢！原来是这样！”傅校长立刻给姚副乡长卖了个顺水人情，“对，对，你想得周到。”同时也转过笑脸，看了项天成、章云星一眼。

犁头听不懂他两人的说话，但感觉到他们有事瞒着他，那肯定是善善出大事了，他再也坐不住，一把拉住葛根，满脸惊惶地看着傅校长，问道：“我善善他怎么了？”迅速又回头向着葛根，“葛根，你说，我善善他怎么了？”

姚副乡长看着傅校长，任犁头拖着他的手，不停地摇晃。

傅校长看了项天成一眼，心里很懊恼：现在把他给顶到第一线来了！

项天成当然看得出傅校长的恼怒。但现在是官方正式向家长表态，他能说什么？怎么说？只好低下头，任凭傅校长那焦灼、刺人的目光在他头顶上游弋。

傅校长调整好心态，轻轻地拍了拍神情激动的犁头，误以为他是六十多岁的人了。“老哥！是这样，你家仇善是个好学生，门门功课都是这个！”伸出大拇指。

“哦！”犁头应着。

“二十一号这天傍晚，在校园里发生了车祸。”副校长做了个开车的动作，“你家仇善被车子轧了！”

犁头抓住葛根问：“善善轧在车下了？”

葛根点头。

犁头热泪涌出，急着问：“伤着了？伤在哪里呀？”摊开一双颤抖的手向着傅校长。

傅校长满脸痛苦地摇头。

“我善善没了？！我善善没了？！”

傅校长点头。

犁头一声惨叫，往后倒去。

5

葛根跳起来抱住犁头掐人中。

项天成、章云星都站了起来。傅校长快步走进办公室打电话，对方是忙音。丢下电话立刻让章云星快去找校医。

犁头一口气总算缓了过来，哭喊着：“老天爷，你好狠心，为啥子把我两个娃儿都收去！”

姚副乡长不停地摇动犁头，“犁头，莫哭！莫哭！”自己也禁不住流下泪来。

“我说，不要来读这个书，我们穷，这里不是我们待的地方。”犁头胸口堵得厉害，不停地捶打着胸口。

姚副乡长凑到犁头的耳边说：“你莫哭了，说事儿要紧！”

犁头终于止住哭泣，拿衣袖擦泪，“这事儿咋说？你给说，我听你。”

姚副乡长问傅校长：“我要问几个问题。”

傅校长正在快速思考接下来的问题，他还是寄希望于姚副乡长，能想到一块去，一脸真诚、谦和、友善的神态向着葛根：“姚副乡长，有什么话尽管说，不妨，不妨啊！”

“我想问车祸的准确时间、地点？”

“一月二十一号，傍晚六点二十分左右。”傅校长转向项天成，“是这个时间吧？”

项天成回答：“是这个时间。”

“具体地点就在校园里，待会我们陪同你们过去看。”傅校长说。

“当时仇善在做什么？”姚副乡长问。

“他在……”

项天成看着姚副乡长，想说：“我不是对你说过了吗？他在捡同学们丢弃的……”姚副乡长当作不知，继续追问傅校长。

“当时天色已黑，仇善在捡同学们丢弃的易拉罐、塑料瓶等一些废弃物。是这样吗？”傅校长转过脸来问项天成。

“捡那些瓶瓶罐罐的，怎么会叫车轧了？”姚副乡长问。

章云星带着医生匆匆赶来。

傅校长向医生招手，“请给这位家长看看。”

医生拿出听诊器，给犁头做检查，“还好，就是有些心律不齐。”

傅校长交代章云星：“小章，你陪同大夫去配些药来。”

医生与章云星离去。

犁头抓住葛根的手臂问，“葛根，你问问他们，那个会飞的车为啥子轧我的善善？”

姚副乡长抚摸着犁头的手臂，“犁头，事到如今，对你实说了。善善没钱买票回家。同学们给他凑钱。他打算到万源就走路，省下盘缠，又去捡那些瓶瓶罐罐来换钱，想给你买一件马甲！”说罢连连摇手，泪水止不住滚落下来，“孝子！孝子啊！”

犁头这才明白，一声痛彻肺腑的长啸：“善儿！我的好善儿！”突然，一手抓住葛根，一手抓住傅校长，“我的善善在哪里？我的善善在哪里呀？”

项天成赶快上前劝慰："仇善爸爸，不要急，不要急，你身体不太好，这样要急出病来的。等一会儿，我带你去看，好吗？"

"就去！就去！"犁头猛地站起来就要走。

姚副乡长把犁头拉住，重新让他坐下，大声对他说："事儿还莫说好，大事儿啊！"

犁头低下头来嘤嘤哭泣。

姚副乡长摸了一把眼眶，心里泛起一阵阵伤痛，"傅校长，有道是'天下少孝子'，仇善这个儿就这样走了，我们紫溪的乡亲知道，都会伤心痛哭！我要问，肇事的是个什么人？"

傅校长态度沉稳，不紧不慢地应道："是仇善的同学。"

姚副乡长追问："为什么肇事？校园里怎么会出事？"

"肇事的原因要等公安交警的结论。"

"肇事人是什么家庭？"

"干部。"

"什么机关的干部？"

"市委机关。"

"一般干部还是领导干部？"

傅校长感到这个姚副乡长并不好对付。曾经寄希望于项天成，现在完全落空，后悔用了个马谡，不但没有把事情办妥，还弄来个愣头、钉子，真是悔不当初。不能让这个愣头再缠下去，得改变策略。他拉过犁头的双手，说："老哥！"

犁头抬起头来，满脸泪水，微微点头。

傅校长紧挨着犁头，一字一句地说："我知道你心里的伤痛，白发人送黑发人，这是最最伤心的。我也很痛心，我们失去了一位优秀的学生，一个前途无量的好学生。但人已经走了，那是回不来的。"

犁头尽管听不懂傅校长的话，但也明白其中的一点意思，想了想，说："我们穷啊！就指望着善善……"泪水涌起，说不下去了。

章云星回来了，手里拿着药，坐在一旁。

傅校长想利用仇善爹的老实、家庭困难，挡开姚副乡长的纠缠，"老哥啊，我知道你家里困难，他们都告诉我了。肇事的人已经认错，认赔。想听听你的意见和要求。”

犁头看着葛根，等着他说话。

姚副乡长已洞明傅校长的心机，正如报纸上报道的那样，这个肇事者必定是有来头的。眼前的这位傅校长，看上去像个大人物，说话谦恭、和气，骨子里恐怕也是个猴精，不能上他的当。“傅校长，赔偿是一定要的。但首先要把事情弄清楚，肇事人该负什么样的责任，然后再来说赔偿，这才成道理。绝不能用钱把责任抹去了，现在有句流行的话，叫什么——‘摆平’，你也是这个意思？”

犁头止住哭泣，突然冲出一句话：“就是用金子打一个人，也不是我的骨肉啊！”

“犁头，你说得好！对头！”姚副乡长激动地拍了拍犁头。

傅校长沉得住气，依然不失风度地说：“这个肇事的人是仇善同班、同寝室的。完全是一场意外的事故。老哥，帮人是积德，有句俗话，不知你们有没有听说过：‘一个人的痛苦，分给两个人，变成两个人痛苦。一个人的欢乐，分给大家，变成众人的欢乐。’这话有道理吗？”

犁头回答不了，等着葛根说话。

姚副乡长朝着傅校长摇头，同时轻轻地摁着犁头的手，示意安抚。“傅校长，你这个话用我们四川话来说，叫‘不靠边’，我这个人是直肠子，有话就要说。”

“无妨，无妨，请讲。”傅校长站起来，准备给客人续水。章云星立刻接过暖水瓶给大家倒水。

“傅校长，你的意思很清楚，让仇善一家来‘承包’所有的痛苦，给肇事人带来欢乐。你错了！多少年来，刀背子村，我们紫溪乡，三万多人，只出了一个仇善，这是一个人的痛苦？一家人的痛苦？他冤死了儿子，还要承包痛苦，这公平吗？天下哪有这样的道理？”

姚副乡长的话对于傅校长来说，是强刺激，是有震撼力的。他白净的脸上突然毫无血色，眉间也几次痉挛。但傅校长城府很深，很快就镇静下来，不动声色地回答姚副乡长的尖锐话题，“姚副乡长，你误解我的意思了，我就是想找到最值的解决方案。仇善同学家里的困难我也知道一些，学校能不关注吗？”

“好，那先说到这里。我们想现在去看看出事的现场，明天我们再说。”

“好！”傅校长看着项天成，说，“还是你陪他们去？”

“唉，好。”项天成搀扶着犁头，与姚副乡长一起往外走。章云星跟随在后。

“小章！”傅校长喊住章云星。

项天成、犁头、葛根突然都站住了。

“医生刚才怎么说？”傅校长问章云星。见三个人突然站住，便起身说：“请项老师陪你们去。”

项天成、犁头、葛根转身往外走。

傅校长示意章云星坐下。

“医生说，仇善父亲的心脏功能不太好，血压也偏低，这样的人，千万不能激动。”

“嘍！”说着头往后靠，显得很疲惫。过了一会儿又突然坐起，“小章，这次你们出发时，也在这里，我交代得很清楚，我想你们应该知道怎样完成任务的。”

章云星低着头，双手插在两腿的中间，“你的原话我还记得。”

“那你们为什么……”

“开始我们也遵照你的交代去做的。也想有个好表现。”

“是嘛！所以指派你们两个人去。”

“但是……我说不好。”章云星抬起头来看着天花板。

“还有什么难言之隐？”傅校长追问。

章云星实在无法回避傅校长的追问，“傅校长，我说了你可别生气。”

“你说。”

“如果你和我们一起上刀背子，你就不是现在这个态度。”

傅校长的脑子里好一阵嗡嗡作响。

6

龚示力等四个同学，一直在楼下等着。天气很冷，一整天都是阴沉沉的，临到傍晚时，彤云密布，西北风一阵紧似一阵。四个同学原先坐在花坛的围栏上说话，不时地注视着从楼上下来的人。后来实在太冷了，皇甫浩围着大楼跑步，瞿秉宜不好动，与有伤的龚示力、金耀躲进大楼门厅，那里摆着沙发，三个人坐下来静候仇善父亲。

终于等到了！辅导员项天成搀扶着犁头，一步一步地从楼上下来。三个人一拥而上，扶着犁头下楼。

“现在去哪里？”金耀问。

项天成说：“去出事的现场。”

一走出楼门，脱离了室内的暖气，面临的是另一番天地。犁头衣衫单薄，一阵阵寒噤，直打哆嗦。葛根还好，身上穿着棉衣，但也缩紧着脖子。

龚示力因为左手负伤，在左侧搀着犁头，感觉到他浑身都在发抖。“仇善爸爸，你很冷啊！”

犁头脸上的泪水未净，加上寒冷，涕泪流在了一起。抬手抹了一把脸，说：“冻惯啰！”说话的声音很低沉，消瘦的脖子上满是鸡皮疙瘩，说一句话，凸出的喉骨上下移动了两次。

龚示力由此看到了父爱，想起了自己的爹妈，他们一定在盼望着他。青桐镇下雪了吗？开始贴春联了吧？一阵风横扫过来，犁头有些摇晃，龚示力赶忙拉紧他的手臂。有几片小雪花钻进了龚示力的脖子，有几片被风带向很远很远的地方。如果雪花能传言就好了，让它们去告诉父亲，儿子没有忘记他的教诲，在做一件男子汉该做的事。

皇甫浩正从迎面跑过来。龚示力让他赶快去宿舍把那件马甲拿来。皇甫浩转身就跑。

迎着呼啸的寒风，走上一条林荫道，除了道旁两边的冬青树，已见不到林荫了。排列整齐的高大枫树，秋来满身红叶，如今已经凋零，消瘦得只剩下光秃秃的枝丫。寒风卷起地上的尘埃，有的向前翻滚，有的钻进了路旁的冬青树丛。下雪珠子了，像炒豆子，噼噼啪啪地撒落在房上、树上、行人的身上，落在地面上的雪珠子一蹦老高，跳跃翻滚。随后大片的雪花纷纷飘落。

项天成站住，“就是这里！”

犁头突然挣脱搀扶，俯伏在善善倒下的地方，抚摸着已被雪花覆盖的那片地面，泪流满面地叫唤着：“善善，阿爸来了！妈等着你回家过年啊！你喜欢的烤红薯、烤毛芋阿爸都洗干净了，就等着你呀！善善！阿爸在叫你，你怎么不答应？善善……善善……”

四个同学潸然泪下。

龚示力透过风雪，看见了仇善：就在他父亲哭倒的地方，手里拿着一只绿色的塑料瓶，身旁有一大堆他收集起来的塑料瓶、易拉罐，侧身倒在地上，头颈下有一摊鲜红的血迹。眼睛是睁开的，朝前看着，好像在问：“你为什么轧我？”

“善善，阿爸来带你回去，回刀背子去！善善，善善……”犁头哭倒在地。

龚示力正要告诉仇善：“回家吧，跟着你爸回家吧！你妈多么想念你啊！”

仅仅是一会儿，仇善不见了。

姚副乡长不停地抹泪，硬撑着抬头望天，任凭风雪捶打。

突然犁头拍着胸口惊呼，“葛根，我没有娃了！葛根啊！我没有娃了呀！”

姚副乡长满含泪水，不知道该怎么回答。

龚示力、瞿秉宜、金耀搀扶起犁头，拍掉他身上的积雪。龚示力说：“仇善爸爸，你有儿子的，我们都是你的儿子，会孝敬你的。”

龚示力说到做到，硬是从自己的生活费里，每月给仇善家寄五元钱，以后条件好了，寄得更多，这是后话。

犁头没有完全听懂，问葛根：“这个娃说啥子话嘞？”

葛根赶快做翻译。

犁头挨个地看着这三个娃。

项天成安慰犁头，边说边用手比画：“你放心，我们会对你负责任的。”然后交代龚示力，“外面太冷，你们带他们去寝室里看看。我去接待处，看看两位客人的食宿安排好了没有。”

项天成刚走，皇甫浩快步赶到，满身是雪，口里喷吐着热气，扬起马甲，穿在犁头的身上。

犁头要把马甲脱下来，“这，这是……”

四个娃齐声回答：“是仇善给你买的！”

犁头突然又趴倒在地，泪如泉涌，双手不停地抚摸着地面，就像在抹去善善身上的伤痛。“善善！善善！马甲阿爸穿上了，阿爸再也不冷了！你身上痛不痛啊！阿爸带你回家，回刀背子去，这里不是我们待的地方。来，跟阿爸走！”

CHAPTER 9

第九章

席卷阴霾

1

四个娃拥着犁头走了。龚示力突然回过身来向姚副乡长招手。姚副乡长示意他们先走，他要查看踏勘这里的地势。面对着一幢幢往后延伸的宿舍楼，左右都是开阔的通道，没有任何障碍物，仇善在宿舍楼下，怎么会把他轧倒在车轮底下？一连串的疑问，姚副乡长认定，这绝不是一般的交通事故，一定要追究到底。

项天成顶着越来越大的风雪，前往接待处。尽管风像刀子一样犀利，刺在脸上，钻进衣领，蹿入袖口，让他周身寒彻。但这些都不是他揪心的感觉，现在深深印在他脑子里的是两张脸：傅校长的脸，犁头的脸。两张脸不断地交错出现：犁头仰天长啸：善善！你在哪里呀？葛根，我没有娃了！心底里陡生一团怒火！很快，傅校长的脸，宛如飞云遮月，立时星月全无，让他心悸、无奈和怨艾。

突然眼前出现一根横杆挡在路上，差一点撞了上去。怎么回事？原来这里在建新楼，因浇筑基础，为固定模板，支架延伸到道路上。项天成站住了，这是新建的教师楼，十五层，一百五十套公寓，安装燃气管道。处级以上，教龄三十年以上者，有望得到。现在他住的是筒子楼，三十多平方米，没有卫生间，也没有厨房。女儿就要上初中了，还与他们夫妻住在同一间房里。他久久地望着这幢大楼，不求楼层，不讲朝向，最后剩下的也可以，只要有个卫生间，有间书房，女儿有自己的房间就心满意足了。明知去四川巴山是一趟苦差，他毅然应诺，想用自己的行动感动“上帝”。但是，这些从心底堆积起来的愿望，就像前面不远处接待处食堂烟囱里冒出来的热气，眼看着被风雪卷走了。雪下得真大呀！来时的脚印已被积雪淹没了。他跨过挡路的横杆，继续往前走，身后又留下了深深的脚印。

2

犁头、姚副乡长坐在仇善的床上，倾听四个娃介绍情况，两人越听越激动，犁头不停地抹泪，不停地拱手，口里念念有词："救苦救难，你们都是好娃！"

姚副乡长急着问："那个高教授啥时能来？我很想见到他。"

龚示力说："我已打过电话，他吃过晚饭就来。"

就在这时，走廊上响起了脚步声。

"来了！"皇甫浩反应快，他第一个站了起来。

意外！出现在寝室门口的是项天成。他抖掉身上的积雪，说："我不进来了。两位客人随我去吃晚饭。"又对同学们说，"你们也该去吃晚饭了。"

金耀响应："好，大家一起走。"

就在他们走后不久，高教授来了。他是自己开车来的，因路上有积雪，车子走不快，还堵车，想掉头往回走。为了不让家长和同学们失望，好不容易才把车开进了学校。走进了这幢楼，空空如也，找到了三楼，38 号，门开着，没有人。看样子人走了不久，也许去食堂吃晚饭了。他不相信这几个孩子会爽约，就坐下来等。

没等多久，门外响起了说话声。金耀第一个进门，一见高教授立刻回身招呼："快来！高教授已经来了！"

高教授也站了起来，见龚示力、金耀正搀扶着一位消瘦的乡村老人，缓步行来，后面跟着一个身材不高、皮肤黝黑的人，旁边还有两个同学。

龚示力一一做了介绍，让高教授在他的床上坐下。

姚副乡长在吃晚饭的时候提出来，他不想住接待处，打算与犁头合睡在仇善的床上。项天成觉得不合适，那是单人床，两个人睡太挤。姚副乡长说，天冷，两人挤着暖和。项天成见姚副乡长态度坚定，也就不再坚持，再说这次出差四川，到现在还没有回过家，吃完饭后，就暂且告辞回家。

姚副乡长之所以坚持睡在学生寝室，自有他的道理：他很喜欢那四个娃，想再与他们聊聊。另外，他急着要见高教授，希望能得到他的帮助。

坐定以后，高教授问："今天与校方交谈的结果怎么样？"

姚副乡长说："那个傅校长说的话，我是瞎子吃抄手心里明白。他要大事化小，赔钱了事。"

"这是预料之中的。姬书奇的父亲是滨海市委主管教育的领导，有这层关系摆着，能不这样吗？"高教授从袋里摸出烟来，见无人抽烟，立刻又放了回去。

学生们说："高教授，没事，抽吧！"

高教授连连摇手："我已经在戒烟了，这是下意识行为。"

姚副乡长终于明白："我说那个傅校长脑壳上擦猪油——要滑头，原来有这层关系！果然被我猜中，分明也是个猴精。"

"猴精？"高教授听不明白。

葛根笑了，"我们家乡猴多，对那些只顾自己得好处的人都这样称呼。"

"深刻！姚副乡长，你说得深刻！"高教授翘起大拇指。

姚副乡长摇动着双手。"高教授，我没有读过多少书，说的都是实在话。"他顿了顿，接着说，"项天成、章云星到我们紫溪乡，我对他们说，你们上了刀背子会良心发现的！因为那里太穷、太苦了！他仇善家是背着镢头挖黄连，苦到底了！现在的人都向前（钱）看，哪个肯为穷人说话？帮穷人出头？你高教授不一样，一身正气，伸张正义，我十分敬佩你。紫溪乡几万人就出了这么个状元娃——善善，如今他含冤而死。高教授，你是帮他申冤的人，也是帮我们紫溪乡申冤的人，我代表全乡百姓，谢谢你！"说罢，朝着高教授深深鞠躬。

"呃！不敢，不敢！姚副乡长你言重了！"高教授连忙站起来拱手回礼，"姚副乡长，请坐。请坐。我是个学法律的人。法如天大，法律拒绝权力，维护公平、公正。要说感谢，得感谢他们。"他指着身旁的四个同学，"是他们的正义呼声、果敢精神感动了我。好！我们言归正传，我这里有两份起诉书，"从皮包里取出，来到犁头身边，"这份是你起诉姬书奇醉酒危险驾驶，致人死命；这一份是你起诉姬玫苑，利用权力，毁灭罪证。”

犁头不识字，也听不懂高教授说的话，只好求助葛根。

姚副乡长赶快过来看文件，连说：“好！好！给仇善申冤了！哎！犁头，这里要签上你的大名。高教授，对不？”

高教授点头，“不会写字，摁手印。”

姚副乡长四下里观看，“这里摁手印……”

高教授从皮包里取出印泥，“早有准备了。”

犁头在葛根的指导下，摁上手印。高教授收回文件，又取出一份文件。“龚示力、金耀，这是关于你们俩的起诉书，现在已经查证，你们那次交通事故，属于有意肇事。肇事人已经交代，经查证，指使人与姬玫苑有关。”

龚示力接过高教授手里的起诉书，看完后递给金耀。金耀看罢问龚示力：“签名？”

龚示力迟疑。

高教授以为发现问题，“怎么？有什么疑问？不用担心，证据都齐全的。”说着便打开皮包取证据。

“不，高教授，我是想问，现在姬玫苑有两罪在身，要判几年？”龚示力问。

“应该是五年以上七年以下。”高教授回答。

“一家两个人吃官司，判刑坐牢，是不是……”

高教授睁大眼睛看着龚示力，眼镜的镜片上一闪一闪的，发出耀眼的闪光。“你想撤诉？”

龚示力问金耀，“你说呢？”

“我说……”金耀有些犹豫。

“你这个娃，胸口揣棉花的，心软。”姚副乡长说。

“我们主要是为仇善伸张正义，讨回公道。我俩这点小伤，问题不大。‘得饶人处且饶人’吧。”龚示力说罢看着金耀。

金耀点头，说：“撤吧！”

“好，那就撤诉。”高教授收回文件。

姚副乡长连连夸奖：“好娃！好娃！以德报怨。”

高教授起身：“好，那我告辞了。明天就可把诉状送出。”

大家齐声说："谢谢高教授！"

"这能说谢吗？"高教授来到犁头和姚副乡长跟前，握住两人的手，说，"路上辛苦了，早点休息。"说罢匆匆而去。

3

刘怀玉与黑妞一路北上，最后到达北京。两人在故宫足足泡了三天，只觉得看了个皮毛。遗憾的是假期太短，剩下来的时间是北上还是南下，两人意见相左。黑妞主张往北走，白山黑水，辽阔的东北平原吸引着她。刘怀玉向往着南方的优美园林——上有天堂，下有苏杭。其实她是借题发挥，心里惦念着龚示力。她决意南行，唯恐被黑妞缠住。现在黑妞提出要北上，真是求之不得，何不就此别过？

临别的那天，两人住在北京民族饭店。黑妞突然提起姬书奇，问刘怀玉对他的感觉。刘怀玉说姬书奇是个轻率的家伙。黑妞就是喜欢玩，是个我行我素的人，她就是喜欢姬书奇的那股玩劲。

说到姬书奇，刘怀玉马上就想到龚示力：仇善被姬书奇的车轧死了。龚示力在追查责任，不知道案情如何了结？现在他回家了没有？

"你认为姬书奇还逍遥法外？"刘怀玉问。

"当然！他父亲是高官。"黑妞不以为然。

"不一定，现在中国是法治国家。"

"那我们赌一把？"

"好，赌一把。"

"我现在就打电话。"

"你打。"

"输了怎么办？"

"晚饭请客。"

"OK!"黑妞拿起电话就拨。

姬书奇近来也收敛些了，娱乐场所不敢再去。不断有风声传来，案情进展不顺利，没能像预先估计的那样，很快就会了结。老妈四下托人，都说一定帮忙，但总还是悬着，就像过山车出事故，挂在半空中。最让他担心的是，老爸在北京开会，最近就要回来，在他心目中，唯有老爸尚且可畏。这次出了大事，不知道会受到怎样的“制裁”？老妈让他去新马泰旅游，半个月后回来，老爸的火气也消得差不多了。奇了怪了！护照一时办不下来。因而更加心烦，成天抱着电脑消磨时间。

正犯愁时，突然电话响了，以为是护照办成了。拿起电话，想不到竟然是黑妞，姬书奇立刻兴奋起来！

“你好！黑妞小姐。”

“你好！”

“你在哪里？”

“我在北京。”

“好玩么？”

“很好，beautiful！”

“你和谁在一起？”

“刘怀玉。现在她打算往南走了。”

“那你呢？要去哪里？”

“我想往北走，去东北，看白山黑水。”

“想念我了吗？”

“ I have been thinking you sometime。”

姬书奇激动得浑身血脉偾张，想不到在他最痛苦的时候，还是这个洋妞没有忘记他。想起她富有性感的肌肤，尽管皮肤较黑，但看上去却非常细腻。据说，舞蹈本起源于男女间的求爱，印第安裔的女人最富有激情，拉丁舞激烈、狂放，就可见其一斑。但目前的状况，姬书奇只好随声附和，“我也很想念你。”

“I love you！”

“I love you！”

姬书奇听到电话里好一阵大笑。他连续呼叫，再也没有回话，怅然若失地挂上了电话。

黑妞赌赢了，笑得在床上打滚。刘怀玉心里很不好受，不是因为要支付晚餐，而是担心龚示力，深知他疾恶如仇，慷慨行事，很可能没有回家，还在学校。一方有权力，一方持正义，结果会怎么样？她也想给龚示力打个电话，但不是现在，等明天与黑妞分手以后。

4

姬书奇出国旅游的护照还没办好，罗裕民今明两天就要回来，母子二人着实犯愁了！

姬书奇这个从来不知“愁滋味”的贵公子，如今也坐立不安起来，是不是案子还摆不平？想到这里，又愁上心头。

姬玫苑心疼地看着儿子，“你只管放一百、一千个心，都说好了，没事的。这些头头脑脑会骗我吗？”

“是吗？”

“妈的话你还不相信？你这样担心起来，人要瘦下去的。”姬玫苑仔细端详儿子，“你看，这几天面孔都有点两样了！哎，出去旅游散散心吧！”

“那去哪里呢？”倒在沙发上的姬书奇，把两条腿搁到了茶几上。

“你想去哪里？”姬玫苑倒了一杯橙汁，递给姬书奇。

“我哪里都不去。”

“你不怕你爸骂你了？”

“他能把我怎么样？我是他儿子。”

“要不往北走，冬天里的北国风光，你没见过吧！”姬玫苑挨着儿子坐下。

真是柳暗花明，豁然开朗。姬书奇立刻想到了黑妞，她不也在往北走吗？而且是独自一人，岂非天赐良机？真是失之东隅，收之桑榆。想着，他猛地从沙发上跳了起来，“去，明天去东北。”

儿子高兴了，姬玫苑立刻兴奋不已，就像个连通器，马上为儿子张罗起来。

第二天，一切准备就绪，车子已在楼下等着，姬玫苑正送儿子下楼，罗裕民的车子到了。他刚下飞机，便马不停蹄地往家里赶。他人在北京，家里的事全知道了。会议一结束，立马赶回。一下车，迎面遇上了她母子二人。

“要去哪里？”罗裕民沉下脸来问。

姬书奇、姬玫苑惊住了！

“他想去旅游。”姬玫苑强笑，说着去拿老罗手里的提包，“回来都半个月了。”

罗裕民避开姬玫苑的手，看着姬书奇厉声喝道：“回来！哪里都不许去！”说罢大步上楼。

姬玫苑移动着她肥胖的身躯，像企鹅样摇到姬书奇的身边，“那就不去吧，啊？暑假再去，机会多的是。”说着去解姬书奇身上的背包。

姬书奇在姬玫苑的拉扯下，很不情愿地一步一步走上楼来。

罗裕民正在接电话：“好。好。一切都按法律办事。请记住，绝不能有半点含糊。好，再见。”放下电话。

姬玫苑、姬书奇站在客厅门口清楚地听到罗裕民刚才的通话。尽管是简短的几句话，就像滚汤淋在茄子上，立刻就瘪了。姬玫苑深知罗裕民，小事他可以不闻不问，甚至睁只眼闭只眼，但大事绝不含糊。所以，这次她抢在前面把事情给做掉了，等他回来已是木已成舟，大不了挨几句骂声。现在看来，情况不妙啊！难道那些答应她的人，都是在哄她？！开始感到手心冰凉，一直凉，凉到了心里。

姬书奇原本心里窝着一团火，正要在他老爸面前抖抖，怎么也想不到会落进冰山，哪里还找得到火？寒毛一阵一阵地竖起来，手里提着的背包，不知什么时候落到了地板上。

“来，都坐下。”罗裕民坐在他常坐的那张单人沙发上，态度倒不像刚才那样严厉。

围着茶几还有张三人沙发和单人沙发。老规矩，姬玫苑坐单人沙发，姬书奇坐在三人沙发上。这时罗裕民的一举一动，都牵动着母子二人的心，眼看着天要塌下来了，暗自提心吊胆着。

“你说说，最近你都干了些什么？”罗裕民问姬书奇。

姬书奇头低得想藏进肚子里去，声音轻得像蚊子叫：“没，没干什么？就是……”

“就是什么？”

"把一个同学给撞了。"

"你想过这问题的严重性吗？"

姬书奇不时偷窥罗裕民的表情、神色，如同被追打得无处可逃的老鼠，东蹿西跳的，还在探寻求生的希望，只要有一点点罅隙可钻，就会逃之夭夭。发现罗裕民并未真的动怒，表情很平静。于是做出无奈的表情，还带着一点撒娇的语气说："爸，我是无意的。"

"你应该承担什么责任？"

"我……"姬书奇看了罗裕民一眼，马上就朝着姬玫苑发出求救的信号。

姬玫苑一直没有说话，心里就像在飞轮上奔爬的小白鼠钻进了她的心窝，她不知道罗裕民到底掌握了多少情况、持什么样的态度，她不想也不敢马上亮明自己的态度。但对儿子的求助不能无动于衷，就起身给罗裕民泡上他喜欢的苦丁茶，给姬书奇一杯热奶。这个过程既是缓和气氛，又可试探罗裕民到底是什么打算。

"怎么都不说话了！"罗裕民沉下脸来问。

"老罗，这事发生得实在很意外。"姬玫苑终于挤出一句话来。

"我想听听，怎么个意外？"

姬玫苑一摇一晃地走回到自己的座位，手扶着沙发，眼睛看着姬书奇，说："那天天色已经很晚，视线不好，他的那个同学趴在地上捡垃圾，事情……真的很偶然。"

"好，这也叫偶然？！"罗裕民从皮包里拿出一份资料，大声宣读："1 月 21 日晚，五点半到六点，主事人姬书奇与其女友黑妞（美国人），在希尔顿西餐厅进餐，喝了葡萄酒一瓶，whisky 大半瓶，以时速 150 千米在四川路、中山中路飙车；进入滨海理工大学校园后，依然高速行车，时速达 90 千米。经血液化验，酒精含量超过正常水平五倍。属于醉酒后'危险驾驶'。"读完以后，罗裕民"啪"的一声把资料扔在茶几上，"这也叫意外？偶然？"

随着"啪"的一声响！姬书奇的心噌的一下提到了嗓子眼：啊！这东西还在？不是说毁掉了吗？一双失魂落魄的眼睛看着姬玫苑。姬玫苑好像走神了，瞪着双眼直愣愣地看着那叠资料。姬书奇心惊胆战地也把目光慢慢地移向那份资料，只见那材料上的文字竟幻化成一副冰冷的手铐，他大惊失色！

“姬玫苑，你好大的胆！胆敢把手伸向公安、学校、黑道，毁灭罪证、制造假象，尤为令人发指，竟敢恶意制造车祸，图谋陷害取证人。你知道吗？犯的是什么罪？”

姬玫苑一阵悲凉的长叹，直哭得热泪横流，开始一张张地抽取手纸，后来把纸盒抱在怀里，满地是风雨过后的“落叶”。

“你难道忘了吗？我带奇奇吃了多少苦，人家都说我们奇奇是从阎王爷的门口抱回来的，真是含辛茹苦，历尽艰难，好不容易才把他养大的呀！”姬玫苑说到伤心处，动了真情，人开始抽泣，呼吸困难，嘴唇发紫。

“妈！”姬书奇赶快上来，一边抹泪，一边给他妈按摩胸口。

罗裕民站立起来，见姬玫苑缓过来了，重新坐下。“我不否认，带奇奇你付出最大。但是你想过没有，人家带孩子都很轻松，闻风就长的吗？”

“事情出来了，你说，我能不管吗？眼睁睁地看着他去坐牢、受罪？我们都老了，唯有这么一点希望！”说到这里，姬玫苑情绪激动起来，把抱着的纸盒，扔到了茶几上。

“你可以有爱子之心，天经地义。但是你想过没有，别人家的孩子就不值得爱吗？就可以随便碾死在你儿子的车轮底下？他的爹妈就不心疼吗？”罗裕民怎么也想不到，自己主管教育，儿子竟然是个“八旗子弟”“高衙内”。相依为命几十年的老伴，竟成了目无党纪国法、仗势欺人的贵妇人。他心里焦灼，窝着一团火，像火山一样就要喷发出来，喷向他母子二人。忽然脑子里闪出一个疑问：事到如今，究竟是谁之过？你罗裕民没有责任吗？想到这里如同风雨骤临，火焰渐渐地熄灭了；在炭火中煅红的铁块，慢慢地冷却了。罗裕民深感自己有无法推卸的责任。

姬书奇这些天来心存侥幸，加上姬玫苑的许诺，总道是夏天遇上雷阵雨，很快就会雨过天晴，即可重新过他逍遥的好日子。谁知道，吹起了一个五光十色的肥皂泡，瞬间破灭了！也像人们常说的，“夜里躲在门背后拉屎，没人知道。但天明了，才看见了自己的丑陋。”扑通一声，跪倒在罗裕民的面前，声泪俱下，恳求他老爸的谅解：

“爸爸！我错了。我改，我下决心改！”

罗裕民扶起姬书奇，语气平缓地说：“噢！你起来。你知道错在哪里吗？”

“我不肯好好读书，只想玩。”姬书奇低声抽泣着说。

“那你想怎么改？”

姬书奇感到有希望了！得到父亲的谅解了！好像晚上独自一人走在荒郊野地，正吓得提心吊胆，忽然前面有灯光闪烁，他赶紧快步向前。

“从此专心读书，放弃游乐。”

罗裕民微微摇头。

姬书奇紧接着说：“向系里最好的同学学习。”

罗裕民靠在沙发上闭起双眼。

“再也不大手大脚花钱，‘凡不能俭于己者，必妄取于人’。爸！这是你常说的。”

罗裕民长叹！

姬书奇哀求道：“爸！请你相信我，再也不会做那些傻事了！”

罗裕民顿足，直指门外：“你们俩应该马上去投案！”

姬书奇大惊失色：“啊！”坐倒在地。

姬玫苑惊叫：“你说啥？！”

罗裕民激动得连连拍打沙发扶手：“直到今天，此时此刻，你还在糊弄我、欺骗我，什么‘向系里最好的同学学习’，谬哉！系里最好的两个同学与你同班、同寝室，在你的眼里他们是‘乡下人’‘戆大’，是为你这个大少爷服务的，厚颜无耻地索要人家的课堂笔记，赖账不给钱。恰恰是这样的‘乡下人’，是全系的全优生。他没有钱回家过年，同学们给他凑钱买车票，你这位贵公子，出过钱吗？他想到生活在穷山沟里的老父亲，身无御寒衣，捡同学们丢弃的垃圾，一心想给他爸买一件马甲，却被你……”罗裕民伸出颤抖的手，指着姬书奇，“轧死在车轮下！”

姬书奇像蜗牛一样蜷缩起来，一动不动地坐在地毯上。

姬玫苑想把儿子从地毯上拉起来，却只拉起他的一只手臂，再也拉不动了。

“还有你这位贵妇人！为了一己私利，助纣为虐，目无党纪国法，为所欲为，简直是丧心病狂！你，你！”罗裕民激动得要解开衣领上的纽扣，忘记了手上还戴着手套，他褪下手套，用力扔在沙发上，“你这个极端利己主义者，已分辨不出是非善恶，你自己搭进了不说，你，你害了多少人啊！”

姬玫苑掩脸哭泣。

“我这个身为主管教育的人，对教育关心得太少了。对那些家境困难、立志上进的困难学生关心得太少了！就是那些被你们看作‘乡下人’‘戆大’的穷学生，他们主动撤除了对你的控诉，原谅了你，而你却要置他们于死地呀！相比之下，你这个有几十年党龄，受党教育几十年的老同志，直到现在还在这里文过饰非，无耻之尤！我，我为你害臊！我为你痛心哪！”罗裕民倒在沙发上。

敲门声。

罗裕民微微抬头，朝着大门看了看，他知道敲门的是什么人，他的家里，一个领导干部的家里马上就要出现的情景，令他感到一阵阵眩晕，想起来去开门，又无力地跌倒在沙发上。

敲门声继续。

姬玫苑要去开门。

“妈！”姬书奇抢上前去，把门打开。

两个警察走了进来，拿出逮捕证。“你是姬书奇吗？”

姬书奇大惊失色！

警察宣布：“姬书奇，你被逮捕了。”

姬玫苑失魂落魄，本能地想叫老罗，马上又把视线挪开，手足无措地嚷嚷：“你，你们，怎么能这样？怎么能这样？”

警察随即又向姬玫苑出示逮捕证：“你是姬玫苑吗？你被逮捕了。”

警察迅速给姬书奇、姬玫苑戴上手铐：“走！”

姬书奇正要迈出大门，突然回过身来大声喊叫：“爸！爸！你不管我了？爸……”

警察把姬书奇、姬玫苑押走了。

“砰”的一声，大门关上了。这一声像是雷击，也像是拍击岩崖的惊涛，全都撞击在罗裕民的心上。他想站起来，但几次都站不起来。他感到身上有些冷，又想到抽烟，已经戒烟多年了，到哪里去拿烟？天渐渐地暗下来了，他想开灯，头顶上就悬挂着巨大的水晶灯，只要一打开，整个客厅便光辉灿烂，还可以调色，有紫罗兰的、橘红的和奶白的。怎么那些闪光的玻璃球上都积满了灰尘？这是今天第一次发现！突然，心头一阵紧悚，刚才还是喧闹着的一家，怎么现在孤零零的只剩下他一个人了？他是一个人吗？他感到身边还有一个人，那人刚才慷慨激昂，义愤填膺，怒斥妻儿。他却在反省、思考：一个风雨交加的日子，春寒料峭，姬玫苑挺着大肚子，走十多里山路，提着一罐子菜，到关押他的“牛棚”来看望他。身怀六甲的她，人形憔悴，硬是从嘴里省下每月的四两肉，给他捎来一罐梅干菜肉，那肉的香味，从此以后再也没有尝到过。管教人员不许她留宿，也不准送她，只能眼睁睁地看着她，在崎岖的山道上，让风雨送她走。风，掀飞她手里的雨伞；雨，打湿她的裤腿，他真担心，她能走回家吗？

又想起当年住在筒子楼里，几户人家共用一个厨房，“罗家嫂子”，以后是“奇奇妈”，从不与人口角，助人为乐，年年评上“五好家庭”。

儿子小奇奇，尽管体弱多病，但从幼儿园到小学，哪一年不是“三好学生”？

富有爱心、热情待人的苑苑到哪里去了？可爱的小奇奇你在哪里呀？这其中有我罗裕民的责任啊！我默许过吗？我迁就过吗？说别人容易，表态容易，怎么事情到自己头上会这么难？

天暗下来了，窗外小院子里的雪松，枝叶上的积雪还没有融化，晚风吹紧了，成团的雪块落地，不时发出啪啪的响声，好像人在叹息！罗裕民来到窗前，打开了窗户，寒风立刻扑面而来，把他的头发吹乱了，梳理整齐的时候不明显，头发一乱，两鬓的白发特别明显，瘦长的身影也显得更单薄。尽管风吹在脸上像刀割一样疼，但他还是不想关窗。许久……罗裕民回过身来，发现客厅变大了，显得很空旷，从来都没有这么宽敞！而自己却变得矮小了。他想打开那盏大吊灯，伸向开关的手不知怎么又缩了回来。他走进了书房，打开台灯，取出文稿纸，给市委写报告。

5

昨天晚上又下了一场雪，太阳躲在云里，像害羞的姑娘不肯露脸。往日的喧闹不见了，道路上行人的脚印也稀疏得像池塘水面上漂浮着的几片树叶。偶尔有黄莺在林间穿过，发出几声惊叫。

罗裕民今天早早地来到学校。郝大爷认识他，上前招呼。罗裕民摇下车窗，给郝大爷问好，然后手指指里面，车走了。车在校园里七拐八拐的，找不到仇善的“灵堂”，又无处可问。正好，迎面遇上了章云星，经他指路，终于找到了。章云星不认识罗裕民，把他带到以后就自己走开了。罗裕民在驾驶员的帮助下，从车里取出一只大花圈，两人神情肃然地抬着花圈，走进“灵堂”。“灵堂”布置得庄严肃穆，白底黑字的大横幅上写着：“沉痛悼念含冤而死的仇善同学”。披着黑纱的仇善遗像，挂在正中墙上，看上去笑容可掬，还带有点稚气。原来张贴在食堂大门口，龚示力手书的挽联已移入室内，贴在最醒目的大横幅下。其后还有许多愤怒声讨、哭知音、哭挚友的敬挽，贴满了所有墙面。罗裕民看着这些含着泪水、义愤填膺的文字，似乎看见了当时愤怒的人群像急流在奔涌，像烽火在燃烧。尽管这里只有仇善的一双眼睛在看着他，但他感到墙上、四周有无数双眼睛在注视着他。罗裕民站在仇善的遗像前，静默良久。

“老领导！老领导！”傅校长匆匆赶来，他一直这样称呼罗裕民。

“嘎，傅校长！”

“来了怎么不打个招呼？”

“这样好，可以自由行动。”

“傅校长，走进这个灵堂留给你印象最深的是什么？”罗裕民问。

傅校长一时把握不准罗裕民怎么突然地问这么个问题，是何用意？

就在这时，灵堂外来了一个人。谁？龚示力。他来干什么？

6

犁头准备回家了，姚副乡长也因出来多日，乡里有许多事等着他办，两人打算乘晚上的火车走。

“四个娃”终于完成了一桩大事，了却心愿，也急着准备回家过年。

葛根把仇善的东西整理好，骨灰盒捆扎在棉被里。忽然想起灵堂里供着仇善的大照片，能不能取下来让他带走？龚示力说完全可以，随即停下手上的事，直奔灵堂。在寒风中走路很累，龚示力的左手还吊着绷带，走起来更不方便，额头上已沁出汗水。当他走近灵堂时，听到里面有人讲话。是什么人进灵堂来了？再看路边停着两辆车，一定是什么领导人物在里面，于是放慢了脚步。

“看着仇善的遗像，最让我感动的是——马甲。”罗裕民看着傅校长，很快又把目光移向仇善，“多么好的一个孩子啊！据说，自动系仅有两个全优生，他是其中之一。天寒地冻的日子里，他想到身在穷山沟里的父亲，缺少御寒的衣物，去捡同学们丢弃的垃圾，要给他爹买一件马甲。你是搞教育的。我是管教育的。我不知道你怎么想？这不仅仅是孝心，而且展现了一个年轻学子的美德。而我们呢？对他们关心得太少了！”

龚示力好不惊讶！这是个什么人？说得太好了！他想听他们再说下去。

傅校长正面接触了老领导的目光，感觉到犀利而有穿透力，加上这一大段有分量的话，刚才还感到冷，现在好像额头上涔汗了，这显然是在指责、批评他呀！没有尽到责任；不该发生这样的事故。还能再迟疑吗？赶快接过老领导的话，说：“老领导说得对，我们应该以此作为典型，深入开展思想道德教育。”

罗裕民走出灵堂，见匆匆而来的一个学生左手吊着绷带，与傅校长碰了个正着。

“傅校长！您好！”

傅校长一见龚示力便警觉起来：这是个会带头闹事的学生，不可小觑。问道：“来这里，有事吗？”

“仇善父亲要走了，他想带走仇善的那张遗像。”龚示力说。

罗裕民已走出了几步，一听说仇善的父亲要走了，立刻回过身来问：“仇善他父亲什么时候走？”

“今天晚上。”

“他现在在哪里？”

“在我们寝室里。”

“你是不是叫龚……”

“我叫龚示力。”

罗裕民与龚示力紧紧握手。“认识你很高兴。走，带我去看看仇善他父亲。”

“老领导，我陪你去。”傅校长步下台阶。

罗裕民摇摇手。“不用了，你忙你的。”指着身边的龚示力，“有他就行了。”

龚示力随同罗裕民上了车，车后立刻冒出一阵烟雾，傅校长看着罗裕民的车子渐渐远去，那阵烟雾飘落到雪地上，很快就消失得无影无踪。柏树上不断有积雪扑簌、扑簌地掉落下来，好像没有落到地面，全都堆积在他的心头，全身都凉透了！他一遍一遍地梳理罗裕民刚才的讲话，好像都是针对他的。曾校长全力于国家的重点科研项目，学校其实是他在主管。教育理念落后；不重视思想品德教育；不关心家境困难的学生，显然是“1·21”事故的内在因素，责任都在他呀！

很快到了宿舍楼下。

皇甫浩、金耀准备乘下午的车回家。瞿秉宜整理行李最慢，每一件东西都要摆放妥帖，他与龚示力准备明天早起走。犁头尽管陷于悲痛之中，但冤情终于得到伸张，总共获赔三十五万元，他一辈子都没见到过这么多的钱！但是拿着钱他又哭了：“这是我善善的命啊！我再也没有娃了！”好在身边有“四个娃”热情周到地照顾，不断地劝慰、开导，心情有所好转。几天下来，和“四个娃”也混熟了，他们学着他的四川话与他交谈，原来的陌生、拘谨也渐渐地消退了。

姚副乡长对傅校长很不满意，但对罗裕民大加赞赏。

正说着，龚示力带着罗裕民出现在寝室门口。“我来给大家介绍，这位是姬书奇的爸爸。”接着，龚示力把罗裕民介绍给犁头、姚副乡长和各位同学。

罗裕民立马站在犁头跟前，说：“好兄弟，我向你赔罪来了！”说罢深深地鞠躬。

犁头不知道该怎么回礼，罗裕民赶紧向前，在他身旁坐下。“好兄弟啊，你生了一个好儿子！”拿过仇善的遗像看，“好孩子！好孩子！”把遗像交还给犁头时发现他身上穿着一件黑色的马甲，立刻肃然起敬，“就是这件马甲？”

大家都点头。

罗裕民久久地看着这件马甲，千言万语不知从何说起，最后把目光落到姚副乡长的身上，“姚副乡长，仇善家是个特殊困难的家庭，请多加关照。”

姚副乡长举起双手摇摆，“你这个话……”

罗裕民问："哪里说得不对？"

"照顾他，是我的责任，我是吃这个饭的。你一拜托，说明我事儿没得做好，那就要下岗了！"

"噢！"罗裕民也学着四川话，"对头，对头，你真是个爽快人。"

罗裕民告别了犁头、姚副乡长和同学们，独自走在长长的走廊上，所有的寝室门都关闭着，静悄悄的；思绪把他带到了另一个环境，那里的门也关闭着，禁不住心里泛起一阵阵酸楚，久久地默念："我怎么就没注意自己身后的箩筐？？"这是古罗马先哲——菲德鲁斯说的话：上帝让我们挑着两个箩筐来到人间，前面箩筐里装的是别人的过失；后面箩筐里装的是自己的过失。因此，我们都能够很清楚地看见别人的过失，而无法看清楚那挑在身后属于自己的过失。

CHAPTER 10

第十章

双凰争凤

1

龚示力回到家已经是农历廿九了。小娜知道羊羊今天要回来，一整天耳朵里都是汽车的隆隆声。现在村头建起了汽车停靠站，就在酒老鬼的家门口。为了准备过年，她忙里忙外的，青龙溪埠头上也不知道去了多少趟，一出了小巷口，就朝着汽车停靠站看。到了午后，老龚头也拄着拐棍，出小巷口张望，远远地看见羊羊手里提着一只旅行袋，快步走来。

这是羊羊吗？他的手怎么了？脖子上还挂起一根带子？老龚头疑惑不解。

羊羊开始奔跑，边跑边喊："爹！爹！"一会儿就跑到老龚头跟前。"爹！你好吗？"

老龚头满脸堆笑地看着久别的儿子。"你，你这手怎么了？"说着要看龚示力裹着纱布的手。

羊羊拦住他爹，说："没事的，已经好了。"为了显示那只受伤的手没问题，他扶着老龚头往家里走。

"是怎么弄的？"

"回家对您说。爹！妈好吗？"

"好！她来看你十趟都有了。"父子二人走进了小巷。

小娜心里想着羊羊，又不放心他爹，收拾好手上的事，又匆匆走出家门，迎面便遇上他父子俩。"噢哟！我等啊！看啊！十几次了，还不如你爹一次。"从头到脚地看着羊羊，"好！好！总算到家了。"

"妈，您好！"羊羊有意紧挨着他爹，不让小娜看见他那只受伤的手。

小娜忽然发现羊羊脖子上挂着根白带子，大惊！当地风俗，这是给死去的长辈戴孝！“你这是怎么了？！”伸手去提那根白带子。

羊羊眼看无法回避，只好直说：“受了点轻伤，已经好了。”

小娜捧住羊羊受伤的手，心痛地问：“怎么会受伤的呀？”

“回家去说吧。”老龚头说。

羊羊走进了阔别半年的家，放眼看去，浓郁的年味：里里外外都打扫得干干净净；门上张贴了春联；堂屋的正中，挂上了巨幅“开国大典”复制彩画。还有他意想不到的丰腴：八仙桌上红漆盘里放着已经冒（煮过，但未煮透）过的猪头、鸡和青鱼，作为三牲，用于年三十祭奠祖宗；楼阁板下的房檩上挂着许多条腊肉，这是杀年猪过年的人家才能有的，父亲长年生病，这种景象已多年不见了！尽管知道它的来历，但今日一见，还是觉得意外。再说时常挂念着的爹妈，看上去要比想象中的好，因而心情更觉舒畅。一家人围坐在起居间的火炉旁，细说这半年来的往事。

思念羊羊的人还有呢！诗梅从第一次接到羊羊的来信，说是几月几号放假，什么时候可以到家，就一直焦急地等待着，以后时间一改再改，一次次让她失望，像看水面上的雪花，一片片飞来，到了水里都不见了！

今天终于等到了。吃过午饭，阳光正好，她把自己心爱的几盆茶花、君子兰、米兰、月季和石榴，从房檐下移到院子里的一块水泥板上。这块水泥板是造房时多下来的，紧靠着院门，日常有什么重物搬运，可以先在上面搁一搁。诗梅今天可不是为了搬运什么重物，她要借这个有利位置，一边侍弄她的那些花盆，一边可以看清下车的来客。这个设想是何等巧妙！爱是伟大的，为了爱，寻找途径、排除阻碍、克服困难也是充满智慧的。她终于看见羊羊了！见他手提一只旅行袋，走过她家门时，略停片刻，人好像胖了一点，一副黑边眼镜，看上去更帅气。她真想跑过去喊他，但出于少女的矜持，始终没有挪动脚步。让她心里感觉不安的是——他的左手绑着绷带，怎么受伤了？！

酒老鬼现在是青桐镇的养猪大户，颇具实力，他的计划要达到上千头规模。日子好过了，唯一担心的是女儿。据她的老师说，成绩属于中档，高考录取有一定难度。如能考上大学，与羊羊同样都是大学生，平起平坐。考不上呢？那就矮了一大截，这桩婚事就难说了！夫妻俩经过一番商量，决定麻糍趁热吃，等羊羊放假回来，把事情给定下来。他找了个机会与老龚头、小娜亮明态度。俩人都说诗梅是个好姑娘，但事情一定要等羊羊放假回来才能定。酒老鬼两夫妻日盼夜盼地等羊羊。归期竟一改再改，酒老鬼急了！担心是不是情况有变了？又不好意思说出口，几次走到羊羊家门口，又打转身回家。心里火烧火燎的，连酒也不想喝了。直到前天，知道羊羊今天到家，心上的一块石头才放了下来。

酒老鬼堂客惊闻羊羊已经到家，赶忙把喜讯告诉酒老鬼，又三步并作两步地跑到楼上告诉诗梅。诗梅当作不知道，轻轻地“嗯”了一声。囡囡知道羊羊喜欢吃粽子，今年特意多裹了几斤米，吃过晚饭，一篮子火腿栗子粽、骨头粽和豆沙甜粽，上面还盖上一张红纸，纸上压着柏枝，交给诗梅，要她送到羊羊家去。

诗梅的心早已飞到羊羊家，自从见到羊羊的那一眼，人就像嵌在丝网上的一粒米，进不去，下不来，空悬着！现在妈妈交给她一个美差，心里当然乐意。但她没有拔脚就走，手里提着篮子，头垂到胸前，轻轻地摇晃着。

“怕什么？去。”囡囡轻轻地推了推诗梅。

诗梅手里篮子的摆动幅度加大了。

酒老鬼笑嘻嘻来到诗梅跟前，说：“要不爸陪你去？”

诗梅一跺脚，“去就去。”

酒老鬼拉了把囡囡，两人来到堂屋门口，看着诗梅走出院门，两人意会地笑了。

2

因为天冷，外面风大，晚饭以后羊羊哪里也没去，陪着爹妈，在起居间围着火炉聊天。

“好，你做得对。男子汉就是要仗义！”老龚头听完羊羊的叙述，很赞赏。

小娜听得不敢喘大气，脸都变青了。“羊羊，这种事情以后千万不要去管。人家是大官，有权有势，我们是穷百姓，有苦有泪只好往肚里吞。”说着拉过羊羊的手，让他脸朝着她，“不要说滨海的大官，我们这里的村长也威风十足的，前些日子他女儿出嫁，大家都争着送红包，一百块都拿不出手。”

“我们拿了吗？”羊羊急着问。

“我们哪里有钱？”小娜把眼皮往下挂，慢慢吞吞地说。

“有钱也不拿。干部是这样当的吗？”羊羊很生气。

“我们不说这事了。”小娜满脸喜气地拍了拍老龚头，向他眨眨眼。

老龚头原本是靠在他的那张躺椅上的。“吱嘎”一声响，坐了起来，朝羊羊笑了笑，看着小娜，说：“你讲吧！”

小娜也笑了，“羊羊，你在大学里有没有交上女朋友？”

羊羊立刻满脸绯红，“妈！你怎么问这个？读书都来不及，哪有心思交女朋友。”

“哎，诗梅这姑娘好不好？”

羊羊忍不住笑了，“怎么了？”一双好奇的眼睛，先看妈，再看爹。

小娜撩开挂到额头上的头发，郑重其事地说：“酒老鬼两夫妻很喜欢你，这你是知道的。诗梅这姑娘从小看她大，我在她家帮忙这几个月，她的心思我清清楚楚，她真的时时都把你放在心上。如果你也喜欢她，这次你回来，就把这事情给定下来。”

羊羊吃惊了：“怎么定？结婚啊？我还在读书，我们家这么困难，这……”

老龚头摆摆手，“不是结婚，照我们这里的风俗，叫定亲。我们男家托人到女家提亲，送上两套新衣裳、一件首饰，这是必不可少的。女方收下了，事情就成了。结婚可以等到以后。照我说，这门亲事我赞成，不说酒老鬼救过你的命，他是个本分人，囡囡做人也好，诗梅这个姑娘，有模有样，心地善良，会疼人，不说百里挑一、千里挑一，在青桐是这个，”竖起大拇指，“傻儿子，不要错过机会。”

羊羊感到太突然了，“要做衣服，还要首饰，我们哪有这个条件？”

“这些不要你管。”小娜说。

羊羊毫无思想准备，像打井人找泉眼，突然脚下冒出泉水来！

“你娘都有准备了，就等你一句话。”老龚头看着羊羊说。

羊羊笑了，笑得满脸绯红。

“给你看样东西。”小娜快步上楼，拿来一个小包，解开层层包裹的布片，拿出一只黛绿色的镯子。

羊羊小心翼翼地接过镯子，只觉得沉甸甸的，对着灯光看，里面如云如雾，有丘壑、原野，好像进入莫名的离奇幻境。“我们家有这样的宝物？”

老龚头慢悠悠地说：“我们龚家的祖宗是宋朝时从北方迁到杭州的，祖上有人当过大官。这只镯子是你奶奶留给你娘的，说是祖上传下来的，到底是哪一朝哪一代，也说不上来。你娘拿这东西到县里去请人看过，说是真玉，非常值钱。我们想拿这件东西——也算是个传家宝吧，作为首饰。两套衣服，你娘已有了准备。”

“羊妈妈！”门外传来诗梅的叫声。

“唉！”小娜应道。眼睛里放出了熠熠光彩，“诗梅来了！”赶快出去开门。“哟，这么晚了，外头多冷啊！快进来！快进来！”把诗梅让进起居间。

“伯父，您好！”诗梅说话的声音很甜，就这么一句问好，让一屋子的人都甜到了心里。

“你好，你好！”老龚头看着诗梅满脸堆笑。

“来，这里坐。”羊羊赶快拿来一张凳子，放在小娜的座凳旁。

诗梅坐下，看了羊羊一眼，“回来了。”

羊羊应道：“下午到的。”

“羊妈妈！我妈要我拿几个粽子来。妈说她裹得不好，请你别见笑。”诗梅站起来，把篮子递给小娜。

“看你妈说的，我谢都来不及，还敢笑她？”小娜接过篮子，赶快进厨房，拿出粽子，把今天刚做好的印版馃（米粉做的，有咸馅、甜馅两种）装进篮子里，仍旧把那张红纸和柏枝盖在上头，快步来到起居间。“这几个馃带回去，尝个鲜，也请你妈不要见笑。”

诗梅连忙站起来，接过篮子，说：“羊妈妈，您是我妈的师傅，哪有徒弟笑师傅的。谢谢伯父！谢谢羊妈妈！我回去了。”

“送送她。”老龚头朝着羊羊瞪眼睛。

“唉！”羊羊赶快站起来。

“伯父、羊妈妈，再见！”

诗梅提着竹篮，羊羊跟随在后。当年的农村还没有开展“亮灯工程”，家家户户虽然都用上了电，但路灯尚未安装，户外依然漆黑一片，夜行还得靠手电。乡村的道路都是鹅卵石砌的，高低不平。诗梅来时带有手电，这时派上了用场。天空只有几丝云彩，疏疏朗朗的几点星光，格外明亮，看上去似乎比往日垂得更低。是高处不胜寒，还是也歆慕人间春节的到来，意欲分享人间的欢乐？整个青桐镇，家家户户都红灯高挂，远远看去像自天而降的彩虹。突然烟花升空了，此起彼伏，漫天霞光，五彩缤纷，真如李白在《梦游天姥吟留别》中所描述：“云之君兮纷纷而来下”，令人陶醉，让人心驰神往。

羊羊见诗梅一只手提着篮子，一只手照手电，便抢上一步，“我来！”接过她手里的篮子。原先是一前一后地走着，现在两人并排了。

“你的手怎么了？”诗梅眼睛看着路面，轻声问道。

羊羊大体讲述了在学校的这段经历。

“还痛吗？”诗梅站住了，看着羊羊。

“已经好了，回校就可拆掉了。”羊羊放下手里的篮子，从棉衣袋里摸出了那块方巾，“你冷吗？”战战兢兢地把方巾围在诗梅的脖子上。

尽管这方巾是诗梅的，但此时此刻，羊羊给她围在脖子上，那种感觉，怎一个“暖”字了得？然而纵使心潮起伏，说出来的却是别样意思：“我当你已经扔掉了！”说罢继续朝前走。

“怎么会丢掉呢？”

“一个男人放着女人的东西，不怕人笑话？”诗梅走路的速度明显放慢了，就像天际的云彩，在缓慢地漂移。

“我把它放在枕头底下。”

诗梅扑哧一声笑，“那不是天天晚上闻茶叶蛋的味道？”

“哈哈！”羊羊笑道，“茶叶蛋只能耐我饥饿，这……”

“不说了？”诗梅感到羊羊把话咽下去了，急着问。

羊羊觉得难以说出口。急中生智，终于找到了可以借助的话题：“你读过《一千零一夜》吗？”

“看过，阿拉伯的故事。”

“对。故事里的地毯都会飞的，过去觉得很神奇，现在不稀罕了，我也有会飞的地毯。”

诗梅认真地看了羊羊一眼，低头走了两步，突然转过脸来问：“是那方巾像地毯一样飞起来了吗？”

“我时常驾着方巾飞回金鸡岭，飞回龚家弄，飞……”

“还飞向哪里？”诗梅低下头来，轻声细语地问道。

“这……你应该知道。”羊羊也把声音压低了，正好脚下的路变窄了，两人的身体靠得更近。

“我不知道。”诗梅有意要为难羊羊，一定要他说出来。

聪明的羊羊没有正面回答，但很巧妙地说出了答案。“战国时代，楚国文学家宋玉写过著名的《风赋》，楚王问他风是从哪里来的？宋玉答曰：‘起于青萍之末’，风是从水草的尖尖上刮起来的。同样，方巾的神奇魅力从哪里来的？缘自于它的主人。”

听罢羊羊的话，诗梅身上的毛孔像一扇扇窗户，全都打开了，仿佛是春天早晨从树林里飘来的清香，又如青龙溪在晨雾里奏响的乐曲，飞进她的窗户，让她尽情地享受这从未有过的惬意，诗梅陶醉了！

再走得慢，还是在前进，不知不觉已到家门口，两人都站住了。诗梅解下了她的方巾，轻轻地围在羊羊的脖子上，还打上了一个结。说：“回去风大，很冷的。”

“我也这样围着吗？”

诗梅笑了，“再铺到枕头底下。”

“继续领受它的神奇魅力！”

“让你睹物思情。”诗梅说罢立刻从羊羊手里拿过竹篮，转身欲推院门，忽然又回过身来，见羊羊还呆呆地站着，向他伸手说：“再见！”

“再见！”羊羊也伸出了手，两人的手紧紧地握在一起，如磁相吸，如胶相粘，羊羊轻轻一拉，诗梅便倒在羊羊的怀里，两人紧紧地久久地相拥在一起。羊羊解下脖子上的方巾，因为只有一只手好使，便将方巾缠绕在诗梅的脖子上，然后把嘴凑到诗梅的耳边说：“方巾是我俩的信使，从此，两颗心就结在一起了！”

3

囡囡在灶间忙碌，准备明天年夜饭的菜肴。酒老鬼在灶下烧火，给他堂客当助手。囡囡尽管手里忙着，但心思都放在女儿身上：去了老半天了，还没回来？是两人待在一起还是与他们一家人坐着说话？夜已经很深了！心里有点焦急起来。

“老鬼，你去看看，怎么还不回来？”

“黑夜里，他家总不会让小梅一个人回来。要是他们俩正走在路上，我闯上去，当电灯泡？”

“十点多了呀！”

灶门里突然蹿出一股烟，熏了酒老鬼的眼睛，他赶忙拿手揉着，“再等一会儿。”

“哗啦”一声，大门推开了。“爸！妈！”诗梅宛若落地的鸟儿，一跳一跳地走进了灶间，“你们还在忙啊！”

这时候诗梅的脸看上去就像炉膛里的旺火，红透了！看得酒老鬼两口子心里喜滋滋的。

诗梅已感觉到爸妈喜形于色的表情，她佯装不知，要到妈在侍弄的锅里弄点吃的。

“看你这双手！”囡囡假作嗔怪地拍了一下诗梅，继而轻轻地问道，“是他送你来的？”

“唔！”诗梅鼓着两个腮帮，享受着口里的美味和心头的喜悦。

锅里浓浓的香味随同蒸汽不断地冒出来，把囡囡披散在脸面的鬓发吹得一闪一闪的，当年她也算得上是个俊俏的姑娘。“小梅！你过来。”

诗梅靠近她娘。囡囡把嘴凑到诗梅的耳边。诗梅先闭着眼睛，一会儿便睁大双眼，接着又不停地眨巴着眼睛，最后竟然说：“妈，爸，我去睡了！”又一跳一跳地走了。

“这个小娘鬼！”囡囡咧开嘴笑。

“她同你说了些啥？”酒老鬼站立起来问，很想分享点喜悦。

"她嘴巴可紧了！"

"不要问，不用问，看看就知道，成了！成了！"酒老鬼重新坐下，忙着给灶门里添柴火。

"看样子是成了。"囡囡走到老鬼跟前，撩起围身布擦手上的油腻，注意地看了一眼通往堂屋的门，轻声说，"看她的那张脸，红得就像门口挂着的红灯笼！"拿手掩住嘴，咯咯咯地笑出声来。

诗梅睡了，但眼睛睁得老大。被羊羊的大手握住的感觉，就像钻进了暖暖的被窝，挡得住任何风寒；也像果园里的梨，套上了袋子，再也不怕虫子叮咬。她也想让身下的床单变成会飞的地毯，载着她，飞到他身边。

羊羊回到家里，爹妈已经睡了。他轻手轻脚地把大门关好，还没有睡意，就到起居间坐下。火炉里已盖上厚厚的一层灰，还压上了两块砖。他拨开灰，炭火还很旺，噼噼啪啪地爆出许多火星来。乡里人都说，这是报喜花，只有喜事来临的人才能遇上。真是来喜事了？诗梅已早早地印在脑子里，这姑娘纯朴、坚贞、善良，值得爱她一辈子。今晚第一次与她握手，所谓的肌肤之亲，感觉她的手非常柔软，但又火烫火烫的，简直要把他的手给融化了。据说古时候男女是融为一体的，是上帝用剑把男女分开，因而男女之间你中有我，我中有你。诗梅身上那特有的芳香，今晚更为浓烈，感觉已传遍他的全身。他兴奋极了，毫无睡意，想现在就告诉双亲，事情就这么定了。遗憾的是，他俩已经睡了。

4

青桐镇的风俗：大年初一不出门，亲戚家也不走动。初二才开始拜年，一直要拜到正月十五。老龚头决定，过了初三请人带礼品到酒老鬼家，把事情说定，了却这桩大事。请谁上门去说亲呢？日常串东家、走西家的媒人是不适合的，一定要德高望重、儿孙满堂的忠厚人出面，村长、支书他请不动，便想到了茅太公，老人家过了年怕到九十了！身体还很硬朗。

初三，老龚头没告诉家里人，拄着拐棍，独自一人去了茅太公家。老人家跟随小儿子住在村后，青龙溪旁的山脚下，独门独户，绿树成荫，溪水从旁流过，景色很好。老龚头走到那里已是气喘吁吁，见老人正在门口晒太阳，他也顾不上喘息，一步一拄地来到老人家跟前。

“茅太公，给您拜年来了！”

老人家睁开眼睛东看西看，才看见老龚头站在他面前。“嘆，嘆，是你呀！难得！难得！”

家里人听到有人来了，他孙媳妇立刻拿来果子盘，又搬来凳子，曾孙姑娘泡来茶水，热情地请老龚头坐下品茶。

老龚头担心家里人找，不敢多停留，开门见山地对老人家说明来意。

茅太公哈哈大笑，连声说：“好！好哇！”

老龚头不敢多停留，喝过茶，说了一些问候和感谢老人家的话便想起身告辞，从袋里摸出一个红包，恭恭敬敬地送到茅太公跟前。茅太公推让。老龚头摁住茅太公的手，说：“这是礼数，不能少。一定要请太公收下。”说罢拱手离去。

按乡规，上门说亲一定要两个人，现在有了德高望重的老前辈压阵，另外再找一个搭档就容易了。这个人请谁呢？找老伙伴，木匠鬼，现在木匠鬼也了得喽！专门在外面承包造房子，赚大钱了！

走到木匠鬼家里，闹哄哄的，亲戚朋友一大帮。老龚头把木匠鬼叫到院子里。木匠鬼满腹狐疑，这个老龚头长年生病，从不出门，今天找上门来，有什么要紧事？老龚头见木匠鬼绷紧了脸，赶快说明来意，也硬塞给一个红包。木匠鬼满口答应，连连拱手，表示祝贺。

老龚头终于把两个人都请好。谢绝了木匠鬼进屋里喝茶的邀请，赶快回家。

酒老鬼在老龚头出门不久就来拜年了。当地的风俗，拜年一定要备草纸包（老式的糕点包装），对老年人、小孩，包括上大学的学生都要送红包。酒老鬼一身簇新的西装，只是领带结打得像挂红领巾；新皮鞋擦得锃亮；提着一摞礼品盒，没走进门就高喊：“拜年！拜年！”

小娜同羊羊在楼上。小娜在给诗梅准备新衣的同时，也给羊羊买了一件新外套和一条藏青色的裤子，这时羊羊正在试穿，听到楼下酒老鬼的喊声，两人急忙下楼。小娜满面笑容地迎了上去。“该我们到你家拜年才是啊！说不过去，说不过去。快请坐，请坐！”小娜早已把果子盘放好在堂屋的八仙桌上，以备有客到来。

羊羊泡茶，恭恭敬敬地端上一杯热茶。“新年好，请大叔用茶。”

酒老鬼看着羊羊。羊羊赶快把脸转向别处，连脖颈都红了起来。酒老鬼笑了，笑得心头像绽开的一朵荷花。

今天上门的客人非同一般，小娜进起居间让老龚头出来。进屋一看，没人。奇怪！他一个人去哪里了？“羊羊，你爹呢？”

“不在里面？那他去哪里了？”羊羊急了。

酒老鬼也急得站了起来！“他没告诉你们去哪里？”

“他从来都不会一个人出去的呀！”小娜急得团团转。

“我出去看看。”羊羊刚走一步，立刻又回过身来对酒老鬼说：“大叔，你请坐。”说着快步出了院门。

酒老鬼见小娜十分焦急，也无心再坐着，说：“我也去找找。就来，就来。”

正当酒老鬼要跨步出门，羊羊在院门口高喊：“回来了！回来了！”

“来了！”酒老鬼笑盈盈地来到堂屋门口，迎着老龚头。

老龚头在羊羊的搀扶下缓缓行来。

“你到哪里去了？大家都急坏了！”酒老鬼站在门上说。

老龚头喘吁吁地说不出话来，只是手指指，要进起居间。

羊羊搀着他爹进了起居间。酒老鬼随后跟进。小娜端来老龚头的那把白色小茶壶。

“他去哪里了？”小娜问羊羊，顺手把茶壶递给老龚头。

羊羊正要开口，老龚头接过话说：“我知道你们要急，唉！”拍打两条腿，“就是迈不开步啊！”

“不好招呼一声，陪着你呀！”小娜既心疼又嗔怪。

老龚头因为赶得急，额头上已冒出汗来。羊羊赶快去绞来热毛巾给老龚头擦汗。

老龚头看着小娜，说：“我料到酒老鬼今天会来。你陪着我出去，那不就怠慢老鬼了？”

“不好叫羊羊陪着？”小娜追问。

老龚头摇摇头。“今天这事，只能我亲自出马。”

酒老鬼有点丈二和尚摸不着头脑，看着老龚头发愣。小娜也一时猜不透老龚头在卖什么关子？只有羊羊已解其中意，坐在一旁，红着脸，不吭声。

“酒老鬼，今天我请了茅太公、木匠鬼，明天是黄道吉日，去你们家求你的千金，你看好吗？”

噢！原来是这个！酒老鬼大喜过望，“好！好！好！再好不过！”

“要不，你今天来了，我怎么向你交代？昨天晚上就拿定了主意，一定要在你来之前把人请好。”

酒老鬼乐不可支，好像吃月饼咬到了豆沙，从嘴里一直甜到了心里。自己正为这件事为难，两家已经说好等羊羊回来定，现在人回来了，又是正月头上，人都闲着，菜肴现成的，是说亲最好的时日。今天来，是想看看这边到底有没有动静。作为女家，总不能先开这个口，那太没面子了！还会留下隐患，给人一句嘴边话——上门货。想不到老龚头尽管一身病，做起事情来还是有板有眼，是个有骨子的人。好，进这样的人家，也是诗梅的福气。“好哇！那明天我就在院门外等着了！”酒老鬼笑得嘴角挂到耳根上。

“从此以后我们就是两亲家了！”老龚头朝酒老鬼伸出手来。

酒老鬼紧紧握住老龚头的手。“两亲家，两亲家呀！”

5

正月初四，黄道吉日。木匠鬼推掉几家的宴请，吃过早饭，换上一身新衣，到老龚头家来接受任务。茅太公也不含糊，早上起来还特意梳理一番，也是一身新衣，里面是藏青色人造哔叽的毛泽东服，外罩一件新的军大衣，是孙子退伍回来送给他的。他家到老龚头家有好一段路，刚退伍回来的孙子搀着他，跟随在后的有一大帮男男女女，还有小孩，都是来看热闹的。

老龚头、小娜出门迎接茅太公，把他祖孙二人让进堂屋。木匠鬼也上前对茅太公示敬。围观的人把堂屋挤得满满的。

茅太公兴致很高，坐下来就说要见一见“国子监”来的“太学生”。

龚示力赶快上前给茅太公行礼：“学生拜见茅太公，恭祝太公福如东海，寿比南山。”

茅太公捋着长须，哈哈大笑，“老夫谢你吉言了！羊羊，我送你上大学，如今又给你说亲，我还盼着见你为龚家添丁，光耀门楣呢！”

众人一阵哄笑。

老龚头朝着茅太公拱手道：“我们托你老人家的福了！”

茅太公摇摇手，“这是他自己的福。不过……羊羊，学成以后，当有所为，不能忘了养育你的这一方水土噢！”

羊羊紧接着回答：“学生一定牢记太公的教诲。”

“好！木匠鬼，说事要紧，那我们走啊！”茅太公从座位上站了起来。

木匠鬼嘴里嗑着瓜子，手里也拿着几颗瓜子，提起手来晃了晃，说：“走！”

呼啦啦！围观的人群已开道在前。小娜早已站在门口，拿着一扁箩的瓜子、花生，见人就分。

一个毛后生（十七八岁小伙的通称），挑着一担豆腐篮（长柄，筐圆而浅，用于给做好的豆腐沥水），走在木匠鬼、茅太公的前面。一只篮里放着礼物，上面盖着红纸，压着柏枝；另一只篮里是馒头，每一只馒头上都盖上红双喜印。一支浩浩荡荡的队伍：大人小孩，男男女女，穿红着绿，直奔酒老鬼家，快到门口时，木匠鬼点响了爆竹，他有放爆竹的特殊本领，两个爆竹拿在手里一起点，爆响的声音是紧连的，与众不同。

酒老鬼两夫妻一听到爆竹响，立刻双双来到院门外，一见毛后生、木匠鬼、茅太公，便恭恭敬敬地把他们请进堂屋，酒老鬼家房子大，容得下众多围观的人群。诗梅已早早地躲到楼上，但楼下的一举一动，她都声声入耳，事事关心。

酒老鬼见来了那么多邻里，高兴极了！忙着给大家分烟。

囡囡捧出个大扁箩，给众人送上果子。

茅太公连连喊：“水生，水生……”

酒老鬼实在是因为心里高兴，加上“水生”这个大名从来都没人叫唤，自己也陌生了，一时没反应过来。还是他堂客灵光，捅了捅他后背，“太公叫你呢！”

酒老鬼立刻返身，心怀愧疚地摸着头皮，“太公啊，现在叫我大名的人都没有了！”

引得大家一阵哄笑。

茅太公坐首席。木匠鬼坐上首。酒老鬼坐下首。茅太公身体前倾，向着酒老鬼：“我们两个人今天不是来做说客的，是来向你道喜的！”

“是是是！”酒老鬼连连点头。

“羊羊这小鬼好啊！人品好，学问好，待人有礼貌。我老了，但会看人，没有走眼过。”

木匠鬼接着说：“酒老鬼，你好福气噢！”

茅太公捋着长须，“刚才我交代他了，日后事业有成了，不要忘记养育他的这一方水土！”

“太公说得是。羊羊这孩子，我从小就喜欢。那还是他上小学的时候吧，他在青龙溪里戏水，出事了！我跳进乌牛潭里把他救起来！”酒老鬼喜形于色地说。

茅太公惊喜！“嘍！你们是有缘在先啊！难怪！难怪！那这桩姻缘，今天我们三对六面就这么说定了？”

酒老鬼笑得要摸一把嘴才说得出话来，“定了！定了！”

“那请你收下礼品。”茅太公指着毛后生担来的礼担。边上看热闹的人马上把礼担抬到桌子上。茅太公又从他新棉衣贴胸的口袋里摸出用红纸包裹起来的一件“宝贝”！“水生，这可是龚家的传家宝，货真价实的玉佩！”

围观的人无不啧啧称奇。

“还有一件宝。酒老鬼，今天你可得了两件宝啊！”

茅太公一时反应不过来，“哪里还有什么……”

“还有个大活宝！”木匠鬼抢上来说。

6

诗梅仔细倾听楼下的谈话。眼前接连出现这样的画面：她来到一个陌生的地方，这里既是城市也是乡村，有高楼大厦、宽阔的马路；也可见湖光山色、风景秀丽的田园。她有自己的房子，阳台上可以看见高耸、茂密的杉树林围着的湖泊，也可以看见如诗如画的青龙溪。夕阳西下，满天彩霞，她手里抱着孩子，依偎在羊羊的身边……

忽然楼下骚动起来，发生什么事了？

刘怀玉自北向南，到了浙江杭州，因记挂着龚示力，就独自来到了青桐镇，此刻就在酒老鬼门外的汽车停靠站。她不知道龚示力的家在哪里？就拨打龚示力告诉她的电话，但怎么也打不通。那是照相馆的电话，当时青桐镇也只有王老板一家有程控电话。王老板是城里人，往年都让家眷来乡下过年。今年改了，他去城里过年了，怎么打得通？刘怀玉一次次地拨，嘿！通了！接电话的是囡囡，怎么会打到酒老鬼家？酒老鬼的养猪场办大了，为了对外联系方便，也安了一部程控电话，号码与照相馆的颠倒了两个数字。焦急中的刘怀玉乱中出错，歪打正着。

“喂，你是哪里？”囡囡问。

“我是龚示力的同学。请你告诉我，他家在哪里？好吗？”刘怀玉已显得很焦急。

“请你等一下。”囡囡放下电话，来到堂屋，对酒老鬼招手，告诉他这个奇怪的电话。酒老鬼进了起居间，拿起电话问：“喂，请问你要找谁？”

“你好！新年好！我是龚示力的同学，来玩的。我要找他。”

“你在哪里？”

“我在青桐镇，这里……叫什么？嘍！汽车停靠站。”

“好。你在那里等着。”

“谢谢！”

酒老鬼放下电话，让囡囡到院门口去把羊羊的同学带来；他回堂屋，继续与毛太公、木匠鬼说话：“羊羊的一个同学打来电话，听他说话……”不停地摸头皮，“好像，好像是个老外！”

“人在哪里？”木匠鬼好奇地问。

酒老鬼朝着外头努努嘴，“就在外面。我让堂客去接了。”

在场的人听说来了个外国人，都备感新奇，一帮小孩急着往外跑。

囡囡心里还在急着中午的这一顿酒饭，急急忙忙地来到院门外。猛抬头，见一个金发碧眼、个儿差不多有他酒老鬼那么高的外国女人站在门口，不由连退了两步。

刘怀玉见院门打开了，出来一位太太，怯生生地看着她，立刻主动迎上。“你好！我就是龚示力的同学，我姓刘，叫刘怀玉。”

囡囡还是有些生分地看着这个陌生的外国女人。“你跟我来。”

一帮孩子前呼后拥地跟着进了堂屋。

刘怀玉一进堂屋门，大家都齐刷刷地用惊异的目光看着她。酒老鬼请刘怀玉入座。囡囡给她上茶。

刘怀玉四下里张望，问：“这里是龚示力的家？你是他妈妈？”

木匠鬼在外头跑得多了，见过些世面，笑着告诉刘怀玉：“不，这里是龚示力未婚妻的家。”

刘怀玉的脸立刻变青了！“她有未婚妻了？！”

木匠鬼点头，“是的。今天定的亲。我与这位太公是定亲的证人。”

茅太公看了刘怀玉一眼，付之一笑。

酒老鬼想找个人去告诉羊羊。一眼看见那个毛后生，悄悄地对他说了几句。毛后生拔腿就走。

诗梅怎么也想不到突然闯进个外国人，又是女的。凭女人的直觉，心跳立刻加快起来。不能再待在楼上，得下去看看。

诗梅走在楼梯上，眼光已锁定在刘怀玉的身上。

刘怀玉看见一个美貌的姑娘，正款步向她走来，赶紧迎了上去。

“你好！我叫 Joan Dixon，美国人，中文名刘怀玉。见到你很高兴！”

“我也一样，见到你很高兴。请坐。”诗梅陪同刘怀玉一起入座。

大家都没有见到过美国人，只是从电视上看见过高鼻子、蓝眼睛的老外，现在活生生的美国人就坐在面前，眼里都射出异样的目光。围观的人越来越多，这成了青桐镇的特大新闻，偌大的堂屋里三层外三层，挤得满满的。

“你是龚示力的同学？”酒老鬼问。

“是的。他，他也是我的老师，教我古汉语。”

“古汉语？”酒老鬼朝茅太公问。

茅太公微微颔首，说：“就是古文。”

“你们是一个系的吗？”诗梅看着刘怀玉，但眼神非同一般，似乎要从刘怀玉的身上捕捉什么。

“不，我是学中文的。龚示力对我帮助很大，我很感谢他。”刘怀玉从诗梅那具有穿透力的眼光里，已感觉到什么。她断定，坐在身旁的美女就是龚示力的未婚妻。她赶忙问：“你好，请问，龚示力的家在哪里？”

“你等着，他马上就来了。”酒老鬼说。

“噢……”刘怀玉面带忧虑地重新坐下。

7

羊羊躲在楼上，找出高中的书籍，准备利用仅有的几天时间，帮助诗梅复习功课。突然小娜在楼下叫，让他快下来。羊羊以为发生什么事了？快步下楼。刚才那个为他送担的毛后生喘吁吁地对他说：“一个老外，女的，找你。在，在，酒老鬼家。”

龚示力突然感觉天塌了下来了，眼前一片漆黑，双耳嗡嗡作响。“一个老外，女的，在酒老鬼家。”毛后生的话如同雷霆，连续在脑子里炸响！怎么办？已别无选择，只有赶快去把她带来。“妈！我的一个同学来了，在诗梅家，我去带她来。”

“回来吃饭。”小娜交代。

“唉，好。”说罢与毛后生急着就走。

羊羊刚才还在咬着甘蔗看书，突然甘蔗变成了黄连，一直苦到了心里。到了诗梅家门口，毛后生一把推开了院门。

刘怀玉焦急地站在堂屋门口，心神不定地东张西望。诗梅一直陪伴着她。院门突然打开了，龚示力出现在她的视线里，她如同林中落地啄食的飞鸟，立刻扑向了龚示力。龚示力急忙躲闪。刘怀玉不依不饶，紧紧地抱住龚示力不放，又是亲，又是抱。龚示力叫苦不迭。

诗梅被电视镜头里才见到过的场面惊住了！回过神来发现她身后站着一大堆围观的人。一霎时浑身的血液都往上涌，像水库打开了溢洪闸，就要从嘴里喷出来。她希望地上赶快裂开一条缝，她立刻就往地缝里钻。围观的人群里有人在悄悄说话：“这个老外怎么这样的？像是羊羊的老婆！”诗梅用力一跺脚，钻进身后的人群，摇摇晃晃地上楼去了。

酒老鬼一直与茅太公、木匠鬼在说话，对于美国人刘怀玉的出现，尽管说是羊羊的同学，也是闻过便罢，没怎么放在心上。直到羊羊来了，那又亲又抱的场面，这在当时的农村是无法想象的，简直是遇上了“活老虎”。酒老鬼就像一根木桩子，立在堂屋门外不动了。木匠鬼忍不住笑。茅太公像看到什么魔物，赶快闭眼趋避。幸好囡囡在灶间忙着准备午时的酒饭，没有见到会让她惊厥的场面。

羊羊深知今天的祸惹大了！任何解释、表白都无济于事，尤其是诗梅，她真像梅花一样，是从冰雪中长出来的，冰清玉洁，容不得一点污秽。怎么办？还带着刘怀玉回家，那就更落下话柄，等于公开承认与刘怀玉不同寻常的关系，那真是跳进黄河也洗不清了！羊羊硬起头皮，鼓起勇气，走进堂屋，恭恭敬敬地站好，朝着座上的人深深地鞠了一躬。刘怀玉也跟随着走进堂屋，学着龚示力的样子，深深地鞠了一躬。

羊羊以为刘怀玉还站在院子里，想不到竟跟在身后。就用家乡话大声说：“太公、两位叔叔，刚才的情形你们都看见了。请你们息怒，听羊羊禀告实情：我身后的这位小姐是我的同学，我教过她中文，完全出于同学之谊，没有生过半点非分之想。我可以在这里发誓：我羊羊决不是王魁那样的负心汉，更不是陈世美那般贪图富贵、忘恩负义之人。我爱诗梅，永生不忘。”羊羊的这一番话既是对座上的长辈们说的，也是对楼上正伤心欲绝的诗梅说的。说完了又深深地鞠了一躬。刘怀玉不明就里，也跟着鞠了一躬。

茅太公长叹一声！摇着头说：“羊羊，刚才我的老脸真的没地方放了！自信会看人，没走眼过，难道如今老眼昏花，看错人了？好！听你甫道这番话，我信。”转向酒老鬼，“水生，我还要说，我不会看走眼的。”

酒老鬼绷得紧紧的脸，一点血色都没有。听过羊羊的一番话，好像乌云褪去的天空，露出了一抹霞光。现在茅太公又说话了，霞光里钻出了太阳。

木匠鬼说得更绝：“那些外国电影你们总看过吧，他们不管人多人少，大街上也捧起来……”这时他身边正好站着个看热闹的堂客，就搂过来模仿电影里的动作。众人哈哈大笑。那个堂客狠狠地捶打木匠鬼。

“他们笑什么？”刘怀玉根本听不懂当地方言，好奇地问龚示力。

“他们在闹着玩。”龚示力敷衍。

“羊羊，我信你。不过……”酒老鬼指着楼上，“这，你可要……”

“羊羊，你就准备着掉一层皮吧！不过……”木匠鬼看了看羊羊身上的衣服，一本正经地说，“问题不大，衣服穿得多，就少一顶帽子。”

大家又是一阵哄笑。刚才那位受木匠鬼戏弄的堂客趁机开涮木匠鬼：“木匠鬼总是让他老婆脱掉衣服抽小枝棍（竹枝）的。”

众人大笑。

“他们在笑什么？是笑我吗？”刘怀玉觉得很不自在。

“不，不是的。”羊羊嘴里应着刘怀玉，目光依然注视着座上的长辈，“太公、两位叔叔，我想让她早些回去。”

茅太公颔首。“是该如此，越早越好。”

“这种牛皮糖，老早好削了去（丢开）啵！烦人死！”木匠鬼说。

“那，我告退了。”羊羊转身欲走。

“吃了饭再去嘛！”酒老鬼挽留羊羊。

“让他去。”木匠鬼挡开酒老鬼，指着楼上，“你还嫌她气得不够？”

8

龚示力带着刘怀玉回家，他不敢走大道，沿着田野里的小道走。刘怀玉很自然地挽住龚示力的胳膊，依偎着他。身前身后围着好些看热闹的小孩。

龚示力就像傍着刺猬一样难受。他扭动了一下胳膊：“你别挽住我好吗？这里不是滨海，更不是美国。”

刘怀玉感到很委屈，总觉得刚才那些人是在笑她，心里很憋气。“不，我就要这样。”

时当中午，暖洋洋的阳光让人乏力、疲惫，隔着田野的房舍都冒起炊烟，时不时响起爆竹，炊烟与爆竹的硝烟，在风中各行其道，消失在近处的山林里。龚示力几天前与诗梅也从这里走过，当时的那种心绪、激情，全储存在心底。但此时此刻，空气中全是爆竹的硝烟味，变得苦涩了。刘怀玉的突然出现，带来了强烈的冲击波，两个家庭都受到了冲击，首当其冲的当然是诗梅，不知道该怎样去面对她。看了一眼紧紧挽住他不放、生怕被丢下不管的刘怀玉，放下脸来指责她吗？把她赶走吗？那是很不人道的。她是为爱而来的，是异国同窗，她有追求爱的权利。已经得罪了一个诗梅，现在又要得罪另外一个，自己不成了罪魁祸首了！马上就要到家了，心跳得像爬上坡的手扶拖拉机，里里外外都在震颤，脑子里简直是一堆糨糊。

“龚，你的家乡真美：一条小河蜿蜒流淌，小镇依山傍水，看上去很像我的家乡 the happiest little place in California（加利福尼亚的一个快乐的小地方）。来到这里我感觉好像回到了 down home（家乡）！”

“嚄，你找到了这样的感觉？”

“这样的感觉不好吗？”

“好，当然好。家乡是最可爱的，最值得怀念的。”

“这也是你们中国人说的缘分吧！为什么我的家乡和这里那么相像？相隔万里呀！”刘怀玉环顾四周，完全陶醉在似曾相识的田园风光里。突然抓住龚示力的手：“你能教我一句话吗？”

“什么话？”

“你们这里的方言。”刘怀玉看着龚示力，那迷人的蓝色眼睛似乎在说：“我要学一句话，我的全部感情可以用这一句话来表达，你一定要教我。”为了加强语气，她拉着龚示力的双手，不停地晃动起来。

“你要学一句什么话？”龚示力已经感觉到她要学的那句话，该不该教她？

“妻子。”刘怀玉抬头想了想，马上又改口，“不，老婆。”

“你为什么要学这句话？”

“为什么？”刘怀玉的蓝眼睛又对准了龚示力，毛茸茸的长睫毛，上下闭合了两次，“好玩么……很刺激的！”

“你仅仅是为了寻求刺激吗？”

“那还有什么？”刘怀玉慢慢地别过头去。

“好，我教你。跟英语的一个单词很接近。”

“什么单词？”刘怀玉急着问。

“律师（当地方言老婆叫‘搂耶’）。”

“Lawyer？”

“对。”龚示力在发音上略微给以纠正。

“老婆就是律师！”刘怀玉一学便会，显得很兴奋，像探险者发现了奇迹！“难怪，你们中国男人一举一动都由老婆管着。”

“这完全是误解，不，是胡说。”

“好，我们不说这个。我再问你，你们进过教堂了吗？”

“进教堂？”龚示力连连摇头，“这是中国，我们这里从来都不进教堂。今天的仪式就等于你们进了教堂。”

刘怀玉满脸惊讶地看着龚示力，“你们结婚了？！”

“还没有。”

刘怀玉由惊讶而沉着，由沉着而坚定。“龚，英国的萧伯纳说：‘我年轻时所做的事，十居其九是失败的；我不甘心失败，便十倍努力。’我要像萧伯纳说的那样，用十倍的努力来争取成功。”

9

青桐镇地方小，一丁点事情就会传得沸沸扬扬，何况像今天这样当众看“西洋镜”，简直把整个青桐镇都要闹翻了！小娜当时看羊羊的神色就不对，一听说来了个女同学就慌了！现在整个青桐镇家喻户晓：羊羊有个美国女同学，在酒老鬼家的院子里，当着说亲的茅太公、木匠鬼、酒老鬼和众多乡亲邻里，又是抱，又是亲。诗梅已哭得像个泪人。小娜不敢把实情告诉老龚头，担心他会发怒，气得憋晕过去。

到吃午饭的时候了，老龚头不见羊羊。问小娜人去哪里了？小娜说来了个同学，去看那个同学了。老龚头也就不再问了。

过了好一阵子，还不见羊羊回来。小娜急了！对老龚头说，她要出去看看。刚走到了弄堂口，便碰上了羊羊，身边站着个与羊羊一般高，蓝眼睛、高鼻子、黄头发，只有在电视里见过的那种外国姑娘。开始只是惊讶！随后马上想到，这不是人们常说的红头毛、绿眼睛的妖怪吗！？我羊羊被她迷倒了？

羊羊见小娜站着愣神，马上解释：“妈！这是我的同学，美国人，小刘。”

刘怀玉上前握住小娜的手，“您好！”

小娜像害怕沾上什么不吉的东西，赶快把手从一双大手掌里抽出来，说了声：“回家，吃饭。”

小娜快步往前走，突然又回过头来剜了刘怀玉一眼，她想不明白，自己的儿子怎么会同一个外国人好上了？又不同家里说明白，脚踩两条船，怎么对得起诗梅？在青桐镇她龚家还有什么脸面做人？想不到只离开了半年，儿子怎么就变成这样了？晓得是这样，就不该去读什么大学。

小娜像坐在小划船上，感觉天地都在晃动。走进堂屋，她扶住门框，定了定神，才朝起居间喊：“来了，吃饭。”说着便进了灶间。

起居间里的躺椅一阵响动过后，老龚头拄着拐棍，走进堂屋，正好遇上了羊羊和刘怀玉，看了一眼站在羊羊身后的西洋姑娘，他站定了，怎么也想不到羊羊的同学竟是这么一个人！？停顿了一阵才伸手示意：“吃饭。”正是过年的时候，菜肴当然丰盛。老龚头入上座，小娜上首，羊羊与刘怀玉坐在下首。

羊羊从小对父亲怀有敬畏，估计今天的事早已传进他的耳朵，心里越发胆怯了。见大家坐定，才站起身来向老龚头做介绍：“爸，她是我的同学小刘，美国人。”然后给刘怀玉介绍：“这是我的父亲。”

刘怀玉一进门便看出来，这位身材高大、表情严肃的男人，一定是龚示力的父亲。当时就想上前问候，但她犹豫了，只怕过分热情反而显得不够稳重，这是关系成败的关键时刻啊！等到龚示力给她介绍，便立刻站起来，说：“您好！”

“你好！请坐。来，吃菜。”老龚头拿起筷子在满桌子的菜碗上来回指点。

刘怀玉完全按照西方人的习惯，毫不掩饰，爱吃的就吃；加上小娜的厨艺，每样菜都别有风味，她尝遍了每一道菜，赞不绝口。

小娜一直不吭声，也不看刘怀玉，自顾自吃饭，肚子里就像蒸馒头的笼屉，直往上冒气。

饭吃完了。老龚头请刘怀玉到起居间喝茶。小娜在收拾碗盏。羊羊知道妈妈在生他的气，便帮着收拾，悄悄地对小娜说：“妈，你不要生气。你儿子不是那种不懂规矩、不讲道德的人。人家是外国人，她想的、做的和我们不一样。我会让她知道我的情况，她会走的。”

小娜看了一眼起居间，手里拿着一把筷子，指着羊羊的鼻子说：“诗梅那头你怎么办？人家眼睛已哭得像两只桃子了！”

“妈！我会对她说清楚的。”

小娜依然余怒未消，“看你有什么本事！”

“羊羊！”老龚头在起居间里喊。

“唉！来了，来了！”羊羊把手里的菜碗快步端进灶间，又急忙来到起居间。

“你听听，她是怎么说的？”老龚头一脸愠色。

龚示力看着刘怀玉，问：“你说什么了？”

“我想让你爸爸还有你妈妈能理解我，支持我。我深深地爱着你。”刘怀玉渴望得到龚示力爸妈的支持，大胆地对二老说出了自己的想法。

老龚头瞪着眼睛问羊羊：“你没有对她说自己的事情？”

“说了。”羊羊低下头来回答。

“姑娘，他已经定亲了，已经有妻子了。”老龚头怕外国人听不懂，用手势比画着对刘怀玉说。

“我知道了。我……”刘怀玉忍住即将流出来的泪水，“我希望他改变想法，世界上的事物都可以改变的。”

龚示力见刘怀玉情绪激动，改用和缓的语气说：“这是不可以改变的。我们中国人有句话叫‘生米已煮成熟饭’，你知道吗？”

“姑娘，你爱我家龚示力什么？他是一个穷小子。”老龚头指着自己的家当，连连摇手，“我们是穷苦人家，不值得你爱。”

“不，我不认为他是穷小子。他一身正气，敢于担当，是十足的贵族骑士，我心目中的英雄。”刘怀玉激动得站起来说。

小娜丢下手上的事情，站在堂屋里倾听，听得她浑身起鸡皮疙瘩：外国女人怎么这样的？！一点也不知道害羞。

“这里和我的家乡很像！很美！我愿意住在这里，我愿意成为他的lawyer。”刘怀玉说着就靠在龚示力的身上。

小娜大惊失色！怎么一下子连这里的话也学会了？！这一定是羊羊教她的。好学不学，为什么偏偏学这句话？分明是两人商量好的！小娜害怕了，就像青龙溪发大水时，从山里冲来的激流无法阻挡。再看这洋女人，真做得出来，当着他爹的面就靠在羊羊身上！

“姑娘你坐下。”老龚头拍拍座椅。

刘怀玉坐下，宛若听老人讲故事的小孩，抬头向着老龚头。

“你刚才说的‘什么都可以改变’，这话不对。”老龚头摇着头说。

“为什么？”

“我们中国人有句话叫‘一言既出，驷马难追’。说过的话要算数，不能改。今天我们给龚示力定亲，我们两家的父母，加上他们两个共六个人，都答应的。我们镇上近千人也都说好！有多多少少的马都追不回来了！”

“这叫板上钉钉，铁定了！”小娜走进起居间，对着刘怀玉说。

老龚头想起了什么，突然笑了。“姑娘，你很聪明，会说‘lawyer’，你知道，我们这里的‘lawyer’是什么样的？”

“我……”刘怀玉看着龚示力，“不知道。”

老龚头拿起他的拐棍来做比喻：“夫妻就像一条船，丈夫是船的龙骨，lawyer是钉在龙骨上的舱板，船造成以后，夫妻再也不分离，不管什么大风大浪，不管日子过得贫穷还是富足，不管是幸运还是灾难降临，他们永不分离。”

“是这样的……”刘怀玉陷于深思。

龚示力已经从无奈、惊惶中渐渐地沉稳下来，原先担心父亲会迁怒于他，想不到他竟讲出许多道理来，等于给自己抵挡了一阵，留给他思考的时间。他已经从有口难言、心如乱麻中理出头绪来；填满糨糊的脑袋也清晰起来了。要让诗梅与刘怀玉像天地一样远离，互不侵犯。现在他需要的不是选择，而是诚信，让她们都得到诚信，享受诚信。当下最紧要的是让刘怀玉从高度兴奋、热切的情绪里走出来，然后冷静地思考，事实已不允许她存在任何幻想。

“Joan Dixon，谢谢你的真诚，谢谢你的爱意，更要谢谢你对我的赞扬。”龚示力抓了一把果子给刘怀玉，很坦诚地说，“都说行路难，世事更难。中国人还有句话叫‘斗大的红烛难照身后’，也许不久的将来，我不能从事于我所学的专业，我不仅不能成为你想象中的骑士、绅士，很可能回到家乡来当农民，做一辈子苦力。”

“为什么？！”刘怀玉很惊讶。

“我的父亲长年有病，未能得到很好的治疗，身体已经每况愈下。他的每一声咳嗽都牵动着我的心。我的妈妈，一个体弱的女人，已经付出得太多太多了！他俩把属于自己身体最基本的需要省俭下来，供我上学。我觉得自己是个应该受到惩罚的罪人！我已不是当年的小羊羊了，哦，现在我告诉你，这是我的乳名。我已经长大了，我应该有担待，有责任照顾好两位老人，我不能长时间地离开他们！”

“我愿意帮助你，我们一起来照顾两位老人。”刘怀玉学着龚示力刚才所做的，轻轻地在老龚头的胸口上抚摸。

“不，更重要的是我已经订婚了。我们不信仰耶稣、基督，没有接受过洗礼，婚姻不需要进入教堂。但按我们的风俗，订婚与你们西方人在教堂举行婚礼一样严肃隆重。它是爱情关系的确定，承担责任的确定，公共舆论的认定。通常是不可改变的，不可逆转的。”

刘怀玉慢慢地站起来，脸色发青，两滴泪水挂在腮边，像冻结在梧桐叶上的两滴雨水。她走出起居间，来到院子里。

老龚头瞪起双眼盯着羊羊，“去看看！”

龚示力赶快追到院子里，“Joan Dixon，你要去哪里？”

刘怀玉站住了。回过身来已是泪流满面，任凭泪水像雨水哗哗流淌。

龚示力看着刘怀玉这般痛苦，一时于心不忍，握住她的双手，问：“你要去哪里？”

刘怀玉抽泣着，断断续续地说：“我要去看看你的未婚妻。”

龚示力吃惊地看着刘怀玉！“你要去看她？！”

“是的。我想知道她究竟比我强在哪里？我什么方面不如她？”

龚示力简直不敢相信自己的耳朵。万万想不到刘怀玉会提出这样的要求，怎么能让这两个人在一起？

“你不愿意吗？”刘怀玉睁着一双渴望、求助的眼睛，看着龚示力。

“这，这好像，我……”龚示力无法答应。

“如果这一点你也不能满足我，龚，请你换位思考，我无法安宁啊！”

这时龚示力的心里就像抽干了水的池塘底，大大小小的鱼、虾、泥鳅在污泥中活蹦乱跳，各味杂陈。

10

老龚头示意小娜去院子里看动静。小娜悄悄地来到大门边，身体贴在门上，只探出半个头，仅一会儿，便立刻缩回。

“怎么样？”老龚头硬撑着要从躺椅上坐起来，小娜赶快上前相扶。

“那洋女人在哭，哭得很伤心。”小娜边说边在老龚头的后背塞进一个枕头。

“我问你，”老龚头伸手捂住胸口，“这里定了没有？”

小娜在老龚头的身旁坐下，“你定了没有？”

老龚头拍了拍腿，压低着嗓音，说：“羊羊还是原来的羊羊，儿子还是我俩的儿子。”说罢，原先绷紧的脸上，露出了笑容，好像霜冻的早晨，终于看见东山爬上了太阳，有了舒心的暖意。

“我真担心噢！”小娜说着，又开始观察门外的动静。

“你担心什么？”

小娜把嘴凑在老龚头的耳边，悄悄地说。

“胡扯！羊羊会做这种事吗？”

“是啊！现在我放心了。”

“你呀，赶快去烧夜饭，弄点好吃的。”折过身来朝外看，“人家姑娘怪可怜的！”

“唉！”小娜急着去灶间。

“等一下！”

小娜站住了，转过身来看着老龚头。老龚头又朝外看了看，说：“哎，还有桩事，夜里怎么安排她睡？”

小娜想了想，“那……只有叫羊羊跟着你睡，我和她睡羊羊的床。”

老龚头连连摇头，“千万千万不可啊！”

小娜不明白老龚头说的，“怎么的？”

“如果是诗梅来了，可以这样。你想想，现在眉毛已经半根烧焦！快不像人样了！你还嫌不够，还要把黑锅朝羊羊身上扣，就是跳进千岛湖里，羊羊也洗不干净了！”

小娜很快就明白过来，眉毛打成了结：“是啊！大男大女的住在一个屋里，到哪里也说不清楚。”

“让我想想，你先去烧饭。”老龚头抽出身后的枕头，躺了下来，眼睛盯着楼板，像要从那里找出什么门道来。

刘怀玉坚持要见诗梅。羊羊将两人视如冰炭，形同水火。忽然他明白过来，何不就让她俩相见！再说，家里就两张床，晚上怎么睡？不如让她俩睡在一起，她俩要说的，也许正是自己无法说清楚的。木匠鬼说的，要准备脱层皮，恐怕皮脱了，还进不到心里去。俗话说的“解铃还须系铃人”。让她俩在一起，电闪雷鸣，雨过天晴，也许会出现意想不到的效应、奇迹！

“吃晚饭了！”小娜满脸笑容地站在大门上喊。

“好！吃完饭我带你去见她，好吗？”羊羊说。

“真的？”刘怀玉似信非信。

“我骗过你吗？”

刘怀玉认真地看着龚示力，好像要从他的眼神里辨别出真伪。

“走！”龚示力拉起刘怀玉往堂屋里走。刘怀玉的步子缓慢而沉重，看上去活像个不愿意上学的女孩。

晚上的饭菜比中午更丰盛，大家都哄着刘怀玉多吃菜。龚示力对每一道菜的制作、特色都做了详细介绍，以增添她的食欲。但刘怀玉显然已没有中午那样的情绪和胃口，胡乱地吃了一点，就放下了使用起来还不是很灵便的筷子。她从旅行包里取出了一束金黄色的康乃馨，双手献给小娜，愿她永远红颜不衰。接着又拿出一盒精致的巧克力，送给老龚头，祝他身体健康。小娜从来没见过这样鲜艳美丽的鲜花，也从来没有接受过别人的献花，特别是那句愿她“红颜不衰”的祝福，立刻让她脸红了，红得她不好意思地看了老龚头一眼，又偷偷地看了羊羊一眼。老龚头比较坦然，看着盒子上的彩色照片，知道里面是糖果，肯定是自己从来没吃到过的东西，再三表示感谢。

刘怀玉要龚示力陪他到青龙溪边走走。天还没有暗下来，爆竹声此起彼伏，年味还很浓。两个人走出龚家弄，向溪边走去。夜幕低垂，刘怀玉闻到了空气中刺鼻的硝烟味，更添心头的苦涩……

11

酒老鬼正在吃晚饭，这两天他餐餐是酒，过年么！见囡囡只顾自己吃饭不说话，更不见女儿的身影，便放下酒杯，在桌子下面踢了她一脚。

囡囡瞪起眼睛来看他。

酒老鬼手指楼上。

囡囡眼睛朝上翻了翻，快速地拨弄筷子，把碗里的饭粒扒进嘴里，收起自己的碗筷，拿筷子根头在桌子上丟了一下，捧起碗来就往灶间走。

囡囡因为走得快，在酒老鬼身边刮过一阵风，随着这阵风，酒老鬼顺势朝后看了一眼，“哎，这是咋的了？朝我来了？”自我解嘲地夹一筷子菜送进嘴里，闷一口酒后连连摇头。不知是酒力的作用还是心里有点郁闷，不痛快，他支起嗓子朝楼上喊：“小梅，小梅！下来吃饭。”第二声“小梅”喊得特别响。

“我——不——吃！”楼上回答得很干脆。

“傻，我说你傻！跟谁过不去，也不能跟吃饭过不去。”

“你不要再去烦她了！”囡囡从灶间里冲出来，朝酒老鬼喷着唾沫星子，“这事情该怎么了？”

“怎么了？”酒老鬼睖睁着眼睛看囡囡，“什么怎么了？”

囡囡很不耐烦地哼了一声，不屑一顾地把头别向一边去。

“哦！”酒老鬼突然想起，“刚才我已经碰到羊羊了，他说等一会儿就过来。”

楼上大声喊叫：“我永远都不想见到他！”

囡囡朝楼上看了一眼，双手摁着饭桌，身体前倾，轻轻地问酒老鬼：“他说什么了？”

酒老鬼显得很平静，“没说什么，还是同往常一样。没像你们似的，‘陈世美’呀！‘王魁’呀！尽给人家戴帽子。”

“那他为什么要弄个洋婆子来？”囡囡收拾酒老鬼吃罢的碗筷，两碗相叠时，有意加力，发出“咣”的一声响！

酒老鬼知道他堂客是个急性子，没理会她，一边剔牙缝，一边说：“噢，他还说，他家里没地方睡，等会儿要带那个美国人来同小梅搭铺。"

酒老鬼堂客双手端着碗盏已往灶间走去，突然转过身来惊呼："啊！这不是钉头碰铁头吗！你答应了？！"

"答应了。怎么了？"

嘭嘭嘭！院门敲响了。

"来了！"酒老鬼站起来要去开门。

囡囡用身体挡住酒老鬼，向楼上努嘴，"她不答应你怎么办？"

酒老鬼有点上火气了，"什么怎么办？大不了再给她铺张床。"

囡囡满脸惊骇，"你是猪养多了是吗？你想过了没有？要是两人吵起来咋个办？"

酒老鬼生气了，"臭堂客鬼！你敢说我是猪脑髓！？你才是猪头一个！"

楼上又喊了："不要吵了，让那个洋妞来。"

"听见了没有？听见了没有？"酒老鬼逼视着囡囡，转身快步往外走。

诗梅为什么会答应让情敌来与她搭铺？她当然知道羊羊的用心，一者为避免嫌疑，更重要的是向她表白：自己绝无此心，现在把人交到你手上，你尽可以问个明白。呸！没那么便宜，今天已经被你气得伤透了心，就这么算了？早着呢！不过话又说回来，对羊羊的这番苦心，心里还是受用的，明白无误地告诉她，羊没有跑开去吃野草，还是照旧围在她的身边，听从她手里鞭子的指挥。

"来来来，家里坐。"酒老鬼把羊羊、刘怀玉让进堂屋。囡囡从起居间里端出果子盘。冒着热气的茶，雾气蒸腾直上，如同大漠孤烟。

"来，吃瓜子。"酒老鬼招呼羊羊、刘怀玉入座。坐下没多久，囡囡又端上两碗糖氽蛋，这是贵宾待遇。

刘怀玉一看四个鸡蛋，连连摇头，怎么也吃不下。龚示力告诉她，能吃多少就吃多少。其实他自己也吃不下，晚饭吃了没过多久啊！但他知道，今天非同往常，这碗蛋，哪怕是铁蛋也要把它吞下去。

楼上的诗梅正在对着镜子，大哭一场后，眼袋和眼泡都还是肿的，赶快拿冷毛巾捂着，不能让那个洋妞看出自己有任何怯懦和忧伤，更不能在容颜、气度上略输于她。让她焦急无奈的是，冷敷的效果并不好，怎么办？情急之下，想起曾经在年初配过一副近视眼镜，因度数不太够，加上不喜欢在鼻梁上架起两片玻璃，一直没有戴。为了应急，不妨戴上，还不错，不愿让人看见的瑕疵，基本不见了，还增添了几分书卷气。就在这时楼下的谈话即将结束，分明听见羊羊说："她打算明天回滨海了，想早点休息。"眼看那洋妞马上就要上楼来了，即将面临一场挑战、较量！她已经想好，要探一探这个洋妞的深浅，摸一摸她的底，到底有没有亚当夏娃那回事？

楼梯响了，她赶紧打开课本，煞有介事地在温习功课。谁知抓了一本英语课本在手里。不行，这不是饭店门口摆粥摊嘛！赶快拿出高中语文课本来翻看。

羊羊走在前面，刘怀玉紧随其后。诗梅的闺房是朝南的一大间，窗户下摆着一张大书桌，当时流行的那种九屉写字台，油漆成栗壳色。东边靠板墙是她的床，一张简易的架子床，张着一顶浅海蓝色的蚊帐。西边靠山墙，竖着个大衣柜，也是栗壳色的，柜子中间有一面长镜，正好对着她的床。诗梅很爱整洁，房里的地板是杉木板拼成的，擦得一尘不染。杉木有节，因为擦得干净，像有一双双眼睛在监视着进入房间的人——你换上拖鞋没有？如果有人误入她的房间，弄脏了地板，即便是深夜，她也要擦干净以后才睡觉。羊羊知道这些规矩，走到她房门口，不敢轻慢，先轻轻地敲门，没有回应，再敲门，里面有响动了，接着听到门上"啪啪"两声响，"吱呀"一声，门打开了，两双新的棉拖鞋，整齐地放在门边。羊羊想找一双大一点的，没有，没法子，只好穿小鞋。心里暗自好笑，颇有苏小妹三难新郎的味道，看来事情还未到不可挽回的地步。

两人都换上了拖鞋，踏进诗梅的闺房，只觉得一阵阵幽香袭来。刘怀玉在仔细辨别——这是什么香水？这么淡雅。从房间的简洁布置，加上这幽香，明白无误地告诉她，这位房主人，确实与众不同，难怪深得龚示力的青睐。

羊羊讨好地问诗梅："在用功？"

诗梅没有理睬羊羊，好像她的视线里根本没有羊羊这个人，只管自己招待刘怀玉，搬出她收藏的果子盘，请她坐到书桌旁，看似一对好友相聚。

龚示力感到自己没有立足之地，不如早走为妙。见她俩谈得正欢，便上前告辞："两位晚安！"

刘怀玉按西方人的礼节，站起来略略欠身，回敬道："晚安！"

诗梅这才看了羊羊一眼，立刻收回眼光。

刘怀玉坐在书桌旁，意外发现窗台上摆着一盆水仙花，深绿色的，像柳叶儿的叶片挺拔向上，蓬勃展开；数不清的金黄色的花朵，娇羞地隐藏在绿叶丛中，宛若娉婷少女一般展示着她的矜持和高贵。窗外还有一树腊梅，一条长枝延展到窗前，玫瑰红的花朵，结满枝头，晚风吹来，酷如敦煌壁画上的“飞天”，凌空飞舞。水仙花、腊梅花，幽香重合，浑然氤氲而成令人陶醉的芳香。再看坐在窗下的诗梅，一头披肩长发，根根都透着灵性和秀气，那身姿、容颜宛如窗外的腊梅、窗台上的水仙一样。记得在滨海宿舍的窗台上，她也栽过一盆水仙花，不知道是什么原因，久久不见开花，直到她离开之前，也没见到有花儿长出来，这么多天了没人照料，很可能已经枯死了。想起美国诗人惠特曼的名言：“有了肥沃的土壤，适宜的气候，精心的培育，爱的果实才会生长、成熟。”回想起来，土壤有的，气候也是适宜的，唯独缺少精心的培育。她太自以为是了，把他的真诚、关爱、友谊、帮助都当作他在示爱，只知道享受爱而未曾努力追求爱，更不了解中国人在思想感情上的深层修养。

诗梅与刘怀玉说了一些无关紧要的话，看似很轻松。刘怀玉十分注意龚示力与诗梅之间的眉眼交流、一举一动。感到费解的是，诗梅对龚示力很冷淡，是因为她的出现而心生怨恨？抑或中国人的隐忍、涵养功夫？为何待她又这般热情，宛若好朋友相见？看来这姑娘城府很深啊！

“赵小姐，你真能干，把水仙花培育得这么好，我一走进你的闺房，就被扑鼻而来的淡雅清香陶醉了！真想问你用的是什么香水？”刘怀玉说。

“是吗？”诗梅嫣然一笑，脸上立刻笑出两个小酒靥，“我没用过香水。不过我从小就爱侍弄花草，上小学的时候满院子都是我栽的花卉，现在功课紧，少一些了。”

“我也学着栽水仙花，但是没成功。”

“怎么会不成功？”

“它尽长叶子，不见花朵。”

“哦！我的感觉是：栽花就像待人，你深深地爱着它，它也会以同样的爱来回报你。”

这话正触到刘怀玉的伤心处，她得到回报了吗？什么样的回报？

“刘小姐，你觉得栽培花卉，除了馨香萦怀，还能得到什么？”

刘怀玉心里好一阵悚然，料定诗梅已经看出她内心的痛苦，不能再让她占便宜，要反击才是，“你说还能得到什么？”

“这个嘛……”诗梅手里玩着一支圆珠笔，看着笔杆在手里不停地转动，显得很自信，“花卉像人一样，各有姿色，经过精心护理，每当晨起，在如烟如云的薄雾下，似看“飞天”起舞，如临仙境；临到太阳下山，暮色降临时，有清风徐来，真所谓临风弄姿，花枝招展，沁人心扉。”

刘怀玉由衷地感到诗梅的聪明，含蕴着让人羡慕的智慧。但诗梅的过于自信，催发了刘怀玉不忍甘居下风、放手一搏的心理。“哦，赵小姐果然深有体会。”说到这里，刘怀玉站了起来，她在思考、寻找用什么来回击这位矜夸的情敌？一阵阵寒风从窗户里钻进来，刘怀玉觉得有些冷，但主人没有关窗的意思，她就离开窗户。无意间发现那淡蓝色的蚊帐里，靠后壁正中，挂着一幅方巾，马上让她想起圣诞 party 晚上的那一幕。原来是这么回事！难怪龚示力像守护宝物一样，神圣不可侵犯，可见他们的爱情土壤是何等深厚，早已根深叶茂！反击的勇气渐渐退却了！人是富于幻想的，她马上又否定了自己的判断：此方巾即彼方巾吗？为了揭开这个谜底，她向诗梅提出要求：“赵小姐，你的这块漂亮围巾能让我看看吗？”

“噢，好！”诗梅取下方巾，交到刘怀玉手里。

刘怀玉接过围巾，马上看四只角，终于找到了有几丝焦黄的那只角，千真万确，就是它！刘怀玉惊住了！宛如雪夜里手里拿着一面小旗，站在雪地上的“雪人”。

诗梅有些吃惊，这方巾到她手里怎么成这副模样？“刘小姐，你怎么了？”

刘怀玉咽了一口唾沫，硬是把泪水吞回去，拿着方巾的双手微微有些颤抖。“这围巾我见到过！”

诗梅急问：“你见过它？”

刘怀玉点头：“见过。”

“在……哪里见过？”

“在龚示力那里。不，一天晚上，在我的寝室里……”

“啊！”诗梅像兜头浇了一盆冷水，全身都凉透了！比白天所见的那一幕，更让她痛彻肺腑。想不到貌似君子的羊羊，晚上竟然跑到她的寝室里去了？！还带着我的方巾，简直是莫大的侮辱！诗梅禁不住泪如雨下……

看着诗梅伤心落泪，刘怀玉感到有些快意和满足。

诗梅马上意识到，绝不能在这个洋妞面前显得过于软弱，她忍住了哭泣。刚才她发现刘怀玉反复看方巾的四只角，难道那上面还留有什么暗记？“你是怎么认定这就是龚示力带到你那里去的同一块方巾？”

暂短的快意很快就消失了。理智告诉刘怀玉，这块方巾是龚示力与诗梅爱情的信物，坚不可摧，她的努力应该结束了！把真相告诉她吧，免得她沉湎在猜忌与痛苦之中。“去年圣诞 party 的晚上，龚示力寝室里的六位男同学，应邀参加我们四位留学生主办的 party。晚会渐入佳境，室内的暖气也随之升高。龚示力在脱去外衣时，不慎这块方巾被一位男同学发现了，那人手脚快，一把抢过来不停地挥舞，一定要龚示力交代，为何备有女人之物？龚示力急了，奋力抢夺，抢夺中，方巾碰上了蜡烛火。龚示力见着火了，大惊失色！夺过这方巾，情急之下，一口咬住那冒火的一角。你知道结果怎么样？”

诗梅本来脸有泪痕，听着听着眼睛睁大了，屏住呼吸，而后便愣神了！突然刘怀玉问话才让她回过神来，赶紧问：“结果他怎么了？”

“你看，这只角，有几丝烧焦了！”

诗梅拿过来细看，果然是。想起那晚羊羊送她回家，把方巾交还给她时，好像有什么话要说，又没说出来，也许就是为了这件事吧！也怪自己粗心，竟然没有发现方巾上的焦痕。

“你不知道，羊羊的嘴巴里……”刘怀玉做出痛苦的表情，把嘴唇圆成一个○型。

“他嘴巴怎么了？！”诗梅刷拉一下子脸色煞白。

“嘴里立刻起了两个水泡！”刘怀玉瘪着嘴，轻轻地点着头，好像现在还觉着疼痛。

“啊！”诗梅一屁股坐在椅子上，两眼直愣愣的，好久才拿起手上的方巾，寻找那烧焦的一角，寻找羊羊不顾一切地用嘴灭火的痕迹……原先感觉已凉透了的心，现在觉得胸口暖融融的，低下头来看，原来方巾捂在胸口上。

夜深了，两个姑娘相拥在一起，刘怀玉毫无保留地向诗梅袒露胸怀，细述龚示力在学校的种种壮举，以及待人诚恳、热心助人的高尚品德，这一切深深地感动了她。

刘怀玉把自己的所思所想毫无保留地全告诉了诗梅，一吐为快，只觉得心情舒畅。不久呼吸平缓，渐渐地打起了鼾声。

诗梅则毫无睡意。睡前忘了关窗，蚊帐被风吹得直晃悠。想起来关窗，她轻轻地把刘怀玉的手挪开，慢慢地抽出身来。这时风停了，透过帐幔可见满天星斗，没有一丝儿云彩，就靠着床架看天空。想起老人说的：地上有多少人，天上就有多少星。每个人都有属于自己的一颗星。好人的星是清的、明亮的。坏人、恶人的星是浑浊的、昏暗的。忽然发现有一颗星特别明亮、耀眼，看着看着，那颗星竟化成了一张脸，一张羊羊的笑脸。

CHAPTER 11

第十一章

畏途觅径

1

这年诗梅的高考失败了，还是因为数学成绩不好拉了分。不少同学考上了名校，有些平时比自己差的同学也考上了二本，她痛苦极了！一个人躲在楼上暗自落泪。曾经想，也填报滨海理工，学工商管理，与羊羊同在一所大学，互相有照顾，放假时一起回家。羊羊早她两年参加工作，这有多好！先积累一点物质基础，待她毕业的时候，如果有条件就……

想不到竟是一枕黄粱。老爸说复读一年，明年再考。妈妈则指望着她在家里帮忙，现在养猪场扩大了，人手实在不够，女儿家的，用不着读那么多书。诗梅一时想不好，就写信给羊羊，请他帮着拿主意。

羊羊很快就来了回信，认为她老爸的意见是正确的，再拼搏一次，迎接明年的高考；另外又特意附上帮她在暑假期间复习数学的日程表，时间排得紧紧的，几乎把整个暑假全排满了，看了心里很感动。但诗梅还是提不起精神来，似乎对书本已经厌倦了，不想再钻进那些既熟悉又陌生的公式和运算中去。帮着管理养猪场？心里又不乐意，臭烘烘的，成天和猪打交道。连续几天吃不下，睡不好，昏昏沉沉的，很怕见人，特别忌讳别人问："考上大学了吗？"每天除了侍弄她的那几盆花草，就躲在楼上。

一天诗梅去溪里洗衣服，返回时有意路过照相馆，羊羊的那张照片依旧赫然在目，她站住了，为什么命运要这样捉弄她？总是一波未平一波又起！不能让她与羊羊快乐地待在一起，是好事多磨还是命运多舛？

龚家弄的穿堂风，把一张"科技报"不知道从哪里吹来，飘到她的脚下。她起步想走了，那报纸忽然展开，一个醒目的标题映入眼帘——省农大寻找合作人。合作什么？好奇心让她把报纸捡起来，边走边看，回到家里衣服也没来得及晾晒，把手里的一篮子洗好的衣服往搁花盆的水泥板上一放，就上楼去了。报上的什么新闻如此吸引了她？其中有这样一段文字：据《道藏》记载：铁皮石斛列中华九大仙草（铁皮石斛、天山雪莲、三两重人参、百二十年首乌、花甲茯苓、深山灵芝、海底珍珠、冬虫夏草、苁蓉）之首，誉为“救命仙草”。《本草纲目》记载：石斛强阴益精，久服，厚肠胃，补内绝不足，平胃气，长肌肉，逐皮肤邪热痱气，脚膝疼冷痹弱，定智除惊，轻身延年，益气除热，健阳，逐皮肤风痹，骨中久冷，补肾益力。治发热盗汗，痈疽排脓内塞。是列代帝王孜孜以求的长寿良药。现代医学证明：铁皮石斛富含石斛多糖，能有效调节人体免疫功能，调理肠胃。

接着介绍：铁皮石斛本野生于海拔1500米、半阴湿的崖壁缝隙，多年生的阔叶林中。对气温、湿度和光照的要求较特殊，随着人类生存环境的改变，气候的不断变化，野生铁皮石斛几乎已经绝迹。我校经多年研究，已培育成功铁皮石斛种苗，寻求合作伙伴，开展人工栽培试验。最后落款是具体联系人地址和电话号码。

诗梅看了这则报道，就像蜜蜂见到了盛开的鲜花，完全被吸引住了。她本来就有侍弄花草的爱好，又见铁皮石斛有如此宝贵的药用价值，如果能引种成功，那是非常有意义的。连日来抑郁的心情、低落的情绪，一下子变得轻松起来。吃晚饭的时候她把自己的想法和打算对爹妈说了。酒老鬼听了觉得这事情靠不住，大学里种苗已培育出来，为啥自己不栽培？到手的宝贝让给人家？炮仗让别人拿去放？天下有这样的傻子？囡囡说得更离奇：仙草是不是白娘娘盗的那种？那是神仙管的，不是路边的野草、牛羊吃的草，我们凡间人怎么种得了那个东西？

爹妈不支持，诗梅就找最强有力的支持者——羊羊。她把报上的那篇报道剪下来，另附一封信，详细说明自己的想法和意愿，征求他的意见。

羊羊没几天就回信了，他的意见集中起来有两条：第一，复习功课与引种铁皮石斛并不矛盾，两者可同时进行，还可起到调剂精神的作用。第二，如果决定放弃高考，尽全力从事铁皮石斛的栽培，是一项有开创性、有广阔前景的事业。诗梅看完了信，又再看了一遍，然后把信贴在胸口上，默默地念道：知我者，岂有他哉？

如今的羊羊在赵家是准姑爷的地位，在青桐人的眼里是知识、文化最高的人。他的话，不说一言九鼎，却也是最有分量的，既然得到了羊羊的支持，酒老鬼和囡囡也就不再阻拦了。

2

甫临一场雷雨后，赶走了连日的酷暑，空气清新，诗梅告别爹妈，前往省城的农业大学。这是她生平第一次进省城，尽管在地图上已查看清楚，但一旦踏进车水马龙、高楼林立的市区，却又是另外一回事了！好不容易东问西找，总算找到了那所大学。到哪里去找报上所载的那个研究所和联系人？好在传达室有一个阿姨，见她满脸愁容的，就帮她联系，指点路径。

走在校园绿树环绕的林荫道上，感觉每一幢楼里好像都藏着高深的学问，时不时遇上三五成群的男女学子，他们的谈论、手里拿着的书籍，都让她羡慕，在他们面前感到自卑，甚至自惭形秽。

研究所终于找到了！一幢孤零零的绿色楼房，四周花木扶疏，给人以生机盎然的感觉。

进去以后对他们怎么说？——诗梅站住了。自卑心理再次向她袭来，怎么去接触那些教授专家？他们说的自己能领会吗？她犹豫了，后悔自己的冒失。

就在这时，一个头发秃顶、个子不高、有些发胖的中年人送客来到大门口。两个客人称那中年人黄教授，再三对他表示谢意。客人走了，黄教授正打算进屋，忽然发现门外站着一个小姑娘。

“你找谁？”黄教授问。

“我，我就找这里。”诗梅心里一阵乱跳，有点语无伦次。

黄教授笑了，“找这里？你找谁啊？”

诗梅这才说出了关键词：“我，我是来联系引种石斛的。”

“噢！”黄教授明白了，“来来来，我带你去找他们。”

诗梅跟着黄教授走进这幢绿色的楼房，登上二楼，来到一间办公室。一个中年女性，看上去很文静，正在查阅什么资料，见有人进来，便把视线移开，朝着黄教授微笑。

“你的事就找她。”黄教授指着那位中年女性。说罢便自顾自走出了办公室。

中年女性态度和蔼，挪过她身旁的一把椅子。“来，请坐。”

诗梅依然怀着紧张情绪，怯生生地说明自己的来意。

中年女性仔细地打量诗梅，问：“你是什么单位？”

“我没有什么单位。”

“是个人？”

“一定要单位吗？”诗梅焦急起来。

“那倒不一定，个人也可以。不过双方要签约，我们的种苗要收回成本的。”

“种苗很贵吗？”诗梅身上是带了一些钱，但不知道价格，担心付不起。

“不能简单地说贵贱，因为它本身的价值很高。现在和我们签约的都是高校和科研单位，还有大农场，引种的量都在百株以上。你……”中年女性摇了摇头，替代她还没有说完的话。

中年女性的表情明确地告诉诗梅，她根本不具备引种的条件和能力。诗梅非常失望。她好一阵摸索，从自己的手提包里拿出那张报纸，找到那页版面，轻轻地铺展在中年女性的面前，指着文中的一段话，说：“你们在这上面只说有意愿的合作者……”说到这里诗梅停顿了一下，注意观察对方的表情，见她没有反应，就接着说：“并没有说明别的什么要求嘛！”

中年女性突然笑了，笑到后来，从办公桌上的纸盒里抽出一张手纸来，摘下眼镜擦眼角。“姑娘，报上登的没错，我们是按照报上所说操作的。但我们是科研部门，同样也要讲效益，要追求成果，你知道吗？”

诗梅无言以对，收回了那张报纸，来时的满腔热忱，却变成了手里的一张废纸。不仅自己失望了，还有羊羊，还有爸妈。往后怎么办？原先看见这幢绿色的大楼，是那样的令人钦仰，走进这幢大楼就像踏进希望的殿堂。哪里知道，这一切竟是沙漠里的海市蜃楼，《红楼梦》里的太虚幻境。她不忍心就这样一无所获地离开，绝不能就这样轻易地放弃追求。

中年女性见诗梅并不打算离开，而她手头上事情多着呢！原来还兼顾着诗梅，不时用眼神和微笑保持着联系，准备回答诗梅再提出的问题，现在她完全把诗梅丢开了，全身心地忙于自己的事。

“我能少量地买一些种苗吗？我愿意与你们签约，承担属于我的责任。”诗梅再次提出要求。

中年女性抬起头，“这个恐怕不可能，我们没有这样的先例。”

“能不能破例呢？我想不会有什么妨碍的吧！”

中年女性不再说话了，只顾自己忙着。诗梅久久地等待着她的回答。不知过了多久，忽然中年女性说：“姑娘，我们的谈话是否可以结束了？”

诗梅原以为那么长时间的沉默，是在考虑她提出的问题，想什么破例的办法？谁知道竟然是逐客令。她很不满意中年女性的态度。她要问个明白，她的要求为什么被拒绝？“无此先例”不能是理由。

忽然门推开了，先前见过的那个黄教授，手里拿着一叠资料走了进来。“李老师，这些资料给你。”说着把手里的那一叠东西放到中年女性的办公桌上。

“哦！”李老师从桌子上的文件夹里取出一个蓝色封面的资料夹，把黄教授拿来的资料放好。

黄教授回头看了看诗梅，问：“谈过了吗？”

“哦！黄教授，她……”李老师把诗梅的情况做了简要说明。

黄教授也觉得为难，拿出一支烟来想抽，马上注意到李老师瞪大眼睛，一脸不悦的表情，立刻把烟放回烟盒；见旁边有一把椅子，拉过来坐下，“姑娘，我看你还是个学生么！”

“高中刚毕业。”诗梅低下头，不停地摩挲身上那件蓝色T恤的衣边。

“噢！”黄教授表示了解，不再问下去。转过话题，“你对栽培铁皮石斛很感兴趣？”

诗梅这才抬起头来，看着黄教授，很肯定地说：“是的。”

“你了解铁皮石斛吗？”

诗梅轻轻地摇了摇头，关注着黄教授接着要说的话。

“铁皮石斛是野生的，是中国九大仙草之首，具有极高的药用和滋补价值。野生的现在几乎已经绝迹，人工栽培，正在探索。我们现在只解决了在室内的种苗培育，进入自然环境的栽培还是一个新课题，是个难度很大的课题！”黄教授特别对“难度”加强了语气。

诗梅听得很认真，就像学生在课堂上听老师讲课。黄教授谢顶了，头顶几乎看不见头发，只有稀疏的几根，像沙漠中孤零零的几株沙柳。透过纱窗吹进来的热风，经吊顶电风扇的快速旋转，让热风布满整个空间，给人带来爽快，但并无凉意。诗梅在认真思考黄教授的话，显然已明确告诉她：“你一个小女孩，能担此重任吗？”

黄教授头顶上的那几根稀疏的头发，被风吹乱了。黄教授习惯性地抬手摸了一把头顶，乱发顺从地倒向了一边。但只一会儿，它们又乱了！这几根乱发也好像有意提醒诗梅：“黄教授是专家，他都没能解决的难题，你能办到吗？千万不要自不量力哟！”

“仅凭你一个人，你敢于做这么艰难的尝试？”黄教授疑惑不解地看着诗梅问。

“姑娘，你有这方面的知识和经验吗？”李老师忙过一阵后，开始关心黄教授与诗梅的谈话，说话时她并没有朝着诗梅看，而是面对着手里的一摞资料，一纵一横地在桌子上轻乱，码放整齐。

诗梅听出李老师的弦外之音：“我劝你还是罢手吧！”但诗梅从小就有股子倔劲，更受不了别人的轻慢。去年暑假，家里的三亩责任田要栽晚稻。酒老鬼养猪场里事情多，请了几个人来帮忙，其中有两个姑娘是她初中的同学，初中毕业以后两人就不上学了，在家里干农活。两个姑娘心灵手巧，加上几年的历练，成了有名的插秧能手，许多男人都败在她俩手下。诗梅见来了两个同学，自然十分高兴，三个女孩一路笑声、一路歌声地走向田埂。

这是一块三亩丘，南北长六十余米，东西较短。按种田的规矩：南北向，一人一垄种到头。两个姑娘尽管是同学，但与诗梅比起来，有明显的失落感：学历不如诗梅；姑娘最忌惮的是美貌，那就差得更远，这些都是藏在心底的嫉妒。好！今天遇上了天赐良机，两个姑娘互使眼色，要把诗梅“关”起来，借机高过她一头。

怎么个“关”法呢？两个姑娘有意选位在诗梅的一左一右，她们要凭借自己的优势，抢先种到头，诗梅自然就被“关”起来了，像走围棋一样，被对方封死了，那就是失败，很不光彩，会被人笑话。

诗梅开始并没有意识到她俩在施伎俩，与她们有说有笑的，后来发现两人不言语了，一个劲地往前赶，诗梅这才知道中计了。奋起直追，但为时已晚，过大的差距，无法追赶，只好服输，成了落水的凤凰，让大家嘲笑了一番。怎么咽得下这口气？诗梅向两人发起挑战，好在天天有人家种田，三个姑娘连续苦战，诗梅连败了六天，最后连走路都困难了，晚上睡觉是妈妈给她扶上楼的。囡囡心痛地给她按摩、刮痧，不许她再跟人家去比。第二天她一大早就起来，又“上阵”了，这是事先说好的最后一战，决定胜负的关键一战。就在这最后关头，诗梅终于胜出，赢了一行！付出的代价是腰疼、腿疼、浑身酸痛，在床上整整躺了两天。但是她那不服输的拧劲，备受人们赞扬。

诗梅受不了李老师那不冷不热，瞧不起人的样子；她无法接受没有经过尝试就承认失败，想起多年栽花的经历，这不也是经验吗？于是壮起胆子陈述多年来栽培成功的花木，希望这里的专家教授，给她一次培育铁皮石斛的机会，不敢说一定能成功，但说话的语气和神态，充分展现了她倔强、坚定和百折不挠的决心。

李老师认真地看了诗梅一眼，不再说话了。

黄教授快步来到窗户前，拉开纱窗，点起一支烟，猛吸了几口，然后掐掉点燃的那一段。这几口烟让他精神振奋，老远就朝着诗梅大声说：“这样，既然你有决心，我送你三株种苗，也不要签什么合约，如果你能有所突破，我们再来签约，如何？”

整整一个下午，诗梅都紧锁着双眉，憋屈得像干涸池塘底奄奄一息的鱼虾。黄教授的话宛若一场大雨，诗梅突然跳了起来，连声说谢谢！姑娘的天真、烂漫又回到她的身上。

3

诗梅带着三株栽在一个棕色瓦罐里，只长出两瓣绿色嫩芽的种苗，离开了省农大。种苗移出控制室时，黄教授让人浇水、施肥，外套一只塑料袋，袋上开了许多小孔，让空气流通；另外又赠送了一些关于铁皮石斛特性、培育注意事项等相关资料。临行前特意交代："这可是艰难的事业啊！只有勇敢者才敢于承担的探索。我可以坦白地告诉你，在自然环境下的栽培，其实我并不比你懂得多少，你面临的很可能是一次次失败。但是有一句话你必须牢记：灰心生失望，失望生动摇，动摇生失败。这是英国人培根说的。"

诗梅牢牢地记住黄教授的嘱咐，特别是培根的话，以后成了她锐意进取的座右铭。种苗装在塑料袋里，本来是可以提的，但是她不放心，像抱孩子一样把它抱在怀里。她乘坐的那趟公交车，人非常拥挤，她想找个地方坐下，哪里还有空位？只好站在过道里。因为要抱住种苗，腾不出手来拉扶手，站着就很不稳了。几次刹车都撞了前面的人。被撞的人回过身来怒目而视。事情还真不巧，一次急刹车，整个身体倒向前面的一个年轻男子的身上。这个男子是个流里流气的人，猛见一个漂亮姑娘倒在他身上，立刻拦腰把诗梅抱住，顺势就要摸她的乳房。诗梅大怒，用力踢了他一脚，并大声骂流氓！诗梅的这一脚踢得也够重的，那人怎肯罢休？反问道："谁是流氓？是你钻到我的怀里来，是你这个不要脸的女人在耍流氓！"说罢又要把手伸向诗梅。

"住手！"一个坐着的中年人大喊一声，此人看上去颇有身份，身材也高大，对刚才发生的事情他看得一清二楚，他这一声喊，很有威慑力。

那个年轻人并不买账，开始与中年人争吵。

"刚才谁耍流氓，我看得很清楚。我们可以去派出所，怎么样？"

年轻人听说去派出所，态度立刻有所收敛。但嘴里依然不干不净地骂脏话。

"姑娘，来，你坐我这里。"中年人说罢站了起来。

诗梅觉得不好意思，迟疑不决。

"再来一个刹车，你怎么办？坐下，坐下！"中年人几乎是命令式地要诗梅坐在他的位子上。诗梅这才连说谢谢，坐下身来。中年人就站在诗梅的座位前，用身体挡开那个还不肯罢休的年轻人的纠缠。

"你捧着的是什么？我看你像是护着什么宝贝？"中年人问。

诗梅说，她怀抱着的是胜似宝贝的铁皮石斛种苗。

"难怪！难怪！"中年人惊叹道，"这可是仙草啊！我在纳闷，你为什么宁可与人碰撞也不松开手，到底在护着什么东西？原来是这个，好，好！”这个好心的中年人，一直护着诗梅，直到她下车。

天已渐黑，诗梅还没有到家。酒老鬼已经吃过晚饭，在院子里摇着一把大蒲扇坐在竹椅子上乘凉。一肚子的啤酒，让他连连打嗝。“哎，小梅还没有回来？末班车也该到了！”

囡囡正在堂屋桌子上收拾碗筷，一边抹桌子一边说：“我怎么知道？”

“哎，不是你让她去的吗？”酒老鬼把蒲扇在腿上打得啪啪响，不是打蚊子是发牢骚。

酒老鬼堂客手里抓着一把筷子，站在堂屋门口大声说：“我要她早点回来！”

“去弄什么仙草？有书不肯去读，能弄出个什么名堂来？”酒老鬼自顾自唠叨。

囡囡见天黑下来了小梅还没回来，急得没了主意，再加酒老鬼唠唠叨叨，火气直往头顶上蹿。“你不要对着我来，有本事等她回来对她说去！”

酒老鬼仗着酒性，大声嚷嚷：“笑话！我自己的女儿要骂就骂，要打就打，有谁拦得住我？”

“吱呀”一声，院门打开了，门边上的拉线开关“啪啦”一声响，门檐下的电灯立刻照亮了整个院子。酒老鬼堂客见院子里的灯亮了，三步并作两步地跳进了院子。酒老鬼早已抢在前面去接女儿手里的东西。

“我自己来，自己来！”诗梅挡开酒老鬼的手。

囡囡心疼地看着诗梅：“饿坏了吧！饭菜在桌子上，还热的。”

“还好，不饿。”现在诗梅的全部注意力都集注于怀里的宝贝。在回家的路上已经想好，要给种苗做一个暖房。用什么来做呢？她想到了老爸抓鱼的“手提网”，那是两根半圆形的木质骨架相交，三面和底部有网，留出一面不设网，让鱼儿蹿入。拆掉那“手提网”上的渔网，利用那个架子，罩上地膜塑料，很快就可做成一个简易的暖房。但这“手提网”可是老爹的心爱之物，家里有时没菜下酒，或者临时有客人来，他操起这家伙，到水塘边或到青龙溪的浅水处，不多时就会有鲜活的小鱼、泥鳅，还有螺蛳提回来。老爸肯拆了他的渔网吗？用别的材料来制作也可以，但耗费时间长，种苗就像刚离开母体的婴儿，要及时呵护；山区夜晚特别凉，即便是夏天晚上也有寒意，这是绝对不可马虎的呀！

诗梅抱着种苗进堂屋。囡囡赶忙抢在前面去张罗饭菜。酒老鬼护卫在后头。进了堂屋，他就急着要看女儿抱回来的“宝贝”，谁知连碰都不让碰，是个什么稀罕东西啊！

诗梅已经很累了，抱着种苗坐下来说：“爸！我求你一件事，不知道你肯不肯帮我？”

酒老鬼喜欢坐在门槛上，天已凉下来，他把蒲扇插在背后腰上，慢慢吞吞地说：“这么客气说话，求我？求什么？”心里却在揣摩：这个小娘，今天是怎么了？

“你的手提渔网在吗？”

“你要那东西做岂（什么）？”

“把网拆下来，骨架擦干净，围上塑料膜，还要有窗户和门。”

酒老鬼猛地站了起来，“你弄这东西做岂？”

“我等着要用，你肯不肯？”

酒老鬼来到诗梅跟前，又想伸手看“宝贝”，立刻意识到“犯禁”了，即改双手叉腰。“是拿来藏这宝贝的吧？”

囡囡双手捧着一碗热气腾腾的面条，口里不停地说：“你喜欢的鸡蛋面条，趁热吃！趁热吃！”

“是的。”诗梅没顾得上囡囡，急着应对酒老鬼。

“这，这，这不就毁了我的吃饭家伙？”酒老鬼把眼睛瞪得老大。

囡囡不知就里，问她父女俩都没耐性说，光火了：“我是不是这个家里的人？啥事要这样瞒着我？”

诗梅这才把心里急着的事对囡囡说了。

囡囡总算明白过来，立刻站到女儿一边：“你那张破渔网有啥稀罕？总是女儿的事情要紧。凉伞破了骨子在，那几片破网，拆就拆了嘛！”

酒老鬼立刻成了势单力薄的孤家寡人，知趣地改变了态度。“好，好，这样，家里竹子也有，塑料膜多的是，我马上来造一间暖房，好吗？”

“那要很长时间？”诗梅有些焦急。

“两支烟的工夫！”说话间，酒老鬼已把篾条、篾刀拿在手里。“不是爸舍不得那张网。那网是抓鱼的，有腥气。你是用来藏‘宝贝’的，不能凑合啊！”

诗梅见老爸手脚麻利地干起来了，也就不好再坚持自己的意见。酒老鬼这个人照俗话说有点“冷面滑稽”，说得文雅一点，叫幽默。其实他是舍不得那张网，想出个两全其美的办法，暗自心里欢喜。因为要图快，不当心，篾刀把左手大拇指切出了一道口子，鲜血直流。诗梅急了，一个劲地喊妈！囡囡一见，没慌，立刻到后院，打开堆放杂物的矮门，门后结满了一个个白色的，像梅花般大小，如同蚕丝结成的喜蛛窝，捋了一把在手里，赶紧拿来摁在酒老鬼的伤口上，然后拿布条捆紧。这东西很灵验，止血、消炎，比去医院还好得快。酒老鬼竖起受伤的大拇指，又摇又摆：“嘿！还是我堂客厉害啊！”

“不要愣话了（胡诌），快点做，看见没有，你不做好，她不吃饭。”囡囡拿筷子挑起几根面条，“好好的一碗面条都快变成油条了！”

酒老鬼是有两下子，很快就把骨架做好，接着同诗梅商量，门开在哪里？窗开在哪里？没多久，诗梅想象中的暖房，已完整地摆在她的眼前。

暖房放在哪里呢？这是接下来必须思考的问题。铁皮石斛喜欢在半阴半阳的地方，既要见一点阳光，又不能让阳光直射。

“那就这样：早上放在朝北的地方；午时请它进屋避暑；太阳快下山了，去院子里纳凉，好不？”酒老鬼点起一支烟来，出了这么个点子，又坐回到门槛上。

“好，这样好。”诗梅这才把抱在怀里整整大半天的种苗，小心翼翼地放到桌子上。酒老鬼和囡囡，就像看新娘子撩开面纱，等待着诗梅除下塑料袋，想不到竟是像豆芽菜一样的两瓣嫩芽。

“这就是仙草啊！”酒老鬼两只眼睛瞪得像铜铃。

囡囡好奇地看着，“长大了会是什么样？”

诗梅什么也没说，双手像捧着神鼎，目不斜视，轻轻地把种苗放进暖房，打开窗户。在诗梅如同敬神般情绪的感染下，酒老鬼也立刻一脸严肃地帮着诗梅抬起暖房，两人一步一迈地下到院子里，犹如摆放一筐鸡蛋，轻轻地放在花台上。诗梅一步一回头地看着暖房，宛若年轻的妈妈把怀里睡着的婴儿放到床上，生怕孩子惊醒，轻手轻脚地移步离开。刚走到堂屋门口，囡囡端着那碗已经热了三次的鸡蛋面条，迎上来说：“可以吃了吧！”

“噢！”诗梅立刻接过碗，没来得及坐下就大口大口地吃起来。

酒老鬼还站在花台边，左看右看地关注着。铁皮石斛种苗而今不只是诗梅的宝，而且是他们一家人的宝。

4

老龚头接到羊羊的来信，说他支持诗梅选定的事业——人工栽培铁皮石斛。关于铁皮石斛老龚头在年轻时见到过一次，知道是救命的仙草。这东西也能人工栽培？傍晚小娜回来了，又详细说道了诗梅如何从大学里要回来铁皮石斛的种苗，现在还只是两瓣像豆芽菜的小叶片儿。老龚头决定明天去酒老鬼家，一来表示对准媳妇事业的支持，二来要把他所知道的有关铁皮石斛的一些事，说给诗梅听听，或许会有点帮助。

第二天老龚头起得比平时早，打算趁早上凉爽，慢慢走过去。小娜不赞成他一个人走，顺路送他过去，然后再去养猪场。老龚头有点倔脾气，说：“又不是小孩要大人送。你归你走，我归我走。”小娜知道老头倔，也只好由着他，心里总还不放心，再三叮嘱他路上小心。

老龚头拄着拐棍，这时太阳还没有上山，踩着田塍路，田里蛙声一片。拐棍不停地敲击着路面，路边草丛里的蚱蜢受到了惊吓，不时跳跃起来。现在种双季稻的人家少了，都只种一季中稻，已快到抽穗的时候了，这时候的稻田有一股特有的清香。闻到这股香味，就让他想起当年，那时候的老龚头势如一辆马力十足的汽车，有谁挡得住？老龚头站住了，他要让这股清香留在身上，真不想失去它们啊！但仅仅只站了一会儿，腿就支持不住了，无奈地摇了摇头，他的第三条腿又开始敲打路面了，自言自语地说：“不中用了，剩下来的就看他们了……靠他们争气了！”

诗梅一大早就起来，第一件事就是看种苗，掀开暖房门，那心情就像妈妈看着刚从梦中醒来的婴儿。还好，依然是鲜活的，只是暖房积起了露水，摸上去湿漉漉的，瓦盆沿上也有露珠儿，这倒好，符合铁皮石斛的生长条件。现在她要想法子把暖房搬到朝北的地方，凑巧，堂屋的耳檐下有只大缸，下雨天用来接水的，找来几块木板铺在缸面上，就可把暖房移上去。昨天晚上是与酒老鬼抬过来的，现在她试着想一个人挪过去，一试不行，体积太大，弄不好会把里面的瓦罐倒翻，那可就闯大祸了！正要喊爹……

“别喊。来，我帮你。”

诗梅猛回头，一看，吃惊不小！原来是羊羊他爸站在身后。“啊！是大伯！”

“刚到。刚到。”老龚头双手扶住拐棍，喘着粗气。

“爸！”诗梅大声朝屋里喊。

“来，我帮你。”老龚头扔掉拐棍，双手搭在暖房上。

“大伯，你当心噢！”

“没事的。”老龚头与诗梅抬起暖房，平整地放到刚架好的缸面上。

酒老鬼听到女儿喊叫，赶快跑出来，一见老龚头——未来的亲家来了，还在帮着女儿抬暖房。吃惊不小！快步来到老龚头跟前，连声说：“孩子不懂事！”随即责怪诗梅，“你怎么能让大伯帮你？真不懂事！”

诗梅红起了脸，低头不语。

“来来来，进屋里。”酒老鬼扶着老龚头要进屋。

“不忙。先让我看一看这铁皮石斛。”

“唉，好！”诗梅掀开了暖房门。

老龚头仔细地看了看。“还小着呢！不要急，慢慢来。”

“唉！”诗梅应着。

老龚头离不开他的拐棍。诗梅眼尖，快步把那根拐棍递过来。

囡囡正打算要去养猪场，听说老龚头来了，赶忙端茶，满脸堆笑地说：“趁早上凉快，以后多来坐坐。”

老龚头接过茶。诗梅手快，赶快拿过一张凳子，放在老龚头的身边，让他放茶杯。

老龚头笑呵呵地看了看诗梅，说：“我听说你从大学里得到了铁皮石斛的种苗，这很不容易啊！也想见识见识。”

老龚头坐在堂屋靠着东墙的一把椅子上，离门槛很近。酒老鬼又喜欢坐门槛，这样两人对着说话更方便。“我想问你，我们的山里有没有铁皮石斛？”

“有。我见到过。”老龚头很肯定地说。

诗梅高兴得直跳。“大伯，你见到过野生的铁皮石斛？”

“当然是野生的。”

“在哪座山上？”诗梅问。

“这事情还说来话长。那年我才十二三岁，有个教拳的师傅，姓李，是从江西过来的。酒老鬼，那时你们家还没搬过来吧？”

“早哩！你十二三岁时……我们家还住在西山下！”

“对，对，”老龚头呷了一口茶，“这个李师傅当时还没有名气，靠给人家看点小毛病混口饭吃。那年天旱，一个多月没下过一滴雨。我们村与上头的叶家村争水，后来闹大了，打了好几仗，双方都有人受伤，最后一次把叶家村出来讲和的宋老先生给打倒了。这下子祸闯大了！叶家村把只剩下一口气的宋老先生抬进我们村的祠堂，就等老先生咽气，便放火烧我们村。村里几个为头的，急得像热锅上的蚂蚁，到处请郎中。请来的郎中都摇头，都说没救了！眼看着就要大祸临头！谁知道，那个李拳师一连几天都在那些请来的郎中跟前转悠，他已经看出门道，正当大家无法可想的时候，他出头了，说：给他一天时间，让他去找一样草药，其他几味药现成都有，能找到这味药，人有救，找不到，恐怕神仙也难保了。

“到了九死一生的时候，也只好死马当活马医了，答应让李拳师一试。这个李拳师第二天起了个大早，一个人独闯狮峰岭，直到傍晚还不见他的身影。这里宋老先生眼看就要脱气，叶家村的人已带着火把赶到，眼看一场大祸已无法避免。就在这生死关头，李拳师赶到了，从怀里取出那味必不可少的神药，就是这铁皮石斛。”

“人有救了？”诗梅急问。

“有救了！”老龚头颔首。

“人活了，叶家人总该退去了？”酒老鬼插话。

“在村里吃喝了三天，总算把事情了啦。”

“那个李拳师在狮峰岭的哪座山头什么地方找到铁皮石斛的？”诗梅急于想知道。

“说来还真巧！”老龚头转向酒老鬼，“就是那次你带羊羊去砍柴，羊羊独自一人上去的那块山头的背面。铁皮石斛这东西喜欢阴山背面的。”

“爸，你带我去看看好吗？”诗梅央求酒老鬼。

“噢啊！”酒老鬼挠头皮，“这么多年不爬山了，不要说你，我也爬不上去了！”

老龚头有点累了，但不便表示，讲话的速度已明显放缓，“那山不好爬，那个李拳师回来，一身衣服变成了蓑衣，特别是裤子，撕成一条条的了。”

诗梅在想，等羊羊放假回来，让他带着自己上狮峰岭。“大伯，你见到那铁皮石斛了吗？”

“在祠堂里，哄着看的人那么多，我只看见像一根草样的东西，有筷子那么长，叶子像一节花生那样大。听那些大人说，它的秆子是一节节的，叶子长在节上，秆子颜色像铁皮，所以叫铁皮石斛。”

囡囡端上一碗糖氽蛋，上等点心。老龚头哪里吃得下这一大碗？但怎么也推不开，加上又是满满的一碗，弄不好糖水就会溅出来。老龚头只好接下来，放在茶杯边上。俨然讲话已越来越吃力了，“诗梅，我今天来，只想对你说，你选定做的这件事，是大好事！你说，天底下有比救人命更大的事吗？！”

酒老鬼和囡囡连连说：“是啊！是啊！我们都在帮着她侍弄呢！”

“我有点累了！”老龚头把拐棍拿在手里，“这就回去了。”

酒老鬼挡住老龚头，“你是难得出来的！今天一定要吃了饭再走。”

老龚头拉住酒老鬼的手，说：“下回。下回。”说话的神气明显已不如来时。

“那……”酒老鬼看老龚头的样子，也不敢再强留。

诗梅反应快，“爸，我送大伯过去。”

老龚头还是坚持自己走，“不用。不用。你们都忙着一大堆事。我慢慢走。”说着就要走。

诗梅挽起老龚头的胳膊，“大伯，我送你！”

“好，小梅，送你大伯回家，路上慢一点。”酒老鬼夫妻俩关照着。

老龚头回过身来朝酒老鬼夫妻俩拱手致意。

“想来就来，多过来坐坐。”酒老鬼跟在后面，一直送出院门。

“大伯，我们走大路还是走田塍路？”诗梅问。

老龚头用拐棍指了指田塍路。“从这里走心情舒畅！”由于路面不很宽，诗梅把老龚头搀扶得紧紧的。

太阳已经上来了，后背像火在烤，前头则是一老一少两个人影。老龚头来时醉心于稻田的清香，哀叹无法再见往日的风光；但是此刻的心情不一样了，看着身边那个头发在风中飘拂、充满着青春活力的人影，这个未过门的准媳妇将会给他带来什么？这是个有胆量、有追求的姑娘，日后准能做出一番事业来。龚家不会就这样无声无息地在龚家弄待下去。无意中抬头看了看天，阳光太强烈，他睁不开眼。不知道自己还能活几年？再给他几年吧！让他能见到孩子们创出来的世面。

真巧，诗梅也在看自己的头影，问那个黄毛丫头：“你真能成功吗？失败了会趴下吗？不会是自不量力的吧？”值得她高兴的是，现在大家都支持她，尤其是得到了身边这个老人的支持，这比什么都重要。听他刚才讲的那个故事，更让她相信号称中国第一仙草——铁皮石斛的神奇功效。不知什么时候，她身影旁的人影竟变成了羊羊！最近来信说马上就要放暑假了。好！快点回来，回来的第一件事就是带她上狮峰岭！

5

就在放暑假的前夕，原来的傅副校长傅惠民，接任曾逊任校长。曾逊调中科院。这可是个特大新闻！“1·21”案发后，傅校长受到滨海市委的严厉批评，一度情绪低落，有的说他打算提前退休，也有的说他想调动。最近一段时间，才显得活跃起来，原来路子走通了！升任校长以后，在校党委会、校务会议等高层会议上再三表白：当副校长已让他苦不堪言，现在叫他来挑这副重担，实在是赶鸭子上架。再三申明：自己是个过渡人物，随时准备让贤。其实并不是那么回事，他重新组织班子，人员做了全面调整。在“1·21”事故中忤逆于他的人，均难于幸免。高教授因为是著名的大律师，不好动，仍旧当他的系主任。自动系的老主任江健就没那么幸运了，调任学校教改委员会任副主任。理由冠冕堂皇：老教授，德高望重，具有丰富的教学经验。教改说起来好听，却是上不着天，下不着地，大家都心中有数的闲差，级别虽然没有变，人却被挂起来了！项天成更惨，厄运难逃，调伙食管理委员会任副主任。这是学校与学生会联合组建的一个管理机构。食堂历来是学生意见最多、最集中、最难管理，又吃力不讨好的地方。调他的理由也很充分：多年来从事团委和政治辅导员工作，了解、熟悉学生各方面的情况，有利于开展工作。项天成的好梦破灭了，离开了教学一线，福利待遇大不如前。章云星更简单，是临时聘用人员，多给了一个月的工资，走人。章云星愤然离去，走出学校大门时，又回过身来看，讲了一句令人啼笑皆非的话：想不到这所大学也是个不干净的地方，遗憾门口少了两只石狮子。

放暑假了。这回不像去年放寒假那样心情激动，朝思暮想。现在已不是新生，有点无所谓了。再说放暑假简单，提一个小袋子就好走。皇甫浩要留校训练三周，已经投入紧张的训练。金耀和瞿秉宜明天回家。天气实在太热，寝室里的两台吊扇嗡嗡地转个不停，两人相对而坐说闲话，傅惠民“执政”是热门话题。瞿秉宜胆小，他在担心，“傅执政”会不会对他们几个同学也要下手？金耀不以为然，他认为对学生动手脚是不可能的，我们没有违反校纪校规，没有辫子好抓。

瞿秉宜认为，要抓你了，谁都有辫子。

金耀模仿维吾尔姑娘的舞蹈动作，“你看，我有辫子吗？”

龚示力受校刊编辑部的邀请，约他写文章，刚谈好，答应假期里完稿。他打算明天回家，匆匆回寝室整理行装。刚一进门，见金耀在跳舞，“哟！男扮女装了，好身手！”

“看，辫子来了！”瞿秉宜指着跨步进门的龚示力。

龚示力不明白瞿秉宜说什么，没在意，拿出校刊编辑部的“征稿要求”来细看。

金耀走近瞿秉宜，向龚示力努努嘴，“你是说他有辫子？”

瞿秉宜拉金耀坐在他床前的凳子上，把他的担忧说给金耀听。

龚示力看完了征稿要求，开始整理东西，目不斜视地问：“你们俩在说什么悄悄话？”

金耀踱着方步向龚示力走来。“有人在担心你是维吾尔姑娘，头上辫子多，会让人抓在手里。”

龚示力不说话，继续手里的事。

金耀在龚示力向外撅着的屁股上踢了一脚。“问你话呐！”

龚示力摸了摸屁股还是没有反应。

金耀扳过龚示力的双肩，把他摁在床上。“你这是怎么了？！”翘起大拇指向着自己，“金某人的话，你当耳边风？！”

“岂敢？岂敢？”龚示力做出一脸苦相，“对于二位的忧虑、关心，我深表谢意。我也想过这些事，正打算写一篇文章，怕你们拦我，会失去了信心，所以……我——不——说。”

金耀跳了起来，“难怪！想躲着我们搞单干了？”

“打算写一篇什么文章？投到哪里？”瞿秉宜问。

金耀向瞿秉宜撇了撇嘴巴。“他会写奉承拍马的文章吗？”

“你别插嘴，我要他说。”瞿秉宜好像发现了什么？他急着要验证自己的判断。

“校刊约我写一篇文章，中心议题还是围绕‘实践是检验真理的唯一标准’，至于如何展开，如何结合现实问题予以解析，可以任凭自选，各取所需。”龚示力说。

“看来已经成竹在胸？”金耀问。

“是不是想把心中的不平事拿出来挞伐？”瞿秉宜问。

龚示力看着两个人，视线在俩人之间不停地来回转。

“说话呀！”金耀急了。自从“1·21”事件以后，寝室里六个人变成了四个人。这四个人且不说情同手足，确也是感情甚笃，相互关爱，不分彼此。

龚示力的视线最后落在瞿秉宜的身上。“你猜对了。”

“果然？”瞿秉宜还有点将信将疑，怕龚示力逗着玩。

“果然。”龚示力十分肯定地说。

“你好糊涂！我担心的就是这个。你是明知山有虎，偏向虎山行，后果，后果你想过没有？”

“想过了。最多把我图书馆的那点兼职给黄了，断了我的财路，别的其奈我何？”龚示力凛然。

“天真！天真！图书馆那点差事是秃子头上的虱子——明的。还有暗的，你想过没有？”

“你是说助学金和以后的毕业分配？”

“就是么！这些他都可以拿捏你。”瞿秉宜见金耀愣神儿，“你别睖睁着眼，这事我们大家都捏在他手里。”

龚示力推开床前的书桌，站了起来。“我之所以不肯说，就是怕你们拦我，失去信心。既然已经说了，就决不反悔。我这个人，只要是下了决心的事，正如俗话说的：一条道走到底，棒打不回头。”

瞿秉宜活像沉到水底的喇叭，不响了，走回自己的床位。

金耀靠在龚示力的床上，听他俩说话。突然一跃而起，问龚示力：“你说说，这篇文章打算怎么展开？怎么结合现实问题？”

“好，秉宜，来来，我们不妨议论一番。”龚示力招呼瞿秉宜。

瞿秉宜重新折返，慢吞吞地踱步。

“既然实践是检验真理的唯一标准，请问二位，检验干部优劣的标准是什么？”龚示力问。

“这还用问吗？两个字——政绩。”金耀说。

“政绩谁来评价？是上级领导还是下级官员？”龚示力追问。

“你说，是谁说了算？”瞿秉宜反问。

“人民群众是社会实践的主体，官员的政绩理所当然地应由人民群众来评说。”龚示力说。

瞿秉宜淡然一笑，“你想让全校师生来评点‘傅执政’？”

“我们先说道理，应该是这个理吧？”龚示力坚持己见。

“道理没错。但好有一比：王母娘娘的玉簪，划出了一条银河，理论与实践有银河相隔。你说的理论只能是书生意气。”

“不，我们现在谈的就是理论，能把道理说清楚、说透彻，拿起批判的武器，就能冲破那些曾经禁锢人们思想的樊篱。我举个例子，山西平遥有一个明清时期的县衙署，据说是目前国内保存得最完整的。二堂有一副楹联，写得很有意思，上联：与百姓有缘才来到此，下联：期寸心无愧不负斯民。更让人深思的——‘愧’字头上少一点，‘民’字底下多一点。意为对民多一点爱，自己少一点愧。且不论写这副联的官吏，实践了诺言没有，但从理论上说，对官与民两者关系的认知是正确的。即使摆在今天，也是有积极意义的。‘傅执政’他想到过愧对全校师生了吗？乱点鸳鸯的上级机关想到过有负数万师长学子了吗？”

瞿秉宜依然不敢苟同："糊涂，还是糊涂！你这是只求一时痛快，不问后果。这样的文章写出来，有点像小孩躲猫猫，藏在门背后，对着找他的人喊：‘我在这里！’或者用我们家乡的俚语来说，叫‘惹鬼上身’。"他越说越激动，语速也加快了，"二位要弄明白，这不是‘1·21’，讨回公道就大功告成了。这是思想、意识、观念的较量，权力参与的绞杀，看似平静，像鸭子划水，上身不动，可下面两条腿就厉害了，让你看不见。"由于激动，说到后来，唾沫星四下里溅，赶快拿手捂住嘴巴。

龚示力挪来一张凳子，请瞿秉宜坐在他的床前。"别激动。别激动。我们的秉宜兄向来遇事不惊，有大将风度，这回怎么沉不住气了？你说得没错，有一定道理。但是……"

瞿秉宜也同时说"但是……"并抢先说："我知道你‘但是’后面还有文章，我还是要劝你别费口舌，你说服不了我，我不想听。"说罢起身要走。

龚示力赶快摁住瞿秉宜。金耀也过来帮忙，将他拦腰抱住，"让人家把话说完。好话、坏话都要听么！"

"我觉得有一种使命感，正如孟老夫子所说的：‘天将降大任于斯人也！’当年，毛主席上井冈山，中国人民从此拿起了武器，走上武装革命的道路。今天我们面临的是改革开放的新时代，昔日封闭的中国，正努力实现四个现代化，迈步走向世界。我们手里也有了武器，当然不是‘小米加步枪’，而是‘实践是检验真理的唯一标准’——这个犀利无比的思想武器。我想起谭嗣同，生在垂死、腐朽的清朝，为了国家民族的复兴，敢于奋起抗争，视死如归。他那壮怀激烈的诗句：‘我自横刀向天笑，去留肝胆两昆仑’，今天读来依然震撼人心。为什么在改革开放的大好时代，又有‘武器’在手，当代学子却患得患失，畏葸不前？一个为谋一己私利，无视国家法律，置他人生命于不顾，甚至已受到严厉批评的人怎么又当上了高等学府的校长？难道真如传说中的，权力可以走私？可以利益交换？那国家将会变成什么样？人民的生活将会变成什么样？作为当代大学生，事关国家的命运、前途，能不闻不问吗？"

瞿秉宜慢慢地站立起来，像读完《悲惨世界》或者是甫看过一部激动人心的影片，怀着沉重的心情，走在散场的通道上。“你说得没错，有一定道理，但是……”

龚示力也同时说“但是……”而后紧接着，“你的‘但是’后面一定是提醒我，别下王母娘娘划出来的银河里呛水吧！”

“我奉劝你，锋芒不可毕露。打游击战你懂吗？声东击西你会吗？”瞿秉宜的眼睛里闪烁着智慧。

到底该如何来写这篇文章？龚示力还没有思考成熟。第二天暑假开始，他带着这个问题回家了。

CHAPTER 12

第十二章

是倔还是傻

1

酒老鬼今天碰上了倒霉事。好多天没有清扫猪圈了，粪便已经堆积起来。一大早，他带同两个雇工，干起这桩既脏又累的活：先清理沼气池，再把粪便送进沼气池，最后清扫、冲洗。污水自然都流进了水塘，但量不是很大，沼气池已解决了主要的排泄污物。真是碰巧了！来了三个穿制服、戴大盖帽的人，其中一个是女的，四周环境看了看，最后来到水塘边。酒老鬼一直都陪伴着他们，有问必答。他从来没见识过这种穿戴的干部，既不是警察，也不是工商收税的，是干什么来的？来他的养猪场干啥？就在酒老鬼丈二和尚摸不着头脑的时候，一个瘦高个儿的男人开口说话了：

“我们是市环保局的。有人举报青龙溪水发臭，我们经过检测，水体是受到一定污染。今天我们终于找到了污染源，你这个养猪场的污水通过这口塘，直接排入青龙溪，雨天流量更大，污染了青龙溪的水体。办养猪场是好的，我们支持，但你这样排放污水，是《中华人民共和国环境保护法》明令不允许的，必须限期整改。”

酒老鬼一时急得说不出话。他不明白——怎么弄成犯法了？

那个女的接着说：“要罚款的。”

“罚款？！要罚多少？”酒老鬼的心在突突突地跳。

“五千。”女的伸出一只手。

“五千啊？！”酒老鬼的嘴张得老大，可以放进一个菜包子了。

女的低头在讲义夹上开罚单。“这是下限，最低的。如果按上限，要罚五万至八万。”说罢，“刷拉”一声，撕下罚单，交给酒老鬼。

酒老鬼接过那张单子，看似一张纸，在他手里可沉得像刚刚丢下的钉耙，要他耙清多少猪栏粪，才能换来这五千元啊！就这么一下子要拿走他整整五千元！他不服气，怎么也接受不了。“我已经建了沼气池，流进塘里的龌龊东西很少了！这不该罚呀！”

“所以我们给你参照下限，最低的。”女的重复说。

酒老鬼突然想起松树岭下村支书的养鸭场。“哎，同志啊！俗话说冤有头，债有主，我不能当冤大头唉！那松树岭下的养鸭场，他罚了吗？”

“我们去看过了，那里没有鸭子啊！”瘦高个儿说。

“什么！没有鸭子？上千只鸭子都变鸟儿飞了？他那口塘里的水黑得像锅底，稠得像锅粥，龌龊水全进青龙溪，他罚多少？”

一直没开口的另一个男的说话了，嗓音像吃砻糠：“没见鸭子，怎么罚款？”话音一落，三个人走了。

酒老鬼回到家里，太阳已经下山。晚饭也不吃，连酒也不喝，提了张竹椅到院子里，“啪”的一声扔下椅子。正在院子里侍弄种苗的诗梅吓了一跳，回过身来见她爸满脸堆着乌云，觉得奇怪，这是怎么了？跟谁生气？酒老鬼也不说话，一屁股坐下，压得椅子嘎嘎响。手里大蒲扇掀起来的风，隔得老远的暖房也忽闪忽闪起来。

囡囡听见酒老鬼已经回来，赶快把饭菜端上桌子，还有两瓶啤酒，心疼酒老鬼今天干重活，特意给他做了两样喜欢的菜。奇怪！人怎么不见了？连喊几声也没回应，后来发现他一个人闷坐在院子里，出什么事了？这时诗梅也停下手里的活，在母女两人的再三追问下，他才把今天的事说了。说着说着，越说越来气，索性把蒲扇一丢，站起来就往外走。

“哎，你去哪里？晚饭也不吃了？”囡囡追上去。

酒老鬼头也不回地说：“气饱了，不吃了！”一脚踢开院门，走了。

“妈，爸要去哪里？”诗梅不放心她爸。

“一定是去找村支书了！”囡囡看着像扇子一样还在摇着的院门。

傍晚时候，羊羊回到了青桐。酒老鬼窝着一肚子火，正要去找村支书，突然迎面遇见了羊羊，像是遇上了大救星。人在落难或遭遇不测时，第一需要是得到旁人的理解和帮助。酒老鬼是“飞来的麻雀”（外村移入的），明里不说，暗里总是吃点亏，这次的罚款就明显不过了。他哀叹只生了一个女儿，打水都不浑，喊一声也不如别人响。想起女儿自然就联系到女婿，羊羊这个准女婿，说是最近要回来，也不知道哪一天能够到家？猛然间，远在天上的这颗星星落到他的面前，一阵惊讶过后，拉起羊羊就往家里走。进了院门就朝里大喊："你们看，谁来了！"诗梅正在给种苗浇水，听到爸的喊声，忙转过脸来看——原来是他！从信里知道羊羊最近就要回来，但突然来到了面前，还是感觉有些意外。羊羊走到她跟前时，轻轻地问了声："您好吗？"就这一问，宛如坐进了大浴盆，暖水没过她的全身，温馨在全身漾开。

"去了怎么又回来了？"囡囡听到喊声，从灶间来到堂屋，睁着一双好奇的眼睛朝院子里看，乍见老鬼正拉着羊羊走来。她几步跨下台阶，来到羊羊跟前，真是俗话说的：丈母娘看女婿，越看越欢喜！既要看他胖了还是瘦了，又想问晚饭吃过没有。由于心情激动，说出来的竟是——"你啥时候回来的呀？"

"他刚下车！"酒老鬼乐呵呵地说。

"快进屋，吃晚饭。"囡囡又急着转向诗梅，向她朝外努嘴。

"唉！"诗梅的应声既甜又软，声音好像是从满嘴的饴糖里穿透出来的。

翁婿两人在堂屋里坐下。诗梅送上凉茶后便快步往外走。酒老鬼问了些羊羊在学校里的情况。羊羊也问了两家的情况，特别是他爸的身体，这是他时刻担心着的。谈话很快涉及诗梅培育仙草的事，羊羊的态度很明确，只要诗梅愿意，有兴趣去做，不怕失败，他一定支持。

囡囡原先晚饭已经烧好，忽然贵婿驾临，怎可怠慢？连忙开火腿，原本打算留着过中秋的青鱼干也下了锅。

羊羊因为挂念家里，起身告辞。酒老鬼怎么肯放他走？就在这时，诗梅提着一箱啤酒回来了。囡囡一碗碗热气腾腾的菜也端上来了。诗梅抹了一把额头上的汗水，只瞪了羊羊一眼，羊羊便不再推辞，重新坐下。一家人围着八仙桌开始用晚餐。酒老鬼亲自给羊羊斟上满满的一杯啤酒，夫妇俩不断地为他夹菜，碗里堆得像座小山，已经碰鼻子了。

囡囡不喝酒，吃饭很快，不一会儿就吃好了。收拾自己碗筷的时候，凑到酒老鬼跟前轻轻地说："那事情对羊羊说说，他有文化，知道该怎么办。”

酒老鬼把头别过，黑眼珠往上翻，“人家刚来，正在吃夜饭，怎么来说这个？！”

“自家人有啥要紧？”囡囡转身去灶间。

“叔！什么事？”羊羊问，又带着疑问朝诗梅看。

诗梅不说话，只朝酒老鬼看了看。

酒老鬼叹了口气，放下了手里的酒杯，一副无奈的样子，“好吧，那就说给你听。现在我遇上了麻烦了！”

羊羊好不惊讶，“什么麻烦？”

“今天环保局的人到养猪场来了，说我的养猪场是什么污染源，要限期整改，还要罚款，数目不小呃！”

“多少？”

酒老鬼伸出一个手掌，不停地摇晃着。

“五百？”

酒老鬼把头别向一边。

“五千啊！”羊羊睁大了眼睛。

“如果就是我一家，五千也认了。”

“还有别的污染源？”

酒老鬼激动得伸手向外指：“村支书的养鸭场，一千多只鸭子，松树岭下那口塘，水已经变黑、变稠，臭得叫人喘不过气来。大雨一来，那臭水都灌进了青龙溪。他是支书啊！消息灵通，到了检查的日子，他的上千鸭子像变魔术一样不见了！那些来检查的干部，有个瘦高个儿的，是他的什么亲戚，在他家又吃又喝的，啥事都没有。一畚斗垃圾统统倒在我的头上。你说，窝囊不窝囊？倒了八辈子霉了！”

“有这种事？”

“我要讨个公平！”酒老鬼摊开双手，“这个公平到哪里去讨啊！？”

羊羊沉默了。

“好了，好了，不说了。我们喝酒。”酒老鬼拿起酒杯正要与羊羊碰杯，小娜一步跨进了堂屋。

“说好今天要到家的。怎么到天黑了还不见人？我猜到一定是被你这个酒老鬼截下了！”小娜嘴上这么说，眼睛却是一遍又一遍地看羊羊。羊羊显得有些不安，对小娜做出无奈的表情。诗梅一见小娜进门，立刻起身，挪开凳子请小娜入座。

“你来得真巧！来来来，坐下来，一起吃。”酒老鬼起身招呼。诗梅送上了碗筷。

“晚饭还在喉咙里。”小娜推开眼前的碗筷。

酒老鬼假作认真地说：“哎！小娜，你刚才的话可说得不对呀！”

“怎么不对？”小娜问。

酒老鬼凑近小娜，眼光在小娜、羊羊间来回转动，轻声细语地说：“这个儿子现在我也有份了！”

小娜笑了，笑得很脆，笑得心里很甜，笑得撩起围身布来抹眼泪，“有份！有份！酒老鬼，那我兴不兴来看看？”

酒老鬼也笑了。闻声前来，听着两人对话的囡囡也一起笑了，笑得堂屋里笑声绕梁。

诗梅手里端着凉茶，等小娜止住笑声，才送到小娜跟前，轻轻地说：“伯母，请用茶。”

酒老鬼捂着笑痛的肚子，说：“啊哟！刚才一肚子的火气，你小娜一来，火气全笑掉了！”

“哟！啥事惹你生恁大的火气？”小娜不明就里。

“就是那罚款的事。我正同羊羊在说哩！”

“噢！”小娜立刻反应过来，起身坐到羊羊同一条长凳上，拍了拍羊羊的肩头，很气愤地说，“羊羊，这事真不公平，当了官就可以这样？！还有，她家娶儿媳妇，全村都去送份子，都几百几百地送！”

“妈，你去送了吗？”

“我拿什么来送？”小娜双手一摊。

“有也不送。一分都不送！”羊羊斩钉截铁地说，“叔，我想是不是这样，把那个池塘封死了，平常清扫就用循环水。”

“我呀想过堵死它，但死水要发臭的！下大雨怎么办？还是要漕出来的呀！”酒老鬼为此已绞尽脑汁。

“经过沉淀，污物的含量已经降低，另外再引种一种叫水花生的水生植物，它会吸收水里的污物，净化水体，还可用来当饲料。”

“还可当饲料？！有这么好的东西？”酒老鬼一双眼睛瞪得像铜铃。

羊羊接着说：“也可种芦苇，芦竹好卖钱，到时候那池塘将白花一片！”

诗梅也想起来了，补充说：“也可以种睡莲，开红花的，很漂亮！”

“天下有这么好的东西？我这养猪场不就变成花园了！”酒老鬼肚子里的怨气统统都变成了酒气。

“去哪里弄这些好东西？”囡囡惊奇地看着羊羊和小梅。

小娜心里也觉着高兴，“你这个酒老鬼，平时总是说只生了个女儿，打水都不浑。你看看，现在要把你的浑水塘变成花园了！还不好啊！”

“好，好，好！我就是急着等羊羊回来呀！”

囡囡又来给羊羊添菜，眼睛朝酒老鬼斜眄着：“他呀！连做梦都会喊羊羊！”

小娜笑着起身，“我可要回去报信了，他爸正急着在等儿子呢！”

“妈！”羊羊赶快来到小娜身边，挽住她的手臂。

小娜把看着羊羊的视线移向了诗梅，推开了羊羊的手，说：“你呀！再坐一会儿吧！”又转过脸朝酒老鬼两口子，“你们慢慢吃，我走了。”

酒老鬼两口子相视一笑。

诗梅挽起小娜的手臂，两人相依着走了。

酒老鬼把一天的烦恼全丢到脑后了，翁婿二人又喝了一阵子。诗梅回来了，一进门便注视着羊羊，传递她无声的话语：“还喝？该回去了！”

羊羊立刻起身，告辞回家。酒老鬼两口子再三嘱咐：“有空就过来。”

诗梅站在堂屋门口。羊羊走过她身边时，轻轻地说：“不送送我？”

诗梅朝爹妈看了一眼，不声不响地跟在羊羊后面，两人一前一后出了院门。满天星斗，月色溶溶。青山围绕的青桐镇像偎依在妈妈怀里的婴儿，青龙溪的潺潺流水，像妈妈低声吟唱的儿歌，青桐已进入了梦乡。晚风把稻穗即将扬花的清香，山林里绿树、草蔓吐露的幽香，一阵阵地送来。此起彼伏的蛙鸣像节日里孩子们的欢歌笑语。这样的夜晚，星星也陶醉了，疏疏朗朗的，好像是醉酒人的眼睛。唯有一轮明月高挂，张着如银盘一样的笑脸。不知道是什么时候，诗梅的小手羞羞答答地躲进了羊羊的大手掌里。也不知道过了多久，她的身体也躲躲闪闪的，最后一头钻进了羊羊的怀里，两张火烫火烫的脸贴在了一起。这时候她感觉到背上有一只大手在抚摸，后来又多了一只手，渐渐地一个火烫的身体在靠近她，靠得越来越紧。她无法回避，简直要把她融化了。突然！她听见了一阵轰隆轰隆的响声，而且节奏越来越快，什么声音？哪里来的响声？终于发现，响声来自羊羊的胸口。诗梅一阵紧张，推开了羊羊。

“有人在笑你呐！”诗梅窃笑。

羊羊一惊，“谁？！谁在笑？”声音压得很低，犹恐被人听见。

诗梅抬头指了指天上的月亮，背过身去躲着笑。

羊羊这才坦然，“他笑的又不是我，让他去笑好了！”

“那你说他在笑谁呢？”诗梅回过身来，两只眼睛滴溜溜地转。

羊羊半真半假地，一会儿抬头看月亮，一会儿看着诗梅，“他在笑天下可笑之人。”

诗梅感觉到羊羊不怀好意，立刻反问：“什么人是可笑之人？”

“这个么……”羊羊抬头看月亮，“只有天知道。不过……”

“不过什么？”

“我还听说……”羊羊眨巴着眼睛，让人感觉他在藏掖着什么。

“你听说什么了？说嘛！”

“我听说，有一个漂亮的姑娘，心地很善良，她历尽艰难，千方百计地解救百姓的苦难。白娘子救活许仙的仙草，其实是她栽种的。后来她上了天界，成了仙女。”

诗梅大喊一声：“你再胡说！人家正困难重重，一点头绪都没有，你不但不来帮我，还编派出一些胡言乱语来戏弄我！”越说越气愤，朝着羊羊的胸口一阵乱打。

“好了！好了！这不是我说的！”羊羊求饶。

诗梅余怒未消，喝问：“谁说的？”

羊羊手指明月，摇头晃脑地：“此乃天籁之声也！”

诗梅又要挥手拍打，羊羊一把将她拢进了怀里。诗梅贴在羊羊的胸口。羊羊像抱着一只温顺、依恋的宠物猫。诗梅的声音很轻很轻，就像对着羊羊的心口在说：“真的，我要你帮我。”

“好，我一定帮你。”

诗梅钻出了羊羊的怀抱，说：“我听你爸说，你曾经去大山里砍过一次硬柴，那次我爸也去了，你独自一人上了另一座山头，就是在那座山头的背后，当年有一个姓李的拳师，在那里采到过铁皮石斛，救活了一条人命。”

羊羊大为惊喜，“有这样的事？那太好了！我们再去找找，能找到最好；找不到，我们把那里的温度、湿度、气候环境，有关铁皮石斛的具体生长条件搞清楚也是大有裨益的。”

“所以我要你帮我么！”诗梅看着羊羊，双目含情地说。

“好！我们先做好准备，选个不太热的日子，我陪你去。”

2

羊羊悄悄地踏进了龚家弄。他自责，觉得于心有愧，已经十点多了才到家。病中的父亲一定在责怪他，挨骂是少不了的。他轻轻地推开院门，原以为家里灯火全熄，二老已经休息了。出乎意料，起居间里明晃晃地还亮着灯，父亲的那张竹躺椅响起了他十分熟悉的声音。二老还没睡？！一直在等他呢！透过窗格子射出来的光线，特别明亮、刺眼，好像是父亲的怒目。羊羊却步了！“呀”的一声，大门开了，小娜探出头来：“是羊羊回来了？”

“唉，妈，回来了！”羊羊战战兢兢地走进了起居间，只看了老龚头一眼，就像老鼠见到猫一样，紧靠在妈妈的身旁。

老龚头从头到脚，细细地打量着半年未见的儿子，孩子的骨架跟他长得一模一样，高大挺拔，半年来好像又长高了么！他从来都没有当着儿子的面说过一句亲昵的话，但心里却是另一番情景，时常让他牵肠挂肚着。每天晚饭后，乘一会儿凉，就上楼睡觉。他怕晚风，吹了就要气憋。可今天晚上就是硬撑着坐到现在，小娜几次催他上楼，他就是坐着不动，不说在等羊羊，只说再坐一会儿。小娜当然知道他的心思，天字不出头，陪着他。小娜也在想心事，是另外一桩要紧的事——诗梅有没有陪伴羊羊，两个人出来走走？

羊羊最放心不下的是父亲的身体，有时候竟然做噩梦，梦见父亲病重，瘫在床上，醒来已惊出一身汗。有时同学家里有急事，来电话、电报，他非常担心，生怕楼下值班室喊他的名字。大半年了，爹又消瘦了不少，颧骨耸起，两颊深陷，手臂上清晰可见条条筋骨。刚才的愧疚之心益发沉重——无论如何也应该先回来看老爹呀！不肖！不孝！

一阵惊悸过后，见父亲没有发话，终于壮起胆子来问："爹！你还好吗？"

老龚头躺在竹躺椅上，轻轻地摇了摇头，"就这副样子了，还好到哪里去？"

"爹，我刚一下车，正好碰上了诗梅他爸，他硬是又拉又拽的……"

老龚头摇了摇他那干瘦的手，"不说这些。"

羊羊立刻住嘴，不敢再往下说什么了。

"孩子，我要告诉你，酒老鬼是个本分人。他建起那个养猪场也真不容易。我们不说这门儿女亲事，他也是你的救命恩人。听你娘说，这里那里的来找他的麻烦，你回来了，应该帮帮他。有句话叫什么？哦！'滴水之恩，涌泉相报'，是这个理吗？"

"是的，爹说得对。"

"以后啊！"老龚头又喘起来了，"以后你要两边走走，酒老鬼没有儿子的，女婿可是半子啊！"

"知道了。"羊羊赶紧蹲下身来，抚摸父亲的胸口。

"你用不着束手束脚，爹不会怪你的。"老龚头说话的声音越来越轻，已很疲倦了。

"爹，我听你的。现在扶你去睡觉好吗？"

老龚头点头。羊羊扶起父亲。小娜关门、关灯，三人一起上楼。羊羊扶着父亲躺下，悄悄地退出来，正要去自己的房里，小娜轻轻地拉了他一下，小声问："她送你了吗？"羊羊笑着点了点头。小娜也开心地笑了。

3

羊羊去酒老鬼的养猪场，诗梅当助手，仔细测量了那口水塘的出水口。绘出图纸后，请来石匠，他当起了工程师，一连干了五天，终于完工，把水塘给封死了。又跑县城农科所，要来了芦苇种子，栽种期今年已过，要等明年春天才能下种。花生草在许多湖面、水面上都有，经农科所介绍，现成地要到一筐，一拿回来就播在水面上。这种水生植物繁殖力很强，不要多久，就能长出一大片。办完这些事情后，距离环保局限定的缴纳罚款期限只有一天了。酒老鬼实在不愿意见到那些当官的，但又不敢不缴，怕再惹上麻烦。诗梅把他爸的这桩为难事告诉了羊羊。羊羊当即应承下来，他去跑一趟。

第二天吃过早饭，羊羊带着五千元现款去县城。第一次踏进作为主管一县的空气质量、水体安全、环境噪声和固体废弃物的政府机关——环境保护局的大门。这是一幢新建的七层大楼，设计新颖，颇具现代意识。令人不可思议的是，大门口耸立着两只精工雕刻的石狮子，左右排开，呈掎角之势，让人联想起封建时代衙门的显赫、威严，令人望而却步。龚示力对此十分反感：政府机关怎么弄成封建衙门一样？这是为人民办事的地方啊！

进了大楼，先找到财务科，因为那张罚单上有环保局的财务专用章，还有经办人李秀英的签名。那位李秀英倒是很快就找到了，是财务科的科长，她接过罚单来看，目光马上转向墙上时钟下的挂历："今天是最后一天。钱带来了吗？"

"带来了。"

李秀英把罚单交给一个办事员。龚示力取款付讫。李秀英正要往外走，龚示力快步上前询问："养猪场的污水排放处理好了，这事应该向哪里汇报？"

"噢，"李秀英伸出一个指头往上举，"二楼，找环境监察科。"

龚示力立刻匆匆上楼。李秀英紧随其后出门，看着龚示力迈开两条长腿，每两级台阶一跨，浑身有使不完的劲。李秀英愣神儿了，这是一个帅酷了的小伙子啊！遗憾刚才没细看他的脸相。

龚示力上了二楼，长长的楼道里，两边都是办公室，鳞次栉比。找到了环境监察科，但里面没有人，办公桌上烟灰缸里的烟蒂头还在冒烟，窗户开着，一缕青烟正向窗外逸去。到哪里去找他们？龚示力从环境监察科退出来。忽然传来一阵阵笑声，他循着笑声来到一间办公室的门口，里面有五六个人，有坐着的，也有站着的。龚示力站在门口，不便贸然轻进。

这五六个人意犹未尽，又低下头来说悄悄话，像啄食的鸟儿挤在一起；

突然好像有人丢来一块石头，啄食的鸟儿呼啦啦地惊飞起来！扬开一阵又一阵哄笑。

“请问，有监察科的同志吗？”龚示力有点等不及了，他想办完事赶回家吃午饭。

“找监察科？你有什么事？”一个瘦高的男人迎上来问。

龚示力说明了来意。

“来，到办公室去说。”瘦高男人回身向另一个人打招呼，让他也过来。那人好像屁股粘在凳子上，起不来。上来两个人把他往外推。“去去去，办完了事再来，最精彩的在后面。”

龚示力跟着两人走进了环境监察科。两人在各自的办公桌前坐定。“什么事，你说。”瘦高个儿问。

龚示力看瘦高个儿的长相，估计那天就是他带人到养猪场的。他详细说明了酒老鬼养猪场的整改情况。

瘦高个儿想了想，说：“你们能及时整改，按期缴纳罚金，很好。至于整改的结果是否符合要求，要经过我们查验。”

“希望你们尽快去查验。”龚示力说。

“这个……我们会安排的。”瘦高个儿明显有结束谈话的意思。

“还有一个问题。”龚示力说。

“什么问题？”瘦高个儿表情严肃起来。

“我想问，青龙溪水体遭污染，仅仅是养猪场造成的吗？”

“从目前掌握的情况来看，养猪场是污染源。”

“这个结论是不准确的。”龚示力十分肯定地说。

瘦高个儿的双腿已经从办公桌下挪出来，做好起身离开的准备。龚示力的话让他大出意外，双腿重新回到办公桌下。“唉，你这位年轻同志，你说话要有依据，不能随便乱说的。”

“依据明摆着。遗憾的是作为环境监察部门视而不见。”

坐在瘦高个儿对面的，也就是那个粗嗓子，他一直在翻阅一本登载着许多女星照片的杂志，翻前翻后的，有些心不在焉。突然把手里的杂志用力摔到桌子上。“你在胡说八道！谁让你到这里来胡闹的？啊？这是你胡闹的地方吗？”

龚示力毫无惧色，“这里是人民的政府机关，公民有权利到这里表达意见。”

瘦高个儿为了缓和气氛，降低了说话的声调。他已猜透龚示力要说养鸭场的问题，因为心里有鬼，眼看又是个绕不开的问题，于是先发制人。“我知道，你要说的是养鸭场的问题。我们去看过了，到目前为止，那里没有问题。”

“养鸭场在养猪场的下游，一千多只鸭子，那里也有一口水塘，面积更大，水质已经高度富营养化。你们为什么把它看作是小数点后面的零，可以忽略不计？”

“那里没有鸭子了！”粗嗓子厉声喝道。

“可笑！可笑！到底是人不见鸭？还是鸭不见人？你们自己心里有数。退一步说，就是鸭子飞了，那口塘还在，你们测定过没有？请出示数据，与养猪场做个比较。”

瘦高个儿一时无言以对。

“住口！用得着你来教训吗？说得好听点，请你出去，别在这里妨碍公务。”粗嗓子恼羞成怒。

“接下来该骂我大胆刁民，竟敢咆哮公堂，是吗？我想问，这里是衙门还是人民的政府机关？如果说是人民的政府机关，百姓的话、领导的话、领袖的话，不分贵贱，服从真理。你懂吗？”龚示力气怒难忍，大声反诘。

吵闹声把其他办公室的人惊动了，都围了上来。有的问情况，有的横眉怒目地指责龚示力，还有人高喊：“叫保安，把这小子轰走！”

龚示力也火冒头顶，面对着众多人的指责，不甘示弱，强势回应：“我要向你们的上级机关举报，你们徇情渎职，执法不公！”

瘦高个儿担心事情闹大，赶快打圆场，边拉边哄地推着龚示力走。

龚示力在回家的路上，心里像煮开锅的汤团，上下翻腾。一级政府机关，怎么能这样？在他的生活经历里找不到可做对比的参照物，但是文献资料里有记载，在革命战争年代，以及新中国成立以后的一段时间里，当时的军民、政民关系，真是鱼水相与啊！怎么会演变成现在这样？他要寻找、剖析形成今天这种局面的演变轨迹，为写好那篇文章找到充分的论据。

4

诗梅见羊羊连续忙碌了好几天，人也晒黑了，好不心疼。囡囡赶快杀了一只老母鸡，加进黄芪、党参等中药，炖好在砂锅里。下午四点多钟，太阳还老高，顾不上烈日当头，一身汗水地前往羊羊家。

羊羊是有些累了，今天哪里也没去，吃过午饭后睡了一觉。醒来想起诗梅说的野生铁皮石斛，立刻翻身下床来到起居间。一步跨进门，他惊住了！父亲正拿着砍柴刀在木墩子上剁着柴根样的东西。

“爹，你怎么在弄这个？！”羊羊赶快从老龚头手里接过柴刀。

老龚头往后一倒，躺在竹椅上，急促地喘气。

“爹，你弄这个干啥？你不能劳累的呀！”羊羊不无埋怨地说。

“你就像我一样把剩下的都剁好，再拿到溪里去洗干净，等你娘回来，她知道该怎么弄。”说罢便闭上了眼睛，他已经很累了。

羊羊照样子剁好、洗净那些柴根样的东西，小娜回来了。

“妈，爹弄这些东西做啥？”羊羊手上还滴着水，十分好奇地问。

“哟！”小娜睁大了眼睛，顺手捋了一把竹篮里的那些柴根，“你爹为了你，不顾自己身体，不晓得去哪里挖来这些‘红灯笼’根。”

羊羊惊异了：“为我？！”

“是啊！”小娜拿起一节“红灯笼”根，“这东西我们土话叫‘红灯笼’，到秋天会结出像黄豆般大小，样子活像红灯笼的果子，长在溪滩边，这是它的根。你不要看不起它，拿来煮鸡蛋吃，补男人身体的！”

“噢！”羊羊这才明白。

“你爹疼你啊！”

羊羊想起刚才父亲不顾自己的病体，用他那双露筋露骨的手，竭尽全力地在砍剁，一时间全身的血液好像都变成了醋，他的心酸透了！泪水直往眼眶里涌。

囡囡手里举着一把麦秸秆编的扇子挡太阳，顶着像火烤一样的大太阳，一身汗水，走进了羊羊家的院门。

小娜赶快迎了上去，“啊哟！有啥事啊？把你急成这样，像个从水里捞上来的人！”边说边从囡囡手里拿过扇子，给她扇扇，两人一前一后地进了堂屋。

“罪过！罪过！”囡囡赶快从小娜手里拿回扇子，“怎么好叫你扇扇子啊！”

小娜拿来一条在凉水里涮过的毛巾，递给囡囡，“怕什么？会遭雷打？”

“羊羊呢？”囡囡左看右看。

小娜在囡囡身旁坐下，拿大蒲扇扇风，这样可以一带二，两个人都凉快。“他呀！一有空就上楼去写呀、看呀！”

囡囡靠近小娜，说：“这几天把他给累坏了，人也晒黑了不少，诗梅……”下面的话凑在小娜的耳边说。

小娜笑了，笑得像在风中摇头晃脑的向日葵，“晓得心疼了！”

“我呀，炖好了一只母鸡，还加进了一些补药，想夜饭让羊羊到我那里去，好吗？”

小娜推了囡囡一把，满脸堆笑地说：“好！有人疼还不好吗！等一会儿我就让他过来。”

囡囡马上站了起来，“那我回去了，砂锅里还在滚着呢！”说着要进起居间。小娜摇摇手，示意老龚头睡着了。囡囡又拿起她那把扇子，蹑手蹑脚地走进院子，回过身来，拿扇子朝小娜挥了挥，走了。

羊羊如期赴约。太阳已经下山了，酒老鬼还在养猪场。诗梅见羊羊一头汗，马上打开堂屋隔板下的吊扇，又拿她的毛巾在凉水里涮过，递给羊羊。囡囡一听见羊羊进门的声音，心花就开了，立刻手忙脚乱起来，放在眼前的东西也找不到，好在老母鸡已经炖得很酥，满屋飘香。为了不烫手，拿两块抹布端起大砂锅，小心翼翼地一步一顿地走着，从砂锅里冒出来的，让人垂涎欲滴的香味，从灶间移向了堂屋。羊羊看着一头汗水、全神贯注的囡囡一步步地向他走过来，心里觉得很不好意思，连忙伸手去接。

囡囡不敢旁顾，连连摇头，示意很烫，不可换手。总算把大砂锅不颠不晃地放到大方桌上，刚才憋着的一口气才吐了出来。拿手抹去额上的汗水，满脸堆笑地朝站在一旁、手脚无措的羊羊说：“你吃。”

羊羊还是站着不动。

“你吃啊！”囡囡把羊羊跟前的凳子拉开，让他坐下。

羊羊顺从地坐下，说：“大家一起吃啊！”

囡囡把头别过一边去笑，“孩子，这要一个人吃的。”（当地风俗，男人十六周岁以后，每年至少要吃一只像这样的炖鸡。只许一人吃。据说，一只鸡真正补的只有一块肉。羊羊因为家境不允，从未有过这样的享受）

诗梅拿来两瓶啤酒和酒杯，一瓶的瓶盖已经打开，给羊羊满满地斟上一杯酒。羊羊连忙伸双手接过。囡囡见诗梅来了便匆匆回灶间忙别的事去了。

诗梅在羊羊的身旁坐下，掀开大砂锅的盖子，薄薄一层金黄色的油布满在锅面上。诗梅把嘴伸向大砂锅，“唔，真香！”转过脸来看着羊羊，“吔！你怎么还不吃？”

“叫我一个人吃，好意思吗？”羊羊还是觉得不妥。

“这是规矩、乡风，懂吗？”

“那我们一起吃。”

诗梅直起身子来，脸带愠色地说：“你再不吃，我恨你了！”

“好好，我吃。”羊羊摇了摇头，只好拿起筷子来吃了。

诗梅满意地笑了，“唔，这才是乖！”看着羊羊，倒退着走向灶间。

5

羊羊遵命吃鸡。但灶间里的说话声让他觉得奇怪，不只是诗梅一家人，还有木匠鬼和另外几个陌生的男人，他们什么时候进来的？想起来了，灶间有扇后门，平时都是关着的。今天为了让他安心吃鸡，竟然把后门给打开了，一家人就在灶间吃晚饭，陪客人谈天。羊羊心里越发觉得过意不去。但一转念，今天这只鸡如果不吃下去，心里不好受的是诗梅一家人。想明白了，羊羊也就放开肚子吃了，还算有本领，一只老母鸡基本上吃光。最后在啃鸡爪子的时候，木匠鬼嘻嘻哈哈地从灶间里走出来，后面跟着两个陌生人。酒老鬼手里拿着一支烟，朝他咧开嘴笑。

木匠鬼一个劲地看着羊羊笑，拉开长条凳在羊羊对面坐下，示意他的两个同伴随便坐。酒老鬼老规矩，还是坐在门槛上。

“羊羊，你这个大学生，我要考你一个问题。”木匠鬼止住笑，一本正经地说。

羊羊知道木匠鬼是张有名的荤嘴，马上警惕起来：“你要考我什么？”

“你说，女人为什么要男人吃鸡？”木匠鬼眨巴了两下眼睛问。

“你说呢？”羊羊反问。

“嗳，这是我考你耶！”

羊羊猜中木匠鬼就是要把话引向那事，一定要想办法把话绕开。“这是我们青桐的乡风、民俗。要考证，你得去问茅太公。”

木匠鬼现在当老板有钱了，身上穿的是名牌T恤，短袖的。但劲头一来，还是改不掉当年穿褂子往上捋袖子的习惯，只不过现在只摸了摸两只手臂。“这事还用得着去问茅太公？上至老、下至小，只要是站着尿的，没有不知道的。难道你这个大学生……”

诗梅给客人送上凉茶，也给他爸端上一杯。最后来到羊羊跟前，见已完成任务，满意地笑了，轻轻地说了声：“乖！”

木匠鬼扬声大笑。

在场人跟着哄笑。

诗梅被大家笑得不好意思，红着脸问：“你们笑什么？”

这一问，大家笑得更厉害。

羊羊朝诗梅努嘴，让她快些离开。诗梅涨红着脸，指着木匠鬼：“就是你这张荤嘴，说不出好话来。”转身就走。

大家笑成一团。

“好了，好了，你这个木匠鬼，讲了一世的荤话。该说你的正事了吧！”酒老鬼起身给木匠鬼和他的伙伴们递烟。

“说说才会笑笑么！做人一辈子，就是要活得快活！”木匠鬼把烟点着，让烟雾在他面前升起，眯起眼睛来看羊羊，说，“羊羊，我想请你帮忙一件事，对你来说是尿送一泡烟，很容易的。对我们来说……”木匠鬼看了看身边坐着的两个伙伴，“那就是比登天还难。但又担心你不乐意，我……有点不好意思开口唉！”

羊羊笑了笑，“什么事？木匠叔，只要我能做得到，你尽管吩咐。”

木匠鬼喜形于色地向他的伙伴兜兜嘴，“好！叔决不会让你白辛苦的。”

羊羊注视着木匠鬼和他的伙伴，不明白他们要他帮什么忙。

木匠鬼手里的烟已经有大半支燃成了灰，没有弹掉，还是那样竖起来拿着，目不转睛地看着羊羊，“想请你写一篇文章。”

“写什么文章？”羊羊问。

“这件事情说起来话长。”突然木匠鬼手里的烟灰散落下来，像一堆鸡屎，落在桌子上。他连吹带抹地把它弄掉。“过境滨江市有一段57公里的八车道高速公路，是个很有油水的大工程。我们三家想联手把它吃下来。主管这项工程的省交通厅长不怎么好对付，除了‘家常菜’‘荤素搭配’，他还要有‘浇头’……”

“什么是‘家常菜’？”羊羊问。

木匠鬼睁大眼睛，“这个你不知道？”伸出两个手指做数钱动作。

“那‘荤素搭配’呢？”

“哈哈！也难怪你，成天同书本打交道，没有见过世面，让我来告诉你。这‘吃素’啊，就是喝高级饮料，唱卡拉OK什么的；‘吃荤’么……”眯起眼睛，转向同伴，“怎么说？‘吃荤’！”

木匠鬼那两个同伴朝他眼睛一睁一闭，不好意思说。

木匠鬼灵机一动，“哎，就是‘吃鸡’。不过他要的不是普通的那种，要么是外国进来的‘白鸡’，要么是家养的‘童子鸡’。”

羊羊双眉紧锁，一脸惊骇，“那‘浇头’又是什么？”

“这‘浇头’啊！就是来求你了。这个厅长除了喜欢上面说的那些事儿，剩下来的就数上报纸、上电视。要三天两头报上有他的名，电视新闻里有他的影，那他就乐了！啥事都好办。”

“这些事，你们是怎么知道的？”

“哎呀！羊羊啊！做我们这一行的，就像喂鸟、养狗的，一定要摸准它们的脾气、特点，那鸟儿才会唱，狗才听使唤，给人看家护院。同一个理，一定要把那些当官的、掌权的、管事人的脾气、爱好摸透了，特别是他最想要的，心尖尖上的那些事儿给办好了，我们才能中他的标，白花花的银子才有我们的份。”

羊羊紧接道："我懂了。你是要我给这位厅长写一篇文章，吹他的政绩，让他在报上出大名？"

木匠鬼那两个一直没开口的伙伴齐声嚷嚷："就是！就是！"

木匠鬼拍了大腿一巴掌，目光如电光闪烁，对两个伙伴说："怎么样？我说得没错吧！"随即又欠身向着羊羊，"我们在省城商量，他俩想在省里找写手。可我们没有这行的门道，不知道他们的路数，进什么样的食。弄不好会把事情给弄黄！我立刻想到你，我们是知根知底的，不是我卖老，从小看你长大，这点事你一准帮忙。猜你暑假就在眼前，能不回来？不放心又打电话问酒老鬼，说你定准回来。因为时间紧，今天我们就找上门来了。"

木匠鬼的一个伙伴，从黑色的提包里拿出了一个事先准备好的红包，鼓鼓囊囊的。"这是点小意思，请您先收下。事成以后，另外还有一份。"

木匠鬼的另一个伙伴跟着提醒："一定要在省一级的报纸上发表，如果能上北京、国家一级的报纸，那就更好，报酬翻倍。"说着从他的包里拿出了一叠资料，有文字、图片和照片，"这些都是厅长大人这些年的主要政绩。"

羊羊随手翻了翻，大都是一些统计数字：建了多少公里高速公路，修了多少座桥梁，打通了多少公里隧道，拆除了多少民房，对促进本省经济发展的重大意义，抬升 GDP 总量的巨大贡献，等等。

木匠鬼见羊羊在看材料，预感有戏了！连忙拿出熊猫牌烟来递给酒老鬼。酒老鬼只听说过有这种烟，是北京的大官抽的，老百姓就是有钱也买不到。好一个木匠鬼，到哪里去弄来这么好的烟？"木匠鬼，你真有本事！"酒老鬼把烟放到鼻子底下先闻着，舍不得马上点火。"这东西市面上是买不到的。你哪里去弄来的？"闻了还不够，又拿起来对着阳光看。

木匠鬼朝酒老鬼翘起大拇指，"算你识货。哪里弄来你先不要问。"眼睛朝羊羊眄了眄，轻声说，"这事你一定要帮我！"

"你不都说了么，还要我怎么帮？"酒老鬼把烟拿在手里，抬头看着木匠鬼。木匠鬼"啪"的一声打开打火机，把酒老鬼手里的烟给点着了。

"酒老鬼，服你了！让你弄到这么个能干的好女婿！"木匠鬼边说边挨着酒老鬼也在门槛上坐下。

酒老鬼只要有人说他的女婿好，便得意起来，"哎，你会不会说话？怎么叫‘弄’？这叫缘分，缘分你懂吗？”

木匠鬼把嘴凑在酒老鬼耳边，说：“要是我有个女儿，一定要把羊羊从你手里夺过来。”说着用臂膀撞了撞酒老鬼。

酒老鬼被撞，顺势摇晃起来，神清气定地说：“先跟你老婆去商量，把女儿生出来再说。”

木匠鬼还想说什么，突然羊羊喊道：“木匠叔！”

“唉！怎么样？”木匠鬼朝着羊羊堆起一脸笑，回到原来的位置上。

羊羊不停地摇头，“木匠叔，我实话告诉你，我不能写这样的东西。”

木匠鬼一听急了，“为什么？！”眼光立刻停留在那个红包上，“你……是不是嫌少了？可以再加的呀！”

木匠鬼的两个伙伴一听羊羊说“不能”，如同在草地上悠闲吃草的麂、鹿，突然听到警讯，立刻一片惊慌，东张西望起来。

“木匠叔，你是我的长辈，从小看我长大，按理说，要我做点什么事，帮点什么忙，只要我能做到，没二话好说，照办。但是……”他把目光停留在那一叠资料上，“像这样的事情——为一个领导人无原则地歌功颂德，这种文章我不能写。”

一时间，大家都沉默无语。四支“烟枪”喷吐出来的烟雾，弥漫在堂屋里，每一个人的脸看上去都是模模糊糊的。

木匠鬼看着烟雾中的羊羊，奇怪！怎么羊羊变成老龚头了？！老龚头是有名的倔头，认死理的人，他不主张的事情，九头牛也拉他不动。果真是“有种像种”。这事不就黄了？

羊羊面对烟雾里的木匠叔，原本是一个老实巴交的农民，给东家造房子、西家做家具，游走在邻近的村坊，找不到生活了就下地。是什么促成他与手握大权的高官结成了休戚相关的利益链？干部、领导和老板结成了利益共同体，对国家、人民将带来多大的危害！

酒老鬼可想得不一样，就是不便说出来，他觉得羊羊有点拧。会写的人么！就动手给写点好了，又不费劲，还有进账。要是真能在大报上登出来，你羊羊不也出名了！有这么个女婿，村支书还敢再坑他？那些动不动就开罚款单的人，也得掂掂分量啰！他注视着羊羊，希望他改变主意，把活儿接下来。

“我为什么不肯写这样的文章？你们一定在想，‘这孩子读了几天大学，怎么变了？瞧不起人了？连乡亲也不认了？’请你们相信我，羊羊绝不是这种人。文章我是要写的，但决不给这些贪赃枉法的官老爷们捧场。从来老百姓都怕官，我叔的养猪场，一罚就是五千！当然，该罚的还是要罚。但是，要严罚的可以不罚，这太不公平了！因为他们手里有权。这个权是哪里来的？封建时代是皇上给的，称之为‘皇权’。如今的权是民权，是人民给的。怎么可以拿着老百姓给他们的权力胡作非为，吃喝玩乐？这是犯罪！还写文章去捧他！吹他！那不成了帮凶，《地道战》里拍马屁的汤司令？称道鬼子魔头‘高！实在是高！’我要写的是揭露、批判这种现象的文章……”

羊羊的话还没有说完，木匠鬼和他的伙伴跳了起来！木匠鬼的两只手就像瞎子进门一样——乱摸，赶紧把那一叠资料掳进怀里，嘴里一迭声地叫着：“羊羊！羊羊！你不写可以，千万，千万不要把我说的那些写进你的文章里去，搞什么揭露、批判，那你就害苦我了！”

木匠鬼的伙伴赶紧补充，说：“我们生意不成仁义在，做人要讲良心噢！”

羊羊把头一别，说：“这个你们尽管放心。”

“那就好！那就好！”木匠鬼已惊出一身冷汗，心有余悸地看着酒老鬼，“你这个女婿是个小粪头，一模一样地倔，以后你要当心了！”向两个伙伴努嘴，“我们走吧！”

“哎！还有东西放好。”羊羊提醒放在桌子上的红包。

“噢！”木匠鬼惨然，无奈地向着他的同伴，“放好吧！”长叹了一声，带着伙伴走了。

酒老鬼一直把他们送出院门外。

6

诗梅拍着手从灶间出来，“好，好，《南京路上的好八连》！”

“哟！你都听见了？”羊羊有些意外。

“我问你，什么时候陪我上山？”

“准备工作做好了吗？”

“温度计、湿度计、干粮都准备了，还要什么？”

“我想，最好能带上一架照相机。”

“带照相机做啥？”

“真的铁皮石斛我们都没见到过，只是听人说说而已，如果我们有所发现，你说采不采它？”

诗梅一双眼睛朝着羊羊滴溜溜地转，这个问题她根本没有想过。

“你想，野生铁皮石斛是极为珍贵的，如果采下来，不是，倒还好说，倘若是真的，那它就死了！以后我们对铁皮石斛的观察、研究就失去了对象，那是无法挽回的损失啊！”

诗梅这才明白过来，“所以你想到了拍照。”马上脸有难色，“我们到哪里去弄照相机？青桐镇上只有照相馆的王老板有一架手提相机。”

羊羊眼前出现了又矮又胖，总是满脸堆笑，走路像企鹅一样的王老板。“不要急，我去试试看，如果他肯借我们一用，那就万事大吉了！”

“那就看你的本事了。”

羊羊回到家里，爹妈还在院子里乘凉。他拿了一张小凳子，坐在二老的中间。

“红灯笼根明天吃吧，两样东西一齐补，要补过头的。”小娜用手里的扇子拍打了一下老龚头，算是问他。

“好的，分开吃好。”老龚头说。

“爹！人家说我是小龚头哎！”羊羊摇起了扇子，把凉风带给他爹。

“谁说的？”老龚头淡淡地问了一声。

羊羊把刚才遇上木匠鬼的事说了一遍。

“做人、做事总要站在理上，亏心事、伤天害理的事，什么时候都不能做。你是我的儿子，当然像我，有什么好奇怪的？”老龚头说话的声音不断加重。

父亲的话，羊羊听着很乐意。打算明天带着诗梅去大山里寻找野生铁皮石斛，也对二老说了。

“噢！这事还是我说起的。我也不知道究竟在哪一块山头，不过总在那一片山坡上。你……带着诗梅去，可要当心哪！人家一个姑娘家的，要处处照顾好她。”

小娜一听说明天要进大山，急了！埋怨道："你怎么不早说，一点准备都没有啊！"

"妈！你不用急，他们都准备好了。"

"遇到难事记牢：不要急，不要慌，知道吗？"老龚头交代，"还有，到那里路有些远，万一回来晚了，或者遇到什么意外，点火是最好的报信和防护办法。"

"唉！"羊羊应着，说罢站立起来，"哦，我还要去找照相馆的王老板。"

"找王老板做啥？"小娜问。

"让他去。"老龚头一直都躺在竹椅上，转过脸来向着小娜，"他不是孩子了！"拿手里的扇子朝羊羊撳了一下，"去吧。"

照相馆就在弄堂口，羊羊几步就走到了。王老板人胖，特别怕热，只穿着一条裤衩，光着膀子，躺在门口的竹榻上乘凉。

"王老板，这下子放开手脚，真惬意啰！"羊羊上前打招呼。

王老板立刻翻身坐起，一看是羊羊，"哟！大学生来了！坐坐。"趿拉起他的木屐，推开店门，拿出一张竹椅，"来，坐。"又递了一把扇子给羊羊。

"平常你就一个人？"羊羊坐了下来。

"有什么办法？他们说这里是乡下，都不肯来！"王老板坐在竹榻上，提起一条腿来搁在竹榻上，"不过说只我一个人，倒不好说，"朝着陈列相片的橱窗努嘴，"陪伴我的人不少，就有你一个。"

"还放着？！"羊羊站起来，走到橱窗前。

王老板打开了橱窗里的灯。"你看，我把你一直放在最醒目的位置上。"轻轻地拉了拉羊羊，"嗳！不少姑娘站在橱窗前不走，一双眼睛盯着看的就是你呀！"

羊羊笑了，"有这种事？"

"我骗你做啥？哎，你啥时候同仙女（诗梅栽培仙草，从此大家都称她为仙女）拜堂成亲？"

"还早着呢！"

"早什么早？男大女大的。"王老板欠身靠近羊羊，"不要鱼挂臭，猫叫瘦啊！"

羊羊拱手，“到时候一定请王老板赴我的婚宴！”

“好，我这里先恭喜了！”王老板拱手回礼。

羊羊坐回原位，“王老板我想请你帮个忙。”

“帮什么忙？”王老板一直在想，羊羊夜里来找他，必有所求，但想不出来所为何事？他想，只要不是借钱，其他都可以考虑。

“借一样东西。”

“什么东西？”

“这样东西，青桐镇只有你家有。”

王老板眼珠子飞转，不愧是生意人，立马想到，眼前的这位是滨海的大学生，见过世面了！男女在一起，就想找地方留个影，八九不离十是要动他那台相机的脑筋。这可是三百多块买的海鸥牌 4A 相机，一直舍不得用，连老婆都没让她摸过。这东西能借的吗？但生意人有他思考问题的逻辑：眼前这个大学生，是个聪明绝顶的人，现在提倡“四化”干部，文凭是第一“硬通货”，一转眼这个山沟里的穷孩子，不知道哪一阵风吹过来，鸡毛就上天了！俗话说得好，犁不到的会耙到，这事得好好想想，不能断然回绝，更不能让人难堪。

“我这是海鸥牌的，还是新的，没怎么用过。”王老板如数家珍。

“用 120 胶卷，弱光下也能成像，是吗？”

“你用过？”王老板有些意外。

“我是学生会的干部，兼摄影记者，用的也是和你一样的机子。”羊羊自我介绍是想打消王老板的顾虑，他不是个生手，会用好相机的。

“噢！难怪……”王老板还在犹豫。

“我的作品还参加过滨海市影展，拿了个二等奖。”

“哟！那你是个摄影家！”王老板心里的天平，已向出借倾斜，“你是要带仙女拍风景照？”

羊羊摇头，“哪里呀！诗梅不是要栽培铁皮石斛嘛！这件事很难！很难！听我爹说，大山里山羊岭后有人采到过野生的铁皮石斛。我们想去那里看看，如果能碰上，那真是天大的幸运！一定要把它拍下来，这是非常有价值的。”

“噢！是这样。”王老板想——看来不得不借了。但还得先小人，后君子，必须留个字据才是。“羊羊，我们乡里乡亲的，这句话本不该说。但是我是小本经营，收入微薄，这架相机是我的心爱之物，你得给我写张字据，俗话说：‘先小人，后君子’，你看怎么样？”

“好，好，我马上就写。”羊羊跟着王老板走进了照相馆。一张借据很快写好。王老板拿过来一看，赞赏地摇了摇头：“不愧是大学生，所借何物，应负责任，归还日期都写得清清楚楚。好吧，你等一会儿。”王老板收好借条，进内室。没多久，端出一个布包，小心翼翼地放在他的小柜台上。解开布包，海鸥牌相机的包装盒还是崭新的，有棱有角。取出相机，灯光下熠熠生辉。“你可千万要保管好，用好。”

“一定。一定。”

“你看，这跟新机子有什么两样？”王老板爱不释手地抚摸着。

“好。很好！”

羊羊还真担心王老板吝啬，想不到把相机借到手了。毫不夸张，这的确是王老板的心爱之物，千万要当心，一定要毫发无损地还给他。

CHAPTER 13

第十三章

芝麻开门

1

第二天一大清早，羊羊带着诗梅进山了。羊羊一身当年进山砍柴的打扮，不同的是少了柴担和搭柱，多了一只背包，里面有囡囡准备的干菜饼和矿泉水，还有那台宝贵的照相机。诗梅也改换一身打扮：首先把披肩的长发盘起来，戴上一顶白色的、后面开口的遮阳帽；腰里也捆起刀匣子，背插一把砍柴刀；脚上穿起一双厚底的、军用品商店买的登山胶鞋。为了减轻她的负担，羊羊只让她随身带一只女孩子不可少的手提包。

诗梅今天很兴奋，天还没亮就醒来，悄悄地收拾东西，“武装”全身。囡囡被惊醒了。“东西都给你弄好了，放在水缸板上……”接着就没声音了，又睡过去了。

诗梅一切准备停当，天已放亮。这时院门敲响了，诗梅飞快地奔向院子里，打开院门，不见有人，她知道一定是羊羊在捣鬼。“你再不出来，我关门了！”说着就要把门关上。突然羊羊闪身而出：“我来也！”双手抱住了诗梅。

诗梅扭动着，拿手指戳羊羊的额头，“不怕被人看见？”

羊羊松开手，“都准备好了？”

“在等你呢！”诗梅假作嗔怪。

夏天，早晨五点天已大亮，羊羊、诗梅在进山的路上已经走出好几里。早晨山里的空气特别清新，林中的鸟儿可热闹了，好像农贸市场的早晨，熙熙攘攘的人群。太阳还没有露脸，但是东山背后越来越明亮，如火的烈日，眼看就要从山后面爬上来了！

今天两人进山，既是“寻宝”，同时又是一对情侣远足游山。晨风给他们送来凉爽，鸟儿在赞美他俩比翼齐飞，红日将增添他俩的无限温情。

走着走着，羊羊感到有点不对头，十多年前的山路找不到了！再说也只来过一次，那时跟在别人的屁股后面，现在要他来当头，一时也真想不起来该怎么走。出发之前脑子里大体有一个轮廓，怎么现在变得都不认识了？真是十年沧桑：当年家家户户都上山采伐柴火，许多山头都变成了光秃秃的荒山。如今城市、乡村都用上了液化气，再也没有人上山砍柴，植被大为改观，往日的荒山如今郁郁葱葱，曩年的山间小道已淹没在茂密的丛林之中。想找人问路，砍柴人没有了，年轻人都进城打工挣钱了，谁还会进深山里来挣苦力钱？四顾茫茫，除了满目苍翠，看不见一个人。

诗梅从来都没有进过大山，今天她把一切希望都寄托在羊羊的身上。见羊羊一时没了主意，她只好呆呆地站在一旁，等待着他突然想起什么来，就像小孩看着大人的脸色，盼着给她带来惊喜。

羊羊经过反复思考，大体上辨明了方向，但是很难找到路径。两个人通过一段灌木林，羊羊在前面开路，尽管处处关照，但行走的难度太大，诗梅身体失去平衡，几次险些跌倒，幸好穿的是一双厚底军用胶鞋，助她站稳了脚跟。穿过灌木林，满以为有路可寻了，谁知道眼前突兀陡峭岩壁，层峦叠嶂，抬头看雾气腾腾，不知道有多高。羊羊试着攀岩而上，发现岩壁上有人行走的痕迹，怎么办？纵使他能上去，诗梅怎么办？她上得了吗？

诗梅到底是山里出生的姑娘，见羊羊在岩壁上爬，她赶快捆扎裤脚，准备攀登。来到岩壁下，见羊羊在吃力地攀登，峭壁高耸入云，有些害怕了！还有别的路可走吗？

羊羊小心翼翼地往回爬，下来更困难，找不到落脚的地方，最后几步，他纵身而下。火热的太阳已经当空，羊羊满头大汗。

诗梅拉着羊羊来到树荫下，拿出毛巾来给他擦汗。羊羊还是目注岩壁，啐了一口唾沫，说：“这峭壁不知道有多高？我上去都很困难，你……绝对不能冒这个险。”

“那怎么办？”诗梅焦急了，“还有没有别的路好走？”

“从方向上来判断，通过岩壁是捷径。别的路么……让我再看看。”羊羊顺着岩壁，钻入丛林，只一会儿就不见人影。

诗梅一个人在树荫里，面对着在日光照耀下的岩壁，怪石嶙峋，巉岩层叠，像一只只面目狰狞的怪兽，惊叹遇上“拦路虎”了！倘若这里过不去，又没有别的路可走，怎么办？返回？自己苦心经营、构筑起来的梦想，就这样中途夭折？这里的野生铁皮石斛，是她心头升起的希望之星！她深知之所以能得到黄教授的支持，完全是自己的拧、倔，博得了他的同情；单凭她一个丫头片子，怎么能与那些有实力的大单位、大企业去平起平坐？然而别人的同情是有限的，决不能把希望寄托在别人的怜悯上。如果在青桐，在山羊岭下，找到了真正的野生铁皮石斛，那情况就大不一样了，他们的目光、注意力就会倾注到这里来，实现梦想的希望就大了。

诗梅正缅想于未来的追求与梦想，突然脚下“吱溜”一声，蹿过一条蜥蜴，钻入草丛。诗梅一声惊叫！双脚跳得老高。她最害怕软体动物，尤其是蛇，上山之前就开始担心——千万别遇到蛇。当地人有种说法：怕也只能怕在心里，千万不可说出来，说了就真的会碰到。诗梅从进山开始，就一直提心吊胆着，哪里有一点响动，就紧张起来。可怕呀！“四脚蛇”竟在脚下，那，那蛇……这里会有吗？诗梅战战兢兢地环顾四周，身边的草丛也不放过，仔仔细细地察看。忽然听到岩壁上有响声，猛抬头，看见有碎石、细沙从岩壁上滚落下来，突然间，从岩罅中长出来的草丛里钻出一条绿色的、有孩子手臂般粗的蛇，慢慢地往下游动。诗梅惊呆了！她想叫，想大声叫，但她不敢叫，害怕那蛇听到叫声，立刻飞蹿过来。羊羊呢？怎么还不回来？她不敢再看那蛇，却又眄了一眼，哇！那蛇还在往下爬，可长了，挂在整个岩壁上。如果待它下到地上，她这里必然首当其冲。赶快逃！往哪里逃？诗梅已浑身瘫软，迈不开脚步了！

羊羊穿过丛林，发现自己现在所在的位置正好在一座山的主峰下，一定要越过这座主峰，才能找到通往山羊岭的道路。除此以外，都是莽莽林海，要绕过这座主峰，还有很远的路程，到天黑也走不到。怎么办？想到诗梅一个人待在那里，有些不放心，赶快返回。走到原先停留的地方，怎么人不见了？！羊羊惊骇！大声喊叫。没有回应。羊羊更急了！忽然发现远处草丛在簌簌抖动，赶快上前观看，只见诗梅蹲着，浑身发抖，面如土色。一见羊羊，猛扑上来，将他抱住，伸出一只手来指着岩壁，用颤抖的声音说：“那里！那里！”

羊羊这才注意到，岩壁上有一条绿色的“长虫”在游动，开始他也吓了一跳——怎么有这么长的蛇？！得赶快躲开！奇怪的是，又传来了说话的声音，是空谷传声吗？说话声是从哪里来的？四处观看，不见有人。就在羊羊疑惑不解时，岩壁上有人下来了，更让人惊叹的是，他们攀援着那条“长虫”而下，犹如自天而垂。

“你看，有人，有人来了！”羊羊拍着还是紧抱着他的诗梅。

诗梅像小时候躲在妈妈怀里听人讲鬼故事一样，慢慢地睁开眼睛朝岩壁上看，果然看见有人从岩壁上下来，再仔细看，吓得她魂飞魄散的“长蛇”，竟捏在这些人的手里，直到这时她才看清楚，那是藤蔓编成的绳索。

2

一共下来三个人：一个中年人，一高、一胖两个年轻人，看上去十分精壮，都是登山的高手。听口音好像是外地人，他们是干什么的？

中年人主动对羊羊打招呼，点点头。两个年轻人目不转睛地看着诗梅，继而挤眉弄眼地说悄悄话。诗梅赶快走到羊羊的身后。羊羊也警惕起来，担心发生什么意外。

中年人目视两个年轻人。两个人大概是累了，正坐着歇力。中年人的目光是命令，两人立刻从地上跳起来，一起去拉那根藤蔓。两个人，用力地把藤蔓拉直了，中年人好像还不满意，也加入扯拉，三个人的合力，把藤蔓拉得紧绷绷的。

“好！可以了。”中年人松手。

羊羊和诗梅在一旁观看。

中年人拍了拍手，向羊羊走来，“你俩到这深山里来干啥呀？”

“采点草药。”羊羊说。

中年人很友善，笑着问：“采什么草药？这些山头我们都爬遍了，我还能知道一点。”

两个年轻人又乘机站在中年人身后，细细端详着诗梅。

“我们要去山羊岭。”羊羊说。

“山羊岭？！”中年人有些吃惊，“你们俩上山羊岭？”

“怎么？看不起我们？”羊羊挺直了身体，既是显示肌肉，也拿出了点架势，他很反感中年人身后的那两个年轻人。

中年人连忙摇手，“哪里！哪里！我是说那山头很高。”说着转身向后，“你们看，上了这座峭壁，还要翻过两座山头。”

“还有别的路吗？”羊羊问。

中年人摇头，“这条路最近。别的路……那就远啰！还有一天好走。”突然想起来，“哎，你们攀着我的藤索上去，不就很方便了嘛！”

羊羊惊喜！回过身来看诗梅。诗梅正瞪着眼睛看着那根吓了她半条命的藤索。

“听你们口音是外乡人。你们是……”羊羊问。

“我们是东海边上的人。”中年人说。

“东海边上的人？！”羊羊想不到。

中年人拿出烟来，递给羊羊，羊羊摇手，而后把烟分给两个年轻人。三个人点上烟后，羊羊示意大家到树荫下坐。中年人吐着烟雾，慢悠悠地说：“都说是在山吃山，在水吃水，我们不一样，在水不吃水，偏偏吃山。”

“嚄！这是为什么？”羊羊觉得很新奇。诗梅很讨厌老是盯住她看的那两个年轻人，转过身坐到羊羊的身后，与他背靠背，自顾自一根一根地拔脚边的草。

“海带你们总吃过吧！想必你们不一定知道它是怎么培育的？”中年人很自信地认为。

“海带不是天然生长的吗！”羊羊说。

中年人摇头，“现在靠天然的怎么够？大量的是养殖的。”中年人说着站起来，走到崖壁下，拿起那根藤索，“把海带苗种在它上面，然后放进大海，海带就长出来了！”

“是这样的！”羊羊闻所未闻。

中年人用手比画，“一个6000亩的养殖场，这种藤索就要用上好几百吨。编织这种藤索的材料，我们叫它牛筋草，它的拉力跟铁丝差不多啊！只生长在大山里，我们就靠采集牛筋草吃饭的。唉！”中年人一声叹息，丢掉手里的烟头，“现在采的人多，这东西是天生的，有限啊！又都长在山岩峭壁上，这碗饭越来越难吃了！”

“原来是这样！山羊岭你们去过吗？”羊羊问。

“哈哈……爬这里的山头，好比走进自家的院子。”中年人爽朗地笑起来，“你们要去那里采什么草药？”

“仙草。”羊羊含糊应道。

“我们中国有九大仙草，铁皮石斛是老大。你们想要老几？不过，这种山头，要有也只有铁皮石斛。”中年人常年在深山里攀爬，对草药颇有见解。

“大叔，我想请教你，在哪里你见到过铁皮石斛？”诗梅突然问道。

一胖、一高的两个小伙子，一听到诗梅说话了，好像叫花子听到唢呐响——有奔头了！立刻来精神，死死地盯着诗梅看。

中年人眨巴着眼睛想了一阵，“好像是三年前，”抬手拍了拍一胖、一高两个年轻人的脑袋，“这两个人还没跟着我，大概也是在山羊岭吧！不错，是山羊岭。那天天色已晚，大家赶着下山，在一个石缝里，我好像见过那东西。”

诗梅听罢，深深地剜了羊羊一眼。羊羊明白她的意思，站起来朝中年人拱手。“谢谢大叔的指教。今天我们在这里相遇，也算是有缘，那我们就借你们的藤索，上去了？”

中年人看着羊羊、诗梅，“好啊，你们俩哪个先上？我好帮你们一把。”

羊羊、诗梅来到岩壁下。

羊羊目视诗梅，示意她先上。诗梅抬头朝岩壁上看，意思要羊羊先上。

中年人来到羊羊跟前，说：“按理是应该你先上，到时候你可以在上面拉她一把呀！”

“有道理。有道理。”羊羊点头称是。

“哦，我还忘了，你们回来怎么走？还走这条道吗？”中年人关切地问。

羊羊顿了一下，看了看这座陡峭的岩壁，“回来不能走这条道了！”

“是嘛！这藤索我们带走了，你们怎么下来？”中年人拉过藤索，交给羊羊。

羊羊拿过藤索，看着诗梅说：“别怕，慢慢爬，我在上面接应你。”说罢，向掌心啐了口唾沫，开始往上爬。到底是年轻人，又经过学校的体育锻炼，不好说身轻如燕，也颇有猿臂轻捷的架势，很快就上了顶峰。

“小梅，上来吧！”羊羊在峰顶上大声喊叫。

声音好像是从天上传下来的。诗梅抬头应道：“我来了！”学着羊羊刚才的样子，正准备往上爬。

“你等一下。”中年人看出诗梅并没有经过这方面的训练，一个女孩子，单凭一点勇气，上去会有困难的。他让诗梅先站在一旁，自己示范，提示要领。

诗梅很感谢这位素不相识的大叔，模仿他的示范，学着攀爬。几次演练后，已是一身汗。两个年轻人乘机示好，摘下头上的草帽，给诗梅扇风。

诗梅不领两人的情，伸手制止。用力一跺脚，以示决心，开始攀登了。中年人紧紧地拉住藤索，不让它晃荡。两个年轻人也来帮着，不过他俩眼睛专注得不是地方，遗憾的是，诗梅早已把裤腿扎紧了。

诗梅大约爬到三分之一高度，已感觉体力不支，恰逢烈日当头，林中氤氲着热浪，她感到呼吸困难，好像有一股强力要把她往下压，腿已经发软，上一步都很困难了！听到了羊羊在呼唤，突然精神一振，抬头往上看，呼喊声在很高、很远的地方，手脚立刻又恢复刚才的疲乏状态。

“不行了！不行了！”高个子指着诗梅喊叫。

“脚顶住岩壁，歇一下！歇一下！”中年人仰起头来，双手做成喇叭状，朝诗梅喊着。

小胖子蹲起马步，双手向上。

“你这是干啥？”中年人踢了小胖子一脚。

“美女往下掉，我可以‘抱一抱’那个‘抱一抱’……”小胖子边说边唱起来。高个子随着节拍，与小胖子齐声合唱。

中年人又踢了小胖子一脚，“你这个混账东西，满脑子的祸水，滚一边去！”

小胖子嬉笑着，眼睛依然死盯着诗梅。

挂在半空的诗梅，她不敢往下看，但是下面的动静她全知道。她伤心极了！想起下面那两个不怀好意、贼头鬼脑的年轻人，进而想起小时候听老人说地狱的恐怖：暗无天日、遍地蛇蝎、虎豹肆虐、死人的枯骨……耳边又响起了羊羊的呼唤，她抬起头来，只有向上，上面才是自己此生的追求、梦想，拼死往上爬才有生路。她咬紧牙关，一步又一步地向上移动，将近到达一半高度时，已经筋疲力尽，再也无法挪动了。只觉得天地在旋转，她已分不清上下左右，眼前已不见阳光、烈日，变得黑乎乎的了，她知道自己的体能已临极限……

羊羊在焦急地等待着，不停地向下呼喊、鼓劲，但听不到一点回应；云雾遮断了视线，根本看不到下面的情况，诗梅到底有没有攀爬也不清楚；他十分担心诗梅的体力，能爬上这样的高度吗？更让他提心吊胆的是，那两个年轻人，明显地不怀好意，想到这里，他浑身悚然。不好！得赶快下去，正当他准备下峭壁时，发现藤索在颤动，显然有人在往上爬，是诗梅上来了？！

小胖子看了一阵，发现这个漂亮美女根本无力再往上爬了，要不了多久，人就会往下摔，那可就惨了！

中年人也发现问题严重了！根据他的经验，唯一解救的办法是有人上去顶，这个顶的人必须要有好体力。自己年纪大了，当年这点事儿根本不当回事。看看身边这两个年轻人，真有点不放心，生怕他们做出不规矩的事来。这一带是他采牛筋草的地盘，年年都来，得罪了当地人等于打破了自己的饭碗。眼看着挂在半空的女孩就要往下摔，已是千钧一发了！

啐！小胖子向掌心吐了口唾沫，快步来到岩下，大声说：“我上去顶！”

“你上去？”中年人将信将疑地看着小胖子。

“不要把人看扁了！”小胖子刷刷地直上岩壁。

“这是救人啊！给我争口气！”中年人抬头朝小胖子喊。

小胖子就像一只上树的猴子，迅速往上蹿，不一会儿就来到诗梅的脚下。而这时的诗梅，身体已开始一顿一顿地往下滑。小胖子大惊！

诗梅用尽最后的一点力气，抬头向上看了一眼，感到双手已经与藤索分开，身体再也没有那样沉重，轻盈得可以飞舞起来，像小时候喜欢玩的用纸折叠的鸟儿，飘飘然向地面飘落。突然，双脚好像踩到了地面，但又觉得不像是坚硬的地面，更没有粉身碎骨的痛苦。“双手抓住藤索，千万不可松手！”诗梅听到了有人在对她说话。这才有感觉，原来她踩在别人的肩上，这个人是来救她的？这个好心人是谁？

过了一会儿，那人又说话了：“我喊一二三，你上一步。不要怕，慢慢来。”

“唉，好！”诗梅经过短暂的休息，身体又有了支撑，感觉好多了，体力也有所恢复，专心等待着好心人的指令。

好心人发指令了：“一二三，上！一二三……”就这样一步一步地往上顶，到后来，诗梅也熟练了，配合得更默契。

羊羊感觉到有人上来了，藤索在不停地颤动，还传来有节律的喊数声。他趴下身来朝下看，终于看见了诗梅的身影，让他意外的是，有两个人一齐上来，诗梅下面还有一个人！啊！这个人是救助诗梅的，这多么不容易啊！而且非常危险，真是舍命相救啊！“一二三”的喊声听得越来越清楚，他赶紧抓住藤索，配合着节奏用力往上拉。

小胖子尽管年轻体壮，但攀爬在悬崖峭壁上，肩上又顶着一个百来斤重的人，谈何容易？渐渐地也有些体力不支，真是俗话说的，连吃奶的力气都使出来了！幸好，在这当口上，羊羊在上面的拉力接上来了，真是“最后一根稻草可以压垮庞然大物”；同样的道理，如果临危而得到支持，将挽狂澜于既倒。

诗梅终于上到峰顶，因为体力消耗已尽，倒在了地下。小胖子也因体力透支，趴下不动了。羊羊万万想不到，救命恩人竟然是他所厌恶的人！他来不及多想，赶紧拿水喂小胖子，喂诗梅。不多一会儿，小胖子翻身坐起，就要下岩壁。诗梅听说小胖子要走了，挣扎着起来，跪倒在小胖子跟前，连连叩头致谢。

小胖子连忙扶起诗梅，笑呵呵地说：“用不着！用不着！”既而告诉羊羊：“我下到底后，连抖三次藤索，你就把这里的扣子解开，抛下藤索。”

“一定。一定。”羊羊紧紧地握住小胖子的手，一迭声地说：“谢谢你的救命之恩！”

小胖子又笑了：“怎么又说了？我乐意呀！”说着抓起藤索就往下走。羊羊、诗梅肃然起敬，看着小胖子离去。小胖子下了几步后，又重新返回，在峰口上露出半个身子，说：“再见！”旋即飘摇而去。

小胖子走了，感觉他好像留下了什么？诗梅愣神了！两人四目相对，久久沉默。

“你在想什么？”诗梅问。

“我感觉胸口压抑，好像受到一种能量的挤压。”

“我也一样，胸口刺痛。”

“俗话说得好：‘人不可貌相。’”

“我真是很讨厌他，简直就像个流氓。想不到，想不到……”

“真如古人所说的：‘疾风知劲草。’我深深地感到自己认知的浅薄，更为惭愧的是，蔑视了一个具有高尚人格魅力的年轻人。”

“那你说，开始他为什么那样对待我？”

“人性是多面的，人有贪婪、自私的一面，荀子说过：‘人之性恶，其善者伪也。’美国现代社会生物学奠基人威尔逊的研究认为：人类基因是自私的。是后天的教育、社会环境和风俗影响，不断地改变人的思想观念和道德情操。我们都犯了同样的错误，只看到他的一面，或者说表面，就妄加判断，我们错了，应该向他道歉。”

“现在怎么去道歉？”诗梅感到为难了。

突然藤索抖动了，很有节奏地抖动了三下。

羊羊遵循约定，解开捆扎在一棵大树上的扣子，正要把藤索往下扔，诗梅急忙制止：“等一下！”

羊羊看着诗梅，不明白她要干什么？

诗梅抓住藤索，说：“我们也向下抖三下好吗？”

“噢！我懂你的意思，你想借以表示歉意？”

“可以吗？”

“好，也算是一种表示吧！来，一二三！”藤索连抖了三下，两人一齐松手，藤索像一条长龙，飞游而去。

小胖子下到地面，坐到树荫下喘息。中年人心上悬着的一块石头下了地。高个子笑咧咧地来到小胖子跟前，蹲下身来说：“喂，那美女的脚踩在身上，够享受了吧！什么味儿？”

小胖子懒得说话。

“哎，问你话呢！”

“去去去，什么味儿？你怎么不去尝尝？”小胖子往后一仰，睡倒在地。

“你不要去烦他，让他歇一会儿。”树荫下，中年人坐在一块大石头上，挥着凉帽扇风。

“他先前说，说……”高个儿回过身来对中年人说。

中年人知道不是好话，笑着问：“他说什么？”

高个儿一颠一颠地颠到中年人身边，偷偷地看了小胖子一眼，悄悄地说：“那姑娘让他睡一夜，死了也心甘！”

中年人听后大笑。

小胖子突然翻身坐起，说：“你小子还不明白是吗？比方说，人家桌子上有一碗菜，很香，很香，我又饿着。突然跳上来一只猫，你是赶猫还是偷吃菜？”

高个儿被问住了，一双眼睛瞪得老大。

“问你话呢，”中年人拿凉帽拍高个儿，“许多事情想想、看看可以的，做就不对头了。为什么说‘做人’？要做出来才算数的。”

藤索忽然有力地抖动了三下。

高个儿先发现！指着藤索：“嘿，你们看！”

三个人注视着藤索的抖动。中年人、高个儿转过脸来看小胖子：“这是什么意思？”

小胖子走到岩壁下，手搭凉棚，抬头朝上看，阳光太刺眼，赶快低下头。“刷拉拉”的一声响，藤索自天而坠。伴着藤索而下的还有诗梅跪在地上叩头的身影，小胖子心里觉得很不是滋味，很想大声对她说：“对不起你！”

3

诗梅休息了好一会儿，体力恢复过来了，两人开始继续上路。根据中年人的指点，他们穿行在茂密的松树林里，枝叶蓬蓬如盖，挡住了烈日，避免了暴晒，但林中因为通风不够，十分闷热，加上烈日高温，散发出一种霉腐的气息，让人难受。这里人迹罕至，加上林木多年没有采伐，松针（落叶）在地面已堆积得很厚，踩上去就像滑冰，行走起来非常困难。幸好两人都带了砍柴刀，当地人叫弯刀，刀头有个九十度的弯曲，拿刀钩住树干，牵引着前进。

好不容易爬上一座山头，另一座更高的山头挡在了眼前。已经到吃午饭的时候。羊羊听到了淙淙的流水声，两人循声前往，找到了从迎面高山上下来的溪涧，那流水晶莹剔透，在青石上飘移、蹦跳，在岩头上像珠玉散落。浑身流淌着汗水，口燥唇焦的羊羊、诗梅来到涧前；这里有浓荫挡住烈日，清风阵阵徐来，吹散了林中的溽热，好不惬意啊！两人在涧前的青石上坐下，羊羊取出干粮，早已饥肠辘辘，就着甘泉，两人对嚼起来。

诗梅满脸红晕，汗水把她的一缕鬓发贴在了脸上，像用毛笔写“大”字的一捺。羊羊狼吞虎咽，左腮上不知何时沾上了一粒像绿豆般大小的馅儿，随着他两腮的时起时落，宛若叮在甜食上的苍蝇，怎么也不肯飞走。

羊羊盯着诗梅看，不禁窃笑。诗梅知道羊羊不怀好意，立刻逼问：“你笑我？笑我什么？”

羊羊被问急了，索性扬声大笑。

诗梅要揪打羊羊。羊羊连忙讨饶，强忍住笑，说：“我怎么会笑你呢！是我刚才想到一个小孩的游戏，想请问你。”

诗梅将信将疑，“什么游戏？想捣鬼吧？”

“小孩玩你拍一我拍一的游戏，玩到拍四接下来是怎么说的？我忘了。”

诗梅不明就里，跟着羊羊的思路想，轻轻地从拍一说起，忽然想起来：“拍四是写‘大’字！”

“对！写‘大’字。”羊羊又开始笑了，“你猜，‘大’字写在哪里最称得上有气派，好看？”

诗梅知道羊羊在捣鬼，一时却摸不着头脑。见羊羊一直看着她的脸，立刻警惕起来，摸了一把脸，终于明白过来。哪里容得他如此戏弄？立刻双手捧起溪涧里的水，扑向羊羊。

羊羊赶快逃躲，求饶。诗梅见羊羊如落汤鸡！顿时心生一计。“饶你可以，但要猜一个谜，猜中了，便饶你。”

“好，请出谜面。”

诗梅有意把头别向一边，抱膝而坐，摇头晃脑地吟道：

菜园里，动刀兵，
冬瓜大炮韭菜兵。
杀得苋菜血淋淋，

打得苦瓜起泡丁。

羊羊想不到诗梅竟然煞有介事地作起诗来，要他猜什么呢？自己已经作弄过她，这回轮到她来出题，显然是要报复，得当心才是。

“听清楚了吗？”诗梅转过身来问。

“听清楚了。你要我猜什么呢？”

诗梅把手一挥，说：“就在你眼前，请把苦瓜的泡丁找出来。要是找不出来，哼！你等着瞧。”

羊羊想了好半天，别说是泡丁，苦瓜在哪里呀！这里哪里有什么苦瓜？又说在眼前，这更让他懵了。

诗梅非常得意，她笑了，笑得前仰后合，“好，认输了吧！”

羊羊苦笑，摇头。

“那我可要罚你了！”

“怎么罚？”羊羊感觉脸上还有水珠挂着，怪痒痒的，抬手抹了一把脸。诗梅见状，差点惊叫！若“泡丁”抹去，就没戏了！竟有那么巧，羊羊只抹了大半张脸，左腮上的那点儿馅，像叮脚的蚂蟥一样纹丝不动。好！诗梅又来精神了。“现在你得听我指挥。请举起你的右手。”

羊羊只得服从，遵令举起右手。

“太高了！没叫你喊口号。”诗梅呵斥，心里却在暗笑。

羊羊垂下手。

“太低了，摸鱼啊！”

羊羊不耐烦了，“你这一会儿高，一会儿低，叫人无所适从。”

诗梅断喝：“不许多言，服从命令！”其实她已经忍不住了。就在这时，那粒馅儿好像突然动了一下，诗梅的心跟着扑通一跳，不好！如果“馅儿”落了下来，那就全完了，得赶紧收场。“用你的右手，拍打你的左腮。”

“什么？打耳刮子？！”羊羊惊叫。

“轻重么……”诗梅的眼睛死盯着“馅儿”，暗暗祈祷：馅儿，馅儿，你千万，千万别掉下来，再坚持一会儿！一会儿！“至于轻重么……可以自己掌握。”

羊羊终于发现诗梅一直紧盯着他的脸腮，问题看来就在自己的脸上。伸双手一摸，果不其然，摸到了“馅儿”，放到掌心细看，原来是一粒腌菜。

“好啊！这回算我栽了，君子报仇十年不晚，你等着。”

诗梅乐了，“是你先欺负我。我是复仇，正义的胜利！”

4

羊羊、诗梅开始继续攀登，这座山头更高，到了下午，体力下降，途中休息了好多次，最后总算登顶。一上了山顶，呈现在眼前的却是另一番景象：好似经过战火洗礼的战场，茂密的松林不见了，零星地疏懒地矗立着一些松树的主干，枝叶全无，光秃秃的，有的还有烧焦的痕迹。一眼看上去，就像一群刚从战场下来的伤员。为什么会这样呢？羊羊、诗梅都心存同样的疑问。

诗梅指着一株粗大、但已烧焦的树干，说：“这是雷击造成的吧！”

“是的，只有雷击才会把它烧成这样。那么这些呢？”羊羊指着其他枯去的松树，“怎么都是光秃秃的？”

诗梅看着羊羊，不停地眨巴着眼睛。

羊羊面对那些残缺的枝干，轻轻地抚摸着“负伤的战士”。“小梅，直到今天我才真正懂得古人所说的‘木秀于林，风必摧之’的道理。你来看，这里是峰顶，坐北朝南，强劲的北风从这里刮过，常年经受风霜之苦，哪有不摧之理？”

“有道理。”诗梅频频点头。

羊羊联想到自身：生性好强，疾恶如仇，眼睛里容不得一点沙子。喟然叹道：“古人还有言：‘皎皎者易污，峣峣者易折。’我这个人……”

“你这个人怎么了？”诗梅柔情毕露地看着羊羊。

羊羊看着诗梅，一双深黑的瞳仁里，藏蕴着无限的情爱、坚不可摧的意志，他满足了，一把将诗梅拥入怀里。“好，好，我看见了一个永不言败，随时准备奔赴战场的战士！”

诗梅在羊羊的怀里，贴着他的胸脯说：“我们不弃不离，相爱到永远！”羊羊轻轻地把诗梅额前有些零乱的刘海整理好。“不管将来面临什么，我们的心永远贴在一起。”诗梅仰起头来看羊羊，“我感觉现在我们就站在你爸说的那座山头上了。”

“我也有一样的感觉。加上采牛筋草人的佐证，应该就是这里。你看——”羊羊拉着诗梅看北向的山坡。

背面的山，完全是另一番景象：看不到茂密的松林，山体大多是裸露的、巨大的、青褐色的岩石，有点像辽阔草原上铺排开的蒙古包。山腰里青云出岫，雾蒙蒙的，宛如一条长河穿行而过。峭壁的隙缝里长成了高大的松树，撑开如天帐一样的枝叶，尽管零星、疏朗，但浓荫森森，每株大树仿佛就是一座古刹，给人神秘、苍老的感觉。

有道是，上山容易下山难，在峭壁悬崖上下行，谈何容易？两人仔细寻找下山的路径，面对的都是岩壁，无路可寻。羊羊忽然发现，岩石上有牛筋草，于是，两人决定采牛筋草来编藤索。牛筋草是一种藤，长在岩石上，细细的，就像麦秆那么粗，但韧性非常好，有很强的抗拉力。遗憾的是，这里已经被人采集过，所剩不多。两人将所能采集到的编成了一条仅只4米长的藤索，也好，短有短的好处，行动起来比较方便。

羊羊终于找到一条坡度比较缓的下山道，大约4米外就有一棵大松树，那里可以立足。他先下，不敢往下看，抓住可攀附的岩体、草丛，来到大树下。大树是从岩缝里长出来的，枝干向外倾斜，根部有一张桌子那么大的平坦处，正好落脚。树下是两片巨大的岩体交合，中间有一个凹槽，里面长着一些柴草。

诗梅也想下去，但山体太陡，在羊羊的下山道口逡行不前。

“我再看看。你先别下来，危险！”羊羊朝着诗梅喊。

诗梅见羊羊站立的地方很平整，她决定下去。模仿羊羊下山的姿势，但几步过后就乱套了。羊羊见诗梅下来了，已经无法阻拦，只好在下面指挥，教她脚往哪里踩，手可以抓住什么，眼睛千万别往下看。诗梅照着羊羊说的做，但脚还是踩不到地方，手也无处可攀。羊羊急了，眼看就要发生危险，他卸下身上的背包，身体附伏在岩壁上，一步步往上爬，嘴里不停地喊：“不要怕，站稳，我来了。”诗梅趴在岩壁上，一只脚踩在一处突出的岩面上，另一只脚踩在有向日葵那么大的一垛草丛上，她还想往下爬，但几次试探，都找不到落脚的地方。羊羊的指挥几乎没有作用了，她不敢往下看，也无法往下看。由于身体的重力，草丛开始松动！羊羊见状大惊！离诗梅大约还有1米的距离，在这样的岩壁上根本无法施展体力，弄不好两个人一起滚下来！往后看，距离大树足足还有1米多，如果两人一起往下滑，能被大树挡住，那是万幸；若是……他不敢往下想，心跳得直往岩壁上闯，头皮一阵阵发麻。这时草丛开始有泥沙往下掉，这是险情即将发生的危险信号！他用尽全力往上爬，想用手顶住那已经开始松动的草丛，他慢慢向上伸手，嘴里依然重复着："不要怕，我来了！"

眼看就要触到那垛草丛时，突然，草丛坠落，带着泥沙砸向羊羊。羊羊突然感到满脸泥沙，眼前一片漆黑，就像天塌了下来！他想喊，但喊不出来，嘴里满是泥沙。紧接着是诗梅一声惊叫，飞快滑落！羊羊当时只有一个念头：紧紧地抱住诗梅，无论生死，两人都在一起。由于重力和下坠的势能，两人的身体疾速下落，一会儿就离开了岩壁。羊羊感到已经远离了大树，两人正向深不见底的危崖下坠落。遗憾的是生命太短暂了，就这么匆匆而来，遽然离去，太不值得了！唯有诗梅的惊叫声，一直伴随在他耳边。突然，羊羊感到背上受到了猛烈的冲击，他跌倒在地，诗梅竟然在他的怀里。这是在哪里呀？他想睁开眼睛，但泥沙蒙住他的眼，正要拿手来擦。

"别动！"诗梅拿手绢给羊羊擦去蒙住他眼睛的泥沙。

羊羊试着睁开眼睛，感觉眼睛里还有沙子。诗梅让他把眼睛闭上，过一会儿兴许就舒服了。果然，有泪水流出来，是眼泪把泥沙带走了，羊羊再次睁开眼睛，就不再那么难受了。这才看清楚，两人竟然坐在大树下。他感觉好像离开过这个世界，现在又回来了！见诗梅完好无损，心有余悸地说："你知道吗？刚才有多危险啊！你摸一摸自己的胆好吗？"

"摸胆？什么意思？"诗梅好奇怪。

"《三国演义》里的张飞，他的胆大如鸡蛋。我看你的胆也不会比他小多少啊！"

"我不知道自己的胆有多大，我只想早一天、早一小时、早一刻，看见铁皮石斛。谢天谢地，有这棵大树，是不是我们应了'吉人天相'这句话？"诗梅从羊羊的怀里站起来，走到大松树下，抚摸它的枝干。

羊羊站在诗梅的身后，拍着树干，说："我们的两条命是它给的呀！我总以为我们已经坠落到地狱里了！"突然羊羊想起自己的背包。一看，背包不见了！立刻一手挽住大树往下看，背包挂在岩壁凹陷里的柴枝上，好像还在轻轻地晃动着。显然是两人下坠时把背包甩落了。背包的分量不轻，挂住它的柴枝比较细，如果突然折断，必然滚落到崖底，眼前立刻浮现出王老板捧着他心爱的相机，瞪起一双大眼睛再三叮嘱的神态。尽管是大热天，感觉额头和手心都是冰凉的。羊羊毫不犹豫地拿起那根藤索来，先捆住大树，剩下还有 3 米光景，幸好柴枝相距约 2 米外，只得再次冒险，无论如何得赶快把背包捞上来。

“等一下！”诗梅不放心羊羊慌慌张张地捆扎，要下到岩壁的凹陷处，比今天哪一次攀援都危险，经她反复检查，捆扎牢靠后，才同意羊羊下崖。

羊羊紧紧地抓住藤索下滑，最担心的是——那根挂着背包的柴枝，千万不能断。仅仅是 2 米多的距离呀，几步就可以跨到的地方，但是在这里，那崖壁是凹陷的，悬空挂着的人，脚很难踩到崖上，羊羊几次悬空，又几次在晃动中脚抵岩崖。距离渐渐地接近了，这才看清楚，挂着背包的柴枝底部盘根错节，柴草丛生，好像能落脚，但他怎么敢去碰它？天啊！两根背包带，只有一根挂着，另一根悬空，仿佛是一个三岁的小孩，已爬出五楼阳台的栏杆；再看那根柴枝，已压得像弯弓，受力点的表皮已经裂开，不用添加一根稻草，马上就要断裂，羊羊怦怦乱跳的心简直要从口腔里蹦出来。眼看着就要接近目标，发现手里的藤索已经到头，原先的估计不准确，还差一大截！真是千钧一发的时刻，羊羊别无选择，只能冒险了：他用右手紧紧抓住藤索，腾出左手来，摆出海底捞月的姿势，侧身去抓背包。第一次探身，没有捞到；调整好身体第二次再捞，还是落空；第三次……

诗梅看着羊羊的一举一动，当看到他几次悬空，急得大声惊叫！真想跳下去帮他。后来见羊羊渐渐地接近目标，只用一只手抓藤索，伸出另一只手去捞背包，一次又一次地失败，吓得她蒙住双眼，不敢再看。但她还是看见了：羊羊一声惊叫！像跳伞运动员，没有打开降落伞之前，身体急速下降……

诗梅凄厉的尖叫声和着羊羊的笑声在山谷里回荡……诗梅不敢相信自己的眼睛：见羊羊正提起背包，往脖子上挂。

羊羊第三次海底捞月，由于身体奋力向下的冲击力，捆扎在松树干上的藤索结扣，转动了半圈，延长了藤索的长度，羊羊终于捞到了背包。他向诗梅挥了挥手，把背包挂在脖子上，准备返回。但刚才体力消耗过大，想找个能抵脚的地方，助他上升之力。无意中脚触到了那盘根错节的柴根底部，感觉十分坚硬，又用力踩了踩，反作用力很大，就像踩在地面上，他抓住藤索，双脚都踩了上去，如履踩薄冰，不敢放手，轻轻地跺了跺，稳固得很，渐渐地松开了手。哈哈！羊羊笑了！终于找到了一个可以歇脚的地方，像在风雨中飞行的燕子，很久找不到落脚的地方，已经筋疲力尽了，终于在一处房檐下歇了下来。他赶快打开背包，取出照相机，谢天谢地，完好无损。眼前是一片片飞渡的云雾，人好像悬浮在空中，感到有些眩晕，赶快转身向内。就是这么一转身，看见凹陷的石缝里长着几株奇特的野草，定睛细看，很像诗梅带回来的图片上的野生铁皮石斛。羊羊兴奋得大声叫道：“小梅！找到了！铁皮石斛找到了！”

5

诗梅听到了羊羊的惊叫，高兴得双脚蹦跳。“拍照！赶快拍照！”

“测温度！测湿度！”羊羊仰头朝上喊。

“知道了！”

羊羊简直就像居里夫人发现了放射性元素镭，激动万分！从各个侧面和角度拍摄，尽可能地把周边环境都拍摄下来。他要把这一惊人的发现，赶快与诗梅共享，攀着藤索，好像没费多少力就爬了上来。诗梅赶忙迎了上去，两人雀跃欢腾，紧紧相拥。

“拍了好多照？”诗梅问。

“全方位的。”羊羊兴奋地说。

“它的根部有泥土吗？”

羊羊愣了！过了一会儿才想起来：“好像没有土的。”

“那根长在哪里呢？”

“好像，好像是从石缝里长出来的。”

诗梅推开羊羊，拿过藤索就要下去。

“你不能去，要去也得我去。”羊羊拦住诗梅。

诗梅推开羊羊，“我是种植铁皮石斛的人，野生的铁皮石斛就在眼前，不该亲眼去看一看？”

“应该看。但太危险，我决不能让你再去冒险。”羊羊抓住藤索不放。

“你放手！”诗梅大声说。

羊羊不肯松手，“这样，我再下去看。你如果还有什么要了解的，我可以连续往返。好吗？”

“百闻不如一见，你懂吗？别人看，那是隔靴搔痒，我要亲口尝梨子！如果你再不放手……”诗梅急步走到悬崖边，“我就爬下去！”

“站住！”羊羊断喝。他终于屈服了，知道阻挡不了诗梅，但必须想办法确保她的安全。“好，既然你一定要去，那就去看一看吧！不过，怎么下去你得听我的。”

诗梅回过头来看羊羊，意思是：“这还差不多。”

羊羊拿藤索捆在诗梅的腰上，另一头依然拴紧在树上。指着陡峭的岩壁，告诉她下去该怎么走，诗梅点点头。羊羊拿手里的毛巾，擦去她脸上的汗水。诗梅朝着岩壁看了一眼，回头再朝羊羊点头，走向悬崖。羊羊紧紧抓住藤索，一点一点地放，尽管速度很慢，但可控制方向。眼看就要接近那丛柴根，羊羊喊道：“不要急，轻轻地踩上去，不要看外面，朝里看！”

诗梅终于有惊无险地落到那丛柴根上，她是脸朝外下落的，急忙转身向内，渴望已久的铁皮石斛，果然就在眼前。说是天上的月亮也好、地上的宝库也罢，眼前的铁皮石斛的的确确就是从天上捧来的月亮，是芝麻开门宝库里珍藏的宝贝！诗梅真想捧起来吻上一口。每一片暗绿的叶子就像一张笑脸，叶柄像伸展开的小手臂，它们手拉着手，围绕着褐色的、近似铁皮颜色的主干，宛若一群活泼的小孩在游戏。“你们好啊！长在悬崖上、云雾里，上面有大树给你们遮挡阳光；突出的岩壁，如同门窗，挡开了风雨的侵袭，你们尽情地享受着大自然的润泽，今天我终于亲眼见到你们！”诗梅激动地与铁皮石斛对话。

诗梅在尽情观赏的同时，没有忘记要仔细看看铁皮石斛的根系，是长在土里的吗？羊羊没有说错，这里没有土啊！只有一些像松针的残枝，很蓬松的、细软的、淡黑色的、像粉尘样的东西，但绝不是泥土。这东西太宝贵了！

诗梅轻轻地取下一层，包裹在一块白色的手帕里，拿到嘴边吻了吻，再藏进口袋里，然后对铁皮石斛轻轻地说了声："再见！"

羊羊见诗梅久久地站着，太阳已经向西走去，担心回家可能要摸黑，问诗梅还要待多久？诗梅回答现在就上来。话音刚落，就见诗梅攀着藤索往上走了。羊羊立刻配合她，把藤索慢慢地往上拉。诗梅攀岩的动作已不像刚开始时那样僵硬、不协调，已熟练多了，最后几步速度越来越快，很快就攀上大树，一跃而上。羊羊戏谑道："哟！我道是林中飞来了彩凤，真叫人眼花缭乱了！"

诗梅解开藤索，问："倘若真是彩凤飞来，你这只小羔羊该献出你的什么？"

羊羊做了一个单膝跪地的动作："献出我的爱心。"

诗梅连忙扶起羊羊，"你看，我采来了什么？"高兴得又想双脚直跳，实在是环境不允许，只好强忍着。

羊羊见诗梅在口袋里半天摸不出来，想伸手帮她。

"你别动！"诗梅伸出一只手挡住羊羊，小心翼翼地，怕碰触到任何障碍物，才把手帕取出来了，像虔诚的佛门弟子参拜舍利子，双腿跪地，解开手帕："你看，这是什么？"

羊羊正要低头细看，诗梅立刻伸手抵住，"头不能太低，喘气会把它们吹走的！"

"这是什么？！"羊羊还没有弄明白。

"亏你下去看了那么久，这个都不知道？"

羊羊屏气，低头再看。

诗梅十分得意地说："找到野生铁皮石斛是你的功劳。取到它根部的基质是我的贡献！"

"噢！原来是这个……"羊羊愧疚、自责，为什么自己就没有想到这一层呢？简直是熟视无睹！深感诗梅在研究铁皮石斛上的深入、执着，尽管现在八字还没有一撇，但他相信，诗梅会成功的。"好，这是非常有研究价值的东西。今天我们总算得到宝贝了！"

羊羊先攀附岩石，从原路返回，然后利用藤索把诗梅拉上峰顶。

时间已经是下午三点了，最多还有四个小时就要天黑，羊羊在想，回去该怎么走？如果绕开那座悬崖，要明天才能到家，这是绝对不行的。走悬崖呢？危险性太大，特别到了下午，体力下降了，更没有把握，一时拿不定主意。时间宽裕，不着急的时候太阳如同静止的；现在太阳好像安上了推进器，走得可快了，不一会儿就越过一座山头。见诗梅找到了“仙草”后情绪高涨，只要能消除对悬崖的恐惧心理，两人配合好，从原路返回，不会成问题。想到这里，羊羊借故试探诗梅的态度：“温度、湿度都测了吗？”

“都测好了。你看。”诗梅把记录塞到羊羊面前。

“这里晚上的温湿度也应该测出来。”

诗梅傻眼了，“晚上……谁来测？”

“今晚我睡在这里……”羊羊一本正经地说。

“别说疯话，这里怎么睡？”

羊羊原来坐着，他往后一倒：“我天当被，地做床……”

“时间不早了，该走了！”诗梅突然想起，“哎，回去怎么走？”

羊羊一跃而起，“你说怎么走？”

“那几个采牛筋草的人不是教你一条路了吗？”诗梅想起来了。

“那路很远，我算过，大约要走到明天。”

“哇！”诗梅惊叫，“那……我想……”

“你想怎么走？”

“从原路返回。”

羊羊看着诗梅，“那悬崖……我看，我们还是绕道吧！”伸手拉诗梅，“走，抓紧赶路。”

诗梅甩手，“走夜路我宁可下悬崖。晚上什么都看不见，我怕那个东西……”

羊羊振臂一挥，“好，我们有仙草的仙气护持，过悬崖如履平川！”

“那得有一根很长的藤索才是。”

“你看这样好吗？我们一路走……”

诗梅紧接：“一路采。”

羊羊紧接：“一路编。”

“好！”羊羊终于把诗梅的激情、活力激发出来，“不过，你得听从指挥，绝不能由着性子来。”

“好，一切行动听指挥。走！”诗梅拉起羊羊就走。

两人来到悬崖顶的时候，羊羊身后拉着一根很长的藤索。悬崖到底有多高？需要一根多长的藤索？没有办法测定，只能根据上午的印象来推断，看上去好像还短了一点，宁可长一些，不能短一点，否则危险可就大了！两人又开始采集牛筋草，尽量加长藤索，遗憾的是，牛筋草寥寥无几，时间已不能再耽搁，看上去藤索的长度也够了。羊羊仍旧把藤索捆紧在上午的那棵大树上，来到诗梅跟前，向她举起拳头使劲。诗梅也举拳头回敬。羊羊见诗梅的衬衣在风中飘拂，捡起地上的一根牛筋草，捆在诗梅的腰里，又蹲下来检查诗梅的鞋带，给她扎紧。

“我先下。你随后下来。不要急，慢慢来，累了就踩在我的肩上歇一会儿。”羊羊叮嘱诗梅。

诗梅紧闭着嘴唇，点头。

大约下到三分之一的地方，山风起来了，岩壁上的沙粒被风卷起，打在脸上，像针扎一样生疼。

“啊唷！”诗梅一声惊叫。

“怎么了？”羊羊问。

“眼睛里飞进了沙子，很疼！”

“踩住我肩膀，闭上眼睛，让泪水流出来，很快就会好的。”羊羊上了一步，用肩顶住诗梅的脚，“好一点了吗？”

“还好。”其实诗梅并没有好转，她是为了宽慰羊羊，“走吧！”诗梅把脚从羊羊的肩上移开。

羊羊继续往下走。诗梅闭着一只眼睛，泪水已模糊她的双眼。羊羊突然发觉岩壁上有响动，定睛一看，身前的岩洞里钻出一条大蛇，像一个竹筒子那么粗，身上有黑白相间的花纹，正不紧不慢地向左侧移动。岩壁上的杂草也随着晃动。突然大蛇停止不动了，不断地向外吐出黑色的蛇信。羊羊吓呆了！一个寒噤，好像头顶有什么能量往外冒出，浑身的寒毛全都竖了起来，这难道就是所谓的魂飞魄散吗？如果这条大蛇调转头来向他发动进攻，回避的余地都没有。头顶上是诗梅——一个最怕蛇的人，如果让她看见眼前的恐怖，那……果不其然，大蛇掉头折返了，是被它发现了？！恐怖的情景眼看就要到来！神经高度紧张的人，往往会产生错觉，羊羊大惊失色，一声惊叫！

“你怎么了？叫得这么响？”诗梅觉得奇怪。

想不到这一声惊叫，收到了意外的奇效——大蛇似乎也受到了惊吓！继续向前飞滑而过。羊羊这才喘了一口大气，说：“呼唤胜利！胜利就在眼前！”

真要谢天谢地，诗梅如果不是让泪水蒙住眼睛，她早已坠落尘埃。接下来倒还算顺利，两人慢慢下，累了就歇一会儿，眼看就快下到底。羊羊这才发现藤索短了一截，还差 2 米左右。这点高度对羊羊来说毫无问题，可以轻松下地，但诗梅就不一样了。羊羊告诉诗梅，藤索长度不够，不要急着往下跳，先稳住，他喊跳再跳。

羊羊顺利到达地面，赶紧蹲好马步，准备接应诗梅。诗梅是咬牙坚持到最后的，哪里还有力气来稳住自己？还没等到羊羊喊跳，她已松开了手，身体就像高空落物，坠落地面。羊羊赶紧伸双手去接，一百多斤的体重，尽管高度不到两米，但冲击力还是很大的，两人同时倒地。羊羊一时起不来，双臂和腰部很疼。诗梅因为有羊羊抱住，避免了直接对地面的冲击，感觉不好受的是左脚腕，一阵阵的刺痛。

两个筋疲力尽的人瘫在一片草地上。西垂的落日从山顶上走过茂密的丛林，在两人的身上铺开斑驳的阴影，山风夹着林中的草木清香，从两人身上拂过，感觉就像小时候躺在凉席上，妈妈在身旁轻轻地摇动扇子，全身都觉着舒坦。好一阵，两人都没有说话。诗梅见羊羊闭着双眼，胸部一起一伏的，看上去确实很累了，就不去惊动他；困乏至极的诗梅，迷迷糊糊地闭上眼睛睡了。

羊羊似睡非睡地歇了一会儿，感觉好多了，缓缓地抬起手臂，还能活动，腰部也不像刚才那样疼痛。这时一股似曾相识、极具吸引力的幽香向他袭来，立刻转过脸来看诗梅。诗梅的脸侧向一边，披肩的长发今天盘起来了，细软的、毛茸茸的发脚下是白嫩的、光洁的、像羊脂一样的皮肤；胸前两座玉女峰高高隆起，隐隐约约可以看见峰顶上那颗有红晕的尖端。想起刚才抱住诗梅时，她的身体是那样的软润、细腻，仿佛是一块巨大的磁体，他的整个身心都被吸引了。心里陡然升起想亲近她的欲望，情不自禁地向诗梅靠拢，哆哆嗦嗦伸出手来，正当要降落玉女峰时，诗梅的身体抽搐了一下，吓得他连忙把手缩回。

诗梅的脚不仅没有好转，疼痛变得愈加激烈了，引起一阵阵痉挛。她翻身坐起，果然，左脚踝外侧鼓起了一个“馒头”。

羊羊见诗梅一骨碌坐起来，以为她生气了！也紧接着坐起来，见诗梅拿手摁住脚，这才看清诗梅的左脚踝肿得厉害，不由惊呼：“啊！脚崴了！”

诗梅转过脸来看羊羊，眼眶下挂着两颗豆大的泪珠儿。

崴脚在运动场上是常有的事。急救的办法是立即冷敷，这里哪有冰袋？他马上想到附近有山溪。诗梅同意去溪涧，在羊羊的搀扶下，一跛一跷地往前走，没走几步就是陡斜的下山道，根本没法走。羊羊立马蹲下来，背起来就走。这里因为山高，阳光已经落到山背后，加上丛林茂密，浓荫重重，格外清凉。溪涧从杂木林中奔流而来，清澈的水面上时而漂浮着几片落叶，飞流而去；沿着溪涧有一排林木的树梢向着水流前倾，看上去就像宾馆大门口站着的迎宾小姐。其中有几株满身是黄色的树叶，像现在流行的发型，在满头的黑发中有几缕黄发，别具一格。

羊羊让诗梅坐在溪涧旁的一块大青石上。脚下便是飞流而来的清泉。诗梅解开鞋带，正要脱鞋，忽然想到什么，一定要羊羊走开。羊羊没有走，只是把身体转了过去。诗梅受伤的脚，已经肿得很厉害，脱起来很痛，一时脱不下来。羊羊偷偷地转过身来看，见诗梅一边抹眼泪，一边咬着牙在脱鞋。

“你这是何苦啊！”羊羊心疼地蹲下身来，要给诗梅脱鞋。诗梅抽回脚，还是不让。她怎么肯把在大热天里穿了一天胶鞋的脚，亮在羊羊的面前？羊羊根本不顾这些，一心只想赶快减轻她的痛苦，唰啦一下，席地而坐，降低身体的高度，硬是把诗梅的脚搁在他的腿上。诗梅已无法再坚持了，只好把脸别过一边去，任由羊羊了。

羊羊像排除爆炸物一样，十分小心、动作轻巧地松开一个一个鞋孔，慢慢地抬脚，把鞋子轻轻地褪下来。诗梅的脚上是白色的袜子，羊羊正要动手脱袜子，诗梅又不让了，她要就着袜子把脚放进溪涧。羊羊认为不可，还有很长的路要走，没有袜子换，光脚穿鞋会磨破脚的，那就更麻烦，羊羊坚持要把袜子脱掉。诗梅拗不过，拿手臂蒙住眼睛。羊羊像看连续剧一样，等待着最后、最精彩的结果——袜子脱下来了——雪白雪白的脚，每一个脚趾都生得很匀称，拇骨平直，不见一点突兀，平平的脚片，周边泛起红晕，哪里会闻到一点什么气味？羊羊轻轻地把它放进哗哗的清泉里，隔着水帘，加上流水的晃动，距离带来的美感，简直是一件精美的工艺品。

浸泡凉水后，羊羊从体育老师那里学来的几招按摩手法，全拿来用上，倒是有些效果，诗梅能瘸着走了。太阳已下山，还好是夏天，还有一段时间的明亮，两人急着下山。羊羊走在前面，诗梅一手搭在他的肩上，一踮一踮地走。

6

囡囡已同小娜商量好，今天留羊羊在她那里吃晚饭。酒老鬼那点捕鱼的老家什还在，午后忙完养猪场的事，就撑起他的竹筏子，干他的老行当去了。收获不错，有一大碗鱼和半碗虾，另外还有一条半斤重的鳗鱼及一些泥鳅。看着这些花样繁多的鱼腥，囡囡乐了！说："我说自从有了养猪场，猪把鱼赶走了，酒老鬼搦鱼十次有九次空，今天是怎么了？真正的酒老鬼又回来了！"

酒老鬼乐呵呵地站在院子里，手里提着还在滴水的渔网，朝着靠住堂屋门框的囡囡喊："你懂个屁！酒老鬼什么时候变过？我是裁缝的家当，"抖了抖滴水的渔网，"真（针）正（挣）的。今天啊，是托你女婿的口福！"

"我的女婿不是你的女婿？不跟你多烦，我可要动手了！"囡囡满心欢喜地卷起衣袖，急着去灶间。

鱼香从灶间来到堂屋，从黄昏等到打开电灯，一直不见诗梅和羊羊的影子。

"你去羊羊家看看，是不是两个人去他家了？"囡囡看着一桌子的菜，香气、热气都走完了，心神不宁地说。

"唉，好！"酒老鬼大步走出院子。

老龚头与小娜已吃罢了晚饭，两人正在院子里乘凉。小娜在算日子，再过二十天羊羊就要回学校了，她埋怨时间太快，一转眼暑假就快完了！

老龚头一直不吭声，听小娜在说。

"对你说呢，怎么一声都不响？"小娜有点不乐意，用力摇动手里的扇子。

“我不是在听着嘛！”老龚头应道。

“哎！现在两个人形影不离，男大女大的，要是羊羊想结婚，怎么办嘍！”小娜显得有些焦急，有意把摇动的扇子，触到老龚头的身上。

“这事我也想过。我们只有这么一口水，羊羊不是不知道。我还是那句老话：‘看菜吃饭’，有多少力量，办多大的事。要想体面，就看他们自己的本事了。”

小娜叹了口气也没再说什么了。看看时候已经很晚，估计羊羊晚饭早该吃好，怎么还不回家？

酒老鬼在院门外就直起嗓子喊羊羊！小娜听到酒老鬼的喊叫，赶忙拉开院门，一听说两人到现在还没有回家，拉起酒老鬼就进院子，隔着老远便对老龚头喊：“他爹，两个人到现在还没回来！”

老龚头“哗啦”一声就从竹躺椅上坐了起来，“什么？！到现在还没有回来？”

“我们等着他们吃晚饭，等等不来，还以为在这里呐！”

“赶快叫人！”老龚头想站起来，但双腿无力，又坐了下来，“赶快叫人，点火把进山。”

“好，我马上就去！”酒老鬼转身就走。

“我也去！”小娜紧跟着走。

“你就不要去了，又是晚上……”酒老鬼站住了。

“在家里我要急死的！走，快走！”小娜推着酒老鬼走。

老龚头看着两个人走出院门，好一阵一动不动地站在堂屋门口，后来突然想到拿拐棍，他要干什么？要去哪里？

诗梅扶着羊羊的肩走了一段路便支持不住了。因为这不是平坦的大道，是山道，有道是上山容易下山难，更何况是腿脚受伤的人？没办法，羊羊只好背着诗梅走。经历了一整天的攀爬、惊吓，体力、精力已经到了极限，加上两人所带的干粮早已吃完，饥饿的折磨更让人疲惫不堪。坚持着走一段，便倒下喘息。诗梅见羊羊累成这样，心里很不好过，但又想不出别的办法来。天全黑了，幸好月亮升起来了，光明的世界变成了朦胧的乾坤。茂密的灌木林好像都在牛奶里浸泡过，每一片叶子都变得厚重，且有光泽。月光是淡淡的、清凉的，又是甘醇的，淹没了世尘，让纷繁、嘈杂的世界归于宁静。

羊羊喝了诗梅递给的凉茶，体力稍有恢复，又背起诗梅，继续上路。寂静的山林，万籁俱静，只有羊羊脚下沙沙的脚步声。忽然，前头扑棱棱地飞起一只夜莺，羊羊惊住了！诗梅打了一个寒噤。羊羊捏了一把诗梅的腿，让她别怕。诗梅把羊羊抱得更紧，暗示他："有你在，我什么都不怕。"忽然林中发出沙沙的快速奔跑声。羊羊放下诗梅，拿起砍柴刀，注视着眼前的动静。很快，山林又重归寂静。

羊羊拉住诗梅的手，说："不要怕。"月光下，羊羊手里的砍柴刀发出闪闪寒光。

诗梅握住羊羊的手，"说不怕，我还真怕！一点声音，都会让我心跳、出汗！不过在这样的月色下，和你在一起，又觉得心里很甜。"

酒老鬼招呼了五个人，连同小娜和他自己，一共七个人，他知道羊羊、诗梅要去的地方，一路寻找。同样穿过灌木林，来到了悬崖下，看见了那根藤索，推断两人是走这条道。几支手电光都照不到悬崖顶，黑夜里，那悬崖看上去就像层层叠叠的怪兽，张牙舞爪的，更让人觉得恐怖。两个人是下不来了还是出意外了？大家都急得心头绷紧！

"羊羊……小梅……"小娜抬头向着悬崖呼喊，寂静的山林立刻响起了凄厉的回声，让人毛骨悚然。酒老鬼心头还算灵清，让大家分头四下里寻找，小娜找到了一块手帕。酒老鬼认得是诗梅的，其他没有任何发现。大家重新又回到悬崖下，有人怀疑人还在悬崖顶，因为晚上下不来了。也有人担心：遇上了野兽什么的，下面的话就咽下去不说了。

酒老鬼的心一下子提到了嗓子眼，"你们大家都给我照着！"说罢向手掌心啐了一口，开始攀登悬崖。几支手电光形成的光柱，好像在支撑着酒老鬼往上爬。酒老鬼已经是四十多岁的人，爬了一阵后便气喘吁吁，想歇一下，低头看了看下面，只见手电光，其他什么也看不见。忽然发觉眼前哪里有火光。这火光是从哪里来的？终于看清火光在山下！这会不会是羊羊他们点的火？担心是手电光把眼睛照花了，闭了一会儿眼睛再看，一点儿都不错，火光在山下。

"山下有火光！"酒老鬼大声喊道。

小娜听说“山下有火光”，就急着喊酒老鬼下来。她断定，那一定是羊羊点的火，有人也这样认为——如此深夜，远离村舍，绝不会有人到这里来烧灰。小娜讲述了临行前老龚头对羊羊的交代，大家就更相信羊羊、诗梅就在山下。

酒老鬼听从大家的意见，快速下到地面，急着往山下赶。小娜一个女人家，怎么跟得上这些大男人的脚步。酒老鬼因为心里急，已经忘记了对小娜的照应，一个劲地往前冲。小娜为了不被落下，拼命追赶。山路崎岖，荆棘丛生，俗话说：“会爬山的刺（荆棘）让人；不会爬山的刺追人。”小娜生怕追不上大家，灌木林中到处是刺，偏偏缠住她不放，衣裤撕破顾不上了，没有带刀只好用手挪，手上被划得像滚翻在地上的杨梅，到处流血。加上晚上视线不好，经常踩空，谁也不知道她跌倒了多少个跟头。

7

历尽艰难，羊羊终于把诗梅背到了山下。黑夜笼罩下的茫茫四野，白天都找不到当年进山的道，到了这个时候，还能找到回家的路吗？两人喘息未定，晚风一阵接一阵，身上的汗水很快就被吹干了，刚才还是满头大汗，现在反倒觉得有些凉意了。羊羊感到身体好像已经散了架，手脚都不听使唤了，很想躺下来！但山脚下是一片草地，湿漉漉的，想起父亲就是因为躺在沾满露水的草地上睡觉，才得了如此重病，他不敢重蹈覆辙。诗梅尽管有羊羊背着，但被背的人同样要做筋骨，也很累；加上脚依然疼痛难忍，也已摇摇欲坠。两人都明白，单凭自己已无法走回家。家里人恐怕早已急得乱成一团，一定会进山来寻找，问题是怎么让他们发现目标？

“我们点火好吗？”羊羊突然想起了父亲的交代。

“好，我也想说点火。带火柴了吗？”

“带了。”羊羊从包里摸出火柴，又去林中捡来干柴。诗梅急着要点火。羊羊坚持要看一看风向，不然会引起森林大火，那可就闯大祸了。

火终于点起来，草地上的水汽马上升腾起来，不久就烤干了。羊羊开始坐着，眼睛里满是融融的火光，不一会儿眼睛就睁不开了，一头栽倒在草地上。诗梅来到羊羊的身边，把他扭曲的身体给扳好，让他舒舒服服地睡。羊羊戴着一顶红色的遮阳帽，身体倒下以后，帽子盖住了整个脸，诗梅担心这样会呼吸不畅，轻轻地把帽子挪开。火光一闪一闪地照映在羊羊的脸上，额头上一缕头发也随着空气的流动，飘拂起来，看上去特别帅气。山里的宝贝找到了，心上的宝贝也找到了。都说人生难得觅知音，她却得到了可以相依为命的终身伴侣，从来都没有像今天这样感到精神上的满足，心情就像燃烧的火焰一样灼烈，她真想伏下身去亲他一口。她渐渐地低下身去，异性身上所特有的、极具吸引力的气脉感染了她，让她心跳加快，人有些眩晕，浑身疲软，眼看就要倒在羊羊的身上。

一阵手电的照射，伴有嘈杂而又熟悉的人声，诗梅立刻惊住！是家里来人了？！她赶快摇动羊羊。羊羊睡得很死，摇不醒。没办法，就拧他的腿，一下、两下……

羊羊突然睁开眼睛惊问："我在哪里？"

"家里来人了！"诗梅大声说。

羊羊一跃而起，眨巴着眼睛。

"羊羊！诗梅！"众多人齐声叫喊。

"快喊！"羊羊拉住诗梅，两人齐声高喊，"我们在这里！"

一大群人，呼啦一下子围了上来。

"小梅！羊羊！"酒老鬼冲在最前面。

"爸！"诗梅应道。

酒老鬼急步蹿到诗梅跟前。诗梅扑向她爸，哭了！

斜刺里一个黑影钻了出来，抱住了羊羊。

"妈！"羊羊抱着衣衫破碎，满手是血的妈妈，无法抑制泉涌般的泪水。

CHAPTER 14

第十四章

失望拉住希望

1

羊羊的暑假即将结束，文章也已写好，准备返校。临行的那天早上，羊羊还在吃早饭，诗梅就来送别了。通过这次进山寻找仙草，两人的感情更深了，再也不像以前那样羞羞答答，见人就躲，怕别人说笑话。羊羊吃罢早饭进起居间向父亲告别。诗梅提着羊羊的旅行袋跟在后面。小娜见羊羊要走了，总是舍不得，有不少话要交代。诗梅就主动安慰小娜，要她放心，俨然是龚家的当家媳妇了。小娜依着堂屋门，看着两人走出了院子，儿子一走，就像失去了什么，心里空荡荡的。但见这一对人同进同出，心里又感到快慰。

酒老鬼家门口的候车站，已有不少人在等车，都是镇上的人，一见两人走来就起哄，有人竟唱起了《十八相送》。闹了一会儿后，诗梅把羊羊拉过一边，趁人不注意，拉住羊羊的手，把五张老头票（百元币）塞给了他。羊羊感觉是一叠钱，这怎么能接受？两人推拉了起来。

“你想让大家都看见是吗？”诗梅低声说。

“我怎么能……”

“一个大男人怎么能用女人家里的钱，是吗？”诗梅用责问的口气反诘。

“我不需要钱，我能过……”羊羊解释。

“告诉你，这不是我家里的钱，是我帮镇里打字赚来的钱，是我的劳动所得。你也不要吗？”

“这我更不能要了！”羊羊感到心头刺痛。

“你再说不要，就不理你了！”诗梅生气了。

一阵隆隆声，客车来了，大家急着上车。羊羊和诗梅还在一旁低声说话。驾驶员按响喇叭。有人从车窗里探出头来喊：“走不走的？一起走算了！”还有人说：“胶水粘住了，分不开了！”车里一阵哄笑。

羊羊快步跳上车。客车立刻卷起滚滚黄尘。羊羊站在车门上不停地挥手。诗梅抹了一把眼睑，赶快举起手来，看着客车渐行渐远，直到淡出视线。

2

龚示力的文章很快在校刊上发表了，引起很大的反响。文中准确地应用实践是检验真理的唯一标准，从理论到实践阐明新形势下干部应具备的基本素质；干部的任免、考核必须是民主的、公开的；干部一定要接受群众的监督和评议。由于该文造成的影响，加上在“1·21”事件中的出色表现，龚示力在新一届学生会换届选举中，高票当选学生会主席。

傅校长的办公桌上放着本期校刊和《校园信息》，《校园信息》的首页上刊登了新一届学生会委员会组成人员名单。

傅校长最近很忙，今天刚开完各系的党委书记会议，回到办公室，泡好一杯茶，靠在座椅上闭了一会儿眼睛。脑子里很乱，想到喝茶，拿起茶杯来，新校刊映入眼帘，打开一看，第一篇是龚示力的长文，很见才气。傅校长对校刊之类的东西，通常翻一翻就丢在一边。但今天不仅没有丢，而是一口气看完，直看得他如芒在背。傅校长猛地将校刊合上，合页后掀起的风，把《校园信息》忽闪起来，又让龚示力跳进了他的视线，当上了新一届的学生会主席！

傅校长本来就感到有些头晕，现在更觉得心烦意乱，再一次靠在椅背上闭目养神。好像有人进来，但又站着不动了。

“谁？”傅校长问。

“是我。”傅校长的秘书，一个三十不到的年轻人。

“有事吗？”傅校长还靠在椅背上。

“各系送来的推荐名单。”秘书手里拿着一叠纸。

“噢，是赴美交流的人员名单？”

“是的。”

“拿来吧。”傅校长吃力地恢复坐姿。秘书递上名单后就离开。

这一叠名单的第一页便是自动系的，第一名又是龚示力！龚示力的名字在A4纸上是4号字，不知为何，这三个字渐渐地扩大、膨胀，最后竟然塞满了他的脑袋。

龚示力要去美国加州理工交流的消息不胫而走，很快传遍校园。龚示力当然也有耳闻，开始以为是马路新闻，没当回事。后来越传越盛，有鼻子有眼了，就等着校长最后签字了！龚示力的心情随之不平静了。加州理工是世界著名的一流大学，培养出多少世界著名学者和名流，能去那里攻读，真是万幸！但是要几年身在海外，家里重病在身的父亲怎么办？妈妈谁来照顾？诗梅心里会怎么想？一连串的问题，搅得他心里七上八下的。

3

寝室是个小天地，称之为“free room”。这天晚上瞿秉宜、金耀、皇甫浩密谋，要敲龚示力的竹杠，一定要他请客。趁他还未回来，三个人在做积极准备：皇甫浩不知从哪里找来一个竹筐，打出八个大字——“鸿运高照，能不请客？”塞进竹筐的底部。金耀把它架在半开的寝室门上，想等龚示力一推门便套在他的头上。但几次试验都因角度的问题，失败了。最后还是在一旁观察很久的瞿秉宜出了个好点子，他拿出一根牛皮筋，把门的底部与门框相连，再从竹筐上抽出一条篾片，夹在门与门框的中间，反复调整角度，直到最佳，然后把牛皮筋固定，就等着龚示力入套。

龚示力还是老规矩，把阅览室整理好，打扫干净，关上门窗，再回寝室。这几天因为出国交流的事，心里就像摇号机里的乒乓球，活蹦乱跳的！是大家的热传还是自己内心的激动，感觉真如俗话说的——好运来了，躲都躲不开。但一想到还要傅校长签字，心里的乒乓球立刻停止跳动。人的一生好像是在选择中度过的，在成与败、得与失、泰与否之间做选择，总是倾向于美好，寄望于获得。龚示力也一样，他估计，在这样强力的舆论影响下，傅校长会赞同的。法国诗人波德莱尔说过："希望就像蝙蝠，用它的翅膀敲敲墙，再把头撞到腐朽的天花板上，然后飞往别处。"他想把喜讯告诉父母，告诉诗梅，又想到事情尚未定论，还是等到有结果再说。因为心头喜悦，脚步自然轻盈，很快就走到了寝室门口。里面静悄悄的，还没到熄灯的时候，平常都是灯火通明的，今晚怎么了？这么早就黑灯瞎火地睡了？抬手推开房门，哗啦一声！不知道是什么东西，自空而坠，套住了他的上半身，惊出他一身冷汗！与此同时，电灯打开了，爆出了一阵又一阵的哄笑，闹得隔壁寝室的也围上来看。

龚示力这才知道今天上当了！赶快除下套在身上的竹筐。

"别忙着摘掉帽子，留心里面的提示。"皇甫浩双手枕着脑袋，躺在床上慢悠悠地说。

果然竹筐里有张A4纸，龚示力拿出来一看，才弄明白原来是这么回事。

"明白了吧！我们不是打抽风，是要你尽点同窗之谊。"金耀一骨碌从床上坐起来说。

"你们也太性急了点，八字还没有一撇呢！"龚示力边说边拍打身上的尘土。

"此言差矣！"瞿秉宜的床紧靠窗户墙，他最喜欢靠着墙发表议论："天下事，往往在两可之间最精彩，最具悬念，过了这个端点也就不过如此了！情谊也在这个时候最能显示。做何选择？就看你的态度了！"

"如此说来，我只得听命各位了。"

"好，好！"三个人连声叫好。

4

刘怀玉一年的学业即将结束，她也听闻龚示力要交流到加州理工——这一意外而惊人的消息，让她彻夜难眠。加州是她的家乡啊！她想起了英国圣经学家密斯的一句名言："希望像太阳，当我们向它行进，我们负担的阴影，便抛在身后去。"她曾经泪洒青桐，下决心从自己编织的阴影里走出来。现在乌云褪去了，面临的是灿烂的阳光，难道不该大步迎上去吗？正用得着中国人的一句名言："近水楼台先得月。"时间是最公正的法官，相信"法官"最后会把爱情判给她。她寻找到一个机会，不，在创造条件——邀请龚示力参加她们的结业庆祝晚会，重新追赶失去的希望。

校务会议上，傅校长提出去美国加州理工交流的学生名单，龚示力的名字没有了。大家都觉得意外，为什么把龚示力给删除了？自动系的几个教授首先提出质疑，其他系也提出疑问。傅校长听完大家的意见后，心情沉重地说："我和大家一样，为龚示力惋惜！这完全是迫于现在的形势，无奈之举啊！当前是稳定压倒一切，学校正面临着巨大的压力，不要我说，大家心里都很清楚学校当前的难处。像龚示力这样优秀的学生，又是新任的学生会主席，在学生中有很大的感召力，有时候，他出面讲话，比我们管用多了！留下他，实在是不得已而为之。不过今后机会还是有的，随着形势的发展，对外开放的层面不断扩展，走出去的机会还是有的。"

傅校长的这一番话，紧贴当前形势，可谓忍痛割爱，语重心长，大家也就无话可说了。

龚示力拿出五十块钱，在皇甫浩、金耀和瞿秉宜的簇拥下，来到学校大门外的一家烧烤店，这里是学生中的"第三世界"消费点，条件好的绝对不会到这样的地方来。老板是维吾尔族人，带着一个小伙计，专门烧烤羊肉，手艺倒不错，烤出来的羊肉别有风味；只是卫生条件不怎么好，桌椅板凳看上去黑黢黢，坐上去油腻腻的。但是他那香气扑鼻的羊肉串，还是吸引了许多学生。

龚示力一行四个人正好一桌。老板看见有顾客到来，马上笑脸相迎，用他那半生不熟的普通话，热情招待入座，香喷喷的烤羊肉串很快就送上来。四瓶啤酒，一人一瓶。小伙计很巴结，拿来开瓶钳，皇甫浩挥手让他走开，拿起筷子来只听"啪啪啪"的三声响，酒瓶盖全部脱落；最后一瓶是带表演性的，"叭"的一声响，酒瓶盖飞得老远，正好落在一旁观看的小伙计的怀里。大家一阵哄笑，四个人举杯，"咣"的一声碰在一起。

金耀首先开言："祝贺'龚（共）匪'进军美国闹革命！"

瞿秉宜拿酒杯在桌子上转了一个圈，说："革命成功了可别忘了老区的兄弟们。"

皇甫浩看着龚示力直笑："不要泡上了洋妞，就和平演变了！"

龚示力不停地摇手，"现在我是月下提灯——虚挂名（明），结果是什么——只有天知道。"

"众口一词，木板上钉钉的事，还有什么好怀疑的？"皇甫浩捋起衣袖来拿羊肉串。

又进来一拨同学，不知道是哪个系的，他们也来庆贺去美国加州交流的一位同学。听他们说校方已经正式公布名单了，皇甫浩性急腿快，从座位上弹了起来，撒腿就跑。

完全出乎意料！四个人低着头，像得了禽流感的鸡，耷拉着脑袋，谁也没有说话。四杯啤酒里的泡沫，逐渐一个个破碎，最后完全消失；墙上有一把摇头电风扇，正对着这四个人，风扇已经有些年头了，通体沾满着油污，就像得了帕金森的老人，一顿一顿地摇着头；烤羊肉的香味也随同啤酒杯里的泡沫，无影无踪了。

"'1·21'的阴魂不散啊！"皇甫浩忍不住了，打破了沉默。

金耀、瞿秉宜频频点头。"还有，最近校刊上发表的那篇文章……"两个人同时说。

"不说击中要害，也让他如芒在背，他会把这样的好事给你？"瞿秉宜啤酒喝得不多，却是满肚子的气，"我早就说过，不要花心思去写那样的文章，不听么！"

"好了，好了，我们不说他了。还是我们'四人团'厮混在一起，多好啊！吃！吃！"龚示力拿起酒杯相邀。三个人也拿杯在手，但是显得很不利索，像木偶剧里的人物，抬手动脚有根线牵着。

"我还想说，没有这篇文章照样也走不了！"金耀拿到嘴边的酒杯又放了下来。

"不一定，也许还有一线生机。现在是接二连三的投枪匕首，必然在所难免。"瞿秉宜坚持己见。

龚示力把羊肉串一根根地交到大家手上。"不去也好。我的家庭情况你们都知道，如果真的去了，我还不知道该怎样来安排重病的老爹，无助的双亲。在大学的这一年，我感受最深，或者说想得最多的是：不管日后风会把我们这些种子抛向哪里，无论将来为民还是为官，一定要抱定一个宗旨，正如老夫子所说的：临官莫如平，临财莫如廉，廉平之守，不可攻也。人世最可恨的是为政者不平、不廉。”

皇甫浩看了看各位的反应，觉得龚示力提的问题很新鲜。“我还没有想过三年以后的事情。不过，我对权力不感兴趣，只想能做一点自己喜欢的事。”

“我不知道有朝一日自己手里有了权以后，会是什么样的？”金耀好像在问自己。

“都这样说，手里有了权，人会变的。权力这个东西有人研究过吗？它的基本属性、时代特征、应用价值……”瞿秉宜拿出学者的姿态。

“好了，好了，酸腐味！”皇甫浩打断了瞿秉宜的话，拿起酒杯敬龚示力，“我看咱们还是先巩固根据地吧！你要是真的走了，留下我们也太冷清了！”

四个人一起举杯，异口同声：“并肩战斗！”

5

刘怀玉怀揣着邀请柬，兴冲冲地来找龚示力。走过公告栏前，见许多人在围观学校刚公布的公告——赴美交流人员名单。刘怀玉翘首张望，发现没有龚示力的名字，怀疑有人挡住视线，未能看清楚，就挤进人群，这回看清楚了，还是没有龚示力。刘怀玉大出意外，怎么会是这样？宛若在理发店刚做好头发，出门便遇上了大雨。她问自己，还去送邀请柬吗？是什么原因把他给落下了？如果这时他正在苦恼，应该去安慰他；如果是别的什么原因，她的突然出现，合适吗？她想不好。围观的人渐渐地少去了，过了一会儿又来了一大帮，刘怀玉还在公告栏下。

龚示力未能出国的原因和傅校长对他的评价，在学生中传开了；本来已是一颗明亮的新星，现在又多了一圈闪耀的光环。旁人不知，龚示力心如明镜，清楚是怎么回事。感觉本来是一个自由的人，无拘无束，可以自由行动；现在不一样了，身后有一双怪样的眼睛，时时刻刻在看着他，周身感到不舒服。

龚示力还是收到了刘怀玉的邀请柬，参加了她们的结业晚会。刘怀玉代表留学生，讲了一番激情洋溢的话，其中特别提到了龚示力，引用孔老夫子“诲人不倦”的经典名言赞扬龚示力对她们的帮助。龚示力自然明白刘怀玉的良苦用心，还是舍不下他。幸好，这次没有去加州，如果真是去了，那里正是她的家乡，自古以来最难了的是一个“情”字，中国文字把“情”和“愿”连在一起，组成一个词语；但“情”和“愿”往往走不到一起，多少人的哀怨、痛苦也就在这两字之间。龚示力走神了，主持人宣布请学生会主席讲话，他才惊醒过来。因为事先已有准备，不致临场慌乱，他以中美友谊为题，讲了一番很得体的话，博得了满堂彩。

不久，刘怀玉等四人要回国了。龚示力组织了一帮同学，送她们到机场。刘怀玉学业是进步了，然而一次次点燃的爱情火苗都熄灭了，始终未能如愿，成为她终身的遗憾。

龚示力主持的新一届学生会与以往大不一样，完全改变了往常召开会议、布置任务、分头去干的老套路，而是组织各个部深入到系、班级、寝室倾听同学们的要求和意见；在广泛征求意见的基础上，结合校党委的指示精神，以全新的面貌开展工作，各项工作做得有声有色，取得上佳的成效。

6

诗梅培育的铁皮石斛幼苗待到入秋以后，就像一个吃不好、睡不好的人，精神不振，无精打采，简直就是个病人，愁眉苦脸，头也抬不起来。诗梅急得茶饭不思，想不出什么挽救的办法；成天守着，但愿它第二天早上起来，能抬起头来，换成一张笑脸。但事与愿违，情况没有丝毫改变。她担心，失败的阴影已向她靠近。她想去一趟农大，把采集到的野生铁皮石斛的照片、基质也一起带去，寻求黄教授的帮助。

诗梅再次去农大已是熟门熟路了，李老师也没有像以前那样生分，热情地给她倒茶让座。黄教授这时正在给研究生讲课，诗梅只好坐着等。随后进来好几拨人，都是等着要见黄教授的，其中有一个人上回来时好像见到过。他们见诗梅带来的一盆铁皮石斛幼苗还活着，高兴得惊叫起来！他们培育的都已枯萎死去，这简直是奇迹！大家围着诗梅要她介绍经验。诗梅正满腹忧愁，哪里还说得出什么经验来。就在这时，黄教授来了，他仔细观察了诗梅带来的这盆幼苗，然后请大家到会议室，先安抚大家的悲观情绪，接着要诗梅介绍她的培育过程。

诗梅怎么也想不到会有这样的事情——成了矮子里的长子！竟然还要她介绍经验，这可让她犯难了，但又明摆着推托不了，只好把大体经历的过程说了说。黄教授听着不断地点头，插话说："你这一盆，算是最后的幸存者。不过，也已有病在身，来日无多了！"

"不就全军覆灭了？！"有人哀叹。

"我事先说过，要做好失败的思想准备，而且不止一次、几次的失败。不知道大家还有没有信心坚持下去。"黄教授环顾在场的人，最后把眼光落到诗梅的身上。

是受到黄教授的鼓励吧，诗梅原先打算把收集到的有关野生铁皮石斛的资料请黄教授看的，现在她决定拿出来请众人观赏，也许能增强大家的信心。"我带来了我们家乡野生铁皮石斛的照片和基质。"

"什么？你们那里有野生的铁皮石斛？！"黄教授大为惊讶！大家都睁大眼睛，齐刷刷地看着诗梅。

诗梅把照片一张张地摊放在会议桌上，唯独那一小包几层手绢包裹起来的基质，生怕它散落，小心翼翼地捧在手里。黄教授找来一个盒子，把基质放进盒子里，拿着放大镜，仔细观看；然后再一张张地看照片，一连声地说好！"诗梅，请你详细说说在你们家乡的什么地方，你是如何采集到这些宝贵东西的？"黄教授非常兴奋，他的眼镜片受到阳光照射，反射出耀眼的光彩。

诗梅详细述说了采集野生铁皮石斛的经过。大家就像听惊险故事、看惊险影片，提心吊胆地听完她的讲述，无不啧啧称奇！

黄教授插话问："你是怎么想到去寻找野生铁皮石斛的？"

"先是听说我们那里早年曾经有人采到过铁皮石斛。既然自己选定了人工培育铁皮石斛作为毕生追求，就应该对它有更多的了解。当时也没有想到中途会遇上这么大的困难。"

"当你遇上那么多困难、艰险的时候是怎么想的？有没有想到过放弃？"黄教授问。

"想到过。眼看就要从悬崖上摔下来时，还想到过死。可是当我找到了野生铁皮石斛时，所有的恐惧、身上的伤痛、退却心理统统都被兴奋、喜悦赶跑了。真正领会了'天下无难事，只怕有心人'这句大家熟知的箴言。"

黄教授看着这个生性倔强的姑娘，一个新的构想渐渐地在脑子里形成："诗梅，我们组织一个考察队，到你们家乡进行一次全面考察，你欢迎吗？"

"这还有什么说的？当然欢迎！"诗梅来时的焦虑、愁容已遁形遁迹，活泼、机敏的本性，像一场秋雨后的菜园，又水淋淋地展现在众人面前。

"好！"黄教授继续说他的设想，"如果经考察确有成效，我想，就在诗梅姑娘的家乡建一个铁皮石斛培育试验基地。成功了就正式建立培育基地。可以用合资的形式，我们学院与你们共同注资筹建。诗梅姑娘应该是这个试验基地的负责人之一。"

黄教授的设想大家都表示赞同。

黄教授再三声明，这仅仅是他个人的设想，要经过领导层的研究、批准，才能具体实施。今天他很激动，原本想这么多合作单位都来了，培育全都失败了，得好好研究、总结经验。想不到诗梅带来了意外，极具价值的意外，等于在沙漠里遇到了泉水，迷航发现了灯塔。原来只知道这个姑娘拧，给了她一盆幼苗仅仅是为了打发她，根本不指望在她那里会有什么收获。真是人不可貌相，小看她了！这姑娘不仅有勇往直前的进取精神，更可贵的是善于思考、探究，是个可造之材啊！还意想不到的是，她身后有一位富有聪明才智、全力支持她的恋人。黄教授是人工培育铁皮石斛科研项目的负责人，培育种苗已耗去他不少心血；接下来的引种栽培是个更大难题，心里没底，很担心中途夭折。引种的签约单位，这些天来先后来电，没有一家是报喜的。尽管是意料中事，但不能没有压力。真所谓柳暗花明，跳出一匹黑马来，真是天无绝人之路啊！

黄教授送走客人后，留下诗梅，单独与她交谈，详细询问她的家庭和学业情况，语重心长地说："我非常高兴能遇到你。我想，我们将会进行长期合作。不过，恕我直言，仅凭你这点学历，今后会遇到许多困难；建议你，从现在开始，就学习这方面的课程，申报'成人自学考试'，取得学历以后还可以继续深造，只要你肯努力，我想你会成功的。"

黄教授的话，对诗梅来说是雨露、甘霖，她衷心接受黄教授的教诲。吃午饭的时候到了，黄教授留她用餐，又为她准备了不少学习书籍。今天诗梅是怀揣忧心而去，满载喜悦而归。

7

酒老鬼今天一百多头猪出栏，忙了一整天，一回到家就说饿了。囡囡让他再等一会儿，等诗梅回来。酒老鬼一时想不起来诗梅去哪里了，好一会儿才想起来——去省城了。他实在是饿得慌，让囡囡先弄点酒，边吃边等。

门外汽车停下了。囡囡正拿着一碗菜从灶间里出来，立刻停住脚步；酒老鬼嘴里大嚼，身子猛地站立起来。"吱呀"一声，院门开了，果然是诗梅回来了。囡囡看着觉得奇怪，早上去的时候把种苗带去了，现在回来种苗不见了，手里提着一袋子书，怎么了？那"宝贝"不要了？酒老鬼也想起来了，诗梅今天是送她的"宝贝"去问医的，看样子乐呵呵的，有救了？留下住院了？

诗梅走进堂屋，叫了声爸妈，就径直上楼去了。

"等你吃晚饭呢！"酒老鬼朝楼上喊。

"知道了，就来。"诗梅在楼上应道。过了一会儿，就像哗啦一阵风，诗梅飘落到堂屋。欠着身子看一看桌子上有些什么菜，随手捋了一把披到脸面上的长发，奔着、跳着去灶间了。

酒老鬼看着好笑。

诗梅端来一碗饭，往桌子上一放："告诉你们好消息！"

酒老鬼和囡囡都觉得今天诗梅有些异样，到农大去一趟有什么好事带回来了？

诗梅大概是饿了，她一边吃，一边说，把今天遇到的惊喜，一件件地都说了。

囡囡听得嘴里啧啧不停，一脸惊疑地看着酒老鬼，“这会是真的吗？”

酒老鬼已经与往日不同，已经有经营头脑了，他的第一个反应是欢迎他们来建试验基地。

“真所谓英雄所见略同，父女俩想得一个样！”诗梅摇头晃脑地说。

“傻姑娘，你只知道动嘴皮子，你拿什么来欢迎？”酒老鬼问。

“拿什么？”诗梅低头想了想，立马抬起头来，“投资，爸！那就看你了！”

“叫你当负责人？你没有点实力摆在那里，说话没分量的。现在的人都讲实惠，靠耍嘴皮子没有人信你！”

“那我们要投进多少？”囡囡问。

“小梅，建基地一定要有土地，巧得很，就在上回黑夜里找到你们两人的那座山脚下，那里不是有我们一丘责任田吗？一亩零二，现在已顾不上种，荒着，这不正好拿来派用场么！”

诗梅听他爸这么一说，心里就更有底了。当天晚上就给羊羊写信，让他分享喜悦。

8

黄教授的计划很快得到学校高层的批复——同意施行。适逢秋高气爽，组成了一个考察队，一行十多人，前往青桐。诗梅在三天前知道他们要来的消息。酒老鬼这回为了女儿的事情，真是出大力了：与镇里协商，把大会堂借出来作为考察队的营地；请来泥水工，搭起临时锅灶；把家里的桌椅板凳都搬了过去，还不够，又从街坊邻里那里借了一些，诸事安排停当，就等他们来了。诗梅见老爸忙得屁股不沾凳地颠来颠去，心疼了，吃晚饭的时候，亲自动手烧了几个酒老鬼喜欢的菜，又特意去买了他最爱喝的郎酒。一见他回来，马上端上菜肴，斟满酒。酒老鬼见桌子上的菜和酒，乐了！看着站在一旁的诗梅，问道："犒劳你爸了？"

囡囡抢上来说："小梅心疼你，今天是她上的灶。"

"哟！那我可要多吃一点了！"酒老鬼拿起杯来满饮一口，"事情都弄好了，你放心就是。不过……你还陪他们去爬悬崖？"

"啊唷！这可千万动不得了，你命都不要了？！"囡囡不允诗梅再去冒那个险。

诗梅考虑过了：画好图纸，仔细标出方位，带领他们到悬崖下，不打算再冒险。"我知道该怎么做，你们放心就是。"

黄教授如期到达，对酒老鬼的安排很满意。他们的准备也很充分，借用了省体工登山队的专用登山绳索、登山服、照明器具以及其他一应必需品；当天不安排活动，好好休息，第二天一大早就出发进山。

为了诗梅的安全，酒老鬼打算陪同前往。不巧的是这几天有几头猪不肯吃食，兽医来了，他无法分身，只好再三叮嘱诗梅：千万小心才是。

第二次进山，已经是驾轻就熟了，一行人很快就来到悬崖下，悬挂在崖壁上的那根牛筋藤索，活像自天而垂，大家都看得惊叹不已！一个女孩子凭借这样一根藤索，几次上下如此高危的悬崖，堪称奇迹！这次就方便多了，运用可牵引的绳索，既省力又安全，一行人很快就越过悬崖，诗梅当然也在其中，藏在口袋里的那张图也就不拿出来了。

大树崖壁下的那株野生铁皮石斛首先与新到的来客见面。黄教授决定扩大搜索范围，继续寻找。整整找了几个小时，一直深入到山崖下，又找到了两株。确实是稀罕之物啊！要不怎么能登上九大仙草首位的宝座？黄教授又取了一些铁皮石斛的基质，仔细观察这里的山脉形势，周围的植被生态，取得了大量的第一手资料。返回青桐营地，天已黑了。

酒老鬼两口子见诗梅回来了，才放下心来。他们已经准备好一桌饭菜，让诗梅去请黄教授来家吃晚饭。黄教授倒是个爽快人，没有推辞，跟着诗梅来了。

酒老鬼两口子恭恭敬敬地迎着黄教授，再三表示对他的敬仰和感谢。黄教授很坦诚：千万不要把教授当成一个什么特殊人物，更不是官员，就是一个教书先生，普通人。他毫不讳言，诗梅是个好孩子，只要继续努力，一定会成功。

酒老鬼给黄教授斟酒。黄教授没推让。酒老鬼可高兴了，会喝酒的人最喜欢遇上不推酒的人，两个人真是棋逢对手，畅快痛饮。席间酒老鬼问，试验基地打算建在哪里？黄教授说，最理想的地点应该是生长野生铁皮石斛的那块山头上，但是山太高，无法管理。问酒老鬼有没有比较接近那带地方的土地？酒老鬼说有，明天带他去看。

第二天，黄教授在诗梅的陪伴下拜访了当地的气象站，查考当地的气象资料；而后会同酒老鬼一起去看地。那里原是一片山坡，农业学大寨时改造成梯田。现在正是仲秋，晚稻即将开镰，满眼一片金黄。唯独在最高处，紧挨山坡的一块田里，长着半人高的蒿草，像杀猪时毛没煺干净，留下了一撮毛，看上去与周围很不协调。黄教授观看这里的地势，询问土地出让价格，担心要价过高，经费有困难。酒老鬼要他确定哪一块土地最合适，再来谈价钱。

黄教授在一大片田垄里走来走去。诗梅老是看着自家那块长草的田，盼着黄教授把注意力放到那里，就像小商品市场上的商贩，最希望顾客都到他的摊位上来。黄教授终于来到荒草田，拔起一根蒿草看土壤，还沾了一些土在手指上，慢慢地提到嘴唇边。

“难道要把土放进嘴里尝？”诗梅大为惊奇！

果不其然，黄教授把土放进了嘴里，还品味了一会儿，才吐了出来。诗梅愣了！亲眼看到了一个科学家严谨的态度、忘我的精神。

“就这块田怎么样？”黄教授扔掉手里的那根蒿草，拍拍手，问酒老鬼。

酒老鬼、诗梅一起笑了！酒老鬼说：“你真有眼力，你知道这块田是谁的？”

“难道是你的？”黄教授很意外。

酒老鬼笑着对诗梅努了努嘴。诗梅马上接腔：“是我们家的。”

“你们为什么种草，不种庄稼？”

“不瞒你说，办了个养猪场，忙得我昏天黑地，顾不上了，只好让它撂荒。”酒老鬼说。

“再好不过。我们不是种庄稼，不需要肥沃的土地。一来我就看中了，它距离那山崖最近；但长着荒草，以为已经派上什么别的用场了。哈哈！原来是你的，好极了！”

“黄教授，你想怎么用？煎、炒、蒸、炸都可以。”酒老鬼说。

“租赁怎么样？”黄教授看着酒老鬼，担心他提出很高的要价。

酒老鬼摇头。

黄教授有点不好意思，以为自己一厢情愿。

“你们就不要出钱了，派用场就是了！”酒老鬼说。

“这怎么可以？一定要有代价。”黄教授很认真地说。

“你们这个试验基地是几家合伙的吧？”

黄教授点头，“是的。”

“那就算我家小梅入股吧！”

“唉！这个主意好，我没想到，好，很好！”

9

基地终于建起来了。日常管理由诗梅负责，农大经常派技术人员来指导，黄教授也抽时间过来。诗梅全身心地投入，无论刮风下雨，每天必到。偌大的塑料大棚里，一部分是从无菌实验室里直接转移过来的种苗；另一部分是将种苗栽入试验基质（特殊土壤）。看着这些两片嫩叶子的种苗，仿佛是幼儿园里排着队唱歌的孩子们的一张张小嘴巴，孩子们是那样的天真活泼，他们渴望着老师给他们讲动听的故事、教他们唱歌跳舞、教他们画画、带他们去公园里游玩。张着小嘴巴的种苗，它们还需要阳光、水分、适宜的温度、提供特殊营养的基质。光照的强度，干湿的程度，冷暖的控制，件件都是个大难题啊！至今没有成功的先例，一切都得靠自己摸索。原先培育一盆种苗，那仅仅是个人行为，现在是整个试验基地，肩负的责任太重大了！每天一到基地，便细细观察每一株种苗，就像细心的妈妈看着刚醒过来的婴儿，摸摸她的小脸，看看她的嘴唇是否红润，有无笑容。傍晚回家了，也一步三迟疑，像喂罢奶，让婴儿睡下，又担心孩子突然醒来的妈妈。回到家里，心还是牵挂着她的那些“孩子们”。

再忙，诗梅也没有忘记学习，每到夜深人静，还忙碌在灯下。面临的难题太多了，每当理不出头绪时，就想羊羊，多么需要他的帮助啊！

酒老鬼夫妇发现诗梅瘦了，但又没有办法帮她，酒老鬼叹道：“怎么办？她连人都一起栽进基地里了！”

但这种辛劳到底要花去多少心血才能换来成果？诗梅简直是呕心沥血了！几次看上去似乎有希望了，枝叶都展开了，连忙给黄教授报喜。黄教授匆匆赶来，经仔细检测，认定是假象，并未成活。诗梅几次用激动的眼泪迎接黄教授的到来，又噙着伤心的泪水与黄教授道别。黄教授当面还是再三鼓励，要她不气馁，总结经验，继续努力。私下里也在担心：这个基地能维持下去吗？把如此重大的试验项目交给一个毫无经验的年轻姑娘，是否太轻率了？同样他也承受着巨大的压力。

羊羊大三那年的暑假，一天清晨他与诗梅早早地来到基地，一眼看去种苗全是病恹恹的，就像最近见父亲日渐消瘦，病症加重，心如刀绞，却是无力回天。在学校他去图书馆查阅过许多书籍和资料，也请教过有关老师，都没有切实可行的办法。宛若在黑夜里行走，只有靠自己摸索了。忽然眼前一亮：最后一畦地上有一株苗，看上去比较特殊，感觉唯有它没有染上“流感”，挺精神的，叶片油光光，枝干也显得粗壮，特别是梢头，像个挺起胸膛的武士，让人有鹤立鸡群的感觉。羊羊感到奇怪！蹲下来仔细观看，找不出什么原因来，同样的环境、同样的基质，为什么就这一株具有如此显著的特征呢？

这畦地因为在最后，土有些往下塌，诗梅不知从哪里找来一块松树板，挡在那里，有树皮的一面向着土。羊羊一看就知道，诗梅爱整洁，在哪里都改不了这个习惯。看着看着，发现在松树皮里有白色的根系长在里面，这是怎么回事？他拨开土，根系很长很长，最后延伸到那株“武士”的身下。

“哎呀！”羊羊惊呼，简直是哥伦布发现了新大陆！诗梅这时正在基地的另一头护理种苗，忽然听到羊羊的惊叫，快步赶来。“你发现什么了？”

“噢！”羊羊急忙招手，“快来看！快来看！”诗梅顺着羊羊的指点，看清了这一惊人的奇迹！“你是怎么发现的？”

“纯属偶然。”羊羊说，“你认为有价值吗？”

诗梅拊掌，又叫又跳：“这个发现太伟大了！太伟大了！”

“发现神秘物质镭元素的是谁？”羊羊问。

“居里夫人！”诗梅响亮回答。

“那发现铁皮石斛生长奇迹的人应该怎么称呼？”

“怎么称呼？”诗梅躲开羊羊的视线。她知道，羊羊要戏谑她。

羊羊拍拍手里的基质，走到诗梅跟前，认真地看着诗梅，说：“要与‘居里夫人’相对应，该怎么说？”

诗梅把嘴凑到羊羊的耳边，轻轻地说了一句。

羊羊哈哈大笑。“好一个‘诗梅先生’！”抱起诗梅连连转圈。

“好了！别闹了！想一想，接下来该怎么办？”

羊羊放下诗梅，“我想这样，我们马上想办法收集松树皮，到锯板的地方把它们冲成粉末，铺盖在基质上。”

“好的。但一时到哪里去找这么多松树皮？”

“这样，现在能找到多少用多少，这还是试验。”

“我想分成三个区块：分别铺盖半公分、一公分、一公分半，然后观察它们的结果。”

“说得好，有点像实验专家的味道！”

CHAPTER 15

第十五章

何处栖身地

1

龚示力的四年大学生活终于结束了。当时学生中流传着这样的说法：“大一是新兵，大二是老兵，大三是油子兵，大四是退伍兵。”到了大四，大家的心思都集注于即将到来的分配，这可是决定命运的时刻。龚示力正陷于焦虑之中：系主任南宗伯（接江健的班）一直以来都十分器重龚示力，把他当作自己的得意门生，很想把他留在身边读研究生。自己就快到退休年龄了，今后能挑起自动系大梁的人，他认定了龚示力。他把这个想法与主管教育的梁副校长交谈过，梁副校长不仅赞同，还表示要把龚示力列入人才库，属二梯队的重点人才。就在这个当口上，第二批赴美交流的机会又来了，这次是美国麻省理工，十五名，毕业生也可参加，还允许攻读学位。

是留校还是争取出国？龚示力一时拿不定主意。南主任极力劝说龚示力留校。南主任与傅校长共事多年，深知其人媚上擅权，龚示力在他手里想出国，完全是天方夜谭。唯有留下来读研，学位拿到了，届时他与傅某人均已退休，一切都顺理成章。但是这话他怎么能与龚示力明讲呢？

四个人把四张桌子并拢，点起蜡烛，买来一些花生米、牛肉干之类的凉菜和啤酒，皇甫浩说是最后的晚餐。金耀不同意，说不吉利，应改为“临别宴”。现在大家都在等着“拿饭碗”（等分配）这件事，回家等也可以，只要跟学校说明即可走人。“退伍兵”与学校的关系已十分松散。

四年同窗，朝夕相处，一旦分别，确实有些难分难舍。从小学开始直到大学毕业，同学圈不断扩大，但大学同学不同，都是成年人，知识、阅历、情怀大不一样，对友谊的认知和需要进入更高的层次，加上四年的磨合，已是心有灵犀。

皇甫浩直抒胸怀：“生平最恨以权谋私者，‘扫天下’无此斗胆，但‘扫一屋’总能做到吧！”

“能扫一屋固然好，只怕到时候一屋也不让你扫，要你蹚浑水怎么办？”瞿秉宜捡起一粒烂花生米环示众人。

“是啊！如果我的上司是傅某人之流如何是好？‘用之则行，舍之则藏’吗？”金耀看着大家说。

“如果是这样，我决不‘藏’！”龚示力说。

“那你打算怎么办？”瞿秉宜、金耀同声问。

“俗话说，捧人家的碗就得服人家的管。大不了打破饭碗！不相信就会饿死。”龚示力说。

“话是这么说，陶渊明不为五斗米折腰。但轮到自己头上，还得三思而行啊！”瞿秉宜向来倾向妥协。

“我还要改一改，不为五斗小米、玉米、番薯折腰。”龚示力加强语气。

“好！佩服！这才是咱们兄弟应有的秉性。”皇甫浩翘起大拇指。

“龚示力……龚示力……”郝大爷一路喊着，急匆匆而来。龚示力马上迎了上去。

“电报，你的电报！”郝大爷把手里拿着的电报交到龚示力的手里。“一定是家里有要紧事。我呀，顺便过来看看你们，整整四年了，要分手了，怪想念你们的呀！”

大家一起围着郝大爷，拉着他坐下，一定要他喝一口。郝大爷笑呵呵地看着大家说：“你们啊，来的时候，就像你，”指着个子矮小的金耀，“看上去还是个半大的孩子。如今啊，你们都像林子里的大树，长高，长大了！哈哈！好，好！”

“郝大爷，我们会来看你的。”皇甫浩说。

“别吹牛，说个时间，什么时候来？”瞿秉宜就喜欢钻牛角尖。

“娶了媳妇，带着老婆来。怎么样？”皇甫浩正色说。

“可别带二奶来，郝大爷要生气的！”金耀不忘调侃。

龚示力站在一旁看完电报，愣怔着。瞿秉宜发现了，急着上前问：“怎么了？家里有事？”

龚示力噙着泪水，说："我爹……病危！"

"啊！"众人惊骇！

"郝大爷，你再坐一会儿。"龚示力把目光转向各位，"代表我，招待好郝大爷。"说罢快步而去。

2

南主任是国内知名教授，校园里有他的单独小楼。他潜心于学术，一旦进入实验室，生活中的所有琐事，统统都忘记了。有一次，实验室里散发出臭气，很难闻。其他人是不敢随便进他实验室的。他的助手带着他所需要的数据，一进门便闻到一股异味，他把所带资料送交以后，就四下寻找臭味的来源。终于在卫生间的坐便器里，发现一件白色的汗衫，把下水道堵住了。显然是南主任在冲澡以后，把应该扔进水池里的汗衫，扔到坐便器里了。

今天，南主任正在书房里寻找一些资料，桌子上、沙发上摆满书籍。龚示力突然到访，南主任如同正在激战中的部队，见援军赶到，颇为惊喜。

"示力，你来得正好！什么都别说，先帮我查找这些资料。"南主任拿出一张单子交给龚示力。

龚示力眼疾手快，没多久，所有资料全找到了。南主任一一核对，连连叫好。"示力，你真是及时雨啊，帮了我的大忙！"指着身旁的沙发，"来来，请坐！我估计你会来找我的。"说着在书桌旁的藤椅上坐下。

龚示力看了南主任一眼，便低下头。

"怎么了？你？"南主任感到意外。

"我爹病危，刚接到电报。"

"噢！那你得赶回去！"

"明天一早就走。"

"好！"南主任站起来，坐到龚示力身旁的沙发上，"要想办法抢救，不行就送到滨海来。"说着打开抽屉，拿出一沓钱，也没数，交给龚示力。"我知道你的家境，暂缓燃眉之急吧！"

“不不不，南主任，这怎么可以……”龚示力硬是要把钱送还。

“什么可以不可以的？这是给你爹治病的。”南主任加重语气。

“主任，恕我不能拿这钱……”龚示力看着南主任，眼睛里滚动着泪水。

“好好，就算我借给你，以后你还我就是了。”

“嗯！”龚示力想站起来。

南主任示意龚示力坐下，“你……想好了吗？”

“我……”龚示力确实拿不定主意。麻省理工是多么令人向往的学府啊！再说，傅校长已在学校高层会议上表过态，这也能食言吗？南主任对他十分器重，是他终生难忘的恩师。留在这所全国知名的学校，也是大有可为的。但去麻省，就像伊甸园里的蛇，时时在诱惑他。父亲突然病危，更让他心乱如麻。南主任现在问及，他真不知道该如何回答。但不管去留，包括明天的提前回家，都得禀报南主任，系里的意见也是关键的。龚示力一时无言，双目炯炯地看着南主任。

“示力，我知道你的心意，无可厚非。将心比心，我也会这样想。但是我要提请你思考，去麻省，就像观看卫星发射，当卫星进入绕地轨道以后，常人是难以再见了！只有地面监测站，借助遥控、遥测，方能观其行踪。”南主任站起来踱步，“你是个聪明人，你应该明白我的意思。去麻省的不确定因素，是多重的，比你想象的要复杂得多……”

龚示力低头思考，他明白恩师的良苦用心。蛇的诱惑在心头渐渐退却，傅校长双目深陷，总是刮得很干净的胡子，两鬓闪着青光，谁都捉摸不透他的心思，人们总是看不透，在他的这张脸的后面，是否还有另外一张脸。龚示力想起第一次未能如愿的教训，心跳骤然加快，不能再经受同样的折磨了！他不再犹豫了，缓缓地抬起头来，看着他的恩师，说：“老师，我听你的。不过……”

“有什么话你尽管说。”

“如果说出国的不确定因素是多重的，留校就无所桎梏吗？”

“这个我还是有发言权的。我让你来当我的助手，同时攻读研究生，这样，你的生活困难也解决了。”

龚示力默默地思考：难道说这正是失之东隅，收之桑榆吗？又见恩师殷般期望，关怀备至，难以推托，他答应了。

“好！你这就对了！等候通知吧。”

3

龚示力快速赶回家。他没有去青桐，直接来到县人民医院住院部。经查询，龚祖培在三楼 211—1 号病床。病房里一共有三张病床，他一眼就看见靠窗的那张病床旁边坐着妈妈，她眼睛看着窗外，傍晚的阳光透过窗户照在她身上，只能看见她的背影，明显瘦了！父亲的鼻孔、嘴里都插着管子，床头的氧气瓶不停地发出吱吱的声响。

“妈！”羊羊轻轻地喊了一声。

小娜立刻回过身来，一见儿子回来了，比看见救命的医生还要激动。老龚头也许是心灵感应，两天昏昏沉沉的，没说过一句话，突然睁开一只眼，继而两只眼睛都睁开了，看着龚示力。

“爹！爹！”羊羊趴在父亲的身上。

老龚头轻轻点头，又抬了抬手，示意羊羊坐下。

小娜一手扶住羊羊，又瞪起一双眼睛看老龚头：“两天了！你爹不吃不喝，叫他也不应。你一来，他，他就知道了！”

“妈，这次是怎么引起的？”羊羊这才把背在肩上的背包卸下来。

小娜的头发有些零乱，两鬓的白发多了，眼圈有黑晕，看上去很憔悴。

“是初五那天傍晚……”

“初五？”小娜讲的是农历，羊羊一时反应不过来。

“是三天前，我在灶间里，突然听到起居间里哗啦一声响，还有茶壶摔在地上的声音。我赶紧跑过去，你爹已倒在地上。我怎么拉得动他！没办法，跑出弄堂口，碰见两个在路边玩的大孩子，让他两人帮忙，把你爹抬上躺椅。吓人的是，你爹口吐白沫，啥也不知道了！还真要多谢这两个孩子，他俩手脚快，又跑去告诉了酒老鬼。就在我叫天叫地都不灵的时候，酒老鬼不知道从哪里弄来个皮卡，人手也是他带来的，立刻把你爹送到这里。医院也真好，马上抢救。后来听医生说，要是再晚来半支烟的工夫，你爹就没救了！”

“啊！”羊羊眼里滚动着泪水，“爹是什么病？”

“我也讲不来！”小娜指着自己的头，再指胸口，“好像是头里、肺里都有病。这次亏得酒老鬼，没有他……”小娜撩起衣襟来擦眼泪，“还有，这里用的钱都是他出的，怎么还啊！”

羊羊坐在他爹的床沿上。抬眼看窗外，看见一个人远远地走来，走近了才看清楚是诗梅，手里好像提着一只袋子。“妈，诗梅来了。”

“你看见了？”小娜也到窗前来看，“是她。这几天把她也忙坏了！要管住她的基地，又来照顾你爹，与医院、医生打交道都是她出面。我守了两个晚上，见我实在是累了，昨天晚上她一夜没睡，守住你爹。现在怎么又来了？”

诗梅轻轻地推开病房门，先探进半个身子。第一眼就看见了羊羊，马上推门进来，关上房门，靠在门上看着羊羊。羊羊缓步走上前去。

“刚到？”

“是的。”

“电报是我发的。估计你要到了。”说着两人悄悄地来到老龚头的床前。

小娜轻轻地对诗梅说：“儿子一到，他马上睁开眼，还要他坐。”

“啊！”诗梅惊喜，提起手里的袋子，“医生说，如果伯父醒来，可以吃点流质。我买了点豆浆来，还是烫的。”

“辛苦你了！”羊羊让诗梅也在床沿上坐下。

“这算什么辛苦？当时真吓人！伯母也差点吓晕过去。还好来得及时……”

老龚头又一次睁开眼睛。大家都围了上去。“爹！爹！”羊羊一迭声地喊。

老龚头看着一个个人的脸，最后目注着羊羊，露出一丝笑容。“爹，你饿吗？”羊羊问。

老龚头又笑了笑。

护士进来了。拔掉老龚头的管子，交代可以吃点流质，但一次不要太多。

羊羊轻轻地扶起老龚头。小娜赶紧在老龚头的后背塞进枕头。诗梅拿出一只白色的搪瓷杯，掀开盖子便冒出热气，豆浆的清香立刻弥漫开来，拿一只白色的瓢匙在杯子里搅了搅，舀起一瓢匙轻轻地吹气，然后端到老龚头面前。老龚头看着瓢匙里的豆浆，瘦得已经干瘪的脖子，高高突起像鸟喙一样的喉骨，上下移动了一下。诗梅把瓢匙凑到他的嘴边，一声清脆的吮吸声，小娜脸上的愁云应声褪去；羊羊看着笑了；诗梅脸上的两个酒靥，深深地陷了进去。

老龚头喝了一口，又喝一口……

老龚头累了，额头上青筋暴起，满头是汗。诗梅拿手纸给他擦汗，又抹去嘴上残留的浆水。羊羊看着诗梅的一举一动，好像自己的手脚已嫁接在她的身上，这本来应该是他做的事，现在她在做了，做得那样体贴入微，称心如意。所谓心心相印，能达到如此境界，谈何容易？羊羊由衷地感谢诗梅。

羊羊接过诗梅手里的杯子，小娜也急着来看。“喝了有半杯光景。”羊羊说。“还不止一点。两天来没有进过一粒米呀！”小娜脸上总算有了一点笑意。三个人一起动手，让老龚头重新躺下。

“你们都累坏了，早点回去，好好休息。我来接班。”羊羊坐在床边唯一的一张凳子上，俨然当起了看护。

“你还没有吃过饭吧？”诗梅关切地问。

“哟！都忘记了！我去买一点。”小娜说着就要走。

“妈！我现在不饿，等会儿我自己想办法。”羊羊不让小娜走，“现在下午回青桐还是三点那一趟车？”

“现在可方便了，三点、五点，还有招手车，到晚上六点也有车。”诗梅看着羊羊说，言下之意她不想马上就走。

小娜是个明白人，她拿起老龚头吃剩的那杯豆浆进卫生间，一阵流水声响过后，她走出卫生间，转身就往外走。

羊羊让诗梅坐到床沿上，两人相对而坐，你看着我，我看着你。“还要回学校吗？”

“看来还得去。”

“还要去干什么？等分配了吧！”

羊羊把出国、考研、留校和最后自己的决定都详细说了。诗梅仔细听着，听完了，一语不发，低头拨弄手指。

羊羊不知道诗梅是怎么想的，是不赞成他继续读书，还是想他早一点参加工作？是担心他以后留校两人分开，带来生活上的不便，还是心存什么疑虑不愿说出来？

“你怎么不说话？”羊羊打破了沉默。

诗梅这才抬起头来，“你要我说什么？”

“我刚才说了那么多，你没听见吗？”

“谁说没听见？”诗梅的语气听起来有点生硬。

“那……”羊羊看着诗梅，不知道说什么好。

主治医生带着他的助手来了。诗梅认识他，立刻迎了上去，羊羊紧随其后。医生看了看老龚头的体征，又拿出他的病历卡，对诗梅说：“你父亲的病情稳定了。刚才还喝了豆浆是吗？”

诗梅见医生说老龚头是她父亲，尤其是当着羊羊的面，好像穿上了刚用熨斗烫过的衣服，浑身都热了起来。其实她并没有对医生说过老龚头是她的父亲，完全是医生见诗梅如此热心地照料，事事都抢在前面，只有亲生女儿才能做到，原是医生的认定。

医生继续说：“我们考虑，他明天可以出院了，回家去调养。不过他有脑梗，以后他的行动你们要十分小心，最好身边不断人。另外他的慢阻肺已经很严重了，千万注意，不能感冒，尤其是在秋冬季节要着重防范。”

诗梅频频点头。

“记住了？”医生追问。

“记住了。”诗梅响亮回答。

“好，你是个孝女。”医生夸奖。

“不，孝子在这里。”诗梅把羊羊推到医生面前。推的时候很用力。羊羊感到诗梅在他身上留下了一种情绪。

“那你们是……”医生突然明白过来，“噢！好！好！”笑着带助手离去。

小娜正好捧着一搪瓷杯的点心进来，见医生满脸笑容地走了，以为老龚头的病好了，没事了！没把杯子放下就急着问：“医生怎么说？”

“明天可以出院了。”羊羊、诗梅一起说。

4

谢天谢地，老龚头可以出院了。还是酒老鬼想办法弄来了车子，把老龚头接回家。老龚头在羊羊和诗梅的搀扶下，走进他的起居间，躺下以后，招招手，示意大家都坐下。

酒老鬼笑呵呵地对老龚头说："医生说了，你没事，好着呢！"

老龚头淡淡地笑了笑，"阎王那里已经挂上号了，有限麻糍有限馅，等日子了！"

"嗳，你这话不对。"酒老鬼先看羊羊，后看小梅，"好日子还没来呢！要看羊羊结婚生儿，抱孙子啊！"

老龚头无力地摆了摆手，"今天你们都在，我想说两句。羊羊！"

"唉，爹，我听着呢！"羊羊应道。

"我这条老命这次全靠诗梅他们一家人。"说到这里，老龚头的眼睛湿润了。"没有他们，等你回来已经变灰了。唉！"一声长叹，"这份恩德，我是还不了喽！父债子还，羊羊，你得给我还啊！"为了加强语气，老龚头在躺椅的扶手上拍了一下。

"爹，我记住了。"羊羊一脸诚挚。

酒老鬼急忙制止，"老龚头，你怎么能这样说？这样你太见外了！"

"我还有话。羊羊，你还要读书，还想出国，好！只要你有这个本事，我不阻拦你。有一件事你必须依从我。你们两人，"老龚头转过脸看诗梅，"年龄都不小了，照老例都该做爹妈了，趁我还有口气……酒老鬼，你看这样好不好？"

"你说，我听你的。"酒老鬼爽气表态。

"马上成亲……现在我真没有法子。"老龚头满脸愁云，"我想这样，是不是先去登记，把大事给定了！婚礼再晚一步，你说好吗？"

这话正好说到诗梅的心坎上，昨天晚上，酒老鬼一家人就为这事谈了一宿，酒老鬼还和囡囡吵了起来。事情的起因是吃晚饭的时候酒老鬼问诗梅，羊羊大学毕业了，怎么个打算？这句话的含义不光指今后在哪里工作；另外还有一层意思：两人的亲事该办了。这可是囡囡日夜惦念着的事，一口饭刚扒进嘴里，因急着想说话，呛着了，好一阵子才缓了过来。一只手不停地抚摸胸口，满脸涨红地说："啊唷！憋死我了！小梅啊！这事你们谈过了吗？"

诗梅只顾自己吃饭，过了好一会儿才说了声："他还要读书。"

"啥？！还要读书？大学不是最高的学校么？"囡囡把手里的筷子举过头顶，"大学上头还有什么学校？"

"你同意了？"酒老鬼问。

"叫我怎么说？"诗梅放下筷子，一脸困惑。

酒老鬼看出女儿的心思，凑近小梅，很关切地说："我想知道羊羊到底是怎么个打算？"

诗梅把羊羊对她说的全告诉了爹妈。酒老鬼听后半天不说话。囡囡可受不了啦，一迭声地说："不对，不对，这不是要把你丢在一边了嘛！"

"还要读几年？"酒老鬼问。

"他是硕博连读，总要四五年吧！"

囡囡大惊，"什么，还要四五年？头发都白了！"

酒老鬼放下手里的杯子，一屁股坐到门槛上。

囡囡急得像火上房了，火烧火燎地说："他大学毕业好比上了楼顶，再什么叔伯读出来，就登上了山顶，还看得见你吗？"拉过诗梅，"现在男人都有什么奶，什么奶的呀！"

"妈！"诗梅顿足，丢下饭碗，上楼了。

囡囡随后边喊边追："小梅……小梅……你听妈说……"

酒老鬼挡住了囡囡，"看你都说些什么？有你这样说话的吗？"

"我怎么了？哪句话说得不对？"

"事情还没弄清楚，说这些屁话，你脑髓里进水了啊？！"

"你脑髓里是一桶糨糊！用在他家里那么多钱，我担心丢进了青龙溪里，连响声都没有！"

"你给我闭嘴！"酒老鬼大声吼着。

囡囡毫不示弱："我偏要说，你脑髓里是一桶糨糊！"

诗梅突然出现在楼梯口，断喝道："你们还嫌我心里不够烦吗！"

酒老鬼情绪稳定下来，“都是让你妈搅的。我话还没说呢！来来，小梅，坐下来听我说。”

三个人重新坐下来。

“到现在为止，我还是相信他们一家人，羊羊这孩子是靠得住的。就像青龙溪码头旁的那棵大樟树，风雨刮不倒的。他要读书，是好事，学校里看重他，说明他有出息，这有什么好担心的？我想：读书归读书，婚事归婚事，讨了老婆就不能读书了吗？”

囡囡眨巴着眼睛，一会儿看酒老鬼，一会儿看诗梅。

诗梅一直低着头听酒老鬼说，慢慢抬起头来接过话茬：“爸！我也是这样想的。就是……就是……”又低下了头。

酒老鬼笑了，“好！你说不出来，有你爸呢！”

诗梅轻轻地晃了晃头，两只手臂伸直在桌子上，直愣愣地往前推，想把那句话从手里挤出来，脸上露出了羞涩的笑容。

老龚头的这一番话，正是酒老鬼想要说的话，乐得他哈哈大笑。“老龚头，我们俩就像兄弟家，我还不知道你的难处？我说老龚头啊！七窍已经通了六窍，还留着一窍干啥？一竿子插到底好了！你给个日子，我那里抬头猪来，弄几个人来帮帮忙，事情就办了！”

小娜一头钻在灶间里，今天她要像模像样地请酒老鬼和诗梅吃顿饭。当起居间里老龚头谈到儿子的婚事时，她竖起了耳朵，听酒老鬼接下来会怎么说。酒老鬼的一番话，就像沙漠里喝凉水，一点一滴也不要漏掉。等酒老鬼话音一落，她快步来到起居间。“诗梅他爸，你说的，我合意。就是有一条，猪的钱我们一定要付，一分都不能少。”

老龚头愣住了！他想坐起来，但实在起不来，只是把头往上抬了抬就支持不住了。他弄不明白，小娜怎么这样硬气，到哪里去弄这一头猪的钱？他当然知道，小娜是个要强的人，别看她个子小，就像山里的青冈木，宁可断枝，也不弯腰。但也不能狮子开大口啊！

羊羊想要说什么，但他不便打断老人为他操劳的一番苦心；心里却是心急如焚，便朝诗梅使了个眼色，两人一起来到院子里。满院子的阳光，把地面烤得火烫。好在东墙下有一棵香椽树，树下有一片树荫，两人来到树荫下。

“你想好了吗？马上就结婚？”羊羊问。

诗梅看了羊羊一眼，拿右脚尖不停地来回划地面，“我没有想过。”

这是诗梅嘴上说说的，怎么会不想呢？俗话说得好，“三月里的芥菜，老早就抽心了”。

诗梅的脚突然停止了划动，问：“你想好了吗？”

“我正在想，不，要与你一起来想。”羊羊显得有些急促。

诗梅看着羊羊，见他脸上毫无笑容，不知道他在想什么，“你这话什么意思？”

“现在我俩已是一个命运共同体。但是我们的命运掌握在别人的手里，现在我就像木偶戏里的傀儡，唱念做打都捏在别人的手心。直到今天我才真有体会——不由自主是多么痛苦！”其实龚示力还心存幻想——傅校长也许会履行诺言。如果让他出国了，现在马上结婚，长时间的两地分居，如何来偿还这相思之苦？唯有空留惆怅。留校读书也是个长过程，也是两地分居，倘若有了孩子，自己又无多收入，会带来一系列矛盾。但现在情势，特别是两家老人的心情如同烈火烹油，越烧越旺，能使他们冷静下来的只有站在面前的诗梅。把她叫出来，是想把自己内心的困惑让诗梅明白，得到她的理解——现在还没有条件结婚，然后一起去与老人们说明原委，暂缓操办婚事。但事情远非他所想象的那么简单，看得出来，诗梅和老人的想法是一致的，在医院里的那一把推，是她内心情绪的流露。原本想得到她的理解和支持，现在看来不仅得不到支持，反而会带来误解。已经有了前车之鉴，如再生枝节，到时候百口莫辩，难以收拾，因而到了嘴边的话又咽了回去。这时候的龚示力，就像驾舟下滩，急流飞湍，他已无力控制，只能任其浪遏飞舟了。

5

南主任退休前最后再带一届博士生，这是他最后的杰作。为了给自己画上一个圆满的句号，做了精心准备：瞄准世界科技前沿，收集一大批国内外的最新论说和相关信息。这耗费了他大量的时间和精力。整个暑假每天都排得满满的，哪里还有休息的时间？

主管教学的梁副校长登门造访。南主任把他迎进书房，赶快把沙发上的书籍、资料放到一边，招呼他坐下。

“你这个大忙人啊，没有给自己留下一点空余时间，全部都奉献出来了！”梁副校长感叹。

“最后一次！最后一次！”南主任习惯坐在书桌旁的藤椅上。嘴里这么说，眼睛还时不时地顾及他的那些书籍、资料。

“这个时候本不该来打搅你，但我不得不告诉你，别太书生气，许多事情难从人愿，想得开一点吧！”梁副校长俨然话外有音。

“你这话什么意思？”南主任眼镜片后瞪着两个黑眼珠。

梁副校长从口袋里摸出一份名单，“你看看吧！”

南主任接过梁副校长手里的那份名单，拿右手背不停地在纸面上拍打。“这，这，这怎么能说是学术交流！你看，这两个学生。”梁副校长也凑近来看。“其他我不敢说，这两个人分明是纨绔子弟啊！哪里是读书做学问的料！悲哉！悲哉！”南主任颓然坐下，“用庚子赔款派幼童出洋留学，清政府都知道选派品学兼优者，而我们呢？”抚着书桌的手，不停地拍打着桌面，“误国！误国！”

梁副校长连连摇手，“这是其一……”

“还有其二？”南主任肃然。

“你的得意门生龚示力分配原籍。”

“啊！”南主任猛地站了起来，指着梁副校长，“这是真的？这可不能开玩笑！”

梁副校长把头一别，“你这个大忙人，我敢找上门来开玩笑？通知已经发了。”

南主任快步往外走，“我找他去！”

梁副校长紧随其后，“别去了！他已经去英国考察了。”

南主任站住。突然一个趔趄，梁副校长赶快扶住，慢慢地让他靠在藤椅上。“南主任！南主任！”梁副校长轻轻地呼喊着。

南主任长长地吁出一口气，“天丧予！天丧予！”突然盯着梁副校长，“这是怎么决定的？在什么情况下做出的决定？”

“我参加了会议，我的想法、你的意见都说了。我看他还在本子上做了记录。最后怎么会是这样的结果，我也想不明白。”梁副校长也同样心情沉重。

南主任挺身而起：“天之未丧斯文也，匡人其如予何？我马上给龚示力写信，让他准备考研。哎，不留校，考试他总管不着吧！”说罢立刻拿纸提笔，书写起来。

“且慢！你想过没有，龚示力拼死拼活四五年下来，最后能否留下来接你的班，大权还操在他的手上，到时候那局面岂不更难堪？”

南主任停住书写，继而丢下手里的笔，茫然无措。“我对不起这个孩子啊！一个十分优秀的人才，眼睁睁地看着他被世弊湮没，无力挽救，岂不痛哉！”潸然泪下。

梁副校长喟然叹息：“都说是命运作弄人。不知情者，也许为龚示力抱憾——时运不佳。其实呢？”

南主任没有理会梁副校长的说话，他又拿起笔来写了。

6

小娜起了个大早，今天她要去一趟老家，现在老家成了远近闻名的草莓之乡，已不是当年的穷山沟之家，户户都盖起了新楼房。她要到她的那几个哥、姐那里去集资。为羊羊办大事，舅舅、姨妈总得出点力。家里的事情都交给了羊羊，特别关照不能让父亲一个人待着，要看的书都拿到起居间里，生怕羊羊一捧起书来，啥事都忘记了。

羊羊料理好老龚头的早饭后，就坐在起居间陪着他。老龚头本来就是半条命的人，经过这场大病，元气大伤，好像一件穿着多年的旧衣服，已经撑不起来了！但他思维还是很清晰，羊羊已长大成人，书也读出来了，不愁没有好日子。丢不下的是小娜，总是担心她老来做不动了，要吃苦。他认准诗梅是个好姑娘，能娶进这样的儿媳妇，小娜日后就不会吃苦。让他纳闷的是，羊羊的神态有点不对路，按理说男人要娶亲了，那是最开心的事，做梦也会笑出声来！他是怎么了，反倒有点闷闷不乐？老龚头好像吃进一个线团子，理不出头绪来。

“羊羊，我看你好像有心事啊！”老龚头躺在竹椅上，眼睛也没朝羊羊看。

羊羊紧挨着躺椅坐着，轻轻地摇着蒲扇，带些许微风给父亲。“爹，我心里空荡荡的，像靠不上码头的船！”

老龚头这才转过脸来看着羊羊，“这是为啥？”

羊羊说出自己的几重忧虑。

老龚头这才弄明白，儿子的心放在出国，放在做大学问上，怕马上结婚成拖累，也算是有志气。但没有为这个家想；没有为他半死不活的父亲想；也没有为日渐老去的娘想一想。还是不懂事啊！“羊羊，如果你出国了，或是常年在滨海，你爹撑不住了，要走了，叫你娘怎么办？你想过没有？”

“想过，都想过，不能次次都央求别人。”

“你真是这样想，那码头不就靠上了，还有什么空荡荡的？”

“爹！我心里空荡荡不只是因为这些，我感觉在我的背后有一只手在摆布我，美好的希望一次次朝我走来，这只手就会伸出来把它们挡开。我想躲开这只手，不，推开这只手！”羊羊怒目圆睁。

老龚头微微地摇了摇头，“人家是大校长，我们是什么？儿子啊，你心太高，世上有各种各样的人，读过书的、没读书的、读得高的、读得少的都有，都在过日子，也有滋有味。你大学都毕业了，就收收心吧！”

“爹，大学毕业就像进了一幢大房子。那屋里有许许多多的房间，每个房间里都摆着各种各样、不同用场的东西，我很想走进那些房间里去，看清楚那里的东西。我不要什么名誉，也不想做官，只想进那些房间去看个明白！”

“你说的这些我不懂。老天留给我的日子不多了！我只要你把跟着我吃了一辈子苦的娘放在心上，我放心不下她……”

“爹！我要想办法让你到滨海去，请最好的医生给你治。爹妈生我养我，操劳了一辈子，羊羊时刻都放在心上。”

老龚头很累了，没有力气再说话了，轻轻地摇了摇头，闭上了眼睛。

傍晚，小娜回来了。来回走了几十里山路，浑身是汗。但今天她一点儿都不觉得累，一进门就喊羊羊！

羊羊怕母亲回来晚，先把父亲的粥给熬起来，现在老龚头只能喝点稀粥了。正要准备动手做晚饭，听到小娜的喊声，赶忙从灶间里出来。

小娜喜气洋洋的。羊羊赶快把毛巾递给她。小娜擦了一把汗，从裤袋里摸出一叠“红皮”（百元钞），又从另一只裤袋里摸出更厚的一叠，在饭桌上高高地堆了起来，霎时红光耀眼。

“你猜多少？”小娜满脸堆笑地问羊羊。

“好几千吧！”

小娜伸出手掌正反一比划，“整整一万！”拉过羊羊在身边坐下，“你的那些舅舅、阿姨们呀，一听说你要娶亲了，高兴得不得了，争着解腰包……”

“回来了？”老龚头听见她母子在说话。

小娜赶快把钱收起来，同羊羊走进起居间。老龚头听小娜说她的兄弟们大力支持，笑了！连声说：“好！好！有这些钱，就有底气了，我们要风风光光地办。”

第二天，按当地风俗，小娜请人送一千元礼金和大婚的日子到酒老鬼家。这叫“送日子”，是婚前不可缺的程序。酒老鬼接到了“日子”，老两口乐得嘴角挂到耳根上。不是因为彩礼而高兴，而是这桩渴望已久的联姻，终于指日可待了，立刻加紧准备各项婚事。

老龚头这头也紧锣密鼓，好在老龚头、小娜人缘好，帮忙的人多，有条不紊地准备着。

羊羊与诗梅一身新衣，走进了王老板的照相馆。王老板正与几个取照片的人在一个大盒子里寻找已经洗好的相片。见一对容光焕发的新人走进来，立刻满脸堆笑地迎上。那几个取照片的人都是本镇人，也暂且不问自己的事，一起拥着这对新人，走进摄影室。摄影室里的背景——三潭印月，不知用了多少年了。现在拍照的人多起来了，连老头老太也要拍个照留念，王老板特意到县城做了一块新背景，名画——《江山如此多娇》，昨天刚运到，还没拆开。

“羊羊、诗梅，你们俩真是有福之人啊！”王老板急着招呼那几个取照片的人，“来！帮帮忙。”几个人七手八脚的，一会儿就把新背景竖了起来。

摄影室一下子亮堂了起来，宛若浓雾褪去，太阳冒出来了！

“真是新人新气象啊！”王老板说，“羊羊，你上大学的照片还在我的橱窗里。今天，你们的喜照，我要把它放在最高处。哎！什么时候你发了，当上什么官了，可别忘了我这个小照相馆，再给你拍一张官照，让我也沾一点运气。”

大家一起哄笑，把新人推到座位上，想法子折腾，一定要两人靠近、亲昵。

照片拍好了。羊羊、诗梅刚走出照相馆，迎面遇上了骑着摩托的邮递员，一见羊羊立刻下车。

“你就是龚示力吧？”

羊羊点头称是。

“有你的挂号信，请签字。”

羊羊签好字，从邮递员手里接过一封信，是学校寄来的。

邮递员看着羊羊，又看诗梅，笑着说：“你考上大学的录取通知是我送的，现在毕业了，娶老婆了，该请我喝酒啊！”

羊羊紧握邮递员的手，“下个月六号，请你一定来。”

“有时间一定来。”邮递员挥手而去。

羊羊迅速拆开信件，突然像头部遭到猛击，眼前一片黑暗，险些栽倒。诗梅见羊羊神色不对，拿过信来看，既不是出国也不是留校，而是到县政府人事局报到。再看羊羊，见他拔腿飞奔，直往狮峰岭奔去。诗梅随后，紧紧追赶。

狮峰岭直插云霄，山高林密，大树成荫。羊羊奔到岭下方止住脚步，昂首长啸，颓然在一块大青石上坐下，泪如雨下。

诗梅赶到了。好一阵喘息，悄然坐到羊羊身边，拿出手巾，递给羊羊。

“都说苍天有眼，怨时乖命蹇，不是的！不是的！”羊羊顿足，“苍天无眼，都是人在作祟，权力在压人！公平在哪里？正义在哪里呀！”

“是的。既然你知道了，我们小老百姓也只有认了，有什么办法！”

“我受不了！受不了！”羊羊捶胸。

“眼看我们的好日子就要到了，你这样我心里有多难受！”诗梅忍不住也落下泪来。

“小梅，我就像那个‘卖火柴的小女孩’思念着橱窗里的食物，渴求自己专业领域里的学问，我可以少吃饭，可以不添衣，也可以少睡觉，但是我不能离开我的追求！为什么要这样对待一个一心做学问的人？！”

羊羊分配在本县工作，对诗梅来说是再好不过；若是去了国外，就像看天上的星星，遥不可及。但是羊羊现在陷于难以自拔的痛苦中，怎么来安慰他？想起基地里的种苗自从用上了松树皮的粉末以后，情况大不一样，很有成功的可能。黄教授打算最近来一趟，是否请他来参加婚礼？这样的喜讯能稀释羊羊的痛苦吗？

“哎！基地的种苗生机勃勃了，有希望了！”

羊羊突然睁大眼睛看着诗梅。

“黄教授最近要来，我想……”诗梅有意把后面的话咽下，眨巴着眼睛看羊羊。

羊羊还未完全从痛苦的情绪里走出来，愣怔着看诗梅。

诗梅笑容可掬地拉着羊羊的手，“我想请他来参加我们的婚礼。”

“噢！”羊羊这才思考起来，“好，应该请他来。”

诗梅高兴极了！“那我就给他写信。”突然又改口，“还是你写好，你是一家之主么！”

羊羊的脸上依然布满愁云，“现在我的脑子里就像青龙溪早晨的浓雾，还是你写吧！”

“好，我来写。那我们回家吧！”诗梅挽起羊羊的手臂。羊羊双腿无力地站了起来，两人慢慢地往回走。

7

婚礼当天的早上，小娜带着两个街坊，到羊羊的新房里“铺床”。所谓“铺床”，是婚礼前的一宗重要习俗。能够给新人“铺床”的都是家里夫妻全、子女多、阖家和睦、积善人家的主妇。经过她们铺的床，可以讨得吉利，同样子孙满堂，家庭幸福。

羊羊昨天晚上没有睡好，到天快亮了，才迷迷糊糊地睡去。听到敲门声，他睡眼惺忪地起来开门，见妈妈带着两个人站在门外，不知道为什么。

小娜见羊羊吃惊的样子，觉得好笑，便凑在他耳边说。

“噢，噢，我知道了。”说着便与来人拱手道谢，匆匆下楼。

邮递员又来了，在院子里一迭声地叫龚示力。羊羊正要吃早饭，连忙放下手里的碗筷，疾步来到院子里。

“又是你的挂号信。”邮递员没下车，一脚踩在地上，急着要走。羊羊拿到信后，邀请邮递员明天一定要到场。邮递员挥挥手，还是那句话：“有空就来！”

这是南主任的来信。读罢信，羊羊早饭也没吃，来到起居间对老龚头说：“爹！我出去一下。”说着就往外走，这回他没有狂奔，而是沿着青龙溪一路走，耳畔响起了南主任在信里的话：“示力，我万万想不到，事情会走到这种地步；我痛心疾首，失去了我俩合作的机会；我太自信了，我对不起你……”

早晨，水面上还弥漫着雾气，刚刚还是林荫夹道的江堤，一阵风来，雾气像波涛一样漫过江堤，渐渐地，龚示力也淹没在浓雾里，简直看不清前面的道路，只好站着不走了。南主任继续对他说：“我知道你一定很痛苦。设身处地，我也一样，身心必然遭受重创。我不知道该怎样来安慰你，想起了古人的老话：‘文王拘而演《周易》；仲尼厄而作《春秋》；屈原放逐，乃赋《离骚》；左丘失明，厥有《国语》；孙子膑脚，《兵法》修列；不韦迁蜀，世传《吕览》；韩非囚秦，《说难》《孤愤》；《诗》三百篇，大底圣贤发愤之所为作也。’你是一个富有才智的人，我相信你不会因此而消沉……”

雾渐渐散去了，水中露出一个小岛，有两只黑羽白顶的小鸟，一大一小，在岛上觅食，悠然自得。岛上长满杂草，还有几棵小树。小鸟只顾玩耍，一会儿上树，一会儿钻入草丛，但又不忘紧随在大鸟的身后，看来是母子相随。又有几只同样的鸟飞来了，它们相对着叫了一阵，展翅跳跃，亲蜜相处。这是一个家庭？抑或一个利益团体？

突然，一只花斑羽毛的鸟飞来了，落在一棵小树上，警惕地东张西望，接连叫了几声。显然它对这里很陌生，有些紧张。正当它俯下身来准备落地时，原先的那一群鸟向它包围过来，一齐朝它发出惊叫！眼看就要发起攻击。花斑鸟左右旁顾，仰天长鸣，振翅直向蓝天飞去。

龚示力看着花斑鸟像浪涛一样，上下起伏，越飞越远……

“请你相信：‘天生我材必有用。’”依然是南主任的话，“写《西游记》的吴承恩说得好：‘山高自有客行路，水深自有渡船人。’我相信你这一生一定会做出非凡的成就来。今后无论在学术还是生活上遇到困难，需要我的帮助，我一定尽全力而为。”

恩师的话像甘霖，点点滴滴沁入心脾。现在他就像那只被驱逐而远飞的花斑鸟，不得不去寻找自己的栖身之地了。

羊羊与诗梅的婚礼按当地风俗热热闹闹地进行。当天中午，黄教授赶到了。羊羊、诗梅好不欢喜。黄教授的小车停在酒老鬼的院子里，打开小车的后备箱，取出一件礼物，用红布裹得严严实实。众多前来恭贺婚礼的亲朋好友，都到院子里来围观。黄教授真是别出心裁，他把羊羊在悬崖上拍到的野生铁皮石斛照片放大，请人用十字绣，一针一线地绣制，再配上一个风雅别致的镜框。上款：仙草连理；落款：黄瑞敬贺。羊羊和诗梅捧着镜框爱不释手，对黄教授再三致谢。

黄教授为祝贺诗梅的新婚而来，同时又心系着基地，他要看一看用上松树皮粉末后种苗的生长情况。午饭后冒着烈日，羊羊、诗梅陪着他一同来到基地。黄教授拿出高倍放大镜，仔细观看种苗，渐渐眉端展开，脸有喜色。

“一公分的最好！”黄教授一直蹲在地上看着。

“是的。根茎、枝叶和光泽都好于其他的。”诗梅说。

“如果入秋后能长到20公分，那就大功告成了！我们要隆重庆祝！”黄教授拉住羊羊的手，“你有一个比喻很恰当。”

羊羊不知道黄教授指的是什么，“我……有个什么比喻？”

“就培育野生铁皮石斛而论，你堪比居里夫人。”黄教授翘起大拇指。

羊羊连连摇手，低头窃笑，“黄教授，那，那是说笑话！我怎么敢跟居里夫人比呀！”转向诗梅，“你这话也……”

“有什么不好说的？我敬贺你们是‘仙草连理’是有根有据的。”黄教授正色道，“诗梅，你得继续努力，不可功亏一篑啊！我衷心地祝贺你，站在你身后的是一位具有非凡才智的高人。我等待着你们的捷报！”

CHAPTER 16

第十六章

逐出三门

1

龚示力去靖河县政府报到。人事局的一个副局长接待他。谈话很简单：经研究决定，安排你到县环保局工作，近日就去报到。龚示力没有作声。副局长问："有什么想法你可以提出来。"

龚示力想不到会去环保局工作，几年前曾经在那里与他们争论过，这一去不是很尴尬吗？再说，环保与自己的专业相去甚远，还得重新学习。看对方的脸色好像没有商量的余地，不想初来乍到的就给人留下不服从分配的不良影响，只有答应下来，去了再说。

走出人事局，天气突然阴沉下来，隐隐有雷声响起，已是入秋时节，看来要下雨了，想改日再去环保局报到。看时间还早，环保局并不远，转过一条街道就是，就不再迟疑，取道三年前曾经走访过的靖河县环保局。

还是原先的那个样子，两只石狮子威风凛凛地挺立在大门口，活像个旧式的衙门。他只上过这里的二楼，经问，局长办公室在三楼，走到二楼的时候，侧过脸去看了看那个环境监察科。三楼是领导层，格局与其他楼层不一样：朝南的是局办、工会办、书记办公室、局长办公室，朝北是一大一小两个会议室，局长办公室在最里面。龚示力径直往前走，看见局长办公室门口有阳光透射出来，显然门是开着的。龚示力走到门口站定，见里面坐着一个中等身材、前额发际上移、略显秃顶的中年人，正在低头看材料，伴随着他的是满屋子的烟雾。此人姓廖，大名骥勋，正是龚示力要见的环保局局长。

"你……什么事？"廖局长问。

"我是新分配来的，现在来报到。"龚示力站在门外说。

“噢！你是龚示力，请进。”

这是一间很大的办公室，深褐色的大办公桌后是一排与办公桌同样颜色的大书架，一眼看去都是精装本。大窗户下摆开品字形的长短沙发。

廖局长请龚示力就座，又给倒上一杯茶，然后拿起办公桌上自己的茶杯，与龚示力隔着茶几坐下。

“名牌大学的高材生，欢迎你呀！”廖局长拿出烟来，递给龚示力。

“谢谢，我不会。”

“好，好习惯。”廖局长把烟点着了，很快整个头脸就隐入烟雾里，“我们已经研究过了，你到监察科工作。那里已有两个你的同事，你去了，正好凑成一个诸葛亮。”

龚示力一听说是监察科，心里立刻咯噔一下，怎么会这么巧？！真有点狭路相逢的感觉。

“说说吧，有什么想法？”廖局长侧过身向烟灰缸里弹烟灰。

龚示力想，既然进了环保局这扇大门，就不要东张西望，尽管原先有那么一点芥蒂，也不是什么大事，今后自己注意点，想办法重新把关系处理好，于是爽快地答应下来。“听从分配，没什么想法。”

“好。那我现在就通知他们。”廖局长拿起办公桌上的电话。这时雷声隆隆，一阵大风过后，天昏暗下来。江南一带，入秋以后的一段时间天气依然闷热，还有点黄梅天的味道。就是因为天气有点闷，廖局长才把办公室的门打开。想不到又一阵大风刮过，穿堂风把他办公桌上的文件、报纸等都吹落到地面。廖局长放下电话，赶快低身俯拾。龚示力也帮着捡。风还是一个劲儿地吹。廖局长赶快去关门。

龚示力在沙发茶几下捡起一大张如同考试卷样的东西，拿起来一看，原来是一份“在职研究生数学作业试题”，大部分都已有答案，还剩下最后两道题没做。

龚示力正在看那两道题。廖局长一见，如临大火上房，唰啦一下，把那东西从龚示力的手里取走。

“好了。你可以去监察科了。”廖局长的脸色不知怎么的一下子变得白寥寥的。

人的一生，很难说，都会遇上一些意想不到的事情，有人说是命运之神的操弄，也有人说是机缘巧合。不幸得很，龚示力就因为刚才那张被风吹落到他脚下的试题，给他带来了偌大的困惑。这是后话。

2

龚示力离开局长办公室，很快下到二楼，走过众多的办公室，监察科——三个黑体大字，突兀出现在眼前，他停住了脚步：从今以后就出入这间办公室里了；里面那两个“臭皮匠”在吗？还会记得当年的事吗？很快又否定了这些想法：都想到哪里去了？简直是庸人自扰，别把人家想得那么坏！忽然监察科里传出一阵笑声，里面好像很热闹，有不少人。

监察科里除了原来的那两个“臭皮匠”，另外还来了一大帮人。听说新来的是个名牌大学的高材生，是个帅哥，都想一睹风采。其中有两位是女性：一位是财务科长李秀英，说是来核对排污罚款的，黏黏糊糊地赖着不走。这位掌握财权的大科长，已经二十七岁了，因为心高气傲，谈过几个男朋友都告吹了，尚“待字闺中”；随着年岁的增长，眼看就要跌落“剩女”的行列。局里要来个名牌大学的高材生，她早有耳闻；第六感官提醒她，会不会就是那个跨两级台阶的小伙子？那可是个很出色的帅哥啊！

另一位是化验室的小陆，芳名晓霞，年龄也不小了，因人生得小巧，大家都这样称呼她。小陆倒不像李科长那样，富于联想，怀有憧憬，她已经有男朋友，真的是为了业务上的事找到这里来的。但人都有个好奇心，为什么对新闻那么感兴趣、小道消息自古以来历久不衰，就是好奇心使然，小陆就是在这好奇心的影响下，逗留了下来。

“臭皮匠”之一，粗嗓子，部队复原干部，大名金德水。家里小时候给他算过命，说他命里缺水，便取名“得水”。参军以后觉得这名字太俗、太土，改名德水。他文化程度不高，喜欢说浑话；机关待久后，熟悉了这里的行事规矩，加上还有军人身份的荣誉，日子还算过得安稳。

“哎！你们说，帅哥一进来，他的第一眼会落在谁的身上？”金德水挤眉弄眼地把目光落在李科长身上。

"这还用说吗！这里谁最漂亮？"有人大声问。

"大美人——李科长！"大家齐声说。不过赞扬声中不乏戏谑的成分。

小陆很不以为然，嘴角上突然出现一丝抽动，就像湖面上细小的一缕波纹，很快就不见痕迹。这是女性所特有的矜持，也是对自己容颜、美色的捍卫。

在这样热闹的场面能置之度外，要有很强的定力。"臭皮匠"之二——瘦高个儿就有这样非凡的能力，不管大家怎么闹，他依然专注于自己办公桌上的那些材料。此公姓林，大名仕新，大学学的是气象，到环保局工作已有些年头，尽管至今还是个科员，但颇有阅历。环保局是近年才独立建制的，原先只是城建局里分管环保的一个部门；随着城市规模的不断扩大，经济的发展，环境问题日渐突出，才有了现在独立的行政建制——环保局。监察科是行使环保职能的重要部门，当年的老局长就想任命林仕新任监察科长，苦于当时人手太少，一个官带一个兵怎么行？事情就这么拖了下来。此后又掀起过几次潮头，说得有鼻子有眼的：某日分管人事的副局长要找他谈话，有人乘机要他准备请客，到头来还是只听楼梯响，不见人下来，一拖就是几年。他已经像打铁店门口的麻雀，胆子练大了，再有什么此类的传闻，一概不闻不问，无动于衷。他前前后后仔细分析过，之所以落到这般田地，肯定有人从中作梗。他没有寻求报复，自己戥过分量，没有这个能量。却从中明白了一个道理：九个说客不如一个厾客，九个说客哪怕说得天花乱坠，不如厾客的三言两语。他坚持与人友善，不与他人争锋，无论大小领导他都服从，交办任务努力完成。如今是新局长上任，廖局长明确交代，监察科由他负责。现在科里增添了人手，看来这个问题总该解决了！心里就像煮开锅的团子，上下翻腾，晚上睡梦里会突然惊醒，睁着一双眼睛到天亮；已经四十好几了，再次失去机会，这一辈子就完了，到退休也是个科员，别说在人前人后，就是在自己的妻儿面前，也抬不起头来。鉴于历史的教训，他把这一切都深深地埋在心底，真有点像坛子里点灯，外面见不到一点声色。

3

龚示力一步跨进监察科的大门，喧闹的场面立时鸦雀无声，一双双惊讶的眼神、羡慕的眼神、意外的眼神齐刷刷地落到他的身上。

金德水心里咯噔一下！怎么会是他！？真是钉头碰铁头，不是冤家不聚首。这小子有股愣劲，以后得防着他点。

林仕新也大出意外，已经领教过，这是个有能耐的主，今后领导得了他吗？满以为终于等到了这一天，还未来得及喜上眉梢，愁云已眼睁睁地落了下来。

“原来是你呀！”李科长第一个打破沉默，向龚示力伸出手来，“还认识我吗？”

龚示力略显迟疑，“想起来了，你是财务科长。”

“李科长的眼神很准的！”金德水向大家努嘴，然后来到龚示力跟前，“我们应该认识吧？”

龚示力笑了，“认识。认识。”

“那我也认识啊！”林仕新站起来与龚示力握手。

“闹了半天原来你们都认识？”小陆很觉得意外。

“哈哈！我们曾经打过交道。”金德水说。

看热闹的人热情已过，自然散去。办公室里就他们三个人了。新添了一张办公桌，与原来的两张桌子成品字形连在一起。龚示力打开办公桌的抽屉，那是一张俗称写字台的九屉桌，发现抽屉里面还放着一些书籍、资料等杂七杂八的东西。他把那些东西整理了一下，打捆，放在一边，以防万一有人找上门来。

金德水感觉龚示力是个很细心的人，要是他，早把这些乱七八糟的东西给扔了。心里很想说扔掉它！但话到嘴边又咽了回去。

林仕新说话了：“你可以到三楼办公室去领一些办公用品。”

“噢，好！”龚示力说着就往外走。没多一会儿，他提着一些办公用品回来了。但办公室里的两个人不见了。就这么一刹那，他们去哪里了？近在一旁的小陆受林仕新之托，赶快过来向他转达刚才发生的紧急情况。

“刚才有人报告，靖河水体受污染了，出现大量死鱼。他们两人已赶去，要你也赶快过去。”小陆神色紧张地说。

“好，我这就去！”龚示力关上办公室的门，急着就走。

“等一下！”小陆把手里的几个取样瓶子递给龚示力，“别忘了，把水样取回来。”

“唉，知道了。”龚示力疾步而去。

靖河是流经靖河县的主要河道，是靖河县五十万人的母亲河，是当地百姓的主要饮用水源。一旦受到污染，后果不堪设想。

龚示力飞奔而去，远远地就看见江边围着一大群人，水面上漂浮着大量的死鱼，看上去活像出殡人家把纸钱抛撒到江面上。围着的人群看上去都是渔民，几个年轻人尤为激动，他们要求赔偿，如果环保局解决不了，他们就找县政府。林仕新、金德水被围在核心，愤怒的人群把他们推来搡去。

龚示力发现，在这一大帮愤怒的人群旁，站着一个人，这人四十多岁，瘦瘦的，看上去也是个渔民；与众不同的是他有一双像鱼鹰一样犀利的眼睛，他就凭借这双洞穿人心的眼睛在指挥这一群人。

龚示力来到这个中年渔人的跟前，亮明身份后，首先肯定渔民的损失一定要给合理的赔偿。接着说：“第一要紧的是把污染源找到，冤有头，债有主嘛！你们得给我们时间，让我们开展工作，像这样闹下去，是不能解决问题的。”

中年渔人细细地打量着龚示力，“你是他们一起的？”

“是的。”

“是新来的吧？”

龚示力点头。

“难怪！你与他们说话不一样。不过要不了几天，你们就会一个腔调的。”中年渔人说罢转身离去，又把注意力放到他的伙伴们身上。

龚示力紧随不舍，“你能说说你们的意见或要求吗？”

“意见？”中年渔人指着林仕新、金德水，“他们都知道。死鱼也不是头一次。你去问他们。”

龚示力感到事有蹊跷，想起自己岳父家养猪场被罚款的事，是否又在重演？执法不公，要激起民愤的！正在这时围着林仕新、金德水闹的渔民，情绪越来越激动，有人高喊："你这个环保局的，有人毒害环境你们不管！坑害我们老百姓你们也不管！养你们这帮吃白食的东西有啥用！！"

围观的人群越聚越多，见江面上大片死鱼，都对渔民表示同情，纷纷加入指责。

龚示力担心局面失去控制，刚才下过大雨，地上有一大片积水，他直接从积水里穿过，快步来到那个中年渔民跟前，说："刚才有人喊着：'毒害环境''坑害老百姓'，有证据吗？口说无凭，要有根据啊！"

中年渔民再次打量龚示力，觉得这个年轻人有些不一样，有一股子正气在身，便拉住他的手紧走几步，站定问道："你敢要证据吗？"

龚示力感到奇怪，怎么说这样的话？"有什么不敢要？俗话说，有理走遍天下，无理寸步难行。只要有证据，便能讨回公道。"

"好！这是你说的，我记住了。今天晚上十点整，就在这里碰头，我带你去取证据。"

龚示力想：今天晚上十点整，黑咕隆咚的到哪里去取证？难道他们掌握了什么线索？既然已经表明了态度，就得取信于人，当即表态："我一定来！"

"风雨无阻。"中年渔民敲钉加铆。

"不见不散。"龚示力态度坚决。

中年渔民认真地看着龚示力，说："好！就算我相信你一回！"

龚示力指着那些还在闹的渔民，说："请你让他们先回去，可以吗？"

"可以。"中年渔民走进人群，只说了几句话，人群就渐渐地散去。金德水好像突然获得赦免的罪犯，喜出望外，赶快整理衣冠，捋平刚才被抓扭在衣服上留下的皱褶。林仕新好奇怪！看见龚示力与那个中年渔民在交涉，这是个很难对付的渔家刺头儿，早就领教过他的厉害，根本不把环保局里的干部放在眼里，是渔家人中说一不二的硬汉。仅凭龚示力这个乳臭未干的小儿，有什么能耐？三言两语就把人给弄走了？今天要不是他，还真不知道怎么收场。这个人不简单，让人刮目相看。

龚示力如若救助战友，快步走向金德水、林仕新，关切地问："没事吧？"

金德水一肚子怒气。“他娘的，被他们推了好几把！”看了看周围的人，发现围观的人都已走散，于是捋了捋袖子，瞪出眼珠子来，“那小子再推，老子可要不客气了！”

“还是你有办法，找到了他们的头儿。”林仕新好不惊讶地看着龚示力，想从他身上找出点儿意外来，“这是渔民里的刺头，很难对付的人！”接下来很想问：“你是怎么把他说通的？”但话到嘴边又止住了，考虑到甫与共事，加上还有以前的那点芥蒂，说话还是不往深里去为好。看着龚示力手里拿着几个瓶子，当即改口，说：“哟，还是你想得周到，取样瓶也带来了！像个老环保。”

“我怎么知道？是小陆交给我的。”龚示力照实说。

“好好好！我们抓紧取样。”三个人分别在死鱼水体的上下游界面和死鱼区内取样，迅速返回。化验结果很快出来：污染程度与前几次差不多，因为江水流量大，对下游水体不会造成大的影响，但在有限流域内，死鱼是不可避免的。林仕新当即向廖局长汇报情况。

4

林仕新走进了廖局长的办公室里。廖局长示意他在窗下的沙发上坐下，随手给他丢了一支烟。林仕新接过烟，赶快掏出打火机，先把廖局长的烟点着，两人开始喷云吐雾，很快，就像开光庙里的菩萨，端坐在烟雾里。林仕新见廖局长靠在办公桌后的黑色高靠背椅上，眼睛瞪着天花板不说话，不知道他在想什么，估计还是外甥打灯笼——照舅（照旧），沿江的几家企业大家挨一刀，给渔民赔偿了事。如果真是这样，这回恐怕不好办，得给局长提个醒啊！

“廖局长！”

“呃，”廖骥勋恍如突然惊醒，“唉，有什么想法你说。”身体前倾，改成坐姿，座椅转向林仕新。

林仕新原来坐在窗下的沙发上，忽地站起来，走到廖骥勋跟前，说：

"这次恐怕不能照以前的老办法处理了！"

"为什么？"廖骥勋看着林仕新问。

"渔民这次要把事情闹大。"

"他们要怎么闹？"

"他们说农药厂是罪魁祸首，我们包庇它，把红萝卜算到蜡烛账上，叫沿江的几家工厂陪绑，让农药厂蒙混过关。还说……"

"还说什么？"

"如果我们不解决，他们就找县委、市委、省委，最后找到北京去。"

廖骥勋又给林仕新丢烟，自己手里的那根烟不停地在办公桌上戳，就像打桩机在冲击地面，忘记了手里拿着的是烟，戳到后来突然问："还是那个叫陈满儿的刺头儿带的头？"

"除了他还有谁？"林仕新手里的那支烟一直没敢点，因为局长一直把那支打桩烟竖立在那里。

"这样，还是要做工作，把他们的情绪先稳定下来。那个刺头儿他再闹……"廖骥勋想了想，咬咬牙，"你把他带到我这里来。不过……应该尽量避免这样的事情发生……"

"这个当然。工作还是由我们去做。"林仕新抢先说。

"赔偿呢，根据损失的情况，这次可以适当提高一点。几家相关的企业的处理，还是照以前协商的意见办。"

"知道了。"

"赶快给县政府写个报告，详细说清楚这次死鱼事件的性质、程度以及我们的及时监察和处理意见。"

林仕新站起来频频点头，正想要走。廖骥勋向他招手，这时局长威严的眼神已经收讫，换成了平等、友善的目光，看着林仕新。

林仕新马上明白局长的意思，"噢！还有两道题，今天晚上我一定把它做好。"这两道题可真把林仕新给难住了，翻了一些书本也未能解决问题，现在局长问起来，只好硬起头皮答应下来。

"好。交差的时间就要到了。"说着从一沓文件下把那张试题抽出来，交给林仕新。

"好！好！"林仕新频频点头，将试题藏进上衣里面的口袋。

“注点儿意！”

“我知道。”林仕新快步走出局长办公室。

5

廖局长一直看着林仕新走出办公室，“该把他提起来了吧！”心里这样想着。但很快又推翻了这个念头：都说干部在将提而未提的时候最听话，聪明才智、工作积极性能得到超常发挥，自己不也是这样的嘛！当年自己还是个乡政府干事，知道要提副乡长了，恰逢战天斗地学大寨的年代，又正当年轻力壮时，真有水里、火里都敢上的干劲，长时间吃住都在山棚里，带领群众苦战三个月，在一片荒山上，建起了十二亩标准大寨田。披红戴花下山的那一天，任命他就任副乡长的文件同时到达。

还是再晚一步吧！现在正是关键时刻，最用得着他的时候啊！如果说廖骥勋正当焦头烂额时，有些过分，那么心置汤镬应该是恰如其分的。他在乡镇工作多年，最后官至镇委书记。在发展地方经济、招商引资、加快城镇化建设方面做出了一定成绩，上下反映都不错。上一次县政府换届选举，竟然上了副县长的候选人名单，廖骥勋的大名赫然出现在竞选县领导的行列里。事先他根本不知道，还以为是误传，后来证实确有其事，真是俗话说的：“运气来，不怕呆。”

哪一个在基层的官员，不想当上县领导？从此以后身份、地位完全不一样，好像一个十八九岁的毛头小伙子，一夜之间长成了大人，与周围人相比，发现他们都是矮个儿。更让他想不到的是，镇里的干部，甚至平常比较要好、很合得来的，一见面，态度完全变了，变得拘谨、生分，时时处处看他的眼色行事。一回到家里，老爹已经准备好香烛、纸火、银锭，要他到祖宗的坟头上去磕头祭奠，升任县官，是祖宗积阴骘。他觉得也有道理，便依着父亲，到祖坟上三跪九叩。好朋友给他出点子：正副县长都是投票选出来的，为了加深人大代表的印象，最好能送一点什么纪念品，花钱不多，要有新意，以求出奇制胜的效果。他觉得有道理，但与朋友想了很久，想不出这么个巧妙的东西来。最后总算想到送一小袋茉莉花绿茶，绿色象征畅通、安全；《好一朵茉莉花》已响彻寰宇，为世人所爱。包装也做得很精致，发送给每一位代表，无不啧啧称奇。

这一切努力、投入，最后就像俗话说的：老寡妇死儿子没指望，充当了一个“陪榜”。他整整睡了一天，全身乏力，骨架像在醋里泡过，全都软了。但总不能一直这么躺下去，总得弄明白，为什么让他来“陪榜”？时间一长，道理自然就明白了。

好有一比：换届选举是一次权力运行，其势如台风，能量存在于台风中心，离开了这个“中心”，不管你做出多大的成绩、贡献，都只能“陪榜”。只有进入“中心”，即便学历低一点、口碑不太好、办事能力差一些，也有望分得一杯羹。

怎样才能进入运行“中心”？道可道，非常道，途径各异，俗话说的“虾有虾路，鳖有鳖路”，颇具见识。廖骥勋原本不谙此道，自从有了这回经历，好像经受了一番修炼，终于悟道。

“陪榜”以后，不久接到调令，任县环保局局长。这又是个意外，不过这是个实实在在的意外。乡镇干部与局级干部是同等级别，但一个在农村，一个在城市；一个管理权限是局部，一个是全局；一个远离权力中心，一个近在咫尺。为此，乡镇干部都希望调入局机关，糠箩跳进米箩。廖骥勋感觉好像在一场竞技比赛中得了个“安慰奖”，也算颇有收获。

想不到的事情又来了！廖骥勋调入环保局不久，一次省环保局局长来靖河视察，县政府设宴接待，廖骥勋奉命作陪。一个县里的局级干部作陪省里来的厅级干部，这可是超常待遇，难得的殊荣。廖骥勋怎敢怠慢，匆匆赶到当时县城最豪华的华懋宾馆，时间还早，但不敢走开，就在宾馆的大厅里等；心里就像铁匠铺的砧头，大锤、小锤轮番敲打，坐一会儿就马上站起来，开始在大厅里来回踱步。倘若说起有关环保问题，千万不能出错，要命的是自己专业知识有限，算是电大毕业，但学的是汉语言，八竿子打不着。急也没用了，只好碰运气，不要倒大霉就好了。就在这时，陆续来了分管环保的副县长、城建局长、城管局长等陪客。廖骥勋原本想借这个间隙打好腹稿，背背台词，现在已不可能了。

没多会儿，厅长在县长的陪同下走进了大厅。大家赶紧迎了上去。厅长立刻止步。县长分别一一介绍。县长是温州人，乡音很重，从表情上看，厅长好像不是听得很清楚。进了包厢，早有县政府办公室主任在守候，一一安排好座位。厅长与县长互相谦让了一阵，最后当然是厅长坐上主位。这是很有讲究的，据考证，主位一定要坐北朝南，这是中国传统文化崇尚的伦理，坐北朝南是至尊之位。主位确定以后等于立了纵横坐标，围绕着核心，按职务、年龄、亲疏排位。廖骥勋是环保局局长，就这一层来说，他的座位应该比其他局长更接近环保厅长，但他的其他条件远不如其他人，只好坐在末位，上下菜盘子的地方，谁都不愿坐的位置。廖骥勋因为心理压力大，如坐针毡，生怕县长突然点到他的名，哪里还顾得上位置的尊卑。

台面上冷盘早已就位。这是宴请的规矩，在主客到达之前凉菜必须上好。县长的祝酒词算不上精彩，但颇为得体，把下级对上级的遵从、敬意、感谢充分表达出来，厅长听了自然很受用。

饭局是个特殊的领域，有人说是展示人脉、联络感情的载体；有人说是构筑关系的纽带、结成利益同盟的平台；也有人说是政治角力、权势较量、看不见硝烟的战场。今天的饭局没有角力，也没有较量，但各有所谋。厅长经过考察，发现靖河水体富营养化严重，水葫芦布满江面，已经是三级水体，必须下大力气治理，不然将影响下游水体，造成整个水系的富营养化。但治理起来需要大量的资金投入，靖河是个穷困县，缺少资金，必然要求省厅资助。钱向来是个最敏感的问题，要出钱，没有不把头缩进的；有钱拿，个个都像鸬鹚一样，伸长着脖子。

县长当然知道水体污染的情况，要追究责任，起码要上溯三任县长。现在他是头戴三尺帽，不怕砍一刀，要我治理，好的，你拿钱来。农药厂是靖河县的支柱产业，占据 GDP 的大头，是靖河县的核心利益，必须保住这棵摇钱树，起码在他的任上不能动。尽管没有这样的明文规定，但官场上谁都知道，GDP 是最过硬的政绩，GDP 直接关系头上的顶戴。

此时此刻的厅长与县长，好有一比：一个手里拿着剃刀，一个满头癞痢，癞痢当然怕剃刀，但剃刀见到满头癞痢，也难以下手。双方都在选择时机，等待机会点题。

热菜开始上来了，端菜的服务小姐见在座的都是大领导，有些胆怯，报菜名的时候声音压在喉咙里，报完了转身就逃走。廖骥勋正好坐在上菜的位置，索性承担起上菜的角色，从服务小姐手里接过盘子，大声地报上菜名。这样他变得有事可做，分散了县长对他的注意，增添了保护层。厅长开始没有听清楚县长的介绍，误以为廖骥勋是县政府办公室的人员。县长见廖骥勋忙着当服务生，顿时心生嫌怨：这个廖骥勋，这种千载难逢的机会，应该当着厅长的面，大诉其苦，求得支持，竟热衷于干起端菜的活来，忍不住连连摇头，心想，此人难堪重任。就在这时，清蒸白花鱼上来了，廖骥勋唱罢菜名，厅长心头一颤，立刻不失时机地问："这鱼是靖河里的？"

大家一起回答："地道的靖河白花！"

厅长放下手里的筷子，不停地摇头，借机说开来，指出靖河水体污染的严重程度，当地政府必须引起高度重视，从速治理。如再不抓紧，到时候别说吃鱼，就连饮用水源都没有了。

问题终于挑明，县长已不指望廖骥勋能出场抵挡一阵，接过厅长的话茬，亲自出马，大倒穷困县的苦水，最后说道："治理靖河，'五年规划''年度规划'都已列入，最后还是因为经济困难，动不了。全县五十万人都热切地期盼着让靖河水变清的这一天早日到来。"县长说到这里，两眼直勾勾地看着厅长，心想："总不会没有一点同情心吧！"

厅长看着自己的鼻子尖，正襟危坐，一语不发，宛如庙里的一尊佛。

一阵难堪的沉默。

廖骥勋原先背过几段台词，一句也没能够用上，现在眼看着县长陷入困境，作为主管环保的局长，总得出来救主才是，不然还有什么脸面！

菜还在继续上，桌面空间有限，有人说"撤掉一些盘子"，是脑子突然开窍还是救主心切，一个"撤"字提醒了廖骥勋。想起林仕新有一次与他谈起农药厂的排污问题，他是学气象的，对靖河的风力资源很熟悉，曾建议把农药厂搬迁，大力发展风力发电，将一举多得。当时只是一耳进，一耳出，没当回事；再说，农药厂是县里的支柱产业，谁敢动它？现在把它端出来，管用吗？能救得了主吗？时间又容不得他再琢磨，就像程咬金用兵，说出口算数，真是"运气来，不怕呆"，廖骥勋把林仕新的建议，通过他的口和盘托出，说得还不错，特别是气象学上的几句专业用语，引用正确。

廖骥勋话音一落，大家齐刷刷地把目光都落到他的身上。

厅长对廖骥勋的建议很感兴趣。巧得很，他也是学气象的，对风能的应用，一直很支持，作为环保厅长，对开发清洁能源，更应大力提倡。搬迁了农药厂，又开发清洁能源，两全其美啊！他想不到一个搞行政的同志能提出如此高明的建议来，真是人不可貌相啊！当即表态："好！说得好！"庙里的佛收起了刚才毫无表情的佛相，笑容可掬地对县长说："这位同志的建议我看很有价值。既解决了靖河污染这个大难题，又开发了清洁能源，正如这位同志说的，根据你们这里的气象条件，开发风能发电，大有可为，是因地制宜两全其美的举措！"

县长频频点头。

厅长心里还是有疑虑，怎么让一个懂专业的同志去搞行政呢？是不是自己没听清楚？便朝着廖骥勋问："你是分管行政的吧？"

一阵哄笑。

厅长感觉茫然。

有人连忙解释："厅长是见他菜盘子端得好吧？他是环保局局长！"

厅长很觉歉意，再次肯定了廖骥勋的建言。"廖局长的建议很好，有前瞻性，治污就是要这种积极态度。建议县政府研究后拟定计划，也报给我们，厅里作为专项治污项目，可予酌情补助。"说到这里厅长笑了笑，"不过……不多，不多，有限，有限。"

厅长的话，县长如雷贯耳。搬迁农药厂早就有人提过，但此时此刻，当着省环保厅长的面提出来，妙不可言！人们常说的画龙点睛，一定要恰到好处，方能栩栩如生。真是大出意外，想不到关键时刻这个廖骥勋才显山露水，真是一语值千金！搬迁偌大的厂子，没有三五年根本动不了。三五年后自己还会在这个任上？扯起搬迁这面大旗，有了充分的理由，可以向多方伸手要钱；同时又挡住了治污的巨大压力，GDP 不会受影响，真可谓一举多得。至于风力发电，已经建过几处，效果还不错，很快就可收回成本；是否可以借此机会全面铺开，走出一条具有自身特色的发展靖河经济的道路！回过头来再看廖骥勋，就不是先前那个只能当服务生的料，一举一动都很顺眼。想起刚才让他坐在末位，依然乐呵呵地甘当服务生，何等度量！不简单！

由于这次的成功，廖骥勋与县长的关系靠近了，县长的饭局他经常奉命作陪。官场上有这样的潜规则：能参加一定分量的饭局，意味着获得某种资格。他清楚地意识到，离开“台风中心”已经不远了。新的换届选举又将来临，县长专门找他谈了一次话，虽然没有把话说白，但意思已经很清楚：从禾场跳到晒簟里是升级。但要分担责任，环境保护这一块在选举期间决不能出问题，不然会搅乱整个换届选举。廖骥勋好像喝了一碗麻辣烫，既兴奋，又不停地冒汗。

刚才林仕新的禀报，又是死鱼，又是渔民要告状，简直是风地里的一盏灯，随时都会吹灭。林仕新走后还是心里不安，电话铃骤然响起，惊得他一阵心跳！生怕又是什么可怕的消息传来，战战兢兢地拿起电话，原来是老婆打来的，要他下班后早点回家，晚饭到她妈那里吃。

6

已是中秋过后，白露成霜，颇有寒意了。靖河岸边，寒风阵阵，轻涛拍岸，卷起鱼腥味和一阵阵难闻的臭气。长堤上有个人影，走走停停，几盏路灯让风吹得摇头晃脑，好像醉酒的人。

长堤上的行人不是别人，正是如约而来的龚示力。他四下里寻找了一遍，又朝着黑黢黢的江面上望去，根本没有那个中年渔民的踪影；正在他心生疑虑时，一声咳嗽，从江面上的黑幕里钻出一条渔舟，船身很小，正是李清照笔下的那种舴艋舟，两头尖，中间有半截子箬棚。中年渔民将渔舟靠岸，像雁落平沙，跳下渔舟，双手拉住缆绳，看着龚示力说：“上！”龚示力担心小船不稳，一步跨上，便左右摇晃起来。“不要动。是你心里不稳，船才摇晃。”中年渔民说罢，站定船头，提竹篙朝岸上一点，小船便如离弦之箭，隐入黑幕中。好一阵，他只顾自己划船，也不说话，直往上游而去。

月亮从云堆里钻出来了，江面上立显白露横江，水光接天，真如苏东坡《赤壁赋》中所描绘：“纵一苇之所如，凌万顷之茫然。”龚示力迎着飘飘乎江上的寒风，心想：“苏东坡的《赤壁赋》是发思古之幽情，觅人生价值之真谛。今晚我是在探寻污染的源头，有如苏氏《石钟山记》所述，彭蠡湖口，石钟山下水中深潭，轻风吹动波涛，会发出像撞击大钟的声音。多少年来，无从考证，有人胡诌牵强附会，苏东坡经过实地考察，终于发现了这个大自然的奥秘。他感言：事不目见闻而臆断其有无，可乎……士大夫终不肯以小舟夜泊绝壁之下，故莫能知；而渔工水师虽如知而不能言，此世所以不传也。”想到这里，龚示力好一阵心跳，感到不可思议：污染的源头是明摆着的，难道环保局也“终不肯以小舟夜泊绝壁”？“渔工如知”，究竟是不能言还是不让言？抑或言而无用？再看这个中年渔民行踪神秘，想必有难言之隐。

好一阵行程，时间已近下半夜，渔民这才停下手里的划桨，把船靠向江岸，这里有一株巨大的柳树，月光下有一大片黑影，渔人悄悄地把渔舟溜进了黑影。

龚示力今晚一直心怀莫名疑虑：他怎么老半天不说一句话？要把我带到哪里去？他到底想干什么？直到船靠岸，钻进了黑影，总算开口说话了：“请你仔细听。”过了好一会儿才问：“听见什么了？”

安静的月夜，水波不兴，万籁俱静，只有江岸草丛里昆虫轻声地鸣叫。龚示力屏息谛听，清晰地听见了像是山泉那样的淙淙流水声。奇怪！这里哪来的山泉？“我听见了淙淙的流水声！”

渔民伸手指向一处：“你再朝着我手指的方向看。”

龚示力看见水声响处，有细小的、红黄色的火光在闪烁，像一群又一群的萤火虫在飞舞。

“看见什么了？”

“看见了闪光。”

“我没有说假话吧？这是农药厂暗中设下的排污口，都是在后半夜里才放的。那亮晶晶的东西，到水里还会跳，鱼儿碰到就死。还像冤魂一样，阴魂不散，长时间隐藏在水里，是鱼群最大的杀手啊！”中年渔民因为激动，随着他身体的摇摆，小渔舟也晃荡起来。

龚示力终于亲眼看见了中年渔民所说的证据，现在还说不清这些直排到江里的污水含有哪些有害物质，但那些在水里会跳跃、像萤火虫样的东西，很可能是磷化类物质。龚示力心情沉重地问：“这些环保局都知道吗？”

“怎么不知道？上回死鱼，我从这里灌了两可乐瓶的‘阴魂’，交给那个姓林的，说他是什么科的科长。”渔民显然对环保局已经不信任了。

“你也带他们到这里来看过吗？”

“这倒没有。不过事情原原本本都对他们说了！”

“你还有可乐瓶吗？”

“有啊！”渔民说罢，用手捂住嘴，示意龚示力别再说话。他不划桨，也不撑篙，用手轻轻地拨水，小渔舟像一条轻轻游动的鱼儿，渐渐地靠近了排污口。渔民从船头的舱板下，取出了一只可乐瓶，很快就灌满了。正当他要调转船头时，岸上冒出两个黑衣人来，厉声喝道：“把东西留下，走人。要不就去喂鱼吧！”

龚示力大声反问：“你们是什么人？”

“这不是你该问的。快拿来！”黑衣人紧逼。

渔民迅速取篙戳岸，渔舟疾速而去。

“你们跑不了！”黑衣人高呼。与此同时，斜刺里钻出两条小船，挡住了渔舟的去路。渔民站立船头，说了声：“你坐稳了！”迅速挥动手里的长篙，左右开弓，拨开挡路的两条船，如同离弦之箭，飞速而去。两条小船在后面紧追不舍。渔民打起双桨，如虎添翼。渔舟通常比其他小船都要轻巧，因而速度更快，再说，这个中年渔民，几十年来在水上谋生，风里来雨里去，练就了一身水上的功夫，常人如何能及？很快就把那两条小船抛得远远的。中年渔民正想喘口气，突然，马达响起来了，原来紧追的小船是机帆船，有动力装置，先前不知是为什么，也许是因为紧张、匆忙或者技术不熟练，马达没有发动起来。

龚示力眼看追赶的小船像猎豹追赶羚羊，距离越来越近了，危险就在眼前。突然，他拿起那可乐瓶，想往江里跳。

“你要干啥？”中年渔民急问。

“我跳水，上岸。”龚示力想借黑夜游泳上岸，躲过他们。

“要下水也轮不着你。”中年渔民继续飞快打桨。

“追上来怎么办？”龚示力焦急万分。

“你看前面。”渔民说罢发出长啸。龚示力这才发现远处有点点渔火，继而听见了同样的回应啸声，这是渔家人特有的联络信号。后面追赶的船越来越近了。前面围上来的渔舟已近在眼前。马达声终于像上坡歇火的手扶拖拉机一口一口地喘着粗气，最后竟无声无息了。围上来的渔舟，如飞骑驰援的勇士，围着中年渔民的渔舟，连连发出长啸。

中年渔民这才歇下手里的桨，从船棚的一排挂钩上取下一只葫芦，月光下葫芦闪闪发光，举葫芦仰起头来，饮了一口，抹了一把嘴，把葫芦递给了龚示力："来一口？"

这时已经是凌晨，人最疲惫的时候，几次睡意袭来，龚示力都硬撑着，一场惊险的追逐、突围过后，眼睛又睁不开了。闪光的葫芦突然出现在面前，不由兴奋起来，接过葫芦也呷了一口。酒的刺激，很快赶走了瞌睡虫。中年渔民见龚示力来了精神，这才打开话匣子："直到现在我们还没有通过姓名，我姓陈，名叫满儿，今年已经四十二了。祖祖辈辈都在水上讨饭吃。这只葫芦是我爷爷传给我爹，我爹又传给我。"说着又把葫芦递给龚示力。龚示力接过葫芦，借着月光反复观看、抚摸，由于年深月久，葫芦底部的表层已经斑驳，像地图一样分成许多区块。但里面的酒却很香。"这葫芦是有些年头了，酒可格外香！"

"喝！"陈满儿推着葫芦要龚示力喝。

龚示力真的又喝了一口，"我姓龚，龙共龚，龚示力，本地人。刚刚大学毕业，分配到环保局才只几天。"

"我说是么！你说话同他们就是不一样。看得出来，你是个有良心的人，办事公正的人。"

"你夸奖了，我什么事都没做。"

"你总听说了吧，说我是渔家闹事的头。你真不知道：我们大家凑钱买鱼苗，一家老小吃喝就指望着它。你们岸上人看见有死鱼浮在水面上，好像看别人家着火，一点都不急。我们呢！那死鱼就是自己的孩子啊！天雷正中劈树，心都碎了！"

龚示力从未体味过这种感受，想起江边众多渔民情绪失控，现在才明白，那决不是闹事，是绝望的诉求，是受害人的抗争。

"我们是受害人。总要有个人出来说话，不能眼睁睁地等死吧！我是属虎的，头硬，我乐意做这个头。不过……到现在我还想不明白，说起来你们环保局是政府的，政府为什么不帮老百姓？环保局到底是保护什么的？"

陈满儿的话像黑夜里天际的闪电，像寒山寺里的夜半钟声，深深地印在龚示力的脑子里。

7

第二天龚示力早早地就到办公室，急着去找小陆，因为时间还早，小陆还没来上班。他正要转身往回走，小陆手里拿着一瓶豆奶，边喝边走着来了。

“找我啊？”小陆拿出钥匙开门。

龚示力拿手里的可乐瓶朝小陆晃了晃，跟着小陆进了化验室。小陆坐下来继续喝豆奶，示意龚示力在她办公桌对面的位置上坐下。

小陆放下手里的豆奶瓶，伸手接过龚示力的可乐瓶。

“这是昨天晚上新取的样。劳驾你了！”龚示力向小陆敬了个礼，匆匆回自己的办公室。

林仕新准时到达办公室，金德水略迟了一点。龚示力已经把办公室打扫了一遍，三张桌子都抹得干干净净，开水也烧好了。

“哟，小伙子真能干！”金德水坐在椅子上，双手不停地抚摸自己的办公桌，“桌子都好当镜子了！”

“坏了！坏了！懒汉再也无法改造了！”林仕新指着金德水，“他是个大懒虫，从来都不擦桌子，他的办公桌上，只有两个地方是干净的。”说着抬起两个肘部，“其他地方都可以当黑板用。”

金德水坐着，利用椅子后面的两条腿前后摇摆着，很是得意。“不要把人家说得那么差，不过……”他双腿停止用力，椅子就不摇了，挥手向龚示力敬了个礼，“小伙子好样的，向你学习。”

“好，明天见行动。”林仕新激将。然后招呼龚示力坐下，要他写一个关于这次死鱼事件的报告，主送县政府，抄送市环保局。

龚示力第一次单独接受任务，自然要认真对待，再三询问有些什么具体要求。林仕新也尽其所知，尤其是当地的一些行文习惯，一一予以说明。金德水是个尖屁股，坐不牢的，趁他两人在谈事，悄悄地溜了。

龚示力开始写报告了，不停地敲打着键盘。林仕新见龚示力行文速度很快，暗自佩服。他好像有什么事要对龚示力说，但又怕打断他的思路，显得有些局促不安。什么事让他如此揪心？廖局长不是交给他两道数学题么，昨天晚上忙了大半夜，还是解不出来。毕竟离开学校多年了，学的东西有不少都还给了老师。大半夜的辛苦，人也支持不住了，想起了龚示力，刚离开学校的高材生，何不要他帮忙？但局长有交代，不能有第二个人知道，想出了一个妙招：把题目抄下来，假借女儿要考研，请教龚示力，这样就避免“泄密”了。

龚示力很快遇上难题：昨天晚上的事写不写？怎么写？如果化验结果真有磷化物，必须写。但是如此尖锐、敏感的问题，作为环保部门，为什么从不公开揭示，一直让渔民承受这无妄之灾？这内中究竟有什么奥秘？现在由他来捅破这层纸，一个初出茅庐的寒门子弟，会带来什么后果？然而无论从国法、人伦和自己的良心都无法绕过这个问题。真是初生牛犊不怕虎，决定等化验结果，倘若真有磷化物，一定要把这个盖子揭开。

林仕新见龚示力停下来思考，立刻见缝插针，从抽屉里拿出昨晚抄下的那两道数学题，摊在龚示力的面前。

“小龚，请你帮忙看看这两道题。”

龚示力把视线移开，侧身看那两道题，是工程数学题，计算并不复杂。为什么突然向他提出数学问题？是要测试他的知识面？猛然想起来，这两道题好像在哪里见过？噢！想起来了，在廖局长那里。这是怎么回事？

林仕新快步来到办公室门口，注视着走廊上的动静，确认没有干扰，立刻把门关上，而后一脸尴尬地对龚示力说：“真不好意思，女儿要考研，在准备功课，昨晚要我帮她做这两道题。”说到这里，脸上挂不住了，摆出一副苦相，“不瞒你说，把我给难倒了！离开学校那么多年，日常又不接触这些，早都忘了！于是我想到了你，只有请你帮忙了。”

龚示力笑了。“这也难怪！”说着就在那张A4纸上开始演算，没多久，做好了。按说，这样拿去交差就可以了！但林仕新这个人心细得很，他怕廖骥勋问起演算过程，说不上来，不就黄了（其实廖骥勋根本不懂）！又再次请教了几处不甚了了的问题。廖骥勋今年刚读在职硕士研究生，所有的作业都交给他做，往后还多着呢！能为局长效劳，既是信任，又是一份私下人情，好好把握，总不会吃亏。也该要出事，就在这个时候，廖骥勋走了进来。

他怎么会突然冒出来？他刚刚接到一个奇怪的电话，对方开口便问：“你是环保局局长吗？”廖骥勋问：“请问，你是哪里？”对方不容分说，抢声道：“环保局局长，你要当心，当心有人毁了你！”廖骥勋立刻追问。对方挂断了电话。这是个什么人？没头没脑的电话？好像吃进了老鼠啃过的东西，五脏六腑都在搅动，很不是滋味；有种预感，好像要出什么事。他站在窗前，远远看见大门口的两只石狮子，这是他原来所在的乡镇送来的，那里盛产石材，为他讨吉利，护他官运亨通。当时他并不在意，现在有了感觉，感觉那狮子离得太远了，护不到他。如能靠近些，就在他的脚下，或许更好些。因为心情欠佳，他走出办公室，信步下楼，想到交代监察科写的关于死鱼事件的报告，必须及时上报县政府，于是来到了监察科。三个“臭皮匠”走了一个，两个“臭皮匠”低着头在那里一边比画一边演算，他也凑近了观看。龚示力因为背向着他，没有发觉。林仕新刚抬起头来，大吃一惊！这一惊非同小可！

“你们在干什么？”廖骥勋俯首来看。林仕新一时吓得说不出话。

龚示力见是局长来了，立刻站起来，指了指林仕新，说：“他女儿要考研，有几道题我们……探讨一下。”

林仕新正在错愕之中，龚示力给他抵挡了一阵才缓过神来，接着说：“是啊！是啊！”

廖骥勋看着林仕新，“你上来一下。”

林仕新这时心里就像铁板上炒豆子，蹦的蹦，跳的跳，全乱了！跟在廖骥勋的后面，一步步地走上楼去。两人前脚刚走，小陆就来到门上，轻轻地敲打着门框。龚示力见是小陆，立刻站了起来。小陆快速转身，警惕地看了看左右走廊，然后向龚示力招了招手。龚示力见小陆如此小心，不敢大意，紧随小陆，走进了化验室。小陆关上化验室的门，请龚示力坐下。

“我来过你们办公室了，见廖局长、林仕新在，就没叫你。”

“化验结果怎么样？”龚示力急着想知道化验结果。

小陆神色黯然地说：“你先别问这个。听我说，不要管这件事。”

“为什么？！”

小陆很关切地说：“你刚来环保局，不了解这里的情况，这事你不能管，也管不了！你这个样是农药厂暗设的排污口取来的吧？”

“是啊！”

“你怎么知道那里的排污口？”

“这，有人带我去的。”

“渔家人？”

“对呀！”

小陆凄然摇头，“连你送的样，已经是第三次了。我告诉你，农药厂腰杆子硬着呢！他们厂里的人说：‘泰山压顶不弯腰’，你掂量掂量吧！”

龚示力觉得很不可理解，“那化验结果你总得告诉我吧！”

小陆把一张化验报告单刷拉一下推到龚示力的面前，“呐，你自己去看。”

龚示力拿起报告单，直看得连连跺脚：果然有磷化氢，还有其他许多有害物质。不禁扬起头来长叹，“我们是环保局啊！”把报告单塞进了口袋，正打算要走。

小陆再次提醒：“记住我的话！”

“哦！”龚示力回过头来，“谢谢关照！”

龚示力回到办公室，报告写不下去了。小陆的话就像一扇磨盘，压在他的心上。农药厂的问题，看来树大根深，必然牵涉到各方面的利益，他一个小人物就像一只小昆虫，一头飞向蜘蛛结下的人网，能撕开那张网吗？但一想起陈满儿——渔家人，社会最底层老百姓的诉求、企盼，良知在受煎熬。考虑再三，还是要把农药厂的问题在报告里有所反映，不然良心上过不去。再说，新来乍到的小人物也有他的好处：不了解情况么！不知者无罪！

8

林仕新跟着廖骥勋走进了局长办公室。廖骥勋还是丢烟给林仕新。林仕新拿着烟，呆呆地站在窗下沙发旁。

“坐啊！”廖骥勋朝林仕新努努嘴，顾自己把烟点着了。

“唉，好。”林仕新好像担心会把沙发压垮，慢慢地坐下。

廖骥勋从嘴里吐出一大口烟。“我问你——”

“唉！”林仕新双腿并拢，像小学生听老师上课，满脸惊惶地看着廖骥勋。

“那天渔民闹事，就你们三个臭皮匠在场？”

原来是为这个！林仕新脑子里绷紧的弦一下子松弛了下来，“是啊！就我们三个。”

“你再回忆一下那天的全过程。”

林仕新抬头眨巴着眼睛，把那天的事情前前后后地说了一遍。

“没了？”廖骥勋意犹未尽。

“就这些。”

“没有发生别的什么意外情况？”

林仕新连连摇头，突然想起，“就是……”

“就是什么？”廖骥勋把眼睛瞪得老大。

“渔民中的那个刺头……”

“陈满儿！他怎么了？”

林仕新到这时才点上烟，“他被龚示力几句话就压下去了，其他人也就不闹了。”

“嘎！”廖骥勋大为惊讶，“他怎么说的……说些什么？”

“距离远，听不清楚。”

廖骥勋站起来来回踱步，突然站定，“现在他在干什么？”

“写报告，这次死鱼事件的报告。”

“噢，”廖骥勋陷于沉思。过了好一会儿才接着说，“报告很要紧，得抓紧。”

“是。”林仕新等着廖骥勋继续交代任务，谁知道他没有话了，如释重负，乘机告辞，“那我走了。”

“等等！”

林仕新甫起立，立刻又坐了下来。

“刚才你同小龚在研究什么数学题？”这一问，把以为逃出鬼门关的林仕新，又重新押回阎罗殿。情急之下，林仕新只好再拿龚示力刚才的话来打掩护——“我，我女儿考研的几道数学题。”其实，凭廖骥勋的那点知识水准，他根本看不出龚示力在演算的数学题就是他的作业。此人虽然没有学问，但警惕性很高，他生怕自己的那点“机密大事”漏光，因而处处小心提防。“我交代你的那件事，你得给我仔细了，唵？”

“我知道。”林仕新暗自庆幸，总算还好，没有让他看出马脚来。额头上冒着汗珠儿，也没敢去擦。

9

林仕新一回到办公室，龚示力就催着他看报告，他已经完稿了。

林仕新读着龚示力书写的文章，果然是高材生，语言精练，气势非凡，有点读名家散文的感觉。忽然，一段文字个个如同火焰、箭镞，刺向他的眼帘，最最忌讳，如虎须一样不可触摸的农药厂排污问题，赫然成文，这不是要捅破天了么！这样的报告让廖骥勋看到，那还了得？

龚示力见林仕新脸上阴云密布，想起小陆说的话，果然应验，他等待着林仕新的评说。

钓鱼的人先要下诱饵，如果发现下过诱饵的水面上冒起了泡泡，说明鱼来了！林仕新终于看到了泡泡：这可是个好机会呀！渔家的刺头陈满儿为什么那么听龚示力？原来他们暗中有约，私下里必定又去取样了。让廖骥勋知道龚示力的这番作为，不把他逐出环保局才怪了！这个难以驾驭的超强对手的威胁，从此就销声匿迹了！林仕新偷偷地眄了龚示力一眼，正好与龚示力一脸虔诚、真诚求教的眼神相遇，心里立刻一阵慌乱。正好这时窗外的香樟树上，飞来几只黑色羽毛的小鸟，只是沿着嘴唇的一周是黄色的；它们不停地上下跳跃、鸣叫，好像一伙人在争吵，其中有一只鸟，正对着他叫个不停，尖利的嘴巴一张一合，好像在责骂他。想起自己甫离校门，参加工作，心里也想好好表现一番，做出一点成绩来。但什么都不懂，最需要的是周围同志的提醒和帮助，就像现在坐在身旁的龚示力。想到这里，心头一下子绷紧了，颜面上火辣辣的：跟前龚示力正向深水里走去，前面就是漩涡，自己眼睁睁地看着，竟然借以幸灾乐祸？！黑鸟啁啾，好像连声叫着“缺德！

缺德！”

林仕新打了一个寒噤，原先冷漠、阴暗的心里渐渐地涌上一股暖意，站起来把办公室的门关上，先赞扬龚示力的文章写得好，坦诚自愧不如。但文中有关农药厂的问题，劝说龚示力将它删除，说的理由与小陆大同小异。

龚示力一定要林仕新说出理由。林仕新很难说出充分的理由，似乎有难言之隐。最后说道："为了避免不必要的麻烦，不致新来乍到就招致困惑，请你听我一句劝，把这段文字删掉。"

龚示力还是想不明白，为什么都这么藏着掖着，眼睁睁地看着老百姓受苦？

嘭的一声！门推开了，不知道在哪里串门的金德水回来了。见他俩人在说这档子事，鼻子里立刻打哼哼。"小伙子，这件事……好像一把没有骨子的阳伞，你是撑不开的，不要去自讨苦吃。"金德水摆出一副老于世故的样子，又开始摇他的椅子。

一阵电话铃响。是廖骥勋打来的，问报告写好了没有？林仕新回说报告已经写好，只是个别地方要做些修改。廖骥勋很干脆："让我看了再改。"

"快，快删掉，还来得及！"林仕新急着催促龚示力。

龚示力却很肯定地说："让他看了再说吧！"心里在想："我倒想听听身为环保局局长的廖骥勋，是怎么解释这样的典型污染案件的。"

龚示力把稿件拿在手上，看着两位，意思是谁把它送上去？金德水别过头去看窗外，悠然地摇着椅子。林仕新看着龚示力，好像他手里拿着的是一枚正在读秒的定时炸弹，他根本不敢去接，生怕廖骥勋追究连带责任——为什么不把关？

龚示力见两人都不愿接，便自告奋勇，"那我送上去了！"说罢，一阵风似的走了。

"嗨！"林仕新拍打着桌子。

金德水不屑一顾地摇头，"用得着你这样急嘛！人家是初生牛犊不怕虎，让他去尝尝味道吧！"

龚示力站在局长办公室门口，轻轻地喊了声："局长！"

"噢，来吧！"廖骥勋请龚示力在沙发上坐下，给他倒了一杯水，满脸笑容地看着龚示力，问："怎么样？工作还适应吗？"

龚示力搓着双手，说：“刚上班，还没做什么事。”

“三个臭皮匠还合得来吗？”

“他们待我都很客气。”

“噢，那好！”廖骥勋随口应着，眼睛很快就落到那报告上。他为什么急着要看这报告呢？一来为了及时上报，二来听林仕新说，龚示力三言两语就把渔民中最难缠的刺头给说服了，这年轻人有什么能耐倒要见识见识，如果文笔也拿得起来，那就再好不过，现在正用得着这样的人！几行文字看下来，廖骥勋的眉宇立刻展开，禁不住内心的喜悦！但是紧随而来的是神色黯然，继而貌似失神，双手把报告一推，仰头靠在座椅上。

龚示力一直都在注视着廖骥勋，见他老半天不说话，不明白是什么意思？

“林仕新看过了吗？”廖骥勋仰着头问。

“看过了。”

廖骥勋还是仰着头，“他怎么说？”

“他要我删去有关农药厂的那一段。”

廖骥勋突然坐起，“你不肯删，是吗？”

“是的。”

廖骥勋急着问：“你去取样了吗？”

龚示力点头。

“谁带你去的？”

“渔民。”

“你！”廖骥勋挪动身体，似乎周身都感到不舒服，“你是新来的同志，不了解情况；如果是这里的老同志……”廖骥勋瞪大眼睛，怒火已经蹿到他喉咙口，强行往下压。“我说你，胆子也忒大了，还有没有一点组织观念？你怎么能擅自行动？”啪的一掌拍在报告上，“还见诸文字！”

龚示力被这一掌惊得一跳！但他还是坚持提出疑问，“我初来乍到，确实不了解情况。但我还是不明白，既然写的是关于死鱼事件的报告，为什么对造成如此严重污染的源头不能揭示呢？”

这一问，廖骥勋更生气了。满以为道理在自己手上，现在是看你年轻不懂事，迁就一点，谁知竟被这不知深浅的小子将了一军，急得他一时说不出话来。廖骥勋再也忍不住了，“就，就，就凭你来了这么两三天就来指手画脚？我们这些人都是吃干饭的？你头脑里还有没有领导？”廖骥勋激动得指着龚示力大声喝问。

廖骥勋发怒了！金德水先到走廊上听；林仕新随后也出来了；小陆也打开办公室的门，探头探脑地走出来；随后陆续地有人聚集在走廊上。大家表情各异，像演哑剧一样做出各自的反应和评说。

龚示力感到农药厂的问题不单单是个水体污染问题，还有更深的背景，看来坚持自己的想法，不可能有正面回应。但也不能因此造成错觉——这个不知天高地厚的年轻人，是个目无组织、自行其是的异类。“局长，你误解了。我根本没有不遵从领导的意思。我只是同情渔民、同情受害者。作为环保局监察科的一员，我有责任维护民众的利益，我有责任保护水源的安全。”

廖骥勋余怒未消，“我们都是地主老财，都是周扒皮？只有你知道关心爱护群众？”乒乒乓乓连连敲击桌子。“你说！这里改不改？”此时此刻，就廖骥勋的内心而言，已非仅仅对一段文字的认可与否，而是领导权威直接受到挑战，这是他绝对无法容忍的。

龚示力知道，他不改会有人改，凭他这点微薄之力是顶不住的，但也不愿就此改变初衷，“局长，文件如何修改，决定权不在起草人。我想说的是，作为环保局监察科员的职责，我无从改变。”

廖骥勋这时已不管他坚守什么职责了，现在必须服从他，连连挥手，“马上去改，改好送来！”

“局长，我走了。”龚示力快速走出局长办公室。

廖骥勋看着龚示力像一阵风似的出了办公室。这太让他意外了，满以为是一蓬绿草，蓬勃、鲜亮，走近了才发现，原来是仙人掌啊！这样的人还能用吗？现在的大学是怎么培养学生的？什么天之骄子？头脑里根本没有组织、领导观念，他才是救世主。又拿起龚示力写的报告仔细看了一遍，又发现问题：文中一字未提县领导如何重视环保工作，环保局如何积极开展防治水污染的宣传教育，各项举措的贯彻落实。看起来好像是外星人写的东西，或者是不食人间烟火的山人所写。一个想法突然冒了出来：这个人怎么会分配到环保局来的？是有人特意安排的吗？是有人想方设法又一次要逼他“陪榜”吗？值得深究。廖骥勋蓦地倒吸了一口凉气，当年“陪榜”时的凄凉、落寞的滋味又重上心头，颓然坐倒在靠椅里。不争也罢！何苦搞得这么累，管好自己这一亩三分地，图个安稳算了。但是“县领导”这个“宝座”一旦登上，一下子就把“脚碰脚”的这批科局长们甩到了背后；从此出入有专车，说话成了县领导指示，在靖河这块地面上成了真正的头面人物，这份荣耀谁不想要？再说，胃口已经被吊起来，等着尝鲜，如何放得下？有道是两强相遇勇者胜，事到如今，顾不了那么多，只有一搏了！

10

龚示力第一次领到工资，正好又逢大礼拜，他回家了。久病的老龚头身体好些了！因为儿子出山，就在本县工作，用他的话说，“儿子从天边回到了身边”；加上儿媳妇娶进了门，说诗梅是“媳妇的名分，女儿的心”，对他照顾周到、体贴，处处称心，把家里、基地都管理得井井有条。小娜再也不用心挂两头了，一心帮着酒老鬼的养猪场。现在养猪场已扩大到五百多头，小娜不用像以前那样要干一些粗活、脏活，这些事现在有人做了，她只要给那些人安排任务，检查、管理就行了。俗话说的，“心宽体胖”“家宽年少”，老龚头现在“两宽”皆得，哪有不好转的道理。

深秋了，天气转凉。今天阳光好，诗梅搀着老龚头到院子里晒太阳。把他竹躺椅上的那些垫着、盖着的被褥，都拿出来翻晒。这些陈年的旧东西，分量倒是不轻，当她把最后一件盖被甩上晾衣竹竿时，支撑竹竿的节节高向一侧倾斜，眼看就要倒地！情急之下她大喊：“羊羊！”

羊羊刚巧一步跨进门，立刻应道：“唉！我来了！”快步抢入，扶住了节节高。

诗梅惊异，“咦！怎么是你？”

羊羊站在节节高下，说：“不是你在喊我么！”

诗梅惊喜地看着羊羊，“我喊你了？”

老龚头看着笑了。“好，好，来得正好。”龚示力随手挪过一爿凳子，坐到了老龚头的身边。诗梅端来一壶热茶，递给羊羊，又把老龚头身边小几上的茶拿走续水。

“爹，你好吗？”

老龚头今天兴致很好，“你看看我还好吗？”

“哟！回来了！”小娜拎着一篮菜进了院子。

“妈！”羊羊赶快迎上去。

“我猜到你今天要回来的。我跟小梅说好，带些菜回来。”小娜看着羊羊，笑得眼睛眯成一条缝。诗梅听到了小娜的说话声，赶紧出来，接过小娜手里的菜篮子。

“妈，在养猪场累不累？”

小娜轻轻地摇了摇头，“不累。现在累的活都有人做了，我只要照管照管。”

羊羊见两老身体、心情都好，自然很高兴，从随带的手提袋里，取出一叠钱，交给了小娜。“爹，妈，这是我第一次拿到的工资。你俩为了我苦了一辈子，儿子以后再孝顺也难报爹娘的恩德，请你们收下儿子的这一点敬意吧。”

小娜看着老龚头，意思是——怎么呀？收不收？老龚头伸手指屋里。小娜明白了，立刻朝屋里喊：“诗梅，你来一下！”

“唉！来了。”诗梅撩起围身布，边擦手，边快步走来。

老龚头示意她坐下。羊羊马上挪了挪，让出一截凳子来，诗梅便挨着羊羊坐下。

“好，现在我们一家人都齐了。我说小梅呀，羊羊第一次拿到薪水，”老龚头朝小娜努嘴，“这钱你收下。”

诗梅急得跳起来，“不不不，妈，你拿着。”双手摁住小娜，“妈，你是当家人，这个家是你管的，应该你收着。”

老龚头摇了摇手，“你们都听我说。小梅是个好姑娘，孝顺公婆就不用说了；里里外外都弄得有模有样，真是俗话说的，芝麻掉进针眼里，巧上加巧。我是个废人。你娘操劳了一世，吃尽了苦头，该让她歇歇了！现在广播里天天都在说：要培养接班人，干部要什么年轻化。我们家里也一样，小梅呀！你就是接班人。”

龚示力看着诗梅笑。诗梅轻轻地拍了羊羊一下。

“小梅，这个家要靠你们来撑门面了，你不管谁管？来，拿着。”小娜硬是把钱递给诗梅。

诗梅看了羊羊一眼，说：“爹，妈，你们把权力下放给我，我们约定一个试用期好吗？”

“什么试用期？”小娜不明白。

羊羊接着解释：“先干一阵子，看看那牛犊子能不能上套。”

诗梅拧了羊羊一把，轻轻地说：“你才是牛犊子。”随即转向小娜，“妈，要是我干得不好，你就把权力收回。”

两老一起笑了。

晒了一天的被褥，蓬松、暖和，诗梅与羊羊一起给铺垫好，扶着老龚头进起居间休息。老龚头觉得周身惬意、舒服，更为称心的是儿子媳妇双双搀扶着他，人好像一下子轻捷起来，又回到年轻的时候。到了吃晚饭的时候，破例想喝点酒，这是多年来没有的事，一家人都乐坏了！

龚示力看着久病的父亲，气色比以往好多了，加上酒力的作用，脸上泛起了红晕。母亲尽管双鬓白发，但往日总是留在她身上的乏力、疲惫不见了，这原是他心头挥不去的牵挂呀！现在已离她而去了。当着爹妈的面他不便说，心里由衷地感谢坐在身边、时不时给两老夹菜、一会儿又起身去拿这拿那的贤妻。有道是新婚不如久别，龚示力还在新婚头上，又加上久别，当晚倾其所能，把他对诗梅的爱，淋漓尽致地奉献出来。两人约好，明天去基地。诗梅带着几分娇情地说：“明天让你开开眼界！”

第二天是个秋高气爽的好日子。诗梅忙完早饭后，就催着羊羊去基地。春秋两季是铁皮石斛的黄金季节，这羊羊也知道。但百闻不如一见，当他一步跨进大棚，只见绿森森的，一眼望不到头，纵横排列的“三军列队”，好不威严！低头仔细一看，个个都是硕壮的勇士。龚示力看得惊呼：“这是秦军，活的‘兵马俑’！”

诗梅掩着嘴笑，“怎么样？看傻了吧！”

“好，好，”羊羊翘起大拇指，“不过……”

“不过什么？”诗梅来到羊羊的身边，蹲下来轻轻地拂了拂身边的石斛，像幼儿园的老师，又像年轻的妈妈抚摸可爱的孩子。她知道，羊羊最善于发现问题，是个“鸡蛋里挑骨头”的人。

“这些已经可以收获的成品你打算怎么处理？”

“农大就要来人采摘了。按照协议，他们会付一定比例的佣金给我们。我已经计算过，很有限。”

“我们先不说这个。接下来你打算怎么办？农大还会再送种苗来继续培育？”

诗梅颔首。

“既然你有志于人工培育铁皮石斛，日后又是很有前途的产业，现在你已基本掌握了培育技术，但种苗还要依赖别人提供；你想过没有自己培育种苗？把全套技术，从理论到实践都掌握起来？”龚示力的这个想法既有前瞻性，同时又给诗梅出了难题。

诗梅不是没有考虑过这个问题，她曾经仔细看过这方面的资料，如今她已通过成人自学考试的大部分课程，仅有三门功课待考。但限于自己的知识水平和客观条件，尚未敢涉及。现在羊羊提出这个问题，脑子里马上跳出一个想法：“你说的我都赞成。但是你必须帮助我，要像我们攀登悬崖，寻找野生铁皮石斛那样勇往直前，无所畏惧，你做得到吗？”

羊羊立刻向诗梅伸手。

诗梅没反应过来，看着羊羊的大手，愣怔着：“干啥？”

“拉钩啊！”

“噢！”诗梅立刻伸手，夫妻俩拉起钩来。羊羊乘势一拉，把诗梅抱在了怀里，贴着她的耳朵说：“我会不帮你吗？”

“难说。”诗梅推开了羊羊，“哎，问你，在环保局工作怎么样？还称心吗？”

“我不知道该怎么对你说。”羊羊的脸上风雷乍起，骤然间，雾霾湮没了他满脸的喜色。

诗梅看着觉得奇怪，“怎么？工作上不顺心？”

羊羊避开诗梅的问话，调侃说：“哎，你把基地搞成了，你当老板，我来给你当伙计，怎么样？工资么，现在讲绩效工资，就看你老板讲不讲诚信了。”

“你再嚼舌头！”诗梅瞪了羊羊一眼，“哎，跟你说正经的。你别说，家里有个人在县政府里工作，身价一下子就抬高了！”

羊羊看着诗梅，不停地眨巴着眼睛。

都说婚后的女性是最美的。诗梅随手捋了捋两鬓的长发，果然容光焕发。“你还记得那个养鸭的村支书吗？现在对我老爸可客气了！动不动就来叫我爸到他家里去喝酒。我爸你知道，谁叫他喝酒他都去。我说了他好几次了！”

“噢！”

“这点，你爹就较真了。”

“他怎么个较真？”

“你说怪不怪？今年过中秋，有好几家，妈说从来都没交往的，送来粽子、麻糍……”

“都是什么养殖专业户？”羊羊紧接着问。

“就是么！”诗梅突然睁大眼睛，炯炯有神，“你爹可就厉害了，催着妈和我送去退还。说是什么‘老虎丸药’，吃不得的。”

龚示力久久地看着诗梅，然后说：“好啊！有这样的爹，你我都沾光了！”

11

星期一上班，刚刚坐下来。突然间局办公室的几个人，楼上楼下地大声喊叫：“农药厂出事故了！全体人员赶赴现场！”紧随着喊声，乒乒乓乓的办公室关门声，楼道、走廊上杂沓的脚步声，整个大楼全乱了。大门口停着一辆大巴，大家快速上车。小陆提着检测仪器匆匆赶来，大家赶快给她让道。没多久，大巴就出发了。局领导乘小车随后赶来了。

几公里的路程，很快就赶到现场。远远地就看见烟雾从厂房顶冒出来；随后眼睛便感到酸痛、流泪，呼吸也觉着困难。越是靠近越感到寒气逼人，好像走进了冰窟，浑身颤缩。小陆感觉敏锐，她的第一反应是液氨泄漏。大呼：“不要进厂区，危险！危险！”龚示力发现，烟雾还在继续喷发，如果是液氨泄漏，就有爆炸的危险！他大声惊叫："疏散！赶快疏散！千万不要靠近厂区！"经小陆、龚示力的及时提醒，环保局匆匆赶来的几十个人迅速撤离危险区。与农药厂仅一墙之隔的是大片农田，农民正在收割晚稻，大约有十多个男男女女。大家都觉得奇怪，不知为什么，眼睛睁不开，眼泪汪汪的，喉咙透气也不顺畅，正在相互问缘故；龚示力飞奔而至，要大家赶快撤离，他来不及说明原因，只告诉大家有气体泄漏，再不走会有危险。距离较远的一些人，仍不以为然，继续在干活。龚示力情急之下，拉住一个年长的说："我是环保局的，不会骗你们，再不走就危险了！"那人见龚示力满脸惊慌，一头汗水，也真信了，朝着大家又喊又叫，让大家撤离。这一伙人就跟着龚示力快跑。

在奔跑的过程中，龚示力又发现江边有十几条渔船，也紧挨着厂区，直线距离距出事地点不远，也必须撤离。他把农民安顿好后，直往江边渔舟飞奔而去。靖河每年都要发洪水，沿江两岸都是洪水带来的冲积土，含有大量的细沙，因而蓬松。龚示力势如奔马，搅起滚滚黄尘，飞奔而下。这时正是渔家人入梦的时候（他们都在晚上捕鱼，上午睡觉），他跳上一条渔舟，大喊大叫。也真巧，正好撞上了陈满儿，他睡眼惺忪地从被窝里钻出来，看着龚示力，不知道发生了什么事，龚示力大体告诉他必须立即撤离的原因。陈满儿这才明白过来，立刻喊话，发出长啸，不一会儿，十几条渔船快速离岸而去。就在这当口，"轰隆隆"一声巨响，农药厂尿素车间爆炸了！漫天飞舞的各种各样的碎片，像弹片一样向空中、四周飞射，刚才的那片农田里，落下了一大片。刺鼻难闻、让人喘不过气来的恶臭，向更大范围的空间扩散。

龚示力精疲力竭地返回，见厂区外已拉出警戒线，有武警站岗，无法向厂区靠近。经打听，方知环保局的人员已经撤回。他的右脚在奔跑时不慎崴了，当时顾不上，现在越来越痛。正好前面有棵大树，一瘸一瘸地来到大树下歇着。庆幸总算把十几个农民、十几条渔船给救了，如果再晚一点，后果就不堪设想！为什么会引起爆炸？从溢出的气体来分析，很可能是氨。农药厂生产尿素，必然需要大量的液氨，很可能是液氨泄漏，在空中气化，喷出的液氨与空气高速摩擦，带出静电，爆炸就不可避免了。

怎么办？脚肿得很厉害，这里又是郊外野地，无法冷敷，总不能在这里一直坐下去？看见不远处有一截杉树枝，捡来当拐棍，瘸着往回走。当时这一带还没有通公交车，好几公里路，龚示力艰难地走着歇，歇了再走。

环保局廖骥勋局长正在召开全员大会。首先是检查人数，所有人都到了，唯独少了个龚示力。廖局长的脸一下子拉长了，加上刚刮过胡子，腮帮上忽闪着青光。几个胆小的女同志，低头私语："局长今天好吓人啊！"

廖骥勋平时开大会，总要讲几句俏皮话，调节会议的气氛。这是他多年当乡镇干部的看家本领，同农村干部、农民讲话，只有这样才能吸引他们的注意力。可今天不同，一开始他就沉下脸来说："今天农药厂这起大事故——尿素车间液氨泄漏，引起爆炸，死了三个，重伤五个。死了的三个人中，其中两人是活活冻死的。县领导第一时间赶到现场，积极组织力量抢救伤员。省、市领导正风风火火地闻讯赶来。可身为当地环保局的一名监察干部，自我标榜处处代表群众利益，是为民请命的包青天，偏偏在今天这样的危急时刻，人命关天的紧急关头，我们的这位'包青天'不知去向！在座的同志，个个不顾安危，积极投入抢救伤员、疏散厂区的工人，避免造成更大的伤害。唯独我们这位群众利益的代表，直到现在不见踪影。"说到这里，他目光如电，环顾四周，似乎在找"包青天"，如果这时"包青天"突然闯进来，很可能会被叫到上面来怒斥，怒斥也许未必解恨。

会场上鸦雀无声，坐在前面的人不断地朝后面看，看龚示力来了没有。也有人在窃窃私语，似乎并不完全赞同廖骥勋刚才过于严厉的批评。

"他在现场，嚷着要我们赶快疏散，还说可能会爆炸！"一个女高音突然打破沉默，她是谁——财务科的李科长。这位女士生来敢说敢为，火爆性子；再加上她心里深藏着的恋念，尽管通过调查摸底，知道龚示力刚新婚不久，但是情恋这个东西，看不见，摸不着，却具有强大的生命力，它无视任何清规戒律，可以冲破任何压抑束缚，只向着它认定的目标，百折不挠，锐意进取。故人世上，为此落败者多多，哀怨者多多，当然也不乏遂意者。李科长难以忍受廖骥勋对龚示力如此轻慢、不负责任的指责，宛如不间断充气的气囊，瞬间爆破了！

"女高音"果然有威力，霎时间会场上鸦雀无声，既而嘈嘈切切，大家议论开了。

"大家静一点！"廖骥勋依然余怒未消，"李科长说得没错，开始他是在现场，但是后来呢？你们有谁见过他了？你们有谁知道他去哪里了？"

再也没有人起来说话了。

林仕新起身上厕所，在走廊上正好遇上一瘸一拐的龚示力，猛见他这副惨状，一时不知道说什么好，愣神了！

龚示力问：“开大会？”

林仕新微微点了点头。

龚示力向会议室走去。

“哎。”林仕新想叫住龚示力。

龚示力已经摇摇晃晃地走进了会议室。

会场上静悄悄的，廖骥勋正在说下一阶段的工作。龚示力突然出现，会场上如同惊鸿一片，大家都伸长着脖子，紧盯着他看。廖骥勋也停下了讲话。

李科长迅速离开座位，来到龚示力跟前，几乎要哭出声来：“你怎么会弄成这样？你去哪里了！”

廖骥勋把手里的讲话材料用力往桌子上一摔，大声喝道：“龚示力，请你站起来！”

龚示力拄着拐棍，站了起来。

“我问你，你去哪里了？”

“我一直都在现场，刚刚离开。”

“你胡说！”

忽然，传来锣鼓喧声，随后拥进来一大批人。他们是农药厂附近的农民，龚示力刚才救了他们，村里特意做了一面锦旗，上书“救命恩人”四个大字，在村长的带领下送锦旗来了。他们先到楼下大厅，找不到一个人。传达室的门卫告诉他们，都在楼上开会，因而闯进了会场。村长详细述说环保局的一个同志当时救助他们的情况，要求再见一见这位同志。廖骥勋宛若孙悟空遇上了紧箍咒，骤然间头痛欲裂，他知道村民说的这个“救命恩人”必是龚示力无疑，他怎么也想不到会出现这样的情况，当时他是乘小车赶往现场的，也看见过龚示力。不久，农药厂的厂长赶来了，廖骥勋带同环保局的全体人员，配合厂里开展检察和救护。廖骥勋对龚示力已生成见。一旦对人有了成见，除非圣人，常人往往都会派生出歧见，通常说的“把人看扁了”“歪曲事实”“夸大其词”其实都是歧见之故。廖骥勋今天很在意龚示力的表现，偏偏连人影都不见，这不就撞上枪口了！他要狠狠地刮一刮这个不知天高地厚的愣小子；也借此机会，抖一抖局长的声威，也算是杀一儆百吧！怎么会弄得有点像《三国》里的蒋干盗书——只顾欢喜，自以为得计？这一来可就被动了！原本只想挫一挫龚示力的傲气，想不到竟是伤筋动骨了！这个本来就生性倔强的年轻人，以后还管得住他吗？不就成了眼皮底下的一枚针，睁眼闭眼都难受？廖骥勋应付着深怀感激之情的村民，思想却已走神了，几次讲错话。村长再三要求见一见救命恩人，他哼哼哈哈地不知所云。

龚示力听说村长要见他；那个年长的农民也来了，认识他，正睁大眼睛在四下里寻找。龚示力赶快低下头来，一拐一拐地溜了出去。

今天龚示力该是无法脱身，刚走到楼梯口，又一拨人抬着锦旗，敲锣打鼓地上来了，与龚示力撞了个正着，为头的是陈满儿。不容分说，簇拥着龚示力进了会议室。

廖骥勋见陈满儿带着一伙人进来，心跳立刻加快，就像斗败的公鸡，想扭头走，但现在他能走吗？往哪里走？

那个年长的农民一眼就认出了龚示力，指着他说："就是他！就是他！"村民呼啦一下，把龚示力围了起来。

环保局的会场全乱了！不过大家很有兴趣，像看电视剧一样，有不同的场景，不同的情节，蛮有意思的。

村民给龚示力披上写着"救命恩人"四个大字的红色绶带，渔民献上"环保勇士"的锦旗。为什么称他"环保勇士"？渔家人已领略过他的公正无私，无所畏惧；今天又拼死相救，这四个字是大家反复商议后定下的。陈满儿拉起龚示力的裤腿，指着他满是黄土的鞋袜，说："当时我们正在睡觉，是他像飞马一样奔向江岸，把我们从梦里喊醒。只是一眨眼的工夫啊！轰隆一声，爆炸了！我们泊船的地方，炸塌方了，堤岸滚进了江里。没有他，我们也一起葬在江里了。"

龚示力因为身上的尘土太多，加上奔跑时大汗淋漓，不知怎么的，身上，还有脸上都抹上了土，简直就像个泥人；在众人的激情围堵之下，很不自在。

最不好受的当然是廖骥勋，好在局里的领导都在，大家一起把两拨子送锦旗的人都送走了，会议也不了了之。廖骥勋回到办公室里，啪的一声把门关上，倒在靠背椅里，接连抽烟。怎么来安抚龚示力，成了他眼下最大的心结。向他认个错，表示歉意；借某一次会议，公开表扬龚示力的先进事迹，附带自己做个检讨；请第三方，让局党委书记或是副局长出面，找龚示力谈话，解除芥蒂，也算是缓和吧！这些都不难做到。认个错，做点自我批评，有什么难的？问题不在这里。俗话说，“树怕伤根，人怕伤心”，已经在办公室里训过他一顿，现在又在大会上剋了他，语言又如此尖刻，一个新来乍到的年轻人，如何受得了？弄不好他不买账，热脸孔去贴他的冷屁股，那才叫倒霉了！那就冷处理，拖一段时间再说？也不行！像李秀英这样的人，还大有人在，他们会横生枝节，弄出许多闲言碎语来，人言可畏啊！正当此关键时刻，怎么可以在自己的营盘里，唱出反调的来？想到这里，不由打起了寒噤！还有一件事，一想起来就让他不寒而栗——到底有没有被他发现“代读硕士”的秘密？啊！头都要炸开了！忽然眼睛落到办公桌角落上的一本书——《三十六计》，这本书是前些日子县工委发的。也算是赶时髦，中国的《三十六计》现在美国人在学，日本人也在学，生怕老祖宗的东西让外国人学去，机关干部人手一册，大家都学起来。书发来他还没有去翻过，但“三十六计走为上”是尽人皆知的，遽然脑子里冒出一个念头——让他走，岂不干净？不过怎么个走法？何时走？走到哪里去？又颇费踌躇。

廖骥勋又一次站在窗前看大门口的双狮，越看越觉得狮子离得太远了，已向着别处去了，接不到它的威力，以致凡事都那么不顺。他真想把它们移过来，大门改在自己的窗下。

农药厂的爆炸已经查清，是尿素车间泵房高压液氨泵垫圈损坏，液氨溢出，造成爆炸。三条人命，多人受伤，损失巨大。靖河县的党政领导，宛如身负重枷待罪，等待着上级的查办。

省市有关领导，亲临现场，专门召开安全生产现场会议，总结经验，吸取教训。廖骥勋也参加了会议，看了一眼县里的党政领导，活像大太阳下的苦瓜叶子——萎瘪瘪的，心里顿生一丝凉意。想到上次环保厅长来时，曾经瞎猫撞上了死老鼠，救了主，这次是特大事故，情况不同，还是老老实实地坐到一边去吧！

会议在严肃的气氛中进行，有个省里的领导提出来，农药厂原本就不应该建在江边，污染问题是怎么解决的？显然这是要当地政府做回答。县长此刻如同架在火上烤，实在没有精力和勇气站起来回答；看见廖骥勋坐在墙角，顾自己抽烟，便向他努努嘴。

这又是救主的机会啊！怎么会这么巧，又让他碰上了！但今番是如此严肃的会议，面对这么多大领导，他犹豫了，砸锅了怎么办？时间又不容他拖宕，炮仗的引线已经点着，马上就得放！咬了咬牙，暗暗告诉自己：“现在好比乌龟爬门槛，不跌不进，怕跌就没有机会了！”

廖骥勋站了起来，简述了农药厂的前世今生，本是“大跃进”时期的产物。关于污水处理情况，当然把县领导的重视说在前面，但也没有隐瞒存在的一些问题。再次陈述了曾经当着环保厅长说过的那番话，大胆提出农药厂不宜建在江边且又紧靠城市，直接影响饮用水源和市区安全。与会者都十分赞同，一致认为农药厂应该及早搬迁，异地重建。会后，省市领导专门召集县领导研究农药厂搬迁的可行性和资金筹措，议定了一个四年完成搬迁的初步规划。

靖河县真是因祸得福，农药厂的搬迁得到省市领导的重视，正式列入计划。关于风力发电，县委县政府领导高度关注，专门召开研讨会；县委书记与县长平时磕磕碰碰，关系不是很融洽，但在“风电”问题上，很快形成一致意见。其原因在于“风电”投资周期短，在任期内便有可观效益。领导有了决心，很快就形成了决定，“风电”在靖河便如风雷之行，轰轰烈烈地展开了。

农药厂爆炸事故的责任追究，县党政一把手免不了要做出深刻检查；主管工业的副县长调离，降级使用，成了替罪羊。两次救主成功的廖骥勋是最大的赢家，在换届选举中，顺利上榜，替代了落马的副县长，成了响当当的主管全县工业的副县长。欣喜之余，他一直念念不忘环保局大门改得及时，把狮子移到他的窗下，得以顺利改换门庭。

廖骥勋顺利当选之日，龚示力接到一纸调令——调县工业局。这太突然了！事情还得从廖骥勋这里说起。他经再三考虑，决定在一次大会上公开表彰龚示力，并做自我批评，向龚示力致歉。中国人的骨子里深埋着儒家的伦理和仁德思想，有句俗话说得好：“大人说错说说过，小人说错打屁股。”如果“大人”能主动、诚恳向“小人”做检讨，“小人”将视作恩泽、垂曜，因而感激涕零。龚示力虽然没有这样的感觉，但无辜含冤，蒙受屈辱，确实难以排解。廖骥勋能公开认错，一扫他压抑心头的阴霾。群众的议论就多了，总的来说，廖骥勋并未因此而失分，相反还获得赞誉和称道，这一步他终于成功了，解除了后顾之忧。接着要考虑把龚示力往哪里调，一个县有几十个局级单位还有几十个乡镇，不是说进就能进的，用人与干部升迁一样，是权力运行中各种利益交换、平衡，因而非常隐蔽、奇妙。廖骥勋先后接触过好几个单位，都未能如愿。就在换届选举的前夕，他找了县工业局邹局长，作为交换条件，工业局可以调一名干部进环保局。邹局长大名一个铨字，是个多年的老局长，有名的“老江湖”，他没有明确表态，一味哼哼哈哈地与廖骥勋打马虎眼。所谓“老江湖”，是说那些在官场上久经历练，深通为官之道者。这位工业局的老局长，早已捕捉到信息，眼前的这位廖局长，小子时来运转了，这次很可能“金榜题名”，日后将成为自己的顶头上司；这点小事给办了，也算是送给一份交情，像在银行存款一样，会有利息的。倘若还是像上回一样“陪榜”，小子这辈子也算走到头了，那就对不起，谁高兴来管你的闲事。

CHAPTER 17

第十七章

束之高阁

1

廖骥勋果真时来运转了，龚示力随即调进了工业局。消息像焰火升腾，很快四下里传开。“龚示力为什么被调走？”成了环保局里的议论中心，各有各的说法、猜测，龚示力本来心里就烦，乘人不注意，悄悄地走出了办公室，独自一人来到江边，沿着靖河走。靖河县的城区在北岸，南岸尚未开发，一眼望去，江岸是起伏的青山，远山如黛，隐没在烟霞里。时在深秋，濒临江岸的枫树开始落叶了，金黄色的叶子，飘落在水里，聚集的枫叶散开了，随着水波缓缓流去，远远看去像一群远行的游客；也像诸多航船顺流而下，飘逝遥远的江天。凋零的枫树，仅剩下萧疏的枝干，偶尔还有几片黄叶挂在树梢上，在风中飘摇，好像是一面招展的旗帜，似乎在告诉人们，我们已褪去了夏装，待明年春暖花开，我们又将是一身新绿，随同美丽的春天一起到来。枫树可以等待来年，而我呢？龚示力在江风的吹拂下，感到有点冷，下意识地把手伸进了裤袋里，忽然右手触到了折叠的纸张，就像触电一样，脸上好一阵痉挛——折叠的纸张便是那张调令。环保局里纵使议论纷纷，他自己心里明白，为什么要把他调走。他并非恋栈环保局，上了没多久的班，无牵无挂。让他无法排遣、寒心的是，讲真话、坚持正义为什么这么难？古人说得好，“千人之诺诺不如一士之谔谔”，为什么社会发展到今天，还尚阿谀逢迎？他终于醒悟：自己是从象牙塔里走出来的，学校里学的是一回事，官场上行的又是另一回事。他反问自己：是在为五斗米折腰吗？不，绝不！一个寒门学子，是在国家、社会、家庭的扶持下好不容易才读完了大学，他有理想，有追求，要用自己的所学，干出一番事业来，回报国家，回报社会。工作了仅仅多少天啊！踏上社会宛若一个新生儿，就被抛出了三门！日后面临的将会是怎样的情景？他想起了陈满儿——弱势群体，他们难以伸张正义，最基本的诉求被权力运行者和既得利益者遗忘了。他曾经无所畏惧地支持了陈满儿，大有为民请命之气概，可怜得很，其实自己也是陈满儿之类。

后天就是报到的日子，他想先回家一趟，让家里人知道工作调动了。但实在不愿意回答为什么换了行当，想想还是不去为好，过一段时间再说吧！

龚示力没有行吟泽畔，但颇似三闾大夫，心头焦虑、忧郁、怨愤难以排解，不知不觉，沿着靖河，来到那天处理农药厂事故时坐下休息的大树下，当时实在是累了，没有留意那是棵什么树，今天像是老友重逢，终于看清楚了，是棵香樟树，枝叶繁茂，蓬蓬如盖，树干得两人合抱，起码有上百年的树龄。树下有块大青石，光洁滑润，那天他就坐在这石上，今天再次坐定，背靠大树冥想。是靠着环境的安静，还是香樟的馥郁清香，一颗无奈、烦躁的心，渐渐地安静了下来。树下的青石、参天的香樟告诉他，到这里歇脚、落座的人何止他龚示力？这里谁都可以来，谁都可以坐，不分贵贱，不问权势，不求施舍，烈日下给人清凉，风雨里给人遮挡，从无抱怨。

龚示力猛地站了起来，面对大树，反躬自问："我是在牢骚吗？抱怨吗？是书生意气吗？"大树没回答，只有枝叶在寒风中哗哗作响。

李秀英也来看龚示力，但找不到人。传达室的老头告诉她，看见他独自一人出去了，不知道他去了哪里。李秀英在改建的环保局大门口呆呆地站了好一会儿，如果知道龚示力去了哪里，立刻会赶过去。

工业局的邹局长，的确是个"老江湖"，他把龚示力在环保局的情况摸了个一清二楚，终于弄明白，廖骥勋为什么要把这位名牌大学的高材生往他这里送，而且时间安排在换届选举的前夕。真是"用心良苦"啊！一句话，他廖骥勋怕这个不听话、又倔又愣、满肚子学问、领导不了的小子；还怕这小子来到工业局抖搂他那些见不得人的底细，趁着换届前夕走这步棋。他眼前清静了，龚示力再倔也还在他这个主管工业的副县长的掌控之下。糟了！为了一份人情，接过一个烫手山芋，这划得来吗？像这种头上长角的人谁愿意用？一个单位、一个部门，只能是那里的第一把手说了算，怎么容得下多嘴多舌、横插一杠子的人？现在这个愣小子已经进了我工业局的门，往哪里搁？

龚示力按时到工业局报到。工业局是个大机关，比起环保局来气派多了。局办公室接待了他，安排他到“信息综合科”。在办公室主任的陪同下，登上了七楼——工业局大楼的顶层，楼顶有一个大露台，整幢大楼建在一个小山坡上，再加上七层楼的高度，站在露台上可以鸟瞰整个靖河县城。紧靠露台是一间闲置房，里面堆放着一些旧桌椅、淘汰的沙发以及节日期间在大门上张挂的红灯，余下的一间办公室就是“信息综合科”。

办公室主任带着龚示力走进了综合科，一个年近六十的人，戴着一副老花镜正在看报纸，见有人来了，连忙摘下老花镜。主任向他介绍：“给你请来一个伴，省得你天天对着墙壁没人说话。这位可是名牌大学的高材生，以后你们综合科可是强强组合，大有可为啊！”主任接着给龚示力介绍：“这位复姓西门，鼎鼎大名西门庆的本家，满腹经纶的西门夏老先生，大家都尊呼他‘老爷子’。好了，有什么事我们再联系。”主任旋即告辞。

综合科这间办公室很大，老爷子的办公桌在窗下。另有一张办公桌靠走廊摆着，显然是为龚示力准备的。办公桌上的办公用具倒也齐全，电脑是一台台式联想，七成新，这就是龚示力的新岗位。他环顾这里的环境，空气新鲜，十分安静，既来之，则安之，那就入座吧！

老爷子继续看报，身边多了一个人也熟视无睹。龚示力静坐了一会儿，不知道这“信息综合科”要干些什么，想问老爷子，见他一门心思在看报，无心旁顾，也就不便开口。闲坐着多么无聊，总得找点事情来做才是。他打开自己的手提包，一份关于铁皮石斛人工授粉的技术资料，跳入眼帘，前些日子因为忙，加上心里乱，一直藏着没看；现在闲着，不妨拿出来看看。一个上午，老爷子一言未发；龚示力闷头看资料，直到下班吃午饭。下午继续上午的场景不变。龚示力好生奇怪：“信息综合科”就是看报纸的？没有具体工作的？孤零零地封闭在这楼顶上？看来老爷子封闭得久了，真是让他来陪伴的。

2

铁皮石斛的花朵猛看上去是淡黄绿色的，在花托上长着像海星一样的五片花瓣，又由两瓣花瓣连成杯状的底部，承载着紫色的子房和深黄色的花蕊，藏在绿叶底下，绿得清新，黄得娇嫩，非常可爱，活像躲在妈妈怀里孩子的笑脸。再仔细看，在花药、花蕊上，结起了一层像薄雾、像清霜样的结晶，这不就是花粉吗！最适宜人工花粉受精的时间是八月初，现在已是深秋，诗梅看着这些即将凋谢的花朵，感叹为时已晚！脑子里忽然冒出个念头——不妨一试，为明年取得经验。马上又想到了羊羊，如果这时候他在身边，两人一起来做这个实验，该有多好！不知怎么的，心头骤然一阵紧跳，立刻下意识地四下里张望，其实，大棚里除了她绝对没有第二个人，紧张什么呢？这个月例假没有来，是不是有了？她想，该去县城一趟，看看羊羊工作的地方是啥样子的？顺便让羊羊陪她去医院做个检查。明天是周五，后天就是周末了，两人一起回来做人工授粉实验。总之，她想羊羊了。

龚示力离开了环保局，但思念他的人却有不少，尤其是在那次全局大会上，从贬义的“包青天”，遽忽成了大英雄，简直是演了一场活生生的喜剧。有人想象，像这样的年轻人，有学问，又有胆量，自有主见，不会奉承拍马，今后定会做出一番常人难以想象的事业来。也有人猜度：廖骥勋一心往上爬，来了个开顶风船的龚示力，两厢里钉头碰铁头，还有好戏看。突然间，这个人被调走了，怎能不叫人叹息！其中最伤心的是李秀英，她时不时地到大会议室去看那两面锦旗，好像见到锦旗就如同见到龚示力一样。今天她又来看了，忽然发现，这两面锦旗是赠给龚示力个人的，旗上并未注明送给环保局；既然是这样，那就应该是属于龚示力的。

李秀英想出了一个主意，她活动了几个人，包括化验室的小陆，经过一番商量，决定把这两面锦旗给龚示力送去。但就这么卸下来拿走，只怕局里以后查问起来不好交代，于是几个人一起找到局长办公室。现在谁是新任的环保局局长？坐在廖骥勋那张黑色高靠背皮椅子里的是林仕新。这并不奇怪，这是廖骥勋对耿耿忠心的反馈。不过现在只是主持工作，正式任命还要经过人大。下面就不管这一套了，林局长长、林局长短地叫开了。

林仕新见闯进来一大帮人，手里还拿着两面锦旗，待他们七嘴八舌地说完了，想了想，大家说得还是有道理的，就表示同意；不过要他们注意，不要弄成热闹场面，影响人家正常工作，私下里交给龚示力就成了。

李秀英嘴上答应得好好的，出了局长办公室，他们还是照事先商量好的办法，临到目的地，便锣鼓喧天了！李秀英之所以敢这样做，说实在的，她根本没有把林仕新这个没有戴上帽子的局长放在眼里：脚碰脚的连个科长都不是，一下子冒上来当起了局长，谁信你！还不是靠着抱廖骥勋的粗腿，有什么威风？

林仕新还是有自知之明的，深知仅凭自己这点资历当局长，难以服众，故遇事低调，决不张扬，即便李秀英在工业局闹出了笑话，他也睁只眼闭只眼，不作追究。

诗梅真的进城来看羊羊了。她稍事打扮，看上去依然清纯、秀丽，像个在校的大学生。环保局在哪条路上，一幢什么样的楼房，羊羊都说起过，就是不知道他的监察科在哪一间办公室？正当她绕过石狮子，面对整幢环保局大楼端详、观望时，突然，熙熙攘攘地从大楼里走出十几个人来，诗梅估计这一大帮人肯定是环保局的干部，便上前询问。正好遇上了小陆，小陆被貌若影星的诗梅惊住了：啊！这姑娘怎么这么漂亮！好一阵才回过神来问：“你是……”

诗梅涨红着脸，低下头来。

“噢！你是龚示力的那个，是吗？”

诗梅微微颔首。

小陆就像发现了新大陆，神情激奋地喊道：“你们看，这是谁来了？”这一声喊吸引了大家的目光。“龚示力的娘子来了！”

“哇！龚示力真有艳福，这不是七仙女么！”

“好靓哦！好靓哦！”

大家围着诗梅啧啧称奇，赞叹不已。

李秀英先是惊讶，既而像吞进一只小老鼠，在心窝里乱窜。“怎么都站着了？快走啊！”李秀英喊得特别响亮，用喊声来镇住内心的惶悚。

呼啦啦一声，大家一拥而去。

诗梅被这十几双眼睛看得像身上钻进了芒草样难受，一时没了主意。

小陆回头招呼诗梅，“来，跟我们去呀！”

邹局长正在召开局务会议，忽然听到楼下锣鼓喧天，煞是热闹！大家都不明白是怎么回事，传达室的人急着上来报告，说是有人送锦旗来了。

给单位送锦旗来，不是小事。“去，大家都去！”邹局长一声招呼，一大帮人从三楼下到大楼门庭，只见十多个人举着锦旗，锣鼓声一阵高过一阵。邹局长带着全局的中层干部，迎面一字排开，等待着送锦旗的人出来讲话，但等了好一会儿，不见动静，觉得奇怪！

李秀英原本打算直奔龚示力所在的科室，喧闹一番，扬一扬龚示力不同凡响的事迹、名声。想不到工业局的领导，包括中层都来了，才感到事情闹大了！一时不知道该如何应对，情急之下，小陆挺身而出，道明原委。

原来是这么回事啊！邹局长淡淡地一笑，告诉他们龚示力在七楼——“信息综合科”；心里骂了声：“扯淡！”然后朝身边的人大手一挥，“我们继续开会。”

刚才的尴尬，让李秀英的情绪大受影响，加上诗梅一直跟随在后面，更感觉难受，从一楼爬到七楼，她一言不发，比起出发时的热情洋溢，判若两人。

诗梅也跟着大家登楼，开始她还以为羊羊不在环保大楼内，到另外一处什么地方上班去了。进了工业局，才知道羊羊已经调离了环保局，到工业局工作了。好啊！这么重大的事情也不说一声，真是岂有此理！但听刚才那位女同志的介绍，两面锦旗都是赠给羊羊的，一面写着“救命恩人”，另一面写着“环保勇士”，他到底做什么了？如此受人赞扬！上了一层楼又是一层楼，诗梅只想早一刻见到她的羊羊。

邹局长率领众人重回会议室。大家都觉得好笑，七嘴八舌地议论开了。邹局长也来了兴趣，抹了一把嘴，轻轻地咳一声，这是他要说话的习惯暗示，大家立刻鸦雀无声。

“你们都觉得好笑，好笑的事情多着呢！”邹局长的话匣子打开了。立刻有人给他的杯子里续水，他把杯子往边上挪了挪，伸出一个手指朝上指，“七楼的那个龚示力，你们有些人恐怕还没有见过面。锦旗你们见到了，农民称他‘救命恩人’，渔民称他‘环保勇士’。可是在环保局里，在工作上他自行其是，论死理，脑子里根本没有领导，倔得像头驴，弄得廖局长，噢！现在得称呼副县长了，叫他‘包青天’！”

“是个书呆子啊？”有人好奇地问。

“就是个书呆子。”邹局长肯定地说。真不愧是个“老江湖”，事情到他嘴里完全变了个样，按照他的人际关系逻辑，做了如此认定：“一个没有组织观念、不听从领导的人，能成什么事？可惜读了那么多年书！”

一个年轻的副科长好奇地问：“他怎么会调进我们局里来的？”

邹局长立刻瞪大了眼睛，“这是该你问的吗？”

年轻的副科长伸了伸舌头，没有声息了。

“那里有个老书呆子，现在又来了个小书呆子，两个人会太平吗？”

“书呆子碰上书呆子，好比牛角顶马腿，有好戏看了！”有人轻轻地议论。

邹局长拿起杯子来喝茶，不理会。

3

龚示力还是什么事也没有。老爷子依然故我，有看不完的报纸。整天听不到楼梯响，只有下班的铃响了，七楼的楼梯才会有人走动。龚示力想不明白，既然是“信息综合科”，这信息从何而来？是通过外出搜集、采访？信息综合如同新闻报道，有一定的时效性，怎么能成天坐在办公室里无所事事？终于想起来了，眼前的这些改变，还是离不开与廖骥勋的关系，更彻底地说，是不听从领导的结果；另外还有一个解不开的死结，林仕新要他解的几道数学题，必定是为廖骥勋代读硕士学位的习作，这等于窥探了他不可告人的隐私。林仕新是功臣，加官晋爵不奇怪，他是“揭秘”的嫌疑犯，理所当然要受到惩罚，现在他就像腌菜缸里取出来的石头，踢来踢去，没人管了。

龚示力真是心乱如麻，无意间，偷眼瞧了瞧老爷子，见他前额的发际已上推到头顶，像泥石流过后的山体，留下光秃秃的一大片。因为光洁，又紧靠着窗户，额上时不时闪耀着光华。鼻梁上架着一副近视眼镜，镜片后的黑眼珠，看上去格外传神，给人以威严、强势和不可侵犯的感觉。见他桌子上除了报纸别的什么都没有，唯有一把紫砂茶壶，时不时地抚摸着，褐色的紫砂也沾上了光泽。

还是这么坐下去吗？这不是在浪费生命价值？等过了今天，如果明天还是这副样子，得找他们去。

楼梯上突然响起了杂乱的脚步声，继而人声嘈杂起来，好像有许多人上来了。老爷子还是那副样子，不为所动。龚示力侧耳细听，多日的与人隔绝，希望有人、有事找上门来。

"嘍！到了，到了，'信息综合科'！"一大帮人闹哄哄的。呼啦一声门推开了，十几个人拥了进来。不知是谁喊了一声："锣鼓敲起来呀！"好家伙，话音一落，锣鼓就响了！

诗梅一直跟在众人后面，见大家一拥而入，她也跟进了，一眼就看见了羊羊，猛见他从座位上遽地站立起来，傻愣愣地看着这一大帮人。

诗梅还看见另外一个年长的人，也瞪着眼睛在看。她不知道这一大帮人究竟要干什么，先退出了办公室，站在走廊上。

李秀英代表大家，说明来意。龚示力真不知道说什么好，只能表示感谢。几个男同志立刻动手，把两面锦旗在龚示力办公桌紧靠的墙上，高高地挂了起来。

小陆忽然想到诗梅，对龚示力说："我们还给你带来了一个人，想见吗？"

"你的心上人！"大家齐声嚷。

小陆这才发现人不见了，"咦！人呢？"赶快找，见诗梅在走廊上站着，立刻挽住她，连声喊道："来了！来了！"

诗梅来了！这是龚示力怎么也想不到的，更让他意外的是，怎么会与这些人一起来？他笑着迎了上去，"你怎么来了？"

"我们走吧，还想做电灯泡？"小陆大声说。

"对，对，再见！再见！"一阵风似的，十几个人都走了。

"我也不做电灯泡。"老爷子突然站了起来，随同大家一起走了。龚示力一直送他们到楼梯口，并再三道谢。

龚示力回到办公室。诗梅站着看那两面锦旗。

“你怎么会跟他们一起来的？”龚示力笑眯眯地看着诗梅问。

诗梅故作嗔怪地反问：“我能来吗？”

“能，当然能！”龚示力搬过老爷子的那张座椅，请诗梅坐。

“这还差不多。”诗梅一屁股坐下，“我问你，从环保局调到工业局，这么大的事，为什么不对我说？”

龚示力侧身向着诗梅坐下，拿起桌子上的一支圆珠笔不停地旋转着：“我……为了不使你听了焦急，想等回家后详细对你说。”

“怎么能不急呢？才上了几天班呀！像庙里跳童子样，一会儿跳这里，一会儿跳那里！”

突然铃声响了，诗梅为之一惊！

“下班了！走，我们去吃饭。”

经医院检查，诗梅果然有喜了！小两口带着这个莫大的喜讯，趁着周末，回家了。两家的老人听说诗梅有喜了，直乐得个欢天喜地！老龚头拄着拐棍，买来香烛，在祖宗的牌位前叩拜，禀告龚家有后了！酒老鬼两口子张罗了一桌好饭菜，一定要老龚头一家都过去，他不说庆贺，叫——喝一杯，乐一乐！

龚示力和诗梅则抓紧时间进大棚，做铁皮石斛人工授粉的试验。羊羊做得很认真、很仔细。诗梅则在为他担心，她深知丈夫的脾性，要他违背自己的良知，屈意逢迎，他是断然不为的。怎么办？但总不能让人家鸡乤、鸭啄的，这样还能出头吗？

因为是试验，两人只做了一畦。回来的路上，太阳已经西下，秋风乍起，暮色生烟，鹊鸟投林，频生寒意。山间小道上，羊羊走在头里，诗梅紧随其后，看着他那双大脚，踩在小草上，小草全压平了；踩在泥地上，留下了偌大的脚印；踩在沙石路上，唰唰唰的响，像这样直往前走的人，怎么挡得住他？

“哎，你……”诗梅想说什么，但话到嘴边又咽了下去。

羊羊站住了，转过身来问：“怎么又不说话了？”

他像一座大山挡在诗梅的面前。“我……我，”诗梅摇头，叹息，“说了也没用。”

羊羊挽住诗梅的手臂，“我知道你要说什么，我们先回去吧，你爹恐怕到门口来看好几回了！”

“我问你，你打算怎么办？还陪着老爷子像庙里的菩萨样供着？”

羊羊只顾往前走，老半天不说话。

诗梅扭动着臂膀，“问你话呢！”

这话正触及羊羊最纠结的心事，原本想周一上班就去找领导，现在他多少接受了点教训，不着急，等他们来找。“我想，总不会让我老是做庙里的菩萨吧！就是做菩萨，也得有个交代，属何方神灵？有个佛号才是。哦！想起来了，等会儿不要同两家的老人提起我调动的事，省得他们多心。你说呢？”

诗梅紧靠着羊羊，低声说：“晓得了。”

果不其然，酒老鬼站在家门口的磨盘上，还嫌不够高，踮起脚来探头张望，终于远远地看见两个人来了，立刻跳下磨盘，赶紧回屋。老龚头和小娜已到了好一会儿了。酒老鬼把前不久去县城里买来的藤制椅子搬到堂屋里让老龚头坐。茶水是断不可少的，还在他座前的骨牌凳上摆开糕点、香蕉、苹果等。小娜一来就去灶间里帮囡囡的忙。酒老鬼今天兴致特别高，陪着老龚头谈一会儿天，就要到大门口去看一看，回来再接着同老龚头谈天，来回也不知有几趟了。这回真的来了，乐得他三步并两步地跳着，大声朝屋里喊：“来喽！来喽！”

听外面喊“来喽”，灶间的两个人越加手忙脚乱了，好在大多都已准备好。就在这时，“援军”赶到了，诗梅一进屋，一头就钻进灶间来。羊羊在堂屋里陪着两个老人说话。真是人逢喜事精神爽，老龚头本来咳个不停，说几句话就喘不过气来，这回可好了，从进门到现在，没咳过一声。羊羊看着父亲的这些变化，两家人融洽、欢乐的气氛，心里的烦恼，暂且一股脑儿地都抛开了。

晚餐很丰盛，囡囡苦苦准备了一整天。老龚头和酒老鬼互相谦让谁坐主位，各有各的道理，最后实在让不过，酒老鬼才在主位上坐了下来。接着老龚头小娜坐上首；羊羊诗梅坐下首；囡囡一个人坐侧位。因为高兴，老龚头今天也倒了一小口酒，更有趣的是，两家人互相道喜，真是喜笑颜开。

酒老鬼另外还有高兴的事，现在镇上的人见酒老鬼养猪攒了钱，也都各自想办法建养猪场，但必须通过环保局这一关。羊羊现在是县里环保局监察科的干部，管的是全县的环境污染，这一来，酒老鬼成了大红人，上门求他的，送礼、送物的，络绎不绝。几乎人人都知道，他好酒，见酒就笑，送来的都是好酒；再也没有人把他看作好说浑话的“老酒鬼”，走到哪里人们都用敬佩的眼神来看他。他自己也觉得腰板子直了，尽管眼看就要进五十了，不知怎么的，人好像长高了，满街的人看上去都比过去矮小，真有点奇怪！今天趁着酒兴，他要把堆积在心里的喜悦，让大家来共同分享。端起酒杯来想说句什么话，却把手边的酒瓶拿了起来，知道拿错了，又把酒瓶放到菜碗的中间。“我，我有东西要让大家见识！”说罢做了个鬼脸，身子有一点摇晃地走向客堂后楼梯下的小间，“啪”的一声，打开小间的门。

囡囡随后跟进，问：“你要干啥？”

酒老鬼不理她，从里面搬出大包小包，大盒小盒的礼品、营养品，放在就近的一张小桌子上，堆得像小山头一样。

“你拿这些东西做啥呀？”囡囡有点不情愿地问。但当着亲家公、亲家母的面又不好说出来。

酒老鬼还是不理她，只管自己拿。“里面还，还有酒……”有点站立不稳，往后退了一步。“那酒我喝，喝了不少。”说罢重新回到座位上，交代诗梅：“小梅，这些都是有营养的东西，拿回去好好补补身子。老龚头，你知道，吃玉米的母鸡生油不生蛋；吃，吃谷糠的母鸡才生蛋；吃，吃……”指着小桌子上那些东西，“小梅，你吃，吃……那些也生蛋。”

老龚头听得眼睛睁得老大。小娜忍不住想笑。

“爸，你又胡说了！”诗梅小嘴撅得老高。

“就你个酒老鬼，说不出一句好话来！”囡囡喝斥酒老鬼。

“爸，这些东西是谁送的？你还记得吗？”羊羊心怀焦虑地问。

“这个，哦……有好几家。”

“村支书家，油车边上的歪头，朱老七家，豆腐鬼家，还有……”囡囡帮着回忆。

酒老鬼很是意外，“问这个干啥？还拿去还？”

“是的。我去还。”羊羊很肯定地说。

酒老鬼头摇得像个拨浪鼓。“亏你还是在大城市里待过的，现在又是县里的干部！”一把抓住老龚头的手,“老龚头，又不是那个，那个，呃,‘四清’运动的时候，公家的钱吃一碗面也，也要退赔。现在改，改革开放了，哪里办事不要送？他们去县里找人还送这个！”做数钱的动作。说完了，头突然低下，摇了两下。

羊羊情急之下大声说：“爸，我不在环保局工作了！”

诗梅踩了羊羊一脚，惊讶地看着他！

“什么？你换行当了？为啥？”老龚头有些吃惊地问道。

酒老鬼嘴巴张得老大,“啊！你不在环保局了？！”

4

周一上班，老爷子早早地就来了，今天没有看报，在整理东西。龚示力一进门，他就主动打招呼。龚示力尽管心里感到意外，也不忘礼貌问候。

老爷子停下手里的活，笑着说：“小龚，我们还没有好好说过话，今天聊聊好吗？”

“噢！好，好，好。”龚示力提过椅子，坐到老爷子跟前。心想，老爷子今天怎么了？换了个人似的。

“你一定在想，这个老头是个怪物，是吗？”老爷子捂着他那把紫砂茶壶问道。

“不，不，不，你是一个很有学问的长者，是我不敢叨唠你。”

老爷子哑然失笑,“你太谦虚了，我怎么敢妄称长者？乃一介让人讨厌的糟老头啊！”

龚示力感到机会来了，该问问老爷子工作上的事了。“老爷子，我们这个‘信息综合科’……”

老爷子举手一挡。“我知道你想问什么，先不忙说这事。刚才我不是说要跟你聊聊么？”拿起茶壶来吮了一口,“说来话长啊！我是滨海交大毕业的，学的是流体力学。”

龚示力惊喜，“流体力学，好专业，造舰船的！”

老爷子呵呵地笑了起来。“造舰船？一条小舢板也没有轮到我造。离开了校门，就进了这靖河工业局的大门，整整三十二年了！它们，它们，”拍了拍身前的办公桌、身下的座椅，“它们可以为我作证，它们就像列夫·托尔斯泰的名著《安娜·卡列尼娜》里所描述的那匹识途的老马，一直伴随着我。”

像说书人道出个引子，龚示力聚精会神地看着老爷子，等待着他往下说。

“局长、管我的科长，不知道换了多少任；机关大楼从旧到新，从当年的简陋到如今的豪华，它们都没有离开过我，我们长相厮守，不弃不离。”

龚示力感到老爷子话中有话，赶忙起身给他的紫砂壶里倒水。然后重新回到座位上，像听课的学生，聚精会神地听老师讲课。

老爷子点头示谢，脸上像微风吹拂的湖面，漾开了淡淡的笑容。“我看见你就想起自己年轻的时候，充满着朝气，生机勃勃，奋发向上；把一切都想象得非常美好，周围的事物似乎都是镀过金的，闪闪发光，宛如孩子们在阳光下吹肥皂泡，一个个都绚丽夺目。暂短的自我陶醉，而后是一次次的挫折、一次次的落败，自己构筑起来的肥皂泡相继都破灭了！整整三十二年了，还是个行政二十一级的普通干部，像西洋人送给慈禧太后的时鸣钟，里面有一个背着槌子敲钟的人，每次都在原地转圈；也如明清时的‘老童生’。”

龚示力看着老爷子的脸色，那淡淡的笑容消失了，代之以宛若爬墙虎，整整一面墙，爬满了抑郁和忧伤。由此及彼，老爷子说的当年，不就是他的现在嘛！他才上了几天班，已经领受到挫折的滋味，爬墙虎会紧随而来吗？

“我反复思考，问题出在哪里？这也是我今天要与你聊的核心问题。”

龚示力深有感悟地说：“愿听老爷子教诲。”

老爷子往后捋了一把稀疏的头发，眼睛往下看着那把紫砂壶，“有道是‘观今宜鉴古’，我们先说说古人吧！在孔子的弟子中，他最称道、最钟爱的是颜渊。有人问他弟子中哪一个最好学？”

龚示力回答：“有颜回者好学，不幸短命死矣！”

“对，颜回对孔子的讲话‘不违如愚’，从来不违师道。孔子的另一个弟子子路，这个人很有个性，经常会有不同的看法，甚至对孔子的言行有时也表示怀疑，如，孔子要见卫灵公的夫人南子，子路就表示‘不说’，因为南子是个荡妇。你说，子路的态度正确吗？”

“应该说他是对老师的爱护，起码要夫子提高警惕吧！但孔子激动了，发矢（发誓），‘予所否者，天厌之！天厌之！’显然，老夫子不高兴了。”龚示力说出自己的看法。

“看哇！老夫子也听不得不同意见嘛！再说，弟子中，有治国才能、外交才能、军事才能者不少。颜渊时时处处以夫子言行为是，但无所建树。孔子在周游列国时，在匡遇野人袭击，与众弟子冲散，当他见到颜渊时，伤感地说，我以为你已经死了。颜渊是怎么回答的？你记得吗？”

龚示力回答：“子在，回何敢死？”

老爷子笑了，“这样的话，老夫子听了是何等受用！如今世道也大行其道啊！‘一切都为了领导，可以为领导奉献一切。’”

龚示力良久沉默。

“可惜啊！颜渊命短，三十几岁就一命呜呼。老夫子大恸：‘天丧予！天丧予！’之所以如此悲痛，因为他的理想接班人走了。他决不会选择像子路这样的人来接班。同样，今天也只有那些愿为领导牺牲一切的人方能得到提拔。”

龚示力颔首。

老爷子接着又说：“《三国演义》里的孔明，也是我国历史上鼎鼎大名的先贤、先哲。我一直在思考，都说诸葛亮贤，是的，堪称贤相。但为什么对只尚空谈、脱离实际的教条主义者——马谡委以重任？相反，对屡立战功的蜀中大将魏延，认定他脑后有反骨？道理很明显，前者恭维他、崇拜他；后者对他屡出岐山伐魏的策略有不同意见。号称贤相的诸葛亮也听不得不同意见，并早早地设计，将魏延置于死地。”

“是啊！都说好坏话都要听，让人家说话天不会塌下来。有多少人愿意听坏话？听反对的话？”龚示力无意中朝墙上挂着的两面锦旗瞟了一眼。

老爷子长叹道：“就是嘛！我就是因为不听话，好发表不同意见，从二楼调四楼，四楼调五楼，现在送上了七楼，成了束之高阁的废物。”

龚示力想，老爷子今天谈古论今，涉及恁多历史人物，仅仅是感叹自己的遭遇吗？还是借题发挥，警示前车之鉴，让自己明白日后言行所面临的利害？正好触及他踏上社会以来最难以把握的问题。言不由衷，处处唯上，巧言令色，奉承拍马，这样的狗苟蝇营所为，他今生不会。但处处与领导老唱对台戏，这也不是个办法，如何来把握？这是大学四年，各种教科书上所学不到的知识。老爷子今天主动长谈，要聊出一个什么样的结果来？出于何种动机？

“老爷子，我想请问，孔夫子一生追求的是‘仁’,‘仁’是他学说的核心。‘仁’是什么？用今天的话来说，‘仁’就是人性，大概比较合适吧。社会在发展，时代在进步，但‘仁’的存在价值不是江河里的波涛，随风翻滚逐浪。中国人还有这样的话，‘天理不可违’，天理，其实也就是人性，它是普世的。西方文化认为上帝创造了人；但是中国文化认为，‘仁’决定了人。它决不会因为时过境迁而随意改变，它需要守护、需要捍卫。为了一己私利而舍弃秉性；为了巧取豪夺而牺牲民众利益，这是大不‘仁’啊！”

老爷子拊掌道：“说得好！小龚啊，你说的就是今天我要与你聊的本意。这些天来，你一定在想，怎么没有人与你谈工作？这个‘信息综合科’究竟是干什么的？”

龚示力频频点头。“是呀！我都觉得奇怪了！难道这里是庙堂？僧寮？庙堂也要行佛事啊！”

老爷子把眼睛眯成一条缝，看着龚示力，说：“你果然看出门道来了！”忽然瞪大眼睛，“这里本来就是个庙堂，远离权力中心的庙堂。我已经没有地方可摆了，因人设事，造了这么一个庙，把我关进这庙里，换来耳根清净。你说的‘行佛事’，有的，要求一周出一期‘工业信息’，出两期也可以。”

“怎么组稿？”

“我足不出户。网上各家企业都会发布信息，拿来就是，无须承担任何责任。”

“求得相安无事？”

“积我三十二年之经验，官场事是个马蜂窝，千万别去惹。老夫子说得好，‘用之则行，舍之则藏’，躲是个最好的办法。”

“所以你就躲进这庙里来了。看来今天老爷子要授我衣钵，就一个字——躲？”

老爷子大笑，“谬哉！何敢授人衣钵？不过‘躲’乃要诀也！开始我真想不明白，怎么把一个生龙活虎的后生，甫出大学门的高材生，送进我这庙里来？那天他们送来锦旗，引起我的注意，又询问了知情人，嘎！原来是这么回事。小兄弟呀！昨晚我思考了一夜，真所谓惺惺惜惺惺，为了避免重蹈覆辙，你务必牢记我的要诀——‘躲’，是为上策。”

“原来是这么回事。我也是束之高阁的废物！”龚示力感到心头一阵悲凉！

老爷子见龚示力陷入沉思，便不再说什么了。但他打算告假了，总得与他有个交接才是。“小龚，我身体一直不好，早就想去省城做一个全面的检查。但这点不死不活的差事还脱不开身，现在你来了，我想告假一些时日。”

“嘎！这很要紧，得抓紧时间。”

“现在我把与下面企业联通的网址告诉你。”老爷子将一沓整齐的资料递给龚示力，并对他做了详细的介绍。

两人交接清楚以后，老爷子便下楼找领导告假去了。

龚示力站在七楼的露台上，鸟瞰全城，靖河宛如“飞天”身上的一条飘带，蜿蜒伸展在一片辽阔的大地上。两岸耸立着鳞次栉比的楼宇，远远看去，这些楼宇仿佛都在吮吸靖河里的乳汁，这才使得它们稳固、拔高、壮大。

那是什么？在沿江不远处，有风轮在转动，仔细一看，不少呢！好像西方国家迎接国宾的仪仗队，头上戴着传统的披挂着羽毛的冠冕，一动不动地站着。噢！原来是风能发电装置。他无心再看下去，困锁在高楼，成了“废物”的接班人了？禁不住一阵寒噤，以致神情慌乱起来。想起毕业以后，开始一心向往做学问，好梦难成；无可奈何地走向了社会，又一心想做事，岂知做事也难，真如诗梅所说，像庙里跳神的童子，一会儿跳到东，一会儿跳到西，难道要跳上三十二年吗？他想去找邹局长，要求调换工作岗位。但冷静下来一想，眼前立刻出现这样的场景，邹局长拍着他的肩膀，说：“所有岗位都是为人民服务，干好了都有贡献。小伙子，回去好好干吧！”清楚不过，既然他们做出了这样的决定，在没有改变他们的想法之前，任何要求都是空谈。于是他想到了回家，“归去来兮！”与诗梅共同开发铁皮石斛，开创自己的事业。同样可以预见，两个家都无法接受，简直是离经叛道。再说，诗梅也不会赞成。深秋，带有寒意的江风迎面吹来，拂过耳畔时送来了低声细语："人生像攀登一座山，而找山寻路，却是一种学习的过程，我们应当在这过程中，学习笃定、冷静，学习如何从慌乱中找到生机。"啊！这是台湾女作家三毛的话，最近他在看三毛的小说。他再次重复"笃定、冷静，学习如何从慌乱中找到生机"，焦虑的心情渐渐地冷静下来。回到了办公室，打开电脑，按老爷子的指导，综合整理各类材料，发现材料确实不少。

由于稿源丰富，信息量大，一期《工业信息》很快就编成了。看着自己首次编辑的版面，觉得意犹未尽，好像缺了点什么？终于一篇题为《全力开发风能建设新靖河》的通讯引起他的关注，认真思考全力开发风能的问题：一个国家，一个地区，要发展经济，各个经济成分，各种经济关系之间必须协调、平衡，建国以来，我国几次盲目冒进，违背经济发展规律，造成巨大损失，教训十分深刻。于是写了个短评，附在那篇文章之后，为了增添趣味性和可读性，文章写得很生动。短评的大意是这样的：先说当年的"除四害"，全国人民打麻雀，城里人赶到乡下去打。当时看来很聪明，把麻雀灭掉了，粮食可以增加。结果，麻雀打完了，害虫接着来了。又说内蒙古曾经大力开展灭狼，认为狼是草原上的祸害，把狼消灭了，草原就安宁了。事实恰恰相反，狼没了，兔子成了灾，它迅速繁殖，无数的兔子与羊抢草吃。更可怕的是旱獭，也在疯长。冬天来了，在严寒环境下，蚊子都冻死了。但旱獭会打洞，把大量的草搬进洞里保暖，蚊子终于找到了"避风港"，来年，蚊子爆发式增长，以致蚊子像毯子一样披挂在马的身上，把马给叮死了！通过上述事例，引证风能发电在靖河这么一个小县城，大规模开发的可行性。风能固然好，号称清洁能源，但靖河地少人多，人口稠密，风能产生的声波对人体会有伤害。另外，靖河的地势西部多山，东部平坦，风能集中在东部，在东部大量开发风能，阻断了东部靖河流域的潮湿气流向西部延伸，影响环境气候。文章的结论：环境保护是一个很大的系统工程，人类在实施环境保护过程中，如果只考虑其中的某一个方面，不顾及其他方面，很可能会顾此失彼，造成其他方面的失败，毕竟，人类在深奥无比的大自然面前还是很幼稚的。

5

龚示力编辑的《工业信息》，像春天飞舞的杨花，飞到了靖江县委办公室主任的餐桌上。这奇怪吗？主任的太太是工业局的打字员，每次印好《工业信息》她都带一份回家，这是她先生的交代；作为县委的大管家，他需要了解全县各个方面的情况。主任有一个习惯，喜欢边吃饭边看材料。《工业信息》总共五页，看到第三页的时候，他突然丢下碗筷，快步走进客厅，给邹局长挂电话。他太太和小孩都为之一惊！不知道发生了什么事。

“是邹局长吗？唉，好，有件事啊，你们最近一期的《工业信息》你看了吗？还没看！我看了，里面一个短评有问题，还不是一般的问题，与我县的《五年发展规划》唱反调会造成很不好的影响，给全局工作带来被动。是那个老学究搞的吧？你得查一查，立即采取措施，挽回影响。”主任放下电话，重回餐桌。

“这期《工业信息》不是老爷子编的。”主任太太说。

“谁编的？”主任边往嘴里扒拉饭边问。

“一个新调来的年轻人。”

“噢！不是那个老爷子……”

邹局长接县委办主任的电话时，正在客厅里陪家人聊天，这个电话简直在他耳边响了一个炸雷。他撂下家人，急忙冲进卧室，打开公文包，翻遍里里外外，把包里所有的东西都抖搂出来，堆在书桌上，也没有找到最近这一期《工业信息》。很可能还在办公桌上，没有塞进公文包里。好在家里离工业局并不远，拉过儿子上学用的自行车，火速赶往局里。打开自己的办公室，果然一份《工业信息》横着放在办公桌上。他来不及坐下，抓过来就看，看到第三页有一篇短评，这是老爷子手上从未见过的，文字很吸引人，还有故事性和趣味性。大概是被文章吸引了，眼睛看着文稿，人慢慢地移向座椅，然后一手扶着椅子，坐下身来。短评看完了，给人以从未有过的心灵震撼。但文章提出的问题，恰恰与县委制定的本县发展规划相违背，这是捅破天的大事，宛如驾车穿过一个桥洞，突然桥塌了，巨大的拱顶正朝着他直压下来，危如千钧一发！虽说文章不是他所写，但千钧重担系于他一身，别说追求日后的前程，眼前的这副摊子也砸了！凭他多年的工作经验，领导的意见只能服从，绝不可有半点违拗，何况这是县委的决定、县政府的正式规划；是靖河县开发新能源的大手笔，推进靖河经济发展的重头戏；力争靖河面貌三年大变样的关键一搏，是靖河县今后拿得出手的一张名片。县委书记曾经在县委扩大会议上呼吁："……把靖河县建成新能源县。在当今能源匮乏的时代，我们靖河将以崭新的面貌出现在世人面前，这是我靖河全县人民的骄傲。为此，我们必须全党动员、全民动员，积极投入，调动一切积极因素，大家心往一处想，劲往一处使；不能让任何噪音、杂音来干扰我们认定的大目标；只有锐意进取，才能夺取最后胜利……"

责任之重大，重如泰山啊！邹局长越想越害怕，越想越紧张，更要命的是，目前全县风力发电的具体进展正遇到困难，资金也短缺，实施过程中已暴露出诸多矛盾；这样的文章一出来，会被人拿来用作挡箭牌，岂非烈火喷油！难怪办公室主任看了要发急！尽管是初冬季节，但邹局长的额头上、背脊上却是汗淋淋的，湿了一大片。

立马把龚示力找来！邹局长抓过电话正要拨打，但拨号的手又停了下来，找他来干什么？追究他的动机甚至后台？他无非提出发展风力发电，应结合本地区的自然条件，不能顾此失彼，能说他有什么错？这个倔小子既然敢跟廖骧勋叫板，为什么就不敢顶我邹某人？倘若他反问，作为一个公民，难道不可以对政府的决策提出意见？宪法赋予的权利也能任人剥夺吗？用什么话回应他？弄不好还被他笑话，自讨没趣。历来办事谨慎的"老江湖"，不得不三思而行。

对于龚示力，邹局长并不很了解，只是听廖骧勋的介绍和一些传来之言。当时把他放在"信息综合科"也是个权宜之计，看看这个人到底怎么样，能派什么用场。如今看来，这个人不仅文笔好，还有思想、有见地，局里所有干部中目前还找不到一个能与他旗鼓相当的人。这样的人放在身边，扪心自问，驾驭得了吗？不知道什么时候给弄出个难题来，岂不是引火烧身？正如俗话说的"拿着锄头挖黄连，找苦吃"。眼前的当务之急是把那篇短评惹起的风波给平息掉。看来没有别的办法，只好用老法子，"兵来将挡，水来土掩"，今天已经太晚了，明天，明天让办公室把这期《工业信息》全部收回，一份都不能少，统统销毁。但愿县里的领导，特别是书记、县长没有看到；办公室主任那里只有亲自登门去解说，要回。问题是，这么一来将会引出许多传言；龚示力必然要质疑、反感。邹局长已开始戒烟一阵子了，这时他打开抽屉，又点起了一支烟……

工业局办公室主任姓严，四十出头，是个胖子，冬日里，寒风凛冽时大家都会把围巾在脖子上箍得严严实实，那箍起来的一圈，正好是严主任长在脖颈上的肥肉。他低头比较困难，实在需要低头时，必须弯腰，因为脖子下垫得太厚，因此，他的眼睛日常都是朝上的。他带着龚示力第一次走进“信息综合科”，只三言两语就走了。今天一上班，邹局长就把他叫进办公室，一脸严肃地命他把门关上。严主任心里咯噔了一下，出什么事了？老早早地把我叫来，还绷着一张脸，也不叫人坐。奇怪的是局长自己也不坐，手里拿着皮包，好像急着要走的样子。

“你组织人立即把最近这一期《工业信息》全部收回、销毁，一份都不能少。”

“这……”严主任好不惊讶！昨天，他早早地来到文印室，第一个拿到这期《工业信息》，他要看一看龚示力编的东西，都说此人了得，文笔超群，到底如何，要见识见识。就站在文印室的窗下看，当看到那篇短评后，他心跳加快了！好像乡下姑娘进城，一见那些时髦、新潮姑娘的打扮，再看自己的这一身，自惭形秽。身为办公室主任，是一个单位的管家，除了综合协调能力，文笔应该是看家本领，拿不起笔杆子，那只能打杂，主任的这个位子就坐不稳了。平地冒出个出类拔萃的龚示力，年纪又那么轻，难望其项背，以后不就成了矮子坐在长子后面看戏，看人家的脸色？好在这个龚示力是个书牍头，不知道讨领导喜欢，是被“充军”的料儿，发配在他的手下，这倒是个天赐良机，好压着他一头，不让他冒出来。想不到龚示力第一次出手的东西立刻就要销毁，可喜！可贺！不过，究竟为什么要销毁，得弄个明白。

“你别问为什么，我没时间对你说，聪明一点儿看一看就知道了。”邹局长说罢就走了。马上又想起来，“龚示力那里你去对他说说。”

这可让严主任心里乐了，可拿起鸡毛令箭来摆弄一番，正要说“是”，邹局长紧接着又交代：“心平气和地跟他谈一谈，注意，千万不可伤害人家的自尊。”这一来严主任为难了，“我该怎么跟他谈？”

“饭还要我教你怎么吃？”邹局长提高了嗓门。

严主任知道邹局长的脾气，这时候如再提出疑问来，绝对没有好果子吃了，赶紧说：“是！”

“啪”的一声，邹局长拉开办公室的门，走了。严主任紧跟着走出局长办公室，随手把门关好。心里就像猴山上的猴群，上蹿下跳起来。销毁《工业信息》是个美差，痛快！找龚示力谈话可真正是个苦差，没有局长最后的交代倒还好说，如按照他的意思去谈，不轻不重，不荤不素，又碰上龚示力这么个对手，真是上嘴唇落下了鸟屎，张不开口啊！

6

第一期《工业信息》已经编发，龚示力自我感觉良好，既然进了“信息综合科”的门，不妨就在这里干一阵再说。尽管是七楼，被束之高阁，“高处不胜寒”，但可以独来独往，可以自由支配时间读书、写作，这可是最大的优越性。他正在考虑《工业信息》每周出两期，版面尽量搞得活泼一些，让企业员工有更多的话语权。想到这里，他拿出比例尺、圆规，绘制下一期《工业信息》的版面。

突然有人敲门，敲得很急，好像有什么要紧事！打开门一看，原来是打字兼油印的一位女同志，就是那位县委办公室主任的夫人，她从二楼急乎乎地爬上七楼，已累得脸色发青，弯腰扶着门框好一阵长吁短叹。龚示力让她进来歇着。她连连摇手，总算缓过气来，语气沉重地说：

“你这里有几份这一期的《工业信息》？”

“就一份。”

“给我。”把手伸向龚示力。

龚示力说：“这一份我要留底的。”

她看了看楼下，把双手做成喇叭，搭在嘴上，轻声说：“立刻全部收回，一份都不能少，还要销毁！”

“啊！”龚示力大惊，“这，这是谁说的？”

“办公室通知的。”

龚示力好像一下子穿上一身铁打的衣裤，沉重得迈不开步，一手扶着办公桌，第一次没拉开抽屉，直到第三次才把抽屉打开，拿出他作为留底的那份《工业信息》，交给了她。她也一脸惊骇地看了龚示力一眼，转身飞快地下楼了。

龚示力颓然坐倒在椅子上，双手交叉，撑着后脑，眼睛死死地盯着对面的墙，脑子里一片空白。

又响起了敲门声。龚示力的第一反应是：她又来了，是不是弄错了？把《工业信息》送回来了？一挺身，迅速把门打开，一看，局办公室的严主任站在门外，不停地喘着粗气，一见龚示力，马上在阴沉的脸上挤出一丝笑容。不待龚示力说请进，便扶着门框往里走，好不容易把一百多公斤的躯体，卸在老爷子的座椅上，挺着的胸脯好像一旁有风箱在抽动，一起一伏地呼呼作响，好一会儿才平静下来。

“怎么样？工作还顺心吗？”严主任拿着领导的身份，眼睛朝上看着。

“还好吧！”龚示力应道。

严主任这才坐直身体，看了看左右两边，说：“这里环境不错的，很清静。”

龚示力想，既然找上门来了，总该问个明白。“主任找我有事吗？”

“呃！是这样，这一期《工业信息》决定全部收回。”为了不过分刺激龚示力，严主任没有说销毁。

“我不明白这是为什么？”

“唵，”严主任清了清嗓子，“你……”到嘴边的话没说出来，既而改口，“以后……这样，往后《工业信息》印发前先让我们看一看。”

“要送审，是吗？”龚示力追问。

严主任硬挤出一丝笑容来，“不，不是什么送审。大家都看一看，免得出差错么！有什么不好？”

龚示力实在按捺不住内心的激动，“老爷子没交代要送审。为什么偏偏我接手了要加上这样的规矩？”

“你误会了，这绝不是送审，你多心了。”严主任原先想好的一些对付龚示力的话，一时竟想不起来了，只好不着要领地穷应付。

“这一期《工业信息》不仅要全部收回，还要销毁，这是为什么？到底错在哪里？”龚示力激动得大声发问。

严主任瞪眼看着龚示力，宛如鱼鹰吞食挺直脖子，发不出声了，最后总算缓了过来，说：“你不是写了一个短评吗？”

“短评有什么问题？”

“你是聪明人，自己写什么，难道不知道？”

“正因为我不知道，所以才要求主任明示。”

两人一阵短兵相接，严主任已经额头冒汗，终于涉及最难回答的问题。邹局长也没有说明，现在他已被顶到墙角上，感觉头有些发晕，人乏力。俗话说：兔子急了也会咬人，在这紧急关头，严主任脑子里突然冒出一个念头：决不能在这个倔小子面前认输，一定要把他那不识时务的嚣张气焰给压下去！

“你不知道？！问你自己去吧！你心目中还有没有领导？”严主任断喝。

龚示力没有因为严主任的态度变得严厉而胆怯，继续追问：“短评里根本没有涉及不尊重领导的问题。‘心目中没有领导’这话从何说起呀！”

“你自己想去吧！”严主任一甩手，气呼呼地走了。

严主任走了。龚示力站在办公室的正中，好像一根电线杆竖在那里，一动不动。他想追下去，与严主任论说明白，他不能这样无端地受指责。但理智告诉他，这是无用的，既然已经决定收回、销毁，这决不是办公室所能做出的决定，必然是局领导的意见。他想不明白，问题究竟出在哪里？短评里无非提出一个见解，一个良好的愿望啊！怎么会招致如此巨大的反响？到这里才只几天，只做了一件事便灰炉倒翻，我龚示力成个什么人了？果真是束之高阁的废物。他想再把那份《工业信息》拿出来看看，正要转身，马上想到已经被人拿走了！宛若在他精心呵护下才长出幼芽的一棵苗木，被人连根拔走了。如同司马迁所说的，“悲莫痛于伤心”，现在，他的脑子里就像靖河对岸的芦苇，被一阵阵的江风吹得东倒西歪，全乱了！他想不明白，他的所爱、他的心愿总是不能被人理解、被人接受。参加工作时日可数，已经换了两个单位，都被指责“毫无组织观念”“不遵从领导”。他想大声疾呼：

"我是子路吗？我是魏延吗？谁能告诉我，是不是都要像颜渊一样'不违如愚'！"

7

邹局长匆匆忙忙地赶到县委办公室主任那里。主任很客气，敬烟敬茶，尽管官职比他高，但老婆在他手下，少不得他的照顾。见他那失魂落魄的样子，没等他开口，便笑着说："不要急，不要急，看你急得像大火上房的样子，告诉你吧，书记、县长，头头脑脑那里不会有你的《工业信息》。你怕，我也怕的，都送进焚烧炉了！"

邹局长从座椅上猛地站了起来，脸上就像除尘器推过的瓷砖地，失魂落魄的苦相一干二净，代之以喜形于色，连连拱手道："老兄的大恩大德，小弟永生不忘！"说罢起身就走。

"哎，你茶还没喝一口啊！"

"现在还坐不下来，到时候登门敬谢，再喝不迟。"邹局长拱手道别。

主任还想说点什么，他人已走出办公室。

邹铨风风火火地去找廖骥勋。过去两人是平级，如今不一样了，他是县领导，顶头上司，得规规矩矩。办公室的门关着，他轻轻地敲了两下，没有响声。又敲了两下，里面应道："请进！"邹局长缓缓地推开门。廖骥勋见是老朋友来了，立刻起身相迎。县长的办公室果然气派：宽敞明亮，沙发、茶几、办公桌特别有气派，最为舒适的是，身后有一个后阳台，几盆金黄色的秋菊、火红的茶花正沐浴着朝阳，馥郁芬芳。邹局长心里纵使有十二分的羡慕和向往，也不敢有丝毫流露，规规矩矩地坐在沙发上，不便过多地东张西望。

"今天真难得！什么风把你吹来的？"廖骥勋仔细打量一番这位当年的老朋友。

邹铨满脸是笑，但努力将嘴巴收紧，这是他在领导面前才显露的笑容，以显示自己的忠诚和敬畏："总是想来看看你，但又怕打扰你……"

廖骥勋沏上一杯好茶，端给邹铨。

邹铨立刻站起来，双手接过，连声说："谢谢！"

邹铨说他戒烟了。廖骥勋自己点上一根烟，为了表示没有忘记老朋友，他不坐在办公桌后面的那张沙发椅上，而是在靠近邹铨身旁的沙发上坐下。"说说吧，找我有什么事？"

邹铨这时就像大雨过后的山间小溪，哗哗哗地大倒苦水，把龚示力惹下的、险些就要捅破天的祸事，从头至尾地诉说了一遍。那惊骇、痛苦的表情宛若塑像，久久不褪。

廖骥勋这才明白邹铨今天找上门来的意思，无非是不想要龚示力这个人，但又不敢明说。他一头靠在沙发上，喷出来的烟雾钻出纱窗，弥漫在秋菊上，继而又扩散到一朵朵像火焰燃烧的茶花上。

"说完了？"廖骥勋昂起头来问。

"这个人看来不适合在机关里工作。"邹铨总算平复刚才难堪的表情，摆出登门求救的意思。

廖骥勋一边眼看着自己往烟灰缸里弹烟灰，一边问："你说这个人哪里适合他？"

"这个人很聪明，搞科研倒是适合的。"邹铨很肯定地说。

廖骥勋看了邹铨一眼，心想，看来他早就拿定了主意！今天是来讨回他曾经给我的那份交情的。"好吧，让我跟有关方面商量一下，有结果就通知你。"

邹铨站起来紧握廖骥勋的手，道不尽的谢谢。谢罢告辞。

"这就走了？那有空请过来。"廖骥勋把邹铨送到门外。

邹铨上车回局里，车子很快驶离县政府大院，心里的一块石头总算落了地。但失落的感觉油然而生，顶头上司这里的一份交情就这样用完了，以后有事就没这么好说了！

邹铨走后，廖骥勋走向身后的阳台，这幢楼是去年新建成的县政府大楼，离城区较远，周围目前还没有什么建筑。这里本来是一个小山坡，站在阳台上，满眼看去都是不到一人高的小松林，有几处竟然是光秃秃的，宛若斑秃，看上去很不舒服。廖骥勋在阳台上抽了半支烟就回到了办公室。他想起了龚示力，想起他敢作敢为，就像一只好斗的公鸡，梗起脖子争辩的样子；想起自己当众严词批评他，他含垢忍辱、怒而不发、令人生畏的神态；马上又想到让林仕新代读硕士，这个倔小子究竟知不知道？这是廖骥勋心头一直挥之不去的阴影。虽说这种事非他首创，但让人知道了，等于授人以柄，尤其是像龚示力这种不肯买账的人。

廖骥勋一连吐出几个烟圈，圈儿渐渐扩大，边界开始模糊，但隐隐约约依然可见。眼前豁然开朗了：何不在他再次蒙受打击、精神上十分痛苦的时候给他安排个比较合适的单位，最理想是有个什么职务，这既是抚慰，也是感情投资，人非草木，焉得无情？但这个单位必须在自己的管辖范围之内。他马上取出县政府组织机构及所属人员花名册，逐一看下来，农业科学研究所跳了出来，这是农业局下设的一个科级单位，总共十来个人，都是农大的毕业生，单单所长是个老革命，只有小学文化，要说科研，他什么都不懂，但这个农科所，大小事情他都管，不经过他同意，什么事情都别想办。农业局长已调了好几茬，唯独他这个所长稳如泰山。几次要给他配一个懂专业的副所长，不知为什么都没能配成，听说没人愿意与这个脾气古怪的老革命配合。让龚示力去，一个是“老革命”，一个是秀才，两人搅在一起，再好不过，尽可高枕无忧了！虽然农业非他所管，但还是在靖河这块地面上，还是在他能力所及的范围之内。主意拿定，就这么办。

三天以后，邹铨接到廖骥勋的电话，调龚示力到农业局所属的农科所从事科研工作。廖骥勋特意交代，要邹铨好好跟龚示力谈一谈，解除他的思想顾虑，相信他的聪明才智，也许在不久的将来，会搞出非凡的科研成果来。邹铨搁下电话，看时间已是下午四点多，就快要下班了，还是明天找他谈吧！怎么跟他谈呢？设身处地为他想想，工作时间不长，马上就要进第三个工作单位，实在是为难他了！都说他很聪明，的确是聪明，但为什么脑子就是不开窍呢？最起码的这些规矩都不懂，以后还是行不通的。是不是在这些问题上点拨他一番？“啪”的一声，邹铨一掌拍在自己的脑门子上，连说糊涂！这些也能明说的吗？也能传授的吗？相信他经过几次历练，总会有所感悟吧！难的还是如何解除他的思想顾虑，明摆着的，环保局是廖骥勋容不下他，工业局是我邹某容不下他。倔小子明天会不会发书呆子脾气？人都喜欢听好话的，他龚示力也总不会例外吧，还是多说几句赞扬他的话，哄哄他总可以吧！

8

龚示力连日来精神怠倦，夜里翻来覆去地睡不好觉。在两个单位，遭遇的是同样性质的问题。他想到了老爷子和他那三十二年伴随着他的桌椅；又想到了严主任，时时处处眼睛朝上；还有唯命是从的林仕新，终于坐上了代局长的宝座。这些形形色色的人物好像一页一页的书，让他读，让他比较、鉴别，让他从中领悟。他终于有所收获，书中写的就是两个字——听话。老爷子因为不听话，三十二年的桌椅不变。他也因为不听话，如诗梅说的，像庙里的童子。看来这一次比上一回惹的麻烦更大，又将如同袋鼠一样开始新的跳跃，命运将会把他抛向哪里？有道是“天无绝人之路”，难道我龚示力就寻找不到自己的生活道路！

早上刚上班，龚示力甫踏上七楼顶层，听到身后接连不断的喘息声，回头一看，严主任正站在六楼与七楼的转角上，抓住扶手喘气。上到这里来，除了找他不会有别的事，看他喘得实在可怜，龚示力主动打招呼，问他有什么事。严主任咽下一口唾沫后说，邹局长请他过去。

龚示力发现严主任今天很客气，不像往日那样居高临下，还说什么邹局长让他来“请”，这是从未享受过的待遇，是不是新的跳跃就要开始了？严主任正抬脚要往上爬。免得他遭罪，龚示力快步下楼，在严主任的陪伴下，前往邹局长的办公室。

龚示力不抽烟，邹局长今天特意在沙发茶几上摆上苹果、橘子等水果。严主任轻轻地敲门，邹局长打破惯例，没在里面等着，而是主动拉开办公室的门，笑容可掬地站在门上，说：“来，来，里面坐。”

龚示力在沙发上坐定。严主任忙着给局长和龚示力倒茶，然后知趣地退出。

邹局长挑出一个最大的橘子递给龚示力，“正宗的黄岩无核蜜橘，很甜！”

龚示力感到奇怪，这是怎么了？大局长召见怎么没有下文啊？他抬起头来看了一眼邹局长。

邹局长靠在沙发上，像闭目养神，过了一会儿才接着说："你来工业局虽然时间不长，但表现不错，给我的印象很深刻。"

龚示力不明白，邹局长今天召见他是何用意？只好先应付着说："邹局长夸奖了，我感到无地自容！"

"哎！不能这样想。"邹局长突然挺起身来，手指轻叩茶几，"谁都会遇到不愉快的事情，都已经过去了，就让它一阵风吹掉！"

"心头的伤痛风是吹不掉的。我直到今天也不明白，为什么要像对待瘟疫一样，'纸船明烛照天烧？'"龚示力想从邹局长这里找到答案。

邹局长只想避开这个问题，但还是绕不过去。"不不不，你不能这样理解，千句话作一句话讲，还是你刚离开学校，对机关工作不熟悉，缺乏这方面的经验，千万不要过多地自责。"

"我想，问题还是出在自己的身上。"

"嘆！？"邹局长好不惊讶！小子明白过来了？

"我好像乡下裁缝进城，做出来的东西，不合城里人的心意，不讨人喜欢。也不去打听城里人的喜好，只会呆板的老一套。"

邹局长内心骇然："这个倔小子，心里点着一盏灯，亮堂着呢！"邹铨好一阵的哈哈大笑，既掩盖了内心的惊异，又把龚示力自嘲式的反诘给挡开了。

"小龚啊，为了人尽其才，充分发挥你的聪明才智，组织上想调你去科研单位，你看怎么样？"

龚示力突然眼睛睁大，暗暗自问：第三个单位了！这样下去，不要一年，全县所有的政府机关都跑遍了，就像盏走马灯。说到科研单位，心里倒是有点向往，这是自己的夙愿，尚不知道县里有些什么科研机构，于是问道："搞什么科研？"

突然办公桌上的电话骤响，邹局长接过电话。"嘆！是廖县长，唉，"别过头看了龚示力一眼，"我们正在谈。哦，哦，知道了，好，好。"放下电话，向着龚示力，"廖县长打来电话，让你现在过去。新县政府在郊外，你坐我车子去吧。"

龚示力坐上了邹局长的车，去见副县长，这是他想不到的。刚才邹局长说的要调他去搞科研，就是为了这个副县长召见他？县里头搞过哪些科研？

小车跑得快，很快就到了县政府新大楼。廖骥勋一见龚示力到来，热情地请他在沙发上坐下，亲自给他倒茶，然后落座在龚示力的身旁。手里的烟，使他的眼睛眯成一条缝，面带微笑地说："小龚，有句俗话叫'树挪死，人挪活'。想给你挪个窝你看好吗？"

龚示力越来越觉得离谱，今天是怎么了？局长那么客气，这会儿县长也是满面春风；局长说要调他去搞科研；现在县长又说要他挪窝，说的是一回事吗？往哪里挪？

廖骥勋说好让邹铨找龚示力谈一谈，人家正在谈，他为什么又突然亲自出马？事情是这样的：廖骥勋找过县人事局长，简单介绍了龚示力的情况，想让他再动一动，此人不适合在机关工作，搞科研应该是挺合适的，农科所是否可以安排？人事局长回答要具体研究以后才能定。今天一早，人事局长来电话，详细询问龚示力的工作表现，意思想安排他担任农科所的副所长。这让廖骥勋十分满意！这么一来，既抚平了龚示力心头的伤痛，又显得廖某人有心栽培他，那挥不去的阴影，自然得以化解。廖骥勋想不到好事就这么轻易地送上门来，当即对人事局长又称赞了一番龚示力的才华，肯定这样安排，再合适不过。

廖骥勋放下电话，马上想到，"炮仗不能让人家拿去放"，得赶快把人召来，不然在做影子戏，认不清面目，有啥意思？所以他急着给邹铨打电话，让他把人送来。待到龚示力问他往哪里挪，他从龚示力的才能说起，考虑他今后的发展前途；又说如何与有关方面多次协商，最后才画龙点睛，决定调他担任农科所的副所长。

龚示力听得像一头钻进了云里雾里，这究竟是怎么回事？这几天就像坐过山车，一会儿掉入低谷，一会儿又在往上爬，是什么力量在操弄？真有上帝之手吗？怎么就像儿戏一样？

廖骥勋见龚示力低头沉思，便再三提醒：现在是跟他先通气，千万不可张扬，一切等正式文件下达为准。让他有些不快的是，这么好的事情落在这倔小子的头上，怎么就像水浇在鸭背上，一点感觉都没有？不说感恩戴德，总该有所表示吧！

后阳台外面的风很大，最近天气转冷了，连续几天有霜冻，龚示力坐在出阳台的门边，感到有些冷，打了个寒噤。抬头看了廖骥勋一眼，这才发现，一双冷峻、深邃如同在探寻什么奥秘的眼睛正对着他。这才想到应该说什么了？“谢谢……领导的关心。”但这样的话说出来又感到自己是在阿谀，心里很不好受，汗毛也竖了起来。不会奉承，这是龚示力性格和心理的一大特征，都说性格决定成败，龚示力几经挫败，其性格特点应是原因之一。

廖骥勋释怀大笑，“不能这么说。关心、培养是组织。我们都是做具体工作的。你说是吗？”

话都是这样说的。但事实上组织都抛在一边，自己心里有一本账，某某是我培养的，某某是我提拔的。反过来，组织原则、组织纪律，远远不及栽培人的“恩典”，为了讨好栽培人，可以置组织纪律于不顾。俨然“组织的关心培养”已成为一句挂在嘴边、时不时用得着的套话。

龚示力心里犯难了，他所学的专业与农科研究相去甚远，能适应那里的工作吗？“我担心自己的专业知识与农科方面对不上榫。”

“这个你不用担心，凭你的聪明才智，很快就会熟悉的。再说，你的任务主要是领导，那里专业人员也很多，都是省农大毕业的本科生。”廖骥勋感到事情已经办妥，无须再谈什么了，该到此为止，流露出送客之意。

龚示力连忙起身告辞。廖骥勋拍着他的肩膀，鼓励他好好干，干出成绩来。

CHAPTER 18

第十八章

不走独木桥

1

龚示力仍旧回到他的七楼，这里的环境更有利于他思考，回顾自参加工作以来，就像遇上江南的黄梅天，一会儿下雨，一会儿放晴，空气沉闷、潮湿，抓一把都会捏出水来，周身不爽，这是老天爷之故。现在他身临如此“气候环境”是何人之故？而今宛若一个长途跋涉的游客，又将前往下一个陌生的景点，那里会是什么样的景象？农科所对他来说如同新媳妇上花轿——头一回，让他唯一感兴趣的是“科研”，从此可以做一点有价值的、实实在在的事情。对于农业知识是一张白纸，一无所知，得认真读点书，想起伟人毛泽东说过的一句名言：“先做学生”，拜那里的专业人才为师，甘当小学生。

脑子很快又想到家里，诗梅这个准妈妈身体如何？老爹老娘好吗？这是他常放在心上的事。这次不能再瞒着他们，周末该回家一趟。

没有不透风的墙，龚示力调农科所当领导的消息，很快在工业局里传开。工业局里有上百十号人，不少人还不认识成天守在顶楼的龚示力，连名字都没听见过。但他经手的《工业信息》一出来就全部收回并销毁，这件事大家都知道。这可就令人费解了，这么一个办事不牢靠的人，一下子又升官了？一时议论纷纷，其中说得最多的是：老实人一辈子默默无闻，不论成败，只要出了名，领导才会发现、重视，正所谓“一举成名”。

龚示力充其量只认识两三个人，大家议论得热火朝天，他独坐顶楼，好像深山庙里的孤身和尚，山下改朝换代了，他依然默默无闻。

周五，龚示力想乘末班车回家。上午任命他为农科所副所长的正式文件到了，就任报到时间是下周二。这样也好，可以在家里多待一天。就在龚示力收拾办公用品，准备移交时，听到有人敲门。打开门一看，门外站着三个不认识的人。

“你们是……”龚示力问。

“我们是农科所的。”三个人中站在最前面的一个人说。

“哦！农科所的，请进！”龚示力想不到任命文件刚到，就有人找上门来了。三个人进来，可坐的凳子只有老爷子的那一张，总不能让他们站着，索性领他们到露台上，阳光下更暖和。露台很干净，还有石凳石桌，龚示力把茶杯、暖水瓶都拿到露台上，给每人倒上一杯茶。

三个人开始有点拘束。当热乎乎的茶杯捧在手里，又在暖融融的阳光下，大家围着石桌喝茶，紧张的心情渐渐放松下来。三个人都是年轻人，最年轻的看上去与龚示力相差无几。

“怎么让你们找到的？”龚示力笑呵呵地看着三个人。

三个人你看我，我看你，最后年长的一位说：“听说我们所里要来一个新领导，是位名牌大学的高材生，我们就像小时候盼过年样，只想早一天见到这位新领导。今天所里公布了文件，我们三个人就相约找上门来了。”

“龚所长……”年龄最小的急着想说什么。

“请你别这么称呼我，我很不习惯。就叫我龚示力，老龚也行。如果嫌不够资格，那就叫小龚，好吗？”大家一阵哄笑。冬天凝固的寒冷空气被笑声、被茶杯里冒出来的热气融化了，大家都感到暖和。

“好，好。我是想说，我们相约而来，是想对新领导诉苦，并且……”朝两个同伴看了看。两个人一起向他努嘴，意思是你说吧！

“好！那我就说了。我们都寄希望于你呀！”

“这样，我们初次见面，先自我介绍一遍。”龚示力首先介绍了自己。“接下来你们谁先说？”

“我说。”年长的抢先说：“我姓毕，毕云汉，浙江丽水人，今年刚三十，浙农大植物保护专业。”

“我是……”

“我……”

三个人中一直没有说话的那个与年龄最小的争相介绍。

“你说，你先说。”没说话的让年龄小的先说。

“我叫冯天乐，浙农大，学的是种子科学与工程。嘉兴人。”说罢拿手指比画二十六。

“二十六？比我大一岁。”龚示力说。

冯天乐好不惊讶！

“轮到我说了。我……蒋玉庭，浙农大农业经济管理。东阳人。明年就要三十喽！”

“好，从此我们就在一口锅里吃饭了，有什么话大家尽管说。”龚示力起身给大家杯里续水。“你们不要有顾虑，”拿在手里的暖水瓶晃了晃，感觉还有一点，便倒在自己的茶杯里，一语双关，“就像这样，倒个干净。”

毕云汉抢先说：“我来开头炮。农科所是基层科研单位，不是农科院，但也有它的科研任务。遗憾的是，我们常年不务正业，白白浪费时间，我二十六岁分配到这里，可以说没有搞过专业，一晃就是中年人了！岁不我与，悲夫！”

蒋玉庭说：“这是我们大家的同感。问题的关键是我们的所长，老革命同志，姓冒，大名建国，江苏人，新中国成立前就参军打老蒋了。人不错，艰苦朴素，常年穿四个口袋的制服，一年到头脚上都是一双解放鞋。”指着冯天乐，“这个老兄去年来报到时闹笑话了！你，你自己说。”

冯天乐一想起这件事就笑，“大热天的，我从长途车站一路问询，走到农科所，已经是浑身汗水，口干唇焦，遇见一个穿着制服、裤腿卷起、农民模样的老头，手里提着两把暖水壶。以为这老头是所里的门卫或勤杂工。便上前问他，这里是农科所吗？老头说是的。我说要找这里的领导。老头朝我上下打量，问：你是新来的大学生？我点头称是。他二话没说，把左手的暖水瓶交给了右手，接过我的拉杆包就走。心想，这个老头服务倒蛮不错，就跟着他往里走，一直走进了所长办公室。老头给我倒了一杯水，便坐下来不言语了。我以为他会给我去请领导来的，怎么坐着不动了？便急着要他去找领导。闹了个大笑话。”

“我们的所长就是这么个人。他只有小学文化，五十年代初，上过一个什么速成班，也算是初中学历，农科方面的知识他完全没有。他最大特点是服从领导，农科所自己没有工作计划，每年都是根据县农业局提出的一些任务来安排工作，一年就那么几件事：检验种子，水稻防治病虫害，推广优良品种。其余就是给农业局打杂，随叫随到。去年农业局建起了一幢宿舍。分房是最难办的事，农科所不属分房对象，但负责制订分配方案，做了件吃力不讨好、骂名飞扬的傻事。”毕云汉接着说。

蒋玉庭补充：“我们的冒所长对上级绝对服从，对下也要求不折不扣地听话。五个人开会，他也要摆起一张桌子，作为主席台，坐在上面训话。他定下来的事，那真是板上钉钉，无论如何都没办法改动。”

“我来说件伤心事。”冯天乐眉毛打起了八折，一脸苦相。

毕云汉、蒋玉庭齐声说：“对，对！这事小冯遭罪了！”

“前不久，中国科学院遗传发育所来了两位专家，带来了他们新培育出来的糙米稻种，曾经在北方始种，但因北方的气候条件不符，未能成功。他们经过详细考察，认定我们这里比较符合这种新品种的生长条件，打算与我们合作搞试验。我是学种子的，感到这是天赐良机。”

“糙米稻种子有什么优越性？”龚示力问。

“可以说将引起中国营养摄入的一场革命。随着生活水平的提高，作为中国人主食的大米，加工得越来越白，越来越细，这样做的后果是把米粒上最有营养价值的胚芽去掉了。胚芽是米轴上的一小白点，它会发育成胚叶，米的营养成分集中于胚芽，是生命的根源，因而称之为有生命力的‘活米’。现在食用的白米，去掉了35%左右的外层组织，其中最宝贵的胚芽成了猪饲料。传统生产的糙米倒是保留了胚芽，但口感不好，难以下咽。

“胚芽米介乎于白米与糙米的中间体，只去掉了不易消化的果皮，保留了胚芽和种皮，口感与普通白米一样。它的营养成分，如蛋白质、脂肪、糖分、灰分、食物纤维、磷、铁、镁，维生素B1、维生素B2、维生素B6、维生素K，以及泛酸、叶酸、芋酸、生物素和肌醇都高于白米，有的营养成分超过了十倍以至百倍。两个专家还讲了一个有趣的故事，说秦始皇在统一六国之战中，最后与劲敌楚国进行大战。秦军是北方人，但到了楚境只有大米，秦军规定，将帅吃白米，余下的都吃糙米。待到决战时，秦军士兵个个身强力壮，奋勇争先，大获全胜时将帅才匆匆赶到战场。杜甫诗《兵车行》中也有这样的诗句：‘况复秦兵耐苦战’，为何能苦战？就是因为吃了糙米。

“但是，并非所有的稻谷都适合加工成胚芽米。中科院培育的糙米稻种，最适宜于加工成胚芽米。中科院的专家说，这种谷物不仅营养价值高，还可带来无限商机：首先加工不需要大功率电机，节省能源；其二出米率在 70% 以上，高出白米 10%；其三必须用当年的鲜谷才能加工，避免目前市场上唯利是图者利用陈米抛光，坑害百姓的事。”

“这样的好事没做成？”龚示力深感惋惜。

冯天乐唉声叹气，“我向冒所长磨破嘴皮，总算听进去了，写了与中科院联合试验培育的报告，并附上具体实施计划以及糙米加工生产的首期投资预算。其中还有一个插曲：试种要求放在劳改农场里，这样可避免各种干扰和品种质地的有效保证。为此我跑了好几处劳改农场，最后找到丰丰农场，总算把事情敲定。我满怀信心地赶回来，冒所长沉下脸来对我说：‘那事不干了。’一下子满天乌云，雷霆冰雹，把快乐的鸟儿从天空打落下来，栽进了冰窟窿里。”

“为什么？”龚示力瞪大眼睛。

“这事我知道一点。”毕云汉接过话茬，“冒所长先找到农业局，农业局让他自己向县领导汇报。县里正集中力量抓风力发电，那可是靖河县的名片，尽全力打造的形象工程，其他事情都得让路。冒所长肯定在县领导那里碰了一鼻子灰，绝对服从领导的冒所长当然要说‘那事不干了’。”

龚示力想起自己写的那个短评，简直是拔虎须、动太岁土，当纸船烧是不可避免的。但这么好的、非常有前途的，而且是送上门来的优势项目就这么流失了，实在太可惜了，急着问：“那两个专家走了？”

“不走还等人家来赶？”冯天乐不无埋怨地说。

“联系地址、电话号码都有吗？”

“有啊！”冯天乐睁大眼睛看着龚示力。

接下来谈了所里的一些其他情况，十几个人的小单位，龚示力对即将赴任的农科所，大体有所了解了。谈话结束后龚示力送他们到楼下，一一道别。

2

第二天，龚示力回家了。家里情况尚好，父亲病情稳定，只是人消瘦了一些。母亲还是老样子。变化最大的是诗梅，妊娠反应明显，吃什么吐什么，让人看了心疼。晚上睡觉的时候，龚示力侧耳倾听诗梅的腹部，想感觉这个未来生命的信息。突然，羊羊猛抬头，睖睁起双眼。

“怎么了？你听见什么了？还早着呢！”诗梅把羊羊推开。

“你这个做妈妈的还不知道啊？”羊羊一脸神秘地看着诗梅说。

“你听出什么来了？道怪兮兮的！”

“双胞胎，双胞胎啊！”

“你怎么知道是双胞胎？”诗梅眼睛睁得老大。

“我敢肯定是双胞胎。”

诗梅看着羊羊一脸震惊的神态愣神儿了，信以为真地问：“真是双胞胎啊？你是怎么知道的？”

“你还记得吗？我们结婚时，黄教授送给我们镜框上的题词？”

“仙草情侣呀！”

“好，既然是仙草情侣，结的必定是仙果；再加上我俩的人生果，那还不是双胞胎！”

诗梅这才感到被戏弄了，连连捶打羊羊。“你胡说！尽是胡说！”

羊羊边躲边说：“哎，你听我说，我名字都考虑好了！”

诗梅停下捶打，“取了个什么名儿？”

“我想，不管是仙果——我们的基地日后办成公司，人生果——我俩爱的结晶，名字里都要有‘江南’和‘春天’的含义。”

“‘江南’，是说我们地处大江之南。‘春天’象征着生机勃勃、奋发向上……”诗梅像揭谜底一样看着羊羊说。

“对！更象征我们这个时代：意气风发、激荡昂扬。”羊羊接着补充。

“好，寓意高远，不错。哎！我问你，怎么又把你换工作了？这么换下去，你三百六十行都要干遍了！”

“唉！”羊羊模仿影视里的常用语，“人在江湖，身不由己啊！我想回来给你打工，你又不肯收留。”

“我才不要你这个‘讨债鬼’！我爸那里那些人家送来的礼品，我爸不肯去还，说是乡里乡亲的，这样以后还做得来人！都是我，一家家的去送，告诉他们你调行当了，帮不上忙了，才把那些东西硬塞给他们。想不到你又调了！才只几天啊！又脱了一层皮！”小梅不无忧虑地说。

羊羊不愿意把心中的痛苦说出来。一家子的重担都落在诗梅的身上，又怀着身孕，他不想再给她增添烦心事，故意把话题岔开。“哎，我可不是蛇，怎么一层层地脱皮？不过，要是蛇也是好蛇。”

“那你是什么蛇？”小梅原先靠着床靠背，忽然转过身来，侧身向着羊羊，眯起一双眼睛来问。

羊羊摇头晃脑地说：“有情有义的白娘娘——白蛇。”

诗梅大笑，伸出一个指头戽羊羊的额角头，“你能是白娘娘吗？她是女的。你只能是稀里糊涂的许仙。”

“哎！这你就不懂了，观音菩萨在印度是男的，到中国来才变成女的。现在我是白娘娘，你已成许仙了！”羊羊拥着诗梅，钻进了被窝。

3

羊羊在家里待了两天，周一就赶到农科所报到。

一个小单位就像一个家庭，增添了一个新人，譬如娶进了新媳妇，首先都要看一看她的模样、容貌，这是人所共有的心理，坊间都有“看新娘子”的习俗。

毕云汉等三人回到农科所后，把他们对龚示力的印象，绘声绘色地说开了。农科所充其量十几号人，经由这三个人的传说，大家的脑子里就有了一个相貌堂堂、出自名牌大学、待人亲和、很有见地的副所长的形象，真所谓先声夺人。

夺之最甚者莫过于冒建国，就像雷雨天，眼看着天空裂开一道强烈的闪电，紧接而来的必然是巨雷炸响；冒所长惶恐不安地等待着这一声炸响的到来！他接手农科所至今已有九个年头，不说功劳也有苦劳，农业局里多少难事、烦心事，都是交给他去办；每年下农村至少有三到四个月，吃住都在农家。县里有哪些干部像他这样深入基层？都在比阔气，讲享受。现在突然冒出个副所长来，还是个年轻的大学生。老冒历来对高学历的人既怀敬畏之心又兼排斥之意。现在来个高学历的副所长，是来接班的还是当他助手的？是不是有什么特殊来头？自己离退休还有两年呢！这么个人突然来到身边，往后说话、办事岂不碍手碍脚？

俗话说，虾有虾路，鳖有鳖路，冒所长经过一番打听，终于弄清了龚示力的底细，这才心上一块石头落了地，又焕发精神：副所长归正所长领导，正所长是副所长的上级，开会应该坐在下面。

龚示力一走进农科所，一帮年轻人，立刻像迎接亲人到来一样，把龚示力团团围起。由于场面热烈，惊动了全所的人，最后传达室的看门老头也赶来看热闹了。唯独有一个人不来凑这个热闹，那就是冒所长，他端坐在办公室，等着龚示力去向他报到。没过多久，一个高高的英俊的年轻人走进了所长办公室。

"冒所长，我叫龚示力，向你报到来了。"

"噢，好，好，请坐！"冒所长不喜欢软不拉叽的沙发，配置了一套硬邦邦的木沙发。龚示力便在木沙发上坐下。

冒所长递给龚示力一杯茶。"龚副所长，农科所是个小单位，房子很紧张，没办法给你另外安排办公室，你就坐我对面，我们俩一起办公，你看好吗？"

"好，好，听从所长安排。"龚示力顺便看了一眼，紧挨着冒所长的办公桌，已摆好了一套办公桌椅。

冒所长怎么想出来与龚示力共用一个办公室？房子没有紧张到连一间办公室都腾不出来！龚示力是大学生，年纪又轻，农科所里有一大批年轻的大学生，冒所长担心年轻人聚在一起，会把他这个所长撂在一边。他要把龚示力放在自己的眼皮底下，大小事情都要掌握在自己的手里，要不然，他会成为一个有名无实的所长。

龚示力进农科所已是年末，这是一年中最空闲的时候，大家成天无所事事。冒所长只要人都到了，在他的视线之内，管你们打扑克、玩游戏、侃大山。他自己倒是不闲着，小时候他学过木匠，没出师就参军了，还有点半吊子手艺。每年在这个时候，他把所里损坏、破旧的家具都集中起来修理。因此，农科所的家具，除了新的，凡是旧的都经过他修理。

龚示力看着实在心焦，人才的浪费是最大的浪费，这么多有专业知识的年轻人，成天无所事事，竟然冠以科研所，简直是莫大的讽刺。很想找冒所长交谈，但已经历了几次教训，前车之鉴就摆在眼前，不得不让他冷静下来。他反复思考，用什么办法让冒所长改变观念？不能急，要像诗梅培育铁皮石斛那样，过几天浇一次水，过几天施一次肥，让种苗慢慢成长。他根据所里专业人员的知识结构，拟定了种子培育、农产品市场化和绿色食品三个研究小组，打算先后分几次向冒所长提出建议。

冒所长眼睛对鼻子的，天天面对着这个年轻的副所长，见他总是写啊、画啊的忙个不停，不知道他在搞什么名堂；有时候又与一帮年轻人交谈，打得火热。看到这些，他总感到这个后生是砌墙的砖头，要后来居上。时时处处以警惕的眼神关注着这个年轻人的所作所为。凡是觉得会对他构成威胁的事，一律拒绝。龚示力提出第一个研究小组的建议，他没有表态；第二个研究小组的建议，他不置可否；第三个研究小组的建议，他终于想明白了：这小子原来成天在想这些！如果真的按他建议的去做，这批年轻人统统归结到他的手里，今后，农科所里只有他龚示力的座位，他恐怕连站位也没有了。

冒所长倒是没有一票否决，想想龚示力说的也有些道理，更担心他闹情绪，还不只龚示力一个人，后面还有跟着他的一大批年轻人。过去所里的年轻人没有主心骨，各管各的，现在他们有了龚示力这个领头羊，一旦闹起来，那就乱套了！冒所长带着这些计划去局里汇报。局长的态度很明确，搞科研很好，但资金一分都没有。现在全县集中全力搞风力发电，资金已出现困难，矛盾也不少，接下来恐怕发工资都有困难了！冒所长自然无话可说，没有钱，那是无米煮饭，还不蛔虫朝下？但讨来了令箭，回到所里对龚示力的答复更有底气，就一句话：以后再说。

龚示力的满腔热情化为乌有。

4

有一天傍晚，西北风刮得紧，气温骤降。毕云汉会同蒋玉庭、冯天乐，还有另外两个年轻人，约龚示力到农科所附近的一家农家餐馆小酌。龚示力如约前往。

小餐馆里因为天冷，顾客不多。有一间小包厢，开着空调，六个人坐下来，感觉暖烘烘的。几样家常菜，事先预订好的，人一到，马上就上。还有酒，是黄酒加鸡蛋、红糖，天冷暖胃。龚示力知道，这不是日常的“打并伙”（凑钱下馆子），也不是那天在工业局七楼的诉苦，今天要说事。

冯天乐忍不住向龚示力看了一眼，接着朝毕云汉努嘴。毕云汉拿餐巾纸擦了擦嘴，捏成一团，丢在自己的垃圾盘里。“龚所长……”

“打住！”龚示力伸手挡住。

“噢，噢，”毕云汉拿手拍脑袋，“龚，龚，龚示力！我们那天说的情况没错吧！”

龚示力点头，“没错。”

“你的‘三个小组’的建议，结果怎么样？”毕云汉转向蒋玉庭，“你说，你的那句话很形象。”

蒋玉庭有点不好意思说，满脸通红，“那是说说笑话的，你怎么拿来当真！”

“别不好意思，在这里什么话都好说，”龚示力鼓励蒋玉庭说。

几个人一齐起哄：“说，老蒋，说呀！”

蒋玉庭轻轻一拍桌子，“好！我说。我们老家有这么一句土话，对那些无效劳动，不能发挥作用的事，称之为：‘板壁上哈气，一息息。’”

“好！”大家齐声说，“我们的龚所长对冒所长板壁上哈气！”

龚示力扑哧笑出声来，“妙！妙！太形象了！”

“我们今天请你来，想问问你，还有没有别的什么招？大家帮着一起出主意，一句话，我们不想再这么耗下去！”毕云汉接着他原先的话。

毕云汉的话音一落，几个人的眼睛齐刷刷地看着龚示力。

龚示力深有感慨地说：“到农科所的这些天，仔细观察了解，尤其是经过‘板壁上哈气’以后，发现问题不全在冒所长，是一个深层次的问题。目前靖河县正全力以赴打造新能源县，竭尽全力一搏，其他工作都得让路或滞后，这就是媒体经常报道和批评的所谓形象工程、政绩工程，在这样的客观形势下，小小的农科所，再加上我们冒所长固有的那些思想观念，‘板壁上哈气’是不可避免的。”

龚示力的分析大家都认为有道理。冯天乐小伙子性急，直起嗓门来大声说：“只能这样不死不活地过下去了？像秋后的马蜂，眼睁睁地等着冬天到来僵死！我们要改变命运啊！”

“别急，小伙子别急！”龚示力说，“我想过，目前唯一可行的还是中科院农科组的那个项目。”

冯天乐大摇其头，“那已被枪毙了！”

“不，既然他们已选中我们这个地方，只要我们愿意做，他们还是会合作的。”

“冒所长会同意吗？”几个人齐声问。

“骡子借帐篷的故事大家还记得吗？设法先进一条腿，再进另一条腿，慢慢地再进第三条腿，最后整个身子都进了！”

“你的意思是让我们先去试种起来，接着拿出样品来，再体现出价值来，最后造出产品来。是这样吗？”冯天乐说。

“得寸进尺？”蒋玉庭补充。

“你这话难听，应该叫……哎，我们家乡有句土话是这样说的，叫‘藕炒黄豆——钻空子’。”毕云汉说。

“不管是‘得寸进尺’，还是‘藕炒黄豆’，这件事只要做起来了，就可以吸引好多专家，我们就有事干了。再说，改变我们的营养摄入，是造福人类的大好事，功德无量啊！”龚示力激动得站起来说。

暮色渐浓，北风在呼啸，眼看要下雪了！小餐馆里不时传出一阵阵笑声。

5

龚示力经过精心准备，找冒所长深谈了一次，他不说大道理，用谈家常的方式，从他修理所里的办公用具，发扬了老八路艰苦朴素的光荣传统说起，继而说到所里的年轻人，他们有专业知识、有抱负、有理想，他们也要找事做，不想闲着。然后提出糙米的营养价值、市场前景：是造福人类的大好事。最后才说，现在只是试种，成本不高，不涉及今后的加工设备等一系列问题。

冒所长觉得龚示力说得很实在，也有道理。说到糙米，他想起来了，战争年代里，粮食很紧张，吃的都是糙米，但很香，也耐饥，长途行军挺得住，是好东西。至于试种，开销并不大，这点成本所里还担得起。还有一层，试种要去劳改农场，一季稻子下来，前后差不多要耗上半年，让他们去，烦人事没了，所里也就清闲了。这样前前后后地考虑了一番，表示同意龚示力带毕云汉、冯天乐去丰丰劳改农场试栽糙米稻。

龚示力把消息告诉毕云汉、冯天乐。冯天乐大呼幸福！立刻与中科院的两位专家取得联系，三个人着手制订具体实施计划。中科院专家很快回电：愿意先期开展试种方面的合作，他们负责提供种子。但必须在劳改农场里试种，绝不允许外传。冯天乐再次去了丰丰农场，找到先前联系过的洪启运场长，谢天谢地，他仍然表示愿意继续合作。真是万事俱备，只待来年春播时节到来。

春天终于来了！龚示力、毕云汉、冯天乐三个人兴冲冲地前往丰丰农场。龚示力的行囊里珍藏着一公斤糙米种子，他把随带的衣物拿来包裹种子，拉杆包小心翼翼提着，不敢轻易地在地面上推拉。他感觉包里藏着的不是稻种，是普罗米修斯从天上盗来的神火，是普罗米修斯把火种传到了人间。他期待着糙米也能像火一样为人们所用，把健康带给所有的人。

丰丰农场是一片巨大的原野，周围群山环绕，上下几十里没有村舍，只有一条唯一的便道，可通行小货车，保持与外界的联系。场里有两千余亩可耕地，单水田就有一千八百余亩，每年可生产几千吨粮食。

丰丰农场的洪场长很客气，把他们三个人单独安排了一间住处，离食堂也不远，生活很方便。尤其是食堂，菜肴非常便宜，鸡鸭鱼肉只有青菜的价格，因为所有的食材全是自己栽培的，因而价格低廉，这是劳改农场的一大特色。

农场单独划拨一丘两亩的水田，另外加派两个来自农村、有种植经验的服刑人员协助试种。一个叫傅连标，四十多岁，很精干，因争夺房基与人打斗，致人伤残，获刑十年，还有两年刑期。另一个叫唐明道，五十一岁，因盗古墓，获刑十一年，也还有两年刑期。据场部介绍，这两个人在服刑期间表现很好，几次立功，也有种植经验，是农场的技术能手，可以放心使用。也不用担心他们会有什么越轨行为，凡是还有一两年就刑满的服刑人员，最听话，让他们跑他们都不会跑，因为自由就在眼前，决不会因小失大。

连续几天的阴雨，真让人心焦！时令不饶人，已经到晒谷种的时候了！今天早晨漫天的云雾褪去了，除了几片白云，净是瓦蓝瓦蓝的天空，真是老天有眼，垂顾这几个传播“火种”的年轻人。龚示力兴奋极了！难得遇上了这样的好天气，他要把普罗米修斯从上天盗来的“火种”放到阳光下晒，这是播种前的头一件大事。住处有一个小院子，一溜平整的水泥地，龚示力想到家乡晒粮食都摊在水泥地上，便选了一方远离行人的地面，先拿扫帚反复清扫，而后用拖把把余尘粘走，不让有一粒细小的沙粒。然后小心翼翼地拿出谷种来，每一粒谷种在他手里就是一个小孩，轻轻地把它们放到地面上，均匀地铺展开来。尔后就站在一旁看着，活像爹妈在守着幼小的孩子们玩耍，一旦磕碰了，立刻把他们扶起来。

毕云汉与冯天乐去找场里领导，具体落实傅连标和唐明道参加试种的时间安排，谈妥以后便匆匆返回。冯天乐昨晚睡觉的时候曾说起，如果今天天气好要晒谷种。果然今天阳光明媚，正是晒种的最佳天气，因而脚下生风，两个人旋即回到住处。毕云汉走在前头，见龚示力站在一摊谷种的跟前。

“嘍！已经拿出来晒了！”

“不行，不能这样晒！”冯天乐大声喊叫。

龚示力、毕云汉都被惊住了！不明白冯天乐是什么意思？冯天乐二话没说，回到屋里，卷起被褥，卸下床板，拿到院子里。龚示力明白他的意思，赶紧找来两张凳子，把床板架起来，再拿抹布把床板擦干净。三个人一起动手，把谷种从地上转移到床板上。

“这是为了避免水泥地面的强光反射，是吗？”龚示力问。

“对，对极了！”冯天乐朝着龚示力翘起大拇指。

“在这方面你是权威，我们都听你的。”毕云汉说。

三个人回到屋里，毕云汉、冯天乐汇报了与场部联系的情况。龚示力听他两个人说话，心里又惦记着晒在外头的种子，感觉好像有麻雀飞临，继而还听见有许多麻雀的叫声。

“不好！麻雀来了！”龚示力一个箭步跳出门外，实在是太急了！不小心一脚踩在扫帚柄上，等于脚下安上了滑轮，仰天八叉地摔倒在地上。一群麻雀呼啦啦地飞出了小院。

龚示力摔得不轻，一时腰也直不起来。这扫帚怎么会横在门口的呢？大概是自己用过后放在门边，没放妥，让风吹倒的。毕云汉、冯天乐连忙将龚示力扶起，还好，无大碍。

龚示力心疼地说：“麻雀来了可不是小事，充其量一公斤‘火种’，怎么能让麻雀叼走？”

“做个草人。”毕云汉说。

“放爆竹！”冯天乐说。

龚示力揉着腰说：“我看两样都要，还要加一样，我们三个人轮流值守。”

连续三天都是好晴天，经过三天的晒种，种子好像由沉睡而转入兴奋，就像竞技场上的运动员，把体能调整到最佳状态。冯天乐把他的专业知识全都派上了用场，在龚示力、毕云汉的积极配合下，从浸种、种子消毒、催芽、炼芽直到催根芽，都进行得很顺利。傅连标和唐明道把秧田也做得规规矩矩，符合要求。“火种”顺利下田。不巧的是连日阴雨，伴随冷空气南下，到了第三天，还不见长苗。三个人冒着淅淅沥沥的阴雨，站在田塍上看着秧田发呆。

日前龚示力收到诗梅的来信，是一封报平安的信。最后说到预产期还有四个多月，到时候无论如何都要他回家来。四个月后自己就要当爸爸，这是再高兴不过的事了！但看着眼前的“火种”，就像落在土里的沙石，毫无动静。他感觉也像在孕孩子，多么盼望他从土里露出笑脸来，伸出他的小胳膊来呀！

这样的焦急一直延续到第四天。雨总算停了下来，气温也上升了，但“火种”还是老样子。冯天乐一直坚持是低温、阴雨造成的，天气转好就成。但现在天气转好了，还长不出来，种子会腐烂的！开始怀疑科学院提供的种子是否有效，各种各样的猜测、担心一起涌上心头。几个人蹲在田塍上，面面相觑，谁也不愿把自己心里的忧虑说出来。

“我倒有个想法，能说吗？”傅连标说。他与唐明道也一直守候在秧田旁。

突然像走夜路的人遇上了闪电，看清了眼前的路。“有什么想法你尽管说，没事的。”龚示力说。

“是不是趁天气好，上午把秧田里的水放掉。”

“这样有什么好处？”冯天乐问。

“在家的时候也遇到过这样的阴雨、低温天，秧苗长不上来。我们村里有个人很有经验，教我们放水，两天就长上来了！”

冯天乐猛地站了起来，说：“有道理！放水可以让阳光直接照射种子，加快升温。但断水时间不能太久，只能半天。”

“既然有这样的成功经验，我们不妨一试。”龚示力说。

“好，不妨一试。”毕云汉也站了起来。

龚示力看着傅连标，“现在正是日上三竿的时候，那就放水吧。”

“是！”傅连标立刻动手放水。

放了水的秧田好像沙滩上裸身享受日光浴，肌肤与阳光亲密接触，周身都感到舒服。看上去，那些发芽的种子好像雏鸟张大嘴巴，等待着母鸟给它们喂食。但愿它们像埋在土里的春笋那样，赶快破土而出！三个人带着依稀的愿望，回到了住处。

6

当晚龚示力久久不能入睡，无论开眼闭眼，眼前都是那丘秧田，他看见

“火种”一个个都成了哭闹的孩子，张大着嘴巴喊渴死了！后来又见孩子们通身换上整齐的绿装，欢快地跳跃。突然响起一阵阵风声，农谚说“春风化雨”，担心又要下雨了。

龚示力的床在进门的右侧靠墙，对面便是毕云汉，他的床一动就会发出吱嘎吱嘎的响声，他不断地翻身，以致响声不断。

“怎么，睡不着？”龚示力问。

“你也没睡着？”毕云汉问。

龚示力侧过身来，向着毕云汉，说：“担心啊！明天是第五天了，要是再出不来，我们得承认失败了！”

“我怀疑，种子是不是有问题？”毕云汉的话音未落，睡在靠窗的冯天乐接应道，“种子绝对没有问题。”

龚示力昂起头来看冯天乐，“你也没睡着？”

“种子不会有问题的，从浸种到破白发芽，直到催芽都是正常的；如果有问题，这一系列过程是不可能连续显现的。”冯天乐说。

龚示力索性坐起来，斜靠在床屏上，说：“如此说来，那就是‘火种’自身的特殊性，再加上天气的原因了？”

冯天乐侧身向外，一手托着下颏，“我倒是在想那个叫傅连标的犯人，他能说出这么个办法来，尽管是他们村里人的经验，但在这个关键时刻说出来，也是有价值的。我自觉惭愧，真是‘书到用时方恨少’啊！”

“你估计明天会……”龚示力话还没有说完，毕云汉又一个翻身，趴着说，“会长出苗来吗？”

冯天乐说：“这个……不敢保证。也许能成。”

“我真担心啊！如果这次我们失败了，我们的冒所长还会给我们第二次机会吗？”毕云汉说。

龚示力闭上眼睛，不说话了。

冯天乐已摆好睡姿，开始均匀地呼吸。

一阵吱嘎声后，寝室归于安静。

第二天一大早，三个人早饭也顾不上吃，匆匆赶往秧田。走向秧田的田塍路旁有一排柳树，柳枝低垂，必须撩开柳枝才能通过。龚示力走在前面，穿过柳荫道，龚示力的目光立刻射向秧田，猛见一片葱绿。他怀疑是钻过柳林后的视觉暂留现象，擦了擦眼睛，还是一片绿茵。大喊一声 ：“成了！”

冯天乐、毕云汉，简直是饿虎扑羊，跳上田塍。多日来让这三个年轻人愁眉不展、夜不能寐的秧田，日复一日，冒不出苗来，宛如一张麻脸的丑妇；此刻竟然铺展开一方绿色绸缎，随着一阵阵春风漾开的波纹，尽显妖娆。

龚示力用力攥紧拳头，嘴里还是不停说着 ：“成了！”

冯天乐蹲下身来，把头一直往下垂，大概想吻它们，遗憾的是实在够不到。

毕云汉仰天长啸 ：“老天爷有眼啊！”

傅连标、唐明道这时也来了，他们出工是有时间规定的。两个人站在秧田旁，也露出了笑脸。龚示力再三对傅连标表示感谢。傅连标摇摇头，淡淡地笑了笑。

就是这淡淡地一笑，深深地印在龚示力的脑子里，此后很长时间都会想起他 ：一个犯人啊，只要做出有益的事，人们就不会忘记他。

农谚说，“秧好稻一半”。这一公斤的“火种”，栽满了一亩二分田，因为秧苗好，加上“火种”本身的优势，长势一直很好，周围稻田开始治虫了，这里找不到虫害的迹象。毕云汉是学植保的，天天钻在稻田里，也没有发现虫害。尽管头顶着烈日，冒着 38℃的高温，三个年轻人看着茁壮成长、蒸蒸日上的“火种”，就像喝凉水一样痛快。

转眼就到收获的季节。稻穗沉甸甸，像垂下的狗尾巴；谷粒饱满，金灿灿的，就像蒙着面纱的新娘，真想掀起面纱看一看，这神奇的、给人们带来健康的糙米，究竟是什么模样？

终于到了开镰的日子，一亩二分田，收了 600 公斤，属于高产。

小院子成了晒谷场，麻雀又来了，但这次没有像上回那样驱赶它们，龚示力说，上回欠了它们，这回补上。

三个人面对满院的谷子，商量下一步的计划。丰丰农场的副场长，带着他们的农艺师来了，他们仔细看了脱去谷壳的米粒，详细询问从育秧开始的整个生长过程、糙米的营养价值，从中看到了未来的市场前景。副场长表态，作为第三方，他们有意参加联合开发，他们可提供土地和人力资源。

农场主动有意介入，这是再好不过的事！龚示力当即表态，回去立即向领导汇报，积极争取联合开发。

7

龚示力一行三人，把六百多公斤新培育成功的糙米谷子运回了农科所。三个白皙的书生，如今都成了黑旋风，又带回了科研成果，大家看着都十分敬佩。冒所长原来也不指望他们搞出多大的成果来，听了龚示力的汇报，再看他们晒得像黑炭一样，他感动了！由衷地感到这几个年轻人是真心诚意要做事的人。尤其是龚示力，总是担心这个年轻人是来取代他的，时时处处提防着他，现在一见到他那真诚的眼神，就像做了错事的学生见到了老师，不敢正眼相看。听完龚示力的汇报，他只问了一句话：

"你想要我做什么？"

"我想，我们与中科院的合作项目应该继续进行下去，这是很有发展前途的。现在丰丰农场他们看准了这是个难得的机遇，主动提出作为第三方介入，这对我们来说，等于找到了一个很有实力的合作伙伴。机不可失，我想请老所长站出来支持这个项目。"

冒所长深知，单靠科研所自身，是没有力量加入合作的，必须有县里的支持才行。但是上头他没有什么关系，只有在农业局还能说几句话，顾不上自己这张老脸，再去求求他们。领导已经表态不可行的事，再次出面找领导，这是冒所长破天荒第一次。

"明天我们一起去一趟农业局，你看好吗？"冒所长说。

"好啊！"龚示力应道。

"把你的糙米也带去。怎么弄？现在还是谷子啊？"

"我来想办法。"龚示力转头就走。

龚示力把冒所长的表态告诉了毕云汉和冯天乐。两个人当然很高兴，说是新媳妇上轿头一回！于是三个人劲头十足地想法子怎么把谷子碾出米来，拿到粮食加工厂去加工最省事，但生怕机械加工会把米粒上最宝贵的胚芽损坏，那就完全失去了说服力。去农村找原始的加工工具，也难保不会伤及胚芽，怎么办？毕云汉提议用手搓，那就搓吧。搓了一会儿，米没有搓出来多少，手可吃不消了，毕云汉因为用力太猛，手心都搓破了。

这不是个办法。这时正好有个所里的家属从身边走过，手里拿着块搓衣板，龚示力突然想起，用两块搓衣板合起来搓，不比手搓更好吗！龚示力问她能否借用她手里的搓衣板？家属当即应允，说只管用着，这是她刚从街上买来的，家里还有一块旧的。龚示力说旧的也要借用。很快用两块搓衣板试着碾谷，果然效果不错。但又担心伤到胚芽，活像在冰面上走路，每一步都不敢用力。整整一个上午，才加工出三斤七两米。除了明天要送给领导看的留下，其余的拿到食堂煮饭，请大家品尝糙米的鲜味。到了开饭的时候，一盆热气腾腾的糙米饭，大家你一瓢、他一勺的，很快就见底了。余下的，龚示力、毕云汉和冯天乐三个人分着吃了。问大家感觉如何？有说好的，有说蛮香的，有说卖相不够好，像包公的脸。冯天乐是嘉兴人，他用一句嘉兴方言概括了大家的评价：乡下大姑娘，有吃相没看相。应该说，试种是成功的，达到了预期的目的。明天去见局领导，龚示力信心更足了。

龚示力第一次进农业局，跟着冒所长走进了局长办公室。局长见农科所的正副所长一起来找他，尤其是第一次见到龚示力，很客气地请两人就坐，亲自泡茶敬烟。当冒所长说明来意后，局长满脸的笑容，突然像风吹烟雾，霎时消失得无影无踪。本来就消瘦的脸，两颊如同瘪了气的皮球，瘪出了两个深坑。

“老冒，这事不是跟你说得很清楚了，不——行——的！”最后三个字局长特别加重了语气。

冒所长无话可说了，头慢慢地低了下来，直到可以清楚地看见他衣领下高高凸起的颈椎骨。

“局长！”龚示力想说话。

“嘍！你还有什么事？”局长有些意外。

冒所长一把拉起龚示力就走。突然想起，又回过身来，说：“局长，我们走了。”冒所长怕龚示力挣脱，再找局长，一直紧紧地拉住他的手，直到走出农业局的大门。

“就这么算了？”龚示力实在太失望了。

“你还想说什么？你没看出来？他不会听你说的！”

龚示力的手提包里放着那包糙米，一粒一粒开始膨胀起来，胚芽变成了嘴巴，它们都要说话，甚至要嚎叫！龚示力拔腿返回。冒所长赶紧把他拽住，“走啊！”

龚示力就这样被冒所长拽着走，实在心不甘，什么话都没说，就这样被打发走了！走了一阵他想起了廖骥勋，去找找他，曾经的老领导，再说他是主管全县工业生产的，配置加工糙米的机械设备，应该是他分管的事。

“冒所长，你放手。我想去找找廖副县长。”

冒所长站住了，一脸惊讶地看着龚示力。言下之意：“局长那里已经碰壁，还要去找县长？不怕再碰一鼻子灰？”龚示力明白他的意思。把手从冒所长拽住的手里挣脱出来，说：“廖副县长是主管这事的。”

“噢！”冒所长终于想起来，廖骥勋原来是环保局局长，他俩在一起过。

龚示力边倒退着边向冒建国挥手，“冒所长，那我走了！”

冒建国看着大步远去的龚示力，因为走得快，额头上的一缕头发随着步伐忽闪忽闪的，他想起了当年渡江作战时营长的那匹战马，避开敌军的炮弹、枪弹，独自泅过长江。奔跑起来头上的鬃毛也是一闪一闪的。不由感叹：“真是个倔小子啊！”冒建国还站在原地，一直目送龚示力远去。

8

龚示力是步行的，足足在骄阳下走了一个多小时，到达廖骥勋办公室时已近中午，他轻轻地敲了敲办公室的门，一个满脸怒容的男子把门打开，里面挤着一大帮人，似乎在争吵。龚示力探头向里张望，“乓”的一声，门又关上了。龚示力在门外站了一会儿，还想敲门，随着一阵高跟皮鞋有节律的踩踏声，一个年轻的女士来到他的跟前。

“先生，请问你是要见廖副县长吗？”

“是啊。”龚示力回答。

女士问：“你预约过吗？”

龚示力摇头。

“嘜，那不行。廖副县长很忙，现在他不可能接待你。请你到我办公室来登记一下，给你安排时间，好吗？”

“今天可以吗？”

女士连连摇头，“最近很忙，都排满了，你等候通知吧。”

龚示力怎么能遥遥无期地等着，今天他必须见到廖骥勋。看了一眼还站在一旁的女士，说：“好，我知道了。我想先在这里休息一会儿。”廖骥勋的办公室正对着大厅，步入大厅有几级台阶，龚示力找了个台阶坐下来擦汗。心里在盘算：再忙饭总要吃的吧！就在这里等他。

女士见满头大汗的龚示力，没再说什么，扭身走了。

廖骥勋办公室里的吵闹声时高时低。龚示力一直等到十二点，还不见停息。他们在吵什么？看样子里面那些人都是来自农村的。“哗啦”一声，门突然打开了，这伙人还是不依不饶地大声嚷嚷：

“我们坚决不同意！”

“要赔偿我们的损失！”

“你们不赔，我们就去省里告状！”

廖骥勋最后一个走出来，再三向他们表示：“你们的意见我都知道了，等县里统一研究以后再答复你们。”

这些人骂骂咧咧地走了。廖骥勋正要关办公室的门，忽然看见台阶上站着一个人，刚才他被众人围着，已闹得头昏脑涨，误以为还有人不肯走。

“廖副县长！”

“咦！怎么是你？”廖骥勋很觉意外。

“我一直在这里等你。”

“找我有事？”

龚示力点头。

“这样，我们一起去食堂吃饭，边走边聊。”

龚示力终于得到了让他说话的机会，而且是对主管工业的副县长。刚才他坐在台阶上反复琢磨、思考如何把事情说得有吸引力，像枚乘《七发》一样层层推进，既突出重点，又言简意赅。当领导的没有那么多时间和耐心听长篇大论。就在走向机关食堂的路上，他按照刚才的精心设计说开了。

进了机关食堂，尽管用餐高峰已过，但依然人多嘈杂。廖骥勋买了四个菜，两碗饭，找了个地方，两人面对面地坐下来用餐。

9

廖骥勋刚才听龚示力说如何在劳改农场里搞科研，说得很生动，一坐下来便让龚示力继续说。龚示力一阵高兴，感到机会来了，迅速从手提包里拿出那包“火种”，摊开在饭桌上，然后拿出一粒米来指着胚芽讲述糙米的营养价值：将引起中国人营养摄入的巨大改变，造福民生。

廖副县长陪着一个年轻人吃饭，这个年轻人表现不俗，一番演说把周围的人都吸引了过来，大家都听得啧啧称奇，大为惊叹！

廖骥勋开始以为龚示力与他谈在科研所的工作情况，估计与那个老革命合不下去了。待到龚示力拿出糙米，有理论、有数据的一番演说，他终于明白这个倔小子是另有所求。

廖骥勋往嘴里扒了两口饭，放下了筷子，点起一支烟：“你对我说这些，有什么打算？”

“机不可失啊！现在除了中科院愿意与我们合作外，丰丰农场他们也愿意出土地、出人力，参加联合开发。”

廖骥勋靠在座椅上，把烟竖着夹在右手，看着龚示力，说：“好啊！你们科研所与他们联合研发，搞出成果来，为县里争光。”

龚示力一听这话急了，“廖副县长，我们科研所哪来的钱啊！”

“你想要县里出钱？！”廖骥勋欠身，剜了龚示力一眼。

伴着高跟鞋的敲击声，刚才的那位女士匆匆来到廖骥勋跟前，呼吸还没平稳便急着说：“廖副县长！刚才那些人又来了！”

廖骥勋显得有些无奈，把手里的烟蒂在一只空菜碗里摁了又摁，似乎要把面临的难题就这么给摁下去。起身走了几步后，突然回过身来说：“你慢慢吃。”

龚示力站起来，想说什么，见廖骥勋已快步走去，怅然若失。

刚才围着的一伙人，都是县里的机关干部，见廖骥勋走了，便端着碗来与龚示力说话。

有个上了年纪的人，头发已经花白，一屁股坐在廖骥勋刚才的位置上。

"你说的糙米，好，好东西啊！"

周围的人也都附和着说好。

一个高个子，吃饭的声音很响，吧嗒吧嗒的，他挤进人群，上身趴在饭桌上，用两肘支撑着身体，看着龚示力问："你这个产品总投资要多少钱？"

"不下千万。"龚示力说。

高个子问："需要几年时间才能投放市场？"

"起码要两年。"龚示力说。

高个子长叹一声，直起身来摇摇头，走开了。

花白头发向龚示力努嘴，"这个'长子'不是官，但他管钱。县里是没有钱了，上个月发工资的钱还是向隔壁文昌县借的。"

一个戴着深度近视眼镜的年轻人，拿筷子敲碗，好像与手里的饭碗在对话："下个月还有饭吃吗？钱，钱，你去哪里了？"

花白头发也直摇头，"大搞风力发电，现在是上得了马下不了马喽！"说罢，拿起空碗准备走。

"且慢，我问你，这形象工程到底给谁在树形象？"近视眼一手拿碗，一手攥筷子，挡在花白头发跟前。

"这还用问吗？给靖河县几十万民众树形象啊！"

不知是谁说了一声："假话！"

"咣当"一声，近视眼把碗往桌子上一丢，"台面上的话，不是你的真心话。"

花白头发笑了，"我想听听你说的真心话。"

天气实在太热，近视眼满脸是汗，拿手指把下垂的眼镜往上一顶，说："当官的都想升官，但要有政绩。"又拿起筷子敲碗，"不能是一只空碗。要填满这空碗，唯有形象工程、GDP的注入才是最便捷的途径。所以我说，形象工程首先树立的是领导形象。"

花白头发拍了拍近视眼，"言之有理！不过……"

"不过什么？"近视眼问。

"形象工程搞起来民众也得实惠啊！"花白头发说。

一个与龚示力在谈话的中年人突然站起来说："如果真的要让民众得实

惠，风力发电就不会这样匆匆上马；就不会这样单打一，拼力一搏；就不会有那么多农民跑到县里来告状：风力发电让附近养牛场的牛晕倒了、养猪场的猪不吃食了，周围村民受到了电磁辐射伤害，对生态、文物造成现在这么大的破坏。”

“你们知道吗？去年就有人写了一篇文章，对此提出了批评，登载在《工业信息》上，结果那一期《工业信息》全部销毁。”近视眼压低声音说。

中年人问：“嘆！有这样的事？这个人是谁？”

近视眼摇头。

中年人感叹，“我们靖河还是有人的，这个人有眼光、有胆略。我真想拜见这个人！”

龚示力低头无言。

花白头发说：“《工业信息》是工业局的。这个人一定是工业局的人。”

中年人转向龚示力，“你的这个‘糙米工程’倒真是造福民众的民生工程，可惜啊！当权的不买你的账。”

一个一直没说话、听着大家议论的小个子开口道：“你这话讲得不全对。”指着龚示力摊在桌子上的糙米，“如果这个东西能马上投产，不等换届就能提高 GDP，这位先生就不会坐在这里吃饭了！”

大家一阵哄笑。

近视眼已经把碗洗干净，不停地甩着手上的滴水。“我们的干部能够一事当前先不考虑自己的前程，而是把民众的利益放在第一位，那就万事大吉了！”

“好，下次换届，我们选你当县长！”几个人拥着近视眼走了。

所有的人都陆续走了。

龚示力也准备走了。他想把那些摊在桌子上的糙米收拾起来，正当伸出手来时，看见掌心上为搓米留下的大小血泡，双手不由自主地颤抖起来。再看那些米，原来的光泽不见了，似乎暗淡了起来，像赶火车脱班的人，一张张脸全是晦涩、忧伤。

“你是客人，这些碗都放着，我来收拾。”一个有点驼背，看上去很有些年纪的炊事员正向着龚示力边走边喊，手里还拿着一块抹布，“哟！你还带米来的？”

龚示力实在无心再搭话，只唔了一声，继续包裹他的那摊子米。

“你这米能不能让我看看？”老炊事员问。

“哦！”龚示力仍旧把米摊开。

老炊事员一边扒拉着糙米，一边说：“唔，好东西，好东西啊！”还捡了一粒放进了嘴里。“现在的人哪，只讲漂亮，脸抹得越白越好；米吃得越白越好；馒头要白得闪亮。结果呢，这个癌，那个癌，毛病来得格外多。”索性把手里的抹布在桌子上一丢，坐下来说：“过去我们吃的就是这号米，农村里从年初一干到年三十。修水库，一百多斤的担子，连挑几个月。现在的年轻人，不要说几个月，一个月都吃不消。这种米啊，强筋骨的。”

龚示力应道：“是的。”

老炊事员问：“你是……来销这种米的？”

龚示力应道：“不是的。”吧嗒！一滴泪水落在了米上，又是吧嗒一滴泪水落在了米上。龚示力抬起头来，硬憋着，不让泪水再流下来。但心头一阵阵发紧、刺痛，像剜、挖一样疼痛。

10

龚示力回到了所里。早上去的时候简直就是哪吒，脚下踩着风火轮，风风火火的。现在活像掉进冰窟窿的人，心都凉透了！

冯天乐无法接受这样的结果，连夜写报告，要求调回嘉兴去。毕云汉已在本地有了家小，但这次经受的打击太大，再也提不起精神来。龚示力又想起了农场的傅连标，想到他在试种过程中的贡献。一个人，不管是什么人，只要能做出有益的事情，哪怕是一件小事，人们都不会忘记他。回想自参加工作以来，已在几个单位转悠，真不想再调什么单位。过去的读书人走的是仕途，现在是找单位，吃公家饭，为什么不可以独辟蹊径？普罗米修斯敢于上天盗取火种，自己为什么就不敢把火的光和热送给千家万户？他想回到青桐去，与诗梅一起种植铁皮石斛，让普通老百姓都能吃得上，买得起强身健体的仙草，这也是火种啊！给诗梅写了一封信，诉说了这个想法，并说最近还要去农场一趟，回来预产期也将到了，即请假回家。

诗梅挺着个大肚子，家里的事照做，遗憾的是，去年夫妻俩人工授粉的铁皮石斛种子没能长出苗来。现在正是授粉的最佳时机，可惜她已经去不了基地了，感觉腹部一直往下坠，腰又疼又胀，只盼着羊羊能早一天回来。想不到又出了添乱的事：他爹养猪场的两头母猪要临产了；饲料里发现有不干净的东西，好像是被污染了；杂七杂八的事情一大堆，妈一大早就赶到养猪场，很晚才回来，幸好老爹还太平。

夏末时节，下了两天雨，接着是个大晴天，诗梅把没有晒透的霉干菜，摊到院子里翻晒。

邮递员的摩托在院门口鸣笛。诗梅一阵惊喜，想必是羊羊来信了，果不其然，真是羊羊的信！不过今天的这封信不一样，拿着沉甸甸的，很有分量。拆开信，见密密麻麻地写了五大张，什么事啊，写这么多？她就坐在晒霉干菜的凳架上读信。读罢了信，密密麻麻的五张纸她看见的就一个符号——问号。

为什么要辞去公职？这是打不破的金饭碗啊！多少人想尽办法，削尖脑袋要往里头钻，你为什么偏偏要从里面往外走？怎么能犯这样的傻呀！尽管说了一大堆理由，同丢掉金饭碗相比，那都是无关紧要的。不行！不能让他这么胡来，晚上马上给他写回信。但想起羊羊信中所说的，一起来开辟更大规模的铁皮石斛种植基地，把仙草送给千家万户，从此夫妻俩共同从事她所心爱的事业，今后再也不用牵肠挂肚地思念，天天都在一起，又感到欣慰、幸福！

“是羊羊来信了？”老龚头在起居间里扬声问。

“爸！是的。”每次羊羊来信，诗梅都要说给老龚头听。她连忙拿着信笺，走进起居间，把信递给老龚头。

“这么厚一叠？啥事要说那么多话？”又把信交给诗梅，“我看起来吃力，还是你说说吧。”

“唉，”诗梅拿凳子，坐在老龚头身边，“他说，我的预产期快到了，等办完一件事就回来。”

“哦，好，是该回来了。还说什么了？”

诗梅知道，老龚头是绝对不会同意羊羊辞职回家的，但不说又瞒不过去，如果羊羊真的回来了，老龚头一定会埋怨她不及时告诉他真情，错过了他制止羊羊干蠢事的时机。

“怎么就这点事？”老龚头昂起头来问。

“他说……”诗梅真怕说出来。

“他说什么？”

“他说……他想辞职回来……”诗梅不得不说。

“啊！”老龚头大惊，“你再说一遍。”

“他说……回来和我一起开发铁皮石斛，大有可为。”

老龚头把躺椅扶手拍得啪啪响。“混账话！混账话！诗梅，你马上给我写信，你就说，等我口眼闭了，他要上天落地是他的本事。现在回来，那就不是我老龚头的儿子。你就这么写。”老龚头发怒了。

“好，我晚上就写。”

老龚头气急败坏，“都说书读得多，聪明。我看他是越读越糊涂了！真是个有轿不坐要坐畚箕的人。为了他读这点书，你娘吃了多少苦？这你总知道吧！”

诗梅点着头，说：“是的，镇上的人都知道。”

“混账东西！真不该让他去读这个大学。”老龚头余怒未消，骂个不停。

11

下午，诗梅提着个坛子到院子里，把晒干了的一部分霉干菜装进坛子里，装了满满一坛子。她正想提起坛子往家里走，突然腰间像受到电流闪击一样疼痛，不禁“啊哟”一声叫出声来，接着“乓”的一声，手里的坛子落到了地下。

老龚头一直很关注贤惠的儿媳妇，这几天老伴忙着，家里的事情全靠诗梅一个人，还要处处照顾他这个病人。下个月就要临产了，那是女人最难的事，该好好养着才是。见她一会儿进，一会儿出地忙着，真为她担心。尽管自己帮不上忙，但一双耳朵还是竖着听，也像是在暗中帮着她。

突然听到诗梅的一声叫和坛子落地的撞击声，不好！出事了！人是有应急爆发能量的，在危急情况下，会爆发出超常的能力。老龚头猛地从躺椅上翻身起来，拐棍也不要了，快步冲到院子里；正好一阵冷风吹来，他打了一个寒噤；见诗梅坐在地上，立刻冲上前去，把诗梅扶起来。

诗梅见病着的老龚头出来了，担心他受凉，又赶紧扶着他回屋里，并再三说，自己好好的，没事，让他放心。嘴里这么说，身上感到有些难受。又回到院子里，见坛子已经裂开，霉干菜并未散露出来，但她已经无力再提它了。忽然发现坛子边上有几滴血，马上意识到是自己下身见红了！会不会早产？她毫无经验，马上想到妈妈，想到羊羊。坚持着走进巷口的照相馆，借用王老板的电话，给羊羊挂电话，给她爸——酒老鬼挂电话。羊羊的单位回电，说是人不在。去哪里了？回说不知道。怎么会这样回答？时逢夏收夏种，这是农科所一年中最忙的时候，几乎所有人员都深入到各个乡镇，只剩下一个人留守。诗梅打来电话时，留守人员正好不在，很可能是某个家属接的电话，说不知道也是很正常的。

龚示力去哪里了？他正在前往丰丰农场的路上，公交车不能进入农场，到站以后还得走三公里路。此刻他正头顶烈日，行走在通往农场的沙土路上。他去农场为两件事：首先要感谢他们在新糙米试种过程中的大力支持；另外一件是龚示力不愿提及但又不能不说的事——共同开发糙米产业搁浅了！心里郁闷、苦恼，加上烈日当头，这一段路上一棵树也没有，道路两边尽是绛红色的土壤，高低不平的丘陵，只有稀疏的几根茅草，活像三毛头上那几缕头发，感觉走进了火焰山。穿过这段“火焰山”，前面不远处就进入林荫道。正当他加快脚步走上了个小山坡，迎面一辆小车抛锚了，车里走出一个老人到后面去推车，老人的力量太小，车子一动也不动。

龚示力几步就跑到车后，一二三，老少两人一起使劲，轰隆一声响，车子启动了。驾驶员从车窗里伸出大拇指；老人拍着手上的尘土，也正要对这个帮着推车的年轻人表示感谢，龚示力已经走了。老人看这年轻人好像有点面熟，喊道：“小伙子，你等等！”

龚示力回过身来，满脸惊讶，“这，这不是姬书奇的老爸嘛！”刚才他只想快点帮着把车推动，早点通过“火焰山”，根本没去看老人的面相。他怎么也想不到，会在这里遇上他十分尊敬的老干部。

“怎么是你呀！”罗裕民拿手指叩脑袋，“你叫龚……龚什么？”不停地摇头，“老了，没有记性了！”

龚示力快步上前，紧紧握住罗裕民的手，“我叫龚示力。”

罗裕民喜不自胜地握着龚示力的手，回头对驾驶员说：“遇上老朋友了，你歇着，我们要聊聊。”

“我们走几步去前面的树荫下好吗？”龚示力提议。

“好！”罗裕民显得很兴奋。

一老一少来到一棵挡住阳光的大樟树下，地上是绿茸茸的青草，两人席地而坐。时而有清风徐来，把刚才蒸人的暑气全送走了。龚示力很关心姬书奇的情况，但担心提起来会让老人伤心。这里是丰丰农场的地界，周围没有任何单位，老人家到这里来，难道是姬书奇转到这里来了？

罗裕民也觉得奇怪，这是劳改农场范围，龚示力到这里来做什么？

“你一个人到这里来，有什么事啊？”罗裕民看着龚示力问道。

龚示力把试育新糙米的事前前后后地说了一遍。

“嘆！就是你呀！真是无巧不成书。”罗裕民拍着自己的膝盖，“刚才和他们农场的场长就谈这糙米的事。好啊！这是造福民生的大好事啊！他们很愿意与你们合作。当年，你就给我留下深刻的印象：充满着朝气，富有正义感。果不其然，一踏上社会就有不同凡响的表现。”

龚示力一脸无奈。

罗裕民依然显得很兴奋，“今天你是来谈合作的？”

龚示力沉默不语，渐渐地低下头。

“小龚，哎，小龚，你……”

龚示力抬起头来，双眼饱含着泪水……

“你，你这是怎么了？”罗裕民有些惊讶！

龚示力在他深为尊敬的老人面前，原原本本地把自己的经历、遭遇、追求和挫折诉说了一遍。

罗裕民听完以后沉思良久，“你说的这些我完全理解，这不是个别现象，这一路走来，看到听到的还有不少。哦！想起来了，我还没告诉你，我已经退居二线了，国家司法局组织我们这些老家伙考察全国各地劳改系统的状况，我是华东组的，所以到这里来了。”

“原来如此啊！我们能在这里见面，也是个机缘。”龚示力说。

“是啊！那你接下来打算怎么办呢？”

“我想辞职。”

罗裕民大惊，“你说什么？！”

“我想辞职。”龚示力又说了一遍。

“你？你怎么会想到辞职？！”罗裕民一脸惊异地看着龚示力。

“这是我最近形成的想法。过去总以为只有参加工作，才能报效祖国，才能为人民服务。干部履历表上就有一栏：何时入伍？现在感到这是偏见。只要选择的道路、从事的事业是有益于人民的，是社会所需要的，就是正确的选择，就是报效祖国，应该肯定它的存在价值。现在大学培养那么多的专门人才，大家都进政府机关，从事有限知识领域的政务工作，岂不是巨大的浪费？社会还怎么进步、发展？”

“噢……”罗裕民陷入沉思，“你呀，什么时候都有不俗的想法，说得有道理。不过……我认定你是个人才，在哪个部门工作都会大有作为。我想找你们县里的领导谈谈，千万不要埋没人才啊！”

龚示力已经下定决心从事于铁皮石斛的开发，不想再在机关里耗费生命。罗裕民说要找县领导，这可让他吃惊不小，“罗伯伯！谢谢你的好意。不过我已经决定辞职了。”

“嘍？是什么让你下这么大的决心？”罗裕民还是觉得难于接受。

龚示力介绍了铁皮石斛的奇特功效及诗梅的引种和开发过程，目前正需要他的全力帮助，不久将走向市场，让普通老百姓都可以享用，抵御诸多疾病，增强民众的体质。

“原来如此啊！”罗裕民终于明白了，“好，有志者事竟成，我祝贺你。”罗裕民站了起来，早就想说的一句话，一直憋着，尤其是在龚示力这样的勇于拼搏、有作为的年轻人面前，更觉伤情。但要告别了，他还是说了，“你的同学姬书奇在里面表现不太好，唉！不说他了。我们就此揖别。”

龚示力紧紧握住罗裕民的手，见老人满脸皱纹，鬓发皆白，难以名状的歉疚涌上心头，上车前频频向老人挥手致意。小车卷起一路黄尘……

12

龚示力在农场办完了事，返回的时候已是下午。当他重新走上那条沙土路时，迎面驶来一辆皮卡，速度很快，搅得黄尘滚滚。他赶快闪开。“嘎”的一声，皮卡在他面前刹车，车里跳出个酒老鬼。

“爸！你怎么到这里来了？！”龚示力觉得好奇怪。

“快，上车去说。”酒老鬼拉起龚示力就上车。他学开车不久，还是个新手，这条沙土路路面窄，弯道多，加上心里焦急，那脸色就像漂白布。

龚示力这才感到问题严重了。

酒老鬼怎么会追到这里来的？诗梅在照相馆打电话，龚示力的电话打不通，酒老鬼的电话总算拨通了，人却在十多公里外的地方运饲料。一听到这样的消息，才只装了半车，便开车就跑。那些装车的人和饲料仓库里的人突然发现酒老鬼连人带车都没了，怀疑他酒瘾发了，去找酒喝了。

酒老鬼急急忙忙地往回赶，路经养猪场，小娜已带着几个人准备来卸饲料，谁知道，车子“呼啦”一声走了。这是怎么了？应该把小娜也带上呀！酒老鬼心里不糊涂，他现在想的是先把事情弄清楚，不要把大家都搅得不安宁。

车子终于在龚家弄口停下。酒老鬼三步并作两步地蹿进了老龚头家，还未进门就大声喊：“小梅！”

诗梅终于听到了她爸的喊声，从起居间里探出头来，直往酒老鬼的怀里扑去，诉说刚才发生的事。

“你现在……身上……怎么样？”酒老鬼有些慌。

“我还好。我公公他……”诗梅回身来，满脸忧伤地看着脸色苍白、冷得直打哆嗦的老龚头。

诗梅从照相馆里回来，悄悄地上楼清洗一下，感觉好了一些。马上就到起居间，一看吓一跳：老龚头咳得就像大雨里的铁皮雨棚，噼噼啪啪地无法停下来。担心他会喘不过气来，就不断地拍他的背部，见他那瘦得像枯木一样的脖子，那颗高高凸起的喉骨，如同就要停车的活塞，已无力再上下移动了；胸腔里发出一声声如同金属相互摩擦的可怕声音；手脚不停地挥舞踢踏，嘴唇已呈紫色。诗梅猛然想起上生理卫生课时，老师曾经讲过如何抢救窒息病人。情急之下，已来不及思考，便慌慌张张地摁老龚头的胸口，渐渐的，老龚头不再踢踏，喉骨开始慢慢地上下移动，终于缓了过来。但不停地叫冷，两床被子盖在身上，还是冷得直打战。

诗梅因为抢救，双手不停地使劲，体力消耗过大；又几次上下楼拿棉被，感觉大腿内侧有热流在流淌；腹部开始痉挛，一阵阵地疼痛，担心是不是要早产了？妈、婆婆都不在身边；羊羊连电话都打不通；眼看着公爹奄奄一息的可怕情景，她惊吓得浑身哆嗦，只盼着她老爸早一刻赶到。

酒老鬼见此情景，飞跑出龚家弄口，叫来几个人，先把老龚头弄上车。正要搀扶诗梅时，谁知诗梅起不来了，地下一摊血。酒老鬼一咬牙，抱起诗梅上车，并请帮忙人，赶紧告诉他家里的人。

进县城的公路很宽阔，酒老鬼把车开得飞快，直奔县人民医院。老龚头立刻送进了抢救室。诗梅住进了妇产科病房。酒老鬼马不停蹄，驱车前往农科所。正好遇上了冒所长，他回来参加局里召开的会议，他完全知道龚示力的行踪。酒老鬼根据冒所长的提示，立马驱车追赶龚示力。

突如其来的惊讯！龚示力简直不敢相信自己的耳朵，一霎时，人好像飘忽在云雾里，身体空乏了，像一张纸，要不是在车子里，很可能随风而去。他分不清是汽车的颠簸还是人在哆嗦，他一直都在震颤之中……

好不容易，赶到了县人民医院，已临近傍晚。好在小娜、囡囡都已赶到。老龚头病情严重，住进了重症监护室，院方已开出病危通知单，家属暂时不能探视。诗梅原本想保胎，现在已经保不住了，正在做产前的准备。

重症监护室外是走廊，有两排座椅，小娜拉着羊羊不停地哭泣。囡囡也在啼哭。酒老鬼双手抱头坐着，突然抬起头来，说：

“羊羊，你是一家之主，你得拿主意。说说不要紧的，你爹看来凶多吉少，要早做准备。”

酒老鬼的话提醒了羊羊。两个堂客也因此止住了哭泣。

羊羊双手扶住重症监护室的门，“扑通”一声，跪倒在地，泪如雨下。“爹！你不能走，不能走啊！你不能撇下我们哪！”

就在这时，重症监护室的门打开了，一个年长的医生与羊羊面对面地站着。

“你是病人的……”医生问。

“我是他儿子。”羊羊说。

“你们可以进来。病人的时间不多了！”医生悄然离去。

羊羊快步来到父亲的病床前，只见父亲脸色蜡黄，两颊就像地面塌陷了，留下两个深深的洞；眼睛闭着，只看见两条细缝。

“爹！爹……”羊羊大声呼唤。

“他爹，我是小娜，你看看我们呐！”

“老龚！老龚头！酒老鬼来了！”

在众人的呼喊声中，老龚头慢慢地睁开一只眼，继而又睁开一只眼。羊羊立刻伏下身去，把嘴凑在父亲的耳边，说：“爹，我是羊羊，我是羊羊啊！”

老龚头虽然睁着眼，似乎看不清眼前的人，无力、缓慢、游动的目光在寻找着，好像找到了羊羊，嘴角翕动了一下，露出了一丝笑容。接着一只手想抬起来，他看见了小娜。小娜连忙握住他的手。另一只手也在动，酒老鬼赶紧伸双手紧握。

一个护士急急忙忙地走进来，“谁是龚示力？”

“我。”龚示力应道。

“你太太怀的孩子体型较大，可能要手术，请你签字。”

“唉。”龚示力离开病床，正要签字。老龚头立刻有反应，几次要昂起头来，寻找羊羊。

“羊羊，你快过来！”酒老鬼又问护士，“我是她爸，我签可以吗？”

护士点头。酒老鬼签好字，护士快速离去。

老龚头看着羊羊想说什么，嘴唇在抽动，但说不出来。小娜感觉老龚头的手在动，便松开了手。果然老龚头抬起手来向着自己，仅一会儿便放下。羊羊以为要他趴下，便伏下身去。老龚头把头别向一边。如此连续几次，羊羊最后一次伏下身去，老龚头突然侧过脸去，一世要强的老龚头，带着最后的遗憾走了。

羊羊抱着父亲痛哭。

小娜伏在老龚头的身上号啕大哭。

幸好有酒老鬼在，先后劝住两个已经情绪失控的人。

羊羊心情十分沉重，父亲是带着遗憾走的。他怎么也弄不明白，爹到底要对他说什么？后来有一次偶然与诗梅说起，还是诗梅破了天机：“我知道了！是爸不让你辞职回来！”

龚示力终于明白过来：“噢！原来是这个意思！我爹是带着遗憾走的。诗梅，我们只有把事业办成了，方可告慰他老人家在天之灵。”

13

龚示力在病房送走了父亲，却在产房迎来了儿子的降生。尽管早产了两周，但母子都平安，是顺产，没有手术。小娜沉浸在难以排解的悲痛之中，但一见白白胖胖的孙儿，终于露出了笑容。按当地风俗：祖孙二人命中相克。老人走了，把灾难带走了，孙子日后必有好运。

龚示力处理完父亲的丧事，征得母亲和诗梅的同意，决定辞职回家，开发铁皮石斛的种植。一回到所里，立刻把辞职报告交到冒所长手里。

冒所长看也不看，马上把那报告还给龚示力：“县政府办公室天天来电话，打听你回来没有，说是廖副县长要找你谈话。你这事我做不了主。”

龚示力满以为交了辞职报告，就可走人了。想不到又横生出枝节来，是不是罗裕民老人家对县领导说什么了？还是不见为好，一走了之。但又觉得不妥，行事不能太绝，要合乎情理，见一见又有何妨？

一阵长长的电话铃声响过后，冒所长拿起话筒来，“哦！回来了。好。”把话筒递给龚示力。“县政府办公室的电话。”

龚示力接过话筒，“喂，我是。这……”

“怎么说？”冒所长关切地问。

“廖副县长要召见我。”

冒所长笑咧咧地说：“你是个人才，县里是不会放你的。”

龚示力淡然一笑，“冒所长，我决定的事情是不会改变的。你信不？”

“我信，我信，你是有名的倔巴。不过，听我一句劝，辞职干啥呀？我还真舍不得你呢！不过这个位子是委屈你的，以后，不，恐怕另有高位子在等着你噢！”门外响起了小车的喇叭声，“你看，这不？接你来了！”

廖骥勋为什么在这个时候急着召见龚示力？这的确与罗裕民有关，他倒不是有意为龚示力说项，事情纯属偶然。那晚县政府招待罗裕民等老领导，县委、县政府四套班子的领导都出席了宴会。席间县长介绍了靖河的经济发展，说到了风电，由于急于求成，未能通盘考虑，忽视了协调发展，造成了诸多负面影响，把好事办坏了，教训良多。

罗裕民插话，说起龚示力曾经提出过不同意见。县委书记、县长深感吃惊！鼻子底下竟然藏着个有真知灼见的年轻干部，问在场的几位靖河领导，有谁了解龚示力的情况？

罗裕民已答应龚示力不为他到县领导面前说话。但见县领导大有重用龚示力的意向，出于对龚示力的关爱，把龚示力自参加工作以来的种种遭遇以及在学校的情况都一一介绍了。

在场的所有领导，像听先进人物的事迹报告，开始鸦雀无声，既而无不交口称赞，众口一词：人才！人才难得！

县委书记一听说龚示力要辞职，急了！鉴貌辨色的廖骥勋马上自告奋勇，凭他对龚示力的了解，愿意出面找他谈话。廖骥勋为何表现得如此积极？他预感到，龚示力日后前途无量，而今正是感情投资的最佳时刻，怎可放弃？此外，一直担心自己的短板捏在龚示力的手里，无论如何都要把龚示力笼络在自己的圈子里。

县政府办的小车把龚示力送到县政府大楼，没有去廖副县长的办公室，守候着他的人，径直把他带到二楼的一个小会议室，一进门就看见廖副县长。

“来来，这里坐。”廖副县长起身招呼。

这是一间供十来个人开会的小会议室，没有桌子，围着一圈浅灰色的沙发，看上去精致、淡雅、宽敞、舒适。

“老爷子走了？”廖副县长带着忧伤的表情问。

龚示力点头。

“丧事都处理好了？”

“处理好了。”

“听说你同时喜得贵子，是吗？”

“是的。”

“送走了老人，迎来了新生，遵循自然规律。”廖副县长伸手到口袋里摸烟。

龚示力脑子里在转悠，揣度他葫芦里要卖什么药。

“听说你写过一篇文章，登载在《工业信息》上，是关于风力发电问题的？”

龚示力想不到怎么突然问起这个问题，他没有立刻回答，想听听廖骥勋的下文。

“文章我没有看到，但我十分敬佩你的眼光。如果我们的风电项目一开始就多听听不同的意见，多方论证，那就不至于落到现在这样的被动局面。”

“我哪有什么眼光？无非是想提个醒，任何事物都不是孤立存在的，改变它的存在状态，必须考虑与周围事物的关系。”

“说得好啊！我更赞赏你的勇气，在众口一词的情况下，你敢说出不同的意见，难能可贵！”

“一时心血来潮，谈不上什么勇气。”

廖骥勋身前的烟雾褪去了。龚示力明显地感觉到，在廖骥勋布满笑容的脸上，似乎要对他透露什么喜讯。初秋的阳光已爬上大楼后面的小山坡，一缕斜阳从门外投进来，正好落在龚示力的身上。

“我和县里的几个领导，最近研究过，想重新安排你的工作，环保局、工业局你都待过，情况比较熟悉，去哪里你自己决定，职务都是副局长。你看怎么样？”

原来是为了这个！龚示力始料不及。对于做官，他感觉牵涉精力太多，身陷诸多矛盾之中，生来不谙此道，确实没有兴趣。一定是罗伯伯在起作用，不然，不会有人关注他这个小人物的。只能谢谢他们的这番好意了！

“廖副县长，首先我要谢谢县领导对我的关心。不过我想说的是，我这个人很不适合当领导。我最愿意，也最想做具体事情。刚才说到自然规律，如果把芙蓉栽到再好再精致的花盆里，它一定活不了。一旦落入池塘，它就生机勃发，成了出水芙蓉，美艳无比。”

廖骥勋原本不打算提他要辞职的事，给他提拔了，还会辞职吗？想不到他竟然说出这样的话来！这个年轻人真是非同一般啊！究竟是为什么？真没见过这样的人！

“能告诉我今后的打算吗？”

“我从小就同情弱者，怜悯他们。上中学的时候，偶尔读了希腊神话，我崇拜泰坦神族的神明普罗米修斯，他与智慧女神创造了人类，教会人类知识。天神宙斯禁止人类用火。普罗米修斯同情人类的困苦，帮人类从奥林匹斯山上盗取了火种，从此火来到了人间。我的妻子培育成功了中国九大仙草之首的铁皮石斛，其功效非凡，能抗拒多种疾病，给人以健康的体魄。我想投毕生精力开发它，把它做强做大，成为规模产业，让普通老百姓都能受益于仙草的滋养。”

龚示力坦言自己的追求与梦想。照在他身上的那缕阳光也许听懂了他的话，召唤来更多的光和热，在龚示力的身上洒满了金色的光芒。

廖骥勋看着身披光辉的龚示力，正如他刚才所说的无所畏惧、救民于困苦、从奥林匹斯山上盗取火种的普罗米修斯；他致力于开发的仙草——铁皮石斛，也是火种。地位、官职、权力都不能挽留住他。

龚示力终于挣脱了缠绕着他的众多羁勒，如愿以偿地回到了青桐。

三年以后，龚示力、诗梅主导的铁皮石斛种植基地大规模栽培成功，新华社为此播发了长篇通讯。为了扩大影响，与省农大联合在滨海召开新闻发布会。通过新闻网络向全国播发，九大仙草之首的铁皮石斛，从此可以走进寻常百姓家。

龚示力不忘母校恩师的教诲，带着诗梅分别拜访了滨海理工大学的校领导、教授、老师和老校友们。送上一份他精心培育的“仙草”。遗憾的是，郝大爷年前过世了。项天成调滨海社科院。傅校长因基建项目受贿，正在接受“双规”。

龚示力、诗梅回到了青桐，收到了一连串的短讯：

“你培育成功‘仙草’，我看到了曾经抚育过的苗木长成了大树！”——江健。

“您的言行让我看到了——生活就是理智，就是知道自己的价值；勇敢地去探索、追求自己所能做的、应该做到的事。”——南宗伯。

“您践行了我们的共同追求：太上有立德，其次有立功，其次有立言。”——高兆祥。

“聪明寓于事业之中，此外就没有别的聪明了。你本来就聪明，现在更聪明了。”——你的好友金耀。

“逆境磨炼人的意志，你做到了。”——你的好友瞿秉宜。

“友谊不是蘑菇，在树林里是找不到的，它长在心里。”——永远思念你的好友皇甫浩。

不久，龚示力、诗梅创建的“江南春堂”挂牌成立，几年以后，名满大江南北。

后 记

中国的孩子特别依恋家庭，长大后转而投靠社会组织，即通常说的“单位”，一身的际遇、荣辱、成败都仰仗着“单位”，因而几百个人争一个公务员岗位；千方百计进入国企、外企等条件优厚的企业；找不到理想的工作就“啃老”，成为中国社会的常态。

缺乏独立性，骨子里有依赖性，必然失去创造性，应该说这是中国家庭、社会教育的一大缺憾。

我有一个朋友，就读于重点大学，毕业后留校工作，不到三十岁就任校长助理，继任系主任。正当他才华横溢，前途无量时，因家庭拖累，年迈的父母无人照料，毅然辞职回乡，进当地政府机关当一名普通办事员。凭他的出色才智，没几年晋升为局级领导。值此幸运之神降临之际，他却丢下“金饭碗”，去一家私营企业任老总，经过几年的努力，一家濒临倒闭的企业，一跃而成为当地利税大户。企业正如日中天，他又毫不犹豫地选择离开，致力于科研，开发新产品，又一次获得巨大成功。

从这位朋友身上，我感受到他人格独立、锐意进取和思想观念的新颖。他是我这部小说的主人公原型。

当今我国正进入一个全新的时代，实现伟大中国梦的美好时代，“开拓”“进取”“创新”是时代的召唤。我愿所有中华儿女都成为时代的“弄潮儿”，开天辟地，自强不息。

鲍翎　2015年5月17日